DAS SECHSTE SIEGEL

Steinunn
Jóhannesdóttir

DAS SECHSTE SIEGEL

Roman

Deutsch von
Helmut Lugmayr

Wunderlich

Die Originalausgabe erschien 2001
unter dem Titel «Reisubók Gudrídar Símonardóttur»
bei Edda Publishing, Reykjavík

Die Übersetzung wurde gefördert vom
Fund for the Promotion of Icelandic
Literature, Reykjavík

1. Auflage September 2004

Satz Berthold Bembo PostScript InDesign
bei Pinkuin Satz und Datentechnik, Berlin
Druck und Bindung Clausen & Bosse, Leck
Printed in Germany
ISBN 3 8052 0767 0

FÜR MEINE MUTTER

DER ÜBERFALL

I ·

Sie schlief. Neben ihr lag ihr kleiner Sohn. Sie ließ ihn bei sich im Bett an der Wand schlafen, wenn ihr Mann auf See war. Sie liebte es, den ruhigen Atem des Jungen im Schlaf an ihrer Wange zu spüren.

Sie erwachte von einem leichten Picken an die durchscheinende Tierhaut, die über den Fens terrahmen gespannt war. Pick-pick. Pick.

Der Laut drang in ihren Schlaf, ohne dass sie sagen konnte, woher er kam. Sie setzte sich halb im Bett auf und blickte forschend zum Fenster, doch da war der Laut verstummt. Draußen regte sich nichts. Aber noch während sie sich wieder auf das Kissen zurücksinken ließ, begann das Picken von neuem. Sie stand jetzt auf und legte ihr Gesicht dicht an die dünne Haut, durch die ein fahler Schein der hellen Sommernacht hereindrang. Ein erstauntes Lächeln breitete sich auf ihrem Gesicht aus, als sie die Umrisse eines kleinen schwarzen Schnabels erkannte. War das möglich? Ein kleiner Papageitaucher? Tatsächlich. Bei ihr hatte das erste Papageitaucherjunge dieses Sommers Zuflucht gesucht. Das war ungewöhnlich früh. Gewöhnlich verirrten sie sich nicht vor Anfang August zu den Häusern herab. Aber die Fangzeit hatte begonnen, und vielleicht hatte das kleine Ding seine Eltern verloren. Natürlich würde sie diesem verfrühten Nestflüchter helfen, wie unzähligen, kaum flügge gewordenen Papageitauchern jeden Sommer. Sie hatte als Kind gelernt, dass es Glück bringt, Papageitaucherjunge zu retten. Sie hatte nur keine Lust, sofort hinauszugehen, und legte sich zurück zu ihrem Sohn ins Bett und versuchte wieder einzuschlafen. Aber der kleine Vogel ließ ihr keine Ruhe. Zu guter Letzt sprang die Frau auf, warf sich einen weiten Rock über, schlüpfte in Jacke und Schuhe und ging hinaus.

Auf dem Dach des Grassodenhauses bewegte sich kein Halm. Aber das Gras war feucht vom Tau und strich ihr kühl um die nackten Knöchel. Sie fand den Papageitaucher auf dem breiten Sims unter dem Stubenfenster, wo er immer noch an die straff gespannte Haut pickte. Sie schloss das kleine, warme Leben in ihre Hand. Der Vogel piepste schwach, und seine schwarzen Augen blickten die Frau ängstlich an. Er zitterte am ganzen Körper.

«Hab keine Angst, Dummerchen», flüsterte sie. «Ich will dir helfen.»

Es war ein kurzes Stück, das sie mit dem Vogel bis zum Meer hinuntergehen musste, und auf dem Weg dorthin lag er ganz still in ihren Händen. Nur die daunenweichen Federn auf der Brust bebten leicht über dem pochenden Herzen. Es kitzelte auf der Hand. Sie wollte lachen, gab aber keinen Laut von sich. Es war nichts zu hören als das Rauschen des Meeres, das wie ein gutmütiges Murren in der dämmrigen Nacht klang. Sie hielt an einer kleinen Bucht inne und blickte über die Sandbank auf das Meer hinaus. Obwohl die Sonne kurz nach Mitternacht unter dem Horizont verschwunden war, überzog sie den Himmel immer noch mit einem rötlichen Schein, färbte die Wellenkämme rot. Sie hörte, wie die Wellen an den Steinen leckten. Rosa Schaumspuren leuchteten auf, wo sie im Sand verliefen. Draußen brach sich die Dünung leise an einer Schäre. In ihren dünnen Sachen hatte sie auf dem Weg keine Kälte verspürt, aber hier wehte eine kühle Brise. Sie hob die Arme hoch und öffnete die Hände. Der kleine schwarze Knäuel auf ihren Handflächen hob sich dunkel vor den leuchtend gelben Wolken ab.

«Flieg jetzt», flüsterte sie. «Flieg!»

Der kleine Papageitaucher verharrte einen Augenblick lang still, als könnte er nicht an die Freiheit glauben. Dann spürte die Frau, wie die kurzen Flügel flatternd um sich schlugen, und der Vogel flog davon.

Gudrid schreckte aus einem Traum hoch: Zum zweiten Mal in dieser Nacht wurde sie geweckt. Diesmal von einem Kuss. Sie spürte im Halbschlaf einen kühlen Salzgeschmack und riss die Augen auf. Im Traum war der Mann dunkel, riesenhaft gewesen. Ihr Herz hämmerte in der Brust. Aber es gab keinen Grund zur Angst. Es war natürlich Eyjólf, der nach Hause gekommen war. Sie stand auf, ließ ihn sich setzen und zog ihm schlaftrunken die schweren Fischerstiefel von den Füßen. Er lehnte sich zurück und betrachtete ihr Gesicht im matten Licht des milchig gelben Fensters. Sie spürte, wie seine Augen jeder Bewegung ihres Körpers folgten, während sie ihm aus der nassen Seemannskleidung half. Sie gähnte. Dann nahm sie einen seiner Füße zwischen ihre Hände und massierte die kalten Zehen. «Morgen gibt es frischen Fisch», flüsterte er, während er den anderen Fuß unter den Saum ihres Unterrocks schob. Sie wusste, was er gern hatte, und hob den Rock. Ein kurzes Zucken durchlief sie, als er seinen eisigen Fuß zwischen ihre schlafheißen Schenkel bohrte. Dann schob er ihn langsam hinauf und ließ seine Zehen mit ihrem Schamhaar spielen. Ihr Atem ging rascher, und sie öffnete die Beine. Als er mit seinen Hände ihre Hüften umschloss und sie an sich zog, flüsterte sie, dass sie das Kind nicht wecken dürften.

«Er wacht nicht auf», sagte der Mann und vergrub sein bärtiges Gesicht an der Brust der Frau. Sein windzerzaustes Haar duftete nach Salz. Sie kannte kaum einen besseren Geruch als diesen, den er im Sommer vom Meer mit nach Hause brachte. Er füllte ihr dunkles Haus, in dem sich das ganze Jahr über ein feuchter, säuerlicher Muff in den Torfwänden hielt, mit Meer und Sonnenschein. Sie wühlte ihre Nase in den blonden Schopf des Mannes. Dann zog sie ihm die Hose herunter und setzte sich auf ihn.

Der Junge bewegte sich unruhig im Bett, während seine Eltern ihr Verlangen stillten, drehte sich dann aber herum und schlief weiter. Als sein Atem wieder ruhig und gleichmäßig ging, ergriff Eyjólf die Hand seiner Frau und sagte: «Komm!»

«Sollten wir nicht schlafen?», flüsterte sie.

«Es ist Sommer», antwortete er.

«Aber wenn Sölmund aufwacht?»

«Wir sind bald wieder zurück.»

Er führte sie an der Hand durch den dunklen Flur in die stille, ruhige Nacht hinaus. Der Himmel glühte. Über dem Gletscher schwebten goldgesäumte Wolken, und die Schneefläche darunter war in ein zauberhaftes Licht getaucht. Hinter dem Felsen Heimaklettur am Hafen kündigte die Sonne ihr Kommen an. In einer Stunde würde sie sich im Felsspalt bei Ystiklettur zeigen. In Nächten wie diesen hatte Gudrid das Gefühl, am Tor zum Paradies zu leben.

Auf der Steinplatte am Hauseingang lagen zu einem Bündel gebundene Schellfische. Das Wasser lief ihr im Mund zusammen. Seit drei Wochen hatte sie keinen frischen Fisch bekommen – und das zur Hauptfangzeit! Nach der Mittsommernacht hatten die Boote zuerst lange Zeit wegen schlechten Wetters nicht auslaufen können. Und als die See sich wieder beruhigt hatte, war ein Boot vom Festland gekommen, mit Schrecken erregenden Nachrichten: Seeräuber waren an der Südküste, in Grindavik, an Land gegangen und hatten ein Massaker angerichtet. Sie hatten Verletzte und Verstümmelte am Strand zurückgelassen und andere gefangen genommen und auf ihr Schiff geschleppt. Außerdem, so erzählte man, hätten sie ein dänisches Handelsschiff gekapert, das zu den Westfjorden unterwegs gewesen war. Danach hätten die Freibeuter versucht, beim Sitz des dänischen Landvogts in Bessastadir an Land zu gehen, aber abdrehen müssen, weil das Seeräuberschiff vor der flachen Küste auf Grund gelaufen wäre.

Diese Nachrichten verbreiteten auf den Westmänner-Inseln Angst und Schrecken, und die Obrigkeit erklärte den Belagerungszustand, auch wenn keine fremden Schiffe zu sehen waren. Selbst den tüchtigsten Seemännern wurde verboten, auf Fischfang zu gehen, stattdessen befahl man ihnen, beim Bau der Schanze an der Hafeneinfahrt mitzuhelfen. Die Befestigungsanlage dort war halb verfallen. Nun sollten wieder Kanonen aufgestellt werden. Wachen wurden auf dem Berg Helgafell postiert. Alle, die irgendwie zur Arbeit taugten, mussten ihren Teil zur Verteidigung der Inseln beitragen. Angst und Sorgen befielen die Menschen, die eben erst begonnen hatten, sich an dem kurzen Sommer zu erfreuen. Die Priester predigten in den Kirchen vom bevorstehenden Zorn Gottes, der, ehe man sich's versah, über die sündige Gemeinde herabkommen würde. Sie drohten allen, die durch Unkeuschheit, Habgier oder auf andere Weise die Gebote Gottes missachteten, mit ewiger Verdammnis und warnten jene, die, in ihrer maßlosen Gier, Fische an Land zu ziehen, den Tag des Herrn nicht heiligten. Dann baten sie Gott im Himmel, die Einwohner der Inseln vor der schrecklichen Tyrannei des Türken zu bewahren. Denn am heiteren Sommerhimmel ballten sich erneut schwere Unwetterwolken zusammen, diesmal jedoch unsichtbar für menschliche Augen.

Gudrids Mann, Eyjólf, hatte nach anfänglichem Zögern der Versuchung nicht länger widerstehen können. Sobald sich die Sonne des Sonntags hinter dem Berg Dalfjall gesenkt hatte, begannen er und Jón Oddsson, mit dem er gemeinsam den Hof Stakkagerdi bewirtschaftete, ihre Schnüre und Angelhaken bereitzumachen. Sie warteten noch, bis das Abendrot endgültig den Sonnenuntergang verkündete, dann schoben sie ihr Ruderboot ins Wasser.

«Gleich an der Faxi-Schäre bissen schon die Ersten an», sagte Eyjólf. «Jetzt bekommen wir wieder Fisch auf den Teller, und unten auf dem Trockenplatz wartet ein schönes Fass voll Dorsch auf dich.» Dann verschwand er kurz im Schuppen, kam mit einem zusammengerollten Seil um die Schulter wieder heraus und ging in Richtung Fiskhellaberg davon. Sie eilte ihm nach, halb angezogen, die Jacke noch in der Hand und klebrig zwischen den Beinen. Sein Samen sickerte ihr beim Laufen an den Schenkeln hinab. Plötzlich überkam sie das Verlangen, sich im Tau zu säubern.

«Ich will mich waschen.»

Er sah ihr zu, wie sie ihren Rock hochschlug, sich auf die Fersen hockte und mit dem Tau die Scham wusch.

«Das ist so frisch», sagte sie. «Ich bin ganz schmutzig.»

«Nennst du das Schmutz?», fragte er mit vorwurfsvollem Blick aus seinen grauen Augen.

Sie wusste, dass er viele Söhne bekommen wollte. Eine ganze Schiffsmannschaft. Aber sie hatte den Schmerz noch nicht überwunden. Sie hatten erst vor kurzem einen Sohn verloren. Es war furchtbar, Kinder zu gebären, nur um sie sterben zu sehen. Das war das Los so vieler Frauen auf den Westmänner-Inseln. Sie bekamen Kinder, die starben. Gudrid konnte sich glücklich preisen, dass sie Sölmund hatte behalten dürfen.

Sie wusch sich und genoss das Gefühl, rein zu sein. Er sah sie an, als ob er sie auf den Rücken ins Gras legen wollte. Stattdessen nahm er sie aber an der Hand, zog sie vom feuchten Boden hoch und führte sie das letzte Stück zur Felswand hinauf.

Gudrid fühlte sich immer etwas unwohl unter diesem Kliff. Es ragte siebzig Faden senkrecht über ihnen auf und schien unerklimmbar. Und trotzdem hatten die Bewohner der Insel seit jeher die Höhlen in der Felswand genutzt. Es waren unterschiedlich tiefe Aushöhlungen im braunen Tuffgestein, die in schräg nach oben verlaufenden Reihen angeordnet waren und den Leuten als Fischlager dienten. Ihre Höhle lag etwas unterhalb der Mitte des Kliffs, und sie fand den Gedanken, dort hinaufzuklettern, erschreckend. Und doch war es ihr lieber, als eine noch höher gelegene Höhle zu haben, wie manche, die sich von der Felskante oben abseilen mussten. Allein von der Vorstellung wurde ihr schwindelig. Eyjólf hatte einige Male versucht, sie zum Hinaufklettern zu bewegen, aber sie hatte immer irgendwelche Ausflüchte gefunden. Jetzt war er entschlossen.

«Du musst es versuchen», sagte er. «Wenn Feinde auf die Insel kommen, sind die Höhlen unsere einzige Zuflucht.»

Sie trat nervös von einem Bein aufs andere und ließ die Augen über die Wand zur schroffen Felsnadel hinübergleiten, die sich wie ein drohender Zeigefinger vor dem Tal abhob. Ihr Blick blieb an einem schlafenden Papageitaucher hängen. Sie beneidete den Vogel um seine Ruhe. Selbst war sie alles andere als ruhig. Sie sah zu, wie Eyjólf geschickt auf den untersten Absatz des Kliffs kletterte. Man hatte an manchen Stellen dicke Eisenhaken tief in die Wand getrieben. Eyjólf schwang das Seil und warf es um einen starken Haken. Dann zog er die Schlinge zu und kletterte am Seil zur Höhle hoch. Er schlüpfte unter der Stange durch, die zwischen zwei Felsvorsprüngen quer vor dem Eingang lag und an der Fische zum Trocknen hingen. Sie sah, wie er den Fisch nahm und daran roch. Er rief ihr zu, dass er gut rieche. Dann griff er wieder nach dem Seil, ließ sich ein Stück daran hinunter, stieß sich mit den Füßen von der Felswand ab und flog in einem schönen, weiten Bogen zur anderen Seite hinüber. Ihr stockte der Atem.

So hatte er damals ihr Herz gewonnen, am Ende einer erfolgreichen Eiersammelzeit, vor dreizehn Jahren. Er hatte sich das Seil um die Hüften gebunden und sich mit einem kräftigen Tritt vom Kliff abgestoßen und war weit über die Wasseroberfläche hinausgesegelt. Sie hatte kaum zu atmen gewagt vor Spannung und Entsetzen. Und als er sich wieder dem Felsen näherte, dachte sie, jetzt müsse er zerschmettern, aber seine Beine fanden eine sichere Stelle, und er stieß sich erneut ab und flog abermals hinaus. Ein ums andere Mal schleuderte er seinen Körper mit einem kräftigen Tritt von der Felswand weg und schwebte in einem langen Bogen wieder an sie heran. Ihr barst fast das Herz vor Bewunderung und Freude, als er sich mit Hilfe der Sicherungsmänner oben endlich bis an die Kante des Kliffs hinaufgearbeitet hatte. Dann kam er mit einem schelmischen Grinsen auf den Lippen zur Schar der Zuschauer herab. Die Augen aller Mädchen glänzten, aber seine waren von einer zur anderen gewandert und hatten erst an den ihren Halt gemacht.

Heute konnte sie den Gedanken kaum ertragen, dass er dieses Spiel noch einmal spielte. Sie bewunderte seine Kraft, fürchtete aber seine Verwegenheit. Hier toste zwar nicht das Meer unter ihnen, aber es gab auch keinen, der oben das Seil sicherte oder ihn hinaufzog. Außerdem war aus dem federleichten Jüngling von damals ein gut dreißigjähriger Seemann und Bauer geworden, von harter Arbeit gezeichnet, gedrungener, schwerer. Und doch war es wieder da, dieses jugendhafte, unbeschwerte Lächeln, als er sich am Seil schwang. Ein geschickter Kletterer und tüchtiger Vogelfänger, den sie sich da geangelt hatte. Im selben Augenblick, in dem er zu ihr heruntersprang, spürte sie wieder den vertrauten Stolz und die Freude in ihrer Brust. Er reichte ihr das Seil.

«Jetzt du», sagte er. Sie trat an die Felswand heran und zog kurz am Seil, um zu spüren, dass es fest verankert war. Dann raffte sie ihren Rock hoch, biss die Zähne zusammen, setzte einen Fuß in eine Felsspalte, umklammerte das Seil mit beiden Händen und versuchte Eyjólfs Anweisungen zu folgen. Er schob sie am Hintern hoch und ließ dann los. Er sagte, sie solle sich vorstellen, der Hundstürke sei ihr auf den Fersen. Sie müsse sich retten! Er feuerte sie an. Formte die Hände zu einem Trichter vor dem Mund und schrie, die Feinde seien dicht hinter ihr! Er führte einen Höllentanz unter ihr auf. Gudrid zog sich mit halb geschlossenen Augen ein kleines Stück höher, doch der raue Fels vor ihr war schlimmer als jede eingebildete Gefahr. Der Rock war ihr im Weg und machte es schwer, die Beine zu gebrauchen. Sie wusste nicht, was tun gegen die Höhenangst. Als Mädchen war sie furchtlos an jedem Kliff entlangspaziert, aber seit sie selbst ein Kind hatte, schwindelte es ihr so, dass ihr alle Kräfte versagten. Sie wollte sich nach unten gleiten lassen. Sie war wie ein hilfloses Vogeljunges, ein kleiner Papageitaucher, der sich verirrt hat und das Meer nicht finden kann. Wenn sie bloß Flügel hätte!

«Du darfst nicht aufgeben», rief ihr Eyjólf zu, als er sah, dass sie wieder nach unten rutschte. «Du willst doch nicht, dass sie dich wegtragen wie eine leere Fischtonne. Du musst es bis zum untersten Absatz schaffen. Dort kannst du verschnaufen!»

Sie hatte das Gefühl, die Arme würden reißen, und versuchte mit den Füßen Halt zu finden. Sie ertastete einen kleinen Felsvorsprung, auf dem sie sich mit den Zehen abstützen konnte, und jammernd gelang es ihr, sich ein Stück höher zu ziehen. Als sie mit den Augen über die Felskante spähte, sah sie, dass der Absatz breiter war, als er von unten schien. Aber wie sollte sie sich fast eine ganze Körperlänge nach oben schwingen? Wieso kletterte sie da hoch? Die einzige wirkliche Gefahr hier war, dass sie unter den

Füßen den Halt verlor. Und jetzt verlor sie den Halt. Die Beine zappelten in der Luft, und die Kraft der Arme war am Ende. Ein brennender Schmerz fraß sich tief in ihre Handflächen, als sie in Eyjólfs Arme hinunterrutschte.

Er torkelte unter ihrem Gewicht ein paar Schritte zurück, ließ sie beinahe ins Gras unter der Felswand fallen und landete selbst auf ihr. Sie kugelten den Hang hinab. Sie weinte und lachte zugleich vor Schmerz und vor Freude, in den sicheren Armen ihres Mannes zu ruhen. Eyjólf schalt sie für ihre Schwächlichkeit, küsste sie, lachte sie aus, strich ihr über die nackten Schenkel, und zum zweiten Mal in derselben Nacht drang er in seine Frau ein. Im Schutz der Felswand regte sich kein Lüftchen, aber sie konnten das Rauschen der Brandung in der Ferne und das Schwappen der Wellen in der Grotte Kaplagjóta hören. Ihre raschen Atemzüge vermischten sich mit dem fröhlichen Gesang des Goldregenpfeifers und dem hellen Ruf des Austernfischers. Im selben Augenblick, in dem sie spürte, wie sich Eyjólfs Samen in das Dunkel ihres Schoßes ergoss, erwachten die Vögel in den Kliffs und das Stöhnen der Liebenden ging im morgendlichen Gekreisch der Meeresvögel unter.

Gudrid setzte sich auf und legte Eyjólfs Kopf in ihren Schoß. Sie blickte auf das Meer hinaus. Vor ihr lagen die Inseln mit runden, grasbewachsenen Kuppen in einer Reihe nach Südwesten: Alsey und Brandur, Suðurey, Hellisey, Súlnasker und Geirfuglasker. Vorratskammern und Augenweide zugleich. Ein merkwürdiger Einfall des Schöpfers, all diese kleinen Inseln. Wie mochten sie entstanden sein? Und wie waren diese zerklüfteten Berge und senkrechten Felsen der Insel Heimaey entstanden, die das Dorf vor dem Nordwind schützten? Es gab so viel, was sie nicht verstand, aber gern gewusst hätte.

Sie ließ, in Gedanken versunken, die Hand durch das Haar ihres Mannes gleiten. Jeden Sommer bleichten Wind, Salz und Sonne seine rötliche Farbe aus. Sie konnte nicht anders, als es zu berühren. Ihre wunden Finger wühlten in den dicken, sonnengebleichten Locken. Sie beugte sich hinab, um sie zu küssen, und strich mit den Lippen über seine bärtigen Wangen. Ein Lächeln flog über sein Gesicht. Dann kniff er die Augen zusammen und zeigte zum Vulkan Helgafell hinauf. Dort waren Menschen zu sehen. Wahrscheinlich wurden die Wachposten auf dem Kraterrand abgelöst. Vor drei Nächten hatte Eyjólf selbst dort oben Wache gestanden. Auf diese Weise wechselten sich die Inselbewohner seit den Nachrichten vom Überfall in Grindavik auf dem Wachposten ab. Der Berg in der Mitte der Insel bot einen guten Ausblick in alle Richtungen, aber bisher hatte man nichts Ungewöhnliches entdeckt. In Wahrheit glaubten die meisten nicht mehr an ein Kommen der Schiffe. Jetzt musste allerdings etwas geschehen sein, denn sie sahen, wie ein Mann in größter Eile den Bergkamm herabgeritten kam. Die Wachposten schienen aufgeregt hin und her zu laufen. Einer blieb oben auf dem Berg zurück, und drei liefen nach Süden, während der Mann auf dem Pferd quer über den hellen Fleck, den die Morgensonne auf den grünen Hang zeichnete, zum Dorf hinabritt.

Gudrid und Eyjólf sprangen auf. Man musste Schiffe gesehen haben. Wenn es die Seeräuber waren, bedeutete dies, dass der Zorn Gottes über ihnen schwebte. Sie hatten gesündigt. Eyjólf war gegen das Verbot der Obrigkeit zum Fischen gerudert. Sie waren leichtfertig gewesen, und sie hatten zweimal in derselben Nacht dem Verlangen ihres Fleisches nachgegeben. Ihr Junge war allein im Haus. Sie hatten der Dienstmagd Thórdis in den vergangenen Tagen erlaubt, bei ihren Eltern in Ormsbaer zu übernachten. Sie liefen los.

Oft meinen wir, kein Ungeschick
könn' uns auf uns'rem Weg passieren,
und halten uns gar lästerlich,
lassen das sündig Fleisch regieren.

So hatte ihr Großonkel und früherer Hausherr, Hochwürden Jón in Kirkjubaer, gedichtet. Sie sah beim Laufen in Gedanken sein strenges Gesicht vor sich.

Im Haus war alles ruhig. Der kleine Sölmund schlief fest und hatte sich zur Wand gedreht. Sie standen außer Atem am Bett und betrachteten, Seite an Seite, ihren Sohn. Langsam ging die Ruhe des schlafenden Kindes auf die Eltern über, und ein Lächeln erschien auf beider Lippen. Sie waren eine untrennbare Dreieinigkeit, und ihre kleine Torfhütte war ein sicherer Ort der Geborgenheit.

Gudrid legte ihre kleinen, wunden Finger in Eyjólfs große Hand. Die Schwielen auf seinen Handflächen fühlten sich hart an, aber seine Hände waren stets warm. Sie gaben ihr ein Gefühl von Liebe und Vertrauen. Er hatte gute Hände.

Es war sonderbar, unter solchen Umständen die Flucht vorbereiten zu wollen. Eine Vorsichtsmaßnahme. Schwer zu glauben, dass sie wirklich von Bedeutung war. Wie konnte ihnen an diesem sonnigen Sommermorgen irgendeine Gefahr drohen?

Trotzdem begannen sie, sich gegenseitig Anordnungen zuzuflüstern. Gudrid sollte ein paar Kleidungsstücke zusammensuchen und in einen Beutel stecken, während Eyjólf zu den Dänischen Häusern am Hafen hinuntergehen wollte, um zu erfahren, was geschehen war. Es wäre das Beste, alles griffbereit zu haben, falls sie gezwungen sein sollten, in die Höhlen zu fliehen. Und dann würde ihr auch kein Jammern helfen. Sie dürfe aber nicht vor ihm losgehen. Sie müsse warten, bis er mit Neuigkeiten wiederkäme.

2

Der Tag war angebrochen, und im Dorf waren viele Menschen auf den Beinen. Man hatte Schiffe gesichtet. Drei große Schiffe, von denen eines die beiden anderen an Größe übertraf, kreuzten südöstlich der Inseln vorm Wind. Das jagte den Menschen Angst ein. Sie standen an den Umfriedungen ihrer Hofwiesen beisammen und unterhielten sich lang und breit darüber, was das bedeuten könnte. Manche hielten es für unwahrscheinlich, dass dies die Räuberschiffe von Grindavik sein sollten. Sie waren nach Westen fortgesegelt. Konnte es sein, dass sie zurückgekommen waren, und das aus dieser Richtung? War es nicht wahrscheinlicher, dass dort endlich die Küstenwachschiffe der dänischen Krone aufgetaucht waren? Man hatte sie seit dem Frühjahr erwartet. «So wird's wohl sein», meinte Kaufmann Bagge. «Es kann sich aber auch um deutsche oder englische Kaufleute handeln, die versuchen, illegal Handel mit den Einheimischen zu treiben.»

Die fremden Schiffe waren noch zu weit vom Land entfernt, als dass man hätte sehen können, unter welcher Flagge sie segelten. Das größte verbreitete den meisten Schrecken. An Bord eines so riesigen Schiffes musste ein ganzes Heer von Männern sein, und wer weiß, was für ein zwielichtiges Gesindel das sein mochte. Es war erst gut zehn Jahre her, dass englische Abenteurer wochenlang raubend und plündernd über die Insel gezogen waren und den Einheimischen alles Wertvolle abgepresst hatten. Man erinnerte sich noch gut daran. Einige hatten damals ihr gesamtes Hab und Gut verloren. Die Banditen hatten den dänischen Kaufmann, der gleichzeitig auch Statthalter des Königs war, in seinem eigenen Haus unter Arrest gestellt, und das unbewaffnete gemeine Volk hatte keine Möglichkeit zur Gegenwehr gehabt. Unter den Kostbarkeiten, die die Plünderer fortschleppten, war auch die Glocke der Kirche *Landakirkja* gewesen. Die hatten sie später zwar wieder zurückgegeben, und kein einziger Mann hatte bei dem Überfall sein Leben und keine anständige Frau ihre Ehre verloren, aber dennoch. Dem Engländer war nicht über den Weg zu trauen.

Die Unruhe erfasste das ganze Dorf. Und doch geschah nichts weiter, als dass die Schiffe vor der Insel kreuzten. Sie näherten sich nur langsam in der Flaute und der spiegelglatten See.

Wer als umsichtig gelten wollte, bereitete die Flucht vor. Man war sich allerdings nicht einig, wohin man fliehen sollte. Nur die Tüchtigsten würden den Aufstieg zu den Fischlagerhöhlen schaffen, und für Frauen und Kinder waren sie praktisch unerklimmbar. Einfacher wäre es, sich in der großen Höhle am Ende des Lavafeldes bei Ofanleiti zu verstecken. Bauern von nahe gelegenen Höfen hatten seit den Nachrichten vom Überfall in Grindavik Tag und Nacht geschuftet, um die Höhle zu vergrößern. Sie würde 120 Leute fassen. Manche hielten die Höhle Raudhamarshellir auf der Halbinsel Stórhöfdi für die bessere Wahl. Sie sei geräumig und leicht gegen Angreifer zu verteidigen. Allerdings würden sich Menschen mit Höhenangst kaum dorthin wagen. Und einige meinten, es wäre klug, die Leute zum Festland zu rudern. Wieder andere fanden das zu riskant. Wenn plötzlich Wind aufkäme, wäre es die reinste Tollheit, sich mit ein paar kleinen Booten so großen Schiffen in den Weg zu stellen. In Wirklichkeit gab es nur eine Hoffnung: sich der göttlichen Vorsehung anzuvertrauen und den, der alles lenkt, zu bitten, er möge die drohende Gefahr abwenden.

So verging der Tag, ohne dass etwas geschah. Auf der Wiese vor dem Haus in Stakkagerdi standen Gudrid und ihre Nachbarin Anna Jasparsdóttir und spähten in die Ferne. Die Angst, die sie bei der ersten Nachricht von den fremden Schiffen befallen hatte, war während der alltäglichen Verrichtungen gewichen. Jetzt war sie wieder da. Sie warteten ungeduldig auf ihre Männer. Sie warteten, dass etwas passierte. Anna hatte einen Säugling auf dem Arm, und

Sölmund spielte zu Gudrids Füßen mit Muscheln. Die leichte Brise küsste seine Wangen.

Gudrid blickte auf den Kopf ihres Sohnes hinab, der sich von der Unruhe, die in der Luft lag, nicht stören ließ. Er sah seinem Vater ähnlich: blond, mit einer kleinen Kinderstupsnase und einem schön geformten Mund. Die dunklen Augen hatte er von ihr. Und in ihr wurde wieder die Erinnerung an jenen wunderbaren Sommer wach, als Eyjólf sie hinter dem Stein versteckt gefunden hatte und ihre Augen den seinen zum ersten Mal begegnet waren. Sie war damals sechzehn Jahre alt gewesen und hatte im Winter zuvor bei einem Schiffsunglück ihren Vater verloren. Ihre Mutter war mit den drei Kindern, ihr selbst, Solveig und Einar, der erst neun war, allein. Die Welt glich einem schaukelnden Kahn auf hoher See. Hochwürden Jón in Kirkjubaer, ein Onkel ihrer Mutter, hatte damals angeboten, der Familie unter die Arme zu greifen, und der Witwe einen Knecht für die Arbeit auf dem Hof gesandt. Dafür sollte ihre älteste Tochter, Gudrid, als Kindermädchen für den kleinen Jón und seine Schwester Margret ins Haus der Pfarrersleute kommen. Jón war damals im zweiten Jahr und Margret im selben Alter wie Sölmund heute.

Gudrid hatte sich trotz der vielen Leute im Pfarrhof von Kirkjubaer einsam gefühlt. Sie vermisste ihr Elternhaus und trauerte um ihren Vater. Sie weinte am Abend vor Gottes Angesicht, aber am Tag verbarg sie ihre Trauer und spielte mit den Pfarrerskindern. Der kleine Jón war so aufgeweckt, dass sie ihn nie aus den Augen lassen durfte, aber Margret, ein stämmiges Mädchen, war gut erzogen und mahnte ihren Bruder oft zur Ruhe. Sie hatte alle Hände voll zu tun, sich um sie zu kümmern, und nach und nach begann sie sich im Haus des Priesters wohl zu fühlen.

Eines Tages, als sie mit den Kindern am Fuß eines Hügels spielte, hatte sie plötzlich einen lauten Knall gehört. Danach folgten heftiges Gepolter und wildes Geschrei. Sie war auf den Hügel gelaufen, um zu sehen, was geschehen war, und hatte sich sofort zu Boden gworfen. Auf dem Vorplatz des Hauses trieb sich eine Schar unbekannter Männer herum, die lärmten und sich wie Rohlinge aufführten. Gudrid griff erschrocken nach den Kindern. Sie nahm Jón auf den Arm und Margret an der Hand und lief mit ihnen davon, bis ihre Kräfte versagten und sie sich zuletzt im Schutz eines großen Steines zu Boden fallen ließ. Dort hielt sie sich mit den Kindern bis zum Abend versteckt.

Gudrid erinnerte sich, wie froh sie war, als endlich zwei Männer des Pfarrers zu Pferd auf der Wiese aufgetaucht waren. Nebel war vom Meer hereingezogen, und es hatte zu nieseln begonnen. Sie waren alle drei durchnässt und froren, als Gudrid die Rufe der beiden Männer hörte und ihnen antwortete. Einer von ihnen war Eyjólf. Er lächelte erleichtert, als er das Mädchen mit den zitternden Kindern im Schoß an den Stein gekauert entdeckte, hob die Kinder hoch und setzte sie zu seinem Kameraden aufs Pferd. Dann reichte er Gudrid die Hand und half ihr auf die Beine. Sie würde nie vergessen, wie warm seine Hand gewesen war, in der die ihre vor Kälte zitterte. Sie war ganz steif vom Sitzen gewesen und kam sich schwer und ungelenk vor, aber er hob sie mühelos auf das Pferd und schwang sich dann hinter ihr auf den Rücken des Tieres. Als er es antrieb, flüsterte er ihr ins Ohr, dass die Räuberhorde zu englischen Segelschiffen gehörte und dass es verdammt bitter wäre, keine Waffen zu besitzen, um sich zu wehren. Das Diebsgesindel hätte den ganzen Pfarrhof geplündert.

Das waren ungeheure Nachrichten. Das ruhige Leben der Menschen, die kaum eine andere Bedrohung als durch das Meer und die Stürme kannten, wurde nun von einer neuen Gefahr erschüttert. Sie dachte an ihre Mutter zu Hause in Gjábakki und begann vor Angst und Schrecken zu zittern. Und trotzdem fühlte sie sich merkwürdig geborgen in den Armen des jungen Mannes. Er strahlte Wärme aus, obwohl er genauso durchnässt war wie sie. Ihr war kalt und doch nicht kalt. Sie hatte Angst und doch keine Angst. Zu Hause angekommen, hob er sie vom Pferd und blickte ihr rasch ins Gesicht. Ein warmes Leuchten lag in seinen graublauen Augen. Sie errötete. Dann nahm sie den kleinen Jón auf den Arm und eilte mit den Kindern über den Vorplatz zum Haus. Sie sah, dass die Tür zur Vorratskammer aufgebrochen worden war und drinnen alles durcheinander lag. Fässer mit sauer eingelegtem Fleisch lagen umgestoßen, und Skýr und saure Molke flossen über den gestampften Lehmboden. Die Plünderer hatten halb aufgegessene Blutwürste, fette Fleischstücke, Lummeneier und andere Köstlichkeiten in den Schmutz getreten, während alle Vorräte an Geflügel und Trockenfisch verschwunden waren. Drinnen im Haus waren die Leute dabei, die Spuren der Verwüstung zu beseitigen und ihre Kleidung und Habseligkeiten wieder in Ordnung zu bringen. Manche hatten bei den Auseinandersetzungen mit den Angreifern, die wie ein Blitz aus heiterem Himmel aufgetaucht waren, Verletzungen davongetragen. Die Pfarrersleute standen mit besorgter Miene dabei und versuchten, den anderen Anweisungen zu geben. Als Madame Margret Gudrid mit den Kindern kommen sah, geriet sie außer sich vor Freude. Sie riss die beiden an sich und verschwand mit ihnen in der Schlafkammer.

Gudrid erschauerte, als sie sich diese längst vergangenen Sommerwochen wieder ins Gedächtnis rief. Zu Anfang hatte völliges Chaos auf der Insel geherrscht, aber nach einigen Tagen war die zerstörerische Wut der Räuber verflogen. Eines Tages, als Gudrid bei ihrer Mutter zu Besuch war, drangen dort zwei Banditen ein und verlangten zu essen und zu trinken. Voller Angst setzte die Mutter ihnen das Beste im Hause vor, und die Männer machten sich gierig über die Speisen her. Sie kauten zufrieden an den Papageitaucherbrüsten. Gudrid stand mit ihrer Schwester Solveig zu Tode erschrocken in einer Ecke – und hörte dennoch gebannt zu, wie sich die Männer unterhielten. Sie konnte nicht anders. Ihre Sprache klang so sonderbar in ihren Ohren. Und als sie aufstanden, reichten sie ihrer Mutter die Hand und bedankten sich höflich für die Mahlzeit. Sie stahlen diesmal nichts.

Auch aus Annas Elternhaus hatten die Schurken keine Vorräte gestohlen, aber sie hatten die vortrefflichen Soldatenstiefel, das Gewehr und den Degen mitgenommen, die noch aus der Zeit stammten, als ihr Vater König Christian IV. gedient hatte. Anna, die übrigens den Namen der Gemahlin dieses großen Monarchen,

Anna Katrine, trug, erinnerte sich noch, wie sie das Entsetzen packte, als die Räuber ihrem Vater den Lauf des Gewehrs auf die Brust setzten. Sie war damals im Konfirmationsalter und hatte erwartet, ihn sogleich blutüberströmt auf den Boden der Stube sinken zu sehen. Sie erschossen ihn nicht. Aber sie zwangen ihn, alle Truhen und Verschläge im Haus zu öffnen, und traktierten ihn mit Fußtritten, als sie fanden, dass es nicht genug zu holen gab.

Dann, eines schönen Tages, waren die Räuber so plötzlich, wie sie gekommen waren, wieder verschwunden. Keiner wusste so genau, was sie vertrieben hatte. Vielleicht war es der Regen gewesen. Aber Gudrid erinnerte sich noch, dass Unnur in Daltjörn Tränen über die Wangen liefen, als sie das Dorf verließen. Es waren nicht alle böse gewesen, sagte sie. Lorry war ein guter Junge!

Unnur trauerte Lorry nach und würdigte danach die jungen Männer auf der Insel keines Blickes mehr. Später heiratete sie einen gestandenen Bauern auf dem Festland. Man erzählte sich, dass einer ihrer Söhne Ólaf Lorry hieß.

Gudrid und Anna Katrine standen vor der Giebelwand und ließen sich von der Nachmittagssonne wärmen, während sie sich die Ereignisse dieses bewegten Jugendsommers in Erinnerung riefen. Die Wiesenvögel sangen und die Fliegen surrten. Wie konnte ihnen Böses bevorstehen?

Sie spähten, die Hand über den Augen, zum Helgafell hinauf. Dort war nichts Ungewöhnliches zu bemerken. Aber den ganzen Tag über waren Leute an ihrem Hof vorbeigegangen. Die Menschen waren zu den Dänischen Häusern unterwegs, wo alle waffenfähigen Männer der Verteidigungsmannschaft zugeteilt wurden, die der Kaufmann Bagge rekrutiert hatte. Die Inselbewohner wollten dieses Mal nicht unvorbereitet sein, wenn Feinde an Land gingen. Gudrid und Anna hatten erfahren, dass ihre Männer jetzt auf der Schanze, mit Musketen aus dem dänischen Handelsschiff bewaffnet, auf und ab marschierten. Aber dorthin zu gehen war den Frauen verboten. Die Schanze war kein Platz für Frauen und Kinder, so wie die Dinge standen.

Gudrid und Anna gingen mit den Kindern ins Haus. Noch hatten sie nicht alle Vorbereitungen für den schlimmsten Fall getroffen, dass auf den fremden Schiffen Freibeuter sein sollten. Die wertvollsten Stücke ihrer Habe hatten sie allerdings schon beiseite geschafft. Anna besaß ein Festtagskleid aus dunkelrotem Tuch mit Silberknöpfen an den Ärmeln, die zusammen mit einer Halskette aus Silber Erbstücke ihrer Großmutter väterlicherseits auf Seeland waren. Dieses Kleid hatte sie an ihrem Hochzeitstag getragen. Jetzt lag der Brautschmuck zusammen mit Gudrids Sonntagsgewand in einer Truhe auf dem Dachboden des Schuppens. Dort hatten sie ihre Habseligkeiten schon am Tag zuvor versteckt und ein altes Focksegel und ein zerrissenes Großsegel darüber gebreitet. Sie versuchten alles so herzurichten, dass es keinen Verdacht erregte, und hatten noch einen Ballen Angelschnur und die Seemannskleider ihrer Männer darüber geworfen. Die schäbigsten Kleidungsstücke legten sie dagegen zusammengefaltet in Gudrids Truhe am Fußende ihres Bettes.

Am Boden der Truhe bewahrte Gudrid ihren Geldbeutel auf. Dieser Platz schien jetzt nicht mehr sicher. Sie nahm den Beutel, trug ihn in die Küche und vergrub ihn mit einem Kochlöffel hinter der Feuerstelle in der Erde. Dann stampfte sie das Loch mit dem Fuß gut zu, streute Asche über die Stelle und stellte zuletzt noch einen Besen darauf, um die Spuren zu verdecken. Als sie damit fertig war, wetzte sie ihr Messer, schnitt einen fetten Schellfisch in Stücke und ließ diese in einen Topf mit heißem Wasser gleiten. Während sie zusah, wie es zu kochen anfing, ging ihr der Gedanke durch den Kopf, dass es nützlich sein könnte, ein gut geschliffenes Messer zur Hand zu haben, falls Feinde in das Haus eindrangen. Schließlich legte sie die fertig gekochten, dampfenden Stücke auf ein Holztablett und trug es in die Wohnstube. Dort setzten sich Gudrid und Anna mit Sölmund hin und aßen mit bester Lust den frischen Schellfisch mit Butter. Der Junge bat um mehr. Und beim köstlichen Geschmack des frischen Fisches zerfloss auch die Angst in ihrer Brust wie die Butter auf der Zunge. Als sie satt waren, knöpfte Anna Jacke und Hemd auf und gab ihrem Kind die Brust.

Mit den zufriedenen Nuckelgeräuschen der kleinen Óshild breitete sich eine tiefe Ruhe in der dämmrigen Wohnstube aus.

Später am Abend kam Jaspar Christiansen, um nach seiner Tochter zu sehen. Er bot ihr an, mit ihm nach Hause zu kommen. Es war zwar nichts geschehen, die Schiffe kreuzten nach wie vor südöstlich der Inseln, aber ihrer Mutter würde das eine gewisse Beruhigung verschaffen. Doch Anna hatte kurz zuvor Óshild in die Wiege gelegt und wollte das kleine Mädchen nicht wecken. Sie sagte, dass sie mit Gudrid warten wollte, bis ihre Männer abgelöst würden. Sie hätten gesehen, dass die Männer, die fast den ganzen Tag bei den Dänischen Häusern zugebracht hatten, jetzt einer nach dem anderen nach Hause kämen. Jón und Eyjólf müssten bald da sein.

Aber ihre Männer kamen die ganze Nacht nicht nach Hause, und die Frauen fanden keinen Schlaf. Sie gingen ab und zu vors Haus, um nach ihnen Ausschau zu halten.

«Ich habe Angst», flüsterte Anna. «Hätte ich doch mit meinem Vater nach Hause gehen sollen?»

Gudrid erzählte ihr vom Papageitaucher, den sie vorige Nacht auf dem Felsen gesehen hatte. Sein Leben lag in Gottes Händen, genau wie ihres. Sie reichte ihrer Nachbarin die Hand, und gemeinsam knieten sie im Gras nieder.

Dein Wille geschehe, wie im Himmel so auf Erden.

Die Stille der Sommernacht hatte sich über das Dorf ausgebreitet. Außer dem immer währenden Rauschen des Meeres und einem vereinzelten Piepsen der Wiesenvögel war nichts zu hören. Nur das ferne Echo des Gekreisches der Seevögel drang von der Küste herüber. Schließlich verstummte auch das. Die Frauen standen auf und gingen in ihre Häuser. Gudrid setzte sich auf das Bett, in dem der Junge an der Wand schlief. Sie wollte wachen.

3

Gudrid hatte nicht bemerkt, dass sie eingenickt war, bis sie von Lärm vor dem Haus aus dem Schlaf gerissen wurde. Sie hatte sich ein wollenes Schultertuch umgelegt, fühlte aber trotzdem ein Frösteln im Körper, und ihr Hals war steif. Als sie die Füße auf den Boden setzte, spürte sie ein schwaches Zittern wie von Getrappel von Pferdehufen. Sie hörte, wie jemand mit Gepolter durch den Flur hereinkam, und wusste sofort, dass dies nicht Eyjólf war. Dann wurde die Tür zur Stube aufgerissen, und ein fremder Mann stand vor ihr. Sie hatte noch nie zuvor ein so dunkles Gesicht gesehen. Der Mann hatte eine rote, spitze Mütze auf dem Kopf, ein rasiertes Kinn und einen dichten Schnauzbart, der ihm über die Mundwinkel hinabreichte. Er trug eine weite Pluderhose mit einer breiten Schärpe um die Taille, in der ein langer, gebogener Dolch und eine Pistole mit verziertem Schaft steckten. Er riss das Messer hoch und schrie mit heiserer Stimme etwas, das sie nicht verstand. Dann blickte er sich im Raum um. Als er keine weiteren Personen entdeckte, steckte er den Dolch wieder weg und kam mit raschen Schritten auf sie zu.

Gudrid hatte wie versteinert dagestanden. Jetzt beugte sie rasch die Knie, streckte die Hand nach hinten aus und tastete nach dem Fischmesser unter der Matratze. Aber noch bevor ihre Finger den Griff berührten, stieß der Mann ihre Hand mit einem Fußtritt weg. Sie schrie vor Schmerz auf. Sölmund wachte auf und begann zu weinen. Gudrid wollte das Kind an sich reißen und spürte im selben Augenblick, wie sich der eiserne Griff des Mannes um ihre Arme schloss. Er stieß sie auf das Bett, sodass ihr Kopf mit einem dumpfen Schlag gegen das Fußende prallte. Ein scharfer Schmerz durchzuckte ihren Nacken. Sölmund stand plärrend im Bett, während der Mann einen Strick, den er um seinen Bauch trug, löste. Gudrid war wie gelähmt. Sie lag vor ihm, unfähig, sich zu bewegen. Als der Mann sich über sie beugte, stieß er mit dem Kopf an die Dachschräge über dem Bett, und feiner Staub rieselte ihm aus den trockenen Grassoden ins Gesicht. Er murmelte etwas und rieb sich die Augen. Gudrid nutzte die Gelegenheit und trat ihn mit aller Kraft. Er stieß einen Schmerzenslaut aus und taumelte zurück. Aber noch ehe sie sich hochgerappelt hatte, stürzte sich der Mann zum zweiten Mal auf sie und schleuderte sie zu Boden. Sie wehrte sich mit Händen und Füßen, doch der Mann drehte sie auf den Bauch, setzte sich auf ihren Rücken und drückte ihr mit einer Hand den Kopf auf den Boden. Ihr Gesicht wurde gegen die Dielen des Holzbodens gepresst. Mit der anderen Hand drehte er ihr die Arme auf den Rücken. Sie spürte einen stechenden Schmerz in der Schulter und hatte Blutgeschmack im Mund. Als er ihr die Hände gefesselt hatte, stand der Mann auf und versetzte ihr einen Tritt in die Seite. Sie wurde auf dem Boden herumgeschleudert und winselte um Gnade, aber er antwortete ihr mit einem festen Tritt in den Bauch. Sie rang nach Luft. Dann lag sie zusammengekrümmt vor dem Bett. Sölmund schrie wie ein Lamm auf der Schlachtbank. Der Mann wandte sich dem Kind zu, und Gudrid hörte, wie er ihm eine schallende Ohrfeige versetzte, die dem Jungen den Schrei im Halse stecken bleiben ließ. Sie unternahm einen schwachen Versuch, auf die Beine zu kommen, aber der Mann stieß sie sofort wieder zu Boden. So kauerte sie bewegungslos auf allen vieren, den Rock weit über die Hüften hochgeschoben, und versuchte verzweifelt, sich irgendeinen Ausweg einfallen zu lassen, während sie Sölmund schluchzen hörte. Der Mann sprach in beruhigendem Ton auf den Jungen ein, und plötzlich verstummte das Kind. Sie versuchte den Kopf zu heben, um zu sehen, was vor sich ging, aber der Mann setzte ihr den Stiefel auf die Schläfen und drückte den Kopf wieder auf den Boden. Sie stöhnte auf, als sich ein Splitter des Holzbodens in ihre Wange bohrte. Schließlich schien der Mann sicher zu sein, dass sie keine weiteren Versuche machen würde aufzublicken, nahm den Fuß von ihrem Kopf und setzte ihn auf ihren nackten Po. Dort ließ er ihn ruhen, während er weiter in lockendem Ton auf Sölmund einsprach.

Zu guter Letzt zog der Mann den Fuß weg, streifte mit der Stiefelspitze den Rock nach unten und riss Gudrid vom Boden hoch. Er nahm Sölmund auf den Arm, griff mit der freien Hand nach ihr und stieß sie durch den Flur vor sich her. Sie stolperte durch die Tür ins Freie. Der Anblick, der sich ihr dort bot, übertraf alles, was sie sich jemals von den Kämpfen der Wikinger und den Kriegen in der Bibel ausgemalt hatte. War Gott dabei, die sieben Schalen seines Zorns über die Erde auszugießen?

Ein Heer von Männern jagte über die Insel, schreiend wie Bestien, Schwerter und Pistolen überall in der Luft. Das Krachen der Schüsse und das Kriegsgeheul der Männer waren entsetzlich. Sie wollte sich die Ohren zuhalten, aber ihre Hände waren auf dem Rücken gefesselt. Beim Versuch, sie zu bewegen, durchzuckte sie wieder der stechende Schmerz in der Schulter, und sie sank auf der Steinplatte vor der Tür zu Boden. Sie wunderte sich über das weiße Leuchten über dem Gletscher. Sie hatte sich immer vorgestellt, die Erde würde am Tag des Jüngsten Gerichts in Finsternis versinken. In ihrem Kopf hallten die Worte aus der Offenbarung des Johannes wider:

Und alle Berge und Inseln wurden bewegt von ihrer Stätte.

... Inseln bewegt von ihrer Stätte ... So würde es kommen. Gottes Zorn war über sie gekommen. Dann wurde ihr schwarz vor Augen.

Gudrid wurde in eines der Dänischen Häuser am Hafen hineingestoßen. Drinnen herrschte Durcheinander und Gedränge: weinende Frauen und Kinder, jammernde Greise, gefesselte Männer. Irgendwie hatte man sie halb bewusstlos ins Dorf hinunter geschleppt. Sie war nicht sicher, ob sie all das wirklich gesehen hatte, was sie gesehen zu haben glaubte. Hatte sie gesehen, wie der Kopf eines Mannes davonflog? Hatte sie einen blutigen Arm gesehen, den man auf die Umfriedung ihrer Hauswiese warf? Hatte sie gesehen, wie Anna Jasparsdóttir mit ihrer kleinen Tochter im Arm vor einem der Kerle floh, die ihr auf den Fersen waren? Er holte sie ein, riss ihr das Kind aus den Armen, warf es dem nächsten Kumpanen zu und schleuderte sie zu Boden. Dann zog er ihr die Röcke hoch und versuchte sie dort mitten auf der Straße zu schänden. NEIN! Sie schloss die Augen. Es konnte nicht sein, dass sie das gesehen hatte. Sie hatte nur gehört, wie sich Annas Hilferufe mit ihren eigenen Schreien vermischten. Was war aus Anna geworden? Was war aus der kleinen Óshild geworden? Und wo war Sölmund? Mein Gott, wo war Sölmund?

Als sie begriff, dass Sölmund nicht bei ihr war, packte sie neues Entsetzen. Sie rief nach ihm und versuchte sich durch die Menge der winselnden Kinder im Lagerschuppen zu drängen, aus deren Mitte sie ihn antworten zu hören meinte. Unter ihnen waren viele, die von ihren Eltern getrennt worden waren.

«Sölmund!» Sie erkannte ihre eigene Stimme kaum, als sie den Namen des Jungen rief. Sie klang fremd und schneidend. Bei der Anstrengung flammte der Schmerz im Nacken wieder auf.

«Sölmund, wo bist du? Weiß einer, wo mein Junge ist?» Keiner antwortete ihr. Manche sahen aus, als hätten sie den Verstand verloren, andere schüttelten den Kopf. Jeder hatte genug mit sich selbst zu tun.

«Sölmund!», rief sie aus allen Leibeskräften und lief an die Tür, aber ihre Stimme ging in einer Gewehrsalve unter, die draußen plötzlich losbrach. Sie hörte das Jammern einer Frau, hastige Schritte und Hufschläge, Hundegebell und Kindergeschrei, das sich mit den Klagelauten drinnen vermischte.

«Schießen die meinen Jungen tot? Schießt nicht meinen Jungen tot! Lasst mich raus!» Sie schrie. Sie warf sich mit dem Gewicht ihres ganzen Körpers gegen die Tür und brach im nächsten Augenblick unter dem betäubenden Schmerz in der Schulter zusammen.

Gudrid lag am Boden des Lagerschuppens, die Hände auf dem

Rücken gefesselt, und zitterte am ganzen Leib. Wie hatte dieses Unglück so plötzlich über sie hereinbrechen können? Wo kamen diese Männer her? Sie hatte kein Schiff gesehen. Niemand hatte Schiffe im Hafen gesehen. Dort lagen nur das dänische Handelsschiff, die *Krabben*, die königlichen Boote und die Fischerboote der Inselbewohner. Eine ansehnliche Flotte, wenn keiner auf See war. Waren diese Teufel aus dem Krater des Vulkans Helgafell gekrochen? Sendboten des Leibhaftigen aus den Eingeweiden der Erde?

Denn es ist gekommen der große Tag seines Zorns, und wer kann bestehen.

Sie hatte das gelesen, aber nie geglaubt, dass es je wirklich geschehen könnte. War sie eine ungläubige Törin gewesen?

Gudrid hatte den Gedanken noch nicht zu Ende gedacht, als die Tür aufgerissen wurde und der alte Pfarrer von Ofanleiti, Hochwürden Ólaf Egilsson, hereinstolperte. Hinter ihm folgte seine Frau Ásta zusammen mit deren Mägden und den Kindern. Die Hände des Priesters waren auf dem Rücken gefesselt, und blutige Rinnsale liefen ihm aus dem grau gesprenkelten Haar über die Schläfen. Er wirkte verstört und wimmerte erbärmlich. Seine Frau hielt sich die Hände vor den Bauch und stöhnte vor Angst und Erschöpfung. Sie war hochschwanger, und es fiel ihr schon sehr schwer zu gehen. Dankbar sank sie auf einen mit Wolle voll gestopften Sack, den ihr ihre Nachbarin von Brekkuhús in aller Eile zuschob. Eine ihrer Mägde, Gudborg, hatte die Hände frei und versuchte ihre Hausherrin zu stützen und ihr den Rücken zu massieren. Die andere Magd, ein blutjunges Mädchen vom Festland, warf sich gegen die Tür und schrie und bettelte, dass man sie hinauslasse. Ásta rückte zur Seite, um ihrem Mann auf dem Wollsack Platz zu machen, aber er fiel nur weinend vor ihr auf die Knie und legte sein Haupt in ihren Schoß. Sie strich ihm sanft über die bärtigen Wangen. Ihr Sohn Egill hielt seine kleine Schwester im Arm, ein einjähriges Mädchen, das sein Gesicht am Hals des Bruders verbarg. Das Gesicht des Jungen war von Angst gezeichnet, aber er versuchte trotzdem, dem Mädchen beruhigend auf den

Rücken zu klopfen. Die beiden Stiefkinder, der kleine Valdimar und Kristjana, standen mit vor Entsetzen geweiteten Augen dabei. Das war die ganze Familie des Pfarrers, außer der ältesten Tochter, Helga. Wo war Helga?

Keiner sprach den Priester an, und es war, als ob die Leute Scheu hätten, sich diesem gesetzten, ehrwürdigen Mann zu nähern, wie er jetzt so unter der elenden Schar als jammernder Greis hockte. Und doch empfanden viele Zuneigung für ihn. Auch Gudrid. Er hatte sie im Katechismus unterrichtet und ihr Lesen und Schreiben beigebracht. Und er war, genauso wie Hochwürden Jón in Kirkjubaer, mit ihr verwandt. Hochwürden Ólaf war der Bruder ihres Großvaters Eyjólf von Snorrastadir. Außerdem war auch seine Frau Ásta eine Verwandte von Gudrid: Ástas Mutter und Gudrids Großmutter waren Schwestern von Hochwürden Jón gewesen. Als Ólaf die erste Frau verloren hatte, hatte ihm sein Amtskollege Jón seine Nichte Ásta als Haushälterin gesandt. Man hatte damals gemunkelt, dass nicht viel Zeit zwischen der Hochzeit des Pfarrers mit der neuen Haushälterin und der Geburt ihrer Tochter vergangen sei, die sie nach Ólafs erster Frau Helga nannten. Kein Zweifel, Hochwürden Ólaf liebte seine Frau. Und er machte ihr noch immer Kinder, der Mann mit seinen dreiundsechzig Jahren.

Nach einer Weile wagte es Gudrid, sie anzusprechen, und fragte, ob sie vielleicht Eyjólf oder ihren Jungen vor den Dänischen Häusern gesehen hätten. Nein, sie hatten keinen von beiden gesehen – was aber nichts bedeute, denn die Henker hätten sie den ganzen Weg von Ofanleiti her gehetzt und mit Peitschen angetrieben, auch Ásta, obwohl ein jeder sehen konnte, in welchem Zustand sie war. Die Mörder hatten ihnen keinen Augenblick Rast gegönnt. Eines hätten sie aber gesehen, dass Kaufmann Bagge zusammen mit seiner ganzen Familie und Kapitän Thomsen zum Festland geflohen war und dass das Handelsschiff verlassen im Hafen lag. Es würde eine leichte Beute für die Freibeuter sein, ebenso wie seine eben erst gelöschte Fracht.

Kaufmann Bagge geflohen! Ein Raunen ging durch die Schar der Gefangenen im Lagerschuppen. Der Befehlshaber selbst! Er, der allen waffenfähigen Männern befohlen hatte, ihre Fischmesser und Gewehre hervorzukramen, der Schießübungen veranstaltet und drei Wochen an der Schanze hatte bauen lassen und dabei die Nachkommen der Wikinger mit Schimpfwörtern und Flüchen überhäuft hatte. Er, der Stellvertreter des Königs, der die Verantwortung für die Verteidigung der Inseln trug, war als Erster vor den Feinden weggerannt. Was für eine Memme!

Die Menschen vergaßen für einen Augenblick ihr eigenes Elend und ihr Unglück, während sie sich über die Feigheit von Lauritz Bagge empörten.

Aber wer hatte ihn zum Festland gerudert? Er hatte keine Ahnung vom Rudern, geschweige denn die Kraft dazu, dieser Schwächling. Waren es die dänischen Matrosen vom Handelsschiff oder die isländischen Seemänner von den königlichen Booten gewesen?

«Das wird wohl die Erklärung für Eyjólfs Verschwinden sein, Gudrid. Er ist natürlich auf dem Weg zum Festland.»

Wie ein vergifteter Pfeil bohrte sich die ungeheure Vermutung in Gudrids Herz. Eyjólf geflohen mit Bagge! Und sie zurückgelassen! Wer hatte es gewagt, auf einen solchen Gedanken zu kommen? Sie drehte sich blitzschnell zu dem Mann herum. Es war Hall, ein Knecht von Sandhóll. Sie hatte früher oft bemerkt, wie er ihr verstohlene Blicke zuwarf. Er hatte versucht, sich bei Eyjólf einzuschmeicheln und sich gut mit ihm zu stellen. Sie verabscheute Hall.

«Das ist eine unverschämte Behauptung. Du bist nur neidisch auf Eyjólf», stieß sie hervor.

Der Mann lachte kalt. Auch seine Hände waren auf dem Rücken gefesselt, und er trug ein Fußeisen um einen Knöchel, an dem eine schwere Kette hing.

«O nein. Ich beneide Eyjólf Sölmundarson nicht, denn jetzt hat er sich deine Verachtung zugezogen.»

Sie spürte, wie Zorn in ihr hochwallte. Aber sie wollte keine weiteren Worte an ihn verschwenden und wandte sich ab. Nur mit Mühe gelang es ihr, die Tränen zurückzuhalten. Es konnte nicht sein, dass Eyjólf sie im Stich gelassen hatte.

«Wenn Eyjólf unter denen ist, die Bagge an Land rudern, dann nur, weil man ihn dazu gezwungen hat, Gudrid.»

Es war die alte Emerentsjana, Eyjólfs Stiefmutter, die diese tröstenden Worte sprach. Und sie fügte hinzu: «Mein Eyjólf würde dich und den Jungen nie im Stich lassen.»

Sowie Emerentsjana den Jungen erwähnte, konnte sich Gudrid nicht länger beherrschen. Sie sank neben der alten Frau zu Boden und weinte. Sie verstand kaum die eigenen Worte, die ihr über die Lippen sprudelten. Das waren alles Fragen, auf die es keine Antworten gab. Warum? Warum? Warum? Die alte Frau versuchte nicht zu antworten. Sie strich ihr nur über das zerzauste Haar und sagte:

«Wie furchtbar doch dein Haar aussieht, mein Zottelkopf. Man müsste dich kämmen.»

4

Den ganzen Tag über wurden immer wieder neue Gefangene ins Haus geworfen. Die meisten von ihnen waren übel zugerichtet und verwundet, viele hatten zerrissene Kleider, manche waren halb nackt. Bald würde es im Haus keinen Platz für noch mehr Gefangene geben. Die Luft war zum Schneiden, und aus einer Ecke stieg übler Gestank auf. Dort hatten die Jungen von Kornhóll, denen es gelungen war, ihre Fesseln zu lösen, ein paar Dielen aus dem Holzboden gebrochen und darunter ein Loch gegraben, in das die Leute ihre Notdurft verrichten konnten.

Gudrid schloss die Augen, während sie auf den Fersen über der Kotgrube hockte. Sie wollte nicht sehen, wer ihr dabei zusah. Es war eine Schande, sich vor anderen erleichtern zu müssen, und wenig Trost, dass es denen genauso erging.

Es war bereits Abend, als schließlich einige Seeräuber in der Tür erschienen und alle Gefangenen ins Freie trieben. Dort wurden sie von einem Ring bewaffneter Männer umstellt, und zwei von ihnen, offensichtlich Anführer der Horde, begannen auszuwählen, wer von den Gefangenen zum Meer hinuntergetrieben werden sollte. Alte Leute stießen sie wieder in das Haus zurück.

«Gott stehe dir bei, Gudrid, auf all deinen Wegen», sagte die alte Emerentsjana mit gebrochener Stimme in der Tür des Schuppens. «Ich werde Eyjólf die Nachricht bringen, dass dich die Seeräuber auf das Schiff geschleppt haben.»

Gudrid sah zu, wie die alte Frau im Dänischen Haus verschwand. Sie selbst wurde vorwärts gestoßen. Sie sah auch, wie sich Hochwürden Ólaf und Ásta vor dem Anführer auf die Knie warfen und um Gnade flehten. Der Rädelsführer stieß ein höhnisches Gelächter aus und zwang den Gottesdiener unter Fußtritten wieder auf die Beine. Dann trieb man die Pfarrersleute hinter den anderen her zum Hafen. An der Anlegestelle hatte man bereits begonnen, die Gefangenen in die größten Boote der Inselbewohner zu pferchen. Die Sklaventreiber nahmen den Männern die Fesseln ab und legten ihnen Fußeisen an. Dann wurden sie an die Ruder gesetzt. Zuletzt stiegen in jedes Boot noch zwei Freibeuter, sie schlugen mit Peitschen auf die Rücken der Ruderer ein.

Gudrid saß in einem der größten königlichen Boote, einem schlanken Zwölfruderer mit dem Namen *Vonin*, die Hoffnung. Eyjólf gehörte zur Mannschaft dieses Bootes. Gudrid setzte jetzt ihr ganzes Vertrauen in den Namen dieses Schiffes: Sie wollte die Hoffnung nicht aufgeben. Die Hoffnung, dass Eyjólf sie retten würde. Die Hoffnung, Sölmund zu finden.

Als die *Vonin* am verlassenen Handelsschiff *Krabben* im Hafen vorüberglitt, begann das Boot plötzlich heftig zu schaukeln. Einer der Ruderer war unvermutet aufgesprungen und hatte sich über Bord gestürzt. Die Gefangenen stießen unterdrückte Rufe aus, halb vor Freude, halb vor Bestürzung, während die Freibeuter zornig schrien und die Peitschen über den Köpfen der Gefangenen im Boot knallen ließen. Einer von ihnen legte sein Gewehr an und schoss hinter dem Flüchtling her, der eine Strickleiter an der Seite der *Krabben* zu fassen bekommen hatte.

«Gütiger Gott, lass den Schuss danebengehen», betete Gudrid.

Gleichzeitig sah sie, wie sich das Meer vom Blut färbte. Sie hörte einen zweiten Schuss, und die Hand des jungen Mannes löste ihren Griff. Dann verschwand er in der Tiefe.

Er hatte Gudbrand geheißen, der Sohn des Vogelfängers Hálfdan von Stórhöfdi. Ein tüchtiger Junge und viel versprechender Kletterer. Er war gerade siebzehn Jahre alt geworden.

Die *Vonin* wurde an zwei Seeräuberschiffen, die in der Bucht vor dem Hafen vor Anker lagen, vorbeigerudert und steuerte auf das gewaltigste Segelschiff zu, das je einer von ihnen gesehen hatte. Die *Vonin* wirkte wie eine Nussschale neben diesem stolzen Segler mit seinen himmelhohen Masten, an deren höchster Spitze eine rote Fahne mit weißem Halbmond wehte. Oben an Deck herrschte geschäftiges Gedränge. Die Matrosen waren dabei, die Segel einzuholen und die Anker zu werfen. Manche von ihnen hatten dunkle Gesichter, wie die meisten der Räuber an Land, während sich andere Männer kaum von den Einwohnern der Westmänner-Inseln zu unterscheiden schienen. Als die *Vonin* an der Seite des Kriegsschiffes anlegte, ließen die Matrosen eine Strickleiter von oben herab. Dann wurden den Gefangenen die Fesseln abgenommen, und einer nach dem anderen wurde emporgeschoben.

Es kostete Gudrid größte Überwindung, beim Hinaufklettern beide Hände zu gebrauchen. Ihr rechter Arm war von den Tritten des Mannes blau und angeschwollen und schmerzte, und das Stechen in der Schulter raubte ihr beinah die ganze Kraft. Auch das altbekannte Schwindelgefühl war wieder da. Für einen Augenblick schoss ihr der Gedanke durch den Kopf, sich einfach fallen zu lassen. Dann schrie sie auf vor Schmerz, als zwei starke Arme von oben sie packten und über das Schanzkleid an Deck zogen. Aber ihre Klagelaute gingen im Lärm und den Hurrarufen der Matrosen unter, mit denen jeder neue Gefangene an Bord begrüßt wurde.

Die Gesichter, die von unten so vertraut erschienen waren, entpuppten sich fast alle als Gesichter von Isländern. Die Westmänner-Inseln waren also nicht die erste Station der Freibeuter, und es berührte die Leute sonderbar, Leidensgenossen an Bord vorzufinden. Die Männer sagten, sie kämen aus den Ostfjorden. Die meisten von ihnen waren an den Händen gebunden, manche trugen auch Fußeisen, und zwei hatten Eisen um den Hals. Sie sagten, dass man ihre Frauen und Kinder unten im Frachtraum gefangen halte. Ein Bauer von Djúpivogur, der sich Guttorm Hallsson nannte und der Wortführer war, erzählte, dass die Hundstürken ihren Raubzug an der Südostspitze Islands in Lón begonnen hätten und dann entlang der Ostküste bis in den Berufjord nach Norden gesegelt seien. Dort hätten sie von den meisten Höfen Leute geraubt. Selbst sei er am 6. Juli auf seinem Hof Búlandsnes gefangen genommen worden und seinen Schafhirten hätten die Seeräuber sogar bis auf den Berg Búlandstindur hinauf verfolgt. Die Pfarrersleute von Háls seien ebenfalls mit ihrem ganzen Gesinde an Bord, ihnen hätten die Verfolger bis an den Fluss Hamarsá nachgestellt. Dann seien die Freibeuter nach Breiddalsvik gesegelt und wollten noch weiter nach Norden, hätten aber, weil ihnen so starker Nordwind entgegenschlug, im Reydarfjord abdrehen müssen. Guttorm hielt es für wahrscheinlich, dass die Verbrecher hundert Mann oder mehr von den Ostfjorden entführt hätten. Sie hätten die Gefangenen auf die drei Schiffe verteilt, aber hier an Bord seien gut sechzig von ihnen. Er sagte, sie würden schlecht behandelt und müssten Hunger und Durst und andere Qualen ertragen.

Es schien fast, als hätten die Matrosen die Klagen Guttorms verstanden, denn jetzt begannen einige, aus Säcken hartes Brot unter den Gefangenen zu verteilen. Sie reichten Hochwürden Ólaf und seiner hochschwangeren Frau, die qualvoll stöhnte, als Erste ein Stück Brot. Ólaf nahm einen Bissen und einen Schluck Wasser. Es schmeckte aber faulig und war schlecht. Ásta wollte nichts.

Die Kinder ergriffen freudig, was man ihnen reichte, und Gudrid fand, dass das Brot erstaunlich gut schmeckte, obwohl es trocken war. Sie probierte auch vom Wasser, wollte es aber am liebsten wieder ausspucken. Das war nicht zu vergleichen mit dem Wasser aus dem Brunnen von Vilborgarstadir.

«Ein scheußliches Gesöff», sagte eine Frau aus dem Osten, die eben an Deck gekrochen kam. Dann leerte sie aber einen ganzen Becher davon und stopfte sich den Mund mit Brot voll.

«Ich dachte, die lassen uns in dem finsteren Loch da unten verhungern und nie wieder ans Tageslicht. Sieh an, das sind also die Westmänner-Inseln. Niemand soll sagen, dass Reisen nicht bildet. Unheimlich, dieser steile schwarze Felsen.»

«Er heißt Heimaklettur», sagte Gudrid und betrachtete das Kliff plötzlich mit fremden Augen. Es wirkte beinah schwarz im Abendlicht, und doch waren da und dort weiße Flecken von Vogelmist zu erkennen.

«Und du bist hier zu Hause?», fragte die Frau.

Gudrid bejahte.

«Mich haben sie in Kambanes gefangen», fuhr die Frau fort. «Das ist nördlich von Breiddalsvik. Mein Mann war auf Fischfang im Reydarfjord. Er wird Augen gemacht haben, als er in die leere Hütte nach Hause kam!» Sie kicherte. «Wo ist dein Mann?»

Gudrid antwortete nicht und wandte sich ab. Sie konnte solches Geschwätz jetzt nicht ertragen. Wo Eyjólf auch geblieben sein mochte, sie musste vor allem weiter nach Sölmund suchen. Systematisch suchen. Sich nicht den Mut nehmen lassen. Alle fragen, die sie kannte, ob sie den Jungen gesehen hätten. Jede neue Bootsladung, die von Land kam, mitverfolgen. Aber keiner wusste, wo Sölmund war. Immer wieder füllten sich ihre Augen mit Tränen. Sie spürte den stechenden Schmerz in der Schulter und versuchte sie zu schonen, was im Gedränge auf Deck nicht einfach war. Sie war noch nie zuvor unter so vielen unbekannten Menschen gewesen. Hatte noch nie so viele fremde Gesichter gesehen. Auf den meisten von ihnen spiegelte sich Verzweiflung, außer auf dem der Frau, die sie angesprochen hatte, und auf dem von Guttorm Hallsson. Dieses war voll hasserfülltem Zorn.

Die Gefangenen wankten schweigend und bedrückt zwischen den lärmenden Matrosen umher und blickten zum Land hinüber. Man hatte ihnen zum Essen die Fesseln abgenommen, nur die Männer schleppten weiter Fußeisen an den Beinen. Keiner versuchte zu fliehen. Es hätte wenig Sinn gehabt, mit der ganzen Verbrecherhorde um sich herum, auch wenn die Matrosen an Bord, die aus verschiedenen Ländern zu stammen schienen, nicht ganz so abscheulich aussahen wie die Kerle, die das Dorf an Land durchkämmt hatten. Der eine oder andere hätte beinahe ein isländischer Seemann sein können.

Aber noch hatte man nicht ihre ganze Grausamkeit erlebt.

Gudleif, die jüngere Magd von Ofanleiti, kam gelaufen und bat Gudrid, schnell mit zu Madame zu kommen. Zwei Männer hatten Hochwürden Ólaf nach hinten aufs Schiff geführt, und die Frau befürchtete, sie hätten Schlimmes vor.

Ásta saß auf einem aufgerollten Tau, die Kinderschar um sich versammelt, und bat Gudrid im Namen ihrer Blutsverwandtschaft,

Männer zu suchen, die es wagen würden, Ólaf beizustehen. Sie hätte Björn, den Knecht von Brekkuhús, an Bord gesehen. Er wäre gewiss bereit zu helfen. Und sicher würden noch andere ihrem alten Priester in der Not beistehen, wenn irgendwie möglich.

Aber noch bevor die beiden Frauen Björn gefunden hatten, drangen schon laute Schmerzensschreie vom Achterdeck herüber. Gudrid und Gudleif blieben stehen und klammerten sich aneinander fest. Dann gingen sie zögernd in die Richtung, aus der die Schreie kamen. Sie hörten, wie ein Mann in einer Sprache, die sie nicht verstanden, zornig auf jemanden einschrie, worauf die tränenerstickte Stimme des Priesters auf Deutsch antwortete: «Kein Geld. Hab kein Geld. Es gibt kein Geld!» – Im selben Augenblick stieß er einen markerschütternden Schrei aus, und sie hörten schwere Peitschenhiebe. Einen nach dem anderen, gefolgt von den immer wiederkehrenden Fragen des Peinigers. Zuletzt übertönte das Brüllen des Schinders das qualvolle Stöhnen des Priesters.

Alle Leute in der Nähe des Achterdecks hielten den Atem an.

«Warum tötet ihr mich nicht gleich?», schrie Hochwürden Ólaf, als die Peitschenhiebe einen Moment lang aussetzten. Dann gingen die Schläge von neuem los.

Die Menschen standen wie versteinert da. Keiner wagte, auch nur einen Finger zu rühren. Das Stöhnen des Priesters wurde immer schwächer. Schließlich gab es einen dumpfen Schlag. Dann herrschte Stille.

Nach einer kurzen Weile hörte man, wie einige Männer halblaut miteinander sprachen. Dann schrie der Schinder wieder auf Ólaf ein, der mit einem schwachen Murmeln antwortete.

«Er ist nicht tot», sagte einer der Männer aus dem Osten. «Wir müssen ihm helfen.»

«Nichts einfacher als das», antwortete ein anderer zynisch.

Und noch bevor irgendeiner gewagt hätte, etwas zu unternehmen, tauchten zwei Matrosen mit dem alten Pfarrer oben auf dem Achterdeck auf. Sie schleppten den Mann, der nur mit einem Unterhemd bekleidet war und seinen Talar in der Hand hielt, zur Treppe. Dabei entglitt dem Priester der Talar, und als er versuchte, sich nach ihm zu bücken, ließen ihn die Männer plötzlich los. Ólaf stürzte vornüber die Treppe hinab.

Der Priester lag eine Weile bewegungslos am Boden und stöhnte leise. Die beiden Schinder grinsten über das ganze Gesicht. Hinter ihnen stand ein hoch gewachsener, kräftiger Mann mit sauber gestutztem Vollbart und herrschaftlicher Kleidung. Er trug gelbe Stiefel, eine goldbestickte Jacke und eine spitze rote Mütze auf dem Kopf, um die ein breites Seidenband geschlungen war. In der Hand hielt er einen blutigen Strick. Er machte ein Zeichen, dass man den Priester wegbringen durfte.

Björn war jetzt zur Stelle und sagte zu den Umstehenden, man solle ihm den Priester auf den Rücken heben. Dann trug er Hochwürden Ólaf über das Deck nach vorn zu seiner Frau.

Als Ásta ihn kommen sah, bat sie ihre Freundinnen, irgendetwas zu suchen, woraus man ein Lager für ihren Mann bereiten könnte, worauf Gudborg sofort ihre Schürze losband und sie auf dem Boden ausbreitete. Andere Frauen folgten ihrem Beispiel. Gudrid nahm ihr Schultertuch ab und legte es hin, und eine Frau, die zwei Wollröcke angezogen hatte, bevor sie sich in einem Erdloch vor den Räubern versteckte, zog einen aus und breitete ihn auf das Lager ihres Pfarrers.

Nachdem man Hochwürden Ólaf auf die Kleider gebettet hatte, schlüpfte ein Mann aus seiner Jacke, faltete sie zusammen und schob sie dem Gequälten unter den Kopf. Dann zogen sich die Leute zurück. Gudrid wankte an die Reling und blickte zum Land hinüber. Im Westen erglühte der Himmel unter den Strahlen der untergehenden Sonne. Ein rötlicher Schein zog sich über die senkrechten Felswände weit ins Dorf hinein. Gudrid war trotz der unausgesetzten Schrecken des vergangenen Tages von der Schönheit und der Stille des Abends ergriffen. Sie sah, wie sich oben auf dem Felsen Heimaklettur die Silhouette eines Mannes vor dem roten Himmel abzeichnete. Eyjólf, dachte sie. Das ist Eyjólf! Das Herz in ihrer Brust begann zu rasen. Oh, wenn er nur ein so langes Seil hätte, dass er sich von dort oben bis zum Räuberschiff herüberschwingen könnte, sie dort, wo sie an der Reling stand, fassen und in seinen Armen wieder zurück an Land bringen könnte. Sie würden sicher auf dem größten Felsvorsprung landen und von dort nach oben gezogen werden. Sie schloss die Augen und sah die glückliche Rettung fast vor sich.

Guter Gott, der du alles in deinen Händen hältst, lass das Wunder geschehen. Rette mich!

Als sie die Augen wieder öffnete, war der Mann verschwunden. Sie suchte mit den Augen den Felsen nach ihm ab, konnte aber nichts entdecken als die weißen Schwingen einzelner Vögel, die beim Flug im Abendlicht erglänzten. Sie wandte ihren Blick zum Dorf hinüber, dessen Umrisse im matten Licht der letzten Sonnenstrahlen zerflossen. Und plötzlich wurde ihr klar, dass irgendwo in der Abendröte ein Feuer brannte. Irgendetwas brannte.

Mein Gott, es war die Kirche! Die *Landakirkja* brannte!

Die Nachricht verbreitete sich von Mund zu Mund über das ganze Schiff. Die Leute drängten an die Reling und blickten zum Dorf hinüber. Rotgelbe Feuerzungen erhoben sich zum Himmel, und schwarzer Rauch stieg in die Dämmerung empor. Die Menschen starrten fassungslos auf ihre in Flammen stehende Kirche. In diesem Gotteshaus hatten die Seelenhirten ihre sündige Gemeinde mit schauerlichen Drohungen des ewigen Höllenfeuers in Angst und Schrecken versetzt, aber in dieser Kirche hatten die Menschen auch Zuflucht gefunden bei ihrem Schöpfer und Erlöser. Sie wurde jetzt von den Verfolgern des Glaubens geschändet. Und wenn Gott nicht einmal sein Haus vor den Gräueltaten der Verbrecher bewahren konnte, was hatten dann seine erbärmlichen Kreaturen zu erwarten? Die Gemeinde stand gramgebeugt am Schanzkleid, niedergeschlagen und stumm in ihrer Hilflosigkeit, während die *Landakirkja* den Flammen zum Opfer fiel.

Als die Nacht hereinbrach, verstummten die Vögel in den Kliffs. Die Wellen küssten mit leisem Plätschern den Bug des Piratenschiffes. Aus der Ferne drang ein schwacher Hall der Schreie an Land zum Schiff herüber und vermischte sich mit dem elenden Stöhnen des alten Priesters, der den Anblick seiner brennenden Kirche nicht ertragen konnte.

5

Im Laufe der Nacht verkrochen sich die Leute aus dem Osten wieder in den Laderaum. Trotz des Gestanks und der Enge zogen sie seine Wärme einer kalten Nacht auf Deck vor. Die Freibeuter versuchten, Frauen und Männer separiert zu halten, aber die Pfarrersleute von Háls, Hochwürden Jón Thorvardsson und seine Frau Katrin, ließen sich nicht voneinander trennen. Sie hatten mit zwei großen Tüchern eine Ecke für sich und ihre Leute abgeschirmt, und auch die meisten anderen hatten bereits bestimmte Plätze in Beschlag genommen. So fühlten sich die aus den Ostfjorden eher bedrängt, als man die Einwohner der Westmänner-Inseln im Morgengrauen in den Schiffsrumpf hinunterwies. Die meisten von ihnen hatten die halbe Nacht auf Deck gestanden. Sie hatten ihre Augen nicht von der brennenden Kirche abwenden können. Sie wollten nicht schlafen. Viele hatten immer noch einen Funken Hoffnung und glaubten an eine Rettung vom Festland oder von See. Noch war nicht alles verloren. Noch konnten die dänischen Kriegsschiffe auftauchen.

Aber als die Sonne aufging, waren nur die Ruderboote auf dem Meer zu sehen, mit denen die Räuber die ganze Nacht über immer weitere Gefangene und gestohlene Waren an Bord beförderten. Am Vormittag brachten Gefangene die Nachricht vom Land, dass man Hochwürden Jón Thorsteinsson von Kirkjubaer vor einer Höhle, in der er sich mit seiner Familie und seinen Leuten versteckt hatte, auf grausame Weise ermordet habe.

Das verbreitete neues Entsetzen unter den Gefangenen an Bord. Hochwürden Ólaf Egilsson rappelte sich mühevoll von seinem Lager hoch, schlug das Kreuzzeichen und betete für die

Seele seines Amtsbruders. Ásta weinte bitterlich über das Ende ihres Onkels.

Jemand begann leise ein Lied, das der verstorbene Priester gedichtet hatte, vor sich hin zu singen, und nach und nach stimmten andere mit ein:

Insel und Land empfehl' ich nun
in Gottes große Güte.
Wer könnte uns ein Leid antun,
wenn Gott uns selbst behütet.
Will uns die Welt auch plagen,
sein Kreuz, das will ich tragen,
wie auch der Teufel wütet.

Natürlich wusste jeder, dass Hochwürden Jón Thorsteinsson nur einer von vielen war, die beim Überfall der Verbrecher ihr Leben gelassen hatten. Manche hatten mit eigenen Augen ihre Nachbarn oder Verwandten sterben oder sie tödlich verwundet vor ihren Häusern oder irgendwo im Freien liegen sehen. Eine Frau aus Sydstabaer hatte miterleben müssen, wie ihr Mann in einer Höhle des Fiskhellaberg erschossen wurde. Die Nachricht vom Tod des Priesters traf sie wie eine neue Gewehrsalve. Sie kauerte an einer großen Wassertonne auf Deck, schlug die Hände über dem Kopf zusammen und weinte bitterlich. Ihr siebenjähriger Sohn stand hilflos neben ihr und zog ab und zu die Nase hoch.

Gudrid versuchte den Gedanken zu verdrängen, dass Eyjólf das gleiche Schicksal wie von diesem Mann oder Hochwürden Jón ereilt haben könnte. Sie wehrte sich dagegen, den Mut zu verlieren. Aber der Anblick dieses Jungen, der an der Schürze seiner Mutter hing und weinte, versetzte ihr einen Stich in die Brust. Was war nur aus Sölmund geworden? Hatte man ihn vielleicht auf eines der anderen Schiffe gebracht? Die Ungewissheit über den Verbleib von Eyjólf und Sölmund raubte ihr beinahe den Verstand.

Als die Sonne schon auf Mittagshöhe stand, kamen immer noch Boote mit Gefangenen vom Land. Unter ihnen war Anna

Jasparsdóttir. Anna war übel zugerichtet: ihre Kleider zerrissen und zerfetzt, das lange blonde Haar zerrauft und strähnenweise ausgerissen. Die Unterlippe war blau und dick angeschwollen, und eine getrocknete Blutspur zog sich vom Mundwinkel herab.

Gudrid ging auf sie zu und wollte ihr die Hand reichen, aber Anna trottete an ihr vorbei, als ob sie sie nicht sähe.

«Das sind Teufel!», schnaufte sie, als ihr Gudrid hinterherlief.

«Anna!», rief Gudrid mit erstickter Stimme. «Was haben sie dir getan?»

«Das sind Teufel!»

«Aber die kleine Óshild? Ist Óshild …?»

Annas Gesicht begann zu zittern, als Gudrid den Namen des Kindes erwähnte. Sie lief an die Reling. «Teufel! Teufel!», schrie sie hinter dem Ruderboot her, das bereits wieder Richtung Insel unterwegs war. Sie schlug mit der Faust auf das Holz des Schanzkleides ein, ohne zu merken, dass ihr Blut aus den Fingerknöcheln sickerte. «Teufel!» Anna war außer sich. Sie warf sich gegen die Reling. Immer wieder, bis sie völlig erschöpft auf das Deck sank. Gudrid kniete neben ihr nieder. Sie wollte ihr Trost spenden, irgendetwas sagen, wusste aber nicht, was.

Als jemand rief, dass die Dänischen Häuser in Flammen stünden, wunderte sich Gudrid kaum noch darüber. Sie stand nicht auf, um es zu sehen. Sie dachte nur: Was kommt als Nächstes? Würde das Grauen nie ein Ende nehmen? Würden die Freibeuter nach Mord, Menschenjagd und Plünderung nicht ruhen, ehe sie das ganze Dorf in Schutt und Asche gelegt hatten? Sie wollte nichts mehr sehen.

Plötzlich musste sie an die alte Emerentsjana denken. Man hatte sie, wie andere alte Leute, wieder in die Dänischen Häuser gesperrt. Gudrid sprang auf. Schwarzer Rauch stieg von den Häusern am Hafen auf. Die Häuser waren aus Holz und mit Teer bestrichen. Sie brannten lichterloh.

«Emerentsjana.»

Sie flüsterte den Namen der alten Frau leise vor sich hin.

«Emerentsjana!»

Sie hörte einen lang gezogenen Schrei und merkte, wie sich die Gesichter der Umstehenden ihr zuwandten. Sie begriff nicht sofort, dass sie selbst es war, die schrie.

Es war Abend geworden. Gudrid saß auf einer großen eisenbeschlagenen Kiste und beobachtete, wie die Piraten Waren an Bord schafften, die sie offensichtlich aus den Dänischen Häusern gestohlen hatten, bevor sie sie in Brand steckten. Plötzlich sah sie einen dunklen Mann in roten Pluderhosen und bestickter Jacke über das Schanzkleid springen. Sie erkannte ihn sofort, und ihr Herz begann zu rasen. Sie wollte weglaufen, aber die Beine gehorchten ihr nicht. Wie versteinert stand sie da und starrte dem Mann in die Augen. Er rief ihr etwas zu. Sie machte einen Schritt zurück und versuchte auszurechnen, wie lange sie bis zur Luke in den Frachtraum brauchen würde. Der Mann rief ihr abermals etwas zu und deutete über die Reling. Drohte er ihr, sie zu ertränken? Noch ein paar vorsichtige Schritte zurück, dann würde sie sich umdrehen und laufen. Sie trat auf ein dickes Tau, das von der Takelage herunterhing, stolperte, fing sich aber wieder und lief in Richtung Luke los. Sie hörte, dass er hinter ihr herlief, und im selben Augenblick, in dem ihr Fuß die Treppe in den Frachtraum berührte, packte er sie an ihrem verletzten Arm und riss sie hoch. Sie heulte auf vor Schmerz. Der Mann schleifte sie hinter sich her zur Reling, während sie versuchte, sich mit den Füßen dagegen zu stemmen. Sie schrie um Hilfe. Als er sie in die Höhe hob und über das Geländer hielt, war sie sicher, dass ihre letzte Stunde geschlagen hatte. Sie schloss in panischer Angst die Augen und wartete darauf, dass der Mann sie ins Wasser fallen ließ. Aber er hielt sie fest. Er sprach in heiserem Befehlston auf sie ein, bis sie die Augen wieder öffnete und entlang des Schiffsrumpfes hinunterschielte.

Dort, ganz weit unten, saß Sölmund an der Ruderbank der *Vonin* festgebunden.

Oder war er es nicht? War es eine Vision? War Sölmund vielleicht ein Engel geworden, der seiner armen Mutter in der Stunde ihres Todes erschien?

Der Mann rief etwas ins Boot hinab, und der Junge blickte auf.

Gudrid begann in den Armen des Mannes am ganzen Körper zu zittern. Er hielt sie fest an sich gedrückt, und über ihr Gesicht strömten Tränen. Sie mischten sich mit dem salzigen Schweiß auf der Brust des Mannes. So verharrten sie einen Augenblick. Sie spürte den Dolch in seinem Gürtel. Der Mann murmelte ihr etwas ins Ohr und klopfte ihr beruhigend auf den Rücken. Inmitten all des grauenvollen Entsetzens wurde sie von einer ungeheuren Freude ergriffen. Der Mann, der sie misshandelt und ihr solche Schande angetan hatte, der sie von ihrem Jungen getrennt hatte, brachte ihn ihr jetzt zurück! Wie konnte ein so schlechter Mensch doch so gut sein?

Der Mann wartete, bis Gudrid auf eigenen Beinen stehen konnte. Dann ließ er sie los, kletterte in die *Vonin* hinunter und holte Sölmund.

6

Gudrid lag mit ihrem Sohn im Arm im Dunkel des Frachtraumes. Für einen Augenblick waren alle Sorgen der Freude über das Wiedersehen mit Sölmund gewichen. Aber nicht weit von ihnen lag Anna Katrine und drehte sich unruhig von einer Seite auf die andere. Sie war bis spät in die Nacht an Deck auf und ab gelaufen, in der Hoffnung, irgendjemand würde ihr die kleine Óshild bringen. Doch niemand kam mit dem Kind. Sie hatte zu Gott gerufen, sie hatte Gott verflucht und die Seeräuber. War Gott nicht gerecht? Warum hatte er sich nicht ihrer erbarmt, wie er sich Gudrids erbarmt hatte? Sie hatte sich die Kleider von den Brüsten gerissen. Milch tropfte aus den Brustwarzen, und das Hemd war triefend nass.

«Gebt mir mein Kind!», hatte sie laut in den dunklen Schiffsrumpf hineingeschrien. «Meine Brüste platzen! Gebt mir mein Kind!»

Einige Frauen versuchten Anna zu trösten. Sie sprachen beruhigend auf sie ein, während sie zugleich untereinander flüsterten. Sie schmiedeten im schwachen Schein der Laterne irgendwelche Pläne. Man hörte das Weinen eines Säuglings. Nach einigem Beraten kam eine Frau und legte Anna das wimmernde Kind an die Brust.

«Hier ist ein kleines Mädchen, das trinken muss», sagte die Frau. Es war eine der Frauen aus den Ostfjorden.

«Aber das ist nicht Óshild», sagte Anna.

«Das Kind kann nicht sprechen und sagt nicht seinen Namen», antwortete die Frau.

«Ich höre, dass es nicht Óshild ist.»

«Man kann sich im Dunkeln täuschen», sagte die Frau. «Lass das Kind trinken und sieh zu, ob du es nicht erkennst.»

«Aber das ist nicht Óshild. Das ist nicht Óshild», wiederholte Anna immerzu, während die Frau aus dem Osten das Kind an ihre Brüste legte. Als der Säugling den Geruch der Milch spürte, weinte er noch bitterlicher als zuvor und suchte mit seinen winzigen Händchen und seinem Mund nach der Brustwarze. Anna wand sich hin und her und sagte, sie wolle kein fremdes Kind.

«Ein Kind, das du ernährst, ist dein Kind. Das hat meine Amme zu mir gesagt», sagte die Frau aus dem Osten.

Anna hörte nicht auf zu weinen, aber nach kurzer Zeit verstummte das Kind. Man hörte, dass Anna ihm ihre Brust überlassen hatte.

Gudrid lauschte, wie das unbekannte Mädchen begierig trank. Sie sah im schwachen Licht der Lampe, die die Frauen mitgebracht hatten, schemenhaft sein Köpfchen. Es erinnerte sehr wohl an das Köpfchen der kleinen Óshild. Beim zufriedenen Nuckeln des Kindes verebbte Annas Weinen nach und nach.

Als das Kind eingeschlafen war, tauchte die Frau aus dem Osten wieder aus dem Dunkel auf und fragte, ob sie das Mädchen nehmen solle.

«Ja», antwortete Anna leise, und die Frau flüsterte zurück:

«Gottes Lohn.»

Sie strich Anna sanft über die Wange.

Nachdem die Frau mit dem schlafenden Mädchen gegangen war, begann Anna wieder zu stöhnen und sich herumzuwälzen. Gudrid versuchte sich von der bitteren Trauer ihrer Nachbarin nicht ganz die Freude über ihren Jungen rauben zu lassen, der jetzt in ihren Armen schlief.

Sölmund hatte nur wenig davon erzählt, was geschehen war, seit sie getrennt worden waren. Sie hatte versucht, ihn danach zu fragen, brachte aber kaum eine Antwort aus dem Kind heraus.

«Der Mann hat mich mitgenommen», sagte er.

«Wohin hat er dich mitgenommen?»

«Zum Boot.»

«Zu welchem Boot?»

«Zu dem großen Boot.»

«War der Mann böse zu dir?»

Der Junge drückte sich um eine Antwort. Er sagte, der Mann sei böse. «Er war böse zu dir. Ich will den Mann schlagen.»

«Aber war er auch böse zu dir, Sölmund?»

Der Junge schüttelte den Kopf und drückte sich fest an seine Mutter. Er schlang seine Arme um ihren Hals und wollte nichts mehr sagen. So schlief er ein. Nach einer Weile fielen auch Gudrid die Augen zu. Es war das erste Mal seit dem Morgen, an dem man sie aus ihrem Haus geschleift hatte, dass sie Schlaf fand.

Als man die Gefangenen am nächsten Morgen wieder an Deck ließ, wurde ihnen schnell klar, dass die Matrosen das Schiff klar zum Ablegen machten. Sie waren mit flinken Händen dabei, das Diebesgut zu verstauen und zu sichern. Einige machten sich schon an der Takelage zu schaffen. Eine neue Welle von Angst und Furcht ergriff die Gefangenen, wenn auch die meisten versuchten, Ruhe zu bewahren. Hochwürden Ólaf Egilsson humpelte mühsam am Arm seiner Frau Ásta über das Deck. Ásta meinte, seine Wunden würden schneller heilen, wenn er sein Blut in Bewegung brächte, und so stapfte sie, breitbeinig und mit dickem Bauch, mit ihrem Mann umher. Ihre beiden Mägde, Gudborg und Gudleif, waren stets in ihrer Nähe und ließen die beiden Stiefkinder nicht aus den Augen. Egill trug seine kleine Schwester Una auf dem Arm oder führte sie an der Hand. Sie war eben dabei, laufen zu lernen, und begann schon die Hände loszulassen. Sie wollte es unbedingt selbst versuchen und rief ihrer Mutter zu, sie solle zusehen. Una machte drei, vier Schritte ganz allein und jauchzte vor Zufriedenheit, bevor sie auf den Hintern plumpste und ihren Bruder mit großen Augen ansah. Sie stieß einen kurzen Schrei aus. Dann streckte sie die Arme aus und wollte wieder von vorn beginnen. Gudrid musste unwillkürlich lächeln.

Dann war klar, dass die Abfahrt unmittelbar bevorstand. Die Freibeuter hatten auf der *Krabben* schon die Segel gesetzt, und das gekaperte dänische Handelsschiff glitt als erstes unter türkischer Flagge aus dem Hafen. Der rotweiße Danebrog war verschwunden. An seiner Stelle flatterte ein weißer Halbmond auf rotem Grund an der Spitze des höchsten Mastes.

Die Matrosen auf ihrem Schiff stießen ein Kriegsgeschrei aus und kletterten geschickt wie Katzen die Wanten hoch. Sie setzten die Segel, die sich im ablandigen Wind sofort aufblähten. Dann feuerten sie aus vielen Kanonen, und das Echo der schweren Donner dröhnte von den Felsen wider. Zum Schluss lichteten sie die Anker, die Schiffe sammelten sich zu einer Flotte und segelten an der Insel Ellidaey vorbei mit Kurs auf Süden. Nun war jede Hoffnung auf Rettung verloren. Es sei denn, man segelte den dänischen Küstenwachschiffen direkt vor den Bug.

Gudrid hielt Sölmund an der Hand und ließ ihren Blick zum Gletscher hinüberschweifen. Er glitzerte im hellen Sonnenschein des Hochsommers. Ein schneeweißer Basstölpel stürzte sich aus großer Höhe mitten in eine Schule von Delfinen. Das ist ein Anzeichen für einen Heringsschwarm, hätte Eyjólf gesagt.

Als sie an der felsigen Küste nördlich von Stórhöfdi vorbeisegelten, wurde zur Verwunderung aller aus den Gebärden der Freibeuter und den Berichten von Augenzeugen klar, dass dies die Stelle war, wo die Räuber an Land gegangen waren. An diesem Tag, Donnerstag, den 19. Juli, brauste dort, wie an den meisten Tagen des Jahres, die Brandung mit ungeheurer Wucht gegen die Felsen, und die Gischt zischte zwischen den riesigen Gesteinsbrocken hoch in die Luft. Keiner wäre auf die Idee gekommen, dort mit einem Boot zu landen. Bei allem Unglück machte sich eine Spur von Bewunderung für die Verwegenheit dieser Seeräuber breit, die das schier Unmögliche vollbracht hatten und dort an Land gegangen waren. Auf diese Weise hatten sie den Inselbewohnern in den Rücken fallen können.

Die Bewohner der Westmänner-Inseln waren einer Übermacht erlegen. Sie waren von Gott und der weltlichen Obrigkeit verlassen. Ihr Kummer war grenzenlos. Ihr Land versank im Meer. Bevor es ganz aus den Augen entschwand, erweckte eines noch

Gudrids Verwunderung: Je weiter sie sich von den Inseln entfernten und je kleiner sie wurden, desto höher schien auf dem Festland der Gletscher Eyjafjallajökull emporzusteigen. Er wurde immer breiter, bis er hinter seinem östlichen Nachbarn, dem Gletscher Mýrdalsjökull, verschwand. Sein gewaltiger Eisschild zog sich weit ins Land hinein. Das Letzte, was Gudrid von ihrer Heimat sah, war der weiße, kalte Rand des Gletschers.

Schließlich löste sich auch er am blauen Horizont auf. Als es dunkel wurde, färbte sich das Meer rot. Sie segelten in die schwarze Nacht hinein.

7

Gudrid lag seit eineinhalb Tagen seekrank im Laderaum und hatte Sölmund verboten, an Deck zu gehen. Sölmund dürfte von nun an nie mehr von ihrer Seite weichen.

«Verstehst du das, Sölmund? Du musst immer in meiner Nähe bleiben.»

Der Junge hatte es versprochen, hörte aber trotzdem nicht auf zu quengeln. Er wollte an Deck. Im Frachtraum war es dunkel und eng, seekranke Menschen lagen kreuz und quer, und die Kinder hatten kaum Platz, sich zu bewegen. Allein der Gestank ließ einen würgen. Sölmund jammerte, er würde ersticken. Als zwei seefeste Frauen anboten, mit ein paar Kindern an die frische Luft zu gehen, wollte es Gudrid Sölmund nicht erlauben. Schließlich konnte sie sein Gequengel aber nicht mehr ertragen und schleppte sich selbst mit ihm an Deck, obwohl ihr immer noch schwindelig und elend war.

Das Erste, was sie entdeckte, als sie den Kopf durch die Luke ins Freie steckte, war eines der kleineren Schiffe. Es sah so aus, als würde es jeden Augenblick das ihre rammen. Erschrocken stolperte Gudrid wieder die Treppe hinab. Sie hörte, wie sich die Matrosen mit lauter Stimme Kommandos zuriefen und Blindschüsse aus den Kanonen feuerten. Als sie sich wieder nach oben wagte, waren die Besatzungen dabei, die Segel einzuholen, und das kleine Schiff legte an der Seite des großen an. Ein kurzes Rucken ging durch den Schiffsrumpf, dann knarrte es bedrohlich in den Planken, aber schon bald kam Gleichmäßigkeit in die Bewegungen, und die beiden Segler schaukelten Seite an Seite auf dem endlosen Meer, wie zwei Schwestern, die sich aneinander schmiegen.

So, wie es Gudrid und ihre Schwester Solveig in ihrer Jugend oft getan hatten, bevor Solveig einen Mann vom Festland geheiratet hatte. Gudrid hatte sie oft vermisst. Jetzt dachte sie, dass es ein Glück war, wenigstens Solveig an Land in Sicherheit zu wissen, während sie selbst einer ungewissen Zukunft entgegensegelte. Was wohl aus ihrer Mutter und ihrem Bruder geworden sein mochte? Sie empfahl das Leben der beiden in die Hände des Allmächtigen. Das bisher Geschehene würde hoffentlich genügen, den Zorn Gottes zu stillen.

Nach kurzer Zeit hatte man schon Taue zwischen den beiden Schiffen befestigt, und ein Mann kletterte an Bord des kleineren Schiffes hinüber. Er kam bald darauf mit der Witwe des ermordeten Pfarrers von Kirkjubaer und ihren Kindern Jón und Margret zurück. Zorn und Trauer lagen im Blick der Frau, während ihre Tochter Margret ein verstörtes, verängstigtes Gesicht machte. Jón, mittlerweile schon ein fünfzehnjähriger, hoch aufgeschossener Jüngling, starrte die meiste Zeit finster vor sich hin. Er warf jedem, der in ihre Nähe kam, böse Blicke zu.

Gudrid schwankte mit Sölmund an der Hand ihrer früheren Hausherrin entgegen. Sie hatte sich den Seemannsgang noch nicht angewöhnt.

Sie reichte der Witwe die Hand. Sagte, dass sie ihre große Trauer mit ihr teile.

Madame Margret antwortete kaum auf Gudrids Beileidsworte. Ihr Gesicht war verschlossen.

«Ich bin froh, dass ihr jetzt bei uns auf dem Schiff seid», fügte Gudrid hinzu.

«Wer weiß, was sie damit im Sinn haben. Bestimmt nichts Gutes», entgegnete die Frau.

«Vielleicht wollen sie uns auch umbringen», meinte Tochter Margret.

Gudrid schloss das junge Mädchen, dessen Kindermädchen sie einst gewesen war, in ihre Arme und drückte es fest an sich.

«Ich will rächen, was sie meinem Vater angetan haben», fauchte Jón. «Ich will ihn rächen, auch wenn ich noch warten muss.»

Als Gudrid ihm die Hand entgegenstreckte, wandte er sich ab.

«Was bedeutet rächen?», fragte Sölmund.

«Ich will sie umbringen», sagte Jón.

«Ich will sie auch umbringen», meinte Sölmund.

Gudrid fuhr ihrem Sohn über den Mund: «So etwas sagen kleine Jungen nicht!»

«Doch», sagte Sölmund.

Zwei Matrosen kamen mit Zeltplanen und Segeltuch zu ihnen und gaben der Pfarrerswitwe ein Zeichen, dass sie ihnen mit den Kindern folgen sollte. Im selben Augenblick mühten sich Hochwürden Ólaf und Madame Ásta unter großer Anstrengung durch die Luke des Laderaums an Deck, gefolgt von ihren Mägden und den Kindern. Den Abschluss bildete ein Matrose, der ein Bündel Kleider und eine große Laterne trug.

Als die beiden Pfarrersfrauen sich erblickten, verharrten sie einen Augenblick ganz still, machten dann ein paar schwankende Schritte aufeinander zu und fielen sich in die Arme.

Gudrid wollte sich mit Sölmund zurückziehen. Doch der Junge weigerte sich, wieder nach unten zu gehen, jetzt, wo er endlich an Deck war. Er wollte zusehen, was die Matrosen machten.

Sie schlugen ein großes Zelt auf.

Gudrid erkannte das Zelt sofort wieder. Man hatte vor einigen Sommern begonnen, dieses große, runde Zelt jedes Jahr am Ende der Vogelfangzeit im Herjólfstal aufzustellen. Dort wurde dann gesungen und getanzt, und es wurden Speisen und Getränke aufgetischt. Jetzt brachten die Matrosen die beiden Priesterfamilien in diesem Zelt unter. Sie warfen alte Segel und Kleider auf den Boden, aus denen sich die Gefangenen ein Lager bereiten konnten, und hängten die Laterne an die Zeltstange.

Hochwürden Ólaf seufzte erleichtert, als man ihn endlich unter das Zeltdach kriechen ließ und er sich auf das Lager strecken durfte. Er hatte noch immer große Schmerzen, sein Rücken brannte und juckte. Ásta, Margret und die Kinder schlüpften nach ihm ins Zelt, und die Magd Gudborg versuchte sich in einer Ecke so bescheiden wie möglich einzurichten. Nur für Gudleif war kein Platz. Sie verzog sich wieder in den Frachtraum unter Deck.

Gudrid fand es seltsam, mit anzusehen, wie die Verbrecher ihr Verhalten dem Pfarrer von Ofanleiti und seiner Frau gegenüber änderten. Sie hatten Hochwürden Ólaf ausgepeitscht, sie hatten den Priester Jón Thorsteinsson ermordet – und jetzt umsorgten sie die Pfarrersfamilien auf jede erdenkliche Weise! Gudrid und Sölmund beobachteten, wie der Diener des Kapitäns Essen und Trinken ins Zelt trug. Der Duft der Speisen drang zu ihnen herüber und kitzelte in der Nase. Sölmund begann zu jammern, dass er Hunger habe.

Gudrid zog den Jungen vom Zelt der Priesterfamilien fort. Sie wollte mit ihm an Deck umhergehen, um ihn abzulenken. Außerdem wollte sie auf das kleinere Schiff hinüberspähen, ob sie dort vielleicht irgendwelche bekannten Gesichter entdeckte. Sollte sie hoffen oder fürchten, irgendwo Eyjólf oder ihren Bruder Einar und ihre Mutter zu erblicken? Aber es waren keine Gefangenen an Deck zu sehen, nur Matrosen bei der Arbeit. Einige lehnten an der Reling und unterhielten sich mit ihren Kumpanen auf Gudrids Schiff.

Plötzlich zog Sölmund an der Hand seiner Mutter. Er hatte etwas entdeckt, das sein Interesse weckte: Die Seeräuber waren dabei, eine große schwarze Kanone über das Deck zu ziehen. Das Geschütz ruhte auf einem niedrigen Wagen mit kleinen Rädern, und hatte geschwungene Griffe und kunstvolle Verzierungen auf dem langen Rohr. Die Männer schoben die Mündung mit einem Ruck durch eine Öffnung in der Bordwand, entlang der vom Bug bis zum Heck in regelmäßigen Abständen kleinere Kanonenrohre aus dem Schiffsrumpf ragten. Der Junge sagte, er wolle zusehen, wie die Männer schössen, aber seine Mutter zog ihn ängstlich von der Stelle. Sie wollte schleunigst unter Deck verschwinden, bevor sie damit anfingen. Aber die Männer hatten die Kanone scheinbar nur an einen anderen Platz gestellt, denn sie ließen jetzt von ihr ab und begannen sich an den Segeln zu schaffen zu machen. Gudrid zeigte Sölmund die Taue in den Wanten. Sie waren dicker als seine kleinen Arme. Manche waren dicker als ihre eigenen. Zugleich verbot sie ihm aber streng, irgendetwas anzufassen: Nur ansehen, nicht anfassen! An den Rahen hingen schlaff die Segel, und hoch oben an den Masten wehten die Flaggen. Auf zwei von ihnen waren drei Halbmonde zu sehen, und auf dem höchsten Mast flatterte eine große rote Fahne mit nur einer Mondsichel. Möwen umkreisten das Schiff. Manchmal setzten sie sich auf das Wasser und ließen sich von den Wellen schaukeln.

Obwohl die Freibeuter seit ihrer Abfahrt von der Insel keine Grausamkeiten mehr an den Gefangenen verübt hatten, war Gudrid ständig auf der Hut. Sie schielte ab und zu vorsichtig zu den Matrosen hinüber. Sie schienen guter Laune zu sein. Einige standen noch an der Reling und unterhielten sich mit ihren Kameraden auf dem anderen Schiff. Sie hörte, wie sie lachten, und ihr Herz krampfte sich zusammen. Würde sie jemals wieder lachen können?

Gudrid kehrte den vergnügten Männern den Rücken zu, nahm ihren Sohn an die Hand und trottete weiter über das Deck. Es war ihr gelungen, den Jungen für den Augenblick seinen Hunger vergessen zu lassen, und sie hatte sogar ihren eigenen Hunger und ihr Unwohlsein vergessen. Dabei war sie hungrig wie ein Wolf, ohne aber Lust auf irgendetwas zu haben. Sie litt an der Übelkeit und konnte sich weder vorstellen, etwas zu essen, noch, zurück in das stinkende, schwarze Loch des Frachtraums zu steigen, das übervoll mit seekranken Menschen war.

Schließlich trennten sich die Schiffe wieder voneinander, und Gudrid und Sölmund standen Hand in Hand da und sahen zu, wie sich die riesigen Segel mit Wind füllten. Von Rah zu Rah, immer höher die himmelhohen Masten hinauf. Selten hatte sie etwas so Eindrucksvolles gesehen wie diese vom Wind geblähten Segel. Das Schiff setzte sich in Bewegung. Bald schon machte es gute Fahrt. Es war mit Sicherheit das prächtigste Gefährt, das jemals an die isländische Küste gekommen war. Die dänischen Kriegsschiffe waren kaum halb so stattlich wie dieses, geschweige denn die Handelsschiffe. Weder Engländer noch Deutsche waren je auf

Schiffen aufgetaucht, die in Eleganz und Ausstattung an dieses heranreichten.

Woher stammte all dieser Reichtum? Wer waren die Männer, die ein so stolzes Schiff segelten? Woher kamen sie? Und was war das Ziel dieser Reise?

Gudrid zerbrach sich angestrengt den Kopf darüber, was hier mit ihr passierte. Es war offensichtlich, dass die Seeräuber aus verschiedenen Ländern stammten, denn die Männer verständigten sich untereinander in verschiedenen Sprachen. Sie hatte den Eindruck, dass es fast so viele Räuber wie Gefangene auf dem Schiff gab, von denen sicherlich an die zweihundert an Bord waren. Vielleicht noch mehr. Sie hatte noch nie so viele Menschen auf einem Platz gesehen, außer vielleicht einmal auf dem Sommerfest im Herjólfstal, als das Wetter so schön gewesen war, dass fast alle Inselbewohner mit Essen und Trinken zum Zelt gekommen waren. Aber damals hatten sich die Menschen auf die Wiesen und Hänge im Tal verteilt, während hier alle so dicht zusammengepfercht waren, dass ihre Gesichter vor ihren Augen miteinander verschmolzen. Und die meisten redeten in irgendwelchen Sprachen, von denen sie kein Wort verstand. Deutsch hatte sie hier an Bord gehört, und auch Dänisch, worüber sie sich wunderte. Konnte es sein, dass sich in dieser Verbrecherhorde Untertanen des dänischen Königs befanden? Sie glaubte, auch Englisch gehört zu haben, war sich aber nicht sicher. Diese drei Sprachen meinte sie voneinander unterscheiden zu können. Dänisch kannten natürlich alle auf den Westmänner-Inseln. Wer mit dem Kaufmann Geschäfte machen wollte, musste ein paar Brocken Dänisch können, denn es war wohl unter seiner Würde, sich die Sprache der Einheimischen anzueignen. Dann kam es immer noch vor, dass englische oder deutsche Schiffer an Land kamen, obwohl es verboten war, mit ihnen Handel zu treiben. Gudrid fiel wieder ein, wie sie damals die Ohren gespitzt hatte, als die englischen Abenteurer in der Stube ihrer Mutter die Papageitaucherbrüste verschlangen. Und manchmal hatte sie die Gespräche vornehmer ausländischer Gäste mit angehört, die beim nun ermordeten Hochwürden Jón in Kirkjubaer zu Gast waren.

Sölmund unterbrach sie in ihren Gedanken. Er hatte wieder begonnen, um Essen zu betteln. Gudrid war verzweifelt. Sie hatte nichts, das sie dem Jungen hätte geben können. Er jammerte und zerrte an ihrem Rock.

«Ich habe Hunger. Gib mir was.»

Er hängte sich an ihren Rock, als ob er ihn ihr herunterziehen wollte, und endlich fand seine kleine Hand die Rocktasche. Er steckte sie hinein und zog sie mit einem rötlichen Seetangblatt wieder hervor.

«Ich hab es gewusst!», sagte er triumphierend und steckte den Tang in den Mund. «Du hast etwas zu essen.»

Gudrid hatte völlig vergessen, dass sie manchmal getrocknete Tangblätter in der Tasche trug, und freute sich jetzt ungeheuer über die Entdeckung des Kindes. Sie wühlte in der Tasche, ob sie noch mehr fände. Vielleicht würde die Übelkeit vergehen, wenn sie Seetang kaute? Sie fand noch ein paar Blätter, steckte ein winziges Stück in ihren Mund und beschloss, den Rest für den Jungen aufzusparen, damit er später etwas zum Kauen hätte.

Der Salzgeschmack war erfrischend.

«Es tut gut, Seetang zu kauen, wenn man Hunger hat», sagte ein Mann, der im Schatten der großen Kanone an Backbord stand. Er hatte schon eine Weile dort gelehnt und Mutter und Sohn bei ihrem Rundgang auf dem Schiff beobachtet.

Sie erschraken und sahen zu dem Mann hinüber. Es war einer der Leute aus den Ostfjorden.

«Ja, Seetang ist gut», antwortete Gudrid.

«Seetang ist wirklich gut», sagte der Mann. «Und soll gesund sein. Man sagt, ihr von den Westmänner-Inseln sammelt viel Seetang.»

«Das tun wir», sagte Gudrid.

«Wir in den Ostfjorden sammeln Beeren», sagte der Mann. «Ich komme aus dem Fossártal. Dort gibt es eine Menge Beeren. Gibt es auf den Westmänner-Inseln Beeren?»

«Ja», antwortete Gudrid. «Wenn auch nicht viele. Aber in guten Jahren kann man welche auf dem Lavafeld bei Ofanleiti finden.»

«Bei uns sind die meisten Jahre gute Beerenjahre», sagte der Mann.

«Ich habe so viele Beeren gesammelt», sagte Sölmund und breitete die Arme aus.

«Wann soll das gewesen sein?», fragte die Mutter und tat erstaunt. «Das wüsste ich aber.»

«Du warst nicht dabei», antwortete Sölmund. «Thórdis hat mir Beeren in meine Mütze getan, gestern.»

Gudrid versuchte ihrem Sohn zu erklären, dass die Beerenzeit noch nicht begonnen hatte und dass ihm Thórdis keine Beeren gegeben haben konnte. Nicht einmal grüne. Aber Sölmund blieb dabei. Er vermisste Thórdis und sprach oft von ihr, als ob er sie eben getroffen hätte, obwohl sie ihre Magd seit dem Überfall nicht mehr gesehen hatten. Sie war nicht auf ihrem Schiff.

«Es wäre schön, dich zum Beerensammeln mitnehmen zu können, Junge», sagte der Mann und kam näher an sie heran. Er hatte Sommersprossen im Gesicht, war eher klein und schmal und trug eine erdbraune Lodenjacke, von der ein Ärmel halb abgerissen war. «Aber deine Mutter hat Recht, es dauert noch lange bis zur Beerenzeit. Die sind in zwei, drei Wochen noch kaum blau. Aber ich sage dir, das wird ein gutes Beerenjahr. Es gibt eine ganze Menge grüner, und alle Zweige an den Rauschbeersträuchern sind voll von Blüten. So etwas habe ich schon lange nicht mehr gesehen», fügte der Mann hinzu. «Es wird genügend Beeren geben heuer. Aber es sieht nicht so aus, als würden wir es sein, die sie sammeln, Kamerad. O nein.»

Auf Sölmunds Gesicht machte sich Enttäuschung breit. Der Mann versuchte seinen Fehler wieder gutzumachen. «Wenn ich es mir recht überlege», sagte er, «könnte es aber gut sein, dass wir zu noch besseren Beerenplätzen als dem Lavafeld bei Ofanleiti und dem Fossártal unterwegs sind. Wer weiß, vielleicht können wir doch noch gemeinsam Beeren sammeln, wenn du willst.»

Gudrid zweifelte, ob es richtig war, dieses Gespräch über bevorstehende Beerenernten und ferne Sammelplätze mit einem unbekannten Mann mitten auf dem Meer weiter fortzuführen.

Eigentlich war sie nicht dazu imstande. Ihr war so übel, dass sie kaum den Mund zu öffnen wagte.

Nach einer Weile wiederholte der Mann, dass er dieses Jahr wohl kaum zum Beerensammeln gehen würde.

«Wir segeln nach Süden», sagte er dann plötzlich. «Aber wo werden wir landen? Das würde ich gern wissen.»

«Ja, das würde ich auch», murmelte Gudrid.

Gleichzeitig spürte sie, wie sie wieder von der nagenden Angst befallen wurde. Dann folgte ein neuer Anfall von Übelkeit. Sie konnte sie nicht mehr unterdrücken. Sie stürzte an die Reling, beugte sich hinaus und erbrach das Seetangblatt und das Wenige, was sie am Tag zuvor gegessen hatte. Dann würgte sie bittere Galle.

Der Mann hielt den Jungen fest, der hinter seiner Mutter herlaufen wollte. «Nein, warte hier bei mir, Kleiner. Deine Mutter ist ein wenig krank.»

Gudrid krümmte sich an der Reling. Ihr Magen zog sich zusammen, und sie hatte das Gefühl, er wollte aus ihr heraus. Es gelang ihr nicht, die Würgelaute zu unterdrücken, und sie schämte sich, dass ein wildfremder Mann sie in diesem Zustand sah. Sie bemerkte auch, dass ihr einige der Matrosen Blicke zuwarfen. Einen von ihnen hatte sie allerdings selbst am ersten Tag sich übergeben sehen. Da waren sie erst ein kurzes Stück von der Insel entfernt gewesen. Sie hatte sich noch darüber gewundert und gedacht, Seeleute könnten nicht seekrank werden. Sie konnte sich nicht erinnern, Eyjólf jemals davon sprechen gehört zu haben.

«Ich dachte, alle von den Westmänner-Inseln wären seefest», sagte der Mann mit einem schelmischen Lächeln, als Gudrid leichenblass und wankend zu ihnen zurückkam. Sie gab dem Mann keine Antwort, sondern nahm Sölmund an die Hand und wollte mit ihm in den Laderaum hinab. Sie konnte sich kaum noch auf den Beinen halten. Sie musste zu ihrem Lager und sich hinlegen. Aber Sölmund weigerte sich, mit ihr nach unten zu gehen. Er sträubte sich verzweifelt und sie versuchte den Jungen mit beiden Händen hinter sich zur Luke zu ziehen.

«Nein, ich will nicht. Ich will nicht da runter!», schrie er.

«Der Junge kann bei mir hier oben bleiben», sagte der Mann.

«Nein», heulte Gudrid. «Ich lasse ihn niemals allein.»

Sie standen sich weinend gegenüber. Gudrid zog an der Hand des Jungen, und er stemmte sich dagegen. Das Schiff stampfte. Eine neue Welle von Übelkeit überfiel Gudrid, und sie musste Sölmund loslassen und kotzte dort, wo sie stand, Galle. Da nahm der Mann von den Ostfjorden die Sache in die Hand. Er ging zum nächsten Matrosen und machte ihm mit Zeichen und Gesten verständlich, dass er ein Segeltuch oder irgendetwas anderes brauche, worauf sich die Frau legen könne. Sie sei krank. Der Mann schien die Gesten zu verstehen und verschwand.

Dann verging die Zeit, ohne dass etwas geschah. Gudrid zitterte und schluchzte vor Unwohlsein, während der Mann aus dem Osten versuchte, ihr stützend den Arm zu reichen. Zuletzt zog er seine Jacke aus, legte sie im Schutz der Kanone auf das Deck und bot ihr an, sich darauf zu legen.

«Es ist besser für dich, in der frischen Luft an Deck zu liegen als im Gestank unten», sagte der Mann, während sie auf seine Jacke niedersank.

Sie schloss die Augen. Sie wollte einschlafen und die Seekrankheit vergessen. Die Schrecken der vergangenen Tage und alles um sich herum vergessen. Alles außer Sölmund. Wo war Sölmund? Sie setzte sich auf und rief nach ihm: «Sölmund!»

«Ja», sagte Sölmund. Er saß auf dem Schoß des Mannes.

«Bleib hier», sagte seine Mutter. «Du musst bei dem Mann bleiben.»

Da endlich nannte der Mann seinen Namen «Ich heiße Brandur Arngrimsson. Ich komme vom Hof Eyjólfsbrekka im Fossártal.»

«Von Eyjólfsbrekka? Eyjólfsbrekka?», wiederholte sie zweimal, und Tränen strömten ihr über die Wangen. «Das ist sonderbar.»

Dann übermannte sie der Schlaf.

Geraume Zeit später kam der Matrose mit zerrissenen Segeltüchern, einem Eimer Wasser und einem groben Besen wieder.

Brandur Arngrimsson brachte Gudrid so weit, dass sie sich von der Jacke hochstemmte. So konnte er ihr ein Segel unterschieben und ein anderes Tuch über sie ausbreiten. Sie zitterte vor Kälte. Auch ihm war bereits sehr kalt geworden. Er war mit Sölmund an seiner Seite in ihrer Nähe auf und ab gegangen, hatte mit den Armen fest um sich geschlagen und versucht, sich warm zu halten. Er war froh, wieder in seine Jacke zu kommen.

«Es geht nichts über die Wärme von einer Frau», sagte er übertrieben munter, als er wieder in die Joppe schlüpfte, und versuchte sich nicht anmerken zu lassen, wie sehr er zitterte. Dann schüttete er Wasser über die Stelle, an der sie sich übergeben hatte, und fegte die Galle weg.

Gudrid zog sich das Segel über den Kopf, um ihr Elend zu verbergen.

Als die Sonne sich senkte und die Kälte der Nacht hereinbrach, half ihr Brandur in den Laderaum hinunter. Sölmund kam hinter ihnen her. Brandur hatte versprochen, ihm eine Geschichte von den Trollen im Fossártal zu erzählen, wenn er ein guter Junge wäre. Gudrid rang nach Luft, als ihr der Gestank unten entgegenschlug. Aber die Wärme der Menschen verlockte sie doch, sich neben Anna auf ihr Lager in der Ecke zu legen. Sie konnte jetzt die Segeltücher, die sie oben an Deck erhalten hatte, als Unterlage verwenden.

Anna lag auf dem Boden mit dem kleinen Mädchen an ihrer Brust. Die Tränen auf ihren Wangen waren getrocknet, aber ihr Gesicht war leer. Sölmund starrte auf das trinkende Kind. Sobald es satt war, kam die Frau aus dem Osten wieder und brachte es zu seiner Mutter, die im Fieber lag und bereits sehr schwach war. Die Frau, die das Kind im Schein der Laterne hin und her trug, hieß Gunnhild Hermannsdóttir und sagte, sie käme aus Breiddalur. Den Namen der Mutter wollte Anna nicht wissen. Gunnhild hatte ihr erzählt, dass das kleine Mädchen ihr dreizehntes Kind war.

«Wo ist Óshild?», fragte Sölmund.

Anna stöhnte und drehte sich zur Seite. Gudrid zog ihren Sohn von ihr weg und sagte, er solle still sein.

Sölmund zupfte an ihrer Jacke. Er knöpfte sie auf und versuchte an ihre Brüste zu kommen.

«Ich will auch trinken, wie das kleine Kind», quengelte er.

Gudrid griff mit beiden Händen fest um seine Handgelenke und sagte, er solle damit aufhören. «Du bist schon ein großer Junge, Sölmund. Große Jungen trinken nicht an der Brust.»

«Doch», wimmerte er und begann laut zu weinen. «Ich hab Hunger. Ich will trinken.»

Sie sagte streng, er solle sich hinlegen und ruhig sein, aber er sagte, er wolle nicht bei ihr liegen, sondern zu Brandur gehen und die Geschichte von den Trollen hören.

«Pass auf, dass dich die Trolle nicht holen, wenn du mir nicht gehorchst», sagte Gudrid drohend.

«Sie können mich hier nicht erwischen, weil sie in den Bergen wohnen», antwortete Sölmund triumphierend.

Gudrid senkte die Stimme und versuchte jetzt, den Jungen im Guten zum Hinlegen zu überreden, aber er wollte nicht hören und rief nach Brandur. Brandur fragte, ob er ihn mit zu den Ostfjordleuten hinübernehmen dürfte, aber Gudrid lehnte das strikt ab. Schließlich hockte sich Brandur in ihrer Nähe auf die Fersen und begann zu erzählen.

«Die Berge südlich des Fossártals heißen Sudurfjöll. Sie sind hoch und steil.»

«Sind sie höher als die Berge im Herjólfstal?», fragte Sölmund.

«Viel höher», sagte Brandur. «Viel, viel höher. Sie sind viele hundert Faden hoch. Das sind richtige Trollberge. Durch das Tal fließt ein Fluss, der Fossá heißt. Er hat eine tiefe Schlucht gegraben und stürzt über einen hohen Wasserfall in einen Tümpel. Im Tümpel lebt der Wassermann.»

Sölmund hatte sich hingelegt und lauschte gespannt. Gudrid knöpfte ihre Jacke zu und wünschte, ihre Brust wäre nicht voll von Sorge, sondern prall von Milch wie Annas Brüste, damit sie ihren Sohn stillen und trösten könnte. Sie atmete schwer und versuchte die Tränen zurückzuhalten. Sie merkte, wie es rund um den Erzähler langsam still wurde. Auch sie hörte ihm zu. Das Schiff bewegte sich weich in der langen Dünung, und als das Gemurmel der Menschen verstummte, hörte man das leise Knarren der Planken und das regelmäßige Quietschen der schaukelnden Laternen. Die Stimme des Mannes von den Ostfjorden war tief und kräftig und drang bis in die letzten Winkel des Laderaums. Sie wirkte einschläfernd auf die Menschen. Und doch hörte man ab und zu ein Stöhnen im Dunkeln oder ein halb ersticktes Weinen. Als der Schlaf Gudrid allmählich übermannte, spürte sie keine Seekrankheit mehr.

8

Ein Tag verging nach dem anderen, ohne dass sich etwas Besonderes ereignete. Die Gefangenen hatten im Augenblick keine andere Wahl, als sich mit ihrem Schicksal abzufinden. Familienangehörige, Nachbarn und Freunde versuchten, jeweils in der Nähe der anderen zu bleiben. Anfangs waren die meisten wortkarg und bedrückt, viele litten unter der Seekrankheit, aber als sie nachließ, wurden die Menschen gesprächiger, und man erkundigte sich bei Gefangenen aus anderen Landesteilen nach Neuigkeiten. Verwandte aus weit entfernten Fjorden trafen sich nach vielen Jahren plötzlich wieder, und manche entdeckten Verwandtschaften zu Menschen, von denen sie bisher nichts gewusst hatten. Sobald aber das Gespräch auf die Ereignisse kam, die sie auf diesem gottverlassenen Schiff zusammengewürfelt hatte, brachen viele Frauen wieder in Tränen aus, während die Männer versuchten, Fassung zu bewahren. Dann erstarrten die Gesichter wieder in bleiernem Schweigen, und man zog sich zurück. Viele Ecken gab es auf dem Schiff allerdings nicht, wo man allein sein konnte. Überall waren Menschen. Der Laderaum war, vor allem nachts, so überfüllt, dass die Leute geradezu übereinander lagen. Bei Tag versuchten die meisten, die nicht krank oder bettlägerig waren, sich an Deck aufzuhalten. Allerdings bestand dort ständig die Gefahr, dass man genau jenen Männern über den Weg lief, die einen misshandelt, gefesselt und aufs Schiff gezerrt hatten. Manche Gefangene wurden dann von Wut, andere so sehr von Angst gepackt, dass sie sich gleich wieder unter Deck verkrochen.

Einige der Frauen hatten sich von Anfang an geweigert, ins Freie zu gehen, aus Angst vor ihren Peinigern.

Unter ihnen war Anna Jasparsdóttir. Gudrid hatte versucht, sie zu überreden, mit ihr und Sölmund an die frische Luft zu kommen, aber die Scham über die Vergewaltigung und die Trauer über den Verlust ihres Kindes zerrissenen ihr das Herz. Auch die Ungewissheit über den Verbleib Jóns nagte an ihr. Sie wollte nicht aufstehen.

«Ich will diese Teufel nie mehr sehen», sagte Anna Katrine.

Gudrid erzählte ihr, dass die Männer, die sich an Land so teuflisch aufgeführt hätten, auf See nicht so grausame Verbrecher zu sein schienen. Keiner der Matrosen hätte die Gefangenen an Deck belästigt, seitdem die Folterknechte des Kapitäns den Pfarrer von Ofanleiti ausgepeitscht hätten, und jetzt würde man ihn sogar verwöhnen und ihm jeden Morgen einen Becher Branntwein bringen. Manche seien auch gut zu den Kindern und steckten ihnen Extrabissen zu.

«Was schert es mich, wie gut sie zu Kindern von anderen sind. Sie haben mir mein Kind geraubt», stöhnte Anna und begann wieder zu weinen.

«Und wenn es Jón gelungen ist, mit Óshild zu entkommen?» Gudrid war von ihren eigenen Worten überrascht.

«Glaubst du, das könnte sein?», schluchzte Anna zuerst ungläubig und leise, wiederholte dann aber die Frage, als ob sie in dieser unerwarteten Vermutung plötzlich einen Funken Hoffnung erblickte. «Glaubst du, das könnte sein?»

«Ja, ich glaube, das könnte sein», antwortete Gudrid, ganz als ob sie ihrer plötzlichen Idee Glauben schenkte.

«Ich dachte, Jón hat mich im Stich gelassen und ist zum Festland geflohen», sagte Anna.

Gudrid antwortete ihr, dass doch keiner wüsste, wer an Land geflohen sei, außer der Kaufmannsfamilie und Kapitän Thomsen mit einigen Matrosen vom Handelsschiff. Es seien nichts als Vermutungen, dass man Jón und Eyjólf gezwungen hätte, Kaufmann Bagge an Land zu rudern.

«Vielleicht sind sie auf einem der anderen Schiffe. Oder sie sind entkommen.»

«Und vielleicht hat man sie erschossen oder ihnen den Hals abgeschnitten. Ich habe gesehen, wie sie Gissur von Midhús die Kehle durchschnitten», sagte Anna und wurde von einem neuen Weinkrampf geschüttelt.

Diese Nachricht verschlug Gudrid für eine Weile die Sprache. Sölmund schmiegte sich dicht an sie, und sie drückte das Kind fest an ihren Körper. Nach einer Weile sagte sie, sie sei trotzdem davon überzeugt, dass Eyjólf am Leben sei.

«Wie kannst du davon überzeugt sein?»

«Ich spüre es», antwortete Gudrid langsam. «Ich hoffe es», fügte sie leise hinzu.

«Wenn sie am Leben sind und nicht auf einem der anderen Schiffe, sind sie Feiglinge und Verräter», sagte Anna.

Gudrid merkte, dass sie ihre Freundin auch dieses Mal nicht trösten konnte. Sie beschloss, das Gespräch abzubrechen. Es wühlte ihren eigenen Schmerz zu sehr auf, von Eyjólf zu sprechen. Eyjólf war kein Feigling. Sie wollte nicht, dass Sölmund dergleichen hörte. Sie hatte die Pfarrerstochter Margret gefragt, ob Eyjólf oder andere aus ihrer Familie zusammen mit den Leuten von Kirkjubaer auf dem anderen Schiff gewesen seien, aber das Mädchen hatte keinen von ihnen gesehen. War Eyjólf geflohen? War er den Händen der Seeräuber entkommen? Sie wollte Letzteres glauben, solange es keine anderen Beweise gab. Ihr Junge hatte einen guten Vater. Sie könnte ihm Geschichten von seinem Vater erzählen, der der geschickteste Kletterer von allen war, der großes Glück beim Fischen hatte und der gut mit Tieren umzugehen wusste. Es schmerzte sie, Anna einmal mehr weinend zurückzulassen. Sie hielt es in dem stinkenden Laderaum nicht länger aus. Sie wollte nach oben. Sie wollte mit ihrem Jungen an die frische Luft.

Als sie an Deck kamen, waren die Matrosen dabei, Essen an die Leute zu verteilen. Große, flache Tonschüsseln wurden hingestellt, voll von kleinen Körnern. Zu trinken gab es das faulige Wasser.

«Das wird das Brot sein, das für Mose in der Wüste vom Himmel fiel», sagte ein bibelfester Mann von den Ostfjorden, nachdem er die Körner probiert hatte. «Manna vom Himmel.»

«Sie nennen es Kuskus, sagte Guttorm Hallsson.

Das Manna schmeckte den ausgehungerten Gefangenen vorzüglich. Sie langten kräftig zu und schaufelten die winzigen Körnchen mit bloßen Händen in den Mund, da man ihnen weder Löffel noch Messer gegeben hatte. Eine alte, zahnlose Frau aus Berunes drängte sich gierig an die Schüsseln. Noch nie habe sie etwas so Gutes gegessen, sagte sie lispelnd und schmatzend.

«Dasss sssmeckt ssso gut», sagte die Alte. «Ssso gut. Und issst ssso leicht sssu kauen.»

«Ja, ihre Köche sind nicht die schlechtesten», sagte Guttorm.

Alle waren sich eignig, dass die Körner gut schmeckten, und die hungrigen Kinder versuchten sich an die Schüsseln zu drängen und sich die Mäuler voll zu stopfen. Aber die Alte fand, sie würden sich mehr nehmen, als ihnen zustünde, und versuchte sie wegzudrängen.

«Fressst doch nicht allesss auf, verdammte Gören! Sssert euch weg!», sagte sie und schob die, die ihr am nächsten standen, beiseite. Die Kinder wollten nicht nachgeben und versuchten, die Schüssel zu sich herüberzuziehen, während sich die Alte mit den Fingern am anderen Rand festkrallte. Sie zerrten so lange hin und her, bis der Alten die Schüssel entglitt und die Kinder mitsamt dem Tongefäß kopfüber nach hinten purzelten. Die Schüssel brach in Stücke, und der Rest der Körner flog über das Deck. Guttorm schalt die Alte für ihre Gier, während die sich weinend auf die Körnchen stürzte und sie vom Boden auflas. Die Erwachsenen zogen die Kinder weg und drohten ihnen mit Prügel für die Ungezogenheit.

Einige der Matrosen hatten gehört, wie die Schüssel zerbrochen war, und gesehen, dass sich die sonst so schweigsame Herde wie die Hunde um das Essen balgte. Sie schrien die Leute an. Es verstand zwar keiner, was sie sagten, aber mit einem Schlag waren alle verstummt. Man schämte sich. Nur die alte Frau saß noch allein mitten auf dem Boden und schleckte die Körner auf.

Da gingen plötzlich zwei Matrosen auf sie zu, griffen sie jeweils auf einer Seite unterm Arm, schleiften sie einfach an die Reling und warfen sie einfach über Bord.

Die Menschen starrten fassungslos auf das, was sich da vor ihren Augen abspielte. Hochwürden Jón Thorvardsson machte einen Schritt nach vorn, als ob er protestieren wollte, brachte aber kein Wort heraus. Dann entfernte sich die ganze Schar schweigend und verkroch sich unter Deck.

9

Gudrid lag auf ihrem Lager im Frachtraum und drehte sich unruhig von einer Seite auf die andere. Seit man die Alte über Bord geworfen hatte, hielten sich die Gefangenen wieder die meiste Zeit unter Deck auf. Dort hatten das Weinen und Wehklagen erneut begonnen. Für Anna Jasparsdóttir war die Nachricht nur eine Bestätigung dessen, was sie wusste.

«Das sind Teufel», sagte sie.

Der Pfarrer von den Ostfjorden, Hochwürden Jón Thorvardsson, hatte die Nachbarn der alten Frau in einer Ecke zu einer Andacht versammelt und betete für ihre Seele. Zugleich warnte er die Menschen vor den Folgen der Laster Gier, Hochmut und Neid sowie jedwedem gottlosen Verhalten. «Denn die Gottlosen werden plötzlich ins Verderben stürzen, so steht es geschrieben.» Und er schloss seine Predigt mit einem flehenden Hilferuf: «O Herr im Himmel, hilf! Hilf uns auf der Fahrt über dieses bedrohliche Meer, auf dass wir sicher Land erreichen und das ewige Vaterland nach überstandener Mühsal dieses erbärmlichen und ungewissen Lebens. Amen.»

Gudrid hatte ihre Mühe, Sölmund im Laderaum zu halten, denn der Junge wollte nach oben an die frische Luft. Er wollte zu den Kindern, die an Deck unter dem Zeltdach waren, zu Egill von Ofanleiti und dessen kleiner Schwester Una, zu Valdimar und Kristjana. Sölmund war stolz, ein Freund und Verwandter Egills zu sein. Egill war groß, elf Jahre alt. Es war für einen vierjährigen Knirps eine Ehre, in seiner Nähe sein zu dürfen. Manchmal schloss sich ihnen sogar Jón von Kirkjubaer an. Von Neugier getrieben, gingen die Jungen an Deck umher und wollten den Seeräubern bei der Arbeit zusehen. Die Kanonen wirkten wie Magneten auf sie. Die Takelage und das Zusammenspiel der Taue gaben ihnen ständig Anlass zum Staunen und zum Grübeln, und die Männer, die in die Wanten kletterten, ernteten ihre uneingeschränkte Bewunderung, genau wie das prunkvolle Gewand des Kapitäns, sein langes, gebogenes Schwert und die silberbeschlagene Pistole in seinem Gürtel. Jón Jónsson hatte ihnen anvertraut, dass er eines Tages Kapitän auf einem solchen Schiff werden wollte. Einer der Matrosen besaß ein Instrument, auf dem er manchmal blies. Dann standen die Kinder wie gebannt in einiger Entfernung und lauschten dem fremdartig lockenden Flötenspiel.

Gudrid hatte Sölmund eingeschärft, auf keinen Fall herumzutollen oder den Matrosen im Weg zu sein. Brandur hatte mehr als einmal angeboten, auf den Jungen Acht zu geben, aber Gudrid lehnte es jedes Mal ab. Sie hielt an ihrem Vorsatz fest, Sölmund nie mehr aus den Augen zu lassen. Dagegen ließ sie sich gern von Brandur an Deck begleiten, wenn sie mit ihrem Sohn nach oben ging. Seine Nähe verlieh ihr ein Gefühl von Sicherheit. Aus ihren bruchstückhaften Unterhaltungen hatte sie erfahren, dass Brandur in Kürze den Hof seines Vaters hätte übernehmen sollen und mit einem jungen Mädchen aus dem Osten verlobt war. Es wären nur noch zwei Wochen bis zu ihrer Hochzeit gewesen, als man ihn gefangen nahm.

«Meine Verlobte heißt Gudrun Jónsdóttir», hatte er mit trauriger Stimme gesagt.

Gudrid glaubte zu wissen, dass sich Brandur jetzt in Gedanken an Gudrun auf seinem Lager drüben bei den Ostfjordleuten wälzte, während sie unruhig zwischen den Leuten der Westmänner-Inseln lag und an Eyjólf dachte.

Gudrid war über diesen Gedanken eingeschlafen, aber öffnete sofort die Augen, als ihr Margret die Jüngere die Hand auf die Schulter legte. Gudrid wunderte sich. Sie hatte Margret, seit man sie an Bord gebracht hatte, noch nie im Laderaum gesehen. Das Mädchen bat Gudrid, sogleich an Deck zu kommen. Ihre Mutter hätte sie geschickt. Die Zeit sei gekommen. Die Pastorsfrau von Ofanleiti liege in den Wehen und würde bald ihr Kind gebären. Sie bräuchten Hilfe.

Gudrid war sofort hellwach.

«Gott stehe uns bei», sagte sie. Sie hatte erst einmal einer Frau bei der Geburt geholfen. Das war, als Anna die kleine Óshild zur Welt gebracht hatte.

Sie stand auf, weckte Anna und bat sie, auf Sölmund aufzupassen, während sie an Deck ging, um bei Ásta von Ofanleiti zu sein.

Anna murmelte etwas im Halbschlaf.

«Sie bringt das Kind zur Welt», flüsterte Gudrid.

Anna richtete sich sofort auf. «Ich kann nicht helfen», sagte sie erschrocken.

«Doch, du kannst helfen, indem du für mich auf Sölmund aufpasst.»

Anna sank seufzend auf das Lager zurück und legte ihren Arm über den Jungen.

Als Gudrid in das Zelt kam, standen die Magd Gudborg und die Pastorsfrau Kirkjubaer Margret, über Ásta gebeugt. Hochwürden Ólaf ging draußen mit den Kindern auf und ab. Ásta hatte große Schmerzen und stöhnte laut unter den Wehen.

«Sie haben heute früh eingesetzt», flüsterte Madame Margret. «Sie waren erst schwach, aber jetzt sind sie stärker geworden. Ich glaube, es dauert nicht mehr lange bis zur Geburt», fügte sie hinzu. Dann bat sie Gudrid und ihre Tochter, zum Kapitän zu gehen, der, wie sie gehört hatte, Mórat Flemming hieß, ihn zu wecken, wenn er schlief, und den Hundsfott allergnädigst um abgekochtes Wasser zu bitten. «Ich muss sauberes Wasser zur Hand haben, wenn das Kind zur Welt kommt», sagte die Madame und schickte sie los.

Gudrids Herz begann zu rasen. Sie hatte den Kapitän ab und zu aus der Ferne gesehen, hatte ihm aber seit dem ersten Tag, als er mit dem blutigen Strick in der Hand auf dem Achterdeck aufgetaucht war, nie mehr direkt gegenübergestanden. Wie sollte sie einen solchen Mann um Hilfe bitten?

Die Nacht war sternenklar. Der Vollmond erleuchtete das

Deck, auf dem einige Matrosen unter Segeltüchern schliefen, während andere aufrecht saßen und Tabak rauchten. Der Rauch aus ihren Pfeifen durchzog die Nacht mit einem seltsamen Duft, während die Männer die beiden Frauen mit ihren Blicken verfolgten, wie sie Hand in Hand am Hühnerkäfig und am Ziegenverschlag vorbei nach hinten zum Achterdeck gingen. Vor der Kajütentür des Kapitäns blieben sie zögernd stehen. Keine der beiden wagte anzuklopfen. Sie hatten sich bisher noch nie so nahe an die Kapitänskajüte herangewagt. Nun sahen sie die bemalten Schnitzereien über dem Eingang, und ließen ihre Augen über den verzierten Rahmen schweifen. Links und rechts der Tür waren kleine Fenster mit verschnörkelten Eisengittern, hinter denen sie eine Bewegung wahrnahmen. Endlich fasste sich Gudrid ein Herz und klopfte dreimal an die blau gestrichene Tür. Im selben Augenblick erhob sich drinnen Hundegebell. Die Tür wurde aufgerissen, und ein bewaffneter Mann stand vor ihnen. Der Leibwächter des Kapitäns. Der Mann fauchte sie zornig an.

Gudrid und Margret machten unwillkürlich einen Knicks und baten um Wasser. Der Mann verstand offensichtlich nicht, was sie wollten, und schnauzte ihnen abermals etwas entgegen.

«Het is los?», fragte eine donnernde Stimme in der Kajüte, und kurz darauf stand der Kapitän in eigener Person vor ihnen mit einem hässlichen Köter an seiner Seite. Er befahl dem Hund, still zu sein. Mórat Flemming trug ein weißes Leinenhemd mit weiten Ärmeln und eine goldbestickte Weste. Den Turban, mit dem er sich normalerweise unter den Matrosen zeigte, hatte er aber nicht auf dem Kopf. Sein rotbraunes Haar war grau gesprenkelt und zerzaust, und er hielt eine Pistole in der Hand. Trotzdem wirkte er diesmal nicht ganz so grimmig wie damals, als ihn Gudrid zum ersten Mal gesehen hatte.

«Wasser», stotterte Margret die Jüngere auf Deutsch. «Wasser für ein Kind.»

«Was für ein Kind?», fragte der Mann schroff, und sie versuchten ihm mit Gesten begreiflich zu machen, dass ein Kind zur Welt kam.

Er schien nichts zu verstehen und sandte den Leibwächter mit ihnen aufs Vorderdeck. Als der Mann ans Zelt kam und das Stöhnen der Frau hörte, lief er rasch zur Kajüte zurück, erstattete dem Kapitän hastig Bericht und bekam den Befehl, Wasser aus einer Tonne in einen Kessel zu schöpfen. Dann trug man den Kessel in die Kombüse und stellte ihn aufs Feuer.

Kurze Zeit später stand ein großer Topf mit abgekochtem Wasser vor dem Zelt. Aber das Kind ließ auf sich warten. Ásta war bereits sehr erschöpft. Die Pfarrerswitwe von Kirkjubaer versuchte alles, was sie konnte, um ihr Mut zuzusprechen. Hochwürden Ólaf steckte ab und zu den Kopf ins Zelt, um nach seiner Frau zu sehen. Dazwischen ging er sorgenvoll an Deck herum, die kleine, halb schlafende Una auf dem Arm, während ihm die Magd Gudborg in einigem Abstand mit den anderen Kindern an der Hand folgte.

Gudrid trocknete Ásta mit einem feuchten Lappen den Schweiß von der Stirn. Es schmerzte sie, dass sie nicht mehr tun konnte, um ihre Qual zu lindern. Ásta stöhnte und jammerte um Hilfe.

«Könnt ihr nicht meine Hebamme holen, dass sie mir hilft? Sie hat all meine Kinder auf die Welt gebracht», flüsterte sie zwischen den Wehen.

Margret blickte fragend zu Gudrid, aber Gudrid schüttelte den Kopf. Die Hebamme war nicht unter den Gefangenen an Bord. Plötzlich fiel ihr eine andere Frau ein: Gunnhild Hermannsdóttir von den Ostfjorden. Sie schien immer Rat zu wissen. Gudrid drückte Margret den feuchten Lappen in die Hand und rannte los. Sie lief in den Laderaum hinunter, tastete sich durch das Dunkel voran und trat beinahe auf die schlafenden Menschen, bis sie Gunnhild fand, die in der Nähe der kranken Mutter mit dem kleinen Mädchen lag und leise schnarchte. Gudrid musste sie einige Male rütteln, bevor es ihr gelang, sie zu wecken. Sobald Gunnhild begriffen hatte, was los war, stand sie auf und eilte mit Gudrid an Deck.

Als sie ins Zelt kamen, war Ásta wie benommen. Ihre Lippen zeichneten sich kaum noch vom bleichen Gesicht ab, das im Schein der Laterne graublass erschien. Gunnhild beugte sich über die Gebärende und untersuchte sie.

«Endlich», stöhnte Ásta und tastete nach Gunnhilds Hand. Dann stieß sie einen langen Schmerzensschrei aus.

Gunnhild strich ihr sanft über den angespannten Bauch und sagte: «Jetzt müssen wir uns ordentlich zusammenreißen.»

Dann übernahm sie das Kommando. Sie sandte Margret die Jüngere, die mit vor Entsetzen geweiteten Augen dabeistand, los. Sie sollte den Koch um einen Kochlöffel oder etwas Ähnliches bitten, worauf Ásta während der Wehen beißen könnte. Danach drehte sie Ásta auf die Seite, kniete sich neben ihr hin und massierte ihr mit der geballten Faust eine Weile die Lenden und das Steißbein. Ásta stöhnte laut. Als Gunnhild sie darum bat, sich auf alle viere zu drehen, protestierte die Madame von Ofanleiti.

«Ich kann nicht mehr!», jammerte sie.

«Doch, du kannst», sagte Gunnhild.

Sie drehte Ásta wieder auf den Rücken und bat Madame Margret und Gudrid, sie auf jeder Seite fest an der Hand zu halten. Dann schlug sie Ástas Rock hoch, befühlte ihre Scham, um zu spüren, wo das Kind war, kniete sich hin und ging selbst auf alle viere und sagte, Ásta solle ihr die Füße auf die Schultern setzen und pressen, so sehr sie könne. Dann würde das Kind kommen.

Gunnhild war eine starke Frau und bewegte sich kaum, als Ásta sich gegen ihre Schultern stemmte. «Du kannst noch mehr», sagte sie und hielt mit voller Kraft dagegen. Beiden lief der Schweiß über das Gesicht. Madame Margret und Gudrid hielten Ástas Hände fest und versuchten zugleich, ihr die nassen Haare aus der Stirn zu streichen. Ihre Schreie gingen ihnen durch Mark und Bein. Ásta winselte: «Ich sterbe, mein Gott, ich sterbe!»

«Nein, du stirbst nicht, wenn du aufhörst, dich so anzustellen», sagte Gunnhild barsch. Dann tastete sie wieder nach dem Kopf des Kindes und murmelte, dass es wahrscheinlich nicht richtig liege, es schien, als ob die Stirn zuerst käme und nicht der Scheitel. Sie müsse versuchen, das Kind ein klein wenig zu drehen. Sie schob zwei Finger in den Geburtskanal. Ásta schrie auf wie ein verletztes Tier.

«So», sagte Gunnhild. «Jetzt müsste es gehen.»

Sie war jetzt wieder etwas milder im Ton, beugte sich über Ásta und sagte freundlich: «Du hast schon Kinder zur Welt gebracht. Du weißt, dass du deine ganze Kraft brauchst, um das Kind nach unten zu pressen. Du darfst sie nicht mit Schreien vergeuden. Jetzt bekommst du auch etwas, worauf du beißen kannst, dort kommt das Mädchen mit dem Kochlöffel.»

Aber Margret die Jüngere stand halb weinend und mit leeren Händen in der Zeltöffnung. Der Koch hatte sich in die Hängematte vor der Kombüse gelegt und schnarchte. Sie hatte nicht gewagt, ihn zu wecken. Da zog Madame Margret plötzlich ein Gebetbuch aus der Tasche und schob es Ásta zwischen die Zähne.

«Jetzt fehlen nur noch die Presswehen», sagte Gunnhild und kniete sich wieder auf alle viere.

Die Frauen spürten, dass der entscheidende Moment gekommen war, und auch das entsetzte junge Mädchen begriff, dass es hier um Leben und Tod ging. Sie holten alle tief Luft und versuchten ihre Gedanken in einem Gebet zu jenem Gott zu vereinen, der sie auf diese gefährliche Reise auf das offene Meer gesandt hatte, um bei der Geburt eines Kindes zu helfen. Als die Schmerzensschreie sich einen Weg durch Ástas Kehle brechen wollten, biss sie fest auf das Gebetbuch, stemmte sich gegen Gunnhilds Schultern und bot ihre letzten Kräfte auf. Das Kind kam. Zuerst der Kopf, dann die Schultern, und schließlich rutschte ein winziger bläulicher Körper in die Hände der Frau.

«Es ist ein gesunder Junge», sagte Gunnhild und hob das Kind von den blutigen Röcken seiner Mutter auf. Dann biss sie die Nabelschnur durch, band sie ab, hielt den Jungen an den Beinen hoch und gab ihm einen leichten Klaps auf den zerknitterten Po. Als das Kind einen Schrei ausstieß, reichte sie es der Madame von Kirkjubaer, die das Blut vorsichtig vom Gesicht des Säuglings wischte, ihn in Tücher wickelte und an die Brust seiner erschöpften Mutter legte.

Freudentränen flossen über Ástas Wangen.

Gunnhild drückte kurz auf den Bauch der Pfarrersfrau. Sie stöhnte jäh auf und krümmte sich, als die Nachgeburt kam. Dann lag sie bewegungslos mit geschlossenen Augen da, das Kind in ihren Armen. Gudrid und Margret wuschen gemeinsam das Blut von den Kleidern und Segeltüchern und machten den Platz rund um die Mutter sauber. Dann holte Margret Hochwürden Ólaf und die Kinder und führte sie ins Zelt.

Der Pastor kniete gerührt neben seiner Frau nieder und küsste sie auf die Stirn.

«Meine liebe Frau, wie viel du leiden musstest!»

«Ja, aber jetzt ist es vorbei», flüsterte Ásta.

Hochwürden Ólaf bat um Wasser in einer Schale, und weil kein anderes Gefäß zur Hand war als der Branntweinbecher, reichte man ihm diesen, gefüllt mit Wasser. Er segnete das Wasser dreimal. Dann sagte er, die Kinder sollten sich um die Mutter scharen, und bat die Frauen, sich hinter den Kindern aufzustellen. Er nahm Margrets Gebetbuch, schlug es auf, fand die gesuchte Stelle und begann im Schein der Laterne zu lesen:

«Und sie brachten Kinder zu ihm, dass er sie anrührte. Die Jünger aber fuhren die an, die sie trugen. Da es aber Jesus sah, ward er unwillig und sprach zu ihnen: Lasset die Kinder zu mir kommen und wehret ihnen nicht; denn solches ist das Reich Gottes. Wahrlich, ich sage euch: Wer das Reich Gottes nicht empfängt wie ein Kind, der wird nicht hineinkommen. Und er herzte sie und legte die Hände auf sie und segnete sie.»

Die Hände des Priesters zitterten. Er bat mit gebrochener Stimme Madame Margret, den Jungen hochzuheben, damit er ihn taufen könne. Dann taufte er seinen neugeborenen Sohn im Andenken an den seligen Pfarrer Jón Thorsteinsson auf den Namen Jón. Als die Witwe Margret das hörte, brach sie in Tränen aus.

«Singt mit mir», sagte Hochwürden Ólaf zu Jón Jónsson und seinem Sohn. Egill erhob seine helle Stimme, der Jüngling schwieg.

Dieses Kind in deine Hände legen wir,
gütiger Herr Jesus Christ, Erlöser, dir.
Führe es in deine Kirche ein,
bewahre und erlöse es von aller Not und Pein.

Nachdem Egill die erste Strophe beendet hatte, wusste er nicht mehr weiter, und Hochwürden Ólaf wandte sich an Gudrid:

«Übernimm du den Gesang, Gudrid. Unter diesen Umständen wird Gott es verzeihen, dass eine Frau Vorsänger ist.»

Und Gudrid sang mit leiser Stimme. Der Priester war zu ergriffen, als dass er einen Ton hervorgebracht hätte, aber Margret die Jüngere stimmte mit ein und dann die Magd Gudborg und Egill. Gunnhild schwieg wie der junge Jón Jónsson.

Verleih' ihm mit den Jahren Wuchs und Geist,
dass es dir Gehorsam, Treu' und Dienst erweist,
immerda fromm hier auf Erden lebt
und zuletzt in deine Herrlichkeit eingeht.

Als das Lied zu Ende war, verabschiedeten sich Gudrid und Gunnhild von den Pfarrersfamilien und zogen sich aus dem Zelt zurück. Über ihnen glitzerte der Sternenhimmel, und der silberne Mond spiegelte sich im schwarzblauen Meer. Sie gingen schweigend an die Reling und blickten zu den Sternen hoch. Einige Matrosen, die an Deck Wache hielten, schielten zu ihnen hinüber, ließen sie aber in Ruhe. Gunnhilds Hände rochen nach Blut. Gudrid hörte, wie sie leise schluchzte. Als sie nach einiger Zeit zu sprechen anfing, war ein leises Zittern in ihrer dunklen Stimme.

«Ich hatte einmal einen kleinen Jón. Aber Gott hat mir ihn und auch seine Schwester genommen. Wenn ich zu den Sternen sehe, habe ich das Gefühl, es sind ihre Augen, die in ihrer himmlischen Pracht zu mir herunterblicken.»

10

Die Nachricht vom Kind, das in der Nacht zur Welt gekommen war, verbreitete sich in Windeseile über das ganze Schiff. Die Leute wollten den Pfarrersleuten Grüße bestellen und erkundigten sich nach dem Befinden der Mutter. Sie machten sich Sorgen, ob sie etwas zum Anziehen für das Kind habe, und beklagten ihre eigene Bedürftigkeit und dass sie nichts zu geben hätten.

Diese Sorgen waren jedoch überflüssig, denn als die Matrosen den Säugling gurren und weinen hörten, wurden sie neugierig und drängten sich um das Zelt der Pfarrersfamilien. Sie spähten durch einen Spalt hinein, und zwei von ihnen gaben dem Kindchen ein paar alte Hemden von sich.

Wenige Tage nach der Geburt des kleinen Jón Ólafsson verlor das Mädchen, dem Anna die Brust gab, die Mutter. Die Frau war seit dem Tag, an dem man sie gefesselt an Bord geschleppt hatte, krank gewesen. Sie starb Anfang August. Die See war an diesem Tag unruhig, und Gudrid war auf ihrem Lager geblieben. Es schien, als ob sie die Seekrankheit nie ganz überwinden könnte. An jenen Morgen war es besonders schlimm gewesen.

Der Mann der Verstorbenen, Rafn Magnússon, sein Bruder und zwei Bekannte trugen die Leiche an Deck, wo man ihnen ein altes Segeltuch gab, in das sie den toten Körper wickelten. Dann hoben sie ihn auf das Schanzkleid. Die Söhne der Frau begleiteten zusammen mit ein paar Leuten von den Ostfjorden den letzten Weg ihrer Mutter bis an die Reling, wo Hochwürden Jón Thorvardsson die Bibelworte las. Das Meer wirkte unter dem schweren, wolkenverhangenen Himmel grau und kalt. Windböen rissen dem alten Priester die Worte von den Lippen. Die Jungen zogen die Nase hoch. Nach einem kurzen Psalm ließ man das Bündel über Bord fallen.

Als Gunnhild Hermannsdóttir wieder in den Laderaum unter Deck kam, hockte sie sich neben Gudrid und Anna auf den Boden. Sie hatte ein Anliegen von Rafn Magnússon zu überbringen. Er war zu niedergeschlagen, als dass er den Mut aufgebracht hätte, es selbst vorzutragen. Er brauchte eine Mutter für die kleine Valdis. Und weil Anna dem Mädchen nun schon seit fast einem halben Monat jeden Tag die Brust gab, wollte er sie jetzt, da die Mutter des kleinen Mädchens gestorben war, fragen, ob sie sich künftig nicht ganz des Kindes annehmen könnte.

«Nein!», schrie Anna und sprang auf. Sie warf Gudrid, die erstaunt zurückschreckte, das Kind in die Arme. Auch Gunnhild war erschrocken. Die plötzliche Heftigkeit Annas traf sie wie ein Blitz aus heiterem Himmel. Die Leute in ihrer Nähe drehten sich um und starrten Anna verwundert an, die mit geballten Fäusten auf den gewaltigen Mast einschlug, der durch den Rumpf in den Kiel des Schiffes ging.

«NEIN! NEIN! NEIN! Ich nehme Valdis nicht. Ich will Óshild! Óshild, Óshild. Jón! Jón! Jón!»

Das kleine Mädchen begann bei dem Geschrei vor Angst laut zu weinen. Gudrid drückte seinen Kopf an ihre Wange und versuchte es zu trösten. Sie tätschelte es auf den Po, klopfte ihm auf den Rücken und liebkoste es, aber das Kind wollte sich nicht beruhigen. Anna schrie. Sie wollte fort von hier, weg von Gudrid und Gunnhild und dem weinenden Kind. Sie zwängte sich durch die Menschenmenge bis ganz nach hinten zum Heck. Dort sank sie am Geländer über dem Ballastraum zu Boden.

«Jón! Komm und hol mich! Ich will den Kerl aus dem Osten nicht sehen. Bring mir Óshild! Jón!»

Erst nach einer guten Weile kehrte Anna zu ihrem Lager zurück. Sie versuchte sich an den Leuten aus dem Osten vorbeizudrücken und nicht in die Richtung zu sehen, wo Gunnhild mit dem kleinen Mädchen im Schoß saß. Neben ihr lag der Vater des Kindes mit einem Arm über den Augen. Seine beiden Söhne kauerten zu seinen Füßen und starrten vor sich hin.

Anna setzte sich neben Gudrid, die den Arm um ihre Freundin legte und ihr tröstende Worte ins Ohr flüsterte: «Es sagt ja keiner, dass du den Rafn nehmen sollst. Es geht nur um das Mädchen. Natürlich kann sich Gunnhild weiter um es kümmern. Das Kind braucht nicht mehr, als dass du ihm wie bisher die Brust gibst. Es hat sonst nichts, das Kleine.»

Plötzlich stand Sölmund auf und tätschelte Anna die Wangen.

«Musst du jetzt nicht mehr weinen, Anna? Ist jetzt alles wieder gut?»

Anna schlang ihre Arme um den Jungen und beugte ihr Gesicht über sein Köpfchen. Nach einer Weile ließ sie ihn los und legte sich hin. Sie lag mit geschlossenen Augen da. Ab und zu stieß sie einen schweren Seufzer aus. Als es Abend wurde und das Weinen der kleinen Valdis immer noch zu ihnen herüberdrang, hielt sie sich die Ohren zu. Schließlich gab sie auf und bat Gudrid, das Kind zu holen.

In dieser Nacht frischte der Wind auf, und das Schiff legte sich tief in die Wellen. Von einer Seite auf die andere. Bis zum Morgen hatten sich die Böen zu einem Sturm gesteigert. Die Menschen im Frachtraum lagen wild durcheinander, und schon nach kurzer Zeit begannen sich die Ersten zu übergeben. Der Rumpf des Schiffes erzitterte unter den Brechern in der aufgewühlten See, und die Gefangenen winselten vor Angst. Sie riefen zu Gott, baten um Vergebung ihrer Sünden und krallten sich in Todesangst aneinander und an alles, was sie zu fassen bekament. Alles Lose begann sich zu bewegen. Die Laternen schwankten hin und her und schlugen gegen die Balken des Schiffes, bis sie erloschen. Die kleine Valdis lag in Annas Armen und schlief trotz des Getöses ringsum, aber Sölmund hatte zu heulen angefangen. Er hatte Angst. Er rief nach seinem Vater.

«Papa! Papa, komm! Ich will zu meinem Papa.»

Zum ersten Mal, seit sie die Westmänner-Inseln verlassen hatten, war der Junge seekrank. Gudrid versuchte ihren Sohn festzuhalten, aber er wand sich sogleich wieder aus ihren Armen, um sich zu übergeben. Danach kroch er wimmernd auf den Schoß seiner Mutter, die erschöpft an die Bordwand gesunken war. So lagen sie einen Großteil des Tages und wurden von einer Seite auf die andere gerollt. Unaufhörlich. Der Gestank im Laderaum war zum Würgen, und allmählich machte sich Lethargie unter den Gefangenen breit. Ab und zu hörte man jemanden beten. Gudrid merkte, wie sie von der lähmenden Angst halb bewusstlos wurde. Sie lag entkräftet da und ließ sich von den Bewegungen des Schiffes hin und her werfen. Sie hatte jedes Gefühl für Zeit verloren. Minute um Minute verging, Stunde um Stunde. Die Stunden wurden zu Tagen, vielleicht zu zwei, vielleicht zu drei. Ab und zu schien es, als ob der Wind nachließe, aber das stellte sich stets nur als kurze Unterbrechung heraus, dann heulte der Sturm von neuem los. Die Tortur nahm kein Ende. Der Bug des Schiffes bohrte sich tiefer und tiefer in die Wellen, und bei jedem Abtauchen war Gudrid überzeugt, dass er nicht mehr an die Oberfläche kommen würde. Sie erwartete jeden Augenblick ihren Tod.

Aber das gewaltige Schiff überstand einen Anlauf der See nach dem anderen. Mit titanengleicher Anstrengung erklomm es die Wellenkämme und krachte dann mit entsetzlicher Wucht in die Täler hinab. Der Lärm war ungeheuerlich. Die Menschen wurden unter der Wucht des Aufpralls in die Luft geschleudert. Je öfter das Schiff herumgeworfen wurde, desto wahrscheinlicher schien es, dass es zerbrach. Neue Gebete um Rettung strömten von den Lippen der Gefangenen, und in Gudrids Brust machte sich ein merkwürdiges Gefühl breit. Es war, als befände sie sich jenseits aller Angst, und inmitten der Katastrophe verspürte sie eine wundersame Dankbarkeit. Sie hatte in diesem schauderhaften Ringen der Naturkräfte wenigstens ihren Sohn an ihrer Seite. Sie und Sölmund würden gemeinsam sterben. Sie würden gemeinsam zum Meeresgrund sinken. Hand in Hand würden sie die Herrlichkeit Gottes schauen.

Plötzlich hörte man ein Splittern oben an Deck, dann folgte

ein ungeheuerliches Krachen, und jede Planke im Schiffsrumpf erzitterte. Wasser strömte in den Frachtraum hinab. Die Menschen stießen Schreie aus, und manche versuchten aufzustehen. «Die Stunde ist gekommen!», rief Hochwürden Jón in die Dunkelheit. «Lasst uns zusammen beten: *Vater unser, der du bist im Himmel …*»

Die Menschen stimmten in das Gebet des alten Priesters mit ein, und durch das Krachen, Quietschen, Knarren und Donnern stieg das Vaterunser aus zweihundert Kehlen wie eine Beschwörung gegen das rasende Unwetter zum Himmel.

Dann warteten alle auf das, was kommen wollte.

Aber anstatt dass das Schiff, wie zu erwarten, in Stücke brach, war es, als ob das Schaukeln nachließe. Das Knarren im Rumpf war nicht mehr ganz so laut wie zuvor und das Quietschen der Lampen nicht mehr ganz so häufig. Der Wind flaute langsam ab. Der Sturm hatte begonnen, sich zu legen, das Unwetter ging vorüber. Als nach einer Weile die Luke zu den Gefangenen im Frachtraum geöffnet wurde, drang ein blendender Lichtstrahl zu ihnen hinab. Und ein junger Mann stand inmitten des hellen Lichtes. Gudrids Herz zuckte zusammen.

War das Jesus?

Sie schalt sich eine Törin. Trotzdem spürte sie, wie ihre Brust von einer unbeschreiblichen Freude erfüllt wurde, einer bisher unbekannten Gewissheit: Sie war gerettet!

Sie kletterte nach oben, schob ihren Sohn vor sich her an Deck und streckte ihr Gesicht der Sonne entgegen, die zwischen hell umrandeten Gewitterwolken hervorbrach. Dann verließ sie die Kraft in den Beinen, und sie fiel auf dem wasserüberströmten Deck auf die Knie. Sie umschlang ihren Sohn mit den Armen und lobte Gott.

An Deck herrschte nach dem Sturm das reinste Chaos. Ein Teil des hintersten Mastes war weggebrochen und auf das Achterdeck gestürzt, wo er die Takelage zerfetzt und ein Loch in die Kapitänskajüte geschlagen hatte. Der Hühnerkäfig war zersplittert, und einige tote Hühner lagen an Deck, andere flogen gackernd zwischen den Trümmern umher. Die langschwänzigen Schafe im Verschlag blökten laut. Der Schafbock war verschwunden. Irgendwo heulte der Hund. Ein Brecher, der über das Schiff gegangen war, hatte das große Beiboot aus der Verankerung gerissen und über Deck geschleudert, wo es in tausend Stücke zerbrach. Einer der Matrosen war von dieser Wucht über Bord geschleudert worden. Ein anderer hatte sich am Arm verletzt, aber dennoch den Befehl bekommen, in die Wanten hochzuklettern und ein loses Ende des Großsegels zu befestigen. Von dort war er über Bord gestürzt. Man hatte ihn noch eine Weile auf Deutsch seinen Gott um Erbarmen anrufen hören, dann war er verstummt.

Das große Zelt aus dem Herjólfstal hatte das Unwetter erstaunlich gut überstanden und den Pfarrersfamilien Schutz geboten, obwohl einige Bänder gerissen und Teile des Daches über ihren Köpfen zusammengestürzt waren. Alle im Zelt waren seekrank geworden bis auf den wochenalten Säugling und Jón Jónsson. Der fünfzehnjährige Jüngling war gegen das Verbot seiner Mutter in das Unwetter hinausgekrochen, hatte sich zwischen zwei vollen Wassertonnen verkeilt und von dort aus das Toben des Windes und des Meeres beobachtet. Er hatte gebannt zugesehen, wie sich die Gischt bis in den Himmel erhob und Blitze die Unwetterwolken zerissen. Später erklärte er stolz, dass er keine Angst verspürt habe. Er war vom Unwetter fasziniert. Es war zehnmal besser, inmitten des Getöses das Peitschen des Sturmes auf seiner Haut zu spüren, als zuzuhören, wie der Wind gegen das Zeltdach tobte. Wer die Stürme auf Stórhöfdi erlebt hatte, den konnte nichts so schnell erschrecken. «Kaum mehr als eine steife Brise», hätten sie gesagt, die Seemänner der Westmänner-Inseln. Solche Männer waren Jóns Vorbilder. Er wollte sich von nichts unterkriegen lassen.

Mit wilder Freude in der Brust hatte er zugesehen, wie die Freibeuter gegen die Übermacht des Unwetters kämpften, und im Innersten höhnisch gelacht, als er die Angst in ihren Gesichtern sah. Manche gerieten ganz außer sich vor Furcht, als der Sturm am heftigsten tobte – unter ihnen der Mörder seines Vaters. Er gehörte zu denen, die sich durch den peitschenden Wind zum Verschlag nach hinten kämpften und das fetteste Schaf herauszogen. Sie hatten alle Mühe, sich mit dem rasenden Bock auf dem schäumenden Deck auf den Beinen zu halten. Jón sah zu, wie sie mit dem panischen Tier rangen und ihm die Kehle durchschnitten. Blut spritzte ihnen ins Gesicht und überall um sie herum. Dann teilten sie das Tier mit einem Schwerthieb in zwei Teile und opferten es den höheren Mächten, indem sie die beiden Hälften auf je einer Seite des Schiffes über Bord warfen.

Bald darauf hatte sich der Sturm gelegt.

Der Pfarrerssohn von Kirkjubaer redete in einem fort, während er den Leuten half, durch die Ladeluke nach oben ins Freie zu kriechen. Die meisten von ihnen wankten benommen über Deck und waren zu geschwächt, als dass sie den Erzählungen des Jungen hätten folgen können. Sie sehnten sich nur nach frischer Luft. Sie sogen sie begierig ein. Sie streckten ihr Gesicht der Sonne entgegen, die zwischen Regenwolken hervorblinzelte. Sie sperrten ihren Mund auf, um die erfrischenden Regentropfen aufzufangen und den bitteren Geschmack auf der Zunge loszuwerden. Manche erholten sich rasch wieder, andere waren noch den Großteil des Tages blass und matt. Aber nach und nach fingen die Leute an, sich, so gut es ging, zu waschen. Sie zogen ihre verdreckten Kleider aus und reinigten sie in den Pfützen an Deck von Kot und Schleim und Erbrochenem. Die Seeräuber ließen es zu, dass manche die nassen Kleidungsstücke auf die nächstbesten Seile zum Trocknen hängten. Der Bauer von Búlandsnes und sein Schafhirte Jón Ásbjörnsson durften sogar ungehindert eine Schnur quer über das Deck spannen, auf die alle ihre Sachen hängten. Einige Frauen von den Westmänner-Inseln bildeten zu mehreren jeweils einen Kreis um ein paar Mädchen, die in Unterhemden darauf warteten, dass ihre Kleider trockneten. In einem dieser Kreise stand zitternd Anna Jasparsdóttir. Der Kot und die Kotze unter Deck waren ihr schließlich doch zu viel geworden, und sie hatte sich mit dem Strom der anderen nach oben treiben lassen. Sie war, wie andere Gefangene, von Läusen befallen und wusch jetzt Gesicht und Haare mit Regenwasser, das sich auf einem Segeltuch am Boden gesammelt hatte. Gudrid goss ihr das Wasser über den Körper. Es war entsetzlich kalt, aber Anna musste gestehen, dass sie sich nach dem Bad wohler fühlte. Sie zog einen Kamm aus ihrer Rocktasche und begann ihr blondes Haar zu kämmen. Die Strahlen der Sonne wärmten sie. Allmählich hörte sie auf zu zittern.

Dann nahm sich Gudrid Sölmund auf dieselbe Weise vor. Sie freuten sich über all das saubere Wasser, tranken es begierig und schütteten es sich gegenseitig über den Kopf. Sölmund bereitete es großen Spaß, seine Mutter mit Wasser zu bespritzen, und er lachte laut und glucksend. Die Leute drehten sich nach ihm um. Kinderlachen hatte man bisher nicht auf diesem Schiff gehört.

Später brachten ein paar Matrosen Besen, Lappen und Eimer voll Meerwasser, mit denen die Gefangenen den meisten Dreck aus dem Frachtraum säubern konnten. Ein paar unerschrockene Seemänner aus dem Osten und von den Westmänner-Inseln stiegen als Erste hinab und fanden dort die Leiche einer Frau aus den Ostfjorden. Die Männer schafften den toten Körper an Deck, wo er auf die gleiche Weise in ein Segeltuch gewickelt und aufgebahrt wurde wie zuvor die Leiche der Frau von Rafn. Dann sprach Hochwürden Jón Thorvardsson die in der Liturgie vorgesehenen Worte, auch wenn das Schäufelchen mit Erde fehlte.

«*Gedenk, o Mensch, du bist aus Staub und wirst zu Staube werden. Und auferstehen am Jüngsten Tage.*»

Ein paar Männer und Frauen näherten sich zögernd der Reling. Zuerst nur wenige, dann aber immer mehr, und zum Schluss war fast die ganze Schar der Gefangenen rund um die Leiche dieser Frau vereint, die nur wenige gekannt hatten.

Müde ging sie aus dem Erdenleben
ein in des Himmels Freud' und Segen,
dort wird sie am Thron des Lammes steh'n,
ewig leuchtend wie die Sonne schön.

Der Gesang der Leute schwoll von Strophe zu Strophe an und stieg in den klaren Himmel empor, von wo die Sonne ihre wärmenden Strahlen auf die dürftig bekleideten, verschreckten Menschen herniedersandte.

Ruhe jetzt in Frieden hier,
von deinem Grabe scheiden wir.
Denk, Mensch, du an dein Seelenheil,
bis dass der Tod auch dich ruft, allzumal.

II

Der Wind hatte sich gelegt. Die Sonne stand hoch am Himmel und ließ ihre Strahlen um das Schiff tanzen, das mit gebrochenem Mast und schlaffen, zerrissenen Segeln ruhig über die endlose, glitzernde Wasseroberfläche schaukelte. Das stolze Gefährt hatte viel von seinem Glanz eingebüßt: Wie abgetakeltes Treibgut trieb es in den Weiten des Ozeans; eine angeschlagene Arche mit kaum vierhundert Seelen und einer Hand voll Tieren an Bord. Umgeben vom endlosen Blau der See.

Von den anderen Schiffen, die sie bis zum Hereinbrechen des Sturmes begleitet hatten, war keines zu sehen. Ob sie gesunken waren? Neue Sorgen, neue Ängste befielen die Menschen.

Aber man hatte kaum Zeit, lange über den möglichen Verbleib der Schiffe zu spekulieren, denn an Bord warteten unzählige Aufgaben. Alles, was im Unwetter zerbrochen und zerschlagen worden war, musste repariert werden. Der Kapitän schritt in seinem vornehmen Gewand und in voller Bewaffnung über das Deck, eine Peitsche in der Hand, und erteilte in alle Richtungen Befehle, während ihm sein hässlicher Köter auf dem Fuß folgte. Er hetzte die Matrosen auf die Masten und die Rahen hoch, um geknickte Segelbäume zu spiekern und die Takelage wieder in Ordnung zu bringen. Die am stärksten zerfetzten Segeltücher wurden abgenommen. Und ohne dass sich die Leute völlig klar waren, wie es dazu hatte kommen können, saßen Seeräuber und Gefangene plötzlich Seite an Seite und nähten Segel.

Einigen hatte man befohlen, das Dach der Kajüte zu reparieren, aber die schwierigste Aufgabe bestand darin, ein neues Beiboot aus den Trümmern des alten zu zimmern.

«Sieh bloß, wie dumm die sich dabei anstellen!», sagte Jón Gudmundsson, ein Schreiner aus dem Osten, zu Jón Snorrason, dem Steuermann der *Morgenstern* von den Westmänner-Inseln. Der Steuermann rief seinen Nachbarn, Augustin Söffrensson, einen geschickten Arbeiter in Holz und Eisen, herbei, und ehe man sich's versah, hatten die drei Männer an der Seite der Verbrecher begonnen, das Boot zu bauen.

Für die Kinder war es, als ob man eine schwere Last von ihnen genommen hätte. Sie huschten zwischen den Arbeitenden umher, und das eine oder andere Kind hatte sogar das Glück, einem Erwachsenen einen Faden Segelgarn oder einen Nagel reichen zu dürfen. Keiner wollte zurück in den Laderaum hinunter. In der Sonne und dem lauen Wind war an Deck das Leben neu erwacht. Eine warme Brise strich den Menschen sanft um die Wangen.

Gudrid hatte sich eine Segelnadel und ein Stück Zwirn besorgt und nähte ihren zerrissenen Rock. Dann nahm sie sich Annas Jacke vor und versuchte sie, so gut es ging, wieder zusammenzuflicken, während Anna auf einem Fass saß und die kleine Valdis Rafnsdóttir in ihren nackten Armen wiegte. Sie hatte die Kleider des Kindes gewaschen und den Säugling nach bester Möglichkeit versorgt. Der Vater des kleinen Mädchens stand in einiger Entfernung und schielte zu ihnen hinüber. Ein zerlumpter, schüchterner, armer Mann um die vierzig, Vater von vielen Kindern, von denen die meisten auf verschiedenen Höfen in Ostisland verstreut lebten – oder diejenigen, die das Säuglingsalter überlebt hatten, wie Gunnhild gesagt hatte. Eines war im Bezirk Herad, zwei waren in Seydisfjördur und zwei im Norden auf der Halbinsel Langanes. Diesem Umstand hatten sie es jetzt zu verdanken, dass sie nicht den Freibeutern in die Hände gefallen waren. Auf dem Schiff bei ihrem Vater waren nur zwei Jungen und dieses kleine Mädchen, für das Anna sorgte. Alle waren sich einig, dass man keine hübschere Amme für die Tochter von Rafn Magnússon hätte finden können, denn trotz der bleichen Wangen und der von Trauer entstellten Gesichts war nicht zu übersehen, dass Anna die meisten Frauen an Schönheit übertraf. Ihr blondes Haar, das ihr ebenmäßiges Gesicht einrahmte, glänzte golden in der Sonne. Sie hatte blaue Augen, eine gerade Nase, einen weichen Mund und ein wohlgeformtes Kinn über dem schlanken Hals. Die weißen Brüste prall von Milch. Es war nicht gerecht, Anna mit Rafns verstorbener, von harter Arbeit und Kindergebären ausgezehrter, fast körperloser Frau Ranka zu vergleichen. Der Mann wandte sich ab.

Gudrid meinte, Rafns Gedanken an seinem Gesicht lesen zu können. So war es schon immer gewesen, seit sie junge Mädchen waren. Kein Mann, der Anna Katrine zum ersten Mal sah, konnte seine Augen von ihr abwenden. Und auch einige der Matrosen schienen bereits ein Auge auf sie geworfen zu haben. Ihre Gesichter glühten vor Begierde. Aber Gudrid hatte diese Blicke auch auf sich selbst gespürt. Manche der Männer hatten sonderbar stechende Augen, die sich bis in die tiefsten Winkel ihres Körpers bohrten und ihr Herzklopfen bereiteten. Sie hatte Angst vor diesen Blicken. Besonders hatte sie vor den Augen des Mannes Angst, der sie gefangen genommen hatte. Sie waren groß und fast schwarz, und in ihnen blitzten Grausamkeit und Härte auf – aber auch unvermittelte Neugier und Milde. Wenn sich ihre Augen zufällig begegneten, blickte sie rasch zur Seite. Das beste Mittel, diesen wortlosen Zudringlichkeiten zu entgehen, war, sich in Brandur Arngrimssons Nähe zu halten. Sie hatte vor, ihm den Ärmel seiner Jacke anzunähen, wo sie schon Nadel und Zwirn in der Hand hielt.

Als man die Gefangenen am Abend wieder unter Deck scheuchen wollte, versuchten manche, sich dagegen zu sträuben. Man hatte den Laderaum ausgelüftet und geschrubbt, aber der saure Gestank von Erbrochenem hing noch immer in der Luft. Der Geruch hatte sich in das Holz gefressen und schlug den Menschen, die den ganzen Tag die frische Luft genossen hatten, scharf entgegen. Trotz des nahen Sonnenuntergangs, war kaum die Rede davon, dass irgendeiner an Deck gefroren hätte. Die Menschen verspürten eher eine Art angenehmes Frösteln, und viele hätten es vorgezogen, im Freien zu schlafen, wenn man ihnen nur etwas zum Zudecken gegeben hätte.

Hochwürden Jón Thorvardsson half seinem Amtsbruder Ólaf, das Zelt aus dem Herjólfstal wieder aufzurichten, und seine Frau Katrin saß den halben Tag bei den Pfarrersfrauen Ásta und Margret von den Westmänner-Inseln. Sie plauderte mit ihnen, hätschelte das kleine Kind und bat Gott um seinen Segen für den Jungen. Ásta saß das Unwetter noch tief in den Knochen. Sie war immer noch geschwächt vom Blutverlust bei der Geburt und blass und wortkarg. Madame Margret war dagegen außer sich vor Aufregung. Sie war dem Mörder ihres Mannes begegnet, hatte ihn gesehen, wie er sich Hände und Füße wusch, bevor er sich gemeinsam mit einigen Matrosen zum Gebet hinkniete und die Stirn auf das Deck schlug. Sie schärfte ihrem Sohn ein, sich vor diesem Mann, den sie Hundstürke, Teufel und Satan nannte, in Acht zu nehmen. Aber Jón fürchtete sich nicht vor ihm. Er hatte die Angst des Mannes beim Unwetter gesehen. Als Margret die Jüngere zusammen mit den Enkelinnen des Pfarrers von Háls, Ólöf und Katrin, und deren Cousine Steinunn fröhlich am Zelt auftauchte, fuhr Madame Margret sie böse an und schalt sie, so ausgelassen vor den Männern herumzutollen. Aber die jungen Mädchen machten sich nicht viel aus ihren Vorwürfen. Sie waren nach dem Eingesperrtsein der letzten Tage aufgekratzt, hatten rote Backen von der frischen Luft und gingen Hand in Hand tuschelnd über das Deck, bis die Sonne im Meer versank.

Als die Matrosen in der Dämmerung begannen, Laternen anzuzünden, nahm Hochwürden Jón Thorvardsson seinen ganzen Mut zusammen und trat vor den Mórat Flemming Re'īs. Er sprach ihn auf Latein an und fragte, ob er für sich und seine Leute ein Zelt bekommen könne wie das, in dem die Pfarrersfamilien von den Westmänner-Inseln lägen. Der Re'īs schüttelte verständnislos den Kopf, und Hochwürden Jón wiederholte seine Bitte in gebrochenem Deutsch und zeigte auf das Zelt an Deck. Da stieß der Kapitän ein schallendes Gelächter aus und befahl einem Matrosen, dem Pfarrer ein paar zerrissene Segelfetzen zu geben. Daraus dürfe er sich, wenn er könne, ein Zelt aufspannen. Der alte Pastor sah auf das schmutzige Tuch, rührte es aber nicht an, sondern blickte dem Kapitän kurz in die Augen. Dann wandte er sich zum Gehen. Bevor er noch einen Schritt getan hatte, traf ihn ein schwerer Peitschenhieb von hinten und ließ ihn zu Boden gehen. Mit donnernder Stimme drohte ihm der Kapitän weitere Hiebe an, falls er noch einmal versuchen sollte, Aufruhr zu stiften. Madame Katrin lief entsetzt herbei und zog ihren Mann hinter sich her zur Ladeluke und bat ihn, die Verbrecher um Gottes willen nicht zu reizen. Dann verkrochen sie sich mit ihren Leuten unter Deck, und die anderen Gefangenen folgten ihnen wie Schafe ihrem Hirten.

12

Einige Tage später kam an Backbord Land in Sicht. Es tauchte als blaugrauer Streifen am Horizont auf, der allmählich höher wurde, und sein Anblick weckte unter den Gefangenen mit Angst gemischte Freude: Zu guter Letzt würde die lange Seereise ein Ende nehmen – aber was mochte auf sie folgen? Aus den Gesprächen der Freibeuter wurde klar, dass das Land Hispania war. Spanien. Die Leute standen an der Reling und sahen zu, wie sich das fremde Land allmählich aus dem Meer erhob.

Als man am Horizont die Segel von Schiffen entdeckte, griff Unruhe unter den Seeräubern um sich. Es stellte sich heraus, dass es sechs Schiffe waren, und je näher sie kamen, desto mehr schienen die Matrosen in Aufruhr zu geraten. Sie begannen, sich mit Messern und Pistolen zu bewaffnen und unter lauten Rufen und hektischem Gestikulieren an die Kanonen zu begeben. Die eben erst erwachte Freude der Gefangenen war wie fortgeblasen. Sie sahen sich neuem Entsetzen gegenüber, denn es war offensichtlich, dass sich die Freibeuter auf eine Seeschlacht vorbereiteten. Einige der Gefangenen verschwanden sofort unter Deck, andere drängten sich um den Großmast zusammen, von wo man sie alsbald mit Hieben und Tritten in den Frachtraum hinuntertrieb. Dann wurde die Luke fest verschlossen.

Es war dunkel unten. Nur zwei Laternen brannten. So hockten die Leute erst schweigend in der Dunkelheit, dann begannen einige, leise Gebete zu murmeln.

«Verzagt nicht in euren Herzen, glaubt an Gott und glaubt an mich, sagt Jesus», betete Hochwürden Jón, und die Gemeinde versuchte ihre Angst zu unterdrücken. Durch das Gemurmel war nichts zu hören als das leise Knarren der Planken. Die Leute lauschten gespannt. Man wartete auf Gewehrsalven und Kanonendonner. Ein jeder hielt den Atem an.

«Mama, ich will nicht hier im Dunkeln sein», sagte Sölmund plötzlich in die Stille. «Ich will nach oben gehen und sehen, wie die Männer aus den großen Kanonen schießen.»

Gudrid bat ihn, um Gottes willen nicht so etwas zu sagen. Er würde nirgendwohin gehen! Aber Sölmund hörte nicht auf zu quengeln, und andere Kinder fingen ebenfalls damit an. Man hörte, wie ihnen die Eltern Ohrfeigen gaben.

Dann drang Brandurs Stimme aus der Dunkelheit: «Weißt du, was aus dem Wassermann unter dem Wasserfall geworden ist, Sölmund?»

«Nein», sagte der Junge.

«Willst du es nicht hören?»

«Nein», sagte der Junge, «ich will hinauf und sehen, wie die Männer schießen.»

«Weißt du, dass einmal Männer kamen, die den Wassermann erschießen wollten? Möchtest du hören, wie das ausging?»

Brandur war zu ihnen herübergekommen und hatte sich hinter der Mutter mit ihrem Sohn auf den Boden gekniet. Er legte Gudrid einen Arm um die Schultern, als ob nichts selbstverständlicher wäre als das. Und sie lehnte sich mit dem Jungen in ihren Armen, ohne nachzudenken, an seine Brust. Fast war es, als läge sie bei Eyjólf. Das bärtige Gesicht fühlte sich rau an. Die Wärme, die von seinem Körper ausging, war wie die von Eyjólf. Seine Stimme an ihrem Ohr war wie ein leises Plätschern von Wellen in der Dunkelheit. Alle Kinder hörten zu. Auch sie hörte zu, wie ein Kind.

Die Leute hatten keine Ahnung, wie viel Zeit im Dunkeln unter Deck vergangen war, als sie plötzlich von einem Kanonenschuss hochgeschreckt wurden. Sie schrien auf. Sie flehten zu Gott um Hilfe – und ihr Gebet wurde überraschend schnell erhört, denn schon, nachdem die Seeräuber nur ein paar Schüsse abgefeuert hatten, hörte man, wie sie an Deck herumliefen und ein Siegesgeschrei ausstießen. Die Leute unten warteten gespannt, was jetzt wohl passieren würde. Nach einer Weile wurde die Luke wieder geöffnet, und alle Gefangenen wurden an Deck befohlen. Alle. Sofort! Zwei Seeräuber kamen hinunter, um sie anzutreiben und sicherzugehen, dass keiner zurückblieb.

Oben angekommen, waren sechs Kriegsschiffe zu sehen, in ähnlicher Bauart wie das ihre, die – alle unter türkischer Flagge – langsam um sie herumsegelten. Die Freibeuter befahlen den Gefangenen, ihre Hände in die Höhe zu strecken. Hände in die Höhe! Diejenigen, die nicht schnell genug verstanden, bekamen Tritte. Und als die Mannschaften auf den anderen Schiffen die riesige Schar der Gefangenen mit erhobenen Händen sahen, stießen sie ein wildes Kriegsgeschrei aus, das sich von Schiff zu Schiff fortsetzte, während die Freibeuter mit ihren Pistolen in die Luft feuerten und einen Siegestanz an Deck aufführten. Der Hund des Kapitäns heulte und drehte sich im Kreis. Dann segelten die sechs Schiffe Richtung Norden davon und feuerten zum Abschied aus den Kanonen, während das ihre wieder Kurs nach Süden setzte.

Die Ausgelassenheit der Freibeuter hielt noch den ganzen Tag an.

Zwei Tage später war wieder Unruhe unter den Matrosen zu bemerken. Sie hatten sich erneut bewaffnet und das Schiff Richtung Osten gewendet, wo jetzt auf beiden Seiten Land zu sehen war. Sie segelten in eine Meerenge, und die Gefangenen hörten, wie die Freibeuter von Estreka oder Strát und Gibraltar sprachen.

«Ob das wohl die Straße von Gibraltar ist?», fragte jemand.

Sie segelten nahe der südlichen Küste, die zuerst sehr flach war, aber dann, je enger der Sund Richtung Osten wurde, steil anstieg. Man konnte die Umrisse einer befestigten Stadt erkennen, hinter deren massiven Mauern die Häuser wie eine Ansammlung weißer Würfel wirkten. Sandstrände breiteten sich zwischen hellen Steilküsten aus, und als sie dem Land am nächsten waren, konnten sie im Süden deutlich grüne Büsche und vereinzelte Bäume auf den Felsen unterscheiden. Im Norden erhoben sich die Hügel und Berge Spaniens. Die Meerenge schien ungefähr so breit zu sein wie die Entfernung zwischen den Westmänner-Inseln und dem isländischen Festland, und die Gefangenen blickten neugierig auf beide Seiten, während Mórat Flemming Re'īs mit finsterer Miene an Deck umherschritt und seinen Männern in scharfem Ton Befehle erteilte. Er stellte manche in Bereitschaft an die Kanonen und schickte andere auf die Rahen hoch, um Segel zu setzen und von den Krähennestern Ausschau zu halten. Der Wind kam aus Westen und frischte auf. Die geflickten Segel blähten sich, und das Schiff glitt in rascher Fahrt durch die Meerenge. Als die Freibeuter einer unscheinbaren Brigg unter weißer Kreuzflagge begegneten, die bei ungünstigem Wind nur langsam vorankam, gaben sie ein zufriedenes Murren von sich.

Mit einem Mal war das Schiff durch den Sund hindurch, und vor ihnen öffnete sich ein weiter Golf. Sie segelten an einem hohen Steilfelsen vorbei, auf dem sich eine gewaltige Festung mit dicken Mauern und vielen kleinen Wachtürmen erhob. Die helle Küste Afrikas schien offensichtlich gut bewacht zu sein. Und Afrika war ein riesiges Land. Ein langes Gebirge stieg an der Küste auf, und seine Gipfel ragten hoch in den Himmel. Berg an Berg, so weit das Auge reichte.

Gudrid war sonderbar zumute. Sie verspürte beim Anblick dieser unbekannten Küste eine ungehörige Neugier und Spannung in ihrer Brust. Sie versuchte dieses merkwürdige, sicher sündhafte Gefühl zu unterdrücken. Sie versuchte es herunterzuwürgen wie die Übelkeit in ihrem Hals. Das Schiff stampfte, und ihr war wieder schlecht. Sie beneidete jeden, der keine Seekrankheit mehr verspürte. Einige konnten es offensichtlich genießen, unter der senkrechten Sonne an Deck zu stehen und den heißen, steifen Wind an ihren Wangen zu spüren. Welch wunderbar blaue Farbe das Meer doch hatte!

Das Mittelmeer.

Und es schien, als ob dieses Meer einen sonderbaren Zauber auf die Menschen ausübte und manche in den Bann geheimnisvoller Kräfte zöge. Einige ließen sich zu Leichtsinnigkeiten hinreißen. Gudrid sah, wie sich eine der Gefangenen im Schutz des Großmastes mit einem Matrosen unterhielt. Sie verstanden sich offensichtlich gut. Der Mann zog eine Flöte unter der breiten Schärpe hervor und zeigte sie ihr. Er blies eine kleine Melodie, steckte dann die Flöte wieder in den Gürtel und grinste dem Mädchen breit ins Gesicht. Es lächelte schüchtern zurück. Dann verschwanden sie zusammen hinter dem Achterdeck.

Gudrid ließ ihre Augen nach Steuerbord hinüberschweifen. Dort standen Gunnar von Torfmýri und Sveinbjörg von Hvild nebeneinander. Sie sah, wie sich ihre Hände wie zufällig an der Reling berührten, sah, wie sich ihre Beine aneinander schmiegten. Plötzlich zog Gunnar kurz an Sveinbjörgs blondem Zopf, der ihr weit auf den Rücken hinunterreichte. Sie wandte ihm das Gesicht zu und lachte. Ihre Augen leuchteten. Gunnar hatte eine Frau zu Hause auf den Westmänner-Inseln. Hatten die beiden das in diesem knappen Monat, seit man sie gefesselt auf das Schiff gezerrt hatte, vergessen? Gudrid bemerkte, wie sich Gunnar so hinstellte, dass er knapp hinter Sveinbjörg zu stehen kam, und wie sie sich an ihn lehnte. Gudrid blickte beschämt zur Seite. Hatte sie sich in der Dunkelheit des Laderaums nicht selbst an Brandur Arngrimsson gelehnt? Es war wie von selbst geschehen. Als ob der Körper einen eigenen Willen besäße, unabhängig von dem, was gut und recht war. Denn natürlich hatte sie Eyjólf nicht vergessen. Im Gegenteil. Sie dachte jeden Tag an ihn. Jede Nacht.

Aber hatte Sölmund ihn vergessen? Sölmund hatte begonnen, Brandur wie einen Vater zu behandeln. Sie gingen gemeinsam an Deck herum und verfolgten gespannt den Schiffsverkehr auf dem Meer. Manchmal lief der Hund des Kapitäns an ihrer Seite. Sölmunds Interesse war unermüdlich, und Brandur kam kaum nach, all seine Fragen über die Schiffe zu beantworten, die am Horizont auftauchten und wieder dahinter verschwanden. Manche kamen recht nahe und schienen freundlich gesinnt zu sein, andere, wie aus den Reaktionen der Freibeuter zu erkennen war, feindlich. Die meisten von ihnen waren stattliche Gefährte, und nie hätte sich Gudrid träumen lassen, jemals so viele stolze Schiffe zu Gesicht zu bekommen.

Brandur ließ seine Augen über das Gebirge an der Küste schweifen. Er meinte, es würde ihn an die Berge seiner Heimat erinnern. Ein Unterschied sei jedoch, dass die ostisländischen Berge steil aus dem Meer aufragten, während diese hier flacher anzusteigen und weiter im Landesinneren zu liegen schienen. Außerdem seien die Berge hier von einem feinen Dunstschleier bedeckt, von anderer Art als der Nebel in Ostisland, der oft vom Meer in die Fjorde und Täler hineinkroch und alles verhüllte. Der Ostfjordnebel sei feucht und kalt, sagte er. Dieser Dunst scheine luftig und trocken zu sein.

«Die Luft ist hier nicht so klar wie zu Hause», sagte Brandur. «Wenn man an einem stillen Augustmorgen bei Sonnenaufgang aus dem Hof in Eyjólfsbrekka tritt und zu den Bergen im Berufjord hinaufblickt, zu den Gipfeln, die einer spitzer und merkwürdiger geformt als der andere in den blauen Himmel ragen, dann ist dieser Anblick mit keinem auf der ganzen Welt vergleichbar, möchte ich meinen.»

«Ja, es ist auch schön, von der Wiese in Stakkagerdi auf den Gletscher hinüberzublicken», sagte Gudrid. «Findest du nicht auch, Sölmund?»

«Wo ist mein Papa?», fragte der Junge plötzlich. Er hatte ihn seit der entsetzlichen Unwetternacht nicht mehr erwähnt.

Gudrid wurde von der Frage überrascht. Hatte sie sich nicht eingebildet, Sölmund hätte seinen Vater vergessen? Sie antwortete bedacht ruhig:

«Das wissen wir nicht sicher, Sölmund. Aber wenn dein Vater nicht auf einem der anderen Schiffe ist, muss er auf der Insel zu Hause zurückgeblieben sein.»

«Ich will zu meinem Papa.»

«Wir können jetzt nicht zu ihm. Später, Sölmund. Später fahren wir wieder zu deinem Papa.»

«Ich will jetzt zu ihm.»

Der Junge begann lauthals zu weinen, und Gudrid versuchte ihn zu beruhigen. Die unvermutete Frage des Jungen nach seinem Vater wühlte auch ihren Schmerz wieder auf und schnürte ihr das

Herz zusammen. Sie hatte Angst vor der Zukunft. Ihre Brust hob und senkte sich unter der Last der lange unterdrückten Verzweiflung. Sie hätte am liebsten genauso hemmungslos losgeheult wie das Kind.

Brandur stand verlegen neben Mutter und Kind und versuchte sie vor den Blicken der anderen zu schützen. Er nahm den Jungen auf den Arm und wollte ihn trösten, aber das Kind wehrte sich, schlug auf ihn ein und trat ihn.

«Nicht doch, Sölmund. Ich will dein Papa sein, bis du deinen richtigen Vater wiederfindest.»

«Nein, nein», schrie er und schlug um sich. «Du bist nicht mein Papa. Eyjólf ist mein Papa. Ich will zu meinem Papa.»

Brandur ließ den Jungen wieder los. Das Kind warf sich auf den Boden und blieb dort, von einem Weinkrampf geschüttelt, zusammengekauert liegen. Gudrid kniete sich neben ihn hin und sagte, er dürfe nicht so störrisch und böse zu Brandur sein, der ihnen so viel Gutes getan hätte.

Brandur wischte sich mit der Hand über die Stirn. Das Ringen mit dem Jungen hatte ihn zum Schwitzen gebracht, und er ging an die Reling, um sich abzukühlen.

Die Gefangenen standen in kleinen Gruppen an Deck beisammen und betrachteten das Land vor ihnen. Manch einer war wieder so schweigsam und von Angst erfüllt wie beim unfreiwilligen Aufbruch zu dieser langen Seereise. Und doch war eine gewisse Ungeduld unter den Leuten zu spüren. Man wollte einen Hafen erreichen. Aber was würde sie an Land erwarten?

Neue Gefangenschaft? Grausame Herren? Weitere Verschleppung?

In dieser Nacht lagen viele wach. Der Gestank im Laderaum war bei der ansteigenden Hitze nicht geringer geworden. Die Leute wälzten sich unruhig von einer Seite auf die andere, stöhnten und gaben alle möglichen Laute von sich. Irgendwann in der Nacht begriff Gudrid, dass nicht alles, was sie hörte, Klagelaute waren. Es war auch ein Stöhnen anderer Art darunter. Irgendwo waren zwei Menschen von ununterdrückbarer Begierde ergriffen worden und hatten sich im Schutz der Dunkelheit aneinander geschmiegt. Waren es Gunnar und Sveinbjörg, die die Sünde des Ehebruchs begingen, oder war es ein rechtmäßig verheiratetes Paar, das sich inmitten all der Menschen nicht beherrschen konnte? Sie hörte, wie der Atem der Liebenden immer rascher ging, und merkte, wie sie die Laute selbst erregten. Sie spürte das Verlangen nach einem Mann. Es kroch wie eine Schlange ihren Bauch empor, und ihr Herz begann zu klopfen, während sie sich der Erinnerung an ihre letzte Nacht mit Eyjólf hingab. Mehr als ein Monat war vergangen, seit er sie damals berührt hatte. Sie wälzte sich herum bei dem Gedanken daran, wie seine Hände zärtlich über ihre nackten Schenkel strichen und sie auseinander drückten, bevor sein steifes Glied in sie eindrang. Wie er sie am Hals und auf die Brüste küsste. Wie er sich im kalten Gras auf ihr bewegte, bis sich sein Samen warm in sie ergoss. Sie war feucht geworden. Sie hörte, wie der Mann in der Dunkelheit versuchte, sein Stöhnen zu unterdrücken, und sehnte sich danach, dass es Eyjólf wäre, der mit seinem ganzen Gewicht auf ihr läge. Sie strich sich mit den Händen über den angespannten Bauch, auch wenn sie wusste, dass es eine Sünde war, sich selbst zu berühren, und führte sie an ihre Brust. Da bemerkte sie eine überraschende Empfindlichkeit ihrer Brüste.

War das die Sehnsucht nach Eyjólf? War ihr Verlangen nach ihm so stark, dass ihre Brüste schmerzten? Oder? Gudrid befühlte weiter ihre prallen Brüste. Waren sie größer geworden?

Sie schmerzten. Warum schmerzten sie? Plötzlich wusste sie es. Die Empfindlichkeit in den Brüsten und der gespannte Bauch waren nicht bloß Zeugnis ihrer Sehnsucht nach dem Ehemann. Sie hatte während der ganzen Reise keinen Tropfen Blut auf ihren Kleidern bemerkt. Sie war schwanger! Schwanger von Eyjólf!

Sie spürte, wie das Blut in ihrem ganzen Körper durch die Adern rauschte. Ihre Liebesnacht unter dem Fischlagerfelsen würde Früchte tragen. Sie hatte einen Teil von Eyjólf in ihrem Körper mitgenommen. Er war nicht zur Gänze zurückgeblieben. Sie wollte vor Glück seinen Namen rufen. Eyjólf! Eyjólf!

Die Freude loderte wie ein Feuer in ihr auf. Für einen Augenblick.

Dann befiel sie wieder Angst. Großer Gott! Was würde das bedeuten? Was würde sie in dem neuen Land erwarten? Was würde sie und Sölmund und dieses neu erwachte Leben erwarten? Sie spürte Übelkeit.

Sie hörte, wie die Frau, die zuvor noch unter dem Mann gestöhnt hatte, jetzt anfing zu schluchzen. Sie hörte, wie ihr der Mann leise tröstende Worte ins Ohr flüsterte. So waren Glück und Schmerz stets miteinander verbunden. Sie schluchzte mit der Frau im Dunkeln.

13

Als am nächsten Morgen bei Sonnenaufgang die ersten Gefangenen an Deck kamen, waren die Matrosen dabei, die Segel einzuholen. Das Schiff glitt langsam in eine weite Bucht, und an der Geschäftigkeit an Bord war zu erkennen, dass sie am Ziel der Reise angelangt waren. Mórat Flemming Re'īs trug jetzt einen großen dunkelblauen Turban auf dem Kopf und war in einen knielangen, eleganten Mantel gekleidet, der an der Taille eng und unten weit geschnitten war. Die Scheide seines gebogenen Schwertes blitzte in der Sonne, ebenso wie der silberbeschlagene Kolben der Pistole in seinem Gürtel. Er stand oben auf dem Steuerdeck und erteilte seiner Mannschaft mit fester Stimme Befehle. Neben ihm schwänzelte der Köter mit wichtigtuerischem Gehabe. Schon bald wurden die Anker geworfen, und das Schiff kam vor einer riesigen Festung zum Stehen, vor der sich auf einer Landzunge an der Hafeneinfahrt breite Wachtürme erhoben. Kanoniere bezogen an den Geschützen Stellung und feuerten einige Blindschüsse in Richtung des vordersten Turmes ab. Laute Donner und Pulverdampfwolken kamen als Antwort vom Land zurück und lösten unter den Freibeutern helle Begeisterung aus. Sie verfielen in wildes Kriegsgeschrei und schossen mit ihren Pistolen in die Luft.

Hinter der Festungsmauer auf der Landzunge, die dem Hafen Schutz bot, lagen zahlreiche Kriegsschiffe vor Anker. Kleinere Boote fuhren zwischen ihnen und dem Land hin und her. Aus den Rümpfen einiger langer, schlanker Schiffe mit großen Rammspornen ragten übermäßig lange Ruder. Es bedurfte augenscheinlich einer großen Mannschaft, um solch gewaltige Schiffe zu rudern. Jemand nannte sie Galeeren. Dies waren also die verruchten Sklavenschiffe. Als Gudrids Blick über den Hafen schweifte, hoffte und fürchtete sie zugleich, die Seeräuberschiffe wieder zu finden, die sie zu Anfang ihrer Fahrt über den Atlantik begleitet hatten. Einmal mehr quälte sie die Frage, was aus Eyjólf geworden sein mochte. Madame Margret hatte gesagt, dass weder er noch Jón Oddsson mit der Pfarrersfamilie von Kirkjubaer auf dem kleineren Schiff gewesen waren. Dagegen hatten beide Kinder versichert, sie hätten dort den alten Jaspar Christiansen, Annas Vater, gesehen. Doch niemand wusste, wer tatsächlich an Bord des von den Seeräubern gekaperten dänischen Handelsschiffes war.

Gudrids Blick streifte ein Schiff, das sie an die *Krabben* erinnerte, aber sie war nicht sicher. Hier lagen so viele Schiffe, und eines glich dem anderen. Sie verbot sich alle Spekulationen und blickte zum Land. Hinter grauen Steinmauern, die sich an der Küste erhoben, breitete sich eine ansehnliche Stadt aus, die sogar weite Teile einer steilen Bergflanke bedeckte. Die weißen Häuser flimmerten in der Sonne. Die meisten von ihnen hatten flache Dächer und standen dicht gedrängt beisammen. Nirgendwo Grassodendächer oder Holzgiebel.

«Sieh dir diese Häuser an, Sölmund!»

Gudrid zeigte auf die Häuser. Es waren so viele, dass man sie unmöglich hätte zählen können. Noch nie hatte sie so viele Gebäude auf einmal gesehen. Immer wieder ragten hohe Türme und Spitzen aus dem Häusermeer, und sie sah goldene Kuppeldächer in der Sonne glänzen. Waren das Paläste? Oder Domkirchen? Sie staunte mit offenem Mund. Noch nie hatten ihre Augen etwas Derartiges erblickt. Noch nie hatte sie eine Stadt wie diese gesehen. Asser. Hatten die Matrosen Asser oder Alser gesagt?

Die Besatzung an Bord ging fröhlich, entschlossen und mit flinken Händen ans Werk, während die Gefangenen wie gebannt auf das Land starrten. In den Gesichtern der meisten war Erstaunen zu lesen und etwas wie unwillkürliche Bewunderung für das, was sich vor ihren Augen auftat. Aber es blieb nicht viel Zeit zum Gaffen, denn jetzt begannen die Freibeuter, die Leute zu sortieren, wie im Herbst die Schafe. Die von den Ostfjorden wurden an der Backbordseite aufgestellt, die von den Westmänner-Inseln an Steuerbord.

Und wieder war Sölmund verschwunden!

Gudrid drehte sich im Kreis und versuchte ihren Jungen im Gedränge an Bord zu finden, konnte ihn aber nirgendwo entdecken. Sie bemühte sich, Ruhe zu bewahren und sich nicht von der Angst übermannen zu lassen. Es war, als ob Sölmund eine besondere Gabe besäße, genau in jenen Momenten zu verschwinden, in denen es am wichtigsten war, dicht bei seiner Mutter zu bleiben.

Sie rief seinen Namen.

Im selben Augenblick öffnete sich eine Lücke im Gedränge, und ihr Sohn erschien an der Seite von Brandur Arngrimsson. Er hatte Brandur geholt. Sie waren wieder Freunde geworden und gingen Hand in Hand. Plötzlich sprang einer der Seeräuber vor und versperrte ihnen den Weg. Es war der Mann mit den schwarzen Augen. Immer wieder tauchte dieser Mann wie ein Schatten in Gudrids Nähe auf; der Mann, der sie zu Hause auf ihrem Hof gefesselt hatte. Er befahl Brandur, den Jungen loszulassen, und zeigte in Richtung der Leute von den Ostfjorden. Brandur deutete auf Gudrid und sagte, er wolle den Jungen zu seiner Mutter bringen, worauf der Mann mit einem Schrei seinen Dolch aus der Scheide riss und ihn drohend in die Höhe hielt. Brandur ließ Sölmunds Hand los.

Der Mann schnappte den Jungen und schob ihn Gudrid zu, die die Arme um ihren Sohn schlang und sagte, er solle sich an ihr festhalten. Sie dürften einander nicht loslassen. Man würde sie jetzt wohl an Land bringen. Sie müssten zusammenbleiben! Aus dem Augenwinkel heraus sah sie, wie zwei Matrosen Brandur in Fesseln legten und zu den Ostfjordleuten hinüberstießen. Die alte Härte und Brutalität der Seeräuber war wieder zurückgekehrt. Auf dem ganzen Deck wurden Gefangen unter Schreien und Tritten in Gruppen zusammengetrieben. Der schwarzäugige Mann hielt Gudrid einen Strick vors Gesicht, und sie ließ sich ohne Widerrede die Hände fesseln. Es wäre sinnlos gewesen, Widerstand zu leisten. Er fasste sie diesmal jedoch nicht so hart an, murmelte die ganze Zeit etwas vor sich hin und legte ihr die Fesseln auf eine Weise an, dass sie die Hände bewegen konnte. Dann band er Sölmund an ihrer Seite fest. Als er damit fertig war, legte er ihr ein Seil um die Taille und knüpfte es an die Fesseln von Gudborg, und so ging es weiter, bis zehn Frauen und deren Kinder aneinander festgebunden an der Reling standen. Die meisten Männer hatten wieder Fußeisen an den Beinen, und Gudrid sah, dass Brandur ein Eisen um den Hals trug. Auch Guttorm Hallsson, dem Bauern von den Ostfjorden, wurden Halseisen angelegt. Er hatte versucht, sich gegen die Fußeisen zu wehren, und erhielt als Lohn dafür das schlimmere Los.

Anna hatte angefangen zu weinen. Sie stand in einer Frauengruppe neben Gudrid und war an Ásta von Ofanleiti gebunden, die ihren zwei Wochen alten Säugling im Arm hielt. Hinter ihr stand Gudleif, die junge Dienstmagd der Pfarrersleute, mit der kleinen Una. Egill war bei seinem Vater, Hochwürden Ólaf, in einer Männergruppe zusammen mit dem Schreiner Augustin Söffrensson und dem Steuermann Jón Snorrason. Annas Arme waren leer. Man hatte ihr Valdis abgenommen und sie ihrem Vater gebracht, der mit seinen beiden Söhnen niedergeschlagen unter den Ostfjordleuten stand. Das Weinen des Säuglings tönte über das sonnenheiße Deck.

Sobald alle Gefangenen sicher gefesselt waren, begann man, die Gruppen nacheinander in Landungsboote zu treiben und an Land zu rudern.

Und wieder war der Mann mit den schwarzen Augen an Gudrids Seite. Er hob sie über die Reling und hielt sie fest, bis ihre Füße die Sprossen der Strickleiter ertasteten, die außen an der Schiffswand nach unten hing. Dann hob er Sölmund über die Reling, danach eine Frau nach der anderen. Dann standen sie, dicht aneinander gedrängt und schweißgebadet, in ihren schäbigen, dicken Wollröcken und den engen, geflickten Jacken im schaukelnden Kahn und schlotterten vor Angst. Anna gehörte zu den Letzten, die ins Landungsboot hinuntergelassen wurden. Sie hatte aufgehört zu weinen. Ihre Augen waren rot, das ganze Gesicht verschwollen vor Trauer und Verzweiflung. Das blonde Haar klebte ihr in schweißnassen Locken an den Schläfen.

Dann wurden die Gefangenen zwischen den hohen Rümpfen riesiger Kriegsschiffe hindurch an Land gerudert. Gudrid starrte vor sich auf den Kiel des Bootes und versuchte das Gleichgewicht zu halten, während Sölmund seinen Kopf weit zurück in den Nacken legte.

«Mama», rief er plötzlich. «Schau, die Männer. Sie hängen am Hals.»

Die Frauen blickten hoch und sahen weit über sich sechs Männer in Schlingen von den Masten eines prachtvollen Schiffes hängen, das einen goldenen Löwen am Heck trug. Sie rangen vor Entsetzen nach Luft. Dann knallten Schüsse. Die Stricke rissen und die Männer fielen unter lautem Platschen ins Meer. Die isländischen Frauen schlossen die Augen und schmiegten sich ängstlich jammernd aneinander.

Zuletzt legte ihr Boot an einem aus Steinen aufgeschichteten Kai an, und sie wurden an Land getrieben.

Das Erste, was Gudrid spürte, als sie ihren Fuß auf afrikanischen Boden setzte, war die brütende Hitze, die sich wie eine plötzliche Flutwelle über sie ergoss. Sie hatte das Gefühl, gegen eine unsichtbare Wand zu laufen. Die frische Seeluft war im Boot zurückgeblieben. Ihr wurde schwindlig. Die Kleider klebten ihr am Körper, und der schwere Rock hing ihr wie Blei an den Hüften. Sie wankte unter seinem Gewicht und vermochte sich kaum auf den Beinen zu halten.

Am Hafen herrschte ein buntes, lebhaftes Treiben. Unzählige Männer, von denen die meisten dunkle Haut und dunkle Augen hatten und manche knöchellange Umhänge und farbenprächtige Turbane trugen, drängten sich am Kai. Viele hatten auch rote, spitze Mützen nach Art der Seeräuber auf dem Kopf oder kleine bestickte Käppchen. Andere waren vom Scheitel bis zur Sohle schwarz gekleidet und hatten dichtes Haar und lange Bärte. Die Männer riefen laut und hektisch durcheinander, gestikulierten mit den Händen und stießen schallendes Gelächter aus. Sie machten offensichtlich Bemerkungen über das Aussehen der Gefangenen, die mit gesenkten Köpfen unter Stockhieben vorwärts getrieben wurden, ein ängstlich verschrecktes Lumpenpack. Ein paar der Männer machten Anstalten, die Frauen an sich zu reißen, die in panischer Angst zu fliehen versuchten, während die Sklaventreiber zornig auf die Männer einschrien und die Schlagstöcke durch die Luft schwangen.

Gudrid stolperte und stürzte auf den harten, hellen Lehmboden. Feiner Staub wirbelte auf und drang ihr in Nase und Augen. Sie hörte das Gelächter der Männer, konnte aber ihr höhnisches Grinsen wegen des beißenden Staubes in den Augen und der blendenden Sonne nicht sehen. Gudborg versuchte sie mit gefesselten Händen wieder hochzuziehen. So wurde sie ein Stück mitgeschleift und hörte, wie Sölmund rief: «Mama, du darfst nicht fallen!»

Dann traf sie ein Peitschenhieb auf dem Rücken, und sie zuckte unter dem jähen Schmerz zusammen. Auch wenn sie nicht wusste, wer ihr den Hieb versetzt hatte, reagierten ihre Beine sofort. Unter Aufbietung all ihrer Kräfte zwang sie sich aufzustehen. Sie musste diesen brüllenden Henkern gehorchen, die die Gefangenen unter Geschrei vorantrieben, wie Bauern eine Schafherde. Sie musste aufstehen und gehen. Dorthin gehen, wohin man sie wie Schafe in den Pferch trieb. Und sie durfte unter keinen Umständen die kleine Hand ihres Sohnes loslassen.

Ihr Weg führte durch ein großes, massives Tor in die umfriedete Stadt hinein.

Zum ersten Mal in ihrem Leben gingen die Mutter und ihr Sohn auf einer mit Steinen gepflasterten Straße. Gudrid trug Wollsocken und Schuhe mit einer Sohle aus Fischhaut, während ihr Sohn barfuß war. So hatte man ihn zu Hause in Stakkagerdi aus dem Bett gezerrt. Die Steine waren glühend heiß, und der kleine Junge trippelte auf den Zehen neben seiner Mutter her und versuchte, den Boden immer nur so kurz wie möglich mit den Füßen zu berühren. Gudrid spürte, wie sich die Fischhaut unter ihren Sohlen langsam auflöste.

Als man die Gefangenen endlich in eine enge Gasse führte, atmeten sie auf. Bis dorthin drang die erbarmungslose Sonne nur an wenigen Stellen vor, und sie wurden in einfacher Reihe an der Schattenseite der Gasse entlanggetrieben. Ab und zu tauchten weibliche Gestalten auf, die aus den Türen der Häuser schlüpften. Sie waren wie die Männer in knöchellange Umhänge gekleidet und verhüllten ihr Haar mit großen Tüchern. Manche hatten auch ein Tuch vor dem Gesicht. Eine Frau, die einen Korb voll duftendem Brot unter dem Arm trug, blieb stehen und sah die Gefangenen mit mitleidigem Blick an. Außer den weichen braunen Augen war nichts von ihrem Gesicht zu sehen. Leise murmelte sie etwas hinter ihrem Schleier und begann dann, das Brot an die Kinder zu verteilen. Gudrid bemerkte eine schwarze Tätowierung auf ihrer Hand, als sie Sölmund einen Bissen reichte. Der Junge griff zögernd nach dem Brot und steckte es dann rasch in den Mund. Er war sehr hungrig.

«Das ist gut, Mama», sagte er schmatzend, und Gudrid spürte, wie ihr das Wasser im trockenen Mund zusammenlief. Sie war durstig und hatte quälenden Hunger. Gudrid war, wie die meisten Gefangenen, abgemagert. Die Kleider hingen ihnen lose am Leib, und auch wenn man nicht sagen konnte, dass sie auf dem Schiff Not gelitten hätten, waren Essen und Trinkwasser doch knapp bemessen gewesen, besonders auf der letzten Etappe. Gudrid hatte seit den Tagen nach dem großen Unwetter keinen Tropfen frisches Wasser mehr getrunken, aber auf See hatte sie wenigstens die kühle Meeresluft atmen können. Sie sehnte sich nach Wasser. Sehnte sich danach, einen Nieselregen auf ihrem Gesicht zu spüren, wie zu Hause auf den Westmänner-Inseln. Sehnte sich nach feinem Nebelregen, nach kühlem Meereswind. Noch nie im Leben hatte sie solchen Durst verspürt. Er war quälender als der Hunger. Der Magen schien sich daran gewöhnt zu haben, halb leer zu sein, aber der Durst brachte sie fast um den Verstand.

Der Duft des frisch gebackenen Brotes war verlockend. Er kitzelte in der Nase. Und auch wenn sich Gudrid vor allem nach

Wasser sehnte, hätte sie einen Bissen Brot nicht verschmäht. Aber nur die Kinder bekamen etwas, und im Nu war alles Brot aufgeteilt und die Frau verschwunden.

Sie traten aus der engen Gasse auf einen weiten Platz hinaus. Er war von prächtigen Gebäuden eingerahmt, die in geraden Reihen um das mit glatten Steinen gepflasterte Viereck standen. Ein breiter Fußweg, der mit glasierten Steinfliesen in regelmäßigen, vielfarbigen Mustern belegt war, führte die Hausfassaden entlang, und von ihm ging es über zwei Stufen auf den Platz hinab. Dort saßen Männer, die sich miteinander unterhielten, andere gingen an den Häusern entlang, und manche hockten an die Mauern gelehnt und hatten die langen Kapuzen ihrer Umhänge zum Schutz gegen die Sonne tief ins Gesicht gezogen. Ein Mann führte ein kleines Packpferd über den belebten Platz. Und doch war es kein Pferd, denn es hatte gespaltene Hufe und einen Schwanz wie eine Kuh. Das musste wohl ein Esel sein, das Reittier, das sogar den Heiland getragen hatte! Merkwürdig, wie klein es war.

«Schau das kleine Pferd, Mama!», rief Sölmund, aber seine Mutter sagte, er solle nicht so laut sein. Er dürfe nicht die Aufmerksamkeit auf sich ziehen. Außerdem sei das ein Esel.

«Aber es sind alle laut», antwortete der Junge, und er hatte Recht. Der Platz hallte von lautem Marktgeschrei wider. Und schon nach einem Augenblick war den Gefangenen klar, dass hier nicht um Pferde oder Schafe, Esel oder andere Haustiere gefeilscht wurde. Auch nicht um Hausrat. Hier wurde mit Menschen gehandelt.

Vornehm gekleidete Händler mit großen Turbanen trieben Gefangene vor sich her oder zogen sie an Ketten hinterdrein und boten sie anderen zum Kauf an. Die gefesselten Isländer sahen zu, wie die Kaufleute einigen Sklaven die Kleider vom Leib zogen und sie, ohne dass sich die Zusammengeketteten wehren konnten, am ganzen Körper befummelten und betatschten, bevor sie den Besitzer wechselten und weggeführt wurden.

Als die Isländer endlich begriffen, was ihnen bevorstand, ging eine neue Welle des Entsetzens durch ihre Reihen. Sie waren auf einem Sklavenmarkt. Sie würden verkauft werden. Madame Margret sank ohnmächtig nieder.

Gudrids Gedanken rasten so wild unter der Schädeldecke, dass sie meinte, der Kopf müsse ihr zerspringen. Sie konnte unter dieser brütenden Sonne nicht klar denken. Schweiß trat ihr aus allen Poren. Er sickerte ihr unter den Haaren hervor, floss ihr über Gesicht, Hals und Rücken und von den Achselhöhlen auf den Bauch und die Beine hinab. Es gab keine einzige trockene Stelle auf ihrem Leib. Trotzdem wurde sie von Schüttelfrost gepackt. Sie zitterte am ganzen Körper. Sie konnte sich kaum auf den Beinen halten. Es war der schauerlichste Augenblick, den sie je erlebt hatte. Was würde aus ihr und Sölmund werden? Was würde aus ihnen allen werden?

Mórat Flemming Re'īs war auf dem Platz erschienen. An seiner Seite ging ein fürstlich gekleideter Mann mit goldbesticktem Mantel, hellen, weiten Hosen und einem schneeweißen Turban mit großer Feder an der Stirn. Er hatte ein dunkles Gesicht, eine große Nase und einen buschigen schwarzen Schnauzbart. Der Rist seiner weißen Schuhe war mit einem goldenen Muster verziert. Beide Männer waren schwer bewaffnet. Als sie auf dem Markt erschienen, verebbte das Geschrei der Sklavenhändler ein wenig, und manche wichen unter häufigen Buckeln und Verbeugungen vor ihnen zur Seite.

Kapitän Re'īs und sein vornehmer Begleiter schritten ein paar Stufen auf eine breite Terrasse vor einem der prunkvollen Häuser hinauf. Direkt gegenüber stand ein Gebäude mit einem Turm und einer großen Kuppel. Das musste die Hauptkirche der Stadt sein. Die Herren gaben den bewaffneten Wächtern unterhalb der Tribüne irgendwelche Befehle, dann wurde die eisenbeschlagene Tür des Hauses geöffnet, und eine Schar Gefangener in Ketten torkelte heraus. Es dauerte eine Weile, bis Gudrid begriff, dass dies ihre Landsleute waren: Dort kamen Brandur Jónsson, Einar Loftsson, der Schreiber Halldór Gudmundsson, Thorsteinn Ormsson und noch andere Männer von den Westmänner-Inseln. Zuletzt wurde der alte Jaspar Christiansen ins Freie gezerrt. Ein entsetztes

Stöhnen ging durch die Schar der Isländer auf dem Platz. Als Anna Jasparsdóttir ihren Vater erblickte, rief sie seinen Namen, und er murmelte mit gebrochener Stimme den ihren. Mehr konnten sie nicht miteinander sprechen, bevor Jaspar weitergestoßen wurde. Zugleich kam aus einer engen Seitengasse eine neue Gruppe gefangener Frauen von den Westmänner-Inseln, die auf den Platz geführt wurde. Als Gudrid ihre Schwägerin Ingibjörg mit ihren beiden Kindern Sólrun und Ásgrim erkannte, stieß sie einen lauten Seufzer aus. Sie schlug die gefesselten Hände vor die Augen. Es war zu viel für sie, all die Freunde, Bekannten, Verwandten und Nachbarn zu sehen, die dasselbe Schicksal erlitten hatten wie sie. Sie zitterte am ganzen Körper. Sie war sich nicht sicher, ob sie hoffen oder fürchten sollte, Eyjólf, ihre Mutter oder ihren Bruder unter den Gefangenen zu erblicken. Dann entdeckte sie ihre Nachbarin Árny Jónsdóttir mit zwei ihrer Schwestern, Sesselja und Halldóra. Zuletzt erschien ihre eigene Magd Thórdis. Gudrid flüsterte Sölmund mit tränenerstickter Stimme zu, dass sie Thórdis gefunden habe.

Sölmund blickte auf und wollte sofort zu ihr hinüberlaufen, aber er kam nicht von der Stelle. Er war an seiner Mutter festgebunden. Er weinte eine Weile, beruhigte sich dann aber wieder. Er schien von derselben Müdigkeit geschlagen zu sein wie seine bedrückte Mutter.

Befehle ertönten, und die Wächter begannen, die Gefangenen herumzustoßen und in einer Reihe aufzustellen. Die aus den Ostfjorden auf einer Seite, die von den Westmänner-Inseln auf der anderen. Männer und Frauen getrennt. Die beiden Männer auf der Tribüne wechselten einige Worte, dann rief Mórat Flemming den Wächtern etwas zu. Sie gingen zu den Gefangenen aus den Ostfjorden, ergriffen Ólöf Jónsdóttir, eine der Enkelinnen der Pfarrersleute von Háls, und brachten sie zum Kapitän. Dann holten sie Jón Jónsson aus der Gruppe von den Westmänner-Inseln. Madame Margret rief in wilder Verzweiflung hinter ihrem Sohn her und brach dann in Tränen aus. Während Margret die Jüngere versuchte, ihrer Mutter beizustehen, stellte sich Jón mit gefesselten Händen und versteinerter Miene hinter Mórat Flemming auf. Über Ólöfs Wangen liefen Tränen. Entsetzt blickte sie zu ihrem Großvater, Hochwürden Jón, hinüber, der laut zu Gott betete und um Erbarmen flehte. Aber an diesem Ort gab es kein Erbarmen. Einer der Wächter ging zu dem alten Priester und versetzte ihm eine Ohrfeige, dass man die Kiefer aufeinander knallen hörte.

Jetzt begann der Fürst mit dem weißen Turban, sich aus den Reihen der Gefangenen Sklaven zu wählen. Er stieg von der Tribüne herab und blieb vor Jón Ásbjörnsson, dem Schafhirten von Búlandsnes, stehen. Er wählte Jón. Dann zeigte er auf Brandur Arngrimsson und noch drei andere junge Männer und ließ ihnen die Fesseln abnehmen. Danach wurden ihnen Jacken, Hemden und Hosen vom Leib gezogen, bis sie mit nackten Oberkörpern und nur in Unterhosen gekleidet vor ihm standen. Als Nächstes wählte er sechs der jüngsten Frauen, als erste die jüngere Schwester Ólöfs. Sie durften ihre Kleider anbehalten, aber er nahm ihre Gesichter und Hände in Augenschein, fasste sie am Kinn, befühlte ihre Kiefer und befahl ihnen, den Mund zu öffnen. Von den Kindern wählte er die beiden Söhne Rafns. Er warf auch einen Blick auf den Säugling, der teilnahmslos in den Armen seines Vaters lag, ließ ihn aber in Ruhe. Dann trat er vor die Leute von den Westmänner-Inseln und blieb vor Anna Jasparsdóttir stehen. Ein Wächter löste ihr die Fesseln, und der vornehme Herr musterte sie von Kopf bis Fuß. Er fasste ihr mit einer Hand an die Kiefer, steckte einen Finger zwischen ihre vollen Lippen, befühlte die hohen Wangenknochen und hob das blonde Haar von ihren Schultern hoch. Dann knöpfte er ihr mit flinken Fingern die Jacke auf und berührte ihre Brust. Anna zuckte mit einem ängstlichen Wimmern zusammen. Als der Mann merkte, dass die Brüste nass von Milch waren, zog er seinen Arm schnell zurück. Er leckte an seinen Fingern und machte eine Bemerkung, die den Kapitän und die Wächter zum Lachen brachte. Dann wandte er sich der nächsten Frau zu. Er hatte bereits drei ausgewählt, als er zu Gudrid kam. Seine braune Hand krallte sich fest um ihr Gesicht, und er steckte ihr einen Finger zwischen die Lippen, wie er es bei Anna getan hatte, und befühlte ihr Gebiss. Dann berührte er leicht ihre Brüste, ohne aber die Jacke zu öffnen, und betrachtete ihre feuchten, kalten Hände. Als er sie wieder losließ, griff Gudrid sofort nach Sölmund und drückte ihn fest an sich. Der Mann warf einen kurzen Blick auf den Jungen und setzte dann seine Runde fort. Gudrid atmete erleichtert auf. Er hatte ihr den Jungen nicht weggenommen. Sie schloss die Augen und versuchte die Tränen zurückzuhalten. Vor ihren Augen erschien alles verschwommen. Die Rufe der Sklavenhändler auf dem Platz, die Stimme des weiß gekleideten Fürsten, alle Laute vermischten sich zu einem ununterscheidbaren Sausen in ihren Ohren. Sie spürte einen brennenden Schmerz auf ihrem Kopf und meinte, die Sonne würde ihr das Haar versengen. Sie fürchtete, jeden Augenblick zusammenzubrechen – hatte aufgehört, irgendetwas wahrzunehmen, bis sich die schneidenden Klagelaute Ástas in ihr Bewusstsein drängten. Dann hörte sie, wie Hochwürden Ólaf Egilsson mit gebrochener Stimme rief: «In Gottes Namen, halte an deinem Glauben fest, mein Junge. Vergiss deinen Katechismus nicht!»

Der dunkelhäutige Mann mit dem weißen Turban hatte Egill von Ofanleiti aus der Schar der Kinder von den Westmänner-Inseln gewählt. Egill antwortete seinem Vater mit tränenerstickter Stimme: «Sie können mit dem Körper machen, was sie wollen, aber meine Seele gehört dem lieben Gott.»

Als der Fürst seine Runde um die Gefangenen beendet hatte, brachten die Wächter die von ihm ausgesuchten Leute in das prächtigste Haus am Platz. Den Rest der Gefangenen trieben sie zu einem Gebäude mit dicken Mauern und schmalen Fensterschlitzen. Nach der einmonatigen Reise über das Meer war die Stunde gekommen, in der fast vierhundert entführte Isländer in alle Winde zerstreut werden sollten.

14

Die Frauen wurden eine Steintreppe hinuntergeführt und in einen kühlen, dunklen Raum gestoßen. Hinter ihnen fiel eine schwere Tür zu. Anfangs konnten sie, noch geblendet von der Sonne, kaum etwas unterscheiden, aber als sich ihre Augen an die Dunkelheit gewöhnt hatten, sahen sie, dass in einer Ecke unter einem schmalen Fenster vier Frauen hockten. Sie schienen alle pechschwarz und bis auf ein kleines Tuch, mit dem sie ihre Scham bedeckten, völlig nackt zu sein.

Gudrid war froh, der sengenden Sonne entkommen zu sein, aber der Gestank in diesem finsteren Loch bereitete ihr Übelkeit. Ihr war schwindelig, und eine entsetzliche Müdigkeit lähmte sie. Sie blickte sich nach etwas um, worauf man sich hätte setzen können, aber dort gab es nur den kalten, nackten Steinboden. Sie blieben stehen. Nach einiger Zeit begannen sie zu zittern. Alle waren mit ihren Kräften am Ende. Also gingen sie zur Wand und hockten sich, überwältigt von der Müdigkeit, dicht aneinander geschmiegt gegenüber den schwarzen Frauen hin. Sölmund weinte vor Hunger und Durst. Gudrid versuchte vergeblich, ihn zu trösten. Da tastete Anna in der Dunkelheit nach dem Jungen und zog ihn an sich. Sie lehnte seinen Kopf an ihre Brust, öffnete die Jacke und flüsterte ihm ins Ohr, er solle trinken.

«Aber ich bin doch schon groß», schluchzte er.

«Ja, du bist groß, aber hier sieht es keiner», flüsterte Anna.

Gudrid schreckte hoch und stieß einen Schrei aus. Etwas Kaltes, Feuchtes war ihr über das Gesicht gehuscht. Sie musste eingeschlafen sein. Ein dünner Sonnenstrahl drang durch den Fensterspalt herein, und in seinem Schein sah sie, dass die schwarzen Frauen schliefen. Dennoch schien ein neuer Tag angebrochen zu sein. Auch Anna schlief, und Sölmunds Kopf ruhte auf ihrem Schoß. In der Ecke hockte eine Leidensgenossin auf den Fersen und verrichtete ihre Notdurft. Gudrid spürte, dass sie es ihr gleichtun musste. Sie hatte Glück – sie war eben fertig, als sie Schritte draußen auf der Treppe hörte, und im nächsten Augenblick wurde die Tür geöffnet, und zwei Männer erschienen mit langen, dünnen Stöcken. Sie schlugen die Stöcke aneinander und schrien so laut, dass die Frauen vor Angst winselten. Dann scheuchten sie die Isländerinnen mit Fußtritten auf die Beine und schoben sie vor sich her aus dem dunklen Raum die Treppen hoch. Nur die schwarzen Frauen blieben zurück. Gudrid und ihre Leidensgefährtinnen stolperten vor den Schlagstöcken der Sklaventreiber her durch einen langen Gang und weiter in einen anderen Gang, wo man sie wieder mit Stricken aneinander fesselte. Von dort wurden sie auf den großen Platz hinausgestoßen, auf dem bereits das Feilschen und Marktgeschrei begonnen hatte. Die Frauen sahen, wie einige vornehm gekleidete Edelmänner in Ketten auf die Tribüne gegenüber der Kirche geführt wurden, wo sie tags zuvor selbst gestanden hatten. Sie staunten sehr über diesen Anblick. Offensichtlich erlitt nicht nur armseliges Lumpenpack wie sie dieses Schicksal. Aber sie hatten keine Zeit, die Männer lange zu betrachten, denn schon trieben die Knechte sie ohne Umschweife in eine schmale Straße, die sich in Steintreppen den Berg hinaufwand. Die ganze Stadt schien auf den Beinen zu sein. In der Mitte der steilen Straße war eine Rinne im Pflaster, durch die ein stinkender Bach voll Kot und Abfall floss. Ab und zu sah man Männer vor ihren Haustüren sitzen, Frauen waren keine zu entdecken. Als sie bereits ein gutes Stück gegangen waren, kam ihnen plötzlich ein lang gezogener Singsang zu Ohren. Gudrid erkannte den Tonfall wieder. Sie hatte ihn gehört, als die Matrosen sich nach dem großen Unwetter auf See zum Gebet auf die Knie geworfen hatten. Jemand rief mit großer Inbrunst Allah an. «Allalah illaha!»

Als die Straße sich auf einen kleinen Platz hin öffnete, an dem ein überirdisch schönes, schneeweißes Gebäude mit einem grünen Dach und einem hohen Turm stand, hörten die Frauen, dass der Ruf von der Spitze des Turmes kam. Ihre Wächter blieben stehen und begannen laut und heftig zu disputieren, bis der eine schließlich davonlief und im Gebetshaus verschwand. Der andere schleuderte vor den gefesselten Frauen seine Sandalen von den Füßen, warf die Arme in die Höhe und verneigte sich mit dem Gesicht in Richtung des weißen Gotteshauses. Dann kniete er nieder, neigte die Stirn zur Erde und betete. Die Frauen verfolgten neugierig die Gesten und den Gesang des Mannes, während sie aneinander gebunden auf dem sonnenheißen Platz warteten. Als der zweite Wächter zurückkam, erhob sich auch sein Kamerad wieder, und sie wurden in eine noch engere Gasse geführt. Sie schien kaum einen Faden breit. Die Türen der weiß getünchten, fensterlosen Häuser waren reich verziert.

Kehre um Kehre führte die enge Straße bergan, bis sie mit einem Mal vor einer hohen Mauer mit zahllosen Wachtürmen und einem gewaltigen Tor standen. Dahinter ragten neue Türme von Kirchen oder Palästen auf, während oben auf der Mauerbrüstung die Köpfe und Gewehre der Wachmannschaft zwischen Schießscharten hervorguckten.

Die Sklaventreiber schlugen mit ihren Stöcken an die eisenbeschlagene Tür. Nach einer Weile wurde sie geöffnet und die Gruppe eingelassen. Als die Frauen durch das Tor traten, bot sich ihnen ein überwältigender Anblick: Entlang des Weges durch einen wunderbaren Garten wuchsen faustgroße blutrote Rosen und Lilien inmitten von Obstbäumen, die gelbe und rote Früchte trugen. Ein süßer Duft erfüllte die Luft. An einer Wegbiegung strömte Wasser aus dem Maul eines grimmigen Löwenkopfes an einer Mauer. Es ergoss sich aus der Schnauze des Tieres in eine Schale, die wie eine riesige Jakobsmuschel aussah. Die Frauen und Sölmund starrten gebannt auf dieses Wunder, und die Wächter schienen sich über das Erstaunen der Gefangenen zu amüsieren. Sie ließen ihnen allerdings nicht viel Zeit zum Staunen, denn schon stießen sie sie wieder vorwärts und durch eine hohe Tür in ein riesiges Haus hinein, in dem sich vor ihnen ein so prächtiger Säulengang auftat, dass man meinen konnte, dies wären die Gemächer der Königin von Saba. Der glänzend polierte Boden war aus bunten Steinen gefügt und jede einzelne der Säulen mit winzigen Fliesen belegt, die die mannigfaltigsten Muster in Gelb und Grün und Schwarz und Weiß bildeten. Als ihr Blick entlang der Mosaike nach oben wanderte, sahen sie, dass auch die Kapitelle der Säulen kunstvoll behauen waren, ebenso wie das gewölbte Gesims der Mauern aus weißem Stein. Die Decke war aus edelstem Rotholz gefertigt. Große Fenster taten sich in den Wänden hinter den Säulen auf, mit Gittern geschützt, die wie zierliche Blätter und Blütenzweige ineinander verschlungen waren und aus reinstem Gold zu sein schienen. Dasselbe galt für die hohe Flügeltür, die sich auf der Rückseite des Hauses zu einem Obstgarten hin öffnete. All dieses Handwerk, diese feinen Verzierungen, Geflechte, Bögen und Girlanden, war überaus kunstvoll gefertigt und mit nichts zu vergleichen, was die isländischen Frauen je gesehen hatten. Nie hätten sie sich eine derartige Pracht ausmalen können, sich niemals einfallen lassen, dass die menschliche Hand zum Schaffen derartiger Wunder fähig sei.

Der Säulengang bildete ein Viereck um einen gepflasterten Hof, in dessen Mitte ein Brunnen stand. Wasser ergoss sich über seinen Rand in ein großes Becken und glitzerte im grellen Schein der Sonnenstrahlen. Der Anblick des frischen Wassers machte den Durst der Gefangenen nur noch schlimmer.

Auf der gegenüberliegenden Seite des Ganges saßen in kostbare Gewänder gekleidete Männer im Schneidersitz unter dem von den Säulen getragenen Dach und unterhielten sich leise. Die Wand hinter ihnen war kunstvoll bemalt und mit einem farbenprächtigen Teppich geschmückt. Vor ihnen auf dem Boden stand ein vergoldetes Gefäß, aus dem schmale Schläuche führten. Diese steckten sich die Männer ab und zu in den Mund und sogen Rauch aus dem Gefäß. Die Frauen wurden vor die Männer geführt. In der Mitte saß der Schwarzbärtige mit dem weißen Turban in weißen Leinenhosen und hatte sich jetzt ein grünlich schimmerndes Gewand über die Schultern geworfen. Die anderen Männer hatten sie zuvor noch nicht gesehen. Mórat Flemming Re'is war nicht unter ihnen. Gudrid starrte auf die kunstvoll gewebten Teppiche und Kissen, auf denen die Männer saßen. Sie schämte sich zutiefst vor ihren Blicken. Wie unbeschreiblich schäbig und zerlumpt die isländischen Frauen auf sie wirken mussten, inmitten all dieses Prunkes und dieser Farbenpracht. Gudrid fühlte sich erbärmlich – schmutzig und stinkend, wie sie war. Sie selbst waren schmutzig und stanken nach dem langen Aufenthalt im dumpfen Frachtraum des Seeräuberschiffes erbärmlich. Gudrid hatte, seit sie gefangen genommen worden war – außer an dem Tag nach dem großen Unwetter –, ihre Kleider nicht ausgezogen und seitdem ihr Haar nicht mehr gewaschen. Hier war alles so rein, so leuchtend schön und glänzend.

Nach einer Weile läutete der Schwarzbart eine Glocke, und sogleich erschienen zwei dunkelhäutige Sklavinnen in bunten Röcken und Westen und mit kunstvoll geschlungenen Kopftüchern. Ihre Arme waren nackt, und die helle Farbe ihrer Fingerkuppen und Handflächen hob sich merkwürdig von ihrem dunklen Körper ab. Sie verbeugten sich tief vor den Männern. Die Gesichter der Frauen waren so schwarz, dass Gudrid anfangs meinte, keine Züge darin erkennen zu können. Am meisten wunderte sie sich aber über die Form des Mundes, der ungeheuer groß und dunkel war und nur dort, wo die vorstehenden Lippen aufeinander stießen, etwas rosa. Eine von ihnen hatte eine flache, breite Nase, und alle beide hatten sehr große, weit auseinander liegende Augen. Die Isländerinnen staunten über diese bunt gekleideten, stämmigen Frauen, die sich so sehr von ihnen unterschieden und offensichtlich doch selben Geschlechts waren. Sie nahmen irgendwelche Befehle entgegen und gingen auf die jüngsten Mädchen in der Gruppe, Katrin, Gudleif und die kleine Margret, zu und machten Anstalten, ihnen die Kleider auszuziehen. Die Mädchen sprangen erschrocken zurück. Katrin schlug mit den Fäusten um sich und weigerte sich, sich von der Sklavin anfassen zu lassen. Die Schwarze wehrte sich und riss an ihrer Jacke. So rangen sie eine Weile mit aller Kraft vor den lachenden Männern, bis ein Peitschenhieb

Katrin auf der Schulter traf und sie in die Knie gehen ließ. Zusammengekrümmt und weinend lag sie auf dem Boden, während ihr die Sklavinnen mit vereinten Kräften ein Kleidungsstück nach dem anderen vom Leib zogen. Die eine nahm die Jacke, die andere den Rock, und gemeinsam zerrissen sie ihr das Hemd. Dann versuchten sie Katrin auf die Beine zu stellen, aber vergeblich, denn sie ließ sich jedes Mal sofort wieder auf den Boden fallen. Als der Schwarzbart etwas brummte, ließen die Sklavinnen endlich von dem Mädchen ab. Es blieb zu ihren Füßen liegen und verbarg das Gesicht hinter seinen Händen.

Die Sklavinnen waren ganz außer Atem und wandten sich als Nächstes Gudleif zu. Das Mädchen zitterte vor Angst und Scham, leistete aber nur wenig Widerstand. Es stand mit geschlossenen Augen da, während die Frauen es entkleideten, und sein schlanker milchweißer Jungmädchenkörper bebte vom Kopf bis zu den Füßen. Ein Mann aus der Gruppe stand auf und ging auf Gudleif zu. Er hatte ein helles Gesicht und einen dichten Vollbart, eine lange, gebogene Nase und trug ein schwarzes Käppchen auf dem Kopf. Er fasste das Mädchen am Kinn und sagte etwas zu dem Fürsten mit dem weißen Turban, der zustimmend mit dem Kopf nickte. Dann ging der Mann um Gudleif herum und betrachtete sie von allen Seiten. Sie versuchte ihre Scham und ihre kleinen Brüste mit den Händen zu bedecken, aber er nahm ihre beiden Arme und hielt sie vom Körper weg. Tränen strömten unter den Lidern des Mädchens hervor. Sein schönes Gesicht war dunkelrot angelaufen. Dann ließ der Mann es los und ging wieder zu der Gruppe zurück, wo ein heftiger Disput unter den Männern begann.

Nach lautstarkem Hin und Her schienen sie schließlich zu einem Ergebnis gekommen zu sein, und der mit der schwarzen Kappe reichte einer der Sklavinnen Kleider, die sie Gudleif überwarf. Dann ging er durch den Säulengang davon und schob das weinende Mädchen vor sich her.

Jetzt wandten die Sklavinnen sich Margret zu und begannen ihr die Jacke aufzuknöpfen. Sie rissen ihr die Silberknöpfe ab und steckten sie sich in die Taschen. Die Pfarrerstochter von Kirkju-

Keergobär

baer starrte mit Tränen in den Augen über die Köpfe der Sklavinnen hinweg, während sie ihr Rock und Unterhemd auszogen. Ihre langen Schenkel zitterten, aber ihr Gesicht blieb trotz der Schamröte ausdruckslos.

Ein alter, kleiner Mann mit einem dicken Bauch versuchte aufzustehen, aber im selben Moment sprang schon ein anderer Mann aus der Gruppe auf die Beine. Er war anders als seine Kameraden gekleidet, aber nicht weniger elegant, trug schwarze Kniehosen und eine taillierte Jacke mit einem großen weißen Spitzenkragen, der bis an die Achseln reichte. Er hatte glattes, schwarzes, schulterlanges Haar, einen Kinnbart und einen an den Enden nach oben gezwirbelten Schnauzbart. Der Mann zeigte auf Margret und sprach mit dem Fürsten in der Mitte, der dem Kleinen ein Zeichen gab, er solle sich wieder setzen. Dann schritt der Langhaarige zielstrebig auf Margret zu, dass man die Absätze auf das Pflaster schlagen hörte, verbeugte sich rasch vor ihr und gab den Sklavinnen ein Zeichen, sie sollten sie bedecken. Dann führte er sie davon.

Als die schwarzen Frauen anfingen, Árny Jónsdóttir zu entkleiden, löste sie rasch ihre dicken rotbraunen Zöpfe und ließ die Haare über ihre Brüste fallen. Ein Mann in einem knöchellangen Umhang erhob sich aus der Gruppe und betrachtete mit strenger Miene ihre Zähne und ihre Hände. Er machte die anderen auf die Sommersprossen in Árnys Gesicht aufmerksam und auf die vielen braunen Flecken auf ihrem Körper. Er drehte ihren Rücken den anderen zu, hob ihr Haar in die Höhe und machte lautstarke Bemerkungen, denen die Männer zustimmten. Jetzt standen auch andere auf und wollten die Flecken betasten, die sich auffällig von ihrer hellen Haut abhoben.

Nach einigem Disput zog der Erste sein Angebot zurück, und der Fürst mit dem weißen Turban entschied, dass Árny seinem Kameraden zugesprochen wurde. Gudrid spürte, wie eine Welle von Mitleid und Verzweiflung in ihr hochschlug, als sie hinter ihrer Nachbarin hersah.

Dann kam Anna Jasparsdóttir an die Reihe, die zur Überraschung aller plötzlich losrannte. Sie wollte fliehen. Die Wächter liefen sofort mit den Peitschen hinter ihr her, bekamen sie unter den Armen zu fassen und schleiften sie wieder zurück. Sie wehrte sich wie ein verzweifeltes Tier, kratzte und biss. Und noch einmal gelang es ihr, sich loszureißen. Sie lief los, sprang in das Wasserbecken in der Mitte des Hofes und watete auf den Brunnen zu. Als die Männer hinter ihr hersprangen und sie abermals ergriffen, ließ sich Anna ins Wasser fallen. Sie zog die Wächter mit sich auf die Knie, aber sie rissen sie wieder in die Höhe. Die Männer auf den Kissen hatten das Ringen mit Spannung mitverfolgt, zwei waren sogar aufgestanden, und einer von ihnen, ein gut aussehender Mann mit purpurrotem Turban, heller Haut und schönen Augen, trat vor und lächelte Anna ins Gesicht, dass seine schneeweißen Zähne unter dem sauber gestutzten Schnurrbart blitzten. Er rief dem Schwarzbart etwas zu, der wie zuvor mit dem Kopf nickte. Dann streckte er die Hand vor und strich Anna die triefend nassen Haare von den Wangen. Sie versuchte sich abzuwenden, aber er hielt sie am Kinn fest und sprach in leisem Ton so lange auf sie ein, bis sie ihm ihr Gesicht zuwandte. Dann ließ sie sich von der schwarzen Sklavin entkleiden, und die Männer betrachteten ihren schön gerundeten Körper. In den dunkelbraunen Augen des Mannes mit dem ebenmäßigen Gesicht leuchtete Wollust auf. Er ging und holte Kleider und legte sie Anna selbst um die Schultern. Dann begann er, mit den Männern um Anna zu feilschen. Es verging eine Weile in lautem Hin und Her mit Herumgefuchtel, Rempeleien und Gelächter, bis der elegante Kaufmann schließlich triumphierend auf sie zutrat und mit ihr durch den Säulengang verschwand.

«Wohin geht der Mann mit Anna?», fragte Sölmund mit leiser Stimme, aber Gudrid wusste keine Antwort. Sie betete zu Gott, er möge sie vor der Schande bewahren, vor den grinsenden und lachenden Gesichtern der Männer ausgezogen zu werden, und sie bekam noch einmal eine Galgenfrist, denn Jórunn Sveinsdóttir von Djúpivogur war als Nächste an der Reihe. Jórunn machte keinen Versuch, Widerstand zu leisten. Ebenso wenig wie Sveinbjörg von Hvild. Sie blickten nur mit leeren Augen an den Männern vorbei und zeigten keine Regung.

Dann half man dem alten Mann auf die Beine, der an Margret der Jüngeren Interesse gezeigt hatte. Er war von kleinem Wuchs und hatte einen so dicken Bauch, dass er sich beim Gehen nach hinten beugen musste, als er in seinem weißen Umhang zu den Frauen trippelte. Er hatte einen langen grauen Bart, und sein Gesicht wirkte wie gelbes, gegerbtes Fell unter dem weißen Turban. Er reichte Katrin Jónsdóttir einen beringten Finger, half dem Mädchen mit einer eleganten Bewegung auf die Beine und führte es mit gesenktem Kopf zu Jórunn und Sveinbjörg hinüber. Sein Kopf reichte ihm gerade bis an die Schultern. Dann musterte er die Mädchen lange, berührte flüchtig ihre Brüste, ließ die Hand über ihren Bauch nach unten gleiten und steckte sie zwischen ihre Schenkel. Gudrid hielt Sölmund die Augen zu.

Der Mann brauchte nicht lange, um sich mit dem Schwarzbart über den Preis zu einigen, und ging dann mit allen dreien davon.

Zum Schluss war Gudrid mit Sölmund allein übrig geblieben. Der Augenblick der Demütigung war gekommen. Und mit einem Mal war sie ganz ruhig. Was jetzt mit ihr geschehen würde, würde sie nicht aus dem Gleichgewicht bringen. Es war nicht sie selbst, die erniedrigt wurde, nur das Fleisch, die Hülle, die ihre Seele umschloss. Sie schloss die Augen. Ihr Herz pochte, aber sie war trotzdem ruhig. Dasselbe Gefühl überkam sie wie damals, als ihr der junge Mann nach dem Unwetter im Sonnenstrahl erschienen war. Jesus war nahe! Er würde ihr in ihrer Not beistehen. Sie hörte, wie der Schwarzbart den Sklavinnen einen Befehl gab, und als sie kamen, um sie zu entkleiden, wehrte sie sich nicht. Bevor sie sich's versah, lagen ihre Kleider als graubraunes Bündel auf dem polierten Boden. Aber zu ihrer Verwunderung kam noch kein Mann, um sie zu betatschen, sondern die Sklavinnen kletterten mit ihr in das Becken am Brunnen und begannen sie von oben bis unten zu waschen. Sie stand mit angespannten Muskeln da, wie ein verängstigtes Tier, aber langsam ließ die Spannung nach, und sie verspürte ein unerwartetes Wohlbehagen, als die Frauen ihr mit dem kühlen Wasser den Schweiß und Schmutz vom Körper wuschen. Tränen liefen ihr über die Wangen, die augenblicklich in der Sonne trockneten. Die Wärme ihrer Strahlen tat ihr wohl, und doch spürte sie ein Brennen auf der Haut. Sölmund wurde ebenfalls ausgezogen und im Becken gewaschen. Sein kleiner weißer Körper war so dünn, dass man die Rippen unter der Haut zählen konnte. Er setzte sich ins Wasser, goss es über sich und schlürfte es begierig. Ein Lächeln machte sich auf Gudrids Lippen breit, als sie ihren Sohn im Wasser plantschen sah.

Dann führte man sie vor den Schwarzbart. An seiner Seite saß ein vornehmer Mann mit glatt rasiertem Kinn, der wie der andere Fürst einen schwarzen Schnurrbart trug. Er hatte eine breite Narbe, die von der linken Augenbraue bis auf die Wange hinunterreichte. Die Augen waren schwarz und scharf. Er trug einen gelben Mantel, einen roten Turban mit einer großen weißen Perle über der Stirn und eine breite Seidenschärpe, in der seine kostbaren Waffen steckten: zwei goldbraune Pistolen und ein breites Schwert in goldbeschlagener Scheide. Gudrid stand nackt und barfuß auf dem weichen roten, kunstvoll gewebten Teppich vor dem Mann. Er erhob sich und blickte ihr fest in die Augen. Als er begann, sie zu betatschen, senkte sie den Blick. Sie meinte sterben zu müssen vor Scham. Seine Hände waren rau wie die eines Seemanns, und ihr schoss der verzweifelte Wunsch durch den Kopf, es möchten doch die Hände Eyjólfs sein. Er drehte sie im Kreis, befühlte ihren Nacken und Hals und strich ihr mit zwei Fingern den Rücken entlang. Danach umfasste er mit festem Griff ihre Arme, wie um die Kraft ihrer Muskeln zu prüfen, ebenso die Waden und Schenkel und strich ihr mit der Hand über Brüste, Bauch und Schamhaar. Dann kniff er sie rasch mit zwei Fingern in die Scheide. Gudrid zuckte zusammen, und ehe er sich's versah, hatte ihn Sölmund blitzschnell in die Hand gebissen. Der Mann fuhr zornig herum und schlug dem Jungen ins Gesicht. Blut floss aus seiner Nase. Dann stieß der Mann ein trockenes Gelächter aus, nahm den plärrenden Sölmund auf den Arm, zog an der Vorhaut seines kleinen Penis und zeigte ihn den beiden anderen Männern. Sie schienen sich köstlich darüber zu amüsieren.

Nach einigem Disputieren zwischen den Männern ließ der

Bewaffnete die Mutter und ihren Sohn von den Sklavinnen in Tücher kleiden und wieder ins Haus führen. Dort wurden sie über eine steinerne Wendeltreppe hochgeführt und durch einen engen Gang hinaus in einen anderen großen Garten. Sie gingen auf ein weiß getünchtes Gebäude am anderen Ende des Gartens zu, und als sie in das Haus traten, sahen sie, dass es eigentlich nur aus vier niedrigen Außenmauern bestand, die im Viereck um einen offenen Hof standen. An der Innenseite der Mauern ruhte ein Schatten spendendes Blätterdach auf Holzsäulen. Unter ihm bekamen sie einen Platz zwischen zwei Säulen zugewiesen, saubere Kleider und eine Strohmatte.

Gudrid zog das helle, dünne Hemd, die knöchellange Leinenhose und den Rock darüber an und kleidete Sölmund, nachdem sie ihm das Blut von der Nase gewischt hatte, in Kniehose und Weste. Es war ein unbeschreibliches Gefühl, endlich wieder in saubere Kleider zu schlüpfen. Nur was sie mit dem langen, bunten Tuch machen sollte, das bei den Kleidern lag, wusste sie nicht.

«Du musst es dir um den Kopf binden, Mama, wie die schwarzen Frauen», sagte der Junge, ohne zu zögern. Sie versuchte es, aber es gelang ihr nicht, das Tuch so zu wickeln, dass Sölmund zufrieden war. Schließlich faltete sie es wieder zusammen, legte es sich unter den Kopf und streckte sich auf der Strohmatte aus.

Nach all den Schrecken und der Angst des vergangenen Tages machten sich ein sonderbarer Frieden und eine Ruhe in ihr breit. Oder war es Apathie? Nach und nach entspannte sich der ganze Körper, und sie spürte, wie gut es war, im warmen Schatten mit Sölmund in ihrem Arm zu ruhen. Der Junge klagte zwar immer noch über Hunger und Durst, schlief aber bald darauf in den Armen seiner Mutter ein. Ab und zu kam eine kleine, surrende Fliege und wollte sich auf seinen Arm setzen. Er verscheuchte sie im Schlaf mit der Hand. Die Fliege hielt Gudrid eine Weile wach. Dann gewann der lang ersehnte Schlaf überhand.

15

Später in der Nacht bemerkte Gudrid, wie die zwei schwarzen Sklavinnen zu ihnen unter das Blätterdach kamen und sich in der Nähe von ihr und Sölmund auf ihre Strohmatten legten. Ihr Herz begann zu klopfen. Sie blinzelte ängstlich zu ihnen hinüber, öffnete dann vorsichtig die Augen und blickte zum Sternenhimmel hinauf. Noch nie hatte sie eine solche Himmelslichterpracht gesehen. Noch nie so große und so nahe Sterne. Sie glänzten über ihr wie tausend Augen Gottes. Andere Sterne wiederum schienen ganz klein und fern, glitzernde Staubkörner am Nachthimmel. Sie war fasziniert, und zugleich wurde ihr beim Anblick all dieser Lichter schwindlig. Sie schloss die Augen und dachte an Anna und Brandur. Sie sah Brandur im Geiste vor sich, wie er mit weißem, nacktem Oberkörper auf dem Sklavenmarkt stand, den Brustkorb gedehnt und die Armmuskeln wie zum Angriff gespannt, während ihn der Fürst von allen Seiten musterte. Sie sah, wie der triumphierende Kaufmann Anna davonführte. Das Wasser tropfte aus ihrem nassen, hellen Haar auf den glänzenden Boden. Sie dachte an die kleine Valdis. Was mochte aus dem Baby und seinem unglückseligen Vater geworden sein? Und was aus ihrem alten Pfarrer Hochwürden Ólaf und Ásta und den kleinen Kindern? Was würde aus ihrer Schwägerin Ingibjörg und ihren Kindern werden? Und was aus Sölmund und ihr selbst? Wo war Eyjólf? Sie warf sich auf dem harten Lager hin und her und sah in Gedanken sein Gesicht mit den Gesichtern ihrer Mitgefangenen verschmelzen. Sie alle waren in der Gewalt böser, unbekannter Mächte. Völliger Ungewissheit ausgeliefert. Unheimliche Geräusche erfüllten die Nacht. Sie hörte ein beständiges Surren in der Luft, ein fernes Heulen. Sie wurde jetzt von panischer Angst gepackt und fuhr von ihrem Lager hoch. Ihr Atem ging stoßweise. Sie betete zu Gott, er möge ihr Herz beruhigen. Ihr Gewissheit schenken, dass er aus dem Himmel auf sie und ihren kleinen Sohn herabblickte.

Sie saß eine Weile aufrecht da und versuchte, die kühle Dunkelheit und die Schatten der Umgebung mit den Augen zu durchdringen. An der gegenüberliegenden Wand zeichneten sich die Umrisse der schlafenden Sklavinnen auf ihren Matten ab. Sie lauschte auf ihren Atem. Sie horchte auf die Geräusche der Nacht, bis sie aufhörten, ihr Angst zu machen. Dann ließ sie sich wieder neben ihren Jungen auf das Lager sinken, legte ihren Arm um ihn und schlief ein.

Als sie am nächsten Morgen aufwachte, stand eine der schwarzen Sklavinnen mit einem duftenden Brot in der Hand über ihr und reichte ihr einen Krug mit Wasser. Gudrid nahm das fladenartige Brot freudig entgegen und biss hinein. Es war weich und aus hellem Mehl gebacken und schmeckte köstlich. Das lauwarme Wasser hingegen hatte einen merkwürdigen, lehmigen Geschmack, aber Gudrid meinte, es würde ihr trotzdem gut tun und sie erfrischen. Obwohl es noch früh am Morgen war, war die Hitze schon wieder drückend, und sie spürte, wie ihr der Schweiß aus den Poren trat. Auch Sölmund schwitzte. Sie sah, wie die Sklavin beim Hinausgehen einen prüfenden Blick auf das nasse blonde Köpfchen des schlafenden Kindes auf dem bunten Kissen warf. Der arme kleine Junge war völlig erschöpft gewesen, als sie sich am Abend zuvor hingelegt hatten. Sie wollte ihn noch länger schlafen lassen. Aber sie hätte ihn auch gern geweckt, um ihm von dem Brot zu geben.

Es dauerte noch lange, bis Sölmund aufwachte. Und als er endlich die Augen aufschlug, begann er sogleich zu jammern, dass er friere.

«Dir ist kalt, Sölmund?», fragte Gudrid verwundert und strich ihm über sein nasses Köpfchen. «Dir ist in dieser brütenden Hitze kalt?»

Sie bemerkte, dass er am ganzen Körper zitterte, und legte ihm eine Hand auf die Stirn. Sie war brennend heiß. Gott stehe ihr bei! Das Kind hatte Fieber bekommen. Was sollte sie jetzt tun?

Sie blickte sich ratlos um. Was hätte sie bei sich zu Hause auf den Westmänner-Inseln getan?

Ihm etwas Gesundes zu essen gegeben. Ihm einen Sud gekocht.

Sie fasste ihn unter den Schultern, setzte ihn auf und nahm ihn in ihre Arme.

«Sölmund, ich habe hier einen Bissen Brot für dich und Wasser. Das Brot schmeckt gut.»

Der Junge murmelte, dass er große Kopfschmerzen habe, und sie zog ihn fester an sich und lehnte ihn an ihre Brust. Sie brach ein kleines Stück vom Brot ab und steckte es ihm in den Mund. Er kaute lustlos darauf herum und nahm einen kleinen Schluck Wasser. Dann legte er sich wieder auf das Lager.

«Nein, Sölmund», sagte sie verzweifelt, «du darfst dich nicht wieder hinlegen, du musst mehr essen und trinken.»

Aber der Junge, der während der ganzen Schiffsreise immer nur um Essen gebettelt hatte, schien jetzt, da es die Gelegenheit gab, keinen Hunger mehr zu haben. Er blickte seine Mutter mit fiebrig glänzenden Augen an und sagte, er habe nur Durst. Sie hob seinen Kopf und goss ihm Wasser aus dem Krug in den Mund, doch das meiste davon quoll wieder zwischen den schlaffen Lippen hervor, während sie versuchte, ihn zum Schlucken zu bewegen. Dann ließ sie ihn wieder auf die Matte zurücksinken.

Gudrid saß mit ausgestreckten Beinen auf der Strohmatte und sah zu, wie ihr Sohn einschlief, hörte zu, wie er im Schlaf vor sich hin murmelte. «Gütiger Gott, was habe ich verbrochen, dass du uns solcher Not und Gefahr aussetzt? Warum hast du Heiden geschickt, dass sie mich entführen? Warum hast du mich vor Fremden entkleiden und sie meinen nackten Körper berühren lassen? Welche Sünde habe ich begangen, dass ich solche Schmach erleide? Und warum muss mein kleiner Sohn dafür büßen? Vergib, was ich an Unrecht getan habe. Vergib Sölmund seine kindlichen Verfehlungen. Schone das Leben meines Sohnes!»

Sie murmelte ihr unzusammenhängendes Gebet immer wieder vor sich hin und lauschte auf den Atem des Jungen, der ihr im Laufe des Morgens immer schwerer zu werden schien.

Gudrid wusste nicht, wie viel Zeit vergangen war, als irgendwann, noch bevor die Sonne im Zenit stand, die Sklavin mit der flachen Nase wiederkam und etwas in scharfem Ton zu ihr sagte. Sie sah die Frau verständnislos an. Die Sklavin wiederholte ihren Befehl, lauter als zuvor, und Gudrid blickte ihr ratlos ins Gesicht, ohne zu verstehen, was sie wollte. Dann zeigte sie auf ihren kranken Sohn und trocknete ihm mit dem bunten Tuch den Schweiß von der Stirn. Da kam die schwarze Frau ungeduldig auf sie zu, riss ihr das Tuch aus der Hand, drehte ihr mit einem Griff den Haarschopf im Nacken zusammen und wickelte ihr das Tuch fest um den Kopf. Dann versuchte sie Gudrid auf die Beine zu ziehen. Sie stand auf, aber als sie merkte, dass die Frau sie von Sölmund fortziehen wollte, stemmte sie sich dagegen. Sie sagte, sie gehe nicht von ihrem Jungen weg, er sei krank.

Doch da wurde die schwarze Sklavin wütend. Sie stampfte auf den Boden und stieß einen bösen Wortschwall aus, stürzte dann auf Gudrid zu, packte sie mit festem Griff am Arm und versetzte ihr einen Tritt ins Hinterteil. Gudrid wurde von jähem Zorn gepackt, und bevor sich's die Sklavin versah, hatte sie ihr den Tritt in gleicher Münze heimgezahlt. Wutschnaubend standen sich die Frauen gegenüber. Schließlich ging die Sklavin zum dritten Mal auf Gudrid los, und sie begannen miteinander zu ringen. Gudrid wehrte sich mit aller Kraft. Sie war der Schwarzen weder an Größe noch an Stärke unterlegen. Plötzlich spürte sie, wie ihr die Frau ihre Fingernägel ins Gesicht grub und ihr Blut über die Wangen floss. Sofort griff sie zur selben List und hinterließ einen langen roten Strich auf der Wange der schwarzen Frau. Sie schrie auf vor Schmerz. Sölmund schreckte aus dem Schlaf hoch und begann zu weinen. Da ließ Gudrid die Sklavin los, ging zu ihrem Jungen, legte sich hin und schloss ihn in ihre Arme. Ihre Brust bebte, und sie zitterte am ganzen Körper vor Anstrengung. Die Sklavin unternahm keine weiteren Versuche, sie mitzunehmen, sondern verschwand.

Später am Tag erschien dann eine herrschaftlich gekleidete Frau zusammen mit den beiden Schwarzen und einer dritten Sklavin, die eine goldbraune Hautfarbe hatte. Die Frau, die Gudrid zuerst das Brot gebracht und dann mit ihr gerungen hatte, hielt jetzt eine Peitsche in der Hand. Gudrid setzte sich auf und starrte die Frauen ängstlich an. Die vornehm Gekleidete musterte sie mit strenger, böser Miene, während die Sklavinnen hinter ihr so breit grinsten, dass ihre schneeweißen Zähne blitzten. Der Braunen fehlte ein Schneidezahn im Oberkiefer. Das Gesicht der Herrin war eher hell, aber sie hatte dichtes, fast schwarzes Haar, das sie unter einem feinen, mit Rosen gemusterten Tuch hochgesteckt trug. Sie hatte dunkle Augen, dunkle Brauen und eine kleine, zierliche Gestalt, und noch nie im Leben hatte Gudrid ein so kostbares Gewand an irgendeiner Frau gesehen: Sie trug goldbestickte Schuhe, um einen Knöchel ein Reifen aus Gold, und unter dem Saum des rotbraunen, weiten Rockes mit hellen Streifen blickten knöchellange Hosen hervor. Am Oberkörper trug sie eine kunstvoll bestickte rote Jacke über einer hauchdünnen Seidenbluse mit eingewebten weißen Perlen. Eine kunstvoll gearbeitete Silberkette, die mit grünen und roten Steinen besetzt war, schmückte ihren Hals, und an ihren Ohrläppchen baumelten silberne Halbmonde. An jedem ihrer Finger steckte ein Ring.

Die Frau sagte etwas in strengem Ton, dann gingen die braune und eine der schwarzen Sklavinnen auf Gudrid zu und zerrten sie mit Gewalt von ihrem Lager hoch. Sie versuchte sich zu wehren, hatte aber keine Chance, als ihr die beiden mit vereinten Kräften das Hemd vom Leib zogen. Dann stellten sie sie mit dem Gesicht zur Wand. Gudrid hörte, wie die Herrin einen lauten Befehl gab, und im selben Augenblick traf sie ein schwerer Peitschenhieb auf den Rücken. Sie zuckte unter dem Schmerz zusammen. Dann kam der zweite Hieb, dann der dritte. Nach dem fünfzehnten Peitschenhieb hatte sie zu schreien begonnen wie ein rasendes Tier. Nach dem fünfundzwanzigsten waren ihre Laute verstummt, und als die Frauen ihre Hände losließen, sackte sie kraftlos zusammen. Sie hörte, wie Sölmund laut vor Verzweiflung plärrte, aber sie vermochte sich vor Schmerz nicht zu bewegen. Sie hatte das Gefühl, ihr Rücken wäre eine einzige klaffende Wunde. Ihr wurde übel. Das Brennen in den Wunden flammte auf, als sie sich beim Erbrechen krümmte.

Nach geraumer Zeit gelang es ihr, unter großer Anstrengung zu ihrem Jungen hinüberzukriechen, und sie blieb neben ihm auf dem Bauch liegen. Er versuchte ihr mit seinen brennend heißen Händchen das Gesicht zu streicheln, aber sie bat ihn, sie nicht zu berühren. So lagen sie zusammengekauert nebeneinander, bis die Dunkelheit hereinbrach. Als ihr eine der schwarzen Sklavinnen eine Schale dampfende Suppe und ein Stück Brot brachte, schreckte sie aus ihrer Benommenheit hoch. Die Frau half ihr, sich von der Strohmatte hochzustemmen, und führte ihr die Schale an die Lippen. Die Suppe hatte einen süßlichen Duft und schmeckte erstaunlich gut. Als die schwarze Frau Sölmund aus der Schale trinken lassen wollte, wies er sie mit seinen Händchen zurück. Gudrid sagte, er solle trinken.

«Du musst essen, Sölmund», flüsterte sie, aber er sagte, er wolle nichts von der Frau. Sie sei böse.

Schließlich stellte die Sklavin die Suppenschale hin, legte das Brot neben Sölmund auf den Boden und zog sich dann zurück.

«Trink, Sölmund», sagte Gudrid. «Trink die Suppe, damit du gesund wirst.»

Und der Junge zog die Schale an sich, trank ein wenig und biss in das Brot. Dann legte er sich wieder hin. Gudrid lag schlaflos neben ihm. Sie machte die ganze Nacht kein Auge zu. Sie lauschte auf das laute Surren der Insekten und spürte einige Male, dass sie gestochen wurde. Sie lauschte auf den Atem des Jungen, der schwer und unruhig ging. Eine Zeit lang redete er wirres Zeug. Sie hörte, wie die Sklavinnen kamen und sich auf ihr Lager legten. Sie lauschte auf ihre Geräusche in der Dunkelheit. Sie lauschte auf ihr eigenes qualvolles Stöhnen. Aus dem Augenwinkel sah sie den sichelförmigen Mond hoch oben am sternenklaren Himmel. Das Herrschaftszeichen der Türken. Ein kalter, gebogener Dolch in der Dunkelheit.

16

Mutter und Sohn wurden eine ganze Woche lang in Ruhe gelassen. Man brachte ihnen jeden Morgen Brot und Wasser und stellte ihnen bei Sonnenuntergang eine Suppe hin. Sie zählte die Tage, die, einer heißer als der andere, vergingen. Sie zählte die Nächte, die sternenhell und mit erbarmungsvoller Kühle hereinbrachen. Sieben Nächte. Sieben Tage, in denen sie jede Bewegung ihres Sohnes mitverfolgte, während sie, steif und schmerzgequält, neben ihm auf dem Bauch lag. Die ersten beiden Tage konnte sie sich kaum rühren. Umso aufmerksamer lauschte sie auf den Atem ihres Sohnes, während er schlief, und auf sein Gejammer, während er wachte. Die fünfte Nacht war die schlimmste. Das Jucken auf ihrem Rücken war beinah unerträglich, und sie konnte sich der lästigen Fliegen und Mücken kaum erwehren. Ihre Arme und Handrücken waren übersät mit kleinen Beulen, und sie hatte sich am Rist bis aufs Blut gekratzt. Auch die Stirn war oberhalb der einen Augenbraue angeschwollen, und sie spürte eine dicke Schwellung hinten am Nacken. Sölmund war ebenfalls am ganzen Körper zerstochen. Er hatte keine Kraft mehr, die Fliegen zu verscheuchen. Sein Fieber wollte nicht nachlassen. Er redete wirr im Schlaf und warf sich von einer Seite auf die andere. Am Morgen des sechsten Tages hatte er dann schlimmen Durchfall bekommen. Als die schwarzen Sklavinnen das merkten, warfen sie Gudrid Tücher zu, mit denen sie ihn reinigen konnte, und gaben ihr zwei geflickte Hosen. Sölmund war inzwischen so erschöpft, dass er kaum die Kraft zum Jammern hatte. Er verstummte. Sie glaubte zu sehen, wie sein schmaler Körper von Tag zu Tag mehr abmagerte. Der Bauch war eingesunken, die Muskeln an den Armen geschwunden, die Beine fast nur Haut und Knochen. Sein Gesicht, das während der Schiffsreise so frisch und sonnengebräunt gewesen war, sah jetzt gequält und fahl aus. Die Augen wässrig und unnatürlich groß. Sie spürte, wie ihr die Angst, ihn zu verlieren, das Herz zusammenschnürte. Es war, als ob sie in die leeren Augenhöhlen des Todes starrte, der auf seine Beute wartet.

Gudrid rappelte sich von ihrem Lager hoch. Sie musste kämpfen. Sie wollte mit dem Tod um das Leben und die Seele ihres Sohnes ringen. Sie wollte ihn nicht aus den Händen geben. Das Jucken auf ihrem Rücken begann nachzulassen, sie konnte sich wieder etwas bewegen, ihre Kräfte kehrten zurück. Und sie begann mit Sölmund zu sprechen.

«Bald wird es dir besser gehen, Sölmund. Bald geht es dir besser», sagte sie. «Ich will dir eine Geschichte von deinem Vater Eyjólf erzählen, als er ein kleiner Junge auf den Westmänner-Inseln war.»

Und sie erzähle ihm davon, wie Eyjólf mit seinem Vater zum ersten Mal auf Papageitaucherfang zu den Vogelinseln hinausgerudert war. Wie er von seinem Vater gelernt hatte, die Vögel auf den Brutfelsen zu unterscheiden: Trottellumme, Dickschnabellumme, Wellenläufer, Kormoran, Sturmtaucher, Papageitaucher und Eissturmvogel, der vor Gier so lange frisst, bis er das Halbverdaute wieder auskotzt. Sie sprach mit leiser Stimme, flüsterte beinahe und versuchte ab und zu, dem Jungen eine Antwort zu entlocken, um zu sehen, ob er zuhörte.

«Weißt du noch den Unterschied zwischen Trottellumme und Dickschnabellumme, Sölmund?»

Er reagierte kaum darauf. Tränen flossen aus ihren Augen, und sie verstummte für eine Weile ganz. Dann begann sie leise zu singen:

O Engel rein, o Schützer mein,
lass mich dir stets befohlen sein.
Bei jedem Schritt, bei jedem Tritt
geh du, mein lieber Engel, mit.

Wo ich auch geh', wo ich auch steh',
sei du, mein Engel, in der Näh';
vor der Gefahr zur Sünd' bewahr
mich, heil'ger Engel, immerdar.

Sie summte die Strophe wieder und wieder vor sich hin und strich ihrem Sohn sanft über das Haar. Als sie aufhörte, tastete er nach ihrer Hand und sagte mit schwacher Stimme:

«Nochmal, Mama. Sing nochmal von den Engeln.»

Und sie sang das Lied noch einmal.

Am Abend nahm er einen größeren Schluck von der Suppe als am Vortag, und am Morgen des achten Tages sagte er:

«Als mein Papa Eyjólf ein kleiner Junge war, hat er am liebsten den Kormoranen beim Tauchen zugesehen. Sie bleiben so lange unter Wasser, und man weiß nie, wo sie wieder hochkommen.»

Gudrids Augen füllten sich mit Freudentränen, als sie die dünne Stimme des Jungen einen so langen Satz sagen hörte. Eine ganze Woche hatte er nur gejammert und gelallt. Jetzt sprach er wieder. Sie schloss ihn in ihre Arme.

Als es den schwarzen Sklavinnen schien, dass Mutter und Sohn wieder bei Kräften waren, zwangen sie sie aufzustehen und führten sie in den Dachgarten hinaus und von dort durch einen langen Gang in ein anderes, oben offenes Gebäude, in dem einige Frauen unter freiem Himmel auf den Fersen hockten und Essen zubereiteten. Zwei kneteten Teig, zwei saßen vor großen Tonschüsseln und mischten Mehl. Gudrid fielen vor allem ihre Hände auf: Handflächen und Handrücken waren mit einem kunstvollen braunen Muster bemalt, ähnlich wie die Hände der Frau, die Sölmund nach ihrer Ankunft in der Stadt das Brot gegeben hatte. Eine Frau war dabei, ein Huhn zu zerteilen. Auch sie hatte bemalte Hände.

Hinter den Frauen brannte ein Feuer im Ofen, und aus einem großen Eisentopf, der an einem Haken über der Glut hing, stieg Dampf auf. Er verbreitete einen süßlichen, köstlichen Duft.

Die vornehm gekleidete Frau stand am Topf und überwachte die Essenszubereitung, ohne aber selbst einen Handgriff zu tun. Als sie Gudrid hereintreten sah, sagte sie etwas und zeigte mit einem beringten Finger auf sie, wirkte aber nicht ganz so unfreundlich wie beim letzten Mal. Gudrid bemerkte, dass die Muster auf den Händen der Herrin bis zu den Handgelenken hochreichten. Die Lust der Menschen dieser Stadt, sich zu schmücken, schien keine Grenzen zu kennen. Die Frau gab den schwarzen Sklavinnen einen Befehl, und sie schoben Gudrid vor sich her durch einen engen Gang in einen weiteren Hof. Dort standen Frauen an runden, gemauerten Bottichen und waren dabei, Garn zu waschen und zu färben. Sie hatten muskulöse, kräftige Arme, und die Dunkelhäutigen unter ihnen waren bis zum Bauch nackt. Ihre Körper glänzten vor Schweiß.

Gudrid wurde an einen der Bottiche gestoßen und bekam eine lange Kelle in die Hand gedrückt. Dann machte man ihr verständlich, dass sie damit im Bottich rühren sollte. Sie gehorchte wortlos. Der Bottich war tief und das Garn schwer, und Gudrid versuchte herauszufinden, wie sie es in der scharlachroten Flüssigkeit am besten in Bewegung bringen könnte. Sie spürte bei der Anstrengung, dass ihr Rücken noch nicht ganz verheilt war. Sie begann sofort zu schwitzen, und der Schweiß biss und juckte in den Wunden. Aber ihr war klar, dass es hier keinen Ausweg gab. Es stand immer eine schwarze Sklavin hinter ihr und passte auf, dass sie die Kelle nicht aus der Hand legte. Also drehte sie Kreis um Kreis im blutroten Wasser. Aus dem Bottich stieg ein scharfer Geruch auf, und der Dampf brannte ihr in den Augen. Sölmund lag zusammengekauert zu ihren Füßen und klagte über die Hitze. Von Zeit zu Zeit fielen ihm die Augen zu. Als die Sonne im Zenit stand, unterbrachen die Frauen ihre Arbeit und verkrochen sich unter ein Vordach, wo es Wasser und Brot gab. Sie plapperten lebhaft miteinander, lachten und schielten zu Gudrid und ihrem Sohn hinüber. Dann legten sie sich auf den nackten Steinboden und schliefen eine Weile. Nach der Ruhepause wurden sie erneut an die Färbebottiche getrieben, und bis Sonnenuntergang wurde wieder gearbeitet.

Am Abend sank Gudrid erschöpft auf ihr Lager. Der ganze Körper tat ihr weh, und sie hatte Blasen an den Händen. Die Striemen waren wieder aufgesprungen, und das Hemd klebte ihr blutig am Rücken. Als ihr eine Sklavin die Suppenschüssel brachte, trank sie begierig. Beinah hätte sie vergessen, etwas für Sölmund übrig zu lassen. Dann fielen ihr die Augen zu, und sie schlief traumlos die ganze Nacht. Noch vor Sonnenaufgang wurde sie geweckt und wieder an die Arbeit geschickt. Sie zog den halb schlafenden und jammernden Sölmund hinter sich her. Er war vom Fieber noch so geschwächt, dass er kaum selbst gehen konnte. Die Sklavinnen trieben sie durch die Gänge und Höfe bis an die Bottiche. Dort bekam sie eine Kelle und begann mit wunden Händen wieder zu rühren. Jetzt stand sie an einem Gefäß mit gelber Farbe. Das Garn schien diesmal noch schwerer als am Tag zuvor, und sie vermochte die fertig gefärbten Fäden kaum auf die Trockengestelle zu heben. Das schweißnasse Hemd klebte sofort an ihrem Rücken fest, und das Jucken wurde unerträglich. Die Fliegen quälten sie. Sie sehnte sich so sehr nach der Ruhepause am Mittag, dass sie an nichts anderes denken konnte, und als sie endlich kam, war sie so müde, dass sie, noch bevor Wasser und Brot gebracht wurden, unter dem Sonnendach einschlief. Sie wachte erst auf, als man sie rüttelte, doch da hatten die anderen Frauen auch ihre Ration schon aufgegessen.

Gudrid war vor Müdigkeit und Hunger völlig am Ende. Als sie am Abend auf ihr Lager fiel und noch weniger in der Suppenschale für Sölmund übrig ließ als am Abend zuvor, schämte sie sich für ihre Gier und schwor, dass ihr das nie mehr passieren sollte. Nie mehr wollte sie mittags einschlafen, bevor sie ihr Brot gegessen hatte. Als sie sich hinlegte, dachte sie an den Schellfisch, den sie und Anna an ihrem letzten Abend zu Hause in Stakkagerdi zusammengegessen hatten. Beim Gedanken an den süßen Geschmack des frischen Fisches und der geschmolzenen Butter floss ihr das Wasser im Mund zusammen. Wie ahnungslos sie damals gewesen waren in ihrer Wohnstube! Wie wenig hatten sie von der Schlechtigkeit der Welt gewusst. Sie sah im Geiste vor sich, wie Anna der kleinen Óshild die Brust gab, erinnerte sich an das zufriedene Nuckeln des Kindes. Was mochte aus der kleinen Óshild geworden sein, dem Kindchen, dem im Morgengrauen seine Mutter geraubt wurde? Was mochte aus Anna geworden sein?

Sie schlief über den Gedanken an Anna und Óshild ein. Hoffentlich war sie mit ihrem Vater Jón Oddsson gerettet worden. Jón und Eyjólf waren mit dem Kind entkommen. So musste es einfach sein.

Nach einer Woche an den Färbebottichen wurde Gudrid krank. Sie schien dasselbe Fieber zu haben, an dem Sölmund gelitten hatte. Der Junge war noch entkräftet und klagte über Sonnenbrand, aber der Schüttelfrost hatte nachgelassen, und er hatte wieder Appetit. Am achten Arbeitstag kam sie nicht von ihrem Lager hoch, auch nicht, als die Sklavinnen versuchten, sie mit Tritten auf die Beine zu treiben. Sie brach immer wieder zusammen, was man auch versuchte. Die Haut auf ihren Handrücken, Armen und Risten war brennend heiß, rot und aufgeschürft, und der Sonnenbrand an Stirn und Nacken schmerzte. Sie spürte brennende Stiche im Rücken. Immer wieder waren bei der schweren Arbeit die Striemen aufgerissen, und das Hemd klebte wegen des Schweißes und der Dämpfe aus den Bottichen ständig an der entzündeten Haut. Sie hatten sicherlich zu eitern begonnen. Gudrid bat Sölmund, daran zu riechen, aber er wollte nicht. Er sagte, dass sie stinken. Am Abend ließ sie den Jungen zuerst von der Suppe trinken. Sie hatte keine Lust darauf. Aber sie wusste, dass sie essen musste, und trank die letzten Tropfen, bevor sie sich hinlegte und in Teilnahmslosigkeit verfiel.

So lag sie tagelang halb bewusstlos da. Sölmund saß bei ihr und sah sie an. Zuerst versuchte er mit ihr zu sprechen, aber sie war so schwach, dass sie nur einzelne Worte antworten konnte. Da verstummte der Junge. Schließlich begann er mit sich selbst zu sprechen, und sie empfand es als beruhigend, seine Stimme zu hören. Irgendwann brachte ihr eine Frau ein sauberes Hemd und reinigte ihr die Wunden. Sie spürte ein kurzes Brennen, als sie eine Salbe auf den Rücken auftrug. Die Frau kam einige Male wieder und wiederholte die Behandlung, und allmählich ließ das Brennen nach. Aber das Fieber schien nicht weichen zu wollen. Und dann, eines Morgens, kam der Durchfall. Unfähig, sich selbst zu helfen, lag sie den ganzen Tag in ihrem eigenen Kot. Es war die schlimmste Erniedrigung, die sie je erlebt hatte. Sölmund blickte sie verlegen von der Seite an. Er setzte sich eine Weile von ihr weg, so weit er wagte, aber dann war es, als ob er sich schämte, und er rückte wieder näher. Als die Sklavinnen am Abend mit der Suppe kamen und ihren Zustand sahen, stießen sie laute Flüche aus. Dann holten sie Wasser und saubere Kleider, wuschen sie am ganzen Körper, schütteten Wasser über den Steinboden und brachten ihr eine neue Strohmatte. Die nächsten Tage war sie so geschwächt und müde, dass sie am liebsten eingeschlafen wäre, um nie wieder aufzuwachen. Dann dachte sie an das Leben, das sie im Herzen trug, auch wenn sie es noch kaum spürte. Und sie dachte an Sölmund. Was würde aus dem Jungen werden, wenn sie jetzt aufgäbe? Elternlos und allein unter Feinden? Nein, sie musste wieder gesund werden. Für Sölmund. Und sie bat Gott, um seinetwillen ihr Leben zu schonen.

Nach fast vier Wochen begann sie sich etwas zu erholen. Sie trank von der Suppe und aß das Brot begieriger als je zuvor. Sie war hungrig wie ein Wolf. Aber sobald die Sklavinnen das bemerkten, wurde sie wieder an die Arbeit geschickt. Sie führten sie auf wackligen Beinen durch die Gänge in den Färberhof und drückten ihr eine Kelle in die Hand. Gudrid hatte während der Wochen der Krankheit noch mehr abgenommen. Die Muskeln an den Armen waren geschwunden. Sie umfasste den Griff der Kelle mit beiden Händen und versuchte mit aller Kraft im Bottich zu rühren. Aber die Kelle entglitt ihr, und sie stürzte auf den Bottichrand. Doch noch bevor die Sklavinnen, die sie nicht aus den Augen ließen, Zeit gefunden hatten, sie zu schelten, hatte Sölmund schon die Kelle ergriffen und angefangen, ihr beim Rühren zu helfen. Zuerst hatte sie das Gefühl, das Kind sei ihr nur im Weg, aber bald wurden ihre Bewegungen gleichmäßiger, und seine Hilfe erleichterte ihr die

Arbeit. Die Hitze war nicht ganz so schlimm wie an den ersten Tagen, als sie in der prallen Sonne an den Bottichen gestanden hatte. Nichtsdestotrotz floss ihr der Schweiß in Strömen von der Stirn. Als die Mittagspause kam, spürte sie, dass sie kaum die Kraft hatte, sich vom Bottich zu entfernen. Sie versuchte einen Schritt zu tun, dann einen zweiten. Weiter kam sie nicht. Wasser floss an ihren Schenkeln hinab. Sie blickte verwundert auf den nassen Kreis auf dem hellgelben Lehmboden unter sich. Ein stechender Schmerz durchzuckte ihren Bauch und ihren Rücken. Sie versuchte sich in Richtung des Sonnendachs zu schleppen. Hinter ihr zeichnete sich eine rote Spur auf dem Boden ab.

«Mama», rief der Junge. «Du blutest!»

Gudrid blickte auf die Blutlache zwischen ihren Füßen. Woher kam all dieses Blut? Dann brach sie zusammen.

17

War sie in den Himmel gekommen? War sie im Paradies?

Ihr Blick wanderte am unregelmäßigen hellbraunen Karomuster eines Baumstammes hoch, der weit oben in einer breiten Krone endete. Dunkelgrüne Blätter wölbten sich weit über den Stamm hinaus und bewegten sich leicht in der milden Brise. Nie hätte sie sich träumen lassen, dass Bäume so hoch sein könnten. Es war das erste Mal, dass sie so einen Baum sah. Trotzdem wusste sie sofort, dass dies eine Palme sein musste und die Blätter Palmwedel, wie sie die Menschen Jesus auf den Weg gebreitet hatten, als er in Jerusalem einzog.

Sie drehte den Kopf zur Seite, und ihr Blick schweifte durch einen wunderschönen Obstgarten mit unzähligen Bäumen verschiedenster Art und zahlreichen Palmen, die da und dort das Blätterdickicht überragten. Vor ihren Augen lag eine Blumenpracht, die in allen Regenbogenfarben und einer solchen Vielzahl blühte, dass sie die Augen schließen musste, weil sie fürchtete, der Anblick würde zu viel für ihre arme Seele sein.

Dann hörte sie eine Stimme sagen: «Guten Morgen, Gudrid. Wie geht es dir?»

Sie erschrak so sehr, als sie in ihrer Muttersprache angesprochen wurde, dass sie meinte, das Herz würde ihr zum Hals herausspringen, aber sie brachte nur einen erstickten Laut hervor. Wer sprach hier ihre Sprache? Wer kannte ihren Namen? War es der Herr Jesus, der sie beim Namen rief?

Sie hörte Schritte und Kettengerassel. Dann stand ein junger, schlanker Mann neben ihr. Er war von Sonnenlicht umglänzt, und ihr schoss der Gedanke durch den Kopf, es sei derselbe Mann, der ihr nach dem großen Unwetter auf dem Schiff erschienen war. Er trug helle Kleider und blondes, schulterlanges Haar, hatte einen Bart und graue, scharfe Augen. Er beugte sich über sie und reichte ihr die Hand.

«Sei gegrüßt, Gudrid. Ich heiße Jón Jónsson und komme aus Grindavik. Ich habe mit deinem Sohn gesprochen, er hat mir deinen Namen gesagt.»

Sie blickte den Mann an, und Tränen strömten ihr über die Wangen. Sie hatte seit vielen Wochen kein einziges Wort, das man zu ihr sagte, verstanden. Sie hatte seit dem Tag, an dem die Frauen an verschiedene Herren verkauft worden waren, niemanden Isländisch sprechen hören, außer Sölmund. Sie hatte, seit die Fürsten im Hof beim Brunnen um sie gefeilscht hatten, keinen Mann mehr gesehen. Wer war dieser Mann? Wo kam er her, und wo hatte er Sölmund getroffen?

Jón sagte, Gudrids Herrin hätte ihn zu Sölmund geführt.

«Wie geht es ihm? Wer kümmert sich um ihn?», fragte sie. Jón meinte, dass der Junge in der Obhut der Sklavinnen sei. Dann erzählte er, wie er selbst kurz vor der Mittsommernacht von Freibeutern in Grindavik gefangen genommen worden war, gemeinsam mit seiner Mutter Gudrun und zweien seiner Brüder. Außerdem hatten die Verbrecher noch zwei Onkel von ihm entführt, einen dänischen Kaufmann und noch mehrere Leute von Grindavik, insgesamt fünfzehn Mann. Dann war das Seeräuberschiff mit ihnen zuerst Richtung Westen nach Bessastadir und weiter bis zum Gletscher Snaefellsjökull gesegelt, wo die Freibeuter von englischen Kaufleuten erfuhren, dass ein Kriegsschiff des englischen Königs in der Nähe sei. Also hatten sie ihr Schiff gewendet und Kurs nach Süden genommen. Ende Juli waren sie dann in Sale an Land gegangen. Sale war eine befestigte Seeräuberstadt in Marokko an der afrikanischen Atlantikküste. Nach ein paar Tagen im Verlies der Kasbah von Sale hatte der Kapitän des Freibeuterschiffes, Mórat Re'īs, ihn und seinen Bruder Helgi zusammen mit zwei anderen Gefangenen nach Alser mitgenommen. Dort waren sie Anfang September angekommen und auf dem großen Sklavenmarkt verkauft worden. Sein jüngster Bruder Hedinn war zusammen mit seiner Mutter und seinen beiden Onkeln in Sale zurückgeblieben.

Gudrid hörte der Erzählung des Mannes wie im Traum zu.

«Weißt du, welcher Tag heute ist?», fragte sie. Er sagte, dass er seit vier Wochen in dieser Stadt wäre und deshalb glaube, es müsse der zweite Tag des Monats Oktober sein. Seines Wissens sei Gudrid zusammen mit vielen anderen Isländern Mitte August hier an Land gebracht worden. «Es gibt Tausende von Sklaven in dieser Stadt. Viele werden schlecht behandelt und unter schlimmen Verhältnissen gehalten. Es sind gefährliche Zeiten, in denen wir leben.» Jón sagte, er glaube nicht, dass außer den Isländern noch viele andere Nordländer in der Stadt seien. Dagegen gebe es hier eine Menge Deutsche und Holländer, auch Engländer, Flamen, Franzosen und Wallonen, die meisten aber kämen aus Spanien und Portugal. Die Herren der Stadt seien die Türken, aber es gebe auch mächtige Araberfürsten, Mauren und Juden, wobei Letztere sich nur in bestimmten Stadtteilen aufhielten.

Gudrid hatte in den ersten Tagen mit eigenen Augen gesehen, dass in dieser Stadt Menschen unterschiedlichster Herkunft lebten, wunderte sich aber doch, woher Jón so genau darüber Bescheid wusste. Als sie ihn danach fragte, sagte er, er habe es von einem Mitgefangenen erfahren. «Von einem Edelmann aus der Stadt Livorno in Italien. Wir unterhalten uns auf Latein.»

«Aber wozu brauchen sie so viele Sklaven?», fragte Gudrid mit schwacher Stimme und merkte, dass es wie die Frage eines Kindes klang.

«Sie halten sich Sklaven, um ihre Paläste und Festungen und Moscheen zu bauen, um Steine für die Straßen zu behauen, um Galeeren zu rudern und Äcker zu bestellen, aber vor allem, um mit ihnen zu handeln. Oder Lösegeld für sie zu erpressen. In dieser Stadt sind die Sklavenhändler die mächtigsten Herren», sagte Jón.

«Gibt es hier keine Fischer oder Bauern?», fragte sie.

Jón vermutete, dass sie außerhalb der Stadtmauern lebten. «Sie kommen regelmäßig mit ihren Waren auf den Markt, der Soukh genannt wird. Dort wird mit aller Art von Lebensmitteln, Korn und Obst, Stoffen und verschiedenstem Handwerk Handel getrieben. Wirklich vermögend seien aber nur diejenigen, die mit dem Sklavenhandel zu tun haben. Und natürlich der Pascha, der Dey, und andere Vasallen des türkischen Sultans.»

«Finden sie denn nicht genug Sklaven in benachbarten Ländern? Müssen sie bis nach Island segeln?»

Jón Jónsson sagte, er kenne die Gründe für den Raubzug nach Island nicht genau, aber er könne sich am ehesten noch vorstellen, dass sie davon gehört hätten, wie schutzlos und wenig befestigt das Land sei. «Und abgesehen davon», sagte er, «haben die Isländer mit ihrem sündigen Lebenswandel und ihrer weit verbreiteten Sittenlosigkeit wohl selbst den Zorn Gottes auf sich herabbeschworen.» Die Sklaverei wäre wahrscheinlich nichts anderes als eine verdiente Strafe für ihre Sünden. Die Geißel Gottes!

Gudrid wusste nicht, was sie darauf antworten sollte. Gewiss war sie eine arme Sünderin. Aber wenn ihre Entführung aus der Heimat und alles, was darauf folgte, eine himmlische Strafe sein sollte, dann hatte Gott seine Geißel mit unverständlichem Grimm geschwungen. Was hatte sie für eine furchtbare Sünde begangen, die Gott so sehr erzürnt hatte? Das hatte sie sich schon früher wieder und wieder gefragt, aber keine befriedigende Antwort gefunden.

Gudrid lag mit geschlossenen Augen unter dem Baum und horchte auf das Gezwitscher der Vögel im Garten. Sie pickten Samen und suchten Würmer, frei von jeder Sünde. Sie fragten weder nach Gudrids Schuld noch nach ihrem Wert. Sie sangen allein deswegen, weil ihnen Gott den Gesang geschenkt hatte. Konnte es sein, dass derselbe Gott, der sie bestraft hatte, ihr die Vögel sandte, damit sie ihr in ihrer Not Trost und Freude spendeten? Und die duftende Blumenpracht ringsherum – was hatte sie zu bedeuten? Warum lag sie in diesem Garten Eden, in dem alles von der Güte des Schöpfers zeugte, wenn ihr Hiersein eine Strafe sein sollte? Warum erlebte sie die tiefste Erniedrigung und die schlimmsten Qualen ihres Lebens an einem solch wunderbaren Ort?

Sie öffnete die schweren Augenlider und blickte Jón Jónsson

fragend an, ohne ein Wort über die Lippen zu bringen. Hinter ihm stand eine kleine, grau gekleidete Frau mit einem weißen Kopftuch, das sie sich eng um die Stirn gebunden hatte und damit ihr Haar und ihren Hals bedeckte.

«Das ist Schwester Angela», sagte Jón. «Sie hat dich während deiner Krankheit gepflegt. Du hast so stark geblutet, dass deine Herrin Angst um dich bekam und Schwester Angela holen ließ. Schwester Angela arbeitet bei Pater Antonio Morales, dem Leiter des Hospitals der Heiligen Dreieinigkeit, das spanische Mönche hier im Banjó betreiben.»

Die Nonne lächelte Gudrid mild an und nickte mit dem Kopf. Jón sagte, sein Herr hätte ihn als Übersetzer zwischen den kranken Isländern im Hospital und den Ärzten ausgeliehen.

«Die Gesetze des Landes verbieten es aber, dass man Frauen ins Hospital der Mönche bringt. Männer dürfen keine Frauen pflegen. Deshalb haben sie einige Nonnen in ihrem Dienst, die kranke Christinnen besuchen. Mich hat man hergesandt, damit ich zwischen dir und Schwester Angela übersetze», fügte Jón hinzu.

«Das ist gut», sagte Gudrid mit schwacher Stimme. Sie war diesem unbekannten Mann trotz seiner strengen Worte dankbar. Seine Stimme klang für sie wie der Gesang von Vögeln. Sie wollte ihm zuhören, lange, lange. Welche Erleichterung, einen Landsmann getroffen zu haben! Jemanden, der Isländisch sprach, jemanden, mit dem sie sprechen und dem sie Fragen stellen konnte. Tausend Fragen brannten ihr auf den Lippen, aber sie war zu erschöpft, sie zu stellen.

«Du bist müde», sagte er, und sie nickte.

«Du möchtest vielleicht, dass ich jetzt gehe?»

«Nein», sagte sie und tastete nach seiner Hand. «Geh nicht.»

«Du warst sehr krank.»

«Ja, ich war eine Zeit lang krank, aber mir ging es wieder besser. Dann ist etwas passiert.»

Sie brachte nur unzusammenhängende Sätze hervor.

«Du weißt, was passiert ist», sagte Jón verlegen und zog seine Hand zurück. Gudrid antwortete nicht. Sie lag mit geschlossenen

Augen da, und ihre Brust hob und senkte sich unter den schweren Atemzügen. Dann fiel sie in einen kurzen Schlaf. Als sie die Augen wieder öffnete, saß die grau gekleidete Schwester bei ihr. Sie hielt eine Traube großer hellgrüner Beeren in der Hand. Als die Schwester bemerkte, dass Gudrid die Augen geöffnet hatte, riss sie eine Beere von der Traube und steckte sie ihr zwischen die Lippen. Die Beere schmeckte süß und gut. Ihr Saft benetzte ihr die Lippen. Gudrid richtete sich auf und nahm noch eine Beere. Sie hatte noch nie etwas so Erfrischendes und Köstliches probiert. Was für eine wunderbare Frucht!

«Das sind Weintrauben», sagte der Mann aus Grindavik. «Wenn du sie isst, kommst du bald wieder zu Kräften.»

Sie setzte sich halb auf, nahm die ganze Traube in die Hand und verschlang gierig die Beeren.

«Willst du nicht auch probieren?», fragte sie dann, aber Jón lehnte dankend ab. Er sagte, er sei nicht hungrig.

Sie bat ihn, noch mehr zu erzählen. «Von was für einem Hospital hast du gesprochen? Was ist ein Banjó? Und wer ist krank?»

Jón sagte, Banjó würden die Stadtteile genannt, in denen man die Sklaven des Dey, des Herrn der Stadt, und die der reichsten Sklavenhändler die Nacht über einsperre. Dort hätten sie ihre Unterkünfte, Badehäuser, Kirchen und Schenken, und eben auch Hospitäler, wo man die Kranken pflege. Er sagte, dass viele ihrer isländischen Landsleute krank geworden seien. Manche seien auf dem Weg der Besserung, bei anderen müsse man beten. Und siebenunddreißig seien schon gestorben, soweit er wisse.

«Siebenunddreißig gestorben?!» Gudrid lief ein Schauer über den Rücken. Sie sank wieder auf ihr Lager zurück.

«Das Fieber mit dem Schüttelfrost macht den Leuten zu schaffen», antwortete er. «Besonders den Älteren und Kindern.»

Gudrid fragte verzagt, wieso er die Zahl der Verstorbenen so genau kenne. Er sagte, wegen seiner Stellung im Banjó des Paschas, des Herrn der Stadt. Gerade eben sei er beim Schreiner Jón Thorsteinsson von den Westmänner-Inseln gewesen. Der halte wohl nicht mehr lange durch.

«Willst du die Namen derer erfahren, die gestorben sind?», fragte er.

«Nein!», antwortete sie rasch – besann sich dann aber. «Doch, ich will sie hören.»

«Soll ich mit den Leuten aus den Ostfjorden beginnen oder mit denen von den Westmänner-Inseln?»

«Mit denen von den Westmänner-Inseln», antwortete sie. Aber sie wollte es nicht Jón überlassen, in welcher Reihenfolge er sie nannte. Zuerst musste sie wissen, ob ihre Schwägerin Ingibjörg und deren Kinder oder die Madame von Kirkjubaer darunter waren, oder Anna Jasparsdóttir.

«Von einer Ingibjörg habe ich nichts gehört», antwortete Jón, «aber Madame Margret ist vor kurzem gestorben. Das weiß ich, denn ich habe selbst Erde auf ihren Sarg geworfen. Sie hat viel Schlimmes von ihrer Herrin erleiden müssen, bevor es mit ihr zu Ende ging. Anna Jasparsdóttir ist dagegen am Leben und bei guter Gesundheit.»

In Gudrids Brust rangen die Trauer über das Schicksal der Madame, die Sorge um Ingibjörg und ihre Kinder und die Freude über die Nachricht von Anna miteinander. Sie versuchte Jóns Erzählungen zu folgen, der ihr berichtete, wie er neulich in eines der vornehmeren Häuser der Stadt gerufen worden war. Es gehörte dem Mann, der Anna Jasparsdóttir gekauft hatte, einem spanischen Renegaten, der sich Ishamet nannte. Jón sollte dort ein Gespräch zwischen Anna und ihrem Herrn übersetzen. Anna hatte ihren Patron unter Tränen angefleht, nach ihrem Vater, Jaspar Christiansen, suchen zu lassen. Sie hätte sonst keinen frohen Tag mehr. Sie fürchtete um das Leben und die Gesundheit ihres geliebten Vaters. Sie hatte gesehen, dass er im Gesicht verletzt war und hinkte, als man ihn an ihrem ersten Tag in dieser Stadt auf den Sklavenmarkt geschleift hatte. Sie wollte ihn pflegen können.

«Annas Patron scheint ein gerechter Herr zu sein. Er erklärte sich bereit, den Mann zu kaufen, wenn es mir gelänge, ihn aufzuspüren», sagte Jón. «Dann wurde ich zusammen mit Ishamets Diener ausgesandt, nach Jaspar zu suchen. Wir fanden ihn vor ein paar Tagen im Haus des Johann Pikkarik, jenes Mannes, der auch den Schreiner Jón gekauft hatte und Hochwürden Ólaf Egilsson zusammen mit seiner Frau Ásta und deren beiden kleinen Kindern. Eines von ihnen ist vor zwei Tagen gestorben.»

«Ist der kleine Jón tot?», flüsterte Gudrid mit tränenerstickter Stimme.

«Nein, der Säugling lebt noch, aber das Mädchen ist tot», antwortete Jón.

Der Todesnachricht von der kleinen Una folgte ein Schweigen. Gudrid lag mit halb geschlossenen Augen auf ihrer Matte und erinnerte sich daran, mit wie viel Entschlossenheit dieses kleine Mädchen an Deck des Seeräuberschiffes versucht hatte, seine ersten Schritte zu tun. Sie sah es bildlich vor sich, wie die Kleine sich am Finger des großen Bruders Egill festhielt, ihn losließ und ganz allein ein paar Schritte machte, bevor sie auf den Po plumpste. Sie stieß einen erstaunten Schrei aus, rappelte sich wieder hoch und wiederholte das Spiel … Nun würde sie ihre Beinchen nicht mehr brauchen, denn jetzt hatte sie Flügel.

«Ich habe das Kind gestern begraben», sagte Jón. Dann fügte er etwas trocken hinzu: «Drei unserer Landsleute habe ich gestern zu Grabe getragen. Und das, obwohl ich noch nicht einmal geweiht bin.»

«Warum bestattet sie nicht Hochwürden Ólaf? Ist der alte Priester …?»

Sie sprach den Satz nicht zu Ende.

«Hochwürden Ólaf ist fort», sagte Jón.

«Hochwürden Ólaf ist fort?»

«Er ist fort aus der Stadt.»

Und dann begann Jón eine sonderbare Geschichte zu erzählen. Er schielte zur Nonne hinüber, als ob er befürchtete, dass sie sie belauschte, senkte dann seine Stimme und sagte: «Ich glaube, wir Isländer sind so etwas wie Geiseln hier in der Stadt. Die Türken entführen Menschen vor allem deswegen, weil sie Lösegeld für sie bekommen wollen.» Jón behauptete, dass die Menschenräuber schon seit Jahren einen solchen Handel mit Gefangenen trieben, vor allem mit dem König von Spanien, denn die Mehrzahl der Sklaven in der Stadt sei spanischer Herkunft. Oft kämen ganze Delegationen von spanischen Mönchen hierher, um Leute mit Geld freizukaufen, das man dort für sie gesammelt habe. Sklaven, die zu Hause reiche Angehörige hätten oder bei ihrem König oder Fürsten in hohem Ansehen ständen, hätten gute Hoffnung, freigekauft zu werden. Aber sie seien teuer! Und weil Hochwürden Ólaf ein gelehrter Mann sei, aber zu alt, als dass man ihn zu irgendeiner harten Arbeit gebrauchen könnte, hätten ihn die Herren der Stadt ausgesandt, um bei ihrem König Christian in Kopenhagen vorzusprechen. Er hätte den Auftrag, von ihm Lösegeld für die isländischen Gefangenen des Herrn von Algier zu erbitten. Am 20. September sei er aufgebrochen, aber es würden wahrscheinlich Monate vergehen, bis er nach Dänemark gelange. Und doch lasse die Reise von Hochwürden Ólaf ihn hoffen, dass sie früher oder später gerettet und aus der Sklaverei freigekauft werden würden.

Gudrids Herz pochte immer schneller, je länger sie Jóns Erzählung zuhörte.

Sklaven, die von reichen Angehörigen freigekauft wurden … Sklaven, die reiche Angehörige hatten oder bei ihrem König in hohem Ansehen standen – keines von beidem traf auf sie zu. Sie war nichts als eine erbärmliche, geschundene Magd. Die Frau eines armen Fischers. Aber Geld ließe sich sammeln! Und zu Hause in Stakkagerdi gab es den Beutel voll Münzen, den sie am Abend, bevor das Unglück über sie hereinbrach, im Küchenboden hinter der Feuerstelle vergraben hatte. Die Gedanken schwirrten ihr wie wild durch den fieberheißen Kopf. Oh, wenn sie bloß von der Heimreise von Hochwürden Ólaf gewusst hätte! Sie hätte ihm eine Nachricht an Eyjólf mitgegeben, ihm Liebesgrüße von sich und Sölmund bestellt. Ihn gebeten, Eyjólf von den vergrabenen Münzen zu erzählen und ihn dazu zu bringen, Lösegeld für sie zu sammeln. Aber das war jetzt zu spät.

Sie drehte sich auf die andere Seite und stöhnte leise.

«Du darfst nicht den Mut verlieren, Gudrid», sagte Jón. «Es ist eine große Sünde, die Hoffnung aufzugeben. Ólafs Reise ist gewiss ein gefährliches Unternehmen. Aber wenn er es bis an sein Ziel schafft, könnten wir gerettet werden!»

Sie schluchzte. Sie begann am ganzen Körper zu zittern und mit den Zähnen zu klappern. Ihr war plötzlich so kalt. Jón rief Schwester Angela herbei, die eine dünne Decke brachte und sie über Gudrid breitete. Aber sie wärmte sie nicht. Sie bebte. Sie spürte plötzlich am ganzen Körper Stiche auf der Haut. Sie hatte Schmerzen im Bauch, spürte etwas Klebriges an ihren Schenkeln. Sie merkte, dass sie blutete. Sie würde sterben. Sie besaß nichts und hatte keine Hoffnung auf Rettung. König Christian IV. in Kopenhagen würde niemals von ihr erfahren. Eyjólf würde sie als vermisst betrachten. Gott sann auf Rache. Sie würde sterben.

«Wo werde ich begraben?»

Jón verstand die Frage wegen des Geklappers ihrer Zähne nicht. Sie wiederholte:

«Wo werde ich begraben? Wo hast du die siebenunddreißig beigesetzt?»

Jón sagte, er hätte nicht alle ihre siebenunddreißig Landsleute begraben. Hochwürden Jón Thorvardsson von Háls hätte vorerst die Aufgaben des Priesters verrichtet, aber nach dessen Tod wäre er gezwungen gewesen, diese Dienste zu übernehmen.

«Ich war irgendwie der Nächste», sagte der junge Mann bescheiden, «weil ich, kurz bevor man mich gefangen nahm, die Lateinschule am Bischofssitz in Skalholt abgeschlossen habe. Ich bin der Einzige, der in Frage kommt, damit wir Lutherischen nicht die Letzte Ölung aus den Händen eines Katholiken empfangen müssen.»

«Wo werde ich also begraben?», fragte sie abermals.

«Der Friedhof der Christen ist südlich vor der Stadt. Aber es ist nicht an der Zeit, ein Grab für dich auszuheben, Gudrid. Du bist auf dem Weg der Besserung», antwortete Jón. «Du leidest nicht mehr an dem Fieber, es ist etwas anderes, das dich krank gemacht hat. Wenn ich Schwester Angela richtig verstanden habe, warst du schwanger. Es sieht so aus, als hättest du das Kind verloren.» Er errötete leicht.

«Nein», jammerte sie. «Das kann nicht sein.» Sie warf sich in tiefer Verzweiflung auf ihrer Matte von einer Seite auf die andere. Sie hatte das Wasser vergessen wollen, das ihr die Beine hinabgeflossen war, hatte die Blutlache vergessen wollen. Sie hatte Garn gefärbt!

Schwester Angela nahm sie bei den Händen und versuchte sie zu beruhigen. Sie sprach mit sanfter, leiser Stimme. «Kalma, kalma tua» oder etwas Ähnliches sagte sie immer wieder und strich Gudrid über die Stirn. «Kalma tua.»

Jon Jónsson zog sich zurück. Als Gudrids Weinen allmählich nachließ, sah sie aus dem Augenwinkel, wie Jón eine rotgelbe, faustgroße Frucht von einem Baum nahm und sie schälte. Er zerteilte sie und steckte eine Spalte in den Mund. Dann aß er langsam und bedächtig die ganze Frucht, Spalte für Spalte. Danach kam er wieder auf sie zu und reichte auch ihr eine solche Frucht.

«Nimm sie», sagte er. «Das wird dir gut tun.»

«Was ist das?», fragte sie.

«Eine Apfelsine», antwortete er und zeigte ihr, wie man die dicke Schale von der Frucht schält.

Gudrid hatte keinen Appetit, steckte aber doch eine Spalte in den Mund. Sie fand sie sauer. Sie schmeckte nicht so gut wie die Trauben, war aber nicht minder saftig. Jón forderte sie auf, mehr zu essen, und nach einigen Stücken hatte sie sich an den Geschmack gewöhnt. Während sie aß, begann Jón von ihrem Sohn zu sprechen. Er schien ihm ein viel versprechender Junge zu sein. Man hätte Sölmund in die Unterkunft der Haussklaven des Dey gebracht, wo er zusammen mit einem kleinen Jungen aus Breiddalur, der Isleif heiße, Reisig für das Herdfeuer hacke. Sie schienen sich gut zu verstehen.

«Aber Sölmund ist noch zu klein, um Reisig zu hacken!», sagte sie. «Er ist erst vier», fügte sie zögernd hinzu. Dann fragte sie, ob sie den Jungen nicht wieder bei sich haben dürfe. Sie musste ihn wieder bei sich haben!

Jón übersetzte ihre Worte, und Schwester Angela nickte mit dem Kopf. Sie sprach beruhigend auf sie ein.

«Du bekommst Sölmund wieder, sobald du gesund geworden

und wieder zur Arbeit fähig bist. Du hast viel Blut verloren. Du musst liegen bleiben und gesund werden. Sölmund kommt schon zurecht. Dort ist auch ein Mann aus den Ostfjorden, der ihnen das Reisig bringt und den sie zu kennen scheinen. Er heißt Brandur Arngrimsson.»

Als Gudrid den Namen Brandurs hörte, stieß sie einen Seufzer der Erleichterung aus. Wenn Sölmund in Brandurs Nähe war, dann war er in sicheren Händen. Sie konnte aufatmen. Sie legte sich wieder auf die Matte und blickte in den blauen Himmel. Die Sonne stand direkt über ihnen, und die Blätterkrone der Palme wölbte sich wie ein schwarzfingriges Schattenbild über sie. Sie ließ ihren Blick aus dem Schatten der Palmwedel über den Garten schweifen. Ihre Augen verweilten auf einem großen, schönen Gebetshaus mit einem hohen, viereckigen Turm.

«Sie nennen ihre Gebetshäuser Moscheen», erklärte Jón. «Und den Turm Minarett. Von dort aus rufen sie die Leute zum Gebet, denn sie haben keine Glocken.»

Dann zeigte er auf ein kleines Haus mit Kuppeldach dicht bei der Moschee und sagte:

«Dort wohnt der Marabut. Er ist ein heiliger Mann und betet fünfmal am Tag. Dazwischen liest er im Koran. Das ist ihre Bibel. Vielleicht hat deine Herrin ihn gebeten, für dich zu beten.»

Gudrid blickte Jón skeptisch an. «Hat man mich deswegen hierher gelegt?»

Jón sagte, das könnte gut möglich sein. «Wahrscheinlich haben sie dich aber in den Garten getragen, damit ich dich besuchen kann. In das Haus der Sklavinnen, wo du dein Lager hast, darf ich nicht hinein. Familienfremde Männer dürfen niemals die Räume der Frauen betreten.»

Der Mann aus Grindavik saß noch lange bei Gudrid, und sie führten ihre Unterhaltung fort. Zwischendurch nickte Gudrid immer wieder ein. Als der Tag zu Ende ging, breitete sich eine angenehme Kühle im Garten aus. Da erhob sich Jón Jónsson. Sein Herr hatte einen Mann gesandt, ihn zu holen. Er reichte Gudrid die Hand und verabschiedete sich von ihr. Er hatte ungewöhnlich kleine Hände für einen Mann. Schöne Hände. Doch sein Händedruck war fest. Gudrid mochte diesen Mann. Sie sagte, sie hoffe, dass sie sich irgendwann wiedersähen. Er meinte, das würde ganz von ihren Patronen abhängen. Er hätte bereits zwei verschiedene Herren in dieser Stadt gehabt, einer von ihnen sei grausam gewesen. Als er davonging, rasselte die schwere Kette, die er an einem Eisenring um seinen linken Knöchel hinter sich herzog. Er nahm die lange Kette hoch und legte sie sich über den Arm. So war das Gehen leichter. Er hinkte ein wenig. Als er zwischen den Bäumen verschwunden war, überfielen sie die Sorgen von neuem. Ihr Körper war leer. Sie spürte kein Spannen mehr in den Brüsten. Ihre Augen füllten sich wieder mit Tränen. Und doch hatte dieser junge, schmale Mann mit der Kette am Bein einen Funken Hoffnung in ihr geweckt. Hoffnung auf Heimkehr.

Nicht weit von Gudrid kniete Schwester Angela, ins Gebet vertieft. Sie hatte sich eine lange Perlenschnur um die Hände gewickelt und wiederholte immer wieder dieselben Worte. Gudrid kamen sie bekannt vor. Es war das alte Mariengebet aus der katholischen Zeit, das ihr die Großmutter noch beigebracht hatte. *Sancta Maria, mater dei, ora pro nobis, peccatoribus, nunc et in hora mortis nostri. Amen.*

Gudrid begann die Worte mit der Nonne zu murmeln.

Plötzlich ertönte eine kräftige, tiefe Männerstimme, die mit lang gezogenem, singendem Ton von der Spitze des Turmes herabrief. Sie sah, wie ein paar Männer in langen Umhängen gelaufen kamen und im Gebetshaus verschwanden. Sie ließ ihren Blick zum Turm hochschweifen und entdeckte große weiße Vögel mit schwarzen Flügelspitzen und langen roten Schnäbeln. Das seien Störche, hatte Jón Jónsson gesagt. Die Vögel saßen auf einem großen Haufen aus groben Zweigen. Wenn sie die Schnäbel aufeinander schlugen, hörte man ein lautes Klappern. Sie freute sich darauf, Sölmund diese kräftigen Vögel zeigen zu können. Wenn die Störche nur noch viel größer wären! Kräftig genug, sie hochzuheben und nach Hause zu tragen.

DER BRIEF

18

Eine Frau hüllt sich in einen Schleier. Sie legt ihn sich so um den Kopf, dass er ihr an der Stirn bis an die Augenbrauen hinunterreicht. Sie nimmt ein Ende des Tuches und befestigt es unter der Achselhöhle an ihrer Weste, wirft sich dann das andere Ende über die Schulter und zieht es bis an die Augen hoch. So verhüllt sie ihr Gesicht und hält den Schleier mit der Hand am einen Ohr fest. Das ganze Gesicht ist verdeckt, bis auf die dunkelblauen Augen. Sie gleicht einem weißen Gespenst, das durch den Garten schwebt und durch eine Tür in der Festungsmauer der Kasbah schlüpft. Außerhalb der Mauer wartet ein schwarzer Sklave. Er soll sie durch die Stadt begleiten und sicherstellen, dass sie zurückkehrt. Der Sklave geht vor ihr her und führt sie durch eine schmale Straße. Sie folgt ihm in einigen Schritten Abstand. Niemand beachtet sie. Sie ist nicht von den anderen weißen Gespenstern zu unterscheiden, die auf weichen Sandalen lautlos durch die Straßen der Stadt wandeln. Manche der engsten Gassen sind nur für Frauen bestimmt, aber der Sklave lässt sich davon nicht abhalten. Ihr Weg führt sie auf Steintreppen eine weitere Straße hinab, durch verwinkelte Gassen und zwischen weiß getünchten Häusern hindurch zu den Sklavenunterkünften des Ali Pegelin. Nach dreieinhalb Jahren Gefangenschaft in Barbarien hat sie Erlaubnis bekommen, an der Weihnachtsmesse in einer der vier Sklavenkirchen der Stadt teilzunehmen.

Gudrid konnte es gar nicht erwarten, ihre Landsleute zu treffen. Vor allem die Frauen. Es dürstete sie nach Nachrichten von ihren Leidensgefährtinnen. Sie freute sich auf Ásta von Ofanleiti und ihre Schwägerin Ingibjörg. Sie hoffte, Thórdis, ihre ehemalige

Dienstmagd, zu treffen. Ebenso Árny von Litlagerdi, Margret, die Pfarrerstochter von Kirkjubaer, und die treue Gudborg, die Magd von Ofanleiti. Was mochte aus Gunnhild Hermannsdóttir geworden sein oder den Enkelinnen der Pfarrersleute von Háls, Ólöf und Katrin? Deren Großeltern waren mittlerweile beide verstorben, aber ihre Cousine Steinunn hatte überlebt. Gudrid war ihr vor einem Jahr auf dem Markt begegnet. Sie hinkte und humpelte seit einer grausamen Verstümmelung.

Gudrid sah im Geiste die Gesichter der Kameradinnen, der lebenden wie der verstorbenen, vor sich. Am deutlichsten trat ihr das Bild Annas vor Augen. Mehr als nach allen anderen sehnte sie sich danach, ihre alte Freundin und Nachbarin wieder zu treffen. Und doch bestand darauf nicht die geringste Aussicht. Anna Jasparsdóttir war eine Abtrünnige geworden. Sie war jetzt die Ehefrau des Mannes, der sie gekauft hatte; sie hatte ihren Glauben verleugnet und den der Einheimischen angenommen. Sie würde wohl kaum den Gottesdienst besuchen, um die Geburt des Erlösers zu feiern. Anna hatte ihr Seelenheil verwirkt! Wie sehr hatte Gudrid damals Annas mangelnde Standhaftigkeit beklagt und beweint. Wie sehr hatte sie ihrer Freundin gezürnt: Anna hatte ihren Glauben verraten und ihren Mann Jón Oddsson, den sie nach christlichem Ritus und den Gesetzen des Königs zum Ehemann genommen hatte, genau wie Gudrid Eyjólf. Anna würde nach ihrem Tod die ewige Verdammnis erwarten. Sie würde im Feuer der Hölle vergehen, wenn sie sich nicht beizeiten bekehrte. So lautete Gottes strenges Urteil.

Andererseits hätte Gudrid Anna allzu gern getroffen, um aus ihrem eigenen Mund zu hören, was sie so weit gebracht hatte, sich in die Gewalt ihres Hausherrn und des Teufels Mohammed zu begeben. Hatte man sie dazu gezwungen, den Glauben zu verleugnen? Oder hatte sie es aus freiem Willen getan?

Jeder in der Stadt wusste, dass die meisten Frauen den Stock zu spüren bekommen hatten oder sogar gefoltert worden waren. Gudrid selbst hatte vielfältige Qualen erdulden müssen. Aber sie hatte die Probe bestanden. Warum war das bei Anna anders gewesen?

Hatte sich Anna etwa in Ishamet verliebt? Ishamet war ein schöner Mann, das musste man zugeben. Aber Jón Oddsson war ebenfalls ein tüchtiger Kerl und kräftiger Seemann. Waren Zeit und Entfernung schuld daran, dass er in Annas Augen dem Vergleich mit Ishamet nicht mehr standhielt? Verblasste Jón im Vergleich zu diesem schwarzhaarigen Abtrünnigen oder Renegaten, wie solche Männer hier genannt wurden?

Ein Renegat mit milden Augen, der noch dazu steinreich sein soll? Anna musste alle Hoffnung auf Heimkehr aufgegeben haben. Sie hatte die Sünde begangen, sich ihrem Schicksal zu ergeben. Aber Anna war dafür nicht bestraft worden, sondern hatte zum Lohn alle Herrlichkeiten dieser Welt erhalten! Anna war Palastherrin geworden – und abermals Mutter. In dieser Hinsicht konnte sich Gudrid für ihre Freundin nur freuen. Vor einiger Zeit hatte unter den Isländern die Nachricht die Runde gemacht, dass Anna einen Sohn zur Welt gebracht hatte, dem sie den Namen Jaspar Jarallah gab. Ihr alter Vater Jaspar hatte von diesem Enkel, der seinen Namen trug, allerdings keine Ahnung, denn er hatte, als der Sohn geboren wurde, Alser bereits verlassen. Ishamet hatte ihn auf Annas Drängen im ersten Herbst der Gefangenschaft gekauft, um ihm nach einem halben Jahr die Freiheit zu schenken. War Anna etwa Ishamets Frau geworden, um für ihren Vater die Freiheit zu erwirken? Jaspar war gegen Ende des Winters 1628 mit einem Schiff Richtung Livorno abgesegelt. Seitdem hatte niemand mehr etwas von ihm gehört, so wenig wie von Hochwürden Ólaf Egilsson.

Als Gudrid und der Sklave am Banjó ankamen, war die Dämmerung hereingebrochen. Einige Bettler saßen am Tor vor den Sklavenunterkünften, und einer von ihnen griff nach Gudrids Schleier und reckte ihr die alte, knochige Hand entgegen. Sie wandte sich unwillkürlich ab. Das dunkle Gesicht des Bettlers war zerfurcht von tiefen Falten. Es flößte ihr Angst ein, und sie drückte sich rasch an ihm vorbei durch den dunklen Eingang in das Banjó. Der Sklave, der sie begleitet hatte, blieb draußen zurück. Er war nach der Sitte des Landes Muselmane und verachtete das Weihnachtsfest der Christen, der Ungläubigen, wie die Christen hier genannt wurden. «Du Teufel, du Bestie, du Christenhund!», so lautete ihre Anrede. Gudrid hatte oft das Wort «Christenhündin» zu hören bekommen.

Drinnen im Banjó brannten Feuer in den offenen Hütten, und der Duft von Essen stieg ihr in die Nase. Man war dabei, auf dem Platz vor der Kirche einen Schafbock am Spieß zu braten. Der Geruch süßer Gewürze kitzelte in der Nase und weckte den Hunger. Ihr lief das Wasser im Mund zusammen. Zweimal im Jahr bekamen die Sklaven Fleisch zu essen, zu Weihnachten und zu Ostern. Man spürte die große Erwartung, die in der Luft lag. Überall wuschen sich Menschen in Wasserschüsseln Hände und Gesicht. Man konnte sehen, dass sie ihre Kleidung gewaschen und geflickt hatten, manche trugen sogar offensichtlich neue Hemden.

Sie trat in die hell erleuchtete Kirche. Sklaven standen in Gruppen beisammen, einige lehnten an den Säulen, die eine kleine Kuppel trugen, und der schwere Duft von Weihrauch erfüllte den Raum. Gudrid war ergriffen von der Feierlichkeit des Ortes. Wie sehr sich diese Steinkirche doch von ihrer Grassodenkirche auf den Westmänner-Inseln unterschied! Früher war ihr die *Landakirkja* groß erschienen, aber in dieser Kirche hätte sie leicht zweimal Platz gefunden. Als sie an die Kirche in ihrer Heimat dachte, stiegen ihr Tränen in die Augen. Sie musste an Eyjólf denken, an ihr Zuhause.

Gudrid sah ihren Mann in Gedanken vor sich, mit seiner hellen Haut und den blonden Haaren, seinem sehnigen, kräftigen Körper und dem warmen Leuchten in seinen grauen Augen. Er hatte stattlich ausgesehen in der schwarzen Lodenjacke, die sie für ihn genäht hatte, an ihrem letzten gemeinsamen Weihnachten; der rötliche Bart fein gestutzt und das Hemd sauber. Wer würde ihm wohl nun zu Weihnachten neue Kleider nähen? Ihr Herz begann bei der Vorstellung, dass vielleicht eine andere Frau ihren Platz in Stakkagerdi eingenommen habe, schneller zu schlagen. Der Gedanke versetzte ihr einen Stich in die Brust.

Sie stand zögernd in der Kirchentür und ließ den Blick durch das Gotteshaus schweifen. Aus der Apsis leuchteten ihr die Lichter auf dem Altar entgegen.

Gudrid ging an der Wand der Kirche entlang und blieb vor dem Seitenaltar stehen. Über ihm hing ein Bild der Gottesmutter Maria in rotem Kleid und blauem Mantel mit dem Jesuskind auf dem Schoß. Ein solches Bild hatte sie noch nie zuvor gesehen. Das Gesicht der jungen Mutter strahlte Liebe und Frieden aus. Josef stand als grauhaariger, schüchterner Mann im Schatten hinter ihr. Vor ihnen knieten die Hirten mit ihrer Herde, und Engel schwebten über ihnen. Auf dem schön geschwungenen Band in ihrer Hand stand mit goldenen Lettern: GLORIA IN EXCELSIS DEO.

Das Gesicht der Madonna leuchtete im Licht der Kerzen. Ein Heiligenschein umkränzte den Kopf des Kindes, und Gudrid überfiel ein Verlangen, sich auf die Knie zu werfen. Sie wollte mit den Engeln singen: «Ehre sei Gott in der Höhe und Frieden den Menschen auf Erden», wollte dort bei Maria und dem Kind verweilen und das Wunder der ersten Weihnacht in Bethlehem betrachten. Nicht an das Ende, nicht an die Verfolgung, das Martyrium und den grausamen Tod des Erlösers denken. Sich nur auf die Geburt Gottes Welt konzentrieren.

Wie sehr hätte sie sich gewünscht, Sölmund könnte hier neben ihr stehen und das Gemälde sehen, auf dem der Ursprung ihres Glaubens so lebendig dargestellt war. Sie machte sich manchmal große Sorgen um Sölmund. Man hatte angefangen, ihm andere Geschichten zu erzählen, von der anderen Religion. Sie hatte selbst gehört, wie er einmal mit kindlichem Unverstand gesagt hatte: «Es gibt keinen anderen Gott als Allah.»

«O heilige Gottesmutter, hilf mir, meinen Sohn im rechten Glauben zu erhalten. Lass ihn nicht abkommen vom rechten Weg, mache ihn standhaft im Glauben an deinen Sohn Jesus Christus. An diesem feindseligen Ort lauern Tag und Nacht die Mächte des Bösen auf seine Seele. Stärke ihn. Hilf mir!»

Sie konnte ihre Tränen nicht mehr zurückhalten. Der Anblick

der Heiligen Familie riss die alten Wunden wieder auf: Hatten nicht Eyjólf und sie mit ebensolcher Hingabe auf ihren Sohn geblickt, in jener Nacht, bevor die Räuber sie einander entrissen? Das Glück war vergänglich, überall lauerten Gefahren. Und es hatte auch nicht lange gedauert, bis Josef und Maria mit ihrem Erstgeborenen fliehen mussten, weil man ihm nach dem Leben trachtete. Niemand wandelte unbehelligt auf Erden. Nicht einmal der König der Könige.

Sie stand lange vor dem Bild. Ruhe und Frieden gingen davon aus und erfüllten schließlich auch ihre Seele. Unter normalen Umständen hätte sich Gudrid als einzige Frau unter all diesen unbekannten Männern bedroht gefühlt. Sie hatte Angst vor fremden Männern. Jetzt gewährten dieses neugeborene Kind, seine Mutter und sein Vater ihr Zuflucht.

Und auch der Schleier, in den sie gehüllt war, bot Schutz. Er machte sie beinah unsichtbar. In Wirklichkeit fiel sie kaum auf, wie sie sich zwischen den plaudernden Sklaven in Richtung der Frauenloge drängte. Man hatte ihr gesagt, für die Frauen sei ein Platz auf der linken Seite ganz vorn in der Kirche bestimmt.

Die Loge für die Frauen war mit weißen Leinentüchern abgeschirmt. Dahinter hatten sich viele Frauen versammelt, die meisten wahrscheinlich spanischer Herkunft, es konnten aber auch Portugiesinnen, Französinnen oder Wallonierinnen sein. Doch zwischen ihnen standen die Madame von Ofanleiti, Ásta, und Gunnhild und um sie herum Gudborg, Sveinbjörg, Árny, die Schwestern Halldóra, Hallny und Sesselja und noch mehr Frauen von den Westmänner-Inseln. Aus den Ostfjorden erblickte sie zunächst nur Ólöf von Háls und ihre Cousine Steinunn. Aber nirgendwo konnte Gudrid Ólöfs Schwester Katrin entdecken, auch Margret, die Pfarrerstochter von Kirkjubaer, nicht oder Thordis – von Anna natürlich ganz zu schweigen.

Gudrid hatte seit damals, als sich vor fast dreieinhalb Jahren ihre Wege getrennt hatten, die wenigsten dieser Frauen wieder gesehen, außer Steinunn und die Magd Gudborg; Gudborgs Herrin gewährte ihr öfter Ausgang, als es bei den meisten anderen

Sklavinnen der Fall war. Sie hatte einige Male frisches Brot aus der Bäckerei ihrer Herrin in die Kasbah gebracht, und da hatten sich Gudrid und sie wenigstens von weitem gesehen.

Gudrid nahm den Schleier vom Gesicht und begrüßte die Frauen mit einem Kuss. Plötzlich stand sie ihrer Schwägerin Ingibjörg gegenüber. Sie musterten sich gegenseitig lächelnd und fielen sich in die Arme.

«Gudda!», sagte Ingibjörg mit tränenerstickter Stimme.

«Imba!», sagte Gudrid.

Ingibjörg wirkte verändert. Ihr Gesicht war stärker gebräunt als das der meisten Isländerinnen, und sie hatte sich nach Art der Türkinnen die Augen geschminkt. Ihre Weste und ihr Hemd glichen nun denen der einheimischen Frauen.

«Du hast dir die Augen geschwärzt?», entfuhr es Gudrid. Sie konnte einen Unterton der Missbilligung nicht verbergen. Und ihre Finger strichen unwillkürlich über den feinen Stoff von Ingibjörgs Bluse.

Ingibjörg sagte, dass ihr ihre Herrin aus Anlass des Weihnachtsfestes ein altes Feiertagskleid von sich geliehen habe. Dann hätte sie ihre Augenlider bemalt, damit sie sich nicht so sehr von den einheimischen Frauen unterscheide, wenn sie durch die Straßen ging.

Gudrid musste insgeheim zugeben, dass es Ingibjörg stand, ihre Augen nach Art der vornehmen Frauen schwarz zu umrahmen. Ingibjörg sah schön aus an diesem Abend, und man konnte sehen, dass es ihr gut ging. Sie hatte ein wenig Fleisch angesetzt.

«Du siehst wohl aus», flüsterte sie ihrer Schwägerin zu, und die antwortete im Flüsterton, dass sie wohl Glück mit ihrer Herrschaft habe. Sie sagte, ihre Herren stammten aus dem Geschlecht der Berber und kämen aus den Bergen östlich der Stadt. Das Land heiße Kabylien. Dort lebe ein Volk von tüchtigen Schafbauern. Ihr Patron heiße Haki Mustafa und die Hausherrin Khalida. Sie erlaubten ihr noch immer, ihre beiden Kinder bei sich zu haben.

Gudrid sagte, das gelte auch für sie. Sie habe Sölmund bei sich, und das sei auch ihre größte Freude. Sie könne sich daher nicht über ihre Herrschaft beklagen. «Wenn man vom ersten Jahr absieht, haben sie mich mehr oder weniger in Ruhe gelassen», sagte sie. Das erste Jahr würde sie aber am liebsten aus ihrer Erinnerung streichen. «Aber freilich geht es den meisten so. Die erste Zeit war am schwierigsten, solange man nichts von der Sprache verstand.»

«Sprichst du denn schon die Sprache?», fragte Ingibjörg, worauf Gudrid meinte, sie könne sich mit Mühe verständlich machen. Sölmund spreche dagegen gut Arabisch. Das freute sie, bereitete ihr zugleich aber auch Sorgen. Denn auch wenn das ihrem Sohn das Leben hier erleichterte, merkte sie doch, dass er sich immer mehr von seiner Muttersprache entfernte.

Ingibjörg ging es genauso. Ihre Kinder würden sie sogar ab und zu verbessern und schienen sich dafür zu schämen, wenn sie in ihrer Anwesenheit versuchte, vor ihren Hausherren etwas hervorzustammeln.

«So ist alles verkehrt in dieser Stadt: Der Anti-Christ sitzt auf dem höchsten Thron, und die Kinder bringen den Eltern die Sprache bei», sagte Ingibjörg und seufzte.

Mit der Zeit hatten sie gemerkt, dass in der Stadt eine Menge verschiedener Sprachen gesprochen wurden. Viele der Schiffskapitäne sprachen Holländisch, Deutsch oder Englisch, die einheimischen Fürsten sprachen Türkisch oder Arabisch, und die Sklaven verwendeten untereinander eine Art Mischsprache aus Italienisch, Französisch, Spanisch und Portugiesisch. Diese Sprache wurde Franko genannt. Für die Sprache, die sie in ihrem Umgang mit den Einheimischen zu verwenden versuchten, hatten Gudrid und Ingibjörg keinen Namen.

«Ich plappere einfach drauflos und nehme, wenn sonst nichts mehr geht, die Hände dazu», sagte Ingibjörg und musste lachen, als sie an das schlimme Kauderwelsch dachte, das manchmal aus ihrem Mund kam.

Sie hielten sich die Hand vor den Mund, um nicht laut loszulachen. Es war so wunderbar, in der eigenen Sprache sprechen zu können. Denn Isländisch hörten sie nur selten. Die Worte sprudelten ihnen nur so über die Lippen, wie ein Bach bei der Schneeschmelze. Und obwohl Gudrid noch gern lange mit ihrer Schwägerin geplaudert hätte, gab es noch so viele andere Frauen, die sie treffen und begrüßen wollte. Sie musste unbedingt ein paar Worte mit Ásta wechseln, bevor die Christmette begann, denn sie war es, die hinter diesem Treffen stand. Ásta war an den großen Ali Pegelin verkauft worden, den Besitzer dieses Banjós und einen der mächtigsten Sklavenhändler der Stadt. Er hatte sein Einverständnis gegeben, dass Ásta allen isländischen Frauen und Männern, die noch an ihrem Glauben festhielten, eine Botschaft sandte, sie sollten diese Weihnachten zur Kirche kommen – falls es ihre Herren erlaubten. Sie mussten allerdings mit einer katholischen Messe vorlieb nehmen, denn den Algeriern war der blutige Religionskrieg der Europäer einerlei. Weder Lutheraner noch Kalvinisten oder andere Protestanten durften ihre eigenen Kirchen in der Stadt haben. Das äußerste Zugeständnis an die Protestanten war, dass man das Weihnachtsevangelium in irgendeiner ihrer Sprachen lesen würde.

Ásta hatte ihren Schleier auf die Schultern zurückgeschlagen, und Gudrid sah, dass sich durch die Zöpfe ihres dichten brünetten Haares graue Strähnen zogen. Ásta war gealtert. Ihr Gesicht war härter geworden. Gudrid fiel ihr um den Hals und legte ihr den Kopf auf die Schulter. Was wollte sie sie nicht alles fragen! Ob es denn keine Nachricht von Hochwürden Ólaf gäbe? Ob sie etwas von Egill gehört hätte? Was vom kleinen Jón und den Stiefkindern zu berichten sei? Wie es um das Lösegeld stünde und ob sie Nachricht von den Geschwistern von Kirkjubaer, Margret der Jüngeren und Jón, hätte? Aber sie brachte kaum ein Wort hervor, lehnte sich nur schluchzend an die Brust ihrer Verwandten. Sie, die vor einem Augenblick noch fast vor Lachen geplatzt wäre! Jetzt weinte sie vor Freude darüber, Ásta und die anderen Frauen wieder zu treffen – noch am Leben und ihrem Glauben treu. Auch Ásta sagte nichts und strich ihr sanft über die Wange. So standen sie da, bis ihnen ein wunderbarer Gesang in die Ohren drang. Er hallte in der Kuppel wider, tief und hell zugleich, die Stimmen einiger Männer im Chor, die Gott und die Geburt des Erlösers priesen.

Das Geschwätz der Frauen verstummte, und sie zogen die Leinentücher beiseite, die ihnen den Blick auf den Altar verdeckten. Die Christmette begann. Sie bekreuzigten sich, die Katholikinnen beugten die Knie, und alle verfolgten von der Seite aus gespannt das Geschehen. Zwei Priester traten in festlichen Messgewändern, roten Umhängen und weißen, mit Rüschen besetzten Leinenkleidern und Käppchen auf dem Haupt, in die Kirche. Nie hatten die Priester der Westmänner-Inseln ein derartiges Festgewand getragen! Sie sahen zu, wie sich die Geistlichen hinknieten und wieder erhoben, sich verneigten und den Altar und die Heilige Schrift küssten. Mönche schwangen Weihrauchkessel an langen Ketten, und die Kirche hallte vom Wechselgesang der Priester und Mönche wider.

Den isländischen Frauen kam nur wenig von dem Messgesang vertraut vor, und sie vermissten ihr heimisches Graduale. Aber das Paternoster erkannten sie. Und sie verstanden trotz ihrer spärlichen Lateinkenntnisse das Wichtigste vom Gottesdienst. Sie konnten das Weihnachtsevangelium auswendig, und jetzt kannten sie auch alle Tiere, die darin vorkamen, aus eigener Erfahrung: den Esel, auf dem Josef Maria geführt hatte, die langschwänzigen Schafe der Hirten und die Kamele der Weisen aus dem Morgenland.

Und es begab sich aber zu der Zeit, dass ein Gebot von dem Kaiser Augustus ausging, dass alle Welt sich schätzen ließe.

Ein Mann in einem schwarzen Umhang hatte in dänischer Sprache zu lesen begonnen. Er hatte eine tiefe, laute Stimme, und auch wenn Gudrid nicht jedes einzelne Wort verstand, wusste sie sofort, was der Mann vortrug.

Tränen strömten den Frauen aus den Augen, und an Ingibjörgs Wangen flossen schwarze Rinnsale hinab.

Und der Mann las von den Hirten, die in der Nacht ihre Schafe draußen auf dem Feld hüteten, als ihnen der Engel des Herrn erschien. *Und der Engel sprach zu ihnen: Fürchtet euch nicht, denn ich verkünde euch große Freude, die allem Volke widerfahren wird: Heute ist euch der Heiland geboren.*

Noch nie hatte Gudrid das Geschehen der ersten Weihnachtsnacht im Geiste so deutlich vor sich gesehen. Alles, was sie auf dem Altarbild gesehen hatte, erwachte zum Leben. Alles, passte zueinander. Als sie inmitten der Schar der Sklaven und Sklavinnen in der Kirche des Ali Pegelin stand, meinte sie, jeden Moment müsse sich der Himmel öffnen und der Chor der Engel zu singen beginnen: «Gloria in excelsis Deo!»

Nach dem Ende der Messe begann wieder das Schwatzen. Die Frauen umarmten sich und wünschten sich gegenseitig frohe Weihnachten, katholische und protestantische vereint in der Freude über die Geburt des Erlösers, und gingen auf den Platz hinaus, wo das große Festessen auf sie wartete. Gudrid hatte im Gedränge vor der Kirche bald ihre Leidensgefährtinnen entdeckt, die bei einer Gruppe von Männern standen. Die meisten der männlichen Sklaven trugen Fußeisen und hatten sich die langen Ketten über die Arme gelegt. Dort standen die Brüder Augustin und Gudmund Söffrensson, der Schreiber Halldór Gudmundsson, Thorsteinn Sveinsson, Orm Jónsson, Petur Haflidason, Thorvald von Prestshús, Hall Gamlason und Gunnar von Torfmýri. Dort waren auch Guttorm Hallsson, Gudmund Snorrason, Kolbein Valtysson und Rafn Magnússon aus den Ostfjorden. Neben Rafn stand sein mittlerweile hoch aufgeschossener älterer Sohn. Und dort war auch Brandur Arngrimsson. Brandur war der Einzige von ihnen, von dem Gudrid im ersten Jahr ab und zu Nachricht bekommen hatte. Dann war er aber an einen anderen Herrn verkauft worden, und sie hatte lange nichts von ihm gehört. Gudrid freute sich sehr. Brandur hatte sich einen Platz in ihrem Herzen erobert: nicht auf dieselbe Weise wie Eyjólf – aber seit sie sich damals auf dem großen Schiff zum ersten Mal begegnet waren, hatte sie sich in seiner Nähe stets sicherer gefühlt.

Sie schlug ihren Schleier in den Nacken zurück und ging mit ausgestreckter Hand auf Brandur zu, um ihm frohe Weihnachten zu wünschen. Er ließ die Kette fallen, ergriff ihre Hand mit beiden Händen und lächelte breit.

«Gudrid», sagte er. «Welche Freude, dich hier zu sehen.»

Er musterte sie und erkundigte sich nach Sölmund. Sie spürte, wie sie errötete, und erzählte ihm, dass Sölmund immer noch zusammen mit anderen Jungen im Haus des Dey Reisig hacke. Eine Zeit lang sei dort auch Egill Ólafsson von Ofanleiti gewesen, aber man habe ihn vor einem Jahr nach Tunis verkauft, und jetzt vermisse Sölmund seinen Freund und Beschützer sehr.

«Er spricht immer noch von dir, Brandur, und vermisst dich wie einen guten Ziehvater», sagte sie leise und senkte den Blick.

«Sag ihm, dass ich ihn auch vermisse», entgegnete Brandur.

Sie hob den Kopf und blickte in die gütigen Augen des Mannes aus den Ostfjorden.

«Was du für außergewöhnlich dunkelblaue Augen hast, Gudrid», sagte Brandur. «Oder sie scheinen vielleicht nur in der Finsternis so dunkel. Dein Gesicht ist in der Sonne auch dunkler geworden. Du siehst schon aus wie eine der Einheimischen.»

Gudrid trat erschrocken einen Schritt zurück. «Das darfst du nicht sagen, Brandur. Ich bin immer noch dieselbe, die ich war.»

Er bat sie, nicht gekränkt zu sein, er habe nicht die türkischen Frauen gemeint, die seien ja auch verschleiert. Aber es gäbe hübsche Jüdinnen und manchmal sähe man ansehnliche Frauen unter den Mauren, die nicht ihr Gesicht verhüllten. Er habe nur sagen wollen, dass ihm ihr Gesicht gefalle.

«Denkst du nicht mehr an Gudrun Jónsdóttir, deine Verlobte», fragte sie in vorwurfsvollem Ton.

«Doch», antwortete er ruhig. «Das sehr oft. Denkst du nicht an deinen Mann Eyjólf?»

«Jeden Tag», antwortete Gudrid schnell und bestimmt. «Ich denke täglich an ihn. Fast täglich», fügte sie etwas leiser hinzu.

Sie gingen schweigend Seite an Seite ans Feuer, zu dem duftenden Fleisch auf den Spießen. Der Braten schmorte, und man hörte ein leises Zischen, wenn das Fett in die Flammen tropfte. Dünner Rauch stieg zum Himmel empor. Sie mussten sich in einer Schlange anstellen, Gudrid bei den Frauen, Brandur bei den Männern. Gudrid hatte mit dem Essen eigentlich auf Brandur warten wollen, aber als sie ein großes Stück einer fetten Lammkeule in der einen

Hand und einen Becher Rotwein in der anderen hielt, konnte sie nicht widerstehen. Sie musste gleich von der Köstlichkeit probieren. Es schmeckte wunderbar. Der Duft war unvergleichlich. Die Frauen aßen voll Andacht. Gudrid hätte das Fleisch am liebsten in einem Stück hinuntergeschlungen, aber sie versuchte, sich zu beherrschen und langsam zu kauen. Sie wollte den Geschmack des Fleisches und des Weines möglichst lange auf der Zunge kosten. Dieser rote Wein hatte einen merkwürdigen, leicht säuerlichen Geschmack. So etwas hatte sie noch nie getrunken. Er schmeckte erstaunlich gut.

Auch die Männer, die sich langsam unter die Frauen mischten, konnten ihre Gier kaum zügeln. Brandur verschlang einen Bissen nach dem anderen wie ein ausgehungerter Wolf. Er sah mit sehnsüchtigen Augen zu den schwindenden Schafhälften auf den Spießen hinüber und wusste, dass er von dort nichts zu erhoffen hatte. Die Portionen waren nicht klein bemessen, aber keiner bekam mehr als eine. Er blickte zum glitzernden Sternenhimmel über ihnen hoch.

«Weißt du, was ich mir wünschen würde, wenn ich eine Sternschnuppe sähe?», flüsterte er Gudrid zu.

«Eine glückliche Heimkehr», antwortete sie, ohne zu zögern.

«Nein, ein zweites Stück von der Keule», sagte Brandur und schleckte sich die Finger.

«Völlerei ist eine Todsünde», sagte Gudrid und lachte.

Sie lachten beide.

Je länger das Fest dauerte, desto fröhlicher wurden die Sklaven und Sklavinnen. Drei Musikanten hatten sich auf dem Platz aufgestellt, einer spielte ein Saiteninstrument, der zweite blies eine Flöte, und der dritte schlug die Trommel. Einige Sklaven begannen zu tanzen. Von irgendwoher tönte Gesang.

Die Isländer hatten sich bald alle unter brennenden Fackeln und dem sternenklaren Himmel in einer dichten Gruppe zusammengefunden. Ein Mann mit verbundenem Kopf und einem Band unter dem Kinn trat vor und bot den Versammelten geröstete Datteln und Mandeln aus einem geflochtenen Korb an. Doch an seinem Fuß rasselte eine Kette. Gudrid zuckte zusammen, als sie ihm ins Gesicht sah, denn dem Mann fehlte die Nase. Sie starrte direkt in die blauroten Nasenlöcher.

«Frohe Weihnachten, Gudrid», sagte der Mann. «Ich sehe, dass du deinen alten Nachbarn nicht wieder erkennst.»

Gudrid wusste, dass sie den Mann kannte, aber die Verstümmelung des Gesichts war so schrecklich und die Stimme so fremd, dass sie eine Weile brauchte, um zu begreifen, dass der Mann vor ihr Einar Loftsson war.

«Einar», sagte sie mit Bestürzung in der Stimme. «Was haben sie mit dir gemacht?»

«Ich habe den Fehler begangen, mich im Brunnen zu irren, als ich Wasser holte», sagte er.

«Gott steh dir bei», stieß Gudrid aus.

«Ja, denn Allah ist groß. Die Ohren haben sie mir auch abgeschnitten.»

Sie schlug sich vor Entsetzen die Hände vors Gesicht.

«Das hätte meine Ásta auch getan, wenn sie mich so sehen müsste. Aber der Gott, der uns zur gerechten Strafe hierher gesandt hat – wie der Student Jón ja immer betont –, hat ihr zumindest diesen Anblick erspart.»

«Willst du sagen, dass deine Ásta tot ist?», fragte Gudrid, ohne es zu wagen, die Hände ganz von den Augen zu nehmen.

Einar bejahte das. Ásta sei gleich in ihrem ersten Frühling hier in der Stadt vom Schöpfer abberufen worden. Nicht lange nach ihren beiden kleinen Mädchen.

«Sie ruhen alle drei in einem Grab südlich der Stadtmauern», sagte er mit gebrochener Stimme.

Gudrid nahm verlegen eine Dattel aus der Schale, die ihr Einar immer noch unter die Nase hielt, und steckte sie in den Mund. Aber es fiel ihr schwer, die Süßigkeit zu schlucken. Es war, als ob ihr die Dattel im Halse stecken bliebe. Zu ihrer Erleichterung hörte sie, wie jemand sie rief. Endlich konnte sie sich von Einar abwenden, und da stand auch schon Jón Jónsson von Grindavik vor ihr. Er reichte ihr die Hand, wünschte ihr ein frohes Weihnachtsfest und sagte, er freue sich, sie gesund und munter zu sehen.

Gudrid bedankte sich für seinen Krankenbesuch damals im Obstgarten, für all die Nachrichten, die er ihr während der vergangenen Jahre hatte zukommen lassen, und sagte, sie hätte immer ein Wiedersehen mit ihm herbeigesehnt.

Es war, als ob Jón bei ihren Worten verlegen würde. Er wandte sich an Einar und klopfte ihm auf die Schulter.

«Sei gegrüßt, Kamerad», sagte er. «Ich sehe, es geht dir besser als das letzte Mal, als wir uns trafen.»

Einar antwortete, dass es seine Zeit brauche, um sich daran zu gewöhnen, nasenlos zu sein. Man habe nichts in der Hand, um sich ordentlich schnäuzen zu können.

«Man fasst ins Leere», sagte er und bot dem Studiosus eine Dattel an. «Ich erkenne ja meine eigene Stimme kaum, die Worte prusten irgendwie aus mir raus. Aber ich habe keine Schmerzen mehr, außer in den Ohren, wenn es kälter wird.»

Er legte die hohle Hand an den Verband über den Ohren.

Jón fragte, ob ihm denn der Dattelverkauf schon etwas eingebracht habe, aber Einar winkte ab.

«Das dauert noch lange, bis ich das Lösegeld beisammen habe. Ich müsste mir Stricknadeln besorgen, wie es Halldór getan hat. Ein paar Seemannsfäustlinge oder Mützen ließen sich vielleicht zu Geld machen.»

«Warum nicht als Matrose bei den Korsaren anheuern?», fragte Jón und erzählte, dass sich sein Bruder Helgi das überlege. «Angeblich haben sich nicht wenige auf diese Art die Freiheit verdient», fügte er hinzu.

Er rief seinen Bruder, der mitten in der Gruppe der Isländer stand und noch an einem Knochen nagte. Helgi sah seinem Bruder nicht allzu ähnlich, er war etwas größer und gedrungener, mit noch hellerem Haar als Jón, aber sie waren dennoch als Geschwister zu erkennen. Er wischte sich seine fettige Hand an der Hose ab, bevor er Gudrid begrüßte und sich dann an Einar wandte, der mehr über seine Seemannspläne wissen wollte. Helgi sagte, er müsse seine

Absichten vorerst noch geheim halten, aber er arbeite Jahr und Tag daran, die Freiheit zu erlangen. Er wäre jetzt bei seinem vierten Herrn, einem türkischen Renegaten, der die Soldaten in der Stadt befehlige. Ein Tyrann der schlimmsten Art. Er versuche auf jede erdenkliche Weise, ihn von seinem Glauben abzubringen.

«Aber ich sagte ihm, er verliere nur sein Eigentum, wenn er nicht aufhöre, mich unschuldig zu schlagen und zu misshandeln. Und ich drohte, mich eher über die Festungsmauern in den Tod zu stürzen, als meinen Gott zu verleugnen.»

Helgi unterstrich seine Rede mit großen Gesten, und die Leute kamen näher, um ihm zuzuhören. «Und dann riet ich ihm, ja kein Messer in meiner Reichweite herumliegen zu lassen, wenn ihm sein Leben lieb sei.»

Helgi fuhr sich mit der Hand über die Kehle, um zu zeigen, wie er seinem Patron gedroht hatte, und erzählte, wie sein Herr zum Schluss weich geworden sei und gesagt habe, er könne ihn gut in seinem Janitscharenheer gebrauchen. Aber Helgi hatte keine Lust, Soldat zu Lande zu werden. Er wollte auf See. Er sei schließlich auf dem Meer aufgewachsen, und das in einem raueren Klima als hierzulande. Zuletzt habe sein Herr den Ton geändert und begonnen, ihm zu schmeicheln.

«Er will mich im Frühling auf einem Schiff unterbringen», sagte Helgi.

«Solange es nur keine dieser verdammten Galeeren ist. Von denen kommst du nie mehr lebendig herunter», sagte einer der Umstehenden.

Allmählich wurden die Leute gesprächiger. Auch andere hatten Geschichten zu erzählen, von denen die meisten von erduldeten Grausamkeiten und Leid berichteten. Viele Männer hatte man unter Folter zwingen wollen, ihren Glauben zu verleugnen, aber vergebens. Einen hatten sie an den Beinen aufgehängt und die Sohlen gepeitscht, ein anderer hatte hundert Hiebe auf den nackten Bauch bekommen. Die meisten hatten Striemen auf dem Rücken. Wochenlang hatten die Gefolterten an ihren Wunden gelitten.

Von den isländischen Frauen hatte Ástrid Fúsadóttir den entsetzlichsten Schrecken durchgemacht. Man hatte sie nackt und gefesselt aufgehängt und ein Feuer unter ihr entfacht. Die Flammen hatten schon begonnen, ihre Sohlen zu berühren und ihr das Haar zu versengen, als die Henker endlich von der Folter abließen. Sie war seitdem nicht mehr ganz bei Verstand.

Guttorm Hallsson lobte Gott, der Ástrid und so vielen anderen Frauen die Kraft gegeben habe, ihren Glauben zu bewahren. Die Menschen bewunderten Ástrids Standhaftigkeit im selben Maße, wie sie Anna Jasparsdóttirs Schwäche verdammten. Vielen Frauen fiel es leichter, über die Heldenhaftigkeit oder Feigheit anderer zu sprechen als über das, was sie selbst hatten erdulden müssen. Die meisten schwiegen über ihre eigenen Erlebnisse. Gudrid selbst wusste, dass sie niemals jemandem davon erzählen könnte, was sie über sich hatte ergehen lassen müssen. Niemandem außer ihrem Gott.

So verging diese Weihnachtsnacht mit Geschichten von Erlebnissen der Anwesenden und Erzählungen über abwesende Verwandte, ehemalige Nachbarn und Freunde. Margret, die Tochter des Pfarrers von Kirkjubaer, war mit ihrem Ehemann nach Frankreich gezogen. Ihr Bruder Jón einen hatte Platz auf einem Segelschiff in Tripolis bekommen, und Gudleif, die junge, hübsche Magd von Ofanleiti, war angeblich ins Heilige Land verkauft worden, wohin sie ein reicher christlicher Kaufmann mitgenommen hatte. Sveinbjörg von Hvild hatte neun Monate nach ihrer Ankunft eine Tochter geboren, als deren Vater sie Gunnar von Torfmýri angab. Sie hatten das Mädchen Saeunn genannt. Sigrún Mikaelsdóttir vom Berufjord war in die Berge geflohen, wo man sie tot in einer Schlucht gefunden hatte. Aber die kleine Valdis, der Anna Jasparsdóttir auf dem Schiff die Brust gegeben hatte, war am Leben geblieben. Die Herrin ihres Vaters hatte sie als Ziehkind angenommen und zog sie nun wie ihre eigene Tochter auf. Rafn sagte, dass er sie ab und zu von weitem sehe, aber das Kind kenne seinen Vater nicht, was wohl auch am besten sei, wie die Sache stünde.

Niemand hatte Nachrichten von zu Hause. Keiner wusste, wie es Ólaf Egilsson oder Jaspar Christiansen auf ihrer Reise ergangen war. Auch Jón und Helgi hatten nichts mehr von ihrer Mutter oder ihren Onkeln gehört. Es stellte sich auch heraus, dass die Bittschrift, die man im Namen von einhundertzwanzig versklavten isländischen Untertanen an den König in Kopenhagen gesandt hatte, immer noch unbeantwortet geblieben war. Obwohl sie nach allen Regeln der Kunst und mit Hilfe des gelehrtesten Übersetzers in Barbarien verfasst und von drei Ehrenmännern von den Westmänner-Inseln, dem Schreiber Halldór Gudmundsson, Brandur Einarsson und Thorsteinn Sveinsson, unterzeichnet worden war. Als Vierter hatte Stig Ottason von Hamar im Hamarsfjord seinen Namen darunter gesetzt. Die Petition war im Spätsommer 1629 abgesandt worden. Jetzt brach das Jahr 1631 an, und alle warteten ungeduldig auf Nachricht aus der Heimat und damit vielleicht auf die ersehnte Befreiung aus der Sklaverei.

Später erzählte der Student Jón, dass er und sein Bruder Helgi vor einem knappen Jahr einen Brief in eigenem Namen an ihre Eltern in Grindavik geschrieben hatten, in der Hoffnung, er würde helfen, die Obrigkeit wachzurütteln. Sie hatten den Brief einem Kaufmann auf dem Weg nach Livorno mitgegeben. Er schien ein verlässlicher Mensch zu sein und hatte versprochen, das Schreiben auf dem See- oder Landweg nach Dänemark weiterzuleiten. Gewiss war die Post wegen des Krieges, der in Europa zwischen Katholiken und Protestanten tobte, unsicher, aber sie rieten trotzdem jedem Einzelnen, unbedingt an ihre Verwandten und die Obrigkeiten zu Hause zu schreiben. Auch wenn einige der Briefe verloren gingen, würden andere doch bis nach Island gelangen. Man dürfe nichts unversucht lassen, wenn man aus Barbarien entkommen wolle!

Als Gudrid vom Brief der Brüder aus Grindvik hörte, begann ihr Herz schneller zu pochen. Warum war sie nicht selbst auf diese Idee gekommen? Natürlich musste sie versuchen, Eyjólf zu schreiben. Eyjólf würde ohne Zweifel alles unternehmen, sie freizubekommen, wenn er unzweifelhafte Nachricht darüber hätte, dass sie noch am Leben war. Sie würde ihrem Ehemann einen Brief schreiben! Aber woher sollte sie Papier nehmen? Woher Tinte und Feder?

Mit den anderen, die schreiben konnten, bedrängte sie jetzt Jón und Helgi, wo sie sich Schreibzeug beschaffen könnte, aber die Brüder wussten wenig Rat. Sie sagten, dass sie selbst weder Papier noch Tinte hätten. Am besten wäre es vielleicht, es bei den Priestern und Mönchen zu versuchen. Ihnen selbst hatte Pater Morales geholfen, für den Jón früher im Banjó des Paschas als Übersetzer in Diensten gestanden hatte. Papier sei aber schwer zu besorgen, und auf keinen Fall dürften die Patrone der Leute von ihrer Absicht Wind bekommen.

«Ich kenne einen Mann», sagte Guttorm Hallsson plötzlich, «ich kenne einen ...» Er brach mitten im Satz ab. Alle Augen richteten sich auf den Bauern von Búlandsnes, der mit einem Mal ganz außer sich zu geraten schien. Er warf sich auf die Knie und begann zu beten:

«Oh, Gott des Erbarmens, erbarme dich unser und erlöse uns von diesem Joch der Sklaverei der gottlosen Tyrannen, wenn es nicht gegen deinen allerhöchsten Willen ist. Blicke auf uns herab, Vater der Barmherzigkeit, dir zu Ehren und deines heiligen Namens. Vergib uns unsere Sünden. Amen!»

Guttorms Stimme war ganz heiser vor Aufregung geworden.

Jón Ásbjörnson, der ehemalige Schafhirte des Bauern, trat zu seinem früheren Hausherrn, fasste ihn unter die Arme und half ihm auf die Beine.

«Es ist spät geworden, Guttorm», sagte Jón und bot dem Bauern an, ihn ins Banjó des Paschas nach Hause zu begleiten. Jón hatte dort die Stellung eines Wächters erlangt.

«Ja», sagte der Bauer demütig. «Legen wir unser Schicksal und unsere Zukunft in die Hände des gnädigen Gottes. Amen.»

Die Feuer auf dem Platz vor der Kirche waren erloschen, und die Menschen begannen sich zum Abschied zu küssen. Sie versprachen sich gegenseitig, einander nicht zu vergessen und dass sie versuchen wollten, sich bald wieder zu treffen. Wenn möglich, schon zu Ostern.

Die Frauen verhüllten sich mit ihren Schleiern und suchten ihre Begleiter. Als Gudrid durch das Tor des Banjós trat, blickte sie sich nach dem schwarzen Sklaven um, der dort auf sie hätte warten sollen. Sie konnte ihn nirgendwo entdecken. Die Bettler hatten sich die Kapuzen ihrer Kutten über das Gesicht gezogen und schliefen. Sie zögerte, bevor sie durch die enge, dunkle Gasse davonschritt. Das Licht des Sternenhimmels und des vollen Weihnachtsmondes vermochten sie nur halb zu erhellen. Ihr Blick schweifte den steilen Berghang hinauf und über die Hausdächer und Stadtmauern auf die dunkelgrünen Hügel der Umgebung. Die ganze Welt schien in dieser Nacht wie in einem Zauber gefangen. Sie hätte lange dort stehen und die himmlische Pracht bestaunen können. Aber sie musste vor Mitternacht in die Kasbah zurückgekehrt sein. Sie war noch nicht weit gegangen, als sie plötzlich Schritte hinter sich hörte. Sie beschleunigte ihren Gang.

«Gudrid, ich begleite dich ein Stück», rief jemand. Es war Brandur Arngrimsson.

Sie gingen schweigend ein Stück nebeneinander her, bis Brandur stehen blieb und ihre Schulter berührte. Er drehte sie zu sich, nahm den Schleier, den sie an ihrem Ohr festhielt, und sagte: «Gudrid, du bist Christin und keine von ihnen. Du musst dein Gesicht nicht verbergen.»

Dann nahm er den Schleier von ihrem Gesicht, blickte ihr in die Augen und strich ihr leicht über die Wange.

Sie gingen weiter, ohne ein Wort zu sprechen. Jeder lauschte auf den Atem des anderen. Gudrid wusste nicht, ob sie vor Anstrengung so rasch atmete, weil der Weg die ganze Zeit bergan ging, oder weil Brandur ihre Wange berührt hatte. Als sie am Tor der Festung angelangt waren, wandte sie sich endlich an ihn, zog ihre Hand unter dem Schleier hervor und streckte sie ihm entgegen. Sie bedankte sich bei ihm für die Begleitung und das Zusammensein in dieser denkwürdigen Weihnachtsnacht.

«Du darfst mir mit einem Kuss danken», sagte Brandur.

Sie zog schnell den Schleier vors Gesicht, ließ ihn aber dann wieder nach unten sinken.

«Jetzt kann ich dich nicht mehr um den Gefallen bitten, um den ich dich bitten wollte», sagte sie mit gesenktem Kopf.

«Du kannst mich bitten, worum du willst», sagte Brandur.

«Ich bin hier in der Kasbah eingesperrt. Ich darf die Festung nur zusammen mit anderen Sklavinnen oder in Begleitung von Wächtern verlassen», sagte sie. «Guttorm Hallsson hat gesagt, er kennt einen Mann. Ich verstehe das so, dass er weiß, wo man Papier und Schreibzeug besorgen kann. Du kennst Guttorm. Kannst du dich für mich an ihn wenden? Vielleicht können mir ja auch die Brüder Jón und Helgi helfen. Oder der Schreiber Halldór Gudmundsson. Ich will meinem Mann einen Brief schreiben.»

Brandur blickte sie ernst an und nickte. «Ich tue, was ich kann, Gudrid.»

Dann wandte er sich zum Gehen.

«Brandur», rief sie ihm hinterher. Er drehte sich um. «Du bist ein guter Mensch. Gudrun Jónsdóttir hat Glück, deine Verlobte zu sein.»

Als sie die Hand auf die Torklinke legte, wurde sie hart von hinten gepackt. Ein Mann schob sie mit Gewalt in die Türnische. Er drehte sie herum und drückte sie mit seinem ganzen Gewicht fest an die Wand. Sie spürte sein steifes Glied an ihrem Bauch. Er atmete keuchend an ihrem Hals und stöhnte laut. Sein starker Schweißgeruch stieg ihr in die Nase. Sie presste die Augen zusammen und würgte den Schrei in ihrem Hals hinunter. Er krächzte etwas mit heiserer Stimme. Sie meinte etwas von unverschleierter Hure zu verstehen. Dann öffnete er das Tor und stieß sie durch die Mauer hinein. Sie lief schluchzend durch den Garten davon.

19

Der Himmel hatte seine Schleusen geöffnet, und Wolkenbrüche ergossen sich über die Stadt. Ein Sturm peitschte über die flachen Hausdächer, und die Menschen brachten sich, so schnell sie konnten, in Sicherheit. Die Blätter der Palmen reckten sich mit der Kehrseite nach oben wie ausgestreckte Arme in den Wind, wurden da und dort von den Stämmen gerissen und wirbelten hoch in die Luft.

Im Färberhof der Kasbah mühten sich die Sklavinnen, die Bottiche abzudecken und das Garn von den Stangen zu bergen, während der Wind heulte und pfiff. Mehr am Boden kriechend, als aufrecht gehend, retteten sie sich schließlich unter das Schutzdach an der Mauer, dessen Stützen im Sturm zitterten. Der Regen trommelte auf die dicht geflochtene Abdeckung, und es dauerte nicht lange, bis das Wasser durch die Blätter tropfte. Eng aneinander geschmiegt saßen die Frauen an der Mauer und starrten vor sich auf die dampfende Wasserwand. Es war, als ob der wintergraue Himmel bis in ihren Garten herabgesunken wäre. Die Tropfen zerbarsten auf den Steinfliesen und spritzten wieder in die Höhe. In kurzer Zeit hatte sich die Welt in eine Wasserflut verwandelt.

Nach einer Weile begannen die Frauen vor Kälte zu zittern. Einige hatten Kleinkinder bei sich und drückten sie fest an ihre Brust. Gudrid machte sich Sorgen um Sölmund. Sie hörte Donner in der Ferne, der rasch näher kam, und Blitze zerrissen den Himmel. Sie spalteten die Wolken mit ihrem messerscharfen Licht.

Immer heftiger tobte der Sturm, aber die Frauen wagten nicht, sich von der Stelle zu rühren. Einige hatten ihr Haupt in Richtung

Mekka geneigt und flehten Allah um Hilfe an. Gudrid drückte sich fester an die Wand und bekreuzigte sich. Aber egal, ob man ihn als Allah oder Guten Gott und Jesus Christus anrief, die Gebete der Sklavinnen schienen nicht durch die Unwetterwolken bis zum Allerhöchsten in den Himmel vorzudringen, und beim nächsten Windstoß riss das Laubdach von den Stützen und flog über die Mauer davon. Trümmer des Dachgerüstes und zerborstene Stützen stürzten auf die Frauen herunter. Gudrid, die mit den Händen über dem Kopf zusammengekauert an der Wand saß, wurde an der rechten Schulter von einem schweren Ast getroffen. Sie schrie auf. Die alte Verletzung, die ihr der Seeräuber an jenem schicksalhaften Sommermorgen vor dreieinhalb Jahren zugefügt hatte, als er sie zu Hause auf ihr Bett stieß, war nie ganz ausgeheilt. Sie merkte, wie der Arm gefühllos wurde und alle Kraft aus ihm schwand. Wie sollte sie so in den Färbebottichen rühren?

Als das Unwetter sich endlich soweit gelegt hatte, dass sich die Frauen zu ihren Schlafquartieren vorwagten, war es stockdunkle Nacht geworden. Auch dort waren Stützen und Sparren zerbrochen, aber irgendwie hing der Großteil des Daches doch noch zusammen. Gudrid tastete sich langsam zu ihrem Lager vor und fand dort einen weinenden, vor Kälte zitternden Sölmund vor. Sie öffnete ihre Kleiderkiste und holte die zweite Hose des Jungen, einen dünnen Schal, einen Rock und ihren großen Schleier hervor. Alles war feucht. Sie kleidete Sölmund in Hose und Schal, schlüpfte selbst in den zweiten Rock und wickelte noch den Schleier um sie beide. Dann legten sie sich auf die durchweichten Strohmatten und zogen die nasse Wolldecke über sich.

Der Regen hörte die ganze Nacht nicht auf. Sie lagen lange Zeit eng umschlungen und zitternd vor Kälte und horchten in das tosende Unwetter. Als der Wind allmählich nachließ, wirkte das Trommeln einschläfernd, und sie dösten vor sich hin. Dennoch dauerte es noch lange, bis sie genug Wärme im Körper hatten, um richtig einschlafen zu können.

Gudrid und Sölmund wachten von den wärmenden Strahlen

der Sonne auf. Doch kaum war der Steinboden bis auf einige Lachen getrocknet, begann der Regen von neuem. Es regnete den ganzen Tag in dichten Strömen, und der Wind frischte wieder auf, der Sturm aber war vorüber.

Am dritten Tag nach dem Unwetter tauchten Sklaven auf, um zersplitterte Holzbalken fortzuschaffen und das Sonnendach im Färberhof zu reparieren. Den Sklavinnen wurde befohlen, einstweilen in ihrem Quartier zu bleiben. Und als die Männer auch dorthin kamen, um die Schäden auszubessern, hüllten sich die Frauen in ihre Schleier. Sie drängten sich in einer Ecke zusammen und standen dort wie ein Haufen lebender Säcke beisammen. Ein Eunuch wurde geschickt, um aufzupassen, dass sie kein Wort mit den Männern wechselten.

Im selben Augenblick, in dem die Sklaven den Hof der Frauen betraten, bemerkte Gudrid zu ihrer freudigen Überraschung, dass Augustin Söffrensson unter den Arbeitern war. Augustin war ein geschickter Handwerker, und es war eine Freude, ihm bei der Arbeit zuzusehen. Aber es schmerzte, ihn nicht ansprechen zu können. Sie verfolgte jede seiner Bewegungen mit den Augen. Er hatte eine große Schürze mit vielen Taschen, in der er seine Werkzeuge aufbewahrte, und Gudrid merkte, dass der Schreiner ihren Jungen zu erkennen schien, auch wenn Sölmund ein paar Zoll gewachsen und um einiges reifer geworden war, seit sich ihre Wege nach der Ankunft in der Stadt getrennt hatten. Augustin sprach den Jungen an, der in Richtung seiner Mutter zeigte. Sie hoffte, dass ihr Landsmann, der ein guter Freund Eyjólfs war, sie trotz des Schleiers erkennen würde.

Nach einer Weile nutzte Augustin eine Gelegenheit, sich Gudrid zu nähern, ohne dabei aufzuhören, mit dem Jungen zu sprechen. Sölmund verfolgte den Schreiner auf Schritt und Tritt und fragte ihn in einem fort aus. Der Handwerker gab ihm bereitwillig Antwort und fügte noch die eine oder andere Erklärung hinzu.

«Ich habe ein Päckchen für deine Mutter. Ob ich es wohl irgendwo hinlegen kann, ohne dass es jemand bemerkt?», fragte Augustin im selben Augenblick, in dem er an Gudrid vorüberging, die sich inzwischen unauffällig an den Rand der Frauengruppe bewegt hatte.

«Ich kann das Päckchen meiner Mutter bringen», antwortete Sölmund sofort, aber Augustin bat ihn, eine Strebe festzuhalten, die er als Abstützung an einer Säule anbrachte. Dann ging er einige Schritte zurück, wie um die Neigung des Balkens mit den Augen zu messen. Er ging wieder zu dem Jungen, schlug mit dem Hammer auf das Holz, um den Winkel ein wenig zu ändern und trat dann wieder ein paar Schritte zurück. Diesmal, bis er dicht bei Gudrid stand. Er legte den Hammer ab und schien in seiner Schürzentasche nach einem anderen Werkzeug zu suchen. Doch als er sich wieder nach dem Hammer beugte, schob er Gudrid blitzschnell etwas unter den Rand ihres Schleiers. Darauf ging er wieder zu Sölmund und nagelte die Stütze fest. Als er damit fertig war, ging er mit dem Jungen zur nächsten Säule, um dort die gleiche Prozedur zu wiederholen.

Gudrid setzte einen Fuß auf das Päckchen unter ihrem Schleier. Das Herz hämmerte ihr in der Brust. Sie wagte es um nichts in der Welt, sich sofort nach dem Gegenstand zu beugen.

Die Reparatur des Daches dauerte seine Zeit, und als die Sklavinnen begannen, sich eine nach der anderen hinzusetzen, nutzte Gudrid die Gelegenheit, setzte sich ebenfalls auf den Boden und tastete nach dem Päckchen. Dann steckte sie es rasch unter ihre Kleider.

Als die Dunkelheit des Abends sich über die Stadt gelegt hatte und sie mit Sölmund auf ihrer Matte lag, öffnete Gudrid mit zitternden Händen das Päckchen. Unter der Verpackung kamen einige Blatt Papier, ein kleines Tintenfässchen und eine gut gespitzte Feder zum Vorschein. Das Papier war an den Rändern feucht geworden, und sie beeilte sich, es zusammen mit der Tinte und der Feder wieder in das Tuch einzuschlagen. Dann versteckte sie es am Boden ihrer Kiste unter dem bunten Kopftuch, das sie an ihrem ersten Abend hier erhalten hatte. Der Regen hatte von neuem begonnen, und sie zog sich und Sölmund für die Nacht an. Sie zitterte und bebte am ganzen Körper. Diesmal aber nicht nur vor Kälte und Nässe, sondern auch vor übermächtigem Glück und Vorfreude. Wäre Brandur jetzt in ihrer Nähe gewesen, hätte sie ihn geküsst. Tränen der Dankbarkeit liefen ihr über die Wangen. Sie schloss Sölmund fest in ihre Arme, küsste sein Köpfchen wieder und wieder und trocknete ihr Gesicht an seinem Haar.

«Was war in dem Päckchen, Mama?», fragte er.

«Etwas, das uns vielleicht hilft, von hier wegzukommen», antwortete sie.

«Geld?», fragte er.

«Nein, Tinte und Papier, Sölmund.»

«Was willst du damit tun?»

«Deinem Vater einen Brief schreiben.»

«Kommt er dann und holt uns?»

«Ja, dann kommt er und holt uns.»

«Warum weinst du dann, Mama?»

«Vor Freude, Sölmund. Ich weine vor Freude.»

Gudrid schwirrten Wörter und Sätze durch den Kopf. Was wollte sie Eyjólf nicht alles sagen! Die Sehnsucht, sich alles von der Seele zu reden, übermannte sie fast. Sie wollte ihm von der Angst und der Sorge berichten, die Tag und Nacht an ihrer Seele nagten, wollte ihn aber auch Anteil haben lassen an dem, was es an diesem Ort Gutes und Schönes gab; von den grünen Hängen außerhalb der Stadtmauern wollte sie ihm erzählen, vom Palast, dem Obstgarten, den milden Wintern und dem Sonnenschein, dem Himmel und dem Sternenmeer. Vielleicht sogar von dem einen oder anderen Menschen. Wie konnte sie das, was ihr am Herzen lag, so schildern, dass er es verstand? Wie konnte sie das, was sie seit dem Tag, an dem sie die zornige Hand des allmächtigen Gottes auseinander gerissen hatte, durchgemacht hatte, auf wenigen Blättern zu Papier bringen?

Das Päckchen mit dem Schreibzeug hatte ihre Seele aufgewühlt. Sie tat bis in den Morgen kein Auge zu.

20

Sie hatte sich eine Öllampe besorgt und wartete darauf, dass Sölmund einschlief. Als sie sicher zu sein schien, dass auch die anderen Sklavinnen fest schliefen, stand Gudrid langsam von ihrem Lager auf, hüllte sich in ihren Schleier und schlich lautlos in den Garten hinaus. Der Himmel war bewölkt, kaum ein Stern war zu sehen, nur der Mond brach ab und zu hinter den Wolken hervor. Im Schutz der Bäume lief sie zum Badehaus, dem Hammam, wie die Einheimischen es nannten, und drückte sich an die Tür. Sie lauschte mit angehaltenem Atem in die Dunkelheit. Es war nichts zu hören als ein fernes Wasserrauschen. Im Hammam hatte bei Nacht niemand etwas zu suchen. Es war deshalb der sicherste Ort, der ihr eingefallen war, um den Brief zu schreiben.

Im Vorraum des eigentlichen Badehauses stand ein großer, mit glasierten Fliesen gekachelter Sockel. Auf diesem Sockel hatte sie nach dem Bad einmal geruht. Eigentlich hatte sie öfter als einmal dort gelegen, aber daran wollte sie jetzt nicht denken. Nur daran, dass er ihr als Schreibpult dienen sollte.

Sie stellte die kleine Öllampe auf den Sockel und zog mit zitternden Händen die Papierblätter unter ihrem Hemd hervor. Das Tintenfässchen steckte gut verschlossen in ihrer Tasche, und die Feder hatte sie im Saum ihres Rockes versteckt.

Sie legte das Papier wie eine Reliquie auf den Sockel und glättete es vorsichtig mit der flachen Hand. Die Bögen wölbten sich an den Rändern, an denen sie feucht geworden waren, leicht nach oben. Sie holte ein dickes Kissen und kniete sich darauf. Dann zog sie vorsichtig den Stöpsel aus dem Tintenfässchen und tauchte die Feder in die schwarzbraune Flüssigkeit. Sie strich den Tropfen von der Spitze an der Öffnung des Fässchens ab und hielt sie über das oberste Blatt Papier. Wie sollte sie diesen Brief beginnen?

Eyjólf.

Sie hatte seit vielen Jahren keine Feder in der Hand gehalten. Ob sie überhaupt noch schreiben konnte? Ihre ungeübte Hand zitterte vor Unsicherheit, aber sie versuchte sich, so gut es ging, zu bemühen, und malte langsam und sorgfältig die vier Striche, die den Anfangsbuchstaben *E* bildeten, auf das Papier. Dann hob sie die Feder an und betrachtete den Buchstaben. Er war ihr sauber und erstaunlich hübsch gelungen, und sie fügte das *y*, das *j* und *ó* und *l* hinzu. Aber als sie beim *f* angelangt war, fiel ihr eine Träne von der Nasenspitze genau auf das, was sie geschrieben hatte, und verwandelte die Buchstaben in einen rotbraunen Klecks.

Eyjólf. Oh, Eyjólf.

Sie legte die Feder weg und wischte sich mit dem Handrücken über die Nase. Was sollte sie ihrem Mann nach dreieinhalb Jahren in der Fremde schreiben? Sie hätte es sich zuvor im Kopf zurechtlegen müssen. Was wollte sie ihm nach all der Zeit erzählen? Alles, was sie erlebt hatte? Alles, was sie mit angesehen und durchgemacht hatte? Nicht zuletzt auf diesem Sockel, an dem sie kniete?

O nein! Großer Gott, stehe ihr bei! Niemals könnte sie ihm etwas davon schreiben. Nie sollte Eyjólf auch nur eine leiseste Ahnung davon bekommen, was man ihr angetan hatte. Zuallerletzt, dass sie jemals auf einem Sockel wie diesem gelegen hatte. Eyjólf durfte nie erfahren, was das bedeutete!

Sie schob die Blätter von sich weg und verschloss das Tintenfässchen wieder.

Wie hatte ihr nur einfallen können, ihrem Mann an diesem Ort schreiben zu wollen? Diesem Ort, der Erinnerungen an Sünde und brennende Schande wachrief. Sie musste woandershin gehen, irgendwo eine Fensternische oder eine Ecke finden, in der sie sich mit ihrem Schreibzeug verstecken konnte. Irgendeinen anderen Ort als diesen hier! Hier konnte sie Eyjólf keinen Brief schreiben! Die Schwierigkeit war nur, dass ihr kein anderer Ort einfiel, an dem sie sicher sein konnte, nicht plötzlich überrascht zu werden.

Das Badehaus war der einzige Platz in der Kasbah, wo sie sich bei Nacht verstecken konnte.

Sie kannte das Badehaus gut. Dorthin hatten die beiden schwarzen Sklavinnen, die zu Beginn ihrer Zeit in der Kasbah immer auf sie aufpassten, sie im ersten Winter ihrer Gefangenschaft eines Nachmittags geführt. Als sie begannen, ihr die Kleider auszuziehen, hatte sie gedacht, man wolle sie einmal mehr auspeitschen. Aber man hatte anderes mit ihr vor. Nachdem die Sklavinnen die Eingangstür zum Vorraum mit einem Riegel verschlossen hatten, zogen sie sich selbst bis auf einen kleinen Lendenschurz aus. Dann öffneten sie die Tür zum eigentlichen Baderaum, und heißer Dampf schlug ihnen entgegen. Sie erstarrte vor Angst. Wollte man sie lebendig kochen? Sie hatte oft bemerkt, wie Rauch aus einer Öffnung oben an der Kuppel des Badehauses aufstieg, und sich gefragt, was dort gekocht würde. Aber es roch in seiner Nähe nie nach Essen. Es war mehr wie Rosenduft. Sie hatte Menschen dort hineingehen sehen, Männer an manchen Tagen, Frauen an anderen. Die Leute schienen stundenlang im Hammam zu verweilen und kamen mit zufriedenen Gesichtern, roten Wangen und glänzend nassem Haar wieder heraus. Sie hatte sich vorgestellt, dass die Menschen dort drinnen rund um kochende Töpfe voll duftender Kräuter saßen. Aber hier wurden weder Rosen und Lavendel noch Menschen gekocht. Der Hammam war ein praktisch eingerichtetes Haus mit vielen Kammern und Nischen. Aus Hähnen in der Wand floss Wasser. Wo es am heißesten war, konnte man vor lauter Dampf die Hand nicht vor den Augen sehen.

«Wir wollen dich baden», hatten die Sklavinnen gesagt. «Du sollst sauber werden.»

Das hatte sie verstanden, wenn ihr auch da noch nicht klar war, wozu.

Die Sklavinnen legten Handschuhe aus geflochtenem Hanf an, begossen diese mit duftendem Öl und begannen ihr damit Hals, Brust und Rücken, Lenden, Schenkel, Kniehöhlen, Waden und Knöchel abzureiben. Dann musste sie sich auf einen Sockel wie diesen hier legen, und sie massierten ihr den Rist, die Sohlen und sogar die Zehen. Sie winselte vor Angst, aber auch weil es schmerzte. Und doch tat es ihr gut. Und sie drehten sie auf den Bauch und rieben ihr mit den Handschuhen Rücken und Hüften, massierten und kneteten sie vom Nacken bis zu den Fersen wie Brotteig, und sie wurde weich und schlaff und schläfrig. Die Augen fielen ihr zu, und es war ihr egal, dass die Sklavinnen ihren Körper betatschten, wie sie wollten. Sie dehnten ihre Arme, zogen an den Fingern, massierten ihr Oberarm, Hals und Schultern, die von der schweren Arbeit der vergangenen Monate schmerzten. Sogar die Ohrläppchen wurden bedacht. Zum Schluss musste sie sich wieder auf den Rücken legen, und eine von ihnen zog ein schmales, scharfes Messer hervor, während die andere Gudrids Arme nahm und sie mit festem Griff nach oben hielt. Gudrid schrie entsetzt auf, als sich die Hand der Sklavin mit dem Messer einer Achselhöhle näherte. Wollte sie ihr den Arm abschneiden? Sollte sie zerstückelt werden?! War das irgendeine Art von Opfer? Angstschweiß trat ihr aus den Poren, und sie flehte um Gnade.

Als die kalte Klinge ihre Achselhöhle berührte, zuckte sie unwillkürlich zusammen. Sie spürte ein Brennen auf der Haut, und Blut trat hervor. Die Sklavin, die ihre Arme festhielt, gab ihr eine Ohrfeige, während sie die mit dem Messer mit Schimpfwörtern überhäufte. Dann hob jene den eigenen Arm und zeigte mit dem Messer auf ihre rasierten Achselhöhlen.

War es das, was sie vorhatten? Ihr das Haar unter den Achseln zu rasieren? Wozu?

Sie beschloss, keinen weiteren Widerstand zu leisten, und ließ die schwarzen Frauen gewähren. Sie schloss inzwischen die Augen und betete im Stillen, sie möchten sie nicht noch öfter schneiden. Als sie begannen, ihr auch das Schamhaar zu rasieren, bat sie die heilige Gottesmutter, sie möge ihr beistehen. Sie schämte sich zu sehr, um Jesus anzurufen. Sie war wie gelähmt in ihrer Ohnmacht und ließ die Demütigung über sich ergehen. Würden sie ihr als Nächstes das Kopfhaar abrasieren?

Aber die Sklavinnen ließen es damit genug sein. Sie richteten sie wieder auf und führten sie zwischen verzierten Säulen von einer

Kammer zur nächsten. Der Dampf wurde immer heißer. Schweiß floss an ihr herab, und die Sklavinnen kühlten sie, indem sie ihren Körper mit kaltem Wasser übergossen. Es strömte aus Hähnen an den Wänden in muschelförmige Becken. Gudrid konnte nicht anders, als ihre schöne Form zu bewundern. Sie genoss die Hitze und die Feuchtigkeit. Danach legten die Sklavinnen sie mit dem Rücken so auf den Sockel, dass ihr Kopf über den Rand ragte und ihr Haar in eine Schale fiel. Und als sie begannen, es zu waschen und die Kopfhaut mit duftendem Öl zu massieren, erfüllte sie ein tiefes Wohlbehagen. Sie spürte, dass sie lächelte.

Gudrid war lange in diesem Dampfbad. Sie hatte keine Ahnung, wie lange. Danach führten die Sklavinnen sie wieder in den Vorraum des Badehauses und legten weiche Kissen und ein Leinenlaken auf den Sockel. Und als sie sich auf das Laken gelegt hatte, begannen sie von neuem, ihren Körper mit Duftölen zu massieren. Dann schlugen sie sie in das Laken ein und sagten, sie solle schlafen.

Als Gudrid die Augen wieder öffnete, standen die Sklavinnen, nun bekleidet, neben ihr und reichten ihr in einem gläsernen Becher etwas zu trinken. Sie setzte sich auf und probierte das süße, köstliche Getränk. Danach brachten sie ihr frische Kleider. Ihren alten Kittel ließen sie einfach auf dem Boden liegen. Sie kleideten sie in eine weite grüne Leinenhose, eine hauchdünne weiße Bluse und eine mit Gold bestickte Weste. Dann zog eine der Sklavinnen einen Kamm aus ihrem Gewand und begann ihr das Haar zu kämmen. Sie fasste sie mit groben Händen an, und Gudrid verzog das Gesicht, aber allmählich genoss sie auch, wie ihr Haar zu Zöpfen geflochten wurde. Als die eine Sklavin ihr Haar fertig frisiert und hochgesteckt hatte, brachte die andere einen großen Spiegel mit breitem goldenem Rahmen und hielt ihn ihr vor das Gesicht.

Gudrid sah zum ersten Mal in ihrem Leben ihr Bild in einem Spiegel. Sie hatte es bisher nur in einem stillen Tümpel zu Hause auf den Westmänner-Inseln gesehen und wurde verlegen. Sie erkannte diese Frau nicht. Sie betrachtete das dunkle, hochgesteckte Haar über der gewölbten Stirn und den breiten, runden Augenbrauen und den dunkelblauen Augen. Die Nase war ein wenig hoch und lang, aber der Mund klein. Die Sklavinnen hatten ihre Lippen mit roter Farbe bemalt und zwei feine Linien entlang der Oberlippe gezogen. Gudrid sah Bestürzung und Erstaunen in ihrem eigenen Gesicht. Die Sklavinnen begannen zu lachen, und sie lachte mit, obwohl ihr nicht zum Lachen zumute war. Sie lachte ihrem eigenen Spiegelbild ins Gesicht und sah, wie die gesunden, ein wenig schiefen Zähne hervorblitzten. Sie schloss sofort wieder den Mund und blickte weg. Sollte das sie selbst sein? Sie hatte gedacht, sie sähe ganz anders aus! Sie mochte das Bild nicht, das man ihr in diesem Spiegel gezeigt hatte. War es vielleicht ein Trugbild?

Sie schielte wieder nach dem Spiegelbild. Aber noch bevor sie Zeit gehabt hätte, sich damit anzufreunden, nahm ihr die Sklavin den Spiegel weg und trug ihn an seinen Platz zurück. Sie stellte ihr neue, weiße Lederschuhe hin und reichte ihr einen großen weißen Schleier. Er sollte später das einzige dieser Kleidungsstücke sein, das sie behalten durfte. Ihr guter Schleier. Und die Sklavinnen zeigten ihr, wie sie damit ihren Körper verhüllen sollte, bis nichts mehr von ihm zu sehen war als die Augen. Dann führten sie sie aus dem Badehaus.

Es war inzwischen dunkel geworden, und einzelne Sterne glänzten am Himmel. Die Kühle der Nacht kroch ihr die Beine hoch, und ein leichter Schauer lief ihr über den Rücken. Sie spürte, dass die Sklavinnen sie nicht direkt zu ihrem Lager und zu Sölmund zurückführen würden, denn dieses ausgedehnte Bad und all die Körperpflege konnten nur die Vorbereitungen zu etwas anderem sein, das noch folgen sollte. Sie spürte eine nagende Angst in der Brust, und ein schlimmer Verdacht stieg in ihr hoch. Diese Angst wurde noch stärker, als man sie in den Säulengang des Palastes führte. Dorthinein hatte sie seit der Versteigerung der Frauen im letzten Sommer keinen Fuß mehr setzen dürfen. Und als man sie in ein prächtiges Gemach hinter dem Hof mit dem Brunnen führte, bestätigte sich ihre böse Vorahnung: Mitten im Raum, halb hinter einem Vorhang versteckt, stand ein riesiger Diwan, über den eine kunstvoll bestickte Decke gebreitet war. Eine Unzahl von Kissen und Polstern lag darauf. Neben dem Diwan befand sich ein niedriger Tisch, auf dem ein goldener Teller stand, und auf dem Teller waren eine Silberkanne und zwei Gläser mit dünnen Stielen. Daneben sah sie einen großen, verzierten Kessel. Er sah so aus wie jener, aus dem die Kaufmänner geraucht hatten, als die Sklaventreiber sie zum ersten Mal in dieses Haus geführt hatten. Am Fenster stand ein prächtig gekleideter Mann und spielte auf einer Art Laute.

Die Sklavinnen nahmen ihr den Schleier ab, falteten ihn sorgfältig zusammen und legten ihn auf ein Kästchen am Eingang. Dann riefen sie etwas in den Gang hinein, verneigten sich und zogen sich zurück.

Gudrid wartete in banger Spannung.

Der Mann trat aus dem Schatten einer Säule hervor. Er trug einen bodenlangen purpurfarbenen Umhang und einen weißen, federgeschmückten Turban. Auf jeder der Federn war ein schöner, kreisrunder blauer Fleck, der an ein Auge erinnerte. Das Gesicht des Mannes wirkte milder, als sie es in Erinnerung hatte, aber vielleicht war es auch nur der matte Schein der Lampe, der die harten Züge weicher erscheinen ließ. Der Mann trat auf Gudrid zu, nahm sie an der Hand und führte sie zu dem Diwan. Dann ging er an den Tisch, schenkte ein rotes Getränk ein und reichte ihr ein Glas davon. Das andere nahm er selbst in die Hand und forderte sie auf zu trinken. Gudrid nahm mit zitternden Händen gehorsam einen Schluck. Das Getränk schien dasselbe zu sein, das ihr auch die Sklavinnen im Hammam gegeben hatten. Es schmeckte gut. Nachdem er selbst einen Schluck davon getrunken hatte, forderte er sie auf, das Glas gemeinsam mit ihm zu leeren, und stellte dann die Kelche auf den goldenen Tisch zurück.

Danach setzte er sich zu ihr auf die Liege, fasste sie an beiden Händen und sah ihr tief in die Augen. Gudrids Herz begann zu rasen. Sie machte sich auf das Schlimmste gefasst. Aus dem Gesicht des Mannes las sie Entschlossenheit, und irgendwo ganz tief in den dunkelbraunen Augen lauerte ein Funken Grausamkeit.

Gleichzeitig kam es ihr vor, als ob sie beide von einem feuchten, seidenweichen Schleier umhüllt würden. Er hielt ihre Hände lange umschlossen, ohne ein Wort zu sagen. Als er sie endlich ansprach, schreckte sie hoch.

«Guri», flüsterte er, und seine tiefe, ein wenig heisere Stimme hatte einen verführerischen Ton bekommen.

«Guri?», wiederholte er fragend, und sie nickte und flüsterte mit gesenktem Kopf ihren Namen: «Gudrid.»

Er lächelte breit. Dann zeigte er auf sich selbst und sagte: «Ali. Ali. Ali Dey.»

Er verstummte wieder und versuchte ihren Blick mit seinen Augen gefangen zu halten. Sie wagte um nichts in der Welt, in diese durchdringenden Pupillen zu blicken, sondern sah fest entschlossen vor sich zu Boden. Er fasste sie am Kinn, hob ihren Kopf und führte sein Gesicht langsam näher an das ihre heran, bis seine Lippen ihre Wangen berührten. Dann strich er mit seinem Mund leicht darüber und flüsterte ihr etwas in Ohr. Sie spürte, wie sein Bart auf ihrer Haut kitzelte, und schreckte zurück. Er ließ ihr Kinn los, hielt aber ihre Hände fest umschlossen und sprach leise auf sie ein. Zugleich schob er ihr einen Ärmel der Bluse über den Ellenbogen hoch und ließ seine rauen Finger leicht auf ihrer Haut spielen. Ein Schauer lief ihr über den Rücken. Nicht vor Kälte wie draußen in der Nacht, sondern vor wohliger Erregung. Sie musste sich vor der List dieses Mannes hüten. Dann befiel die Angst sie wieder, und sie versuchte sich zu befreien.

Aber der Mann hatte Bärenkräfte. Er hielt sie fest. Er nahm ihre Hände, führte sie an sein Gesicht und ließ ihre Finger über die Narbe auf seiner linken Wange gleiten. Sie fühlte sich dick und wulstig an, und sie konnte nicht anders, als gegen ihren Willen danach zu schielen. Und damit hatte er sie in seiner Gewalt. Es war, als ob er mit irgendeiner magischen Kraft ihren Blick an sich zöge, bis dieser seinen braunen Augen begegnete. Sie konnte ihnen nicht entrinnen. Sie war in diesem weichen, feuchten Netz aus Samt gefangen, wie eine Fliege in einer Spinnwebe. Er brauchte ihre Hände nicht mehr festzuhalten. Er legte ihr einen

Arm um die Schulter, und zog sie an sich heran. Mit der anderen Hand öffnete er ihr die Bluse und legte seine heiße Hand auf ihre Brust. Er streichelte ihr die Brüste mit seinen rauen, großen Händen, hob sie an und drückte sie. Dann streifte er ihr die Bluse ab. Er hielt ihren Blick mit seinen Augen gefangen, strich ihr sanft über Arme und Schultern, ohne hinzusehen, öffnete ihr das Haar und ließ es über den Diwan fließen. Als er so weit gekommen war, ihr die Hose über die Lenden hinabzustreifen, löste er endlich seinen Blick von ihren Augen und ließ ihn über ihren ganzen Körper schweifen. Er betrachtete sie mit Wohlgefallen, legte ihr seine flache Hand auf den Bauch und strich ihr über den nackten Schoß, bis seine Hand zwischen ihren Schenkeln Halt machte. Mit der anderen öffnete er den Gürtel seines Umhangs. Die Brust des Mannes war mit dichtem schwarzem Haar bedeckt. Er richtete sich vor ihr auf und zeigte ihr sein steifes Glied. Dann murmelte er etwas und gab dem Lautenspieler mit einer Hand ein Zeichen, und dieser verschwand. Gudrid blickte wie gebannt auf den behaarten, nackten Körper Ali Deys. Sein Glied unterschied sich von dem Eyjólfs. Seine Eichel stand weiter hervor, glatt und glänzend. Der Mann war beschnitten. Er trug das Zeichen Mohammeds. Sie war im Begriff, sich dem Erzfeind ihres Glaubens zu unterwerfen!

Gudrid stieß einen Schrei aus. Doch da stürzte sich der Mann auf sie und hielt ihr den Mund zu. Sie wehrte sich aus Leibeskräften, wand sich unter ihm, trat mit den Füßen, kratzte und biss. Der Mann lachte zuerst noch, aber bald wurde er zornig und gab ihr eine so heftige Ohrfeige, dass ihre Kiefer aufeinander knallten. Er rüttelte sie, hob sie halb in die Höhe und warf sie auf den Diwan zurück. Er zwängte ihr die Beine auseinander und versuchte in ihren glatt rasierten Schoß einzudringen, während sie ihm mit aller Kraft den Weg dorthin versperren wollte. Sie schlug um sich, boxte auf ihn ein und stieß ihm schließlich mit voller Wucht ihre Stirn gegen die lange, gebogene Nase. Er brüllte laut, und versetzte ihr mit dem Handrücken einen Schlag auf die Schläfe. Dann wurde ihr schwarz vor Augen.

Als sie wieder erwachte, lag sie allein auf dem Diwan. Sie war nackt, nur halb mit ihrem Schleier bedeckt. Der ganze Körper tat ihr weh, und der Kopf schmerzte entsetzlich. Sie befühlte ihre Schläfe und ertastete geronnenes Blut. Sie hatte Blutgeschmack im Mund. Sie lag eine Zeit lang still und lauschte, während sie sich den Kopf zerbrach, wie sie von hier fortkommen könnte, zurück zu ihrem Lager, zu Sölmund. Bei dem Gedanken an ihren Sohn liefen ihr Tränen über die Wangen. Sie war geschändet worden. Ihr Junge durfte sie nicht in diesem Zustand sehen. Trotzdem musste sie so schnell wie möglich von hier fliehen. Sie zog den Schleier fester um sich und ließ sich vom Diwan gleiten. Die Kacheln des gemusterten Steinbodens fühlten sich kalt an, und sie suchte nach den Schuhen, die ihr die Sklavin am Abend zuvor gegeben hatte. Sie waren verschwunden. Sie schlich barfuß aus dem Raum in den Flur hinaus, auf der Suche nach dem Weg zu ihrem Lager.

Als sie aus dem Säulengang ins Freie trat, graute der Morgen bereits. Es regnete. Es regnete in schweren, dicken Tropfen, die senkrecht vom Himmel fielen. Sie hob ihm ihr schmerzendes, geschwollenes Gesicht entgegen und ließ es vom Regen waschen; sie öffnete den Schleier und ließ das kalte Wasser auf ihre Brüste und ihren Bauch trommeln. So blieb sie stehen, bis ihr Körper vor Nässe und Kälte ganz gefühllos geworden war.

Sölmund schlief, als sie schließlich zu ihm aufs Lager kroch. Sie krümmte sich neben ihm zusammen und gab Acht, ihn nicht zu berühren. Sie war besudelt. Trotz des himmlischen Bades im Regen war sie nichts als Dreck.

Als bald darauf die Herrin mit den schwarzen Sklavinnen an ihrem Lager auftauchte, wusste sie sofort, was ihr bevorstand. Sie erhob sich von der Strohmatte und folgte ihnen wortlos. Sie blieb an einem dicken Pfahl stehen, wo sie die Sklavinnen ihre Arme über den Kopf strecken und sie an einem Haken festbinden ließ. Ihre Herrin nahm selbst die Peitsche in die Hand. Dann folgten die Hiebe.

Gudrid hockte im Vorraum des Hammams. Die Erinnerung an diese Schreckensnacht, als sie ihr erstes Weihebad erhalten hatte und zum ersten Mal ins Gemach des Dey geführt worden war, ließ sie am ganzen Körper erschauern. Scham überfiel sie. Sie hätte sich dem Mann beinahe hingegeben. Aber auch wenn sie sich nicht gegeben hatte, er hatte sie sich genommen. Niemals könnte sie Eyjólf davon schreiben, noch von anderem dergleichen.

Sie rappelte sich auf. Trotzdem musste sie ihm schreiben. Wollte ihm trotzdem schreiben. Sie durfte sich nur nicht von den Schrecken ihrer Erinnerungen übermannen lassen. Musste die richtigen Worte wählen. Gott bitten, ihr die Feder zu führen. Das teure Papier bis zum Rand ausnutzen. Und sie musste sauber genug schreiben, dass Eyjólf den Brief selbst entziffern konnte. Lesen war nicht gerade seine Stärke. Es war nicht unwahrscheinlich, dass er zu jemandem gehen und sich den Brief vorlesen lassen würde, deshalb musste sie die Wörter mit noch mehr Bedacht wählen. Sie musste den Brief auf dieselbe Weise schreiben, wie er es verstand, ein Boot zu steuern: geschickt zwischen Untiefen und Schären hindurch. Doch die Nacht verging wie im Flug. Sie durfte keine Zeit mehr verlieren.

Gudrid öffnete das Tintenfässchen erneut, setzte die Feder an und begann den Brief langsam und zögernd:

Der Segen Gottes des Vaters, die Vergebung der Sünden und die Erlösung durch unseren Herrn Jesus Christus, der Trost und die Erleuchtung des Heiligen Geistes seien in, mit und über Euch alle Zeit, mein tugendreicher Herr und Ehemann Eyjólf Sölmundarson!

Es war ihr gelungen, ihn auf die richtige Weise anzureden.

Die Liebe unseres Gottes bewahre Euch an Leib und Seele! Gesundheit in Gott sei mit Euch alle Zeit! Ich küsse Eure Hände in Liebe und immer während Ergebenheit.

Sie hatte versucht, sich im Geiste sein Bild zu vergegenwärtigen, und abermals füllten sich ihre Augen mit Tränen. Sie musste Acht geben, dass sie nicht wieder auf das Papier fielen und ihr Gebet und ihre Liebesbezeigung auflösten. Sie sehnte sich so sehr nach seinen warmen, rauen Händen. Schnell fügte sie noch einen Segenswunsch hinzu. Die Anrede ging schon über eine halbe Seite, ehe sie merkte, dass sie sich beherrschen und mit dem Papier sparsam sein musste. Sie tauchte die Feder wieder in die Tinte und überlegte, was ihr Mann in ebendiesem Moment wohl machte. War nicht jetzt die Winterfangsaison in vollem Gange? Wie wohl das Wetter war? Wie der Fang? Würde er sich allein abschuften? – Wie mochte es ihm ohne sie ergangen sein? Hoffentlich gut. Auf jeden Fall besser als ihr, der elenden und geschändeten Sklavin.

Mein geliebter Ehemann! Obwohl ich arme Kreatur von Herzen wünschte, Euer Wohlergehen (das Gott in lang währendem Glück erhalten möge) zu sehen und zu begreifen, scheint es uns doch, dass dies unmöglich sei, woran man sehen könnte, dass wir von allen Völkern verachtete und von niemandem geliebte Kreaturen sind. Aber unser Gott liebt und erhält uns in seiner heiligen Liebe. Gott schenke Euch langes und reiches Glück, langes und reiches Wohlergehen, lange und reiche Gesundheit und Frieden und ein gutes und lange währendes Leben.

Sie hatte schon wieder begonnen, ihre Gebete für ihn niederzuschreiben. Sie sah Eyjólf vor sich, wie er ihr einst erschienen war, als sie mit den Pfarrerskindern auf der Flucht vor den englischen Plünderern gewesen war, sah ihn, wie er, bis auf die Haut nass, aus dem Nebel aufgetaucht war, jung und stark, und sie vor sich auf das Pferd gesetzt hatte. Ihr Retter. Sie erinnerte sich so deutlich, wie die Angst dem Gefühl der Geborgenheit gewichen war, und an die Wärme in seiner Umarmung, damals wie später.

Sie bedankte sich in vielen schönen Worten für all das Gute, das er ihr getan hatte, für seine Tugend und seine Treue. Wenn er sie doch jetzt retten könnte! Sie schwebte in großer Gefahr. Die größte von allen war, dass sie aufgeben könnte. Sie wollte laut um Hilfe rufen. Wünschte so sehr, dass er sofort käme. Sie hatte nicht mehr die Kraft zu warten. Sie war drauf und dran, die Geduld zu verlieren. Glaubte, zusammenbrechen zu müssen. Wusste aber zugleich, dass genau das nicht passieren durfte. Wenn sie irgendeine Hoffnung auf Befreiung aus der Sklaverei behalten wollte, musste sie vor allem Geduld und Ausdauer beweisen. Sonst könnte es ihr ergehen wie Anna Katrine.

Sie durfte nicht aufgeben!

Wir wissen, wovon wir schreiben.

Sie wusste auch, wovon sie nicht schrieb. Sie verschwieg, was ein Unbekannter nicht hätte lesen dürfen.

Was aber von meinem elenden Leben zu berichten ist, ist zuerst, dass ich hier in Barbarien ausharre, vor allem dank Gottes Gnade und besonderer Fürsorge, in einer türkischen Stadt mit Namen Areiel, bei einem Türken …

Sie brachte es nicht über sich, den Namen des Mannes zu nennen.

… bei einem Türken, der mich zu Anfang kaufte, zusammen mit meinem Kind, was mich zugleich traurig und glücklich machte in meiner Not. Und unter dieser von Gott verhängten und verdienten Strafe und des Kreuzes Last klage und leide ich täglich, ihn in solcher Not und Gefahr zu wissen, die uns auferlegt ist wegen unserer Sünden, aber ich freue mich in Gott zum Teil daran …

Sie tauchte die Feder in die Tinte. Wie konnte sie nur ihre Dankbarkeit dafür ausdrücken, dass sie ihren Sohn bis zu diesem Tag bei sich behalten durfte, während so viele ihrer Landsleute ihre Kinder in die Hände böser Menschen oder gar ins Grab verloren hatten? Was sollte sie Eyjólf von Sölmund anderes erzählen, als dass ihr Sohn bei guter Gesundheit war und ein viel versprechendes Kind wie stets zuvor? Sollte sie ihn etwa damit erschrecken, von der schlechten Behandlung zu erzählen, die der Junge hatte ertragen müssen? Sollte sie ihre Sorgen wegen der schädlichen Einflüsse erwähnen, denen er unter den Einheimischen ausgesetzt war, nicht zuletzt im Umgang mit den Kindern? Dass er einmal gesagt hatte, es gäbe keinen Gott außer Allah?

Nein, auch das durfte sie niemals zu Papier bringen. Sie musste sich beherrschen in ihrem Wehklagen. Sie wollte schreiben, wie sehr es sie freute zu sehen, dass Sölmund mehr und mehr seinem Vater gleiche. Sie wollte erzählen, wie tüchtig er bei jeder Art von Arbeit sei; wie hell sein Kopf und wie unterhaltsam seine Rede. Dass sie stolz sei, wie gut er sich schon in der Sprache der Einheimischen verständigen könne.

An der Sache war allerdings der Haken, dass er manchmal kein Isländisch mit ihr sprechen wollte, vor allem dann nicht, wenn ihm etwas Besonderes am Herzen lag und er von etwas Neuem, das er gelernt oder gesehen oder gehört hatte, erzählen musste. Sie konnte sich manchmal ein Lächeln nicht verkneifen, wenn er dann beide Sprachen vermischte. Das klang so komisch!

Aber wahrscheinlich wäre es nicht ratsam, das Letztere zu erwähnen. Eyjólf und andere, die den Brief lasen, könnten meinen, sie wäre keine gute Mutter, wenn sie nicht darauf achtete, dass ihr Sohn sich die Sprache und den Glauben seiner Väter erhielt.

Sie zog die Feder aus dem Tintenfässchen und strich den Tropfen am Rand des Glases ab. Als die Spitze der Feder das Papier berührte, drang plötzlich das schrille Krähen eines Hahnes zu ihr herein. Sie zuckte zusammen, und der Buchstabe geriet zu einem großen Klecks. Sie hatte nicht bemerkt, dass die Morgenröte aufgezogen war. Die Sonne würde sich bald über die Hügel auf der anderen Seite der Bucht im Osten erheben. In Kürze würde die ganze Stadt auf den Beinen sein, und sie hatte den Brief noch lange nicht zu Ende gebracht. Sie hatte zu Beginn zu sehr getrödelt. Ihre ungeübten Finger waren zu steif, und sie konnte nicht die rechten Worte finden. Und was sollte sie denn Eyjólf auch schon erzählen! Was sie durchgemacht hatte, war so befremdlich, dass er es unmöglich verstehen konnte.

Sie löschte rasch die Lampe und pustete auf die letzten Zeilen, damit die Tinte schneller trocknete. Ihre Hände zitterten, als sie die dicht beschriebenen Bögen vorsichtig übereinander legte und wieder unter ihrem Hemd verbarg. Sie schob die Feder schnell in ihren Rocksaum, verschloss das Tintenfässchen sorgfältig und steckte es in die Tasche. Dann schüttelte sie noch das Sitzkissen auf, auf dem sie die ganze Nacht am Sockel gekniet hatte, und brachte es an seinen Platz zurück. Nachdem sie kurz durch die Tür des Badehauses gespäht hatte, schlüpfte sie hinaus und lief lautlos durch den Garten bis zu ihrem Lager und Sölmund. Hoffentlich hatte sie niemand gesehen! Das Herz hämmerte ihr in der Brust, während sie den Brief und das Schreibzeug in ein Tuch einrollte und am Boden ihrer Kiste versteckte. Dann legte sie sich neben ihren Sohn und bat Gott, ihr eine zweite Gelegenheit zu geben, den Brief zu beenden und ihn aus dem Haus zu schmuggeln. Sie hatte kaum die Augen geschlossen, als der erste Gebetsruf vom Turm der Moschee ertönte. Bald würde man sie vom Lager hochscheuchen.

21

Nach drei Nächten hatte sie den Brief beendet. Nun war das Papier voll geschrieben und doch das meiste von dem, was sie hatte sagen wollen, noch ungesagt. Sie las alles noch einmal durch und entdeckte Fehler und einiges, was sie anders hätte sagen wollen. Sie versuchte, manches auszubessern, durchzustreichen und zu ändern, merkte aber, dass sie alles nur noch schlimmer machte. Sie musste diesen Brief, so unvollkommen er war, absenden. Es schmerzte, so wenig berichtet zu haben, jetzt, wo sie endlich die Gelegenheit gehabt hatte, sich alles von der Seele zu reden. Hätte sie Eyjólf nicht zumindest etwas mehr von Sölmund erzählen sollen? Vielleicht würde es ihn freuen zu hören, welch gute Hand sein Sohn für Tiere hatte? Sie öffnete den Brief wieder und kritzelte auf den Rand, dass der Junge den Esel zum Freund habe, der Olivenkörbe von den Feldern der Bauern zu ihren Hausherren trage. Und manchmal spiele er mit einer kleinen Echse, die sich im Hof der Sklavinnen herumtreibe. Dann war alles voll geschrieben. Kein Platz mehr, um genauer zu erklären, was das für Tiere waren.

Sie faltete den Brief wieder zusammen und presste ihn an die Lippen, schloss die Augen und dachte an zu Hause. Dachte an Eyjólf und wie ihm wohl zumute sein mochte, wenn er den Brief in die Hände bekam. Natürlich würde er zuerst staunen, aber dann würde er breit lächeln und sich freuen. Sie sah seinen lächelnden Mund vor sich, seine dicken, weichen Lippen in seinem rötlichen Bart. Lippen, die sie so gern geküsst hatte. Selbst wenn sein Mund kalt und nass vom Meer gewesen war. Wie gern hätte sie jetzt das Salz von seinen Lippen geschmeckt. Und wie sie sich danach sehnte, zu küssen und geküsst zu werden!

Ihre Gedanken trugen sie im Traum bis zu ihrer sommergrünen Insel – obwohl dort jetzt Winter war –, hinein in ihren schlichten Grassodenhof und die kleine Stube mit den Betten unter den Fenstern. Sie war stolz gewesen auf die schöne Bettdecke, die sie damals während ihrer Verlobungszeit gewebt hatte. An ihrem Hochzeitstag hatte sie sie zum ersten Mal über ihr gemeinsames Bett gebreitet. Seitdem war sie die größte Zierde ihrer Stube. Sie war in zwei grauen Grundfarben gehalten, mit schwarzen und weißen eingewobenen Fäden, und hätte wohl kein besonderes Aufsehen erregt in den Häusern der Wohlhabenden dieser Stadt, wo farbenprächtige Teppiche mit kunstvollen Mustern Wände und Böden zierten. Aber zu Hause auf den Inseln war sie bekannt gewesen für ihre Handarbeitskünste, schließlich hatte sie bei der seligen Madame in Kirkjubaer Weben und Sticken gelernt. Sie stellte sich vor, wie Eyjólf sich mit ihrem Brief in der Hand auf ihr Bett setzte. Nachdem er ihn sich mehrmals hatte vorlesen lassen, kannte er den Inhalt jetzt auswendig. Nun würde er ihn in Ruhe ganz allein betrachten können. Würde er den Brief küssen? Würde er weinen vor Freude, dass sie noch am Leben war? Würde er mit dem Brief auf der Brust oder unter dem Kopfkissen einschlafen? Würde er ihn anderen zeigen?

Es quälte sie, nicht zu wissen, mit wem Eyjólf Umgang hatte. Sie hatte keine Ahnung, wer den Seeräubern entkommen war. Hoffte, dass unter ihnen sowohl Eyjólfs Bruder Jón als auch Jón Oddsson waren, der mit ihnen den Hof Stakkagerdi bewirtschaftete. Sie wusste nicht, wer zum Festland geflohen war, abgesehen von Lauritz Bagge und seinem Pack. Wusste nicht, wer überhaupt zurückgeblieben war, um das verwüstete Dorf wieder aufzubauen. War Kaufmann Bagge zurückgekehrt, oder hatte man von Dänemark eine neue, verlässlichere Obrigkeit auf die Inseln gesandt? Hatte man neue Dänische Häuser errichtet? Wer bewohnte die Inseln jetzt? Wer wohnte in Stakkagerdi?

Tief in ihrem Inneren schwelte der Verdacht, dass Eyjólf sich eine Haushälterin genommen hatte. Sonst würde er den Hof kaum bewirtschaften können – es sei denn, er hätte sich selbst als

Knecht bei anderen verdingt. Aber das entspräche kaum seiner Wesensart. Wenn Eyjólf noch am Leben war, musste eine andere Frau ihren Platz in Stakkagerdi eingenommen haben. Weiter wollte sie diesen Gedanken nicht verfolgen. Nicht wissen, welche Frau ihr Bett unter der Dachschräge zerwühlte. Nicht, wer die graue Decke glättete. Sich nur auf die Überzeugung konzentrieren, dass Eyjólf am Leben war. Sie war überzeugt, dass sie es spüren würde, wenn es nicht so wäre. Eyjólf lebte. Vielleicht dachte er eben gerade jetzt an sie.

Sie öffnete die Augen. Es fehlte noch die Adresse auf dem Brief. Die Tinte ging langsam zur Neige, es war nur noch ein kleiner Rest am Boden des Fässchens, der aber ausreichte, in deutlichen Buchstaben auf den Brief zu schreiben: An Eyjólf Sölmundarson, Seemann auf den königlichen Booten und Bauer in Stakkagerdi, Westmänner-Inseln.

Der Schreiner Augustin hatte ihr kein Siegelwachs mitgegeben, sodass sie sich damit begnügen musste, den Brief mit einem grünen und gelben Bindfaden über Kreuz zusammenzubinden. Das Garn hatte sie aus den Bündeln auf den Trockengestellen im Färbergarten gezupft und zu einem Faden gedreht, den sie in ihrer Tasche aufbewahrte. Sie strich mit dem Finger leicht über den Namen ihres Mannes und betete, dass er ihre Liebe und sehnsuchtsvollen Gedanken spüren möge, wenn er den Brief öffnete.

Dann steckte sie ihn in ihre Tasche. Als sie vom Badehaus durch den Garten lief, schien ihr der Morgenstern ungewöhnlich hell über den Hügeln im Westen zu leuchten. Sie nahm das als Zeichen, dass der Brief in Eyjólfs Hände gelangen würde.

22

In den ersten Tagen nach Beendigung des Briefes war Gudrid von einem sonderbaren Gefühl erfüllt. Auch wenn sie sich der Unvollkommenheit ihres Schreibens, der unbeholfenen Ausdrucksweise bewusst war, verspürte sie Erleichterung und eine merkwürdige Zufriedenheit. Etwas wie Siegesfreude. Sie fühlte sich, als ob sie eine Mauer durchbrochen hätte. Nicht die dicke Mauer, die die Kasbah umgab, sondern eine andere, unsichtbare Mauer, die ihre Seele umschlossen hatte und ihre Gedanken und Träume gefangen hielt. Sie hatte über die tägliche Mühsal aufgegeben, ihren Traum von einer Befreiung aus der Sklaverei zu nähren. Jetzt war neue Hoffnung in ihr erwacht. Es war ihr gelungen, die Sklavenhalter zu überlisten. Sie hatte im Schutz der Nacht einen Brief nach Hause geschrieben. Sie hatte sich bemerkbar gemacht.

Besser gesagt: Sie war dabei, sich bemerkbar zu machen.

Denn nachdem es ihr gelungen war, den Brief zu schreiben und ihn unter einer Diele zu verstecken, die sie aus dem Boden unter ihrer Strohmatte gelöst hatte, stand sie vor der nächsten Schwierigkeit. Sie musste einen vertrauenswürdigen Boten finden, der den Brief auf ein Schiff brachte. Und das war leichter gesagt als getan. Im Palast des Dey gab es niemanden, dem sie vertraute, also hatte sie nur zwei Möglichkeiten: entweder den Brief selbst aus dem Palast zu schmuggeln oder zu warten, bis einer ihrer isländischen Landsleute einen Auftrag im Haus ihrer Herrschaft auszuführen hatte und das Schreiben heimlich mitnehmen konnte. Doch das konnte lange dauern. Sie hoffte, der Schreiner Augustin Söffrensson würde einen Vorwand finden, um wiederzukommen. Oder Gudborg, die manchmal Brot brachte, wie etwa zur Fastenzeit der

Muselmanen. Aber das nächste Fasten begann gewiss nicht vor Mitte Sommer. So lange konnte sie nicht auf das Kommen von Gudborg warten! Also musste sie versuchen, selbst die Erlaubnis zu erhalten, die Mauern der Kasbah ohne Begleitung zu verlassen. Die Aussichten darauf waren allerdings gering. Man vertraute nur den dienstältesten Sklavinnen unbeaufsichtigte Botengänge in die Stadt an. Sie musste sich einen guten Vorwand einfallen lassen, um den Brief an Bord eines Schiffes zu bringen.

Die Tage vergingen, ohne dass sie Gelegenheit gefunden hatte, bei ihrer Herrin deswegen vorzusprechen, und langsam verließ sie der Mut. Vielleicht war es das Beste, bis Ostern zu warten, wenn sie wieder Erlaubnis bekäme, in die Kirche zu gehen. Dann könnte sie vielleicht Brandur Arngrimsson um Hilfe bitten oder die Brüder von Grindavik, die immer Rat zu wissen schienen. Männer hatten es in der Regel leichter, an den Fischerhafen oder zu den Kriegsschiffen hinunterzugelangen und mit irgendeinem Kapitän oder Admiral zu verhandeln. Es war nicht unwahrscheinlich, dass andere isländische Gefangene genauso dachten, und vielleicht könnte man mehrere Briefe zusammen absenden. Es wäre bestimmt das Beste, ihr Brief würde gemeinsam mit anderen auf ein Schiff gebracht.

Sie beschloss zu warten. Die Winterstürme waren vorüber, und der muntere Gesang der Vögel kündigte den nahen Frühling an. Sie überzeugte sich täglich, wenn sie sicher war, unbeobachtet zu sein, dass der Brief noch da war. Nicht einmal Sölmund sagte sie etwas von dem Versteck, aus Angst, er könne es aus Unachtsamkeit verraten; sagte ihm vielmehr, dass sie den Brief schon abgesandt habe.

«Wann bekommen wir dann einen Brief von meinem Papa?», fragte der Junge, und sie antwortete, dass das wohl noch dauern würde.

Eine Woche später fragte er abermals, und sie meinte, dass sie die Antwort frühestens in ein, zwei Jahren erwarten könnten. Er müsse Geduld haben.

Nach einer weiteren Woche kam Sölmund am Ende eines Arbeitstages mit der Nachricht, dass ein Isländer mit einer Kanne Öl zu ihnen in ihren Vorratshof gekommen sei. Der Mann hätte ihn gefragt, ob seine Mutter nicht vielleicht ein Briefchen geschrieben hätte, das weggebracht werden müsse, und er habe geantwortet, doch gewiss, aber den Brief habe seine Mutter bereits losgeschickt.

Gudrid schalt den Jungen für seine vorschnelle Antwort.

«Aber du hast es doch selbst gesagt», antwortete der.

«Ich hätte ihm trotzdem gern ein Schreiben mitgegeben. Wir armen Sklaven haben so selten Gelegenheit, von uns hören zu lassen», sagte sie barsch. «Du sollst niemals an meiner Stelle antworten, Sölmund.»

Sie packte ihn am Arm und schüttelte ihn kräftig.

Der Junge hatte beim plötzlichen Zornausbruch seiner Mutter Angst bekommen. Er machte sich los, kauerte sich auf das Lager und vergrub das Gesicht in seinen Händen. Gudrid bereute ihre Heftigkeit. Zugleich breitete sich Verzweiflung in ihr aus. Sie meinte, eine wichtige Gelegenheit verpasst zu haben. Als ob sich für einen Moment eine Tür in der Mauer geöffnet hätte, um sogleich vor ihrer Nase wieder zuzuschlagen. Es war nicht Sölmunds Schuld gewesen. Der hatte nur gesagt, was er für die Wahrheit hielt. Es war allein ihre Schuld.

Sie ging in den Garten hinaus und blieb unter einem Limettenbaum stehen. Die reifen Winterfrüchte schienen nur darauf zu warten, geerntet zu werden. Sie streckte ihren Arm aus, pflückte eine sonnengelbe, eiförmige Frucht und wog sie in der Hand. Sie drückte die Limette fest, drückte sie so lange, bis ihr der Saft durch die dicke Schale zwischen den Fingern hinuntertropfte. Sie wollte ihre Verzweiflung über die Kasbah hinausschreien. So laut schreien, dass man es über die Dächer der Stadt hörte, über die Hügel, die die Stadt wie eine zweite Mauer außerhalb der Stadtmauern umgürteten. Zum Himmel hinaufschreien. Hilf mir! Sie war eingesperrt wie ein Schaf im Stall, wie ein Affe im Käfig, wie ein Galeerensklave an die Ruderbank gekettet. Sie war eine Gefangene!

War Flucht denkbar? Diese Frage hatte sie sich schon hundertmal gestellt, ohne dass sie eine realistische Möglichkeit gesehen hätte, die sie nicht in kurzer Zeit das Leben kosten würde. Sie hatte von Fluchtversuchen aus der Stadt gehört. Die meisten hatten böse geendet. Nur ganz wenige waren entkommen. Meist versuchten die Sklaven, auf kleinen Booten zu fliehen, die sie im Geheimen in den Wäldern rund um die Stadt zimmerten. Manchmal wurden die Pläne entdeckt, noch bevor die Kähne im Wasser waren, und dann wurden die Unseligen durch die Stadt geschleift und zur Abschreckung anderer gehenkt oder öffentlich enthauptet. Wenn sie es aber schafften, in die Boote zu kommen, waren diese oft so wenig seetüchtig, dass sie schon kurz vor der Küste mit allen Mann an Bord versanken. Allerdings sollten einige wenige auch von christlichen Seefahrern geborgen und gerettet worden sein. Und irgendwo weit im Westen zwischen Algier und der Stadt Sale in Marokko gab es angeblich einen Ort namens Oran, der von katholischen Spaniern regiert wurde. Wenn die Sklaven es bis in diese Stadt schafften, waren sie gerettet. Der Landweg führte aber über ein großes Gebirge, in dem bewaffnete Räuber lauerten, und zur See gelangte man nur auf den großen Schiffen christlicher oder muslimischer Korsaren dorthin. Beides Wege, die nur Männern offen standen. Gudrid hatte dann auch kaum je von Fluchtversuchen von Sklavinnen gehört, abgesehen von der tragischen Geschichte der Sigrún Mikaelsdóttir aus den Ostfjorden. Sie setzte sich unter den Limettenbaum und dachte nach.

Die Sklavinnen begannen, sich zur Ruhe zu legen. Die beiden Schwarzen kauten Schilfrohr, um ihre weißen Zähne zu reinigen. Sie hatten ihr erzählt, dass sie aus einem Land weit im Süden, jenseits der Berge und der großen Sandwüste, die Sahara genannt wurde, kamen. Sie hießen Nabila und Hadia und waren als Mädchen von einer Kamelkarawane aus ihrer Heimat entführt worden. Der Zug durch die Sanddünen der Wüste hatte viele Wochen gedauert, wie Gudrids Fahrt über das Meer. In ihrer Heimat war der Wald angeblich so dicht, dass man vom Boden aus nicht die Sonne sehen konnte. Sie hatten am Rand des Waldes mit ihren Familien in kleinen Häusern aus Lehm unter Strohdächern gelebt, wo die

Menschen Ochsen, Schafe und Ziegen züchteten und ihre Felder bestellten. Dort gab es blutrünstige Raubtiere, Löwen und Panther, vor denen man sie gelehrt hatte, sich in Acht zu nehmen. Vor menschlichen Raubtieren, den arabischen Sklavenhändlern, hatte niemand sie gewarnt. Die vornehm gekleideten Kaufleute mit ihren großen Turbanen hatten ihnen eines Tages aufgelauert, als sie sich zu weit von ihrem Dorf weggewagt hatten, und seither hatten sie weder ihre Heimat noch irgendjemanden aus ihrem Stamm wieder gesehen. Es wäre ihnen niemals eingefallen zu fliehen.

Auch Gudrid könnte nicht fliehen. Für eine so gefährliche Unternehmung war Sölmund noch zu jung, und sie könnte ihren Sohn niemals allein an diesem feindlichen Ort zurücklassen. Sie musste ihre Ungeduld zügeln und eine günstige Gelegenheit abwarten, um den Brief aus dem Haus zu schmuggeln. Sie musste abwarten.

Sie stand auf und streckte sich nach einer anderen Limette auf dem Baum.

Dann ging sie zu ihrem Sohn und setzte sich neben ihn. Sie schälte das Obst und reichte dem Jungen ein Stück. Er verzog das Gesicht. Die Dunkelheit brach herein, und sie aßen Seite an Seite die saure Frucht, während am Himmel die ersten Sterne aufleuchteten.

23

Es würde keine Messe zu Ostern geben. Einer der Priester, der die Sklavenkirche des Ali Pegelin betreut hatte, war von seinen Verwandten in Lissabon freigekauft worden, der andere an einer Krankheit gestorben. Es war Gudrids Hausherrin, Adila, die ihr diese Nachricht überbrachte. Die Botschaft war ein harter Schlag, und es fiel Gudrid schwer, ihre Enttäuschung zu verbergen. Sie misstraute ihrer Herrin unwillkürlich, fragte sich, ob sie die Wahrheit sagte. Aber es war nichts Besonderes aus Adilas Gesicht zu lesen. Ihre Miene war hart und verschlossen, wie immer, wenn sie sich dazu herabließ, mit ihren Sklavinnen zu sprechen oder sie einer Antwort zu würdigen.

Das war am Morgen des Palmsonntags gewesen.

Gudrid ging wie jeden Tag in den Färberhof, nahm ihre Kelle und begann, das safrangelbe Garn zu rühren. Sie rührte und rührte, aber ihre Gedanken arbeiteten rascher als ihre Hände. Sie fragte sich, ob ihre Herrin irgendwie von ihrem Brief erfahren haben könnte. War es denkbar, dass sie den Priestermangel im Banjó des Ali Pegelin erlogen hatte, nur um zu verhindern, dass ihre Sklavin wieder ihre Landsleute traf? War es nicht unwahrscheinlich, dass sich unter den Tausenden von Sklaven in der Stadt kein Priester finden ließ? Sie hätte ihrer Herrin eine solche Gemeinheit durchaus zugetraut. Und was, wenn es zu Weihnachten noch immer keinen Priester gab? Der Gedanke, dass sie ein Jahr oder mehr warten müsste, um ihren fertig geschriebenen Brief auf den Weg nach Hause zu schicken, war schlicht unerträglich. Sie musste einfach einen Weg finden, wie sie ihn aus der Kasbah schmuggeln konnte. Es ging nicht nur um ihr und Sölmunds Leben, sondern auch um das Seelenheil ihres Sohnes. Er sprach schon viel zu oft über Mohammed. Sie wollte ihren Sohn gegen die Einflüsterungen der Anhänger dieses falschen Propheten schützen. Sie müsste ihn mehr von Christus lehren als nur die Worte des Gebets, die sie jeden Abend vor dem Einschlafen gemeinsam sprachen. Aber womit nur? Sie besaß doch weder Buch noch Bibel! Sie hatte, seit sie an diesen Ort verschleppt worden war – außer dem Weihnachtsevangelium auf Dänisch im letzten Jahr –, das Wort Gottes nicht mehr aus dem Mund eines Priesters vernommen. Und sie war nicht sicher, ob sie die Evangelien gut genug kannte, sich richtig an deren Wortlaut erinnerte. Wie sollte sie sie da ihren Sohn lehren? Dürfte sie selbst die Lücken füllen, wenn sie das Gedächtnis im Stich ließe? Oder wäre das Gotteslästerung?

Sie blickte zögernd in den strahlend blauen Himmel hoch. Nirgendwo ein dunkler Streif zu sehen. Nirgendwo der zornig erhobene Finger Gottes aus einer Gewitterwolke. Es würde wohl angehen, es zu versuchen.

Den Rest des Arbeitstages bemühte sie sich, einzelne Verse des Psalms vom Palmsonntag, den sie in ihrer Kindheit auswendig gelernt hatte, aus ihrem Gedächtnis hervorzukramen.

24

Am Abend des Montags war Gudrid dabei, mit Sölmund zu wiederholen, was sie ihm am Sonntagabend beigebracht hatte. Sie hatten eben gemeinsam einige Verse aus dem Graduale aufgesagt, als ihre Herrin erschien.

«Das ist ein hübscher Junge, den du hast», sagte die Frau und blickte ihren Sohn mit forschendem Blick an. «Wie alt ist er?»

«Er wird diesen Sommer acht», antwortete Gudrid.

«Kann er etwas?», fragte die Frau.

«Was meint meine Herrin damit?», fragte Gudrid.

«Kann er etwas auswendig?»

«Sag die Verse auf, die du gelernt hast, Sölmund», forderte ihn seine Mutter auf.

Der Junge blickte erst verlegen zu Boden, begann aber dann, den Psalm laut und deutlich vorzutragen.

Als Jesus nach Jerusalem
auf einem Esel in die Stadt ritt ein …

Der Junge sagte eine Strophe nach der anderen auf, und seine Mutter verfolgte stolz den Vortrag ihres Sohnes.

«Was bedeutet das?», fragte die Herrin.

Gudrid zögerte, bevor sie antwortete: «Das bedeutet, dass Gott gut ist.»

«Kannst du Arabisch?», fragte die Frau und wandte sich direkt an Sölmund.

Der Junge antwortete ihr fließend in dieser Sprache.

«Gut», sagte die Frau. «Es scheint zu stimmen, was man mir

sagte. Das Kind scheint sehr aufgeweckt zu sein. Er sollte anfangen, etwas zu lernen.»

«Etwas zu lernen?», fragte Gudrid.

«Mathematik und Astrologie. Und den Koran.»

Gudrid verschlug es die Sprache. Sie wagte nicht zu widersprechen, aber was hätte ihre Herrin Schrecklicheres nennen können als den Koran?

«Ich bin es gewohnt, die klügsten Jungen hier aus der Kasbah am Unterricht in der Koranschule der Moschee teilnehmen zu lassen. Ich will deinen Sohn mitnehmen und ihm erlauben, die Medersa zu besuchen.»

Adila hielt Sölmund ihre Hand entgegen. Als er sie nicht ergreifen wollte, beugte sie sich zu ihm hinab und zog ihn auf die Beine. Der Kleine begann zu jammern.

«Ich will nicht mit der Herrin gehen, Mama», sagte er.

«Er ist noch zu jung, um die Schule zu besuchen», sagte Gudrid und versuchte ruhig zu bleiben.

«Er hat genau das richtige Alter», sagte ihre Herrin und führte Sölmund mit Gewalt davon. «Die Jungen in der Medersa sind alle so alt, wenn sie dort anfangen.»

«Mama!», rief Sölmund und streckte die Hand nach ihr aus.

Gudrid stand auf und lief hinter ihnen her. Sie bat ihre Herrin, ihnen etwas mehr Zeit zu geben. Der Junge wäre noch keineswegs darauf vorbereitet, seine Mutter zu verlassen.

«Unsinn», zischte Adila. «Natürlich will er in die Schule gehen. Du bist es, die ihm mit deinem Benehmen Angst einjagt.»

Gudrid rief hinter ihrem Sohn her:

«Sölmund! Halte an deinem guten Glauben fest! Und denk daran, die Verse zu wiederholen, die ich dir beigebracht habe!»

Als die Frau mit dem Jungen aus dem Hof der Sklavinnen verschwunden war, packte Gudrid die Verzweiflung. Es war ihre eigene Schuld! Sie hatte Sölmund den Psalm zu gut beigebracht. Es wäre besser gewesen, er hätte nichts gekonnt. Sie war zu stolz, zu hochmütig gewesen. Sie weinte die ganze Nacht.

Gudrid hörte die nächsten drei Tage nichts von Sölmund. Sie

versuchte die anderen Sklavinnen an den Färbebottichen zu fragen, aber keine wusste etwas. Am Donnerstag vor Ostern bemerkte sie ungewöhnlich viele Besuche im Hammam und sah, wie ihre Herrin im Kreise ihrer Palastmädchen mit gerötetem und glücklichem Gesicht von dort herauskam. Würde sie etwa diesen Gebetstag feierlicher begehen als sonst? Adila legte großen Wert auf das Freitagsgebet. An diesen Tagen bekamen selbst die Sklavinnen einen halben Tag zur Erholung von der schweren Arbeit frei, und jetzt stand als nächster Gebetstag der Karfreitag bevor. Er würde für Gudrid trauriger werden als je zuvor, denn sie war allein. Sie hatte ihren Sohn nicht mehr bei sich.

Gudrid lag nach der Arbeit mit dem Arm über den Augen auf ihrer Matte und versuchte, Schutz vor der Spätnachmittagssonne zu finden, als eines der Palastmädchen zu ihr kam.

«Dein Sohn bittet dich, zu ihm zu kommen», sagte das Mädchen.

Gudrid sprang auf und folgte ihm kreuz und quer durch den Palast, über Treppen und durch zwei Säulengänge, bis sie in den wunderbaren Obstgarten kamen, in dem Gudrid in ihrem ersten Herbst in der Kasbah krank dagelegen hatte; der Garten mit der Moschee und der Medersa, der Jungenschule. Sie war seither nicht mehr hierher gekommen. Er stand jetzt in voller Frühlingspracht, Vögel und Insekten schwirrten zwischen den Blüten und Blumen umher, die Luft war erfüllt von süßem Duft.

Das Mädchen blieb an einem Baum stehen und zeigte zwischen das Gebüsch ganz in der Nähe. Dort schlief Sölmund auf einer Decke. Gudrid lief zu ihrem Jungen und kniete neben ihm hin. Sie strich ihm über den Kopf und spürte, dass seine Stirn heiß war. Er schwitzte am ganzen Körper. Er murmelte etwas, bevor er die Augen öffnete. Dann blickte er zu seiner Mutter hoch und begann zu weinen.

«Mama», jammerte er, «Mama.»

«Bist du krank, Sölmund?», fragte seine Mutter besorgt.

«Es tut weh.»

«Wo tut es dir weh?»

Der Junge wiederholte, dass es ihm wehtue, und weinte noch lauter. Er legte die Hand auf sein Geschlecht.

«Die Männer nahmen mich, sie hielten mich fest, und dann schnitten sie …»

Der Rest ging in Schluchzen unter.

Seine Mutter zog ihm mit zitternden Händen die Hose hinunter und sah, dass sein kleiner Penis mit einem weißen Tuch verbunden war. Sie stieß einen Schrei aus. Sie sprang auf und stürzte auf ihre unschuldige Führerin los, schlug auf sie ein, schrie:

«Nein, nein, nein!»

Das Mädchen rannte erschrocken davon. Gudrid stürzte hinter ihm her und schrie ihm Schimpfwörter nach.

Dann kehrte sie wieder zu ihrem Sohn zurück, kniete bei ihm nieder, nahm ihn in die Arme, drückte ihn an ihre Brust. Sie weinten beide, weinten, bis der Abend des Karfreitags dämmerte.

Die nächsten Tage verrichtete Gudrid ihre Arbeit wie eine Schlafwandlerin. Sie rührte kraftlos mit der Kelle im Bottich und war oft nahe daran, ohnmächtig zu werden. Der Schmerz in der Schulter war wieder stärker geworden, und es fehlte ihr an Kraft, das schwere Garn in Bewegung zu bringen. Ein ums andere Mal entglitt ihr die Kelle aus den Händen, und die Sklavin, die die Arbeit überwachte, versuchte sie mit Schlägen anzutreiben. Aber es war zwecklos. Sie konnte die Kelle nicht mehr halten. Keine Peitschenhiebe der Welt vermochten sie mehr auf die Beine zu treiben. Man ließ sie einfach in ihrem Elend liegen.

In diesem Frühling kamen zwei neue Sklavinnen in den Hof. Die eine war groß und hatte helle Haut und sagte, sie heiße Helga van Wijk und käme aus Holland. Die andere war sehr klein und hatte zarte Glieder, ein dunkles Gesicht und schwarzes Haar und große, mandelförmige Augen. Es waren die schönsten Augen, die Gudrid je gesehen hatte. Der Name des dunklen Mädchens war aber so lang, dass Gudrid nur den letzten Teil, Saria, behielt. Saria kam aus einem Land, das Siam hieß. Die beiden Mädchen waren auf einem Ostindien-Handelsschiff vor der portugiesischen Küste gefangen genommen worden. Helga war die Tochter des Admirals, Saria ihre Dienerin. Den Admiral hatten die Seeräuber in das Verlies der Stadt geworfen und die Schiffsmannschaft und die Passagiere auf dem Sklavenmarkt verkauft. Helga musste Gudrids Kelle am Färbebottich übernehmen, während Gudrid zusammen mit dem Mädchen aus Siam einer neuen Arbeit zugeteilt wurde. Man führte sie in einen dunklen Saal, wo viele Frauen auf kleinen Schemeln vor großen Webstühlen saßen und Teppiche knüpften. Gudrid und Saria wurden je auf einen solchen Schemel gesetzt, und eine Frau spannte ein Blatt mit einem bunten Muster zwischen ihnen auf und drückte ihnen Garn in die Hand. Dann zeigte sie ihnen die Handgriffe. Sie band einen doppelten Faden um einen Kettfaden und knüpfte ihn fest. Dann nahm sie den nächsten Faden und machte es genauso. Knüpfen. Um den Faden legen. Knüpfen. Und festschlagen. Gudrid fand, dass sie sich schrecklich ungeschickt anstellte. Die vom Rühren mit der Kelle steif gewordenen Finger wollten ihr nicht gehorchen. Sie knüpfte mitunter ihre eigenen Finger fest. Das siamesische Mädchen hatte dagegen schlanke, geschickte Hände und lernte die Knoten schnell. Gudrid versuchte die Handgriffe von ihr abzuschauen, aber es wollte ihr nicht so recht gelingen. Die Frau, die ihre Arbeit überwachte, beschimpfte sie, zeigte auf das Muster und schlug Gudrid damit ins Gesicht. Sie kümmerte sich nicht darum. Seit man ihr Sölmund weggenommen hatte, konnten ihr Kleinigkeiten nichts mehr anhaben. Als sie am Abend aus der dämmrigen Teppichknüpferwerkstatt kam, war es dunkel. Sie war froh darüber. Es war ihr auch lieber, am Morgen in dieses Halbdunkel zu treten, als im sonnenheißen Hof an den Färbebottichen zu schuften. Sie wollte Dunkelheit um sich. Dunkelheit und Schweigen. Aber in der zweiten Junihälfte kam plötzlich eine Frau in diese Dunkelheit zu ihr. Der Ramadan hatte begonnen, und Gudborg, die ehemalige Magd von Ofanleiti, war von ihrem Herrn mit dem besonderen Brot gesandt worden, das zum Fasten gehörte. Sie hatte sich nach Gudrid erkundigt und erfahren, dass sie mittlerweile in der Teppichknüpferei arbeitete.

«Was für ein schöner Teppich, den du knüpfst», flüsterte Gudborg.

«Ich bin recht ungeschickt und langsam dabei», antwortete Gudrid. «Aber es ist mir lieber als die Schinderei im Färberhof.»

«Ich habe gesehen, wie Männer Felle färben», sagte Gudborg. «Sie stehen in den Bottichen und treten sie mit den Füßen. So färben sie die Felle und machen sie zugleich weich. Das sollten die Frauen auch tun. Es ist sicher viel schwerer, mit der Kelle zu rühren.»

Gudrid erwiderte, wenn man bis zu den Knien in der Färberlauge stünde, würden die Füße davon sicher aufgeweicht und wund.

«Ja, es gibt viele Arten von Plackerei», stimmte Gudborg zu. «Meine besteht allerdings nur darin, Teig zu kneten, Brot zu backen und es zu verkaufen. Das nenne ich ein gutes Los.»

Dann schmiegte sie sich dicht an Gudrid und sagte, sie hätte nicht viel Zeit.

«Ich sollte dich nur fragen, ob du einen Brief hast, den du loswerden musst», flüsterte Gudborg.

Gudrid nickte.

«Hast du ihn bei dir?»

Gudrid schüttelte den Kopf.

«Ich komme irgendwann in den nächsten Tagen wieder», sagte Gudborg und verabschiedete sich mit einem Kuss von Gudrid.

Es war zur Zeit der Mittsommernacht, als Gudborg wieder in der Knüpferei auftauchte. Sie setzte sich in der Dunkelheit zu ihr auf den Schemel und betrachtete das bunte Muster des Teppichs im Schein der Lampe. Sie bewunderte seine Farbenpracht und die sorgfältige Arbeit. Sie unterhielten sich flüsternd darüber, dass es nun in Island die ganze Nacht taghell sei, und lobten doch zugleich die Dunkelheit hier in der Teppichkammer. Als Gudborg aufstand und sich verabschiedete, war Gudrids Brief von einer Rocktasche in die andere gewandert.

DIE HEIMREISE

25

Es war, als ob sie auf weichem Moos ruhte. Die Augen geschlossen. Ein schwacher Duft von Heidekraut und Salz lag in der Luft. Dann fiel ein Schatten auf sie. Es war Eyjólf, der näher kam. Sie wartete darauf, dass er sich auf sie legte, wartete, sein Gewicht zu spüren, wie er sie in die weiche grüne Matte drückte, in sie eindrang. Aber er erschien ihr merkwürdig leicht. Er fühlte sich so leicht an wie die Feder eines Papageitauchers. Eine Daune. Sie umschlang ihn mit den Armen, drückte ihn an sich. Und doch war es, als ob ihre Arme keinen Widerstand spürten, sie drangen durch seinen Körper wie durch Luft. Nur sie selbst wurde schwerer und schwerer. Sie bekam keine Luft mehr unter ihrem Mann. Sie bat ihn, sich ein wenig zu erheben, wollte ihre Lage ein klein wenig verändern, aber er antwortete ihr nicht, presste sie nur fester und fester in das Moos mit der ganzen ungeheuren Kraft seines schwerelosen Körpers. Lavaspitzen bohrten sich durch das Moos in ihren Rücken, verletzten sie. «Eyjólf», stöhnte sie und öffnete die Augen und sah in das Gesicht ihres Mannes. Er weinte, Tränen strömten aus seinen Augen, die Nase tropfte. «Eyjólf», stöhnte sie wieder, «was bedrückt dich? Warum weinst du?» Er antwortete nicht, sondern führte seine Lippen an die ihren. Sie erwartete einen Kuss, aber stattdessen spie er ihr Meerwasser ins Gesicht. Ein salziger Schwall ergoss sich aus seinem Mund über ihren ganzen Körper. Sie wurde nass bis auf die Haut. Sie schrie auf. «Eyjólf!»

Sie fuhr von ihrem Lager hoch. Um sich herum pechschwarze Nacht; das Heulen des Windes. «Eyjólf!», rief sie, nass geschwitzt. «Eyjólf!»

Sie zitterte und bebte. Die Augen voller Staub, Sand zwischen den Zähnen. Die Winterstürme der letzten Tage hatten Sand über die Stadt getragen, feinen Staub aus der Sahara im Südwesten, der über das Gebirge schwebte und überall eindrang. Er legte sich in jede Falte ihres Gesichts, in Nase, Mundwinkel, Lippen, Augen und Ohren. Die Unterkunft der Sklavinnen auf dem Dach des Hauses bot wenig Schutz gegen den Sand. Man hoffte auf Regen, der das Sandtreiben stoppte. War es vielleicht ein Regentropfen gewesen, der sie geweckt hatte? Sie spürte etwas Feuchtes auf der Wange. Als sie die Matte, auf der sie schlief, anhob, wirbelte noch mehr Staub hoch, und sie fand einen kleinen Kieselstein, der den Stich in den Rücken verursacht haben musste. Es sei denn, sie hatte Gicht bekommen. Sie wurde älter. Würde bald achtundreißig, wenn sie die Jahre ihrer Gefangenschaft richtig gezählt hatte.

Es waren neuneinhalb Jahre vergangen, seit sie von den Westmänner-Inseln verschleppt worden war. Sie hatte in letzter Zeit viel an ihre Heimat gedacht, an den feinen Nieselregen und die leuchtend grünen Kuppen der Kliffs am Heimaklettur im klaren Licht des Sommers, die Meeresgischt, die an grauen Wintermorgen schäumend den schwarzen Felsen umspülte, den heulenden Sturm, der über die niedrigen Häuser fegte.

Dort war jetzt die Winterfangzeit, und sie musste oft an Eyjólf denken. Und trotzdem – sie hatte seit Jahren nicht mehr von ihm geträumt. Waren der Sand in Mund und Nase, die Regentropfen in der Luft oder der stechende Schmerz im Rücken schuld daran, dass ihr der Traum von Eyjólf zum Albtraum geriet?

Gudrid saß mit ausgestreckten Beinen auf ihrem Lager, lehnte sich an die Wand und lauschte in das Pfeifen des Windes: Sie versuchte, nicht an den Traum zu denken, aber sobald sie die entzündeten Augen schloss, erschien ihr wieder Eyjólfs Gesicht. Der Schwall Meerwasser aus Mund, Nase und Augen. Was bedeutete dieser Traum? Prophezeite er vielleicht Tod? Den Tod Eyjólfs? Oder etwa ihren eigenen? Der Schwall Wasser hatte sich über sie ergossen.

Träume haben keine Bedeutung. Das hatte ihnen einst der Priester eingeschärft. Träume haben keine Bedeutung. Und doch.

Hatte nicht Gudrun Ósvifursdóttir in der Laxdaela-Saga vier Träume gehabt, die ihr verkündeten, dass sie viermal heiraten und viermal Witwe werden würde? Wie waren Gudruns Träume gewesen? Sie glaubte sich zu erinnern, dass darin Wasser geflossen sei. War es Meerwasser gewesen? Oder Blut? Wenn sie doch jemanden danach fragen könnte. Jemanden, der ihren Traum deuten könnte. Auf der anderen Seite des kleinen Raumes schlief Nabila, die schwarze Sklavin aus dem Sudan. Es hätte wenig Sinn, mit ihr über Gudrún Ósvifursdóttir zu sprechen. Was bedeutete Wasser in einem Traum?

Schon seit sie vor ein paar Wochen bei der Weihnachtsmesse in der Sklavenkirche ihre Landsleute getroffen hatte, hatten Gudrids Gedanken keine Ruhe mehr gefunden. Damals waren drei Frauen mit einer lang ersehnten Kunde zur Mette erschienen: Sie waren frei! Gudrun Thórdardóttir, Gudny Jónsdóttir und Ranka Thórarinsdóttir. Und eine vierte Frau war ebenfalls freigekauft worden, Gudrún Eysteinsdóttir von Heidarhús. Außerdem wussten sie, dass die alte Ingibjörg Valadóttir und ihre Enkelin Ingibjörg Egilsdóttir von den Ostfjorden freigelassen worden waren. Und auch Jón Hallsson, der Wasserträger. Ihr Befreier war ein holländischer Mann, der Mitte letzten Sommers in die Stadt gekommen war. Dieser Mann hieß Wilhelm Kifft und hatte den Auftrag, im Namen Christians IV. über die Freilassung norwegischer, dänischer und isländischer Untertanen des Königs zu verhandeln – sofern die Entführten noch an ihrem guten Glauben festhielten und den Wunsch hätten, in ihre Heimat zurückzukehren. Die Frauen sagten, der Holländer sei ihnen wie ein Engel der Erlösung erschienen. Und noch andere waren befreit worden: Benedikt Pálsson, der Barbier von Thingeyri, und ein Enkel des seligen Bischofs Gudbrand von Hólar, der vor der spanischen Küste von einem hamburgischen Schiff entführt worden war, im selben Winter, als die Rebellen den Pulverturm in der Kasbah in die Luft gesprengt hatten. Ihn hatten seine Verwandten freigekauft, und er war bereits auf dem Weg nach Hause. Man hatte von hohen Summen gesprochen.

Gudrid hatte die Nachricht von den Freikäufen Wilhelm Kiffts so sehr aufgewühlt, dass sie kaum der Weihnachtsmesse folgen konnte. Es war ihre neuntes Weihnachten in Gefangenschaft, aber das erste, das der kleinen isländischen Gemeinde das Versprechen von Freiheit brachte. Die ganze Nacht war von nichts anderem die Rede gewesen als der möglichen Befreiung und Heimreise nach Island, und das weckte Erinnerungen an frühere Weihnachtsfeste zu Hause: Weihnachten bei Frost und Schneetreiben, in der Stille einer klaren Winternacht, im Kreise der Familie.

Trotz aller Petitionen und Briefe, die sie aus der Sklaverei geschrieben hatten, hatte keiner je Antwort bekommen. Sie nicht von Eyjólf. Ásta nicht von Hochwürden Ólaf, die Brüder von Grindavik nicht von ihrem Vater, Einar Loftsson nicht von seinem Bruder Jón, noch irgendein anderer, von dem sie wusste, dass er nach Hause geschrieben hatte. Viele waren nahe daran gewesen, die Hoffnung aufzugeben, ihre Heimat und Angehörigen je wieder zu sehen. Jetzt gab die Freilassung der sieben Isländer der schwindenden Hoffnung neue Nahrung.

Zweimal zuvor schon hatte eine Nachricht von Befreiern aus dem Norden unter den Isländern in Algier die Runde gemacht, aber alles hatte sich als Betrug und leere Versprechungen herausgestellt. Nach diesen Enttäuschungen hatten dann die Wortführer der Sklaven, Benedikt von Thingeyri, Brandur Arngrimsson, Halldór Gudmundsson und Jón von Grindavik, im vorigen Sommer einmal mehr einen Hilferuf an ihren gnädigen König verfasst, mit mannigfaltigen Beschwerden und Wehklagen. Darin beschuldigten sie die gottlosen Gesandten, die, statt isländische Sklaven freizukaufen, das Lösegeld für eigene Geschäfte nutzten. Als Supplement zu diesem Schreiben folgte eine Namensliste derer, von denen die Schreiber wussten, dass sie noch am Leben waren und treu an ihrem Glauben festhielten. Alles in allem die Namen von siebzig Männern und Frauen, darunter auch der von Gudrid. Die Briefschreiber erwähnten auch noch, dass sie von der Anwesenheit des Holländers in der Stadt wüssten, aber da er zu dem Zeitpunkt, als sie ihre Petition per Schiff absandten, erst eine einzige, fast wertlose Sklavin, die alte

Ingibjörg Valadóttir, freigekauft hatte, fürchteten sie, dass es sich einmal mehr um einen Betrüger handelte.

Zu Weihnachten war allerdings klar geworden, dass Wilhelm Kifft ein Mann von anderem Schlage war als seine Vorgänger. Und nach der Christmette hatten die Leute zu spekulieren begonnen, wie viel Geld der holländische Abgesandte des Königs wohl bei sich habe.

Wie viele würde er freikaufen können? Alle, die das wünschten? Nur die Hälfte von ihnen oder noch weniger?

Einar Loftsson hatte alle, die ein wenig Geld zusammengespart hatten, aufgefordert, selbst etwas zum Lösegeld beizusteuern.

Der nasenlose Witwer selbst hatte im Herbst 1632 das Glück gehabt, einem Engländer namens Colley zu begegnen. Dieser Mann hatte zwei Jahre, bevor er selbst den Türken in die Hände gefallen war, Fischfang vor Island und einen verbotenen, aber einträglichen Schleichhandel mit den Bewohnern der Westmänner-Inseln betrieben. Zu dem Zeitpunkt, als Einar ihn kennen lernte, war er aber bereits wieder ein freier Mann und Fischhändler in der Stadt Algier. Colley hatte eine isländische Konkubine, Björg Jónsdóttir, die er aus der schlimmen Gefangenschaft bei einem maurischen Kaufmann freigekauft hatte. Und dieses Mädchen war eine Cousine Einars. Der Zufall hatte es gewollt, dass der Engländer Björg schon einmal als junges, aufblühendes Mädchen im Haus ihres Vaters auf den Westmänner-Inseln gesehen hatte und sie dann in Algier an ihren blonden Zöpfen wieder erkannte, obwohl eineinhalb Jahrzehnte vergangen waren, seit er sie im Schein der Abendsonne eines isländischen Sommertages zum ersten Mal erblickt hatte. Es war Björg gewesen, die Colley dann gebeten hatte, ihrem entstellten Cousin zu helfen, und er hatte die Bürgschaft für ein Darlehen übernommen, mit dem sich Einar die Freiheit erkaufte. Um das Darlehen abzuzahlen, hatte sich Einar dann darauf verlegt, Mützen und isländische Seemannsfäustlinge mit zwei Daumen zu stricken, die guten Absatz fanden. Und er brannte auch Branntwein und verkaufte ihn den Kneipenbesitzern in den Banjós. Das Branntweinbrennen hatte sich bald schon als viel einträglicher als die Strickerei erwiesen, und so war es ihm gelungen, ein beträchtliches Sümmchen zusammenzusparen. Zuletzt war sogar genug übrig, um an anderen ein Werk der Gnade und Barmherzigkeit zu üben. Er hatte Oddny Thorsteinsdóttir freigekauft, vor deren Augen die Türken beim Überfall Mann und Kind den Kopf abgeschlagen hatten. Oddny hatte einen grausamen Herrn bekommen und hasste alle Türken und Mauren aus tiefster Seele. Sie hatte nach ihrer Befreiung dann das Glück gehabt, in den Dienst einer englischen Adligen aufgenommen zu werden, die von den Türken entführt und von ihrem König Karl I. freigekauft worden war, und war ihrer neuen Herrin nach England gefolgt. Es wurde gemunkelt, Einar und die Witwe hätten sich verlobt und er würde Oddny aus England abholen, sobald er das Geld für die Überfahrt beisammen hätte.

Es war der gemeinsame Beschluss der versammelten Isländer in dieser Weihnachtsnacht gewesen, dass drei Männer Wilhelm Kifft eine Namensliste übergeben sollten, ähnlich der, die man an den König gesandt hatte. Allerdings musste man an der Liste ein paar Änderungen vornehmen, denn vier der dort Genannten waren inzwischen verstorben, und die Namen von anderen waren zu deren großem Leidwesen nicht auf dem Supplement gelandet. So etwa die der Brüder Gudmund und Augustin Söffrensson und einiger Frauen, die gern freigekauft und erwähnt werden wollten, wie etwa Árny Jónsdóttir und die alte Ranka Gottsveinsdóttir. Jón Stullason hatte indes gesagt, er werde nicht an eine Heimkehr denken, bevor er nicht etwas über den Verbleib seines Sohnes herausgefunden habe, den man nach Tunis verkauft hatte. Und auch der Schreiber Halldór Gudmundsson hatte überraschenderweise zu zögern begonnen.

Offenbar würde es nicht jedem leicht fallen, diesen Ort der Qualen zu verlassen. Für die meisten war es dennoch die einzige Hoffnung auf Überleben, und so mancher machte sich Sorgen um die Zukunft. Nach einer Dürre im letzten Sommer war im Herbst die Ernte ausgefallen, und in der Stadt wurden die Lebensmittel knapp. Darunter hatten die Sklaven als Erste zu leiden. Viele waren in den Banjós bereits verhungert, unter ihnen auch einige Isländer. Die Leute waren gemeinsam in einem Grab beigesetzt worden, und man hatte Angst vor einer drohenden Seuche infolge der Hungersnot gehabt.

Das waren die Dinge, die die Menschen in der neunten Weihnachtsnacht ihrer Gefangenschaft bewegt hatten. Sie hatten sich gegenseitig Mut gemacht. Die Sehnsucht nach der Heimat geschürt. Hindernisse und Zweifel weggeredet.

Brandur Arngrimsson hatte Gudrid nach der Mette wie üblich nach Hause begleitet. Das hatte er getan, seit sie zum ersten Mal die Weihnachtsmesse besucht hatte, und Gudrid mochte diesen alljährlichen stillen Gang durch die Nacht. Sie spürte eine Vertrautheit in Brandurs Nähe. Manchmal flüsterten sie sich ein paar Worte zu, manchmal gingen sie schweigend nebeneinander her. In dieser Nacht war ihnen das Sprechen besonders schwer gefallen. Beide hatten ihren Gedanken nachgehangen. Jetzt, da die lang ersehnte Befreiung aus der Sklaverei endlich in greifbarer Nähe schien, tauchten neue Ängste und Ungewissheit auf. Wer würde zur Schar der Auserwählten gehören? Wer würde zurückbleiben? Und was folgte danach? Was würde sie zu Hause erwarten?

Gudrid hatte sich in mancher Hinsicht an den Aufenthalt an diesem fremden Ort gewöhnt. Trotz all des Hasses, den sie zu Beginn den Einheimischen gegenüber empfunden hatte, Hass und Abscheu, die auch heute noch beim geringsten Anlass aufflammen konnten, hatte sie die Qualitäten des Landes und des Klimas zu schätzen gelernt – wenn man von Stürmen wie dem gerade jetzt und der schlimmsten Sommerhitze absah. Sie schätzte die Art der Häuser und deren Bauweise, die immergrünen Wälder auf den Hügeln außerhalb der Stadtmauern, das gute Essen und das gesellige Leben unter so vielen Menschen. Sie hatte sogar einige Anständige unter ihnen kennen gelernt, wie etwa Nabila. Das eine oder andere würde sie wohl tatsächlich vermissen. Hätte sie sich das, als man sie vor fast einem Jahrzehnt in Ketten hier an Land trieb, vorstellen können? Sie fühlte sich wie eine Verräterin! Und wenn sie gerettet werden sollte, wie sie hoffte, freigekauft wurde und nach Hause fuhr, was würde dann aus Sölmund werden? Ihr zwölfjähriger Sohn war als Muselmane zu bezeichnen. Bald war es fünf Jahre her, seit man ihn seiner Mutter weggenommen und ihn von seinem christlichen Glauben abgebracht hatte. Bestand da noch die geringste Hoffnung, dass Sölmund mit ihr freigekauft werden würde? Wie würde Eyjólf sie empfangen, wenn sie ohne ihren Sohn nach Hause käme?

Sie waren vor der Tür des Harems von Ali Hakim, dem Bruder von Adila, stehen geblieben. Gudrid war ihrer Herrin in das Haus ihres Bruders gefolgt, nachdem ihr Herr, Ali Dey, beim Aufstand der Rebellen getötet worden war. Sie hatte Brandur angeschaut. Die harte Arbeit der letzten Jahre hatte Spuren hinterlassen. Sein wettergegerbtes, von Sommersprossen übersätes Gesicht war schmaler geworden. Das Haar war dünner und hatte graue Strähnen. Er hatte sich sehr verändert, seit sie sich an Bord des Sklavenschiffes zum ersten Mal begegnet waren. Würde ihn seine Verlobte wieder erkennen, wenn er nach Hause käme? Würde Eyjólf sie erkennen? Oder sie Eyjólf?

Gudrid vermochte sich Eyjólf unmöglich anders vorzustellen als so, wie er damals ausgesehen hatte. Aber wenn sie Brandur anblickte, wusste sie, dass auch Eyjólf älter geworden sein musste, und nicht mehr der dreißigjährige, kräftige und strahlende Mann mit dem steten Lächeln um den Mund war, den sie immer noch vor sich sah.

Gudrid hatte manchmal ihr Gesicht im Spiegel ihrer Herrin betrachtet und darüber gewundert, dass man ihr selbst ihr Alter kaum ansah. Ihr Haar war immer noch erdbraun und glänzend, die glatte Haut von der Sonne weder ausgetrocknet noch faltig. Nur die Gesichtsfarbe war dunkler, und sie war dünn geworden, seit Adila Witwe geworden war und keinen eigenen Haushalt mehr führen konnte. Ali Hakims Schwiegermutter und seine Lieblingsfrau Nour hielten die Sklavinnen kurz. Sie fragte sich, wie sie Eyjólf wohl jetzt gefallen würde.

Sie hatte gemerkt, dass Brandur in Gedanken weit fort war.

Vielleicht bewegten ihn ähnliche Gedanken, auch wenn er nichts sagte. Brandur hatte den Namen seiner Verlobten schon lange nicht mehr erwähnt. Er sprach auch nicht mehr von seinem Hof Eyjólfsbrekka im Fossártal. Er hatte aufgehört, von seinem früheren Leben zu reden.

Die Westmänner-Inseln. Die Ostfjorde. Wie würde es werden, dorthin zurückzukehren? Wie würde es sein, den Weg zum Haus hochzugehen? Welche Menschen würde sie dort antreffen? Würde man sie willkommen heißen? Würde eine neue Frau in der Tür stehen? Würden vielleicht neue Kinder auf der Hauswiese von Stakkagerdi herumtrippeln? Schnell vertrieb sie diese Vorstellung.

«Was wird aus Sölmund, wenn ich nach Hause fahre?» Die Frage war ihr unwillkürlich entschlüpft und hatte die Stille der Nacht zerrissen.

«Ich habe eben dasselbe gedacht», hatte Brandur geantwortet. «Was wird aus Sölmund, wenn wir beide nach Hause fahren?»

«Du trägst keine Verantwortung ihm gegenüber», hatte sie gesagt. «Auch wenn ich dir mein Lebtag lang dankbar sein werde, mit wie viel Liebe du dich meines Sohnes angenommen hast. Aber du darfst dich davon nicht abhalten lassen, nach Hause zu fahren, wenn sich die Gelegenheit bietet.»

«Du auch nicht», hatte Brandur rasch geantwortet.

«Für mich ist das anders. Ich bin seine Mutter.»

«Er ist nicht mehr dein Sohn. Du hast keinen Einfluss mehr auf ihn. Er träumt davon, Janitschar zu werden. Er ist jetzt einer von den anderen.»

«Das darfst du nicht sagen, Brandur! Er ist doch noch ein Kind! Man hat ihn mir mit Gewalt genommen! Er hat sich den neuen Glauben nicht selbst ausgesucht.»

«Was macht das für einen Unterschied?» Brandur hatte ihr direkt in die tränennassen Augen geblickt. Dann hatte er sich plötzlich weggedreht. Er hatte ihr schon den Rücken zugekehrt, als er «Gute Nacht» murmelte.

Sie hatten sich noch nie zuvor grußlos getrennt. Seit dieser Weihnachtsnacht schlief Gudrid oft unruhig, träumte schwer, und doch hatte sie bisher noch nie einen solchen Albtraum gehabt. Rief Eyjólf sie auf diese ungestüme Weise zu sich zurück?

Sie musste herausfinden, was aus Eyjólf geworden war. Musste auf die Westmänner-Inseln zurückkehren, musste ihren Ehemann finden. Sie wollte wieder die Schlüssel zur Vorratskammer in Stakkagerdi in die Hand nehmen, Eyjólfs Ehefrau sein wie zuvor. Ihrem Mann neue Fellhosen und Seemannskleider nähen. Er würde gute Überkleider brauchen, nicht zuletzt zu dieser Jahreszeit, wenn das Wetter im Norden unberechenbar war. Hoffentlich war die See ruhig. Der Traum hatte ihr Angst eingejagt. Sie hatte oft gesehen, wie sich vor den Westmänner-Inseln ein Unwetter über dem Meer zusammenbraute, wie sich die Wolken vor ihren Augen schwarz und bedrohlich aufblähten, sich schwer über den Himmel wälzten und sich im Handumdrehen in wildem Tanz mit den tosenden Wellen balgten. Sie hatte zugesehen, wie donnernde Brecher auf die Küste zurollten und an den schwarzen Felsen zerbarsten. Wie weiße Gischtfontänen hoch in die Luft spritzten, um sogleich wieder in die schwarze Tiefe zu verschwinden. Bei solchen Unwettern waren nicht einmal die Vögel in den Brutfelsen sicher. Dann hing das Leben der Fischer davon ab, rasch eine geschützte Bucht zu finden. Eyjólf hatte im Ringen mit dem Meer immer den Sieg davongetragen. Hatte immer heil das Land erreicht. Ihr Mann gehörte zu den tüchtigsten Seemännern der Insel. Der Name Eyjólf bedeutete «Inselwolf». Manchmal hatte er sie angeknurrt, um ihr zu zeigen, wie grimmig er war und wie furchtlos er den Kampf mit der See aufnahm. Er war gewiss schon längst Steuermann auf einem der königlichen Boote geworden. Ihr Inselwolf.

Unwillkürlich musste Gudrid lächeln.

26

Gudrid erwachte beim ersten Hahnenschrei und sprang von ihrer Matte auf. Sie weckte Nabila. Die Arbeit der Sklavinnen begann im Morgengrauen. Der Regen der Nacht hatte nicht lange angehalten, aber die Luft war ungewohnt kalt, und sie fröstelten. Sie legten ihre Kleider an, wuschen sich das Gesicht und schüttelten die Decken aus. Gudrid kämmte und flocht ihr Haar und schlug es mit dem Kopftuch ein. Nabila verbarg ihren kurz geschorenen Kopf unter einem bunten Tuch. Im selben Augenblick, in dem sie aus ihrer Hütte auf das Dach hinaustraten, drangen die Gebetsrufe von den Moscheen zu ihnen. In lange Umhänge gekleidete Männer kamen wie schwarze Schatten zum Morgengebet gelaufen. Das Tor zur Saphirmoschee lag genau dem Dach ihres Hauses gegenüber, und sie sahen im Schein des Lichtes, der durch die Tür nach außen fiel, wie die Männer ihre Schuhe von den Füßen streiften, bevor sie barfuß das Heiligtum betraten. Nabila kniete an der Hüttentür nieder und sprach ihr Gebet. Gudrid bekreuzigte sich. Dann liefen sie die gewundene Steintreppe hinab, eine jede zu ihrer Arbeit.

Nachdem Adila Witwe geworden war, hatte sich ihre Stellung um vieles verschlechtert. Und doch konnte sie sich glücklich preisen, beim Aufstand gegen ihren Mann und die Herrscher der Stadt mit dem Leben davongekommen zu sein. Die Rebellen hatten den Pulverturm in die Luft gesprengt. Die ganze Kasbah hatte gezittert und gebebt, und Steine und Holztrümmer waren auf die Menschen herabgeregnet. Die Laubdächer waren auf über schlafenden Sklavinnen eingestürzt, und überall ertönten Rufe und Geschrei. Feuer flammten auf, und die Festung erzitterte vom Kanonendonner. Der Lärm war ungeheuerlich. Gudrid hatte zusammengekauert in den Trümmern ihrer Unterkunft gehockt, hustend im schwarzen Pulverdampf, und für ihren Sohn gebetet. Als der Tag anbrach, hatten überall die Leichen der Janitscharen und Aufständischen gelegen. Den Dey hatte man ermordet in seinem Bett neben einer jungen Sklavin gefunden. Ein Teil der Festungsmauer war über dem angrenzenden Armenviertel eingestürzt, und die Kämpfe hatten sich in die Stadt ausgeweitet. Tausend Menschen hatten dabei ihr Leben verloren. Gudrid hatte Sölmund erst nach drei Tagen in den Ruinen des Vorratshofes gefunden. Das ganze Leben in der Kasbah war aus den Fugen geraten: Die Färbebottiche waren zerstört, und die Sklavinnen hatten sich stattdessen um Kranke und Verletzte kümmern müssen.

Bald danach musste die Witwe mit ihren Kindern und ihrem Gesinde aus der Kasbah ausziehen. Ihre einzige Zuflucht war das Haus ihres Bruders, und obwohl Ali Hakim einen großen Palast bewohnte, hatte Adila die Zahl ihrer Dienstboten verringern müssen. Nur zwei Sklavinnen folgten ihr, Gudrid und Nabila. Die meisten anderen Sklavinnen und drei der Ehefrauen des seligen Dey gingen als Erbe an dessen Bruder. Die fünfte Ehefrau war mit ihrem Sklaven geflohen.

Ali Hakim besaß vier Ehefrauen und seine beiden Brüder, Said und Hamis, jeweils drei. Jede der Frauen hatte eine Schar von Kindern, außer Badra, einer Frau des jüngsten Bruders, Hamis. Badra war sehr hübsch, aber sie war unfruchtbar, und man sah selten ein Lächeln auf ihrem Gesicht. Ständig hielten ihr die anderen ihre Kinderlosigkeit vor, und sie lief Gefahr, aus dem Harem ausgestoßen zu werden, obwohl sie die Lieblingsfrau Hamis' war. Er rief Badra fast jede Nacht zu sich. Gudrid hatte ihr manchmal selbst die Nachricht ihres Mannes überbracht und sie gemeinsam mit Nabila im Hamam gewaschen und massiert und ihren schön geformten hellbraunen Körper mit Duftölen für diese nächtlichen Besuche gesalbt.

Badra war bei den meisten Frauen im Harem unbeliebt. Sie beneideten sie um die Freiheiten, die sie sich nahm. Sie schlief bis in den Tag hinein, kümmerte sich nie um die Kinder und drückte sich vor den meisten gemeinschaftlichen Arbeiten. Dagegen verwendete sie viel Zeit darauf, ihr Haar hochzustecken und zu pflegen, Kleider und Kopftücher zu wechseln, und am Nachmittag saß sie in ihrem Gemach beim Saitenspiel. Manchmal sang sie getragene, wehmütige Lieder.

Gudrid hatte ab und zu gedacht, wie verlockend es wäre, ihre Rolle mit der Badras zu tauschen. Aber jetzt waren es nicht Wünsche dieser Art, die sie quälten, während sie am Brunnen stand und Wasser in einen Eimer schöpfte, um die glänzenden Böden des Hauses zu wischen, bevor die Frauen und Kinder aufstanden. Es war das unbändige Verlangen, diesen Ort zu verlassen und nach Hause zu ihrem Mann zurückzukehren.

Diesen Monat war sie mit dem Wischen an der Reihe, während sich Nabila darum kümmerte, Brennholz zu holen und unter den Töpfen in der Küche Feuer zu machen und zusammen mit den jüngsten Ehefrauen das Frühstück zuzubereiten. Beim nächsten Neumond würden sie die Rollen tauschen. Gudrid freute sich darauf, denn es war eine schwere Arbeit, alle Böden, Treppen und Gänge des Hauses zu reinigen, und dazu noch die Zimmer des Harems. Besonders im Winter, wenn die Stürme wie jetzt von den Bergen bliesen und diesen feinen Staub mitbrachten, der überall eindrang. Sie arbeitete hart, und bevor sie sich's versah, hatte sie zu schwitzen begonnen. Wieder und wieder strich sie sich mit dem Handrücken über die Stirn.

So hatte sich auch Eyjólf zu Hause auf den Westmänner-Inseln mit der Hand über die Stirn gestrichen, wenn er den Fisch verarbeitete, Dorsch und Leng ausnahm und einsalzte. Seine geschickte, kräftige Hand stach das Messer an den Kiemen hinein. Er schlitzte Fisch um Fisch den Bauch auf, zog die Eingeweide heraus und spülte die Bauchhöhle in Meerwasser. Dann wurden die Fische der Länge nach aufgeschnitten, flach ausgebreitet, eingesalzen und getrocknet. Oh, wie lange hatte sie keinen eingesalzenen Dorsch oder Leng mehr gekostet! Das Wasser lief ihr im Mund zusammen. Der Leng galt als große Köstlichkeit und wurde nur zu festlichen Anlässen gegessen. Man sagte, sogar der englische König würde den Leng besonders schätzen, genau wie Christian IV., der in ganz Europa als Schlemmer galt.

Und nun hatte es den Anschein, dass sich der gnädige König, neuneinhalb Jahre nachdem Freibeuter eines seiner fangreichsten Fischerdörfer in Island geplündert hatten, endlich seiner unglücklichen Diener erbarmt hatte. Es schien, der König hätte sich endlich an seine Pflicht erinnert und einen Mann gesandt mit Geld, um seine gefangenen Untertanen freizukaufen und ihnen die Heimreise zu ermöglichen.

«Eyjólf», dachte sie, «ich will wieder zu dir zurück nach Hause.»

Sie sah ihren Ehemann in Gedanken ständig vor sich, während sie sich abmühte, den Boden zu wischen, stellte sich ihn bei aller Art von Beschäftigung vor. Sah ihn im Geiste den Weg zum Haus hochgehen, mit einem Bund Fische in der Hand und der aufgerollten Angelschnur über der Schulter. Sein Seemannsgang hatte ihr schon immer gefallen. Sah ihn, wie er Netze entwirrte, wie er Segel zusammennähte. Sah, wie Sölmund auf seinen kleinen Beinen neben dem Vater stand und ihn bei der Arbeit beobachtete. Sah vor sich, wie Eyjólf Sölmund auf seine Schultern setzte und mit dem vor Freude kreischenden Jungen herumlief. Sah ihn, wie er einen Schafbock aus dem Pferch zog, wie er die Hauswiese mähte. Sah ihn ein Seil flechten. Sah ihn auf einem Pferd aus dem Nebel auftauchen. Sah ihn auf seinem Bett sitzen und den dicken Mehlbrei aus dem Essnapf löffeln, den sie ihm gefüllt hatte.

«Gottes Lohn für das Essen, meine Gute», sagte er, nachdem er sich mit dem Handrücken über den Mund gewischt hatte. Er reichte ihr den Napf, und sie hatte sich noch kaum von ihm weggedreht, als er sie von hinten um die Taille fasste und sie auf seinen Schoß setzte. Dann wanderten seine Hände unter ihren Rock.

Gudrid spürte, wie ihr die Erinnerung das Blut in die Wangen steigen ließ. Im selben Augenblick stieß sie mit dem Hinterteil gegen eine Säule und schreckte hoch. Es war, als ob Eyjólf von hinten nach ihr gefasst hätte. Sie stand auf und lehnte sich an die Säule, schloss die Augen und presste sich an sie.

«Eyjólf», flüsterte sie, «komm und hol mich.»

Sie drehte sich um und schlug die Stirn gegen den kalten Stein.

«Eyjólf, Eyjólf, Eyjólf.»

«Fehlt dir etwas, Gadda?»

Nabila stand neben ihr, mit einem Wasserkrug auf der Schulter.

Gudrid erschrak. Sie hatte ihre Kameradin nicht kommen hören. Nabila hatte einen besonders leisen Gang. Sie schwebte dahin, groß und majestätisch, mit zusammengepressten Schenkeln. Sie hatte Gudrid bei Nacht einmal leise anvertraut, dass es in ihrer Heimat Sitte sei, den Nippel in der Scham der Mädchen wegzuschneiden, damit er nicht wachse und länger als das Glied des Mannes werde. Danach wird die Öffnung zugenäht. Deshalb bekämen Frauen ihres Stammes diesen schwebenden Gang.

Gudrid versuchte Nabila anzulächeln.

«Ich habe heute Nacht von meinem Mann geträumt.»

«Ich verstehe», sagte Nabila voll Mitleid. «Ich träume auch manchmal von meinem Vetter. Wir wurden einander versprochen, als wir Kinder waren. Er müsste mich erst öffnen.»

«Das muss entsetzlich wehtun», antwortete Gudrid. «Hattest du nicht Angst davor?»

«Nein», meinte Nabila und lächelte ihr breites Lächeln. «Mein Vetter ist ein großer Krieger. Die Frau kann froh sein, die einen solchen Mann glücklich machen darf. Tat es weh, als dich dein Mann öffnete?»

«Nein, es tat nicht besonders weh», antwortete Gudrid. «Du weißt doch, in meinem Land sind die Frauen nicht beschnitten und zusammengenäht.»

«Aber ist dann die Öffnung nicht viel zu weit für deinen Mann?», fragte Nabila neugierig.

«Das glaube ich nicht», antwortete Gudrid und merkte, wie es sie verlegen machte, über solche Dinge zu sprechen. «Davon habe ich noch nie gehört.»

«Unsere Männer wollen die Öffnung eng haben», erklärte Nabila. «Der Mann muss sich den Körper der Frau gewaltsam unterwerfen.»

Dann schwebte sie auf ihren langen Beinen und mit dem Krug auf der Schulter durch den Garten davon.

Nach dem Frühstück nahm Adila ihre Sklavinnen mit auf den Markt. Sie sollten für sie die Waren nach Hause tragen. Die drei Frauen hüllten sich in ihre Schleier und gingen in die Stadt hinaus. Nur zwei Straßen weiter lag der Soukh, auf dem stets buntes Treiben herrschte: Händler priesen mit Rufen und Marktgeschrei Waren aller Art an, Hilfsburschen versuchten Käufer in ihre Läden zu locken, sie bückten und verbeugten sich mit einem Lächeln vor ihnen und zupften die Frauen an ihren Schleiern, um sie näher heranzuziehen. Man bot ihnen alles Mögliche zum Kauf an: Zierbecher und Schüsseln, kunstvoll gewebte Teppiche, Kleider und Stoffe. Ein süßer Duft strömte ihnen aus den rot, grün, gelb und schwarz gefüllten Körben der Gewürzhändler entgegen. Aber wozu Gewürze kaufen, wenn es in der Stadt beinah kein Fleisch gab? Die Frauen gingen zwischen den Verkaufsständen umher, auf der Suche nach Fleisch und Getreide, das ebenfalls knapp war. An diesem Tag drängten sich besonders viele Menschen auf dem Soukh, weil die Nachricht von einer Ladung Bohnen, die mit einer Karawane hereingekommen sein sollte, die Runde machte, und angeblich hatten einige Schafbauern aus der Kabylei eine kleine Herde den weiten Weg zum Schlachten in die Stadt getrieben. Vor den Tischen der Fleischhändler herrschte deshalb großes Gedränge. Die Kaufleute riefen und schrien und baten die Frauen, nicht zu drängeln. Sie würden das Fleisch rationieren, keiner bekäme mehr als ein viertel Schaf. Aber ihr Schreien zeigte wenig Wirkung. Die Frauen stritten, wer die Nächste sei, wer die meisten Mäuler zu stopfen habe, und drängelten weiter. Manche hatten hungrige Kinder dabei, und eine Frau mit einem Säugling auf dem Arm stieß Gudrid grob zur Seite und versuchte sich an ihr vorbeizudrängen. Sie versetzte Gudrid einen Stoß mit dem Ellenbogen in die Seite, dass sie zusammenzuckte. Gudrid packte die Frau am Arm, riss sie zu sich herum und fauchte ihr Schimpfwörter entgegen. Das Gesicht der Frau war verschleiert, nur die himmelblauen Augen blickten über den Rand des Stoffes hervor. Die Augenbrauen darüber bildeten einen schönen Bogen unter der breiten Stirn.

«Anna?!», entfuhr es Gudrid. «Anna Katrine!»

Sie hielt sich die Hand vor den Mund, um ihren bestürzten Freudenruf zu ersticken.

«Anna!»

Seit neuneinhalb Jahren lebten sie und ihre ehemalige Nachbarin in dieser Stadt, ohne sich je getroffen zu haben. Gudrid hatte zwar bei den Oster- und Weihnachtsgottesdiensten von Anna gehört, aber nie eine Nachricht von ihr erhalten. Sie niemals irgendwo erblickt. Anna hatte zu keinem ihrer Landsleute Kontakt, außer zu denen, die genau wie sie den Glauben der Einheimischen angenommen hatten. Aber Gudny von Sölvabaer hatte einige Zeit in ihrem Dienst gestanden und die Nachricht vom Reichtum Anna Katrines verbreitet.

Annas Augen starrten Gudrid an. Die Pupillen weiteten sich.

«Gudda?», stammelte sie leise hinter dem Schleier. Dann murmelte sie etwas, das Gudrid nicht verstand. Das Kind in ihren Armen war wunderhübsch, hatte goldfarbene Haut, dunkles Haar und blickte Gudrid mit den blauen Augen ihrer Mutter an. Plötzlich drehte sich Anna um und rief ihre Dienstmägde, die auf sie zueilten und ihr einen Weg durch das Gedränge bahnten.

«Anna!», rief Gudrid und versuchte hinter ihr herzulaufen. «Anna, warte!»

Aber Anna war bereits mit ihren Sklavinnen in der Menschenmenge verschwunden. Bei dem Gewimmel von Schleiern war eine Frau nicht von der anderen zu unterscheiden.

Zwei Tage später wurde nach Gudrid gesandt, als sie eben mit dem Reinigen der Böden fertig war. Eine Sklavin von Anna Jaspersdóttir war zu Gudrids Herrin gekommen, mit einem kleinen Blatt Papier. Auf dem Blatt war auf Isländisch eine Nachricht ihrer Hausherrin an Gudrid geschrieben. Adila reichte Gudrid das Papier mit einer Mischung aus Misstrauen und Neugier.

Bitte deine Herrin um Erlaubnis, mich zu treffen.
Meine Sklavin führt dich zu mir.
Anna Jasparsdóttir

Gudrids Hände zitterten. Sie ließ die Augen wieder und wieder über die Zeilen mit Annas steifer Handschrift gleiten.

«Was steht auf dem Blatt?», fragte Adila kalt.

Gudrid las die kurzen Sätze zuerst auf Isländisch vor, bemerkte dann ihren Irrtum und wiederholte sie auf Arabisch. Ihre Stimme zitterte dabei.

«Steht nicht mehr drauf?», fragte Adila. «Steht nicht da, was sie von dir will?»

«Nein», antwortete Gudrid.

«Wer ist diese Frau, die nach dir sendet?»

«Sie ist meine Nachbarin von den Westmänner-Inseln. Unsere Höfe standen nebeneinander», erklärte Gudrid leise. «Unsere Männer fuhren im selben Boot auf Fischfang.»

«Sie hatte also einen Mann dort oben im Norden!», sagte Adila hämisch.

«Ja», erwiderte Gudrid.

«Und du, hattest du auch einen Mann?»

«Ich habe einen Mann», antwortete Gudrid mit fester Stimme.

«Wer kann das wissen nach neun Jahren», sagte ihre Herrin trocken. Dann wandte sie sich an Annas Sklavin und fügte in schmeichlerischem Ton hinzu:

«Man sagt, die Frau des Andalusiers Ishamet sei eine schöne Frau. Stimmt es, was man behauptet, dass ihr Haar so weiß wie Flachs ist und glänzt wie die Strahlen der Sonne?»

«Man hat in dieser Stadt noch nie eine Frau mit so hellem Haar gesehen wie Ana Kara», sagte die Sklavin.

«Sieh an», sagte Adila. «Und stimmt es, dass diese, Ishamets Frau, gedroht hat, sich von ihm scheiden zu lassen, als er mit der

Frau von Konstantine nach Hause kam, weil sich die Männer in dem Land, aus dem sie stammt, nicht mehr als eine Frau nehmen dürfen?»

«Das weiß ich nicht», antwortete die Sklavin. «Aber so viel ist gewiss, dass Ishamet seine Frau sehr liebt.»

«Man sagt, dass es in ihrem Haus großen Reichtum gibt, seit sich Ishamet die Kamelherde des Ali Juba angeeignet hat.»

Die Sklavin bejahte, dass Ishamet ein reicher Mann sei.

«Ich bin neugierig, diese blonde Frau zu treffen und zu sehen, wie sie lebt», sagte sie zu Gudrid. «Ich will dich in den nächsten Tagen selbst zu deiner Freundin begleiten.»

Gudrid geriet bei dieser unerwarteten Ankündigung so außer sich vor Freude, dass sie vor ihrer Herrin auf die Knie fiel, ihre Hand umfasste und sie küsste.

«Nicht so stürmisch», sagte Adila barsch und zog die Hand zurück.

Dann schickte sie Annas Sklavin mit der Botschaft nach Hause, dass sie nach Ablauf einer Woche kämen.

Sie befahl Gudrid aufzustehen und weiterzuarbeiten.

«Morgen gebe ich dir Stoff für eine neue Bluse und eine feine Hose. Daraus kannst du dir neue Kleider machen. Deine Landsmännin soll nicht glauben, dass die Sklavinnen der Witwe des Ali Dey in Lumpen gehen», fügte sie schnippisch hinzu und schritt davon.

27

Eine Woche später verließen drei tief verschleierte Frauen das Haus des Ali Hakim. Beinah wären sie über die Leichen von zwei Bettlern gestolpert, die vor dem Tor lagen. Gudrid wich erschrocken zurück, während Adila einen Schwall von zornigen Schimpfwörtern über die Männer losließ, die so unverschämt gewesen waren, sich ihre Türschwelle als Sterbeort zu wählen. Sie drehte sich um und rief ins Haus zurück, dass man die Leichen wegschaffen sollte, dann gingen sie weiter die Straße entlang, die in Treppen und Terrassen nach unten führte. In den Ecken und Winkeln lagen Häufchen von gelbem Sand als Zeugen des großen Sturmes aus Südwesten, und vom Hunger gezeichnete Sklaven fegten die Gassen und Plätze sauber. Sie begegneten Männern in Ketten, die einen Wagen mit vier steifen Leichen zogen. Der Hungertod grassierte unter den Armen. Verwesungsgeruch lag in der Luft, und Bettler am Straßenrand streckten ihnen ihre knöchrigen Finger entgegen und flehten um Almosen.

«Gebt Almosen. Pflegt den Glauben und gebt Almosen.»

Adila versuchte erst, die Bettler abzuwimmeln. Schließlich gab sie aber auf, griff in ihr Gewand und legte einem eine Münze in die Hand.

«Die Gnade Allahs ist grenzenlos», stammelte der Mann und küsste das Geld. Dann fasste er nach Gudrids Schleier und wiederholte seine Litanei: «Pflegt den Glauben und gebt Almosen.»

Annas Sklavin schlug zornig nach dem Bettler und schalt ihn für seine Gier. Er hätte doch schon sein Almosen bekommen!

Aber auch wenn man auf die Hand eines Bettlers schlug, erschien sofort eine andere. Eine Frau mit verschleiertem Gesicht reckte ihren knochendürren Arm vor. An ihrem Schleier hingen drei kleine Kinder, die ihnen ebenfalls ihre mageren Händchen entgegenstreckten.

Gudrid schämte sich. Sie hatte nichts zu geben. Sie war selbst ein Bettelweib. Hatte selbst früher von Gästen im Palast des Dey Almosen angenommen. Sie hoffte, dieser Gang durch die Stadt möge so schnell wie möglich zu Ende sein.

Kurze Zeit später standen die drei Frauen vor einer großen grün gestrichenen Tür mit kunstvoll verziertem Rahmen. Etwas weiter oberhalb neben der Tür befand sich ein Fenstererker mit einem Gitter aus geschnitztem Zedernholz. Annas Sklavin zog an einem Band an der Tür, und im Haus erklang eine Glocke.

Es dauerte nicht lange, und ein Wächter öffnete die Tür. Er ließ sie ein, und Annas Sklavin führte sie in den Mittelhof und bat sie, dort auf ihre Herrin zu warten.

Gudrid hatte schon lange aufgehört, sich über die prächtigen Wohnungen der Fürsten in der Stadt zu wundern. Die Gewölbe der Seitengänge rund um den Hof ruhten auf weißen Marmorsäulen, und die Steinmetzarbeit an den Wänden darüber erinnerte an feines weißes Spitzenmuster. Über den Fensterbögen, die in einen kleinen Kräutergarten hinausführten, zierten Schmuckfelder die Wand. Auf manchen von ihnen waren Sonnenblumen und Rosen auf rotem und blauem Grund dargestellt, andere bestanden aus grünen und safrangelben Karos. Am Steinbrunnen in der Mitte des Gartens wuchs ein Baum, der große hellrote Blüten trug.

So also lebte Anna. Früher hatte sie wie Gudrid und die meisten anderen Menschen auf den Westmänner-Inseln auf einem kleinen Grassodenhof gewohnt, mit nicht mehr als den notwendigsten Dingen für den Haushalt. Jetzt war sie Herrin in einem Palast.

Als Anna endlich selbst erschien, mit vier hübsch gekleideten Kindern im Gefolge und einem fünften auf dem Arm, meinte Gudrid einen Kniefall machen zu müssen. Ihr Herz begann wie wild zu hämmern und sie verbeugte sich tief vor ihrer alten Freundin. Anna stöhnte auf.

«Gudda, warum tust du das?», fragte sie vorwurfsvoll. «Du darfst dich nicht vor mir verbeugen, ich bin es nicht wert.»

«Du siehst aus wie eine Königin», sagte Gudrid. «Ich schäme mich meiner selbst vor dir.»

Sie zog den Schleier enger um sich.

«Es ist nicht deine Schuld, dass uns das Schicksal ungleich behandelt hat. Aber du bleibst trotzdem meine Freundin aus Stakkagerdi. Du hast mir mehr gefehlt, als es Worte auszudrücken vermögen. Willkommen in meinem Haus.»

Anna sprach langsam. Ihre Stimme hatte einen fremden Akzent bekommen. Es war, als ob sie nach den Wörtern suchen müsste, bevor sie sich zu Sätzen reihten. Sie streckte Gudrid die Hand entgegen.

Gudrid zögerte. Obwohl Anna freundlich zu ihr sprach, fiel es ihr schwer, ihr zu glauben. Soweit sie wusste, hatte Anna bisher noch keinen Versuch unternommen, sie aufzuspüren. Sie fühlte etwas wie eine unsichtbare Mauer zwischen ihnen, und einen Augenblick lang bereute sie, dass sie ihre frühere Nachbarin auf dem Markt angesprochen hatte. In den Schleier gehüllt, erschienen alle Frauen gleich, aber als Anna in all ihrem glanzvollen Prunk vor ihr stand, wurde der Unterschied so überwältigend deutlich, dass Gudrid wie angewurzelt dastand. Sie war nicht imstande, den einen Schritt nach vorn zu treten, um Annas ausgestreckte Hand zu ergreifen.

«Erscheint dir meine Hand unrein?»

Gudrid starrte auf das schwarze Hennamuster auf Annas Handfläche und Handrücken. Sie wusste jetzt, dass diese Muster Fruchtbarkeit bringen sollten, und Annas Gebete waren erhört worden.

«Nein, o nein», antwortete sie verwirrt. Annas Hand war nicht unrein. Oder war sie es vielleicht doch? Waren das nicht Zauberrunen? Anna, was hast du getan?, schoss es ihr durch den Kopf, während sie den Schleier fallen ließ und mit beiden Händen die Hand ihrer Freundin ergriff. Wäre alles wie früher gewesen, wären sie sich jetzt in die Arme gefallen, aber die unsichtbare Wand hinderte sie daran, zu tun, was die alte Freundschaft gebot.

Nachdem sich alle Kinder Annas nacheinander vor Adila verneigt hatten und sie selbst das Knie vor der Witwe des Dey gebeugt hatte, sagte sie in der Sprache des Vaters der Kinder auf Spanisch:

«Begrüßt Gudrid, meine Freundin von den Westmänner-Inseln.»

Und die Kinder reichten eines nach dem anderen Gudrid die Hand. Anna stellte sie mit Namen vor. Jaspar Jarallah war im achten Jahr, dann kam die Tochter Anna Oshila, sechs Jahre alt. Das dritte Kind war ein vierjähriges Mädchen, Habiba, das zweitjüngste, die kleine Fatima, war im zweiten Jahr, und der jüngste Knabe in Annas Arm war ein halbes Jahr alt und hieß Juan Oddur ben Ishamet.

Anna bot Adila auf dem mit Kissen geschmückten Diwan Platz und gab der Sklavin, die sie geführt hatte, ein Zeichen, sie solle Adila und Gudrid die Schleier abnehmen. Dann legte sie Juan Oddur in die Arme einer anderen Sklavin und bat sie, in den Seitengemächern auf die Kinder aufzupassen. Zuletzt forderte sie Gudrid auf, an der Seite ihrer Herrin Platz zu nehmen.

Gudrid zögerte abermals. War es nicht eine Verletzung der Anstandsregeln, sich auf dasselbe Sofa neben ihre Herrin zu setzen? Selbst wenn Gudrid diesmal nicht wie eine Sklavin gekleidet war, sondern neue, feine Hosen mit gemusterten Borten und eine Bluse aus feinem Leinen trug. Lila, eine der Ehefrauen Saids, hatte ihr bei der Näharbeit geholfen, und sie war überaus zufrieden mit dem Ergebnis. Und als ihr die Herrin eine alte grüne Weste von sich selbst angezogen hatte, glaubte sie fast, wie eine herrschaftliche Frau auszusehen. Doch selbst wenn ihr Adila diese überraschende Freundlichkeit gezeigt hatte, bedeutete das nicht, dass sie sie jetzt mit anderen Augen sah. Es war falsch von Anna, sie wie Gleichgestellte zu behandeln. Gudrid blickte Adila rasch ins Gesicht, um zu sehen, wie sie reagierte, aber deren Miene verriet nichts. Der Blick ihrer braunen Augen war schwer zu deuten, was vielleicht auch daher rühren mochte, dass sie diesmal den Kohlestrich um sie besonders dick gezogen hatte. Adila lehnte sich behaglich zurück, ließ ihren fülligen Körper auf den Kissen ruhen und streckte ihre Beine aus, die unter dem Rand der langen Hose mit goldenen Reifen geschmückt waren. Sie schien entschlossen, es sich bequem zu machen. Sie war in ihr feinstes Gewand gekleidet, trug eine goldbestickte rote Samtweste über einer weiten Seidenbluse und hatte sich mit Schmuck beladen. Schwere Silberringe mit langen Fransen hingen an den Ohren, um den Hals trug sie ein wahres Prachtgeschmeide, und die Handgelenke zierten breite Armreifen. An jedem Finger steckte ein Ring.

Die Witwe des Dey hatte offensichtlich nicht die Absicht, sich von der nordischen Frau eines reichen spanischen Kaufmanns in den Schatten stellen zu lassen. Und doch zeigte sich einmal mehr, dass andere Frauen im Vergleich zu Anna verblassten. Annas Weste war tiefblau, die Bluse wie ein weißer Hauch, sie trug knielange Hosen aus weißem Flachs unter einem vorne offenen blauen Rock mit goldenen Borten. Auch wenn ihr Körper voller war als früher, hatte sie nichts von ihrem Reiz verloren. Die Brüste waren noch größer geworden. Die Haut an Armen und Beinen glänzte seidenweich, und im Gesicht hatten die Jahre keine anderen Spuren hinterlassen als ein paar dünne Fältchen an den Augen und den Anflug eines Doppelkinns. Ihre Haut hatte einen goldbraunen Schimmer bekommen, der wunderbar zu ihren himmelblauen Augen und dem sonnengelben Haar passte. Anna Katrine war die geborene Königin. Sie, die vor neuneinhalb Jahren hier, in Lumpen gekleidet und an Körper und Seele gebrochen, an Land geschleift worden war, hatte sich ein halbes Königreich errungen.

Gudrid setzte sich zu Adila auf das Sofa. Sie hatte das merkwürdige Gefühl, unter Annas Schutz zu stehen, was einerseits ihre Stellung gegenüber ihrer Herrin stärkte, während sie sich andererseits im Vergleich zu ihrer ehemaligen Nachbarin und Freundin noch minderwertiger vorkam. Vor knapp einem Jahrzehnt hatten sie noch auf derselben Wiese vor dem Haus in Stakkagerdi gestanden, jetzt lag eine ganze Welt zwischen ihnen. Gudrids Körper war von der harten Arbeit gestählt, mager und sehnig, die Gesichtszüge waren scharf, während an Anna alles rund und weich war. Gudrid trug keinen anderen Schmuck als einen billigen Reifen um einen

Knöchel, an Annas Ohren, Hals, Handgelenken und Knöcheln glitzerte hingegen Gold. Wer verteilte die Güter des Lebens so ungleich unter den Menschen? War es der Gott der Christen oder der Muselmanen? Welcher von ihnen war dann mächtiger, ihr Gott oder Allah? Die Todsünde Neid lauerte in Gudrids Herzen. Sie wollte sich so sehr über Annas Wohlergehen und die Gaben ihres neuen Gottes freuen, aber sie konnte es nicht. Doch dann kam ihr ein Satz aus der Bibel in den Sinn: *Was nützt es einem Menschen, wenn er die ganze Welt gewinnt, dabei aber sich selbst verliert und Schaden nimmt?*

Sie blickte Anna forschend ins Gesicht. Hatte sie sich selbst verloren und Schaden genommen? Es war nichts dergleichen zu bemerken. Im Gegenteil. Sie wirkte froh und zufrieden, klatschte in die Hände und rief eine dritte Sklavin herein, damit sie ihnen Kaffee bringe. Die Dienerin erschien im Handumdrehen mit kleinen Gläsern und stellte eine dampfende Silberkanne auf das niedrige Tischchen am Diwan. In die Mitte stellte sie ein Tablett mit Gebäck.

Anna schenkte das dampfende, heiße Getränk ein und bot ihnen das süße Gebäck an. Dann setzte sie sich auf einen kleinen Schemel ihnen gegenüber.

«Kannst du dich noch an unsere letzte gemeinsame Mahlzeit auf deinem Hof zu Hause erinnern?», fragte Anna, und Gudrid bejahte es.

«Du hattest Schellfisch gekocht», sagte Anna. «Frischer Schellfisch war zu Hause im Sommer immer mein Lieblingsessen. Es war am Abend, bevor …»

Anna verstummte plötzlich. Sie blickte Gudrid an, als ob ihr die Worte fehlten. Den Mund halb geöffnet, die Augen leicht zusammengekniffen. Dann fuhr sie fort: «Hier gibt es nie Schellfisch. Ich träume ab und zu von frischem Schellfisch mit Butter. Hast du manchmal solche Träume?»

Nein, Gudrid konnte sich nicht erinnern, je von Schellfisch geträumt zu haben. Wenn die Umstände ihres Treffens anders gewesen wären, hätte sie Anna dagegen ihren Traum von Eyjólf erzählt. Aber obwohl sie glücklich war, Anna nach so vielen Jahren endlich wieder zu treffen, war es unmöglich, den vertrauten Faden der Jugendjahre wieder aufzunehmen. Sie folgte Adilas Beispiel, nahm ein heißes Glas in die Finger und nippte vorsichtig am pechschwarzen Kaffee. Er schmeckte bitter.

«Bist du Kaffee nicht gewohnt?», fragte Anna und lächelte, als sie Gudrids Miene sah.

Gudrid gab zu, dass sie dieses Getränk noch nie zuvor probiert hatte.

«Man gewöhnt sich daran», sagte Anna. «Und dann kann man nicht mehr davon lassen.»

Anna bat Adila, zu verzeihen, dass die Freundinnen ihre alte Muttersprache verwendeten, jetzt, wo sie sich nach der langen Trennung endlich wieder sahen, und Adila meinte, es stehe ihnen frei, ihre eigene Sprache zu sprechen. Es mache ihr Spaß, fremde Sprachen zu hören, sie sei das gewohnt, und fragte, wie ihre Sprache heiße.

«Nordische Sprache oder Isländisch», antwortete Anna. «Aber sie ist mir nicht mehr so geläufig. Ich hatte, seit mein geliebter Vater nach unserem ersten Winter hier die Stadt verließ, keine Gelegenheit, meine Muttersprache zu sprechen.»

Sie sagte, sie hätte zwar eine Zeit lang eine isländische Sklavin gehabt, aber Ishamet sei dagegen, dass sie in einer Sprache redeten, die er nicht verstand. Er hatte schlichtweg verboten, dass in seinem Haus Isländisch gesprochen wurde. Er wollte nicht, dass den Kindern die Sprache eines so primitiven Volkes in den Ohren klang.

Dann beugte sie sich zu Gudrid und sagte, dass ihr Mann derzeit zu Geschäften in Blida sei, und währenddessen würde sie die Sprache sprechen, die ihre Zunge selbst wähle.

Aber egal in welcher Sprache sie sich unterhielten, das Gespräch blieb steif, wie in den Banden übertriebener Höflichkeit und Vorsicht gefangen. Die Anwesenheit Adilas bewirkte, dass sowohl Anna als auch Gudrid das Gefühl hatten, sich jede ihrer Fragen und Antworten genau überlegen zu müssen. Alles, was ihnen über die Lippen kam, wurde von ihren feinen Ohren gewogen, und ihren wachsamen Augen schien kein Mienenspiel, keine Bewegung zu entgehen. So verlief die Unterhaltung schleppend und zögerlich. Adila war noch die Gesprächigste von allen. Ihre Neugier kannte keine Grenzen, und sie bat die beiden, von den Sitten und Gebräuchen Islands zu erzählen. Sie forderte sie auf, die Häuser dort zu beschreiben, und ihr sträubten sich die Haare, als sie hörte, dass die Höfe dort aus Grassoden und Steinen errichtet wurden und nur innen zum Teil mit Holz vertäfelt waren. So was könne man kaum menschliche Behausungen nennen, sagte sie und schlug sich auf die Schenkel. Anna gab ihr Recht und sagte, nachdem sie in dieser Stadt richtige Häuser kennen gelernt habe, erinnerten sie die Hütten der Isländer am ehesten an Viehställe. Gudrid hätte gern ihren Hof in Schutz genommen, ein gutes Haus, das Wind und Wetter besser standgehalten hatte als so manche Hütte hier in Algier. Sie hatte sich auf dem Hof in Stakkagerdi immer wohl gefühlt. Aber sie brachte nicht den Mut auf, ihrer Herrin und ihrer Gastgeberin zugleich zu widersprechen. Es fiel ihr schwer, das Wort zu ergreifen, und sie überließ es Anna, Adilas Fragen zu beantworten.

Adila wollte vom Einfluss ihrer Imame, der Priester, hören und von der Frömmigkeit der Menschen und ob die Menschen wirklich glaubten, dass der Prophet Jesus ein Gott wie Allah sei.

«Ja, das glauben die Leute», antwortete Anna. «Das kommt daher, dass sie noch nie die Wahrheit über den Höchsten gehört haben. Dass es keinen Gott gibt außer Allah und Mohammed sein Prophet ist.»

Gudrid erschrak so sehr über Annas Antwort, dass ihr der Kuchenbissen im Halse stecken blieb. Sie bekam einen Hustenanfall, und ihr traten Tränen in die Augen, als sie mit heiserer und erstickter Stimme hervorstieß: «Anna, was sagst du da? Jesus ist der wahrhaftige Sohn Gottes!»

«Gute Gudda, Allah allein ist der unsterbliche Gott. Er hat weder jemanden gezeugt, noch ist Er gezeugt worden. Keiner ist Ihm gleich!»

«Sag das nicht, Anna!»

«Auch du musst die Wahrheit hören, Gudda», antwortete Anna, verklärt und erbarmungslos zugleich.

Gudrids Lippen zitterten. Sie war sprachlos und spürte, wie ihr der Schweiß unter den Achselhöhlen hervortrat. Sie wollte aufstehen und gehen, vermochte sich aber nicht zu bewegen.

Adila fand Annas Antworten interessant und fragte, wie es denn um den Unterricht der Jugend in Island bestellt sei, wenn niemand von Mohammed und seinen Lehren zu hören bekomme.

Anna erzählte, dass überall Medersen fehlten und dass man die Kinder meist zu Hause unterrichte.

«Du vergisst, dass es an beiden Bischofssitzen Schulen für junge Männer gibt», warf Gudrid mit einigem Nachdruck ein und hatte allmählich wieder Gewalt über ihre Stimme erlangt, aber Anna meinte, dass sie diese auch nur vom Hörensagen kannte. Dann wandte sie sich wieder an Adila und erklärte, dass das Land in Wahrheit so arm sei, dass es richtige Schulen eigentlich nur im Mutterland Dänemark gebe, wo ihr König seinen Hof in Kopenhagen habe. Diese Stadt zu besuchen, davon hätte sie als Kind immer geträumt. Ihre Großmutter väterlicherseits sei Dänin gewesen.

«Und dein Ehemann? War der auch Däne?», fragte Adila.

«Nein, er war von den Westmänner-Inseln», antwortete Anna kurz.

Sie erhob sich rasch, griff nach der Silberkanne und fragte, ob sie ihnen mehr Kaffee einschenken dürfe.

Adila lehnte dankend ab und erhob sich ebenfalls. Es wäre nicht höflich, Annas Gastfreundschaft noch länger auszunutzen, sagte sie, sie hätten ihre Zeit lange genug in Anspruch genommen. Sie strich sich die Kuchenkrümel mit der Hand von der Hose und ließ dabei ihre Armreifen klimpern. Dann reichte sie Anna die Hand und bedankte sich in ihrem Namen und dem ihrer Sklavin.

Erst als Gudrid sich wieder in ihren Schleier gehüllt hatte und sich von Anna verabschieden wollte, löste sich die Zunge ihrer Freundin. Sie überschüttete Gudrid mit Fragen, und mit einem Mal war Aufregung in ihrer Stimme.

«Ich habe dich gar nicht nach Sölmund gefragt. Was ist aus Sölmund geworden?»

«Er ist im Dienst der Janitscharen in der Kasbah.»

«Wie alt ist er jetzt?»

«Zwölf Jahre.»

«Gleicht er dir oder Eyjólf?»

«Er wird seinem Vater immer ähnlicher.»

«Hast du davon gehört, dass ein Holländer hier in der Stadt ist, der Sklaven freikauft?», fragte Anna und blickte Gudrid forschend an.

«Ja.»

«Willst du freigekauft werden?»

«Ja. Gott ist mein Zeuge!»

«Und was ist mit Sölmund?»

«Er wird freigelassen, wenn ich freigelassen werde», antwortete Gudrid, ohne zu zögern.

«Hat er nicht wie andere Kinder den Glauben gewechselt?»

Gudrid nickte.

«Dann verlässt er die Stadt nicht», sagte Anna voll Überzeugung.

«Ich will versuchen, ihn mit mir freizubekommen», antwortete Gudrid. «Ich habe Geld.»

«Wie bist du zu Geld gekommen?», fragte Anna überrascht. «Eine … Sklavin in deiner Stellung?»

Es war, als ob sie zögerte, das Wort Sklavin in den Mund zu nehmen.

«Ich knüpfe in freien Stunden Teppiche. Ich sticke und stricke. Es ist mir gelungen, etwas von meiner Handarbeit zu verkaufen.»

Sie brachte es nicht über sich, Anna zu erzählen, dass sie auch Almosen angenommen hatte.

«Du bist immer eine tüchtige Frau gewesen, Gudda», sagte Anna mit Bewunderung in der Stimme. «Aber es kostet viel, einen jungen Sklaven freizukaufen. Ein junger Sklave ist wertvoll für seinen Herrn. Glaubst du, dass dein Geld reicht? Willst du mir etwas verkaufen?»

«Ich habe nichts, was schön genug ist, um es dir zu verkaufen.»

«Vielleicht kann Sölmund sich in ein paar Jahren selbst freikaufen, wenn es ihm gelingt, auf ein Schiff zu kommen», sagte Anna mit gespielter Leichtigkeit.

Gudrids Miene verhärtete sich, als sie antwortete: «Ich will ihn mit nach Hause nehmen und verhindern, dass er auf einer Galeere landet.»

«Ich meine ein Segelschiff wie das, auf dem wir waren», sagte Anna. Dann fügte sie mit Kälte in der Stimme hinzu: «Und ob man nun eine algerische Galeere rudert oder ein isländisches Fischerboot – das macht ja wohl kaum einen Unterschied.»

«Unsere Männer sind nicht an die Ruder gekettet, Anna!»

«Ach ja?», sagte Anna und blickte zur Seite. «Was wird aus mir, wenn alle nach Hause fahren?», fragte sie dann mit gebrochener Stimme.

«Was wird aus dir?»

«Ja.»

«Hast du nicht alles, was das Herz begehrt?»

«Doch», antwortete Anna und presste die Lippen zusammen. «Ich habe alles, was das Herz begehrt. Es käme mir niemals in den Sinn, wieder nach Hause zu fahren. Mir graut beim Gedanken an das Elend und die Kälte auf den Westmänner-Inseln.»

«Das kann ich verstehen», antwortete Gudrid. «Aber vielleicht willst du, dass ich irgendjemandem Grüße von dir bestelle, falls ich wieder nach Hause komme?»

«Nein», antwortete Anna kurz.

Dann umarmte sie Gudrid plötzlich heftig, drückte sie an sich und flüsterte ihr ins Ohr: «Es tut so gut, dich zu sehen, Gudda. Ich will dich wieder treffen, allein. Wir müssen das irgendwie schaffen. Ich kann nicht mit dir reden, solange die Alte, deine Herrin, wie eine Gefangenenwärterin hinter unserem Rücken steht. Nimm das nicht zu ernst, was ich über Jesus gesagt habe. Im Frühling fährt Ishamet nach Oran. Komm dann wieder zu mir. Allein!»

Anna sprach schnell und mit tränenerstickter Stimme. Sie küsste Gudrid auf beide Wangen und ließ sie dann so plötzlich los, wie sie sie an sich gezogen hatte. Gudrid stand verwirrt da.

Adila wandte sich ab und hüllte sich in ihren Schleier. Dann drehte sie sich rasch zu Anna, reichte ihr die Hand und wiederholte ihren Dank für die Gastfreundschaft.

Anna hatte gerötete Augen, und ihre Lippen bebten.

Adila gab Gudrid ein Zeichen, sie solle vor ihr hinausgehen.

28

Es sollte lange dauern, bis Gudrid erneut eine Botschaft von Anna bekam. Viele Monate vergingen, ohne dass sie irgendetwas von ihr hörte. Die Seuche, die infolge der Hungersnot in der Stadt wütete, hatte Arme und Reiche heimgesucht, Männer, Frauen und Kinder, auch den Harem des Ali Hakim. Gudrid und Nabila waren beide erkrankt. Mit dem Beginn des Frühlings hatte die Seuche nachgelassen, und die Winterernte an Zitrusfrüchten trug dazu bei, dass die Menschen nicht mehr wie die Fliegen starben und sich langsam erholten. Mitte Mai befand sich Gudrid mit ihrer Herrin auf dem Soukh beim Einkaufen, als sie dort plötzlich auf Gunnhild Hermannsdóttir stieß. Gunnhild war allein und hatte große Neuigkeiten zu berichten: Sie war frei! Wilhelm Kifft hatte ihrem Herrn, Ali Pegelin, das Lösegeld bezahlt. Der Sendbote des dänischen Königs hatte seit Weihnachten, während der Hunger und die Seuche grassierten, nicht viel von sich hören lassen, aber um Ostern hatte er endlich wieder mit dem Freikauf von Gefangenen begonnen. Gunnhild hatte das Auferstehungsfest des Erlösers die Freiheit gebracht! Halleluja!

Gunnhild sagte, sie würde diesen Ostersonntag nie vergessen. Der Tag der Befreiung sei von nun an ihr neuer Geburtstag! Auferstehungstag! Und nicht nur der ihrige, sondern auch der von Madame Ásta Thorsteinsdóttir und Ingibjörg Ásgrimsdóttir. Helga Snorradóttir, die Schwester des seligen Gudmund von Djúpivogur, sei ebenfalls freigekauft worden. So offenbare Gott seine Barmherzigkeit in Werken. Außerdem seien vor kurzem Ranka Gottveinsdóttir und Brandur Arngrimsson zu den Freigelassenen gestoßen, sodass die Gruppe der Isländer jetzt dreizehn Mann zähle.

Gudrids Herz begann bei dieser Nachricht so heftig in ihrer Brust zu pochen, dass sie kaum Luft bekam. Ihre Verwandte Ásta, ihre Schwägerin Ingibjörg und Brandur Arngrimsson, ihr treuer Freund, waren alle frei und warteten auf die Heimreise nach Island!

Sie bemerkte in ihrer Aufregung gar nicht, dass sie den Apfelsinenkorb in ihrem Arm ganz schief hielt und ein paar Früchte herausrollten und auf das Pflaster vor dem Ladentisch kollerten. Gunnhild beugte sich nach ihnen und legte sie in den Korb zurück.

«Du würdest auch gern freigekauft werden, Gudrid, nicht wahr?», flüsterte sie und schielte zugleich nach Adila. Die Herrin war ganz damit beschäftigt, um den Preis eines Olivenfässchens zu feilschen.

«Natürlich will ich das», antwortete Gudrid aufgeregt. «Weißt du, wie viel er für euch Frauen bezahlt hat?»

«Für mich und Ásta zusammen 500 Taler», antwortete Gunnhild stolz.

Gudrid hielt sich die Hand vor den Mund.

«Großer Gott! Das ist eine ungeheure Menge Geld.»

«Ja, er hat für keine andere so viel bezahlt. Für deine Schwägerin Ingibjörg, habe ich gehört, bezahlte er 125 Taler, für Ragnheid Thórarinsdóttir 100 Taler und für Ranka Gottveinsdóttir nur 50.»

«Das ist trotzdem viel Geld», sagte Gudrid und dachte mit Verzweiflung an das Wenige, was sie in ihrem Beutel hatte.

«Willst du, dass ich Wilhelm darum bitte, bei deiner Herrin vorzusprechen?»

«Und ob ich das will», antwortete Gudrid, während ihre Gedanken im selben Augenblick zur Festung flogen, wo ihr Sohn Stallbursche geworden war und die Streitrosse der Türken versorgte. Was sollte sie bloß wegen Sölmund unternehmen?

«Weißt du, wann der Sendbote abreisen will?»

«Nein, aber es wird wohl nicht mehr lange dauern. Er sagte, er suche unter den Kapitänen nach einem, der bereit sei, uns Freigelassene in ein christliches Land zu bringen.»

Gudrids Herz begann von neuem zu hämmern. Sie bat Gunnhild, um alles in der Welt dafür zu sorgen, dass sie nicht vergessen werde, bat sie, Madame Ásta und ihrer Schwägerin Ingibjörg herzliche Grüße zu bestellen. Bat sie, Brandur auszurichten, dass sie seine Hilfe brauche, um Sölmund freizubekommen. Man dürfe keine Zeit verlieren!

Die Frau von den Ostfjorden versprach, Gudrids Botschaften zu überbringen.

Gunnhild war aus einem besonderen Grund auf den Markt gekommen und fragte Gudrid, ob sie ihr helfen wollte, eine besondere Frucht für Madame Ásta zu wählen. Sie wollte die Pfarrersfrau, die seit Tagen unglücklich auf ihrem Lager lag, gern mit irgendeiner Köstlichkeit erfreuen. Ali Pegelin hatte sich geweigert, ihren kleinen Sohn Jón freizugeben, egal, wie viel Geld man für ihn bot.

Gunnhild hob eine Frucht nach der anderen hoch, befühlte sie, wog sie in der Hand, fragte nach dem Preis, feilschte, legte sie wieder zurück und suchte nach einer besseren.

«Ich kaufe nichts, bevor ich nicht alles begutachtet habe», sagte sie. «Ich lasse mir keine fauligen Äpfel andrehen. Ich bin eine freie Frau und mache von jetzt an meine Einkäufe, wie ich sie will.» Ihre Haltung hatte sich geändert. In ihrem Gesicht, in dem man früher, wie bei anderen Sklavinnen, Unterwürfigkeit bemerkt hatte, lag jetzt eine Spur von herausforderndem Trotz. Gunnhild hatte begonnen, sich aufzurichten. Ihr Rücken war von der schweren Arbeit gekrümmt, und doch ging dort eine aufrechte Frau über den Markt.

Gudrid fand die nächsten Tage keine Ruhe. Sie versuchte, Neuigkeiten aus dem Haus der Freigelassenen zu bekommen, aber niemand wusste Genaueres über den geplanten Tag der Abfahrt. Man hatte gehört, dass das Geld des Holländers zur Neige ging, und die Möglichkeiten derer, die nicht selbst das Lösegeld vorlegen konnten, wurden immer begrenzter. Diese Nachricht vergrößerte noch Gudrids Sorgen. Jedes Mal, wenn sie das Glück hatte, allein auf dem Dach zu sein, nutzte sie die Gelegenheit, den Stein aus der

Wand zu nehmen, hinter dem sie ihr Geld verbarg. Mit zitternden Händen leerte sie den Beutel in ihren Schoß und zählte die Münzen. Sie entsprachen dem Wert von elf Talern. Was nutzte eine solche Kleinigkeit schon! Für ihre Schwägerin Ingibjörg war mehr als das Zehnfache dieser Summe bezahlt worden. Und fast fünfzigmal so viel war nötig gewesen, um Ásta und Gunnhild gemeinsam freizukaufen. Gab es überhaupt noch Hoffnung für sie? Sie zählte das Geld wieder und wieder, aber das Ergebnis blieb stets dasselbe. Elf Taler. Sie legte den Beutel wieder an seinen Platz zurück und setzte den Stein so ein, dass man nichts Verdächtiges bemerkte. Dann lehnte sie sich an die Brüstung und blickte über die von Menschen wimmelnde Stadt und den Hafen auf die wunderschöne blaue Bucht hinaus, die im Sonnenlicht glitzerte. Sie zählte achtunddreißig Segelschiffe, die am Kai vor Anker lagen. Achtunddreißig Schiffe. Es waren genauso viel wie Jahre ihres Lebens. Sie würde in wenigen Tagen achtunddreißig. Würde sie auf einem dieser Schiffe die Stadt verlassen oder bis zu ihrem Ende in Gefangenschaft leben?

Nein! Nein! Nein! Der Widerstand dagegen bäumte sich in ihr auf wie ein gewaltiger Brecher auf hoher See. Das durfte niemals geschehen!

Sie blickte auf den Sklavenmarkt, wo hinter der großen Moschee um eine kleine Gruppe angeketteter Männer gefeilscht wurde. Das Echo der Rufe der Händler drang bis zu ihr herauf. Früher hatten diese Menschenversteigerungen sie entsetzt, jetzt waren sie zu einem alltäglichen Bild geworden. Sie hatte aufgehört, sich in die Lage der Gefangenen zu versetzen. Aufgehört, Mitleid mit ihnen zu empfinden. Sie vertrieb sich die Zeit damit, sich auszumalen, woher die Gefangenen kämen und bei welchen Patronen sie wohl landen würden. Von dort, wo sie stand, erschienen all diese Menschen, Gefangene wie Händler, wie kleine Puppen, ähnlich denen, die ein wallonischer Kaufmann einmal bei einer Vorstellung in der Kasbah hatte tanzen lassen. Irgendwo hoch über ihnen war unsichtbar derjenige, der an den Fäden zog.

Sie wollte sich nicht daran erinnern, wie es gewesen war, in

Fesseln auf diesem Platz zu stehen, auf den sie nun wie ein Vogel von einem hohen Kliff hinunterblickte. Wollte sich nicht an das Entsetzen, die Erniedrigung, den Zorn, die Verzweiflung erinnern. Als sie spürte, wie plötzlich all der längst vergrabene Schmerz in ihr hochwallen wollte, drehte sie sich rasch von der Brüstung weg. Sie hatte sich manchmal selbst dabei ertappt, wie sie sich den immer wiederkehrenden Menschenhandel auf dem Platz als Zeitvertreib ansah. So sehr hatte ihr Aufenthalt in dieser Stadt sie bereits verdorben. Sie musste von hier weg. So schnell wie möglich von hier weg!

Sie lief ziellos auf dem Dach hin und her, ging dann an ihre Kleiderkiste in der Hütte und kramte die Dinge hervor, die sie in den letzten Monaten angefertigt hatte. Sie besaß einen geknüpften Gebetsteppich, und ein zweiter Teppich hing halb fertig an einem kleinen Webstuhl am Eingang. Es fehlte ihr aber an Webgarn. Außerdem hatte sie noch drei gestickte Tücher der Art, wie sie sich vornehme Frauen vor das Gesicht legten, wenn sie das Haus verließen, und einige geflochtene Zierbänder, die man sowohl an Kleidungsstücken als auch Zeltplanen befestigen konnte. Das war alles, was sie möglicherweise für Geld verkaufen konnte – falls sie Erlaubnis bekam, ihre Ware auf den Markt zu tragen.

Trotz der harten Behandlung, der Gudrid die ersten Jahre vonseiten ihres Herrn ausgesetzt gewesen war, war es zu einer Art Tradition geworden, dass sie an ihrem Geburtstag einen halben Tag lang allein in die Stadt gehen durfte. Diesen halben Tag konnte sie nach eigenem Gutdünken verwenden, und meist hatte sie sich entschieden, ihn in Sölmunds Nähe zu verbringen. Einmal hatte sie Gudborg Jónsdóttir besucht, die einen Freigelassenen aus Portugal geheiratet hatte und in einem kleinen Haus am Stadttor Babaloued wohnte, und voriges Jahr war sie bei Sveinbjörg von Hvild und Gunnar von Torfmýri gewesen. Gunnar hatte man dafür, dass er seinen Glauben verleugnete, die Freiheit geschenkt. Er hatte später Sveinbjörg freigekauft, und sie lebten zusammen mit ihren drei Kindern in einem halb eingestürzten Haus in der Nähe der Festungsmauer, dessen frühere Bewohner bei der großen Explosion in der Kasbah umgekommen waren. Gunnar träumte davon, ein kleines Stück Land außerhalb der Stadtmauern zu erwerben und dort Weinbau zu betreiben. Zurück auf die Westmänner-Inseln würden sie nie mehr gehen.

Für den Geburtstag, der jetzt vor der Tür stand, hatte sich Gudrid vorgenommen, zur Festung zu gehen und zu versuchen, Sölmund zu treffen. Sie hatte ihm neue Hosen und eine Weste genäht. Jetzt blieb ihr aber keine andere Wahl, als diesen Besuch zu verschieben und jemand anderen zu bitten, Sölmund die Kleider zu bringen, denn sie musste ihre Freizeit nutzen, ihre Waren zu Geld zu machen. Wenn sie sowohl Sölmund als auch sich freikaufen wollte, müsste sie viel Geld auftreiben. Sehr viel Geld.

Sie wagte nicht, sich zu überlegen, wie viel sie für den Gebetsteppich bekommen könnte. Er hatte schöne Farben und war sauber geknüpft. Und plötzlich fiel ihr Anna ein. Anna Katrine hatte angedeutet, dass sie ihr etwas abkaufen wollte. Sie würde sicher einen guten Preis bezahlen.

Aber würde es jemals ein gerechter Preis sein? Würde sie nicht immer denken, sie hätte ein Almosen von Anna bekommen? Almosen konnte sie von anderen annehmen, nicht aber von Anna.

Sie überlegte lange hin und her. Gewiss war es verlockender, mit dem Teppich zu Anna zu gehen und ihn ihr zum Kauf anzubieten, als mit Unbekannten über seinen Wert zu streiten, aber sie kam zuletzt doch zu dem Ergebnis, dass sie sich diese Aussicht auf guten Gewinn aus dem Sinn schlagen musste. Es wäre Verrat am Glauben, einem Abtrünnigen einen Teppich zu verkaufen, damit dieser darauf nach den Geboten Mohammeds vor Allah auf die Knie fallen konnte. So was durfte sie sich nicht nachsagen lassen. Es war etwas anderes, den Teppich jenen zu verkaufen, die nie einen anderen Gott als Allah gekannt hatten.

Aber war Allah wirklich ein anderer Gott?

Tief in ihrem Herzen musste sie gestehen, dass sie nicht immer den Unterschied erkennen konnte, zwischen dem Gottvater, an den zu glauben man sie gelehrt hatte, und Allah, den die Einheimischen hier anbeteten. Aber es schmerzte sie, dass die

Anhänger Mohammeds den Glauben an Jesus Christus als Aberglauben betrachteten. Hätte sie nicht den Glauben an den wahren Sohn Gottes, ihren Tröster in der Not, gehabt, hätte sie zweifellos schon lange alle Hoffnung aufgegeben und den Wunsch, von diesem schrecklichen Ort befreit zu werden. Zum hundertsten und aberhundertsten Male rief sie Jesus an: «Führe mich fort von hier, Jesus. Führe mich wieder nach Hause. Oder führe mich in dein Reich.»

Am frühen Morgen des 24. Mai ging Gudrid mit ihrem Teppich, den Tüchern und den Zierbändern auf den Soukh. Sie hatte ihre besten Kleider angelegt, die sie sich für den Besuch bei Anna Katrine genäht hatte, und Badra hatte ihr ein neues Kopftuch gegeben, das sie sich mit Nabilas Hilfe kunstvoll um den Kopf band. Nabila hatte ihr außerdem eine große, grau gestreifte Wolldecke geborgt, auf der sie ihre Waren ausbreiten konnte. Sie rechnete sogar fast damit, dass die Händler versuchen würden, sie vom Marktplatz zu verdrängen, denn sie wusste, dass Sklaven oder Sklavinnen, die eigene Habe feilboten, auf dem Soukh nicht gern gesehen waren. Sie wurden nicht viel höher geachtet als Bettler. Aber sie war fest entschlossen, sich nicht verscheuchen zu lassen. Sie wollte bis zum Abend eine reiche Frau sein.

Gudrid fand einen Platz am Rand des Soukhs nahe dem Haupteingang und breitete Teppich, Tücher und Bänder sorgfältig auf ihrer Decke aus. Dann hockte sie sich auf die Fersen und wartete.

Die Menschen strömten vorbei, ohne sie zu beachten. Sie war wie unsichtbar. Sie stand auf und hob einen Gesichtsschleier mit einer Hand und die Zierbänder mit der anderen in die Höhe.

«Tücher, Bänder, Gebetsteppich!», rief sie ab und zu, ohne dass die Menschen deswegen mehr Reaktion zeigten.

«Tücher, Bänder, Gebetsteppich!»

«Du musst lauter rufen, wenn du etwas verkaufen willst, Gudrid», rief ihr plötzlich jemand auf Isländisch zu, als schon der Großteil des Morgens verstrichen war.

Es war der Schreiber Halldór Gudmundsson.

Sie hatte nicht bemerkt, dass Halldór sich auf der anderen Seite des Haupteingangs mit einem tragbaren Schreibpult aufgestellt hatte. An dem Pult hatte er ein großes Tuch mit einer Aufschrift in Franko befestigt, aber das Einzige, was sie davon entziffern konnte, war die Unterschrift: Dori-Schreiber.

Halldór trug einen großen weißen Turban auf dem Kopf und hatte sich in einen langen braunen Umhang gekleidet, wie ein Araber. Sie hätte ihn nicht erkannt, wenn er sie nicht angesprochen hätte.

Gudrid warf ihrem Landsmann einen kurzen Gruß zu und sagte, sie fürchte, weggejagt zu werden, wenn sie allzu sehr auf sich aufmerksam mache.

«Im Gegenteil, du musst auf dich aufmerksam machen. Mit Bescheidenheit kommt man auf dem Markt nicht weit.»

Und dann zeigte ihr Halldór, wie man es machen musste. Er stieg auf einen kleinen Schemel hinter dem Pult, hob seine Feder hoch in die Luft und rief mit lauter Stimme:

«Schreibe Briefe sowohl an Könige als auch an Knechte, an Kapitäne ebenso wie an Rudersklaven, Amtsherren und Privatmänner, Geschäftsbriefe, Petitionen, Klageschriften und Beschwerden. Auch Heiratsanträge und Liebesbriefe je nach Wunsch. Mit sauberer und schöner Handschrift. Saubere Handschrift! Schöne Handschrift! Führe meine Feder ganz nach Wunsch eines jeden, der bezahlen kann. Kommt heran, ihr, die ihr eurer Geliebten schreiben müsst. Ihr, die ihr euch über etwas beschweren wollt. Ich schreibe sowohl auf Dänisch als auch auf Franko.»

Diese Litanei leierte er mit Donnerstimme immer wieder von vorn herunter, und ehe man sich's versah, hatte er schon einen Kunden.

Gudrid versuchte seinem Beispiel zu folgen. Sie rief lauter, und siehe da: Es half!

Zwei Frauen kamen zu ihr, um die Gesichtsschleier zu begutachten, und die eine kaufte gleich ein Tuch. Die andere kaufte ihr vier lange Bänder ab.

Die Frauen versuchten den Preis herunterzuhandeln, aber Gudrid gab nur wenig nach und war zufrieden mit dem Ergebnis. Das Wichtigste war jedoch, den Teppich zu verkaufen.

Sie hob den Teppich in die Höhe und rief, dass dieser einzigartige Teppich für einen angemessenen Preis zu haben sei. Eine Frau blieb stehen und lobte die Handarbeit und die schöne Farbauswahl. Sie drehte den Teppich um und zählte die Knoten auf der Rückseite, nickte anerkennend mit dem Kopf, ging aber weiter.

Gudrid war enttäuscht und begann ihren Teppich erneut anzupreisen.

Plötzlich stand vor ihr ein großer schwarzer Mann in hellgrünem, langem Umhang und mit einem riesigen weißen Turban auf dem Kopf. Er hatte sich das lose Ende seiner Kapuze vor Mund und Nase gezogen und musterte mit seinen braunen Augen den Teppich. Dann ließ er seinen Blick über Gudrid schweifen. Sie wurde verlegen.

«Das ist ein hübscher kleiner Teppich», sagte der Mann. «Die Farben passen gut zu deinem Kopftuch. Wie viel willst du dafür haben?»

Gudrid meinte an der Kleidung des Mannes zu erkennen, dass er wohlhabend war, und sagte, sie wolle 50 Dinare für den Teppich.

«Bist du in diesem Preis inbegriffen?», fragte der Mann und blickte ihr unverschämt ins Gesicht.

Gudrid lief rot an vor Zorn und Scham. Sie wandte sich ab, ohne dem Mann zu antworten, und wartete darauf, dass er ging. Er schien aber nicht daran zu denken und bot ihr 20 Dinare.

«Siebzig!», platzte Gudrid heraus. Sie war entschlossen, einem solchen Flegel nicht ihre Handarbeit zu verkaufen.

«Dreißig», entgegnete der Mann, worauf sie sogleich hervorstieß: «Fünfundsiebzig.»

Der Mann lachte. Dann bot er fünfunddreißig.

«Vierzig», hörte man jemanden hinter ihm sagen. Es war der Schreiber Halldór. Er reichte dem Mann gerade bis an die Schulter.

Gudrid blickte erleichtert auf Halldór, und der Mann drehte sich um, verdutzt, einen Konkurrenten hinter sich zu entdecken, und er erhöhte sein Angebot auf fünfundvierzig.

«Fünfzig», sagte Halldór.

«Einundfünfzig», rief der Riese zornig und warf das Geld auf die Decke. Dann riss er Gudrid den Teppich aus der Hand, rollte ihn zusammen und steckte ihn sich unter den Arm, bevor er mit großen Schritten davoneilte.

Gudrid war Halldór ungeheuer dankbar. Mit seiner Hilfe hatte sie einen viel höheren Preis für ihre Ware bekommen, als sie je zu hoffen gewagt hatte.

«Ich danke dir, Halldór», sagte sie demütig.

«Nichts zu danken», antwortete er und lächelte verschmitzt. «Mir macht das Spaß.»

«Aber was hättest du getan, wenn er nicht weitergeboten hätte, nachdem du schon ganze 50 Dinare für meinen Teppich geboten hattest?»

«Ich hätte dir den Teppich natürlich für 50 Dinare abgekauft.»

«Hast du 50 Dinare?»

Gudrid merkte noch im selben Augenblick, dass sie ihre Nase tiefer in Halldórs Angelegenheiten steckte, als sich gehörte.

«Natürlich habe ich 50 Dinare. Wo so viele Geschäfte abgeschlossen werden wie hier, ist immer Bedarf für einen Schreiber.»

Halldór zeigte auf ein paar andere Schreiber, die an ihren Pulten auf dem Marktplatz standen, und fügte hinzu, dass es ihm und Jón Jónsson ganz gut ergehe, seit sie ihre Künste auch den Einheimischen feilböten und nicht nur in den Dienst der Isländer stellten.

«Manchmal nutzen wir unsere Kenntnisse gemeinsam, ich meine Schreibkunst und Jón sein Latein.»

«Ich hätte es trotzdem nicht fertig gebracht, dir den Teppich für einen so hohen Preis zu verkaufen.»

«Dein Teppich ist zweifellos 50 Dinare wert.»

Seine aufrichtige Antwort wärmte ihr das Herz. Sie blickte zu Boden und begann Nabilas graue Decke zusammenzufalten. Sie hatte beinah ihre ganze Ware verkauft: einen Gesichtsschleier, ein paar Zierbänder und den Gebetsteppich. Sie hielt 60 Dinare in der Hand. Sie fragte Halldór, ob diese Summe nicht etwa sechs Talern entspräche, und er bejahte es. Dann besaß sie im Ganzen 17 Taler. Das war eine hübsche Summe, aber dennoch als Lösegeld nicht viel.

«Es wird wohl noch dauern, bis ich mich freikaufen kann», sagte sie und stöhnte.

«Das kann keine Frau», sagte Halldór. «Keine Frau kann sich aus eigener Kraft die Freiheit erkaufen. Das tun nur die härtesten und raffiniertesten Männer.»

«Wie du?», sagte Gudrid und versuchte, sich von seinen Worten nicht ganz den Mut nehmen zu lassen.

«*Der Mann muss mäßig weise sein, doch nicht allzu weise,* heißt es in der Edda», antwortete Halldór. «Helgi Jónsson wurde vor ein paar Tagen für 150 Taler freigekauft, aber der Patron seines Bruders Jón will die fünffache Summe!»

Gudrid schlug die Hände zusammen.

«Ja, Wilhelm sagte auch, er würde lieber fünf Sklaven freikaufen, als eine so unverschämte Forderung zu akzeptieren.»

«Heißt das, dass er immer noch Geld hat, um Leute freizukaufen?», fragte Gudrid.

«Ich glaube schon», antwortete Halldór.

«Dann habe ich noch Hoffnung», stammelte Gudrid.

«Du hast noch Hoffnung», sagte Halldór.

«Und was ist mit dir?», fragte sie dann.

«Mein Patron hat mir eine Stellung als Schreiber im Diwan geboten, wenn ich richtig Türkisch lerne», antwortete Halldór.

Gudrid erschrak bei der Antwort Halldórs. Sie fand den Gedanken, dass er in den Dienst des türkischen Staatsrates treten wollte, entsetzlich. Zugleich war ihr aber klar, dass dies ein ehrenvolles Angebot für ihren Landsmann war, und fragte, was er zu tun gedenke.

«Ich will sehen, wie viel Geld ich zusammenkratzen kann, bevor Kifft absegelt», antwortete der Schreiber und wirkte unentschlossen.

Das Marktgeschrei der Händler auf dem Soukh war verstummt. Die meisten hatten ihre Läden während der Mittagszeit geschlossen. Halldór ging an sein Pult und packte sein Schreibzeug zusammen. Er sagte, er wolle im Schatten der Palmen vor dem Soukh ein Schläfchen machen, bevor er am Nachmittag wieder vor seinem Pult Stellung beziehe. Seit zwei Jahren stehe er einmal im Monat einen ganzen Tag auf dem Markt und biete seine Schreibkünste feil. So gnädig sei sein Herr. Und seine Dienste seien gefragt. Über kurz oder lang würde er sich die Freiheit erarbeitet haben.

Gudrids freier Vormittag war hingegen zu Ende und sie musste ins Haus Ali Hakims zurückkehren. Sie wünschte Halldór noch gute Geschäfte und dass es ihnen beiden vergönnt sein möge, als freie Menschen nach Island zurückzukehren. Dann verabschiedete sie sich mit großer Herzlichkeit von ihm und dankte ihm nochmals für seine Hilfe.

An diesem Tag war es Gudrid leicht ums Herz, als sie die Straße vom Markt hochging. Der glimmende Funke Hoffnung hatte ein Feuer entfacht. Sie hatte nicht viel Geld in ihrem Beutel, und doch war es ihr gelungen, es zu mehren. Das machte ihr Mut. Jetzt musste sie sich Garn beschaffen, um den anderen Gebetsteppich zu Ende zu bringen. Wenn sie Kontakt zu Brandur bekommen könnte und er bereit wäre, Sölmund die neuen Kleider zu bringen, könnte er im Färberhof der Kasbah vorbeikommen und Garnreste für wenig Geld besorgen. Sie musste Tag und Nacht arbeiten, jede freie Stunde zu etwas nutzen, das ihr Einkünfte bringen könnte. Sie durfte nicht den Mut verlieren, auch wenn die Zeit sehr knapp war. Sie spürte, wie die Sorgen in ihrer Brust einer unerwarteten Freude Platz machten. Einen besseren Geburtstag hatte sie schon lange nicht mehr gehabt.

29

Ende Mai, Anfang Juni hörte Gudrid, dass weitere Landsleute freigekauft worden waren. Das bestärkte ihre Hoffnung, machte ihr zugleich aber auch Angst. Brandur war es nicht gelungen, für sie Teppichgarn aus der Kasbah zu beschaffen, aber das Glück hatte ihr dennoch nicht ganz den Rücken gekehrt. Eines Abends war Badra zu den Sklavinnen auf das Dach gekommen, um die Kühle des Abends zu genießen und den Mond und die Sterne zu betrachten. Bevor sie wieder nach unten ging, hatte sie gebeten, einen Blick in die Unterkunft der Sklavinnen werfen zu dürfen, denn sie war von plötzlicher Neugier gepackt und wollte sehen, wie die beiden Frauen in der Hütte auf dem Dach wohnten.

Es gab nicht viel zu sehen im blassen Schein von zwei Wachskerzen. Ihre Lager befanden sich jeweils an einer Giebelwand, und jede von ihnen besaß zwei Decken: eine aus grauweißem Flachs und eine dicke gewebte Wolldecke mit grünen, gelben und schwarzen Streifen. Am Kopfende der Lager standen ihre Kleiderkisten, und auf Nabilas Kiste lag ein zusammengerollter Gebetsteppich. Gudrid besaß ein großes, weiches Kissen und zwei Überzüge zum Wechseln. Sie hatte das Glück, dass an diesem Abend der bessere Überzug aus weißem Leinen über das Kissen gezogen war, auf den sie mit hellblauem Seidenfaden ihren Kosenamen gestickt hatte: Gudda. Den Faden hatte ihr ein Kaufmann aus Palästina geschenkt, der einmal in der Kasbah übernachtet hatte.

Badra hob das Kissen auf und ging damit vor die Tür.

«Was steht hier?», fragte sie.

«Mein Name», antwortete Gudrid.

«Guri?», fragte Badra.

«Nein, Gudda. Zu Hause auf den Westmänner-Inseln wurde ich manchmal so genannt.»

«Gudda?»

«Ich nenne sie immer Gadda», sagte Nabila und lächelte so breit, dass ihre weißen Zähne blitzten.

«Warum das?», fragte Badra.

«Gadda bedeutet tüchtige und ausdauernde Frau. Das, finde ich, ist ein guter Name für sie.»

Gudrid wurde verlegen.

«Könntest du meinen Namen in einen solchen Überzug sticken?», fragte Badra plötzlich und hielt das Kissen so geneigt, dass der Seidenfaden silbern im Mondschein glitzerte. «Ich würde dich dafür bezahlen.»

«Das würde ich gern für dich tun», antwortete Gudrid, «aber ich habe weder Leinen noch Garn.»

«Ich habe beides», sagte Badra.

Sie vereinbarten, dass Badra am nächsten Abend wieder mit einem Kissenüberzug und Seidenfaden zu ihnen kommen sollte.

So gelang es Gudrid, sich an drei langen Abenden den Gegenwert von zwei Talern zu erarbeiten. Badra hatte Gudrid ein Stückchen Pergament mit ihrem Namen auf Arabisch als Vorlage gereicht und sie gebeten, ihren Namen auf der einen Seite in arabischen Lettern zu sticken und auf der anderen in lateinischen. Als Badra auf das Dach hochkam, um den Kissenüberzug abzuholen, und ihren Namen auf goldener Seide gestickt sah, breitete sich eine zufriedene Miene auf ihrem Gesicht aus. Sie drehte und wendete das Tuch nach allen Seiten, zeigte auf die grünen Buchstaben und ließ Gudrid die lateinischen Lettern buchstabieren: BADRA.

«Das können die anderen Ehefrauen nicht lesen», sagte sie mit triumphierendem Lächeln.

Sie wollte wissen, wo Gudrid so schön sticken gelernt hatte, und Gudrid erzählte ihr von ihrer Zeit bei der Madame in Kirkjubaer. Badra wollte noch andere Handarbeiten sehen, doch Gudrid entschuldigte sich, dass sie nichts anderes habe als einen halb fertigen Gebetsteppich, die Gesichtsschleier und einige wenige

Zierbänder. »Es kommt nicht auf die Menge an, sondern auf die Qualität«, sagte Badra und kaufte den Gesichtsschleier.

Damit hatte Gudrid nun 19 Taler in ihrem Beutel.

Sie hatte außerdem gute Aussicht, den anderen Teppich zu Ende zu bringen und später verkaufen zu können, denn Badra hatte ihr versprochen, Teppichgarn zu besorgen.

Am Abend des 10. Juni kam Badra abermals auf das Dach, mit einem Sack, voll gestopft mit Teppichgarn in allen Farben, das die Sklavinnen untereinander aufteilen sollten. Außerdem sagte sie, sie habe Neuigkeiten. Ein holländischer Kaufmann habe bei Adila wegen ihrer isländischen Sklavin vorgesprochen, und Adila habe ihm gesagt, dass sie nicht zu verkaufen sei. Der Holländer habe dann gefragt, ob er die Sklavin sprechen dürfe, was Adila abgelehnt hatte. Dann habe der Holländer gesagt, dass er einen recht guten Preis für die Sklavin bieten könne, wenn sie noch gesund und arbeitsfähig sei, er habe in letzter Zeit bis zu hundertfünfzig Taler für solche Frauen bezahlt. 150 wäre allerdings das absolute Maximum. Da habe Adila gelacht und gesagt, dass ihre Sklavin fürwahr mehr wert sei. Viel mehr wert! Sie sei treu und ergeben, geschickt und ausdauernd bei jeder Art von Arbeit und außerdem eine hervorragende Handarbeiterin. Eine solche Sklavin würde man nicht alle Tage finden! Der Holländer habe dann gebeten, etwas von ihrer Handarbeit sehen zu dürfen, und man habe Badra nach ihrem schönen Kissenüberzug gesandt. Darauf habe der Holländer sein Angebot um 10 Taler erhöht, aber Adila sei hart geblieben. Sie wolle die doppelte Summe. Da sei der Holländer zornig geworden und habe gesagt, mehr würde er nicht bieten, ohne die Sklavin gesehen zu haben. Er habe gesagt, er würde in den nächsten Tagen wiederkommen und sehen, ob Adila ihre Meinung geändert habe, worauf ihm Adila entgegnet habe, dass sie ihm nicht verbieten könne, an ihre Tür zu klopfen.

Gudrid sauste bei Badras Erzählung das Blut in den Ohren. Endlich, endlich sah sie einen Hoffnungsschimmer auf Freiheit! Endlich, endlich hatte sich Kifft ihrer Sache angenommen. Und doch übertraf die Schmach beinah die Freude. Sie hatten um sie gefeilscht wie um ein Tier. Das rief Erinnerungen an den entsetzlichen Augenblick wach, als sie, splitternackt und von Schande und Furcht gelähmt, vor den Kaufleuten im Palast des Paschas gestanden hatte und der Dey sie wie ein Stück Vieh betatschte, bevor er sie kaufte. Sie schlug sich die Hände vors Gesicht. Damals hatte sie kein Wort verstanden von dem, was um sie herum gesprochen wurde, und nicht gewusst, wie hoch man ihren Preis einschätzte, aber jetzt war sie sich völlig über den Wert der Summen im Klaren, die genannt wurden. Sie hatte versucht, diese Erinnerung aus ihrem Gedächtnis zu tilgen – jetzt flammte sie wieder auf wie ein Schwelbrand, der ihre Wangen rötete. Man würde sie ein zweites Mal verschachern. Das war nicht zu vermeiden, wenn sie ihre Freiheit wiedererlangen wollte. Widersprüchliche Wünsche gingen ihr durch den Kopf. Einerseits wollte sie hoch eingeschätzt werden, aber gleichzeitig wusste sie, dass ein zu hoher Preis ihre Freilassung verhindern konnte. Die 19 Taler, die sie selbst besaß, waren dabei nicht mehr als nur ein Tropfen auf einen heißen Stein. Ihr ganzes Vermögen nach neun Jahren Knauserei! Selbst wenn es ihr gelänge, die Summe in den nächsten Jahren zu verdoppeln, könnte sie sich nicht einmal für den niedrigsten Preis freikaufen. Und wer wusste, ob es eine zweite Gelegenheit geben würde? Wenn sie nicht jetzt freikam, hatte sie wenig Hoffnung.

Gudrid dankte Badra für die Nachricht und bat sie dann, sie zu entschuldigen. Sie musste sich hinlegen. Ihre Beine waren so schwach, dass sie sich gerade bis in ihre Unterkunft schleppen konnte. Dort brach sie zusammen.

Nabila war ihr gefolgt.

«Bist du krank?», fragte sie.

«Nein», flüsterte Gudrid. «Ich bin nicht krank. Nur die Beine wollen mich nicht tragen.»

«Möchtest du so gern nach Hause zurückkehren?»

Gudrid sah das grüne Dach ihres Grassodenhauses vor sich, hörte das Säuseln des Windes in den Halmen. Sie lag mit geschlossenen Augen da und brachte keine Antwort hervor.

«Ich wollte, ich könnte dir helfen», sagte Nabila. «Ich habe zehn Dinare. Die kannst du haben.»

«Du wirst dein Geld selbst brauchen», antwortete Gudrid.

«Aus meinem Land kommt niemand, um Leute freizukaufen», sagte Nabila mit Bitterkeit in der Stimme. «Ich werde die Stadt niemals als freie Frau verlassen. Ich kann höchstens von einem Herrn an einen anderen verkauft werden. Da möchte ich lieber hier bleiben. Wenn du die Dinare von mir nicht annehmen willst, könntest du mir wenigstens den Gesichtsschleier für denselben Preis verkaufen, den Badra bezahlte.»

«Das kann ich tun», antwortete Gudrid, «aber es macht auch keinen Unterschied.»

«Viele Tropfen füllen einen Eimer», entgegnete Nabila.

Gudrid lag zusammengekauert auf ihrer Matte und hörte, wie Nabila das Geld zählte. In der Tür zu ihrer Hütte stand Badra und sang leise vor sich hin.

Wisse, Schläfer, dass mich die Liebe zu dir
am Wachen hält.
Erbarme dich, gib mir den Schlaf zurück,
du Schlafes Dieb.

Wisse, dass meinen Augen die süße Ruh
verwehret ist,
seit deine Liebe mich geschlagen hat
in ihren Bann.

Badras Stimme hatte einen tiefen, warmen Klang. Sie schien ganz in das Liebeslied versunken, und Gudrid lauschte mit geschlossenen Augen wie benommen den immer wiederkehrenden Beschreibungen der Liebesblicke, durchwachten Nächte und gebrochenen Herzen.

Die Leidenschaft spricht unentwegt
aus der Tiefe meiner Augen.

Sie geben einem jeden kund,
dass ich gefangen bin von dir.
Ich bin vor Liebe krank,
mit wundem Herz dem Tod geweiht,
Kummer ohne Unterlass
bereitet uns're Trennung mir.

Gudrid strömten Tränen über die Wangen, ohne dass sie etwas dagegen hätte tun können. Sie wollte Badra bitten, mit dem Singen aufzuhören, und wollte doch mehr hören. Mehr über die Liebe. Den Schmerz. Die Sehnsucht.

«Badra», sagte sie und erhob sich mühevoll wieder von ihrer Matte.

Badra sang wie in Gedanken weiter vor sich hin.

«Badra, ich muss weg von hier. Nach Hause. Rette mich, Badra.»

Sie kniete vor Badra hin und umschlang ihre Taille mit den Armen, krallte sich an ihren Kleidern fest.

«Sag Adila, dass ich selbst etwas beisteuern kann, wenn der Holländer nicht genug für mich bezahlen will. Sie kann alles haben, was ich besitze. Ich habe 200 Dinare. 20 Taler. Bitte Adila, sich meiner zu erbarmen.»

Badra nahm ihre Hand und bat sie aufzustehen. «Ich weiß, dass Adila Geld braucht. Sie hat Schulden bei ihrem Bruder. Das Angebot des Holländers kommt zu einer günstigen Zeit für sie. Aber sie ist gierig. Sie wird versuchen, so viel wie möglich bei dem Geschäft herauszuschlagen.»

«Ich vertraue auf deine Hilfe, Badra», sagte Gudrid demütig flehend. «Ich bin dir so dankbar. Keine einheimische Frau hat mir so viel Wohlwollen gezeigt wie du.»

Badra versprach, dass sie versuchen wolle, sie nicht zu enttäuschen. Als sie sich verabschiedete, blieb ein süßer Duft in der Luft zurück. Bald darauf war Nabila eingeschlafen, während Gudrid lange wach lag und auf die Geräusche der Nacht lauschte. Ab und zu drangen Rufe und Schreie aus den engen Gassen der Stadt empor. Sie hörte ein Hämmern in der Ferne. Einen Eselsschrei. Ein Säuseln in der Luft, als ein Schwarm Schwalben über das Haus strich. Von irgendeinem Schiff im Hafen drang der Klang von Instrumentenspiel herüber. Eine Frau sang ein langes, getragenes Klagelied. Gudrid dachte an Eyjólf. Das Klagen der Frau weckte wieder die Sehnsucht in ihr nach einem Wiedersehen mit ihrem Mann. Sie dachte an Sölmund, den sie nicht verlassen durfte ... wollte ... würde! Großer Gott, was hatte sie getan? Sie hatte ihr ganzes Geld für ihre eigene Freilassung geboten. Sölmund hatte sie nicht erwähnt. Und doch war es immer ihre Absicht gewesen, sich ihrer beider Freiheit zu erarbeiten. Wie sollte sie nun Sölmund freibekommen?

Gudrid warf sich unruhig von einer Seite auf die andere.

Sie machte das Kreuzzeichen und betete im Stillen. Bat Gott, ihr zu verzeihen. Bat Gott, ihr in ihrer Not beizustehen. Betete für sich selbst, betete für Sölmund.

Doch nach und nach verschmolzen die Geräusche der Nacht zu einem Wiegenlied, das sie in den Schlaf begleitete.

30

Der nächste Tag verging ohne irgendwelche Neuigkeiten. Gudrid kam ihren Pflichten nach, wie immer, während die Gedanken in ihrem Kopf fieberhaft arbeiteten. Sie überlegte, welche Chancen sie hatte, freigekauft zu werden, und fragte sich, welche Möglichkeiten es gab, Sölmund freizubekommen. Sie versuchte alles zu bedenken, was ihr irgendwie helfen könnte, alles was schief gehen könnte. Sie verlor den Faden und griff ihn wieder auf, dachte alle Möglichkeiten noch einmal durch und war dabei ständig zwischen Hoffnung und Angst hin und her geworfen. Die größte Angst hatte sie davor, dass ihr die Zeit davonlief. Die Zeit ist ein flinker Vogel, hatte Badra manchmal gesagt.

Am Morgen des 12. Juni kniete Gudrid schweißgebadet über dem Boden eines Zimmers im Harem, nachdem sie schon das Pflaster des Innenhofs geschrubbt hatte, als Mira, eine der Sklavinnen von Ali Hakims Frau Nour, zu ihr kam und sagte, man habe sie hergesandt, um sie zu holen. Mira führte Gudrid an den Brunnen, reichte ihr ein Tuch und sagte, sie solle sich, so gut es gehe, waschen und ihre Kleidung in Ordnung bringen. Dann zog sie ihr eine weite Bluse an, legte ihr eine Schärpe um die Taille und führte sie danach an die Tür des Empfangszimmers. Dort hinein hatte Gudrid noch nie einen Fuß gesetzt. Die massive, schwere Tür aus geschnitztem Zedernholz war halb geöffnet. Von innen erklang die Stimme Adilas, die ihr befahl einzutreten.

Gudrid betrat den prächtig ausgestatteten Raum. Die Wände waren vom Boden bis an die Decke mit glasierten Fliesen bedeckt, die unten dunkelgrün und weiß waren und weiter oben ein Muster aus Rotgelb, Blau und Weiß bildeten. Die geschnitzte Rotholzdecke zierten Rosetten, und vor den schmalen Rundbogenfenstern befanden sich schwarze Eisengitter, um die sich Weinreben rankten. Feiner Weihrauchduft durchzog den Raum. Hinter dem Tisch saßen außer Adila ihre drei Brüder, Ali Hakim, Said und Hamis, auf einem tiefen Sofa, während auf einem geschnitzten Stuhl am Tischende ein unbekannter, ganz in Schwarz gekleideter Mann Platz genommen hatte. Er trug schwarze Schuhe und Strümpfe, schwarze Kniehosen und eine schwarze, eng anliegende Jacke. Das Einzige, was sich von der schwarzen Erscheinung des Mannes abhob, war ein weißer, weit ausladender Kragen. Auf dem Kopf trug er einen hohen schwarzen Hut mit breiter Krempe. Das rotbraune Haar war sauber auf Höhe der Ohrläppchen gestutzt, und am Ringfinger der linken Hand steckte ein Ring mit einem schwarzen Stein.

Es war Wilhelm Kifft. Gudrid erkannte den Mann nach den Beschreibungen ihrer Landsleute sofort. Als Adila sie ihm vorstellte, verbeugte Gudrid sich so tief, dass sie beinah das Gleichgewicht verlor.

Ali Hakim ergriff das Wort.

«Der hoch geehrte Herr Kifft ist im Auftrag des dänischen Königs gekommen, um über die Freilassung einiger seiner Untertanen hier in der Stadt zu verhandeln. Er hat schon viele Leute freigekauft und glaubt, bevor er abreist, sich noch den Kauf von einer oder zwei Sklavinnen leisten zu können, falls man sich auf einen angemessenen Preis einigen kann. Er hat von deiner Anwesenheit in meinem Haus erfahren und uns ein Angebot gemacht, das wir ablehnen mussten. Wir waren aber damit einverstanden, dass er dich trifft, bevor er uns ein neues Angebot macht.»

Wilhelm Kifft stand auf und ging auf Gudrid zu. Er war groß, hatte breite, kräftige Schultern und streckte ihr seine schlanke Hand entgegen. Gudrid fühlte sich ihm gegenüber ganz klein und unbedeutend. Sie wischte sich rasch die kleine, rote, geschwollene Hand am Rock ab, bevor sie sie ihm reichte.

Er nannte seinen Namen, betrachtete ihre Hände und fragte, wie es möglich sei, dass so geschwollene Finger so kunstvolle

Handarbeiten fertigen könnten? Er hatte eine tiefe Stimme und sprach eine Art von Franko mit sonderbarem Akzent.

Gudrid wollte ihre Hand zurückziehen, wagte es aber nicht. Sie sagte, sie habe eben Böden gescheuert und die Schwellung würde im Laufe das Tages abklingen. Sie beschäftige sich nur in ihrer Freizeit am Abend mit Handarbeit.

«Sie behaupten, dass du eine vorzügliche Handarbeiterin bist, und verlangen deshalb eine haushohe Summe für dich. Ist das gerechtfertigt?»

Gudrid blickte zu Boden. «Ich kann meine Arbeit nicht selbst beurteilen», sagte sie.

«Der ehrenwerte Herr braucht mein Urteil in diesen Dingen nicht in Zweifel zu ziehen», sagte Adila. «Er hat ihre Arbeit selbst gesehen, und zweifellos kann sie noch viel mehr.»

Gudrid sagte, sie bedaure, dass sie leider nichts vorzuzeigen habe, und Kifft ließ ihre Hand los.

«Lass diese falsche Bescheidenheit», sagte Adila da. «Badra hat uns verraten, dass du noch so manches verborgen hast.»

Gudrid wusste nicht, was sie sagen sollte. Hatte ihnen Badra ihre Handarbeit gezeigt, ihnen aber nicht ihre Botschaft überbracht? War Adila nicht klar, dass sie alles, was sie besaß, für Geld verkauft hatte? Steckte etwas anderes hinter der ganzen Sache? Es schien ihr das Beste zu schweigen.

Dann ergriff Kifft das Wort und wandte sich an die drei Brüder: «Ich bin, nach dem Eindruck, den die Sklavin macht, bereit, mein Angebot um weitere 10 Taler zu erhöhen», sagte er und bot 170 Taler.

Die Brüder grinsten einander zu. Dann reichte Ali Hakim dem Gast eine volle Obstschale und bot ihm eine Frucht an. Er selbst steckte sich eine Feige in den Mund und kaute schmatzend darauf herum. Schließlich erklärte er, die Geschwister hätten sich darauf geeinigt, dass sie nicht weiter mit dem Preis heruntergehen könnten. 250 Taler.

Gudrid schwindelte. Das waren 80 Taler Unterschied.

«Dann fürchte ich, meine Herren und meine Dame, dass aus

dem Geschäft nichts wird», sagte Kifft. «Ich habe nicht mehr so viel Geld zur Verfügung. Ich habe bereits neunundvierzig Untertanen des Dänenkönigs hier in der Stadt aus der Sklaverei freigekauft und bin für ihren Unterhalt im Haus der Freigelassenen aufgekommen, für manche monatelang, und muss für alle noch den Hafenzoll bezahlen, der in die Kassen Eurer Stadt fließt. Dann habe ich die Überfahrt nach Marseille zu bezahlen und die Reisekosten durch ganz Europa bis nach Kopenhagen. Wisst Ihr, wo Kopenhagen liegt, meine Herren? Es ist eine der nördlichsten Ecken der Welt. Die Reise dorthin kostet ein Vermögen. Mein Auftrag hier in der Stadt ist erfüllt, und ich werde nicht die letzten Tage dazu verwenden, mit Euch zu feilschen. 250 Taler ist der reinste Wucher für ein barfüßiges Lumpenweib.»

Kifft zeigte auf Gudrid, die mit gesenktem Blick und zitternd seine Rede mit angehört hatte. Die Brüder standen auf, und Ali Hakim meinte, die Geschwister könnten es sich überlegen, den Preis auf 230 Taler zu senken. Wilhelm Kifft nahm seinen Hut ab und verbeugte sich mit einer großen Handbewegung vor den Brüdern.

«Seid gegrüßt, meine Herren», sagte er und wandte sich zum Gehen. Er verneigte sich auf dem Weg hinaus auch vor Adila, die ihren Brüdern einen raschen Blick zuwarf. Kifft war schon an der Tür, als sie sagte: «220. Tiefer kann ich nicht gehen. So groß ist der Schaden, diese Sklavin aus meinem Dienst zu verlieren.»

Wilhelm Kifft blieb stehen und drehte sich um. Er blickte Gudrid an, die leichenblass wie angewurzelt dastand.

«180. Und nicht mehr. Das ist mein allerletztes Angebot.»

Darauf folgte ein spannungsgeladenes Schweigen. Es ging den Geschwistern augenscheinlich gegen den Strich, noch mehr nachzugeben. Kifft drehte sich um und schritt durch die Tür hinaus. Gudrid hatte ein ständiges Sausen in den Ohren, das immer lauter wurde. Sie hörte kaum ihre eigene Stimme, als sie rief: «200! Lasst mich gehen für 200. Ich habe 20 Taler. Die könnt ihr haben.»

Sie warf sich vor Adila auf die Knie.

«Lass mich gehen für 200 Taler. Im Namen des barmherzigen Gottes. Lass mich gehen!»

Adila wich zurück.

«Einen Augenblick, Herr Kifft», rief Ali Hakim, und Hamis lief ihm in den Hof hinterher.

Ali Hakim und Adila wechselten einige Worte auf Türkisch. Sie sprachen laut und schnell und mit sichtlicher Erregung. Hamis hatte die Tür hinter sich offen gelassen, und Gudrid sah aus dem Augenwinkel, wie Kifft am Brunnen stehen blieb. Endlich sagte Adila barsch:

«Wie hinterlistig du doch bist! Wir hätten nicht gedacht, dass unsere Sklavin so reich ist. Hast du dieses Geld bei dir?»

«Nein», stammelte Gudrid, «aber ich kann es sofort holen», worauf Ali Hakim seiner Schwester befahl, mit Gudrid das Geld zu holen. Er wollte es selbst zählen, bevor er sein letztes Wort sprach.

Gudrid wankte hinter Adila in den Garten hinaus und von dort die enge Steintreppe auf das Dach hoch. Oben angekommen, ging sie direkt auf die Brüstung zu und löste den Stein aus der Mauer, hinter dem sie das Geld in einem Loch versteckt hatte. Sie spürte den stechenden Blick Adilas in ihrem Rücken. Ihre Finger zitterten, als sie den Beutel hervorzog, Staub und ein paar weiße Kalkkörner davon abwischte und ihn ihrer Herrin reichte.

Adila zog ein Seidentuch aus ihrem Ärmel hervor, legte es auf den Boden und leerte den Inhalt des Beutels darauf. Sie zählte das Geld zweimal mit flinken Fingern und nickte bestätigend mit dem Kopf. Dann sagte sie:

«Der Prophet sagt: Wer einen Sklaven besitzt, soll ihm die volle Freiheit geben, wenn dieser mit Geld dafür bezahlen kann. Dasselbe wird für Sklavinnen gelten, denn Gott ist barmherzig. Packe deine Kleider und andere Habe zusammen. Die gestreifte Decke auf deinem Lager darfst du behalten.» Dann ging Adila mit dem Geld nach unten.

Gudrid besaß gerade genug Kleider zum Wechseln. Sie zog das verschwitzte Unterhemd, das sie beim Bodenwischen getragen hatte, aus und ließ es zusammen mit der Bluse, die Mira ihr übergezogen hatte, zurück. Dann nahm sie die neue Hose aus ihrem Kistchen und zog sie unter dem Rock an. Das feine Hemd und die grüne Weste, die sie von Adila bekommen hatte, wollte sie für später aufsparen und schlüpfte stattdessen in eine alte Leinenjacke. Gudrid besaß einen kleinen maurischen Spiegel mit goldenem Rahmen, einen Rosenkranz, den ihr Schwester Angela vor langer Zeit gegeben hatte, einen Fingerring und einen Fußreif, die sie in das Hemd einwickelte. Die Tonvase, die Sölmund mit seinen Kinderhänden für sie geformt hatte, schlug sie in das Kopftuch von Badra ein und packte auch eine winzige Gesichtsmaske dazu, die ein Wesen mit offenem Mund und bösen Augen darstellte. Nabila hatte sie eigenhändig aus schwarzem Holz geschnitzt und ihr geschenkt. Sie hatte gesagt, solange sie die Maske in ihren Kleidern aufbewahre, würde ihr nichts Böses zustoßen. Aber es dürfe sie nie jemand entdecken. Dann würde etwas Schlimmes passieren. Gudrid hatte den Gegenstand nur mit großem Zögern von Nabila angenommen, denn Nabila vermengte ihre Gebete mit aller Art von Aberglauben und rief außer Allah, dem Einen, dem Gütigen und Barmherzigen, auch noch verschiedene Geister an. Andererseits stand Gudrid in dieser Stadt niemand näher als Nabila, und die Maske war ein Zeugnis ihrer Freundschaft. Sie würde Gudrid immer an die schwarze Sklavin erinnern. Und Geschenke sollte man mit Geschenken vergelten. Gudrid zog den bestickten Überzug von ihrem Kissen, faltete ihn zusammen und legte ihn auf Nabilas Kleiderkiste. So hatten sie beide etwas, das sie aneinander erinnerte. Zum Schluss nahm sie den halb fertigen Gebetsteppich vom Webstuhl, rollte das Teppichgarn in ihn ein, legte ihn in das Kistchen und deckte alles mit der gestreiften Decke zu.

Es war Mittag geworden, und der Muezzin in der Großen Moschee am Sklavenmarkt rief die Menschen zum Gebet. Sein Ruf setzte sich von Moschee zu Moschee fort, und plötzlich wurde Gudrid von unbändigem Verlangen erfüllt zu beten. Wie konnte sie es verabsäumen, ihrem Gott zu danken? Sie nahm den halb fertigen Teppich wieder aus dem Kistchen und rollte ihn aus. Dann wandte sie ihr Gesicht nach Osten, hob die Hände so, dass die Daumen die Schultern berührten, und verneigte sich. Sie machte alles so, wie sie es bei Adila so oft gesehen hatte, und betete das Vaterunser.

Sie ließ die Stirn eine Weile auf dem Teppich ruhen. Dann richtete sie sich auf und neigte den Kopf kurz nach links, bevor sie aufstand.

Gudrid war reisefertig. Sie hüllte sich in ihren Schleier und warf noch einen letzten Blick auf die armselige Hütte. Sie stand einen Augenblick mit geschlossenen Augen still da und lauschte auf ihren Atem und ihr pochendes Herz. Sie machte das Kreuzzeichen über Nabilas Lager. Dann ging sie an die Mauerbrüstung und blickte über den Sklavenmarkt und den Hafen auf das glitzernde Meer. Gudrid war erfüllt von Dankbarkeit und Glück, dennoch befiel sie auch Wehmut.

Hier auf diesem Dach hatte sie ihre besten Tage in dieser Stadt verbracht – gute Tage, aber insbesondere gute Abende und schöne Nächte unter der Sternenpracht des Himmels. Sie hatte vertraute Stunden mit Nabila genossen und auch Zeit für sich selbst gefunden. Der Ausblick von hier oben war wunderbar. Sie sah über die sonnenbeglänzte Bucht hinaus aufs offene Meer.

Es fiel ihr merkwürdig schwer, sich von alldem loszureißen, und sie hoffte, Nabila würde hochkommen, um sich von ihr zu verabschieden. Sie zögerte, bis sie nicht länger zu warten wagte.

Dann nahm sie ihr Kistchen auf die Schulter und stieg vom Dach hinab.

31

Nicht weit vom Tor Bab Azoun erstreckte sich ein niedriges Gebäude entlang der Stadtmauer, das Haus der Freigelassenen, in dem ehemalige Gefangene einen Zufluchtsort fanden, während sie auf den Schiffstransport in ein christliches Land warteten. Am Nordende des Hauses befand sich ein mit Brettern abgetrennter kleiner Raum für die freigelassenen Frauen. Gudrid verschlug es fast den Atem, als sie in die stickige Frauenkammer trat und ihr Kistchen abstellte, während die Frauen drinnen Freudenrufe ausstießen. Ihre Schwägerin Ingibjörg kam mit ausgebreiteten Armen auf sie zu, und sie fielen sich um den Hals.

«Bist du den Krallen des Teufels gerade noch entkommen!», sagte Ingibjörg mit breitem Lächeln und tränenerstickter Stimme. «Wir hatten solche Angst, dass sich deine Herren und Wilhelm Kifft nicht einigen könnten. Aber jetzt bist du frei! Wir sind frei! Morgen oder übermorgen brechen wir in die Heimat auf. Wir fahren nach Hause!»

Gudrid erschrak.

«So rasch?», fragte sie ängstlich.

«Nennst du das rasch?», antwortete Ingibjörg mit einem Anflug von Beleidigung. «Wir haben seit Ostern hier im Haus der Freigelassenen darauf gewartet. Manche schon seit Weihnachten! Jetzt halten wir es nicht mehr aus. Wir wollen aufbrechen. Nach Hause!»

«Sind Sólrun und Ásgrim hier bei dir?», fragte Gudrid.

Ingibjörg schüttelte den Kopf.

«Nein, Gudda. Hier sind keine Kinder. Kinder oder Jugendliche verlassen diesen Ort nicht. Daran gibt es nichts zu rütteln.»

Das freudige Strahlen in Ingibjörgs Augen wich einem dunklen Schatten.

«Es geht uns allen so, Gudda. Wir fahren alle kinderlos von hier weg. Sogar die Madame von Ofanleiti hat das begriffen.»

Gudrid ging zu den Frauen, die in der halbdunklen Kammer auf ihren Lagern saßen oder lagen, und begrüßte eine nach der anderen mit der Hand. Die alte Ingibjörg Valdadóttir saß wie abwesend auf ihrer Matte und sang etwas vor sich hin, ohne Gudrids Gruß zu erwidern. Neben ihr hockte ihre Enkelin Ingibjörg Egilsdóttir mit geschlossenen Augen an die Wand gelehnt. Halldóra Jónsdóttir schlief. Es waren einige zur Gruppe der Freigekauften gestoßen, seit sie das letzte Mal Nachricht von ihnen bekommen hatte, aber Gudrid konnte nirgendwo Ásta von Ofanleiti oder Gunnhild Hermannsdóttir entdecken. Ingibjörg erzählte ihr, dass einige Frauen in die Stadt gegangen seien, um sich von Bekannten und Familienangehörigen zu verabschieden.

Diese Nachricht war alles andere als dazu angetan, Gudrid zu beruhigen. Sie fragte ihre Schwägerin, ob sie ihr helfen könne, Brandur Arngrimsson zu finden. Es sei sehr eilig.

Ingibjörg führte Gudrid wieder hinaus und klopfte an die Tür der Männerhalle. Ein alt aussehender, in Lumpen gekleideter Mann öffnete ihnen und blickte sie misstrauisch an. Er sagte, es seien so viele Männer in der Halle, dass er sie unmöglich alle beim Namen kennen könne. Dann ließ er sich aber doch dazu herab, davonzuschlurfen und Brandurs Namen mit schriller Stimme in den Raum zu rufen. Aber es meldete sich kein Brandur. Hingegen entdeckten die Frauen Helgi Jónsson unter ihnen, und Gudrid rief ihn beim Namen.

Helgi blickte auf und folgte dem Alten zu den Frauen an der Tür. Er reichte Gudrid die Hand und sagte, er freue sich zu sehen, dass sie freigelassen worden sei. Wo Brandur war, wusste er aber nicht.

«Ich will ihm von deiner Ankunft Bescheid geben, sobald er kommt», sagte er. «Bei Sonnenuntergang müssen alle zurück sein.»

Ingibjörg fragte Helgi, ob es stimme, dass Kifft ein Schiff nach Frankreich für sie aufgetrieben habe, aber er schüttelte den Kopf.

«Hier liegen Schiffe, die nach Livorno, Malta und Mallorca und eine Unzahl anderer christlicher Länder segeln, aber derzeit ist, soviel ich weiß, keines auf dem Weg nach Frankreich», sagte Helgi.

«Aber ich dachte, wir sollen innerhalb von zwei Tagen zur Abfahrt bereit sein», entgegnete Ingibjörg mit unüberhörbarer Enttäuschung in der Stimme.

«Das stimmt. Wir müssen jeden Tag reisefertig sein, wenn das richtige Schiff kommt», bestätigte Helgi. «Kifft hat aufgehört, Leute freizukaufen. Mehr werden es nicht werden. Und er will für unseren Aufenthalt hier nicht länger bezahlen als unbedingt nötig.»

Als Gudrid und Ingibjörg in die stickige Frauenkammer zurückkehrten, machte Ingibjörg ein sorgenvolleres Gesicht als zuvor, während Gudrid etwas zuversichtlicher geworden war. Vielleicht würde sie doch genügend Zeit haben, um Sölmund zu retten. Sie wollte die Hoffnung nicht aufgeben. Aber sie verriet ihrer Schwägerin nicht, welche Gedanken sie beschäftigten, sondern setzte sich neben sie auf das Lager, wo sie einander erzählten, was sie seit ihrem letzten Zusammentreffen erlebt hatten. Am Abend bekamen die Frauen eine Kelle Suppe und einen Bissen Brot, bevor sie sich schlafen legten.

Als Gudrid am nächsten Morgen aus schweren Träumen erwachte und aus der Frauenkammer trat, wartete Brandur auf sie. Er sagte, er habe ihre Nachricht erhalten und freue sich über ihre Freilassung.

«Ich kann mir auch denken, worum es geht», sagte er, «aber es gibt wenig, was wir für Sölmund tun können. Ich habe alles, was ich besaß, meinem eigenen Lösegeld beigesteuert. 70 Taler. Und Kifft hat 152 bezahlt. Macht zusammen 222 Taler. Sölmund ist ein viel versprechender Junge, und man wird eine hohe Summe für ihn ansetzen.»

Gudrid wollte nicht glauben, dass man für einen halben Jüngling viel verlangen könne, und sagte, sie hätte an die Möglichkeit gedacht, eine Sammlung für seine Freilassung zu veranstalten.

«Eine Sammlung?», fragte Brandur. «Unter wem?»

«Unter unseren Landsleuten hier in der Stadt», sagte Gudrid zögernd und merkte dabei schon, wie aussichtslos dieser Einfall war.

Brandur winkte ab. So was brauche man nicht einmal vorzuschlagen. Die wenigen unter den Freigelassenen, die etwas besessen hätten, hätten es für ihre eigene Freiheit geben müssen. Außerdem würden noch andere Frauen ihre Kinder für das gesammelte Geld freikaufen wollen, falls überhaupt welches zusammenkäme.

«Das weiß ich wohl», sagte Gudrid, «aber Sölmund ist mein Sohn. Es ist natürlich, dass ich zuerst an ihn denke.»

«So egoistisch kannst du nicht sein, Gudrid. Nicht in der Lage, in der sich die meisten befinden», sagte Brandur offen.

Gudrid lief bei seiner Rüge rot an vor Zorn.

«Jede Mutter denkt zuallererst an das Wohl ihres eigenen Kindes.»

Dem konnte Brandur nichts entgegnen und er schwieg eine Weile, bevor er sagte: «Vielleicht kannst du auf irgendeine Weise Sölmunds Wohlergehen hier in der Stadt sichern, selbst wenn du ihn nicht freibekommst und mit nach Hause nehmen kannst.»

Gudrid blickte Brandur wie einen Verräter an.

«Wie soll ich sein Wohlergehen sichern, wenn ich nicht da bin?», fragte sie scharf und versuchte, die aufkeimende Verzweiflung mit Hilfe ihres Zorns zu ersticken.

«Du hattest es in mancher Hinsicht besser als andere, Gudrid», sagte Brandur mit Bedacht. «Du hattest Glück mit deinen Herren. Ich habe gehört, dass die Witwe des Dey dich schätzte.»

«Davon habe ich wenig gemerkt», sagte Gudrid und erzählte von den Peitschenhieben, die Adila im ersten Jahr auf ihren Rücken hatte niedergehen lassen. Dann fügte sie hinzu, dass ihre Herrin sie im Laufe der Jahre allerdings gerechter behandelt hatte.

«Kannst du nicht eine Abmachung mit ihr über Sölmunds Erziehung treffen, bis er erwachsen ist? Er ist noch in ihrem Besitz, auch wenn er bei den Janitscharen in der Kasbah blieb, als ihr in die Stadt zogt.»

«Sie hat nicht mehr über ihn zu bestimmen, Brandur. Seit sie Witwe geworden ist, ist sie völlig von ihren Brüdern abhängig.»

«Dann sprich mit den Brüdern», antwortete Brandur.

Gudrid wandte sich rasch von Brandur ab. Das könnte sie nie. Niemals. Oder doch? Könnte sie vielleicht bei Ali Hakim vorsprechen und ihn um Hilfe bitten? Sie kannte Ali Hakim besser, als es sich für sie gehörte. Ali Hakim gab sich nicht mit vier Ehefrauen zufrieden, sondern stellte auch den Sklavinnen im Haus nach. Man hatte ihm jede von ihnen irgendwann ins Bett gelegt. Auch sie. Gudrids christlicher Glaube hatte keinen ausreichenden Schutz gegen Ali Hakim geboten. Er berief sich darauf, dass Mohammed fünfzehn Frauen gehabt hatte, die damals mit Sicherheit noch nicht alle moslemisch waren. Warum sollte er in Frauensachen wählerischer sein als der Prophet?

Ali Hakim hatte dunkelbraune, sehr durchdringende Augen, mit denen er Gudrid lächelnd und zärtlich anblickte, als er ihr damals in einem dunklen Winkel des Säulengangs auflauerte. Und sie hatte sich von ihm ans Bett führen lassen, wo er sie mit seinen heißen, geschickten Finger liebkoste. Er weckte in ihr, nach jahrelanger Keuschheit, das Verlangen nach Vereinigung mit einem Mann. Sie hatte beinah widerstandslos nachgegeben. Und danach öfter an ihn gedacht, als es sich ziemte. Hatte im Geheimen nach ihm Ausschau gehalten. Hatte bemerkt, wie er ihr Blicke zuwarf. Und als er sie das nächste Mal holen ließ, kam sie ihm schon sehr entgegen. Beim dritten Mal hatte sie sich ihm völlig hingegeben und die verbotene Lust in den Armen des Feindes genossen. Einmal war Ali Hakim zum Pferdehandeln in die Berge geritten und hatte verlangt, dass Gudrid ihn begleite. Er ließ für sie ein kleines Zelt abseits des Lagers der Pferdehändler aufschlagen und verbrachte die ganze Nacht bei ihr. Damals hatte nicht viel gefehlt, und sie hätte Eyjólf vergessen. Sie war wie eine rossige Stute. Nach dieser Nacht hatte sie große Angst, schwanger zu sein, aber das

Schicksal hatte ihr das erspart. Als sie wieder in die Stadt zurückkehrten, ließen zwei von Ali Hakims Frauen, Nour und Fatima, Gudrid auspeitschen, und der brennende Schmerz erleichterte etwas die schwere Last ihres Gewissens. Danach hatte nie mehr eine Peitsche die Haut ihres Rückens verletzt, aber sie hatte gelernt, den Zorn der Ehefrauen zu fürchten, und sie wich Ali Hakim aus, als er das nächste Mal ihre Zärtlichkeit begehrte. Er wurde wütend und blickte sie finster an, aber er ließ sie von da an in Ruhe und wandte sich anderen Frauen zu.

Wie würde Ali Hakim reagieren, wenn sie ihn wegen Sölmund um Hilfe bat? Mit welchen Augen würde er sie ansehen? Er hatte oft durch sie hindurchgeblickt, als ob sie nicht existierte. Vielleicht erinnerte er sich gar nicht mehr an das, was zwischen ihnen geschehen war. Er teilte mit so vielen Frauen das Bett. Oder würden ihre früheren Begegnungen jetzt eher ein Hindernis für sie sein als ein Vorteil? Sie wagte nicht, Brandur in die Augen zu sehen, aus Angst, er könnte ihre Gedanken erraten, aus Furcht, er könnte sehen, was sie getan hatte, wie sündig sie war.

Schließlich blickte Gudrid wieder hoch und dankte Brandur für den guten Rat.

«Wenn du willst, werde ich dich zu den Geschwistern begleiten», sagte Brandur.

Gudrid aber wollte noch ein wenig warten und sehen, ob ihr etwas Besseres einfiel. Sie dachte immer noch an Anna. Anna Katrine war wahrscheinlich der einzige Mensch in der Stadt, der Sölmund noch retten konnte. Sie wollte ihre Schwägerin Ingibjörg bitten, mit ihr gemeinsam Annas Haus zu suchen. Wenn es ihr gelänge, Anna zu überreden, ihr zu helfen, bliebe es ihr erspart, wie eine Bettlerin vor ihre ehemaligen Herren zu treten. Wenn es schon keine andere Wahl gab, war es noch besser, das Knie vor Anna zu beugen als vor Ali Hakim.

Gudrid und Ingibjörg irrten bereits den halben Tag durch die Gassen der Stadt, ohne Annas Haus zu finden. Gudrid hatte ihrer Schwägerin die verzierte Tür und den Fenstererker aus Zedernholz beschrieben, und sie hatten an vielen Türen gestanden und durch viele Fenster gespäht, aber keines davon war das richtige gewesen. Es verwirrte Gudrid, dass sie nun aus einer anderen Richtung kam als bei ihrem ersten Besuch, und Ingibjörg verlor in all den verwinkelten Gassen jede Orientierung. Als sie am späten Nachmittag verschwitzt und durstig auf einem kleinen Platz ankamen, entdeckten sie dort einen Brunnen mit fließendem Wasser. Erschöpft hielten sie ihre hohle Hand unter den kühlen Strahl, um ihren Durst zu löschen und sich das Gesicht zu waschen. Dann ruhten sie sich auf der steinernen Einfassung des Brunnens aus. Und als sie sich umblickten, merkten sie plötzlich, dass sie direkt vor Annas Haus saßen. An der Mauer neben dem Eingang war ein verziertes Plättchen angebracht, auf dem sowohl in arabischer als auch lateinischer Schrift *Ishamet Andalus* geschrieben stand.

Sie waren endlich am Ziel.

Gudrid ging ohne Umschweife an die Tür und zog am Klingelband. Wie bei ihrem ersten Besuch erklang im Haus eine Glocke, und sie wartete eine Weile, ohne dass etwas geschah. Dann läutete sie abermals. Nach langem Warten kam eine Sklavin an die Tür, und Gudrid fragte nach Anna.

«Meine Herrin ist nicht zu sprechen», sagte die Sklavin.

«Sie ist nicht zu sprechen?», wiederholte Gudrid ihre Worte und konnte ihre Enttäuschung nicht verbergen.

«Nein», antwortete die Sklavin trocken.

Gudrid dachte zuerst, Anna sei vielleicht auf den Markt gegangen, wie damals, als sie sich auf dem Soukh getroffen hatten, und fragte die Sklavin verlegen, ob sie denn wisse, wann man ihre Herrin wieder zurückerwarte.

«Im Herbst», antwortete die Sklavin. «Sie ist in Ishamets Landhaus nach Tipaza gefahren.»

Gudrid hatte das Gefühl, man hätte ihr die Tür vor der Nase zugeschlagen. Sie brachte kein Wort heraus und starrte die Sklavin an. Sie hatte die Möglichkeit, dass Anna nicht in der Stadt sein könnte, einfach nicht bedacht.

«Damit können wir das vergessen», sagte Ingibjörg und fasste

Gudrid unter dem Arm. «Sie lässt uns einmal mehr im Stich, unsere Anna.»

Als die Sklavin die Tür vor ihnen schloss, hatte Gudrid alle Hoffnung verloren. Sie wankte am Arm ihrer Schwägerin die steile Straße hinunter und stolperte über Unebenheiten im Pflaster. Es war reines Wunschdenken gewesen, sich einzureden, Anna würde im Namen ihrer alten Freundschaft Sölmund retten. Sie hatte Annas freundschaftlichen Reden zu große Bedeutung beigemessen. Sie hatte sich nie gefragt, warum keine weitere Einladung von Anna gekommen war. Sie hatte keine Ahnung, was in Annas Kopf vorging. Sie konnte einfach nicht verstehen, wie Anna die Stadt hatte verlassen können, ohne ihr Nachricht zu geben oder sich zu verabschieden. Sie verstand Anna nicht. Sie spürte einen jähen Zorn in sich hochwallen, einen Zorn, der in Verzweiflung und Ratlosigkeit überging. Sie hatte sich auf das verlassen, worauf kein Verlass war. Was sollte sie jetzt nur tun, um ihren Sohn zu retten?

Am Abend setzte Gudrid sich ans Lager von Ásta von Ofanleiti und bat sie um Rat – obwohl sie wusste, dass Ásta selbst vergeblich versucht hatte, ihren Sohn freizubekommen. Ásta erzählte ihr, dass Augustin Söffrensson angeboten hatte, ihr eine kleine Summe Geldes zu leihen, um den Jungen freizukaufen, aber seine ganze Hilfsbereitschaft hatte Ásta nichts genutzt, denn Ali Pegelin hatte jedes Angebot ausgeschlagen. Und für die flehenden Bitten der Mutter waren seine Ohren taub. In ihrer Not hatte sich Ásta dann an Augustins Bruder, Gudmund, gewandt, der sich in eine spanische Sklavin im Dienste seines Herrn verliebt und den Plan, nach Island zurückzukehren, aufgegeben hatte. Er hatte vor, in Algier zu bleiben, und versprach der Madame, ihren kleinen Jungen, so gut es ging, im Auge zu behalten. Er wollte versuchen, es so einzurichten, dass Jón Ólafsson weiterhin das wahre Wort Gottes zu hören bekäme und seine Mutter nicht vergesse.

Ásta wischte sich Tränen aus den Augen und wiederholte dann die letzten Worte Gudmunds mit einem schwachen Lächeln. Er hätte noch gemeint, man könne nie wissen, ob Jón nicht irgendwann als erwachsener Mann nach Hause segeln würde. Wer auf einem großen Schiff geboren worden sei, würde wohl früher oder später als Seemann enden.

Es verschaffte Gudrid einen gewissen Trost, der Erzählung ihrer Großtante zuzuhören. Ástas Gefasstheit wirkte beruhigend auf sie. Aber obwohl sie nur ein gutes Jahrzehnt älter war als Gudrid, waren ihre Bewegungen langsam geworden, wie die einer alten Frau. Ihr Haar war silbergrau, und ihr Gesicht wirkte abwesend und müde. Ásta hatte sich der Übermacht ihres Schicksals gebeugt.

Aber trotz des erleichternden Gesprächs fand Gudrid diese Nacht keinen Schlaf. Die rastlosen Gedanken in ihrem Kopf, die Hitze und die stickige Luft in der Frauenkammer hielten sie wach. Sie meinte in der Enge zwischen den Frauen ersticken zu müssen, nachdem sie jahrelang auf dem Dach beinah unter freiem Himmel geschlafen hatte.

Am nächsten Morgen klopfte ein Laufbursche an die Tür der Frauenkammer und warf einen großen Sack hinein.

«Schuhe!», rief der Junge. «Frauenschuhe!»

Dann schlug er die Tür wieder zu.

Ólöf Jónsdóttir, die ihr Lager direkt am Eingang hatte, erhob sich mit verschlafenen Augen. Sie griff nach dem schweren Sack und leerte seinen Inhalt mitten auf den Boden, auf dem sich langsam ein großer Haufen neuer, duftender Lederschuhe bildete.

«Großer Gott!», rief Ólöf. «Habt ihr so was schon einmal gesehen?!»

«Sind die für uns?»

Die Frauen stießen erstaunte Rufe aus und kamen eine nach der anderen herbei, um die Schuhe mit den festen Sohlen und den Absätzen zu bestaunen.

«Die müssen für uns sein», sagte Ingibjörg und hob ein Paar auf, um es genauer zu betrachten. «Das kann nur eines bedeuten: Der Tag der Abreise ist gekommen. Die Warterei hat endlich ein Ende!», rief sie, und aus ihrer Stimme klangen Erleichterung und Freude.

Sie beugte sich nieder, um das Paar anzuprobieren, und schon bald herrschte ein Gedränge um den Berg von Schuhen. Mit Ausnahme von Ásta hatte keine der Frauen jemals Lederschuhe mit harten Sohlen besessen. Zu Hause in Island trugen die meisten Schuhe aus Fisch- oder Schafshaut, und hier in der Stadt waren sie entweder barfuß gegangen oder in weichen Sandalen oder Halbschuhen mit Jutesohlen. Jetzt wühlten alle im Schuhhaufen nach zusammengehörigen Paaren, die ihnen passten.

Ingibjörg versuchte sich in die Schuhe zu zwängen, die sie zuerst aufgehoben hatte, aber sie waren zu eng.

«Da passe ich nicht rein. Sie sind so komisch geschnitten», stöhnte sie ein wenig verärgert, aber immer noch gut gelaunt. Dann reichte sie Gudrid das Paar.

«Du hast so zierliche Füße, Gudda, dir könnten sie passen. Ich brauche größere.»

Gudrid steckte vorsichtig einen Fuß in einen Schuh. Er schien zu passen. Sie schlüpfte ganz hinein und blickte erstaunt auf ihre mit schwarzem, glänzendem Leder bekleideten Füße hinab. Aber die Schuhe waren unbequem. Sie waren hart und steif und hatten erhöhte Absätze. Ingibjörg begann zu lachen, als sie Gudrid darin herumwanken sah. Und bald begannen alle Frauen, die passende Schuhe gefunden hatten, vorsichtig durch den Raum zu trippeln, wobei manche ihre Arme wie Waagebalken vom Körper wegstreckten. Sie riefen einander zu, schwatzten aufgeregt durcheinander, kicherten und machten sich gegenseitig über ihr Gehabe lustig. Lachend gingen sie zur Tür hinaus ins Freie, um ihr neues, knarrendes Schuhwerk bei Licht besser in Augenschein nehmen zu können. Manche von ihnen jammerten freilich auch, weil die Schuhe drückten.

Das ausgelassene Gelächter der Frauen drang zum Männersaal hinüber und lockte bald auch die acht isländischen Männer ins Freie, die ebenfalls neue schwarze Lederschuhe an den Füßen hatten. Brandur und Augustin trugen weit geschnittene Stiefel mit harten Absätzen und weichen Stulpen.

«Sieh einer an, die kommen ja daher wie Kapitäne oder Offiziere!», sagte Gunnhild und schlug sich auf die Schenkel. «Oder wie Bräutigame!», fügte sie hinzu und versetzte Brandur einen Stoß.

«Soll das ein Antrag sein?», rief Brandur und versuchte sie zu fassen.

Gunnhild sprang davon und lief kreischend vor ihm her, während Brandur mit kräftiger Stimme ein Lied anstimmte:

Warte auf dem Berg auf mich,
wo ich dir den Ring versprach,
dort will ich dich treffen.

Es griff eine merkwürdige Ausgelassenheit unter den Leuten um sich. Sie hopsten in ihren neuen Schuhen herum, und schon bald fingen einige Frauen an, mitzusingen und zu tanzen:

Ich liebte einen jungen Mann
– so lang' es war
geheim in meines Vaters Haus
– dann war's vorbei
da musst' ich meinen Schmerz verborgen tragen.

Mehrere stimmten mit ein, und ehe man sich's versah, hatten sich die meisten Frauen in den Tanz eingereiht. Sie legten sich gegenseitig die Arme um die Taillen und tanzten im Kreis.

«Hört auf! Hört auf mit dieser Unzüchtigkeit», rief Ásta plötzlich. «Hört auf! Hier gibt es keinen Grund zu Tanz und Fröhlichkeit.»

Sofort hielten einige Frauen inne und traten beschämt zurück. Nur Ólöf Jónsdóttir brachte den Mut auf, der Pfarrersmadame zu widersprechen. «Ist die bevorstehende Heimreise nicht Grund genug, zu singen und sich zu freuen?», fragte sie.

Gudrid hatte sich ebenfalls von der übermütigen Stimmung mitreißen lassen und tanzte im Kreis von Ólöf, Árny und ihrer Schwägerin Ingibjörg weiter. Die Männer standen dabei und sahen zu, und auch andere Freigelassene spähten schon neugierig zur Tür der Männerhalle heraus.

Immer ausgelassener drehten sich die Frauen im Tanz, und die Männer hatten begonnen zu klatschen, mit den Füßen im Takt zu stampfen und beim Refrain mitzusummen. Ásta schritt mit finsterer Miene davon und gab Gunnhild ein Zeichen, sie solle ihr ins Haus folgen. Aber Gunnhild trat unentschlossen von einem Bein aufs andere.

«Es ist früher einmal meine größte Freude gewesen, zu tanzen», stöhnte sie und blieb stehen. «Das ist doch ein harmloses Vergnügen, gute Madame.»

«Ja, wo es angebracht ist», schimpfte Ásta.

Dann verschwand sie, gefolgt von einigen Frauen, ins Haus, während Gunnhild mit den anderen in der Tür stehen blieb und sich das Lied zu Ende anhörte. Die Stimme von Ingibjörg Egilsdóttir übertönte hell und laut den Gesang der anderen, und ihre Tanzbewegungen waren anmutiger als die ihrer Kameradinnen. Sie war erst sechzehn Jahre alt gewesen, als sie vor neun Jahren in diese Stadt kamen. Jetzt war sie eine junge Frau in voller Blüte.

Der Vater schlug mich ins Gesicht
– so lang' es war
dass Blut auf meine Schürze fiel
– dann war's vorbei
da musst' ich meinen Schmerz verborgen tragen …

Strophe um Strophe sang Brandur aus voller Brust, bis das Lied zu Ende war.

«Das ist ja das Dümmste, was ich seit langem gehört habe», keuchte Ingibjörg Ásgrimsdóttir ganz außer Atem und lachte, «so ein ausgemachter Unsinn!» Und die anderen Frauen stimmten ihr schnaufend und prustend zu, während sich Ingibjörg Egilsdóttir unauffällig zurückzog und hinter dem Haus verschwand. Margret Árnardóttir ging mit geröteten Wangen auf ihren Mann Botólf zu. Die Eheleute waren nach jahrelanger Trennung jetzt im Haus der Freigelassenen endlich wieder vereint. Dasselbe galt für Nikolaus Kodransson und Gudrún Eysteinsdóttir, die Arm in Arm davongingen, und Augustin bot Árny und Ólöf an, sie in die Stadt zu begleiten. Und plötzlich stand Gudrid Brandur gegenüber. In seinen Augen war so ein Leuchten. Sie blickte rasch zur Seite und ging eilig ins Haus.

Als Gudrid wieder in die Frauenkammer kam, hatte sich Ásta mit den Schuhen an den Füßen hingelegt, und die Frauen um sie herum unterhielten sich mit gedämpfter Stimme. Gudrid spürte, wie die Dunkelheit und die stickige Luft im Haus die kurz aufgeflammte Freude sofort wieder dämpften. Es war, als ob die neuen Schuhe vorhin völlig die Gewalt über die Menschen übernommen hätten, aber sie waren natürlich nicht als Tanzschuhe gedacht. Allen war klar, dass die Schuhverteilung nichts anderes bedeuten konnte als den baldigen Aufbruch, und keiner wagte es, sich vom Haus zu entfernen. Aber der Tag verging und es wurde Abend, ohne dass sich Kifft blicken ließ oder eine Nachricht sandte.

Auch der nächste Tag verging, ohne dass sich etwas ereignete, und der übernächste ebenfalls. Die Leute wurden unruhig. Dann ging die Unruhe in Beklemmung, Lethargie und dumpfes Dahindösen über. Es fiel den Männern schwer, tatenlos herumzusitzen. Sie gingen an den Hafen und versuchten, sich selbst nach Schiffen mit Kurs nach Norden zu erkundigen, ohne etwas Verlässliches über ihren Bestimmungsort in Erfahrung zu bringen.

Am Morgen des 19. Juni tauchte Kifft endlich auf und verkündete, dass er ein Schiff für sie gefunden hatte. Es war dabei, seine Ladung zu löschen, und würde bei günstigem Wind auslaufen.

Gudrid schreckte hoch. Jetzt war keine Zeit mehr zu verlieren. Sie musste einen letzten Versuch unternehmen, Sölmund freizubekommen. Koste es, was es wolle! Sie eilte, ohne weiter nachzudenken, und ohne Ingibjörg oder Brandur um Begleitung zu bitten, los. Die neuen Schuhe schmerzten an den Füßen, aber darauf konnte sie keine Rücksicht nehmen. Nur eines zählte: Sölmund. Schwitzend und außer Atem kam sie am Haus des Ali Hakim an und klopfte an die Tür – ohne recht zu wissen, was sie sagen wollte, wie sie ihre Bitte vortragen sollte. Es war Nabila, die ihr öffnete.

«Gadda!», rief Nabila verwundert. «Bist du wieder da! Wie ich mich freue, dich zu sehen. Ich dachte, du wärst weggefahren, ohne dich von mir zu verabschieden.»

Gudrid fiel ihrer schwarzen Kameradin um den Hals.

«O Nabila. Ich bin gekommen, um für meinen Sohn um Gnade zu bitten. Unser Schiff läuft in den nächsten Tagen aus. Ich muss Adila so weit bringen, dass sie meinen Sohn freilässt. Ich kann nicht ohne den Jungen nach Hause fahren. Hilf mir!»

Nabila wich vor Gudrids Heftigkeit einen Schritt zurück.

«Wie sollte ich dir helfen können?!»

«Irgendjemand muss mir helfen! Irgendjemand! Ich muss Adila dazu bringen, dass sie sich meiner erbarmt.»

Nabila fasste Gudrid an den Schultern.

«Beruhige dich», sagte sie. «Warte hier, ich werde Adila sagen, dass du gekommen bist.»

Es dauerte nicht lange, bis ihre frühere Herrin sie in die Frauengemächer rufen ließ, wo sie mit Fatima und Sofia beim Kaffeetrinken saß. Sie schienen erstaunt, sie wieder zu sehen.

«Hast du es dir anders überlegt?», fragte Adila mit einem Anflug von Spott in der Stimme. «Willst du dich wieder als Sklavin bei mir bewerben?»

Adila schielte zu Fatima und Sofia hinüber, um die Wirkung ihrer Worte zu prüfen. Sie hielten sich die Hände vor den Mund, wie um ein Lachen zu verbergen.

Gudrid neigte den Kopf und verbeugte sich vor den drei Frauen. Dann sagte sie, sie habe nur ein einziges Anliegen: Sie wolle im Namen des höchsten und barmherzigen Gottes um die Freiheit ihres Sohnes bitten.

«Die Freiheit deines Sohnes?», fragte Adila und zog die Augenbrauen hoch. «Wie kommst du darauf, dass ich über deinen Sohn zu bestimmen habe?»

«Er ist ein junger Sklave in deinem Besitz.»

«Mein Schwager erbte alle Sklaven nach dem Tod des Dey»,

sagte Adila kalt. «Ich durfte niemanden behalten als meine eigenen Sklavinnen, dich und Nabila. Ich dachte, du wüsstest das.»

«Aber die Kinder gehören zu ihren Müttern.»

«Dein Sohn ist kein Kind mehr.»

Die Worte prasselten wie Hammerschläge auf Gudrid nieder. Sie spürte, wie sie wankte. Trotzdem versuchte sie etwas zu entgegnen.

«Mein Sohn ist noch nicht erwachsen. Er ist erst zwölf.»

«Ja, im dreizehnten Jahr. Ein dreizehnjähriger Sklave ist kein Kind.»

Der letzte Satz klang wie ein Richterspruch, und aus dem Tonfall ihrer früheren Herrin ging unmissverständlich hervor, dass sie nicht die Absicht hatte, weiter über Sölmunds Zukunft zu diskutieren. Gudrid sah die Frauen hinter Tränen verschwommen. Sie sank kraftlos auf die Knie.

«In unserem Glauben gilt er immer noch als Kind», sagte sie schluchzend.

«Euer Glaube ist hier nicht das Thema», antwortete Adila kalt.

«Hab Erbarmen mit einem Mutterherz. Du bist doch selbst Mutter!»

«Mein Erbarmen ist völlig nebensächlich», entgegnete Adila schroff. «Verstehst du nicht, was ich sage, Frau? Ich habe nicht über deinen Sohn zu bestimmen.»

Gudrid saß reglos auf dem Boden, unfähig, sich zu bewegen. Adila gab Nabila ein Zeichen mit dem Kopf, und die schwarze Sklavin ging auf Gudrid zu und half ihr auf die Beine. Dann führte sie sie aus dem Gemach der Frauen. Als sie in die Vorhalle gekommen waren, rief ihnen Adila hinterher, sie sollten warten. Nach einer Weile tauchte sie zwischen den Säulen auf.

«Beinah hätte ich eine Kleinigkeit vergessen», sagte sie. «Man hat mich gebeten, dir diesen Brief zu übergeben.»

«Einen Brief? An mich?»

Gudrid verstand nicht, was das bedeuten sollte. Hatte sie einen Brief bekommen? Von wem hatte sie einen Brief bekommen? Von Eyjólf? Hatte sie endlich einen Brief von Eyjólf bekommen?

Ihre Hand streckte sich wie von selbst Adila entgegen, die ihr ein zerknittertes Schreiben reichte.

«Eine Sklavin von Ishamets Frau kam vor kurzem mit diesem Brief und bat mich, ihn dir zu geben», sagte Adila. «Es ist nur meiner Vergesslichkeit zuzuschreiben, dass ich ihn noch nicht weggeworfen habe. Ich dachte, du wärst schon fort.»

Gudrid nahm den Brief mit zitternden Händen entgegen. Natürlich war der Brief nicht von Eyjólf. Wie konnte ihr nur so etwas einfallen? Sie hatte schon vor so langer Zeit jede Hoffnung aufgegeben, einen Brief von ihrem Mann zu erhalten. Trotzdem war er ihr erster Gedanke gewesen. Eyjólf. Nicht Anna.

Adila und Nabila blickten sie beide neugierig an, wie sie mit dem Brief in der Hand dastand. Das Siegel war aufgebrochen. Jemand hatte ihn schon geöffnet. Sie wollte ihn nicht vor ihren Augen auseinander falten. Sie hatte keine Ahnung, welche Botschaft ihr dieser Brief überbringen würde. Sie wollte ihn allein lesen.

Sie verneigte sich vor Adila und reichte Nabila die Hand.

Nabila küsste sie auf beide Wangen.

«Ich will deinen Sohn im Auge behalten, wenn ich kann», flüsterte sie.

Gudrid hinkte, den Brief gegen ihre Brust gepresst, die Straße hinunter. Jetzt erst merkte sie, wie sehr ihre Füße sie quälten. Bei jedem Schritt spürte sie einen brennenden Schmerz an der Ferse. Sie musste heraus aus diesem entsetzlichen Schuhwerk. Sie musste eine Gelegenheit finden, den Brief zu lesen, bevor sie in das Haus der Freigelassenen zurückkam. In einer Straße hockten verschleierte Frauen vor ihren Haustüren und unterhielten sich. Sie wollte sich wie diese hinsetzen und ihren Brief lesen, aber als ihr eine Frau frisch gebackenes Brot zum Kauf anbot, stand sie wieder auf, um einen ruhigeren Ort zu suchen. Sie ging über einen Platz, an dem ein Kaufmann sein Kamel tränkte, vorbei an einer Schneiderei, in der Vater und Sohn beim Nähen saßen, und fand schließlich einen anderen kleinen Platz mit einem Brunnen. Dort hielt sie es nicht länger aus und riss sich die Schuhe von den Füßen.

Sie atmete auf. Die Innenseite der Schuhe war rot. Als sie kaltes Brunnenwasser über ihre blutenden Füße schöpfte, ließ das Brennen nach. Sie setzte sich in den Schatten einer Hausmauer und öffnete den Brief.

Meine allerliebste, beste Gudda.
Ishamet hat seine Reise nach Oran verschoben. Verzeih, dass ich nicht nach Dir gesandt habe. Ich war krank. Ich vertrage die Sommerhitze hier in der Stadt nicht. Fahre morgen nach Tipaza. Wenn das Kind, das ich in meinem Schoß trage, ein Mädchen wird, lasse ich ihm den Namen Gudda Obeyda Eyjadis geben.
Gute Reise nach Hause.
Deine alte Freundin Dir zu Füßen
Anna Katrine
P.S.
Ich habe Ishamet gebeten, Sölmund zu kaufen.

32

Gudrid wusste kaum, wie sie es mit blutenden Füßen auf den brennend heißen Pflastersteinen den ganzen Weg zurück zum Haus der Freigelassenen geschafft hatte. Sie hatte das Gefühl, über glühende Kohlen gelaufen zu sein. Annas Brief verbarg sie in ihrer Bluse – an ihrem wunden Herzen. Sie sah oder hörte kaum, was um sie herum vor sich ging.

Als sie später auf ihrem Lager in der Frauenkammer lag, summte der Raum vom Getratsche der Frauen ringsum. Doch alle schienen peinlichst zu vermeiden, die Namen derer auszusprechen, die nicht mit nach Hause fuhren. Gudrids Kameradinnen waren eifrig dabei, ihre Bündel zu schnüren. Sie zeigten sich gegenseitig allerlei Kleinkram, den sie mit nach Island nehmen wollten, wobei es manchen tatsächlich gelungen war, sich ein paar hübsche Gebrauchsgegenstände zu beschaffen. Ólöf Jónsdóttir etwa hatte eine Kaffeekanne aus fein ziseliertem Messing auf dem Soukh erstanden.

«Aber woher willst du Kaffee bekommen, wenn du nach Hause kommst?», fragte Árny lachend. «Wer hat in Djúpivogúr schon von Kaffee gehört?»

«Ich will sie als Molkekanne verwenden», sagte Ólöf nicht ohne Stolz in ihrer Stimme. «So eine Kanne hat man in den Ostfjorden noch nie gesehen, außer vielleicht bei den Elfen.»

Und so hielt das Geplauder der Frauen an, bis spät in den Abend.

Früh am nächsten Morgen teilte Kifft den Isländern mit, dass sie diesen Tag nach Gutdünken dazu verwenden könnten, Leuten in der Stadt Lebewohl zu sagen oder letzte Erledigungen zu machen. Kurz darauf sandte Brandur Gudrid die Nachricht, dass er bereit sei, sie in die Kasbah zu begleiten, um sich von Sölmund zu verabschieden. Sie deutete auf ihre wunden Füße und sagte, dass sie kaum imstande sei, einen Schritt zu gehen, aber er meinte nur, das sei die gerechte Strafe für ihre Eitelkeit, weil sie in ihren neuen Glanzschuhen durch die Stadt habe stolzieren müssen. Dann lächelte er ihr ermutigend zu und bot ihr seinen Arm.

Gudrid riss einen schmalen Streifen vom Saum ihres Schleiers und verband sich damit die Füße, bevor sie wieder in ihre alten Sandalen schlüpfte. Dann humpelte sie, auf Brandurs Arm gestützt, davon.

Es war die reinste Qual, die steil ansteigenden Straßen hochzugehen, über verwinkelte Treppen, höher und höher. Der Weg schien kein Ende zu nehmen. Als sie endlich vor dem Tor der Kasbah standen, war Gudrid mit ihren Kräften am Ende.

Brandur schlug mit dem eisernen Klopfer fest an das Tor. Ein Wächter blickte von der Mauer zu ihnen herab und rief etwas in die Festung hinein. Nichts geschah. Brandur klopfte abermals, und nach einer Weile öffnete ein Soldat mit einem gebogenen Schwert an der Seite und geschulterter Muskete das Tor. Er musterte die ehemaligen Sklaven mit misstrauischem Blick, aber nachdem er Brandur von oben bis unten nach Waffen abgetastet hatte, ließ er sie ein. Dann rief er einen anderen Wächter herbei, der die beiden Freigelassenen zur Pferdekoppel des Dey führte.

Als Gudrid und Brandur beim Gestüt des Dey ankamen, dauerte es nicht lange, bis sie Sölmund unter den Pferdeburschen entdeckten. Sein blondes Haar hob sich deutlich von der schwarzen Mähne eines edlen Rosses ab, das er gerade tränkte. Die Gestalt des Jungen erinnerte trotz seiner jungen Jahre schon sehr an seinen Vater, und auch wenn er etwas gewachsen war, seit Gudrid ihn zuletzt gesehen hatte, fand sie doch, dass er schrecklich dürr und kränklich aussah. Er war barfuß und trug die neue Weste, die sie ihm geschickt hatte. Gudrid rief ihn beim Namen:

«Sölmund!»

Der Junge blickte auf. Dann flüsterte er dem Pferd etwas ins Ohr und streichelte es am Hals und an den Lenden, bevor er auf seine Mutter zuging.

«Sölmund», wiederholte sie, brachte dann aber kein Wort mehr hervor. Das Weinen schnürte ihr den Hals zu. Vor ihr stand der Junge und blickte sie schweigend und mit fragenden Augen an.

«Wir sind gekommen, um dir Lebewohl zu sagen, Sölmund», sagte Brandur, und der Junge erschrak.

«Deine Mutter und ich wurden von einem holländischen Sendboten des Dänenkönigs aus der Sklaverei freigekauft. Deine Mutter hat alles versucht, was in ihrer Macht stand, um auch dich freizubekommen. Vergeblich. Die Verbrecher, die diese Stadt regieren, weigern sich, junge Burschen wie dich freizulassen. Es fällt uns schwer, dir diese Nachricht bringen zu müssen. Unser Schiff läuft morgen aus.»

Die Miene des Jungen erstarrte. Es war, als ob sich eine Maske über sein Gesicht legte. Seine Augen verwandelten sich in schmale blaue Striche. Er trat einen Schritt zurück, stand mit breiten Beinen da und starrte verständnislos auf Brandurs ausgestreckte Hand.

Gudrid trat näher auf ihn zu.

«Wenn ich es bis nach Hause schaffe, Sölmund, wenn ich deinen Vater Eyjólf wiederfinde, dann verspreche ich dir, dass wir Lösegeld für dich sammeln, Sölmund.»

Der Junge stand wie benommen vor seiner Mutter und erwachte auch nicht aus seiner Versteinerung, als sie ihn in ihre Arme schloss. Sie drückte ihn fest an sich und vergrub ihr Gesicht in seinem blonden Schopf. Er roch stark nach Pferd. Dann spürte sie plötzlich, wie ihr der Geruch von Urin in die Nase stieg. Ihr Junge machte sich in die Hose. Und mit einem Mal löste sich alle Erstarrung in seinem Körper, und er stammelte: «Mama …» Dann wand er sich aus ihrer Umarmung. Er blickte zitternd und beschämt vor sich zu Boden. Auf seiner Hose war vorn ein großer, nasser Fleck. Sie streckte ihre Hand nach ihm aus, aber er wich zurück.

«Leb wohl, Sölmund», sagte sie. «Vergiss mich nicht, Sölmund!»

Er hob seine himmelblauen Augen und blickte sie an. Sie waren voller Tränen. Gudrid wandte sich ab.

«Ich weiß, du wirst deinen Mann stehen, Sölmund», sagte Brandur. «Du kommst früher oder später frei. Es bleiben noch viele Landsleute von uns hier in der Stadt zurück, die von dir wissen. Der Schreiber Halldór und Jón der Student. Beide haben eine gute Stellung bei den Einheimischen. Auch Gudborg Jónsdóttir und deine Verwandten Sólrun und Ásgrim. Sie haben gute Herren, Haki Mustafa und seine Frau Fatima. Versuche, dich an diese Leute zu halten. Dein kleiner Vetter Jón bleibt auch bei Ali Pegelin. Es ist eine große Stütze für ihn, zu wissen, dass du hier bist. Ja, du bleibst nicht allein zurück, ihr seid viele und könnt aufeinander Acht geben.»

«Vergiss nicht Anna Jasparsdóttir», murmelte Gudrid. «Du kannst dich an Anna Jasparsdóttir und Ishamet wenden, wenn du in Not bist.»

Sölmund kehrte ihnen den Rücken zu und ging wieder zu den Pferden. Er versetzte dem Rappen einen Schlag auf die Lenden, dass er sich auf die Hinterbeine stellte und in die Höhe ging. Dann lief er mit losem Zügel eine Runde durch den Garten. Die ganze Herde geriet in Unruhe. Sölmund stieß einen lauten Pfiff aus, und der Hengst kam wieder zu ihm zurück. Der Junge nahm das Pferd an der Trense und führte es an einen Steinsockel, sprang dann auf den Sockel und schwang sich von dort geschickt auf das Pferd. Das edle Ross stand völlig still. Sölmund wirkte ungeheuer klein auf dem Rücken des großen Tieres. Er gab dem Pferd mit den nackten Fersen einen Tritt in die Seite, und es trabte davon. Dann begann der Rappe zu galoppieren und lief mit dem Jungen auf dem Rücken im Kreis.

Seine Mutter und Brandur sahen zu, wie Sölmund ohne Sattel eine Runde nach der anderen durch den Garten ritt. Runde um Runde. Das war sein Abschied. Die beiden Erwachsenen verließen die Kasbah mit gesenktem Kopf.

33

Beim ersten Morgengrauen wurden die Freigelassenen geweckt und zur Eile angetrieben. Die Frauen erhoben sich von ihren Matten und schlüpften in ihre Kleider. Gudrid packte ihre neuen Schuhe in ihr Kistchen und begnügte sich wie andere ihrer Kameradinnen wieder mit ihren ausgetretenen Sandalen. Vor dem Haus mussten sie sich in einer Reihe aufstellen. Wer sich nicht beeilte, wurde angeschnauzt. Und dann marschierte der Trupp los. Siebenundzwanzig Frauen und siebzehn Männer. An der Spitze ging Wilhelm Kifft und an seiner Seite Jón Hermannsson von Helsingjaeyri, der die Fahne des dänischen Königs an einer langen Stange hoch in die Luft hielt. Hinter ihnen gingen die beiden Dänen, die am längsten von allen in der Sklaverei gelebt hatten, siebzehn Jahre, Schreinermeister Oli Anderson aus Kopenhagen und Povell Hansen aus Aalborg. Danach kamen fünf Norweger, die in den Jahren 1621 und 1623 verschleppt worden waren, sodann die isländischen Frauen und zum Schluss die acht Männer. Augustin Söffrensson zog einen klapprigen Wagen mit einer großen Holzkiste hinter sich her, in der er sein Tischlerwerkzeug und seine sonstige Habe verwahrte. Auch Brandur und Thorsteinn zogen gemeinsam einen Wagen, auf den sie ihre Kistchen und die von Gudrid und Ólöf geladen hatten, während Jón Hallsson eine Karre mit den Habseligkeiten von Ingibjörg Egilsdóttir und Gudny vor sich herschob. Die anderen trugen ihr ärmliches Hab und Gut entweder im Arm oder in Tüchern zusammengeknüpft auf der Schulter. Die rote dänische Fahne flatterte leicht im Wind, und ab und zu blähte sich in der morgendlichen Brise das weiße Kreuz auf – das Symbol des Martyriums und des Todes, der Auferstehung und der Erlösung.

Der Weg der Freigelassenen führte zuerst an der Großen Moschee vorbei, hinauf zum Sklavenmarkt. Diesmal schritten die Isländer mit hoch erhobenen Köpfen über den Platz. Der Platz der Sklavenversteigerer war so früh am Morgen noch leer, aber wahrscheinlich würde es nicht mehr lange dauern, bis das Feilschen begann. Ständig kamen neue Sklavenladungen in die Stadt, besonders während der Sommermonate. Auf dem Markt waren, abgesehen von ein paar Sklaven, die das Pflaster fegten, nur einige Bettler und eine Hand voll Händler zu sehen, die der Gruppe eher uninteressiert hinterherblickten. Prozessionen von Freigelassenen waren in dieser Stadt beinah ein täglicher Anblick. Und doch war es ungewöhnlich, so viele Frauen unter ihnen zu finden. Auch die dänische Fahne hatte man hier in letzter Zeit selten gesehen. Am Ende des Platzes saßen zwei prunkvoll gekleidete Männer des Stadtrates auf ihren Pferden und hoben ihre federgeschmückten Speere zum Gruß, als die Gruppe vorbeizog. Sie riefen Kifft Abschiedsworte zu, und er lüftete seinen schwarzen Hut.

Vom Sklavenmarkt wandte sich der Zug zum Stadttor Bab Azoun hinab und von dort in Richtung Hafen. Die Sonne stieg rasch am Himmel empor, und es versprach ein heißer Tag zu werden. Gudrid spürte, wie ihr sich der Magen in einer sonderbaren Mischung aus Vorfreude, Hunger und Angst zusammenzog. Sie versuchte, nicht an Sölmund zu denken. Und doch sah sie ihn in Gedanken ständig vor sich, wie er beschämt auf seine nasse Hose hinunterblickte oder wie er ohne Sattel ein ums andere Mal im Kreis ritt. Er hatte so klein auf dem großen schwarzen Pferd gewirkt.

Wilhelm Kifft machte am Stadttor vor zwei Janitscharen Halt. Er rief laut den Namen eines jeden Einzelnen, den die Janitscharen dann in einer langen Liste vermerkten. An ihrer Seite wartete schon ein Zöllner, der den Hafenzoll für die Freigelassenen einforderte, umgerechnet 60 Taler pro Kopf. Für den Besitz einer Kiste wurde je nach Größe noch eine zusätzliche Steuer verlangt, und erst als Kifft alles beglichen hatte, durfte die Gruppe passieren.

Sie waren noch kaum durch das Tor aus der Stadt hinausgegangen, als ihnen leises, gequältes Stöhnen und schwaches Röcheln an die Ohren drang. Einige der Marschierenden hoben den Kopf und blickten zur Mauer hoch und sahen dort einen sterbenden Mann an zwei Eisenhaken auf halber Höhe an der Stadtmauer hängen. Die scharfen Spitzen hatten sich in den Rücken und einen Schenkel des Unglückseligen gebohrt. Gudrid waren Bestrafungen verschiedenster Art bekannt. Sie wusste, dass man Verbrecher auf dem Scheiterhaufen verbrannte, verstümmelte, henkte oder köpfte oder für ihre Missetaten mit glühenden Zangen kniff, sowohl in Island als auch in Algier. Die Peitsche hatte sie auf dem eigenen Leib verspürt. Aber dass man Übeltäter von der Stadtmauer auf spitze Eisenhaken warf, damit sie sich auf ihnen tagelang zu Tode quälten, hatte sie bisher nicht für möglich gehalten. Nun sah sie mit eigenen Augen, wie der Haken dem Mann das Fleisch langsam aus dem Rücken riss. Die Freigelassenen starrten fassungslos zu dem Sterbenden hoch. Manche hielten sich die Hände vor die Augen. O Gott, wie dankbar sie sein konnten, Algier endlich verlassen zu dürfen! Endlich fortsegeln zu dürfen von diesem grausamen Ort, von dieser erbarmungslosen Hitze, die schon jetzt alles zu versengen drohte, obwohl es noch früh am Morgen war. Gudrid meinte unter ihrem Schleier ersticken zu müssen.

Unten am Strand herrschte großes Gedränge. Dort sah man Händler mit ihren Kamelen, andere trieben Maultiere und Esel über den Sand, man sah Fischer, die ihre Netze entwirrten, und einen zweiten Trupp Freigelassener, der hinter einer Fahne hermarschierte, die die Isländer nicht kannten. Und etwas weiter abseits standen auch einige ihrer Landsleute dicht beisammen unter einer hohen, schiefen Palme. Jón Jónsson von Grindavik war gekommen und der Schreiber Halldór Gudmundsson. Dort standen auch Gudmund Söffrensson und seine spanische Verlobte und Orm Jónsson und Gudrun Hallsdóttir, von denen man sagte, sie seien verlobt. Und ganz hinten kam eine arme Alte über den Strand dahergehinkt. Sie war von ihrem ersten Herrn fast zu Tode geprügelt worden und hatte sich davon nie mehr richtig erholt. Keuchend schleppte sie sich zu Wilhelm Kifft und warf sich vor ihm auf die Knie.

«Hab Mitleid, nimm mich mit!», flehte sie ihn an und krallte sich an seiner Jacke fest. «Nimm mich mit!»

Kifft versucht sie abzuwimmeln und sich von ihrem Griff zu lösen.

«Meine Geschäfte hier sind abgeschlossen», sagte er streng. «Schon seit vielen Tagen. An der Hafenmole wird keiner mehr freigekauft. Was für eine Unverschämtheit, so etwas zu verlangen!»

«Hab Erbarmen mit mir!», jammerte die alte Isländerin unter Tränen und streckte ihm ein paar Dinare entgegen.

Kifft wandte sich der Gruppe der Isländer unter der Palme zu und rief: «Befreit mich! Befreit mich von dieser Frau, sie ist nicht bei Verstand!»

Keiner rührte sich von der Stelle. Die Leute taten, als würden sie Kifft nicht verstehen. Etwas weiter entfernt zügelte jetzt ein Mann in fürstlichem Gewand ein edles Pferd mit einem reich verzierten roten Sattel. Es waren nur seine schwarzen Augen und die dicken Augenbrauen zu sehen, der Rest seines Gesichts war hinter einem Tuch verborgen. Auch er beobachtete Kiffts Ringen mit der Frau, ohne etwas zu unternehmen.

Zu guter Letzt gelang es Kifft selbst, sich aus dem Griff der Alten zu lösen, und er stieß sie zur Seite. Die Frau fiel hin und landete im hellen Sand. Man konnte sehen, wie ihr Rücken von Schluchzern geschüttelt wurde.

Jón Jónsson ging zu seinem Bruder Helgi und küsste ihn zum Abschied. Auch die Söffrensson-Brüder verabschiedeten sich auf diese Weise, und Gudrun gab ihrem Bruder Jón einen Kuss auf beide Wangen. Alle hatten Tränen in den Augen. Halldór Gudmundsson verabschiedete sich von jedem Einzelnen mit einem Händedruck und forderte alle auf, den Zurückgebliebenen Briefe zu schreiben oder schreiben zu lassen. Niemand anderer als sie könne doch besser verstehen, wie sehr es die Gefangenen in der Fremde nach Nachrichten aus der Heimat dürste. Zum Schluss zog er noch ein kleines, mit Bändern verschnürtes Paket hervor, das er Augustin Söffrensson anvertraute. Es waren Briefe und

Nachrichten, die er für andere geschrieben und abzusenden versprochen hatte.

Dann war der Moment des Abschieds gekommen. Die Freigelassenen wurden auf die lange, schmale Mole hinausgeführt, die sich entlang der Stadtmauer bis zum großen Wachturm an der Hafeneinfahrt erstreckte. An deren Ende warteten schon Boote, um sie zu dem französischen Schiff zu bringen. Wilhelm Kifft zählte die Freigelassenen, die in einer Reihe an ihm vorbeimarschierten. Der Mann auf dem Strand mit dem Tuch vor dem Gesicht hatte inzwischen sein Pferd bestiegen und hielt das unruhige Tier nur mit Mühe im Zaum.

Ingibjörg Egilsdóttir war immer weiter zurückgefallen. Sie stand als eine der Letzten noch in der Reihe, als der Reiter plötzlich einen Kriegsschrei ausstieß, laut Ingibjörgs Namen rief und dem Pferd die Sporen gab. Er sprengte auf die Gruppe zu, beugte sich zu der jungen Frau hinunter und hob sie mit einem Schwung vor sich in den Sattel. Ingibjörg stieß einen Schrei aus. Im selben Moment wirbelte Wilhelm Kifft herum und versuchte, dem Pferd in die Zügel zu fallen, aber der feurige Hengst stellte sich wiehernd auf die Hinterbeine, als ihn der Reiter mit Gewalt herumriss. Dann jagte er in gestrecktem Galopp auf den Strand hinaus. Das Pferd schaufelte mit den Hufen Sand über den Holländer, der hingefallen war, sich aber sogleich wieder erhob und hinter dem Brauträuber herrannte, während die Isländer wie versteinert dastanden und Ingibjörg mit dem Reiter verschwinden sahen. Sie glaubten zu erkennen, dass sie sich in seine Arme schmiegte. Verfolgung war zwecklos.

Wilhelm Kifft kehrte außer Atem und mit hochrotem Kopf wieder zur Gruppe zurück. Er fluchte und überschüttete die Leute mit Schimpfwörtern, von denen die Freigelassenen nicht viel mehr verstanden, als dass er für Ingibjörg eine riesige Summe Geld bezahlt hatte und dann neun Monate für ihre Kost und Unterkunft im Haus der Freigelassenen aufgekommen war. Außerdem hatte er für sie, wie für alle anderen, bereits die 60 Taler Hafenzoll bezahlt, und dazu noch dreieinhalb Taler für ihre Kiste. Dreieinhalb

Taler! Zusätzlich! Und dann ließ sie sich einfach vor seinen Augen rauben. Willentlich! Er schrie die Leute an, sie sollten gefälligst in einer Reihe gehen. Er bereue es, keine Peitsche mitgebracht zu haben. Verdammtes Verräterpack!

Die Leute stolperten wie benommen vor ihm auf die Landungsbrücke hinaus.

Kriegsschiffe, Handelsschiffe und Galeeren lagen zu Dutzenden in der Bucht. Einige brachten neue Sklavenladungen, andere bereiteten sich auf die Abfahrt mit Freigelassenen und Handelsgut vor. Die ehemaligen Sklaven wurden in zwei Schaluppen zum französischen Schiff gerudert, die Frauen in einem Boot, die sechzehn Männer und Kifft im anderen. Außerdem waren noch zwei Kaufleute aus Marseille zu ihnen gestoßen. Sie machten einen vornehmen Eindruck in ihren gelben Lederstiefeln und mit den langen schwarzen Perücken auf dem Kopf.

Das Handelsschiff, das sie nach Frankreich bringen sollte, war nicht mit dem riesigen Segler zu vergleichen, der sie damals nach Algier entführt hatte. Und doch schwindelte es den Frauen, als sie auf Strickleitern die hohe Schiffswand hochkletterten. Gudrid wagte nicht hinunterzublicken, aus Angst, sie könne zuletzt noch ins Meer fallen. Schließlich schafften es doch alle aus eigener Kraft an Bord, bis auf die alte Ingibjörg, die wegen der Entführung ihrer Enkelin noch ganz verstört und halb von Sinnen war. Zuletzt musste einer der Ruderer sie auf die Schulter nehmen und mit dem jammernden Weib die Leiter hochklettern.

Oben an Deck empfing sie der französische Kapitän mit ausdruckslosem Gesicht, aber sie bemerkten, dass manche der Matrosen den zerlumpten Gestalten schiefe Blicke zuwarfen. Man hatte schon begonnen, die Takelage klarzumachen, und das Großsegel wurde gehisst. Es war offensichtlich, dass man die Abfahrt jetzt, wo alle an Bord waren, nicht weiter hinauszögern wollte.

Die isländischen Freigelassenen reihten sich an der Reling auf und blickten zum Land. Die Berge und Hügel ringsum waren von einem leichten Dunstschleier umhüllt, ein paar Wolken zogen am Himmel dahin, und ein leichter Wind wehte vom Land herüber. Wie damals vor neun Jahren lag die Stadt vor ihnen zog sich hinter den rötlichen Mauern als dichtes weißes Häusermeer den Hang hoch. Ganz oben wand sich die Festungsmauer der Kasbah als schmales Band quer durch die Stadt. Kuppeldächer glänzten in der Sonne, und die Minarette der Moscheen ragten wie riesige Finger majestätisch in den Himmel. Auf der Spitze mancher Türme thronte der Halbmond. Vor neun Jahren hatte dieser Anblick eine mit Angst gemischte Neugier in ihnen geweckt. Jetzt löste er andere Gefühle in den Heimkehrenden aus. Etwas wie Wehmut war neben der Freude über die Heimreise zu spüren. Die Leute blickten schweigend auf die Stadt.

Befehle und Rufe der Matrosen tönten über das Deck, und bald waren alle Segel gehisst und die Anker gelichtet. Das Handelsschiff setzte sich langsam in Bewegung. Lange Zeit schien es sich kaum vom Land zu entfernen. Schließlich ließ es aber die steilen Vorgebirge hinter sich und glitt aus der geschützten Bucht. Die Segel füllten sich mit Wind, und die Heimreise begann.

34

Die sechsundzwanzig isländischen Frauen standen noch lange an der Reling. Schweigend sahen sie zu, wie die Stadt, die fast neun Jahre ihr Zuhause gewesen war, sich entfernte, verblasste, verschwand. Als sie die Halbinsel umsegelten, die Algier gegen Norden schützte, und Kurs auf das offene Meer nahmen, war es, als ob sich hinter ihnen eine Tür schlösse. Vor ihnen lag nichts als Ungewissheit. Sie dachten an die junge Ingibjörg. Die Entführung war so blitzschnell vor sich gegangen, dass alle nur verblüfft zugesehen hatten. Alle außer Kifft. Hatte sich Ingibjörg wirklich willentlich rauben lassen, wie ihr der Holländer unterstellte? Hatte sie an der Vorbereitung der Entführung teilgehabt? Es fiel ihnen wieder ein, dass die junge Frau sich mehrere Male aus dem Haus der Freigelassenen entfernt hatte, ohne zu sagen, wohin sie ging. Aber das hatten andere auch getan. Am schlimmsten hatte der Raub ihre Großmutter getroffen. Die weinte und klagte und versicherte in einem fort, dass ihre Ingibjörg ein gutes Mädchen gewesen sei. Ein herzensgutes Mädchen.

Sie dachten auch an den missglückten Versuch der alten Isländerin, die Stadt mit ihnen zu verlassen. Keiner hatte einen Finger gerührt, um ihr zu helfen. Die Verzweiflung ihrer Leidensgefährtin lastete jetzt schwer auf ihren Seelen. Überhaupt – die Gesichter und Mienen der Verwandten, die zurückgeblieben waren, sie verfolgten sie wie die Schatten von Toten. Von Freude in ihren Herzen konnte keine Rede sein. Wieder und wieder liefen ihnen Tränen über die Wangen, aber der warme Wind trocknete sie sogleich. Das Schiff machte jetzt gute Fahrt. Das Knattern der Segel, das Pfeifen in den Tauen, die Rufe der Matrosen und das

Gekreisch der Seevögel, all das vermischte sich nun mit der vertrauten Symphonie des Windes und der See.

Währenddessen standen die acht isländischen Männer mit ihren norwegischen und dänischen Kameraden oben auf dem Achterdeck und blickten in das schäumende Kielwasser hinab. Auch ihnen war das Herz schwer. Freude und Erleichterung über die Freilassung ließen auf sich warten. Nicht weit hinter dem Schiff glitt eine elegante Galeere mit langem, dünnem Rammsporn und hundert Sklaven an den Rudern durch das Wasser. Weiter hinten folgten noch mehrere auf demselben Kurs. Jón Hallsson und Nikolaus Kodransson wussten beide, wie es war, an Galeerenruder gekettet zu sein. Nikolaus hatte es ein ganzes Jahr erdulden müssen, Jón einen Sommer lang. Der Tatsache, dass sie diesem Gefängnis wieder entkommen waren, verdankten sie ihr Leben.

Nach nur wenigen Stunden Fahrt hatten sich die Freigelassenen über das ganze Schiff verteilt. Es war, als ob jeder mit sich und seinen Gedanken allein sein wollte. Seekrankheit machte sich bei den Ersten bemerkbar. Halldóra Jónsdóttir lag auf einem Haufen Taue und sah blass aus. Auch die alte Ingibjörg hatte sich hingelegt. Ásta von Ofanleiti und Gunnhild saßen zusammen auf der Kiste der Madame. Botólf und seine Frau Margret gingen an Deck auf und ab und steckten ihre Köpfe zusammen wie zwei Turteltauben. Nikolaus und Gudrún saßen unter dem Achterdeck und hielten sich schweigend an der Hand. Nikolaus war seit der Zeit auf der Galeere nicht mehr ganz bei voller Gesundheit. Augustin Söffrensson lehnte sich an den Heckmast und schielte zu Árny hinüber. Man hatte gemunkelt, der Schreiner habe Geld für ihre Freilassung gegeben. Sie selbst behauptete, sie habe 20 Taler zu ihrem Lösegeld beigesteuert, dieselbe Summe, die zusammenzukratzen Gudrid gelungen war. Das Ersparte, das eigentlich dazu hätte dienen sollen, Sölmund freizukaufen.

Gudrid schlenderte zwischen Backbord und Steuerbord hin und her. Sie blickte auf das sommerblaue, glitzernde Meer und versuchte an alles andere zu denken als an ihren Sohn. Aber es war, als ob er sie auf seinem schwarzen Pferd überallhin verfolgte. Ein kleiner Junge auf einem großen schwarzen Pferd – im Galopp über die Wellenkämme. Sie schloss die Augen. «Hör auf, mich zu verfolgen, Sölmund!», flüsterte sie. «Hör auf, hör auf!»

Aber dann bedurfte es nicht mehr als ein paar Tropfen Meerwasser auf ihre Füße, und schon glaubte sie wieder in der Kasbah zu stehen, mit Sölmund in ihren Armen, beschämt über das Schlimmste, was einem Mann passieren konnte – sich in die Hose zu machen. Das von Angst gezeichnete Gesicht des Jungen. «Geh weg, Sölmund. Lass mich allein, Sölmund. Ich will deinen Vater suchen, Sölmund. Wir lassen dich später holen. Verzeih mir, Sölmund!»

Als es Abend wurde, kam ihre Schwägerin Ingibjörg zu Gudrid und fragte, ob sie nicht zu ihr und den anderen unter Deck kommen wolle. Die Nacht würde kühl werden.

Gudrid hatte das Gefühl, sich unmöglich von der Stelle bewegen zu können. Die Vorstellung, nach unten zu gehen, weckte quälende Erinnerungen an den Überfall und die Fahrt über den Atlantik nach Süden. Die Angst, die Furcht, der Gestank. Sie sagte, sie wolle lieber ihre neu gewonnene Freiheit dazu nutzen, unter freiem Himmel zu schlafen.

«Dann bleibe ich bei dir», sagte Ingibjörg. «Allein kannst du hier unter den fremden Seemännern nicht schlafen. Ich hole Brandur und bitte ihn, uns Gesellschaft zu leisten.»

Zu guter Letzt lehnten sie zu viert am Großmast, denn Thorsteinn Bjarnason, der demselben Herrn wie Brandur gedient hatte, hatte beschlossen, sich zu ihnen zu gesellen. Er zog eine warme Wolldecke aus seiner Kiste und bot sie den Frauen an. Gudrid hatte selbst eine Decke, die sie von Adila bekommen hatte, und lehnte dankend ab, während Ingibjörg das Angebot gern annahm. Brandur besaß ebenfalls zwei gute Decken, meinte aber, dass sie wohl noch mehr gebrauchen könnten, wenn sie es wirklich bequem haben wollten. Er und Thorsteinn machten sich deshalb auf, Kifft zu suchen und ihn zu bitten, er möge ihnen helfen, ein altes

Segeltuch von den Matrosen zu bekommen. Eine Bitte, die man ihnen bereitwillig erfüllte. Kifft selbst hatte, wie die beiden Kaufleute aus Marseille, eine Koje in der Kajüte der Offiziere auf dem Mitteldeck erhalten.

Die vier Isländer sogen den salzigen Duft des Meeres ein, gemischt mit dem Geruch von Teer und Pulver. Auch Essensduft stieg ihnen in die Nase, und die Frauen waren dankbar, als die Männer aufstanden und heiße Suppe holten, die sie den Frauen in Tonkrügen reichten. Von der Mitte des Decks leuchtete ihnen die rote Glut in der Feuerstelle des Schiffskochs durch die Dunkelheit entgegen, und über ihnen erglänzte ein Stern nach dem anderen am Nachthimmel. Der schmale Mond stand hoch über ihren Köpfen wie eine Sichel. Eine angenehme, wohlige Müdigkeit befiel sie, ohne dass sie ans Einschlafen dachten.

«Es ist merkwürdig», flüsterte Ingibjörg, «in all die Sternenpracht am Himmel hochzublicken. Als ob die Zahl der Sterne hier im Süden größer wäre als am Himmel über den Westmänner-Inseln.»

«Am Himmel zu Hause gibt es jetzt keine Sterne. Es ist Mittsommer. Die Nacht ist hell», warf Brandur ein.

«Ist heute Mittsommer?», fragte Ingibjörg erstaunt. Und fügte dann verträumt hinzu: «Dann sollten wir uns nackt im Tau wälzen.»

Sie lachte leise.

«Und uns gegenseitig Vergissmeinnicht unter die Kissen legen, wenn wir jung und ungebunden wären», spann Thorsteinn den Gedanken weiter.

«Aber wir sind nicht mehr jung und ungebunden», seufzte Ingibjörg. «Erzähl mir doch von deiner Frau», sagte sie dann.

«Sie heißt Sigrid Halldórsdóttir», begann Thorsteinn und schilderte dann, wie sie mit ihren beiden Kindern den Seeräubern entkommen war, weil er sie selbst in einem Erdkeller versteckt hatte. Er hoffte, sie am Leben zu finden, wenn er nach Hause kam.

«Das will ich doch hoffen, dass es meinem Jón nicht eingefallen ist, das Zeitliche zu segnen, bevor ich wieder zu Hause bin», sagte Ingibjörg übertrieben munter. «Dem würde ich Beine machen!»

Dann herrschte Schweigen, und sie blickten in den sternenhellen Himmel, bis Ingibjörg den Faden wieder aufnahm.

«Je länger man die Sterne betrachtet, desto zahlreicher werden sie. Man sieht immer neue und neue, immer kleinere und kleinere, dichter und dichter, bis man keinen mehr von den anderen unterscheiden kann. Fast wie ein Nebel. Haben wir zu Hause jemals einen solchen Sternennebel gesehen? Warum gibt es all diese Sterne? Wozu sind sie gut?»

«Um Seefahrern wie uns den Weg zu weisen», sagte Thorsteinn.

«Nur dazu?», fragte Ingibjörg zweifelnd.

«Dort ist der Orion», sagte Brandur und zeigte mit dem Finger nach oben.

«Und dort ist Venus», fügte Thorsteinn hinzu. «Der Stern der Liebenden.»

«Wir richten unseren Kurs hoffentlich nicht nach ihm?», fragte Ingibjörg schmunzelnd.

«Wieso nicht? Er ist der hellste Leitstern.»

Es klang Schelmenhaftigkeit und Wärme aus Thorsteinns Stimme. Dann legte sich wieder Schweigen über die kleine Gruppe am Großmast des französischen Handelsschiffs.

«Du sagst gar nichts, Gudrid», meinte Brandur schließlich.

«Die Sterne sind die unzähligen Augen Gottes.»

Sie hatte das wie aus Versehen gesagt. Sie hatte keine Lust, sich am Gespräch der anderen zu beteiligen. Sie wollte schweigen, bis sie vor Erschöpfung einschlafen würde.

Und doch spürte sie, sobald die Worte über ihre Lippen gekommen waren, dass etwas wie ein Trost in ihnen lag. Einer dieser vielen Sterne könnte sein wachsames Auge über sie halten, ein anderer über Sölmund. Ein dritter über Eyjólf. Der vierte über seinen Bruder Jón. Der fünfte über Ingibjörg.

«Ja, warum nicht?», meinte Ingibjörg, während die Männer ihre Zweifel äußerten.

Gudrid hörte nicht auf ihr Getuschel und ordnete im Geiste weiter Menschen aus ihrer Erinnerung den Sternenaugen am Himmel zu. Über allen an Bord dieses Schiffes wachte ein Auge. Über allen, die zu Hause auf sie warteten. All ihre Landsleute, die zurückgeblieben waren, und auch die, die nicht zum Abschied erschienen waren, hatten ihren Stern. Nabila hatte ihren Stern. Badra ebenso. Aber wie war es mit Adila, Ali Hakim und seinem Harem? Sie begann zu zögern, als es darum ging, sich vorzustellen, dass Gottes Augen auch über ihre Feinde, die Feinde des Glaubens, wachten. Wie könnte das sein? Sie suchte fiebrig nach einer Antwort auf diese letzte Frage, bis plötzlich eine Sternschnuppe vor ihr vom Himmel fiel. Sie zog eine lange, dünne Leuchtspur hinter sich her. War das die Antwort Gottes? Zerbarst eines seiner Augen, als sie fragte, ob alle Menschen unter seiner Obhut seien, ungeachtet ihres Glaubens? Bedeutete die Antwort ja oder nein?

Und über diesen Gedanken übermannte sie endlich der Schlaf.

Gudrid schlief schlecht. Sie träumte, an einem großen Haken in ihrer Brust am Mast des Schiffes zu hängen. Sie schreckte hoch. Noch leuchteten einige Sterne matt am Himmel. Sie spürte Brandurs Arm wie eine schwere Last auf ihr. Schamröte stieg ihr ins Gesicht. Es würde den wachsamen Augen Gottes kaum gefallen, sie wie Eheleute beieinander liegen zu sehen. Sie versuchte sich, ohne ihn zu wecken, unter ihm hervorzuwinden. Schließlich gelang es ihr, leise aufzustehen. Das ganze Schiff schien wie in tiefem Schlaf. Die Segel hingen schlaff an den Rahen, schwarzblau und spiegelglatt lag das Meer vor ihr. Ein rotgelber Streifen zog sich am Horizont entlang, wurde langsam breiter und tauchte die Meeresoberfläche in ein goldenes Licht. Die Wolken darüber erglühten. Vögel schwebten lautlos über das Schiff. Gudrid suchte nach einem Platz, wo sie ihre Notdurft verrichten konnte. Als sie eben damit fertig war, fiel ihr Blick nach vorn auf den Bug, wo sie einen jungen Mann im Schein der aufgehenden Sonne stehen sah. Er war klein und schmal. Das konnte niemand anders sein als

Sölmund! Sie ging ein paar Schritte auf ihn zu und streckte ihm ihre Hand entgegen. Er wich zurück. Das helle Licht des Morgens umglänzte ihn.

«Sölmund», flüsterte sie und eilte auf ihn zu. «Sölmund!»

Aber er war verschwunden. Sie wollte ihn verfolgen und lief die Treppe hoch. Als sie die oberste Stufe erreichte, stellte sich ihr ein junger Matrose in den Weg. Sie verstand nicht, was er sagte, versuchte an ihm vorbeizuschielen und zeigte in die Richtung, in die ihr Junge verschwunden war. Der Franzose verstand ebenfalls kein Wort, und sie begannen miteinander zu ringen, bis sie sich damit abfinden musste, dass er sie nicht auf das Deck ließ. Bedrückt stolperte sie die Treppe wieder hinab.

War das eine Erscheinung gewesen? Immer wieder hatte sie das Gefühl, dass ihr Junge an Bord sei. Sie glaubte ihn ständig irgendwo um die Ecke verschwinden zu sehen, hinter einer Wassertonne, einer Kanone, dem Mast oder einer Treppe. Aber sie wagte ihren Reisekameraden gegenüber nicht, etwas davon zu erwähnen.

Schiffe tauchten auf und segelten an ihnen vorbei. Aus der Ferne war unmöglich zu erkennen, welche davon freundlich und welche feindlich gesinnt waren, und die Matrosen schienen ständig auf der Hut zu sein.

Als am Horizont Land in Sicht kam, wunderten sich die Isländer, dass Frankreich nicht weiter als eine Tagesreise auf See entfernt sein sollte, bis sie erfuhren, dass vor ihnen nicht die Küste Frankreichs, sondern die felsige Insel Mallorca lag. Das Schiff segelte in nordöstlicher Richtung entlang der Küste mit ihren weißen Buchten und Palmenstränden. Bald stellte sich aber heraus, dass der Kapitän nicht die Absicht hatte, hier anzulegen, sondern Kurs auf eine andere Insel nahm, Menorca. Tagsüber ging die Fahrt in der schwachen Brise nach der Morgenflaute nur langsam voran. Aber gegen Abend zog eine Wolkenbank am Himmel auf, und kalter Wind schlug ihnen aus Norden entgegen. Als sie schon die Nordspitze von Menorca erreicht hatten, frischte der Gegenwind so stark auf, dass das Schiff wieder nach Süden abgetrieben wurde. Die Männer runzelten die Stirn. Würden sie gar wieder in Algier landen? Sie wagten es diese Nacht nicht, sich schlafen zu legen, sondern wollten bereit sein, falls Gefahr im Verzug sein sollte. Von Regen gepeitscht und vom kalten Wind immer weiter abgetrieben, gelang es der Mannschaft südlich von Mallorca endlich, das Schiff nach Westen zu wenden und in einer breiten Bucht Schutz zu suchen.

Im Morgengrauen des nächsten Tages gingen sie dann im Hafen der Stadt Palma vor einer gewaltigen Kirche vor Anker. Das Gotteshaus am Kai war noch größer und prächtiger als die Große Moschee in Algier. An der Vorderfront erhoben sich zwei mächtige Türme, zwischen denen sich, hoch oben am Giebel, wie ein riesiges Wagenrad ein ungeheures rundes Fenster befand. Die Seitenwände der Kirche wurden von starken Steinbögen gestützt, an deren Spitze jeweils ein kleines Türmchen saß. Turm an Turm. Die Freigelassenen starrten das Bauwerk mit großen Augen an. Die Stadt dahinter wirkte dagegen recht bescheiden, und umso mehr Verwunderung weckten die gigantischen Ausmaße der Kirche.

«Wie viele hundert Menschen wohl in diese Kirche passen?»

«Hunderte meinst du? Sicher tausend. Alle Einwohner der Stadt.»

«Es wäre schön, eine Messe in einem solchen Gotteshaus besuchen zu dürfen», flüsterte Ingibjörg Gudrid zu, während Ásta von Ofanleiti laut daran zweifelte, dass eine derartige Prunksucht Gott gefällig sei.

«Das ist ein gutes Beispiel für die Sündigkeit der Katholischen», schnaubte die Madame. «Nichts als Eitelkeit und Tand! Aber so viel ist sicher, es bedarf keines solchen Pomps, damit Gott die Gebete der Menschen erhört.»

Und dem stimmten die Freigelassenen aus ganzem Herzen zu. Sie hatten unter den schlimmsten Bedingungen gebetet, inmitten von Feinden. Und sie waren aus tiefster Seele überzeugt, dass es ihre Standhaftigkeit im Glauben gewesen war, die ihnen letztendlich die Freiheit beschert hatte.

Und doch war es noch zu früh, um zu triumphieren. Im Hafen

lagen mehrere Schiffe, die meisten davon Fischerkähne in der Art der isländischen Zehn- und Zwölfruderer, aber schon bald zog ein riesiges Schiff, das unter vollen Segeln vor der Bucht kreuzte, alle Aufmerksamkeit auf sich. Als es sich näherte, erkannte man, dass es ein Kriegsschiff war. Es glitt mit schussbereiten Kanonen unter der Flagge des spanischen Königs in den Hafen. Beunruhigt liefen die französischen Matrosen an Deck umher, und auch die eben erst freigekommenen Isländer gerieten in Furcht. Würden sie ein zweites Mal verschleppt werden? Nachdem das Kriegsschiff den Anker geworfen hatte, ließ sich dessen Kapitän mit einer Hand voll Soldaten auf einem Beiboot an das französische Schiff rudern und kam ungebeten an Bord. Der französische Kapitän trat den Ankömmlingen zusammen mit Wilhelm Kifft und den beiden Kaufleuten aus Marseille entgegen. Sie sprachen eine Weile höflich miteinander, worauf der spanische Kapitän verlangte, das Schiff durchsuchen und die Ware der Kaufleute inspizieren zu dürfen. Sie öffneten ihre Kisten auf dem Mitteldeck und zogen Baumwoll-, Seide- und Samtballen in vielen Farben hervor, große Spiegel in vergoldeten Rahmen, vielarmige Leuchter, Silberkannen und Kupfervasen und alle Art von Bechern und Gefäßen. Die Soldaten warfen auch einen Blick in die Korntonnen und die Körbe voll Datteln, Zitronen und Melonen. Aber der spanische Kapitän gab sich immer noch nicht zufrieden und ließ seine Männer auch das Hab und Gut der Freigelassenen durchwühlen. Nachdem sie auch dort nichts Verdächtiges gefunden hatten, ließ der Kapitän vier bewaffnete Männer als Wache auf dem Schiff zurück und befahl seinem französischen Kollegen, ihn mit Wilhelm Kifft und den Kaufleuten an Land zu begleiten. Er zeigte noch auf die Gruppe der Freigelassenen, und nach einem Wortwechsel mit Kifft wurden Thorsteinn Bjarnason, Augustin Söffrensson und Brandur Arngrimsson gerufen und ebenfalls in das Beiboot kommandiert. Die drei Männer wagten nicht zu widersprechen, und ihre Kameraden beobachteten vom Schiff aus, wie die Männer kurz danach unterhalb des Doms an Land gingen.

Der Tag zog sich mit Warten dahin. Manche schritten sorgenvoll auf und ab, andere versuchten sich die Zeit mit Geschichtenerzählen zu vertreiben. Einar Loftsson zog kleine Schachfiguren aus seinen Taschen hervor und lud Botólf Oddsson zu einem Spiel ein. Er zeichnete mit Kreide ein Schachbrett auf einen Fassboden, und die Matrosen verfolgten ihre Partie. Die meisten verbrachten aber die Zeit damit, das Land von der Reling aus zu betrachten, die Kirche, die Stadt und die Berge weit dahinter. Dunkelgrüne Föhrenwälder breiteten sich auf hellen, felsigen Hängen aus, und Palmen wuchsen einzeln oder in kleinen Gruppen am weißen Strand. Ihre Blätter wehten im Wind, der sich erst gegen Abend legte. Die Leute sahen zu, wie die Fischer, die am Morgen hinausgerudert waren, am Nachmittag ihren Fang an Land brachten. Und endlich kam der Kapitän zusammen mit den Kaufleuten, Wilhelm Kifft und den drei Isländern wieder an Bord zurück. Sie berichteten, wie zuerst die ganze Gruppe vor den Stadtrat geführt worden war und Fragen hatte beantworten müssen. Danach hatte man Kifft allein verhört. Auch Thorsteinn und einer der Kaufleute wurden beiseite gezogen und einzeln befragt, bis man sie endlich in ein Kloster nördlich der Kirche führte und ihnen Speisen und Trank vorsetzte. Nach dem Essen wurden Thorsteinn und der Kaufmann noch einmal verhört, diesmal von den Prälaten des Klosters, während sich Brandur und Augustin im Klostergarten umgesehen hatten. Sie erzählten, dass die Mönche dort Obstbäume und Gewürzkräuter zogen, aber das größte Staunen hatten schwarze Schwäne geweckt, die auf einem kleinen Teich schwammen. Schwarze Schwäne! Sie mussten wohl ebenso selten sein wie weiße Raben. Aber nichtsdestotrotz waren es Schwäne gewesen, mit feuerroten Schnäbeln! Als die Verhöre endlich zu Ende waren, wurde die Gruppe abermals vor den Stadtrat geführt, wo sie noch auf die Abfassung eines Freibriefs warten musste, der dem Kapitän gestattete, die Stadt in Frieden zu verlassen.

Die Leute an Bord waren heilfroh, dass die unerwartete Festsetzung des Schiffes nur so lange dauerte, bis sich der Nordwind legte, wenn auch keinem richtig wohl dabei war, neben dem spanischen Kriegsschiff auf besseres Wetter warten zu müssen.

Am nächsten Morgen hatte der Wind auf Ost gedreht, und gegen Mittag verließen beide Schiffe die Bucht von Palma und gingen auf Kurs nach Norden. Bald trennten sich aber ihre Wege, denn während das spanische Schiff mit geblähten Segeln geradewegs nach Westen hielt, segelte das französische hart am Wind Richtung Nordost.

Am Morgen des 26. Juni kam bei Sonnenaufgang die französische Küste in Sicht.

35

Sie segelten in eine weite Bucht, vorbei an drei dicht bewachsenen Felseninseln und auf eine lange Festungsmauer zu, an deren Ende sich ein hoher, viereckiger Turm erhob. Hinter der Festung lag die Stadt Marseille. Riesige Kanonen richteten ihre schweren Rohre bedrohlich auf die Bucht hinaus. Ihr Anblick weckte unter den Ankömmlingen Furcht und Bewunderung zugleich. Dieses mächtige Bollwerk diente zum Schutz der christlichen Welt.

Der Blick der Isländer blieb an einer langen Reihe merkwürdiger Häuser hängen, die die Mauer überragten. An der Vorderseite eines jeden drehten sich vier riesige Flügel im Kreis: Das mussten Windmühlen sein. Sie zählten mehr als zwanzig.

Vorsichtig steuerte das französische Handelsschiff auf die schmale Hafeneinfahrt zu, die auf einer Seite vom viereckigen Festungsturm und auf der anderen von einer kleinen Burg auf einem niedrigen Hügel flankiert wurde. Die Fahrrinne selbst war mit schweren Eisenketten versperrt, die zwischen vier im Wasser stehenden Steinsäulen gespannt waren. Von den Kettengliedern herabhängende Eisenspitzen versperrten selbst kleinsten Booten die Einfahrt, und zur linken Seite waren riesige Baumstämme wie ein schwimmendes Tor in die Festungsmauer eingelassen. An den Befestigungsanlagen wurde deutlich, dass die Stadt nur schwer vom Meer aus eingenommen werden konnte. Als man das Schiff die enge Einfahrt passieren ließ, öffnete sich den Freigelassenen der Blick auf eine Bucht, die so schmal war wie ihre heimischen Fjorde und in der dennoch eine größere Zahl von Schiffen lag, als je einer von ihnen auf einmal gesehen hatte: Fischerboote, Kriegsschiffe und Handelsschiffe drängten sich Seite an Seite. Entlang der Straße am Kai bildeten vier- und fünfstöckige Gebäude eine zusammenhängende Häuserfront, und dahinter erstreckte sich hangaufwärts der Hauptteil von Marseille. Grüne Hügelketten umgaben die von einer gewundenen Mauer umfriedete Stadt, und in der Ferne erhoben sich hohe Berge.

Manches erinnerte die Isländer an die Stadt Algier, und doch hatte alles einen ganz anderen Charakter.

Sobald das Schiff im Hafenbecken vor Anker gegangen war, wurden die Freigelassenen an Land gerudert. Sie waren erleichtert, wieder festen Boden unter den Füßen zu spüren, auch wenn ihnen angesichts der vielen neuen Dinge, die sich ihren Augen boten, förmlich der Kopf schwirrte. Die Kirchtürme ringsum waren eindrucksvolle Zeugen des Glaubens der Stadtbewohner: Sie waren den Feinden des Christentums entkommen! Sie waren gerettet! Sie waren schon halb zu Hause.

Durch die dichte Menschenmenge am Kai kamen den beiden Kaufleuten zwei vornehm gekleidete Frauen entgegen und begrüßten sie mit einem Kuss auf beide Wangen. Die eine hatte eine kleine Kinderschar bei sich, der anderen folgte ein junges Mädchen in einem wunderschönen roten Kleid und mit rosengemusterten Seidenschuhen. Es wollte sogleich in die Kiste ihres Vaters spähen, aber ihre Mutter klopfte ihr auf die Finger.

Ringsum herrschten Gedränge und Geschäftigkeit. Es gab hier keine Frauen, die ihr Gesicht verschleierten, und die Menschen redeten laut und unter heftigem Gestikulieren miteinander. Es roch vertraut nach Fisch, aber die Fische in den großen Körben der Fischer waren andere als zu Hause, und manche quollen von merkwürdig rauschaligen, hässlichen Muscheln beinah über.

Kifft riet allen Freigelassenen, gut auf ihr Gepäck Acht zu geben, und führte die Gruppe die Hafenstraße hinauf. Ihre Kisten wurden auf einen bereitstehenden Wagen geladen und von Maultieren den ganzen Weg bis vor eines der hohen Häuser gezogen. Dort pochte Kifft an die Tür. Eine Frau in weiten, rauschenden Röcken öffnete ihnen. Sie bat sie ins Haus und rief Dienstboten herbei, die die Leute in den nächsten Stock hochführten: Frauen in den einen Saal, Männer in einen anderen. Sie bekamen noch Gelegenheit, sich nach der Seereise etwas auszuruhen und sich Gesicht und Hände zu waschen, bevor man sie zum Essen in den Speisesaal der Herberge bat.

Es war bereits dämmrig, als das Läuten einer Glocke die Leute nach unten rief. Die Frauen hatten sich, so gut es ging, ihre Haare und Kleider zurechtgemacht und die neuen Schuhe angezogen. Die Männer erschienen leicht gekleidet in Hemden und Westen.

Die Wände des Speisesaals trugen ein mächtiges Gewölbe. Entlang der Wände standen lange Tafeln und Bänke, und auf den Tischen brannten Wachskerzen und verbreiteten ein mildes Licht im Saal. Außerdem waren die kleinen Fenster unterhalb der Decke an der Außenmauer mit Lichtern erhellt, und an der gegenüberliegenden Wand loderten Fackeln in flachen Nischen. Hier brauchte man offensichtlich nicht mit Licht zu sparen!

Keiner der Isländer, außer der Madame von Ofanleiti, hatte je an Tischen wie diesen Platz genommen. Zu Hause war es üblich, aus Essnäpfen in der Stube, auf dem Bettrand sitzend, zu essen und Messer und Löffel aus Kuhhorn zu verwenden, und in Algier hatten sie stets auf dem Boden oder auf Kissen rund um große Schüsseln gesessen und mit den Fingern gegessen. Jetzt war es an der Zeit, Tischsitten zu lernen, wie sie auch in den dänischen Häusern auf den Westmänner-Inseln gepflegt wurden.

Die Matrone wies den Leuten die Plätze zu. Die beiden Ehepaare sollten auf einer Seite der Tafel in der Mitte beisammensitzen und die isländischen Männer links und rechts von ihnen. Ihnen gegenüber nahmen die Frauen Platz. Wilhelm Kifft setzte sie ans obere Tischende, und er bot der Madame von Ofanleiti den Platz an seiner linken Seite an, während er Ólöf Jónsdóttir an seine rechte setzte. Er hatte eine große Summe Lösegeld für Ólöf bezahlen müssen.

An den zweiten Tisch setzte die Matrone auf eine Seite die acht norwegischen und dänischen Männer und die restlichen isländischen Frauen auf die andere. Gudrid kam gegenüber von einem der Seemänner aus Bergen zu sitzen, der Ólaf Tryggvason hieß. Die Matrone selbst setzte sich wie Kifft an das Tischende. Sie trug ein enges Mieder über einer weißen Bluse aus dünnem Leinen mit langen, weiten Ärmeln und Rüschen an den Handgelenken. Die meiste Aufmerksamkeit der Leute weckte aber der Umstand, wie weit die Bluse am Hals ausgeschnitten war. Die zusammengepressten Brüste der Frau quollen beinah gänzlich aus dem Ausschnitt heraus, ruhten wie weiße Kugeln auf dem Mieder. Auch die Brüste ihrer Dienstmägde waren gut sichtbar. Kein Wunder, dass die Französinnen bei den Männern als überaus freizügig galten.

Nachdem alle Platz gefunden hatten, nahm der Holländer seinen Hut vom Kopf, faltete die Hände und sprach ein Dankgebet. Die Matrone sagte laut und deutlich Amen. Dann klatschte sie in die Hände und trug ihren Dienern auf, den Leuten Rotwein aus großen Karaffen in die schönen Gläser einzuschenken, die vor jedem Platz standen. Ein jeder an der Tafel hatte außerdem noch einen runden, weiß glänzenden Tonteller mit blauem Blumenmuster vor sich, neben dem eine Gabel und ein Messer aus Zinn lagen. Die Isländer staunten. Mit einer Gabel hatten die meisten von ihnen noch nie gegessen.

Als die Gläser mit Wein gefüllt waren, trug man große Schüsseln auf, in denen rauschalige Muscheln lagen, wie sie sie am Hafen schon gesehen hatten, und daneben sonnengelbe, in Scheiben geschnittene Zitronen. Dann forderte man die Leute auf, kräftig zuzulangen. Sie zögerten, eine so abstoßende Speise in den Mund zu nehmen, als sie aber sahen, wie Kifft einen ganzen Berg Muscheln auf seinen Teller häufte, die Zitronen über ihnen auspresste und dann eine nach der anderen ausschlürfte, ganz so, als ob es sich um die größte Köstlichkeit handelte, versuchten sie doch seinem Beispiel zu folgen. Gudrid fand diese Speise schleimig und geschmacklos und hörte nach der dritten Muschel auf, während die Matrone zehn Stück verschlang und die leeren Schalen in die Schüssel zurücklegte. Gudrid hörte, wie Kifft die Muscheln Austern nannte.

Als Nächstes wurde gebratenes Fleisch mit gekochten gelben

Rüben aufgetragen, und später folgten herzhafte Käsesorten, die ihren Duft über den ganzen Saal verbreiteten. Zum Schluss wurden den Reisenden noch getrocknete Pflaumen und Feigen angeboten.

Man war sich einig, noch nie im Leben ausgiebiger und besser gegessen zu haben.

Und auch am Wein wurde nicht gespart. Er ließ ihnen schon bald warm ums Herz werden und löste allmählich auch ihre Zungen. Ihre Wangen glühten, und sogar die Schweigsamsten in der Gruppe hatten angefangen, mit ihren Sitznachbarn zu plaudern. Die Frauen an Gudrids Tisch waren plötzlich mitten in einer Unterhaltung mit ihren norwegischen und dänischen Tischgenossen – auch wenn es ein wenig an gegenseitigen Sprachkenntnissen mangeln mochte. Die meisten beherrschten aber ein paar Brocken Dänisch, und alle hatten sich daran gewöhnt, sich in Franko zu verständigen.

Dabei fragte Gudrid irgendwann ihr Gegenüber am Tisch, ob er ein Nachkomme des alten Königs sei.

«Welchen Königs?», fragte der Mann aus Bergen erstaunt.

«Des Königs Ólaf Tryggvason.»

«Ich hab noch nie von ihm gehört», meinte Ólaf Tryggvason und fuhr sich mit den Fingern durch sein dichtes blondes Haar. Sein heller Schopf erinnerte Gudrid an den von Eyjólf. Er schien auch im gleichen Alter zu sein – allerdings jenes Eyjólf, dessen Bild sie in Erinnerung trug.

«Wer hat dir von diesem König erzählt?», fragte der Mann dann.

«Snorri Sturluson schreibt über ihn in der Heimskringla.»

«Einen König mit meinem Namen?»

«Ja.»

«So, so», brummte der Mann und kratzte sich den Bart. Und fügte nach kurzem Schweigen hinzu:

«Ich kann nicht lesen. Kannst du lesen?»

«Man kann es wohl so nennen», sagte Gudrid. «Auch wenn ich die ganzen Jahre meiner Gefangenschaft über kein Buch geöffnet habe. Die Heimskringla habe ich allerdings nicht gelesen. Ich habe sie noch nicht einmal gesehen.»

«Woher weißt du dann, was drinsteht?»

«Alle Isländer kennen die Heimskringla und Ólaf Tryggvason. Er war es, der die Isländer christianisieren ließ.»

«Da habt ihr Pech gehabt», meinte der Mann. «Wenn ihr nicht Christen gewesen wärt, hätten euch die Hundstürken niemals überfallen. Sie entführen nur Christen.»

Gudrid machte die Antwort des Mannes stutzig. War es möglich, dass sie nur deshalb verschleppt worden waren, weil sie Christen waren? Hatten sie all die Qualen der vergangenen Jahre nur deshalb erdulden müssen, weil Ólaf Tryggvason ihre Vorväter zum Christentum bekehrt hatte? Mussten sie ihres Glaubens wegen leiden? Stellte Gott sie auf die Probe? Hatte er irgendetwas Großes mit ihnen vor? Dieser Gedanke war ihr bisher noch nie gekommen. Waren sie wie das Volk Israel in der Wüste? Wer war dann ihr Mose? Etwa Kifft? Nein, Kifft war keiner aus ihrem Volk, auch wenn er ein guter Christ war. Sie verwarf den Vergleich wieder.

«Wann kamen die Seeräuber nach Bergen?», fragte sie nach kurzem Schweigen.

«Sie waren nie in Bergen. Ich wurde auf See entführt. Bei meiner ersten Schiffsreise nach Irland vor gut dreizehn Jahren. Ich war gerade achtzehn.»

«Dreizehn Jahre sind eine lange Zeit», sagte Gudrid.

«Ja, das sind sie. Aber die Dänen dort an unserem Tisch waren noch länger in Gefangenschaft. Und wir wären wohl niemals befreit worden, wenn man nicht Kifft nach Algier gesandt hätte, damit er euch Isländer freikauft. Wir haben unsere Freiheit wohl euch zu verdanken! Ihr wart so viele, und man hat mir erzählt, ihr hättet ständig nach Hause geschrieben, eine Unzahl von Briefen und Petitionen. Wir waren so wenige – und es gab nicht viele, die uns vermissten.» Er blickte vor sich zu Boden. Dann hob er den Kopf. Er blickte sie mit traurigen Augen an. Dann rief er nach der Dienstmagd, bat um mehr Wein und leerte das Glas in einem Zug.

«Jetzt erzähl du mir deine Geschichte», forderte er sie auf.

«Wie bist du in Barbarien gelandet? Was hat es mit euch vielen isländischen Frauen auf sich? Ihr seid ja fast ein ganzer Harem! Seid ihr vielleicht alle abgedankte Ehefrauen des Paschas?»

Gudrid schüttelte den Kopf und blickte zur Seite. Sie wurde plötzlich von ungeheurer Scham gepackt – wo ihr dieser blonde Mann doch eben noch so gut gefallen hatte, weil er sie an Eyjólf erinnerte! Jetzt machte seine Nähe sie traurig. Was unterstellte er ihr und den anderen Frauen eigentlich? Sie musste ihm erzählen, wer sie war! Ihm das Unglück all dieser Frauen erklären, das letztlich dazu geführt hatte, dass sie nun in dieser Stadt an einem Tisch mit einem norwegischen Seemann namens Ólaf Tryggvason saßen.

Sie erzählte ihm Bruchstück für Bruchstück ihre Geschichte.

Der Mann hörte zu.

«Und was, glaubst du, wird dein Mann sagen, wenn du nach zehn Jahren wieder zu ihm ins Bett steigst?», fragte er, als sie verstummte.

«Ich habe immer davon geträumt, dass er mich mit offenen Armen empfängt», antwortete sie ehrlich und ahnte plötzlich, dass es womöglich auch anders sein könnte.

Es fiel Gudrid diese Nacht schwer, einzuschlafen. Ihr war unwohl vom vielen Essen und Trinken, und sie hörte, wie sich irgendeine der Frauen übergab. Saurer Geruch stieg ihr in die Nase. Als sie endlich eingeschlafen war, träumte sie einen schweren Traum, in dem Ólaf Tryggvason und Eyjólf zu einem Mann verschmolzen, der in einem brennenden Meer schwamm. Dann war es, als ob sie auf einem weißen Sandstrand entlangginge, und die Wellen spülten ihr eine Krone vor die Füße. Als sie die Krone aufhob, brach sie entzwei, und roter Wein floss aus ihr heraus.

Am nächsten Morgen war sie zu schwermütig, als dass sie sich dazu hätte aufraffen können, mit den anderen Frauen die Stadt zu besichtigen. Sie blieb bei der alten Ingibjörg und den Schwestern Halldóra und Sesselja in der Herberge zurück. Am Nachmittag saßen Gudrid und Sesselja dann auf einer Bank draußen vor dem Haus und ließen sich von der Sonne wärmen. Sie beobachteten träge das geschäftige Treiben am Hafen, das Kommen und Gehen der Schiffe, die Menschen und Waren an Land schafften oder an Bord nahmen. Sesselja war von den Jahren der Gefangenschaft schwer gezeichnet. Sie hatte grau meliertes Haar und eine dunkle, faltige Haut, und doch waren sie und ihre Schwester Hallny einigermaßen bei Gesundheit. Um die dritte der Schwestern, Halldóra, machten sie sich jedoch große Sorgen. Als Sesselja ging, um nach ihr zu sehen, blieb Gudrid allein zurück. Sie schlief ein. Plötzlich schreckte sie hoch und merkte, dass Ólaf Tryggvason neben ihr saß.

«Verzeih, ich wollte dich nicht wecken», sagte er. «Aber ich konnte nicht gehen, ohne mich von dir zu verabschieden und dir für deine Gesellschaft zu danken. Hier trennen sich unsere Wege. Unser alter Kapitän Niels hat ein norwegisches Handelsschiff gefunden, das uns mit nach Trondheim nimmt. Von dort ist es nicht weit nach Bergen.»

«Was erwartet dich, wenn du nach all den Jahren nach Hause kommst?», fragte sie.

«Ich weiß es nicht», sagte er. «Ich hoffe, mein Vater und meine Mutter sind noch am Leben. Ich hatte auch zwei Schwestern.»

«Werden sie dich wieder erkennen?»

«So, wie dein Mann dich wieder erkennen wird. Ich glaube, er wird sich freuen, dich wieder zu sehen.»

Sie gaben sich die Hand.

«Eyjólf hatte genau solches Haar wie du», sagte sie und musste gegen ein plötzliches Verlangen, seine Locken zu berühren, ankämpfen.

Ólaf fuhr sich mit der Hand über den Kopf und lächelte.

«Hatte, sagst du! Und jetzt hat er wahrscheinlich graue Haare oder eine Glatze.»

«Das glaube ich kaum. Er war in deinem Alter, als man uns auseinander riss.»

«Leb wohl, Gudrid. Es hat mir Spaß gemacht, von meinem Namenskollegen zu hören.»

«Leb wohl, Ólaf Tryggvason.»

Am Abend saßen die Isländer allein mit Kifft und der Matrone am Tisch. Die Dänen und Norweger waren verschwunden. Das Essen war nicht weniger reichlich als am Tag zuvor, und auch an Gesprächsstoff mangelte es nicht. Man hatte die umliegenden Straßen und Plätze erkundet und erzählte sich begeistert von so manchem, was man gesehen hatte, aber keiner hatte einen so unglaublichen Zufall erlebt wie die Madame von Ofanleiti. Sie hatte sich, von der Hitze erschöpft, mit Gunnhild auf eine Bank vor der Kirche des heiligen Johannes gesetzt, um etwas zu verschnaufen, und Einar Loftsson gebeten, in eine Weinschenke dort am Platz zu gehen und um einen Krug Wasser zu bitten. Es dauerte auch nicht lange, bis Einar zurückkam, aber jetzt folgte ihm eine Frau, die sich als Isländerin namens Hildur vorstellte. Sie erzählte, dass sie auf einem englischen Segler vor Irland von Türken überfallen und nach Tunis verschleppt worden war, wo sie ein französischer Kaufmann freigekauft und geheiratet hatte. Inzwischen war sie Witwe. Und sie staunte nicht wenig, wiederum Isländer in dieser Stadt anzutreffen. Schon einmal, vor fast zehn Jahren, war sie eben hier vor ihrer Schenke auf einen isländischen Mann gestoßen, einen alten Priester von den Westmänner-Inseln, der einen Platz zum Schlafen suchte. Sie erinnerte sich noch, dass der gute Mann schon eine lange Reise durch Italien und Deutschland hinter sich hatte, bis es ihn spät im Herbst oder Winter nach Marseille verschlagen habe. Sie hatte Mitleid mit ihm gehabt und ihm bei sich Quartier gewährt.

«Was sagst du da, Frau?», hatte da Madame Ásta gerufen und die Hände der Frau ergriffen. «Das ist mein Ólaf gewesen. Mein Mann. Das muss er gewesen sein. Hieß er Ólaf?»

«Das weiß ich nicht mehr», hatte die Frau erstaunt geantwortet. «Ich weiß nur noch, dass er Priester war, und zwar ein lutherischer, denn es war nicht gut für das Geschäft, einen solchen Mann im Haus zu haben. Hier in der Stadt ist man papsttreu.»

Ásta hatte bei dieser Nachricht kaum die Tränen zurückhalten können. Leider wusste die Frau nicht mehr genau, wie der Priester weitergereist war, aber sie glaubte sich zu erinnern, dass er fast kein Geld besaß, denn ein Kaufmann aus Hamburg hatte diese zwei oder drei Übernachtungen für ihn bezahlt, weil sie Glaubensbrüder waren. Und Hildur hatte noch mehr zu berichten gehabt. Sie sagte, sie wüsste von einer anderen isländischen Frau, Margret mit Namen, die mit ihren beiden Kindern hier in der Stadt lebe. Sie wären sich vor einigen Jahren auf dem Markt über den Weg gelaufen und würden sich ab und zu treffen. Ásta war sicher, dass es sich bei dieser Frau um die junge Pfarrerstochter von Kirkjubaer handeln müsse. Und hatte Hildur zum Abschied gebeten, Margret vom Aufenthalt der Freigelassenen in der Stadt Bescheid zu geben. Es fiel vielen Frauen schwer, diesen Abend einzuschlafen. Ástas Erzählung hatte sie aufgewühlt und in ihnen Neugier und den brennenden Wunsch geweckt, Margret Jónsdótir wieder zu treffen und zu hören, wie es ihr ergangen war.

36

Am Morgen des dritten Tages in Marseille brach die Gruppe auf, um die Reise zu See Richtung Westen fortzusetzen. Das nächste Ziel war die Stadt Narbonne, und von dort sollten sie über Land den kürzesten Weg durch Südfrankreich Richtung Atlantik nehmen.

Es waren bereits alle mit ihren Habseligkeiten am Hafen versammelt – und noch immer keine Spur von Margret Jónsdóttir. Das erste Boot mit dem Gepäck war schon fort, und das zweite legte eben mit einem Teil der Reisenden ab, als zwei Frauen angelaufen kamen.

«Madame, Madame», riefen sie.

Die Isländer, die noch am Kai standen, blickten sich um. Eine Frau mittleren Alters eilte mit einer jungen Frau an der Hand, die zwei Kinder hinter sich herzog, auf den Hafen zu. Es waren Hildur und Margret. Sie kamen völlig außer Atem am Boot an, das die Isländer gerade besteigen sollten. Die barfüßigen Kinder versteckten sich scheu hinter dem Rücken ihrer Mutter.

«Ásta», rief Margret.

Dann fielen sich die beiden Verwandten in die Arme. Sie lösten sich aus der Umarmung, musterten sich gegenseitig und umarmten sich aufs Neue.

«Margret», sagte Ásta, «du bist ja noch hübscher geworden.»

Margret lächelte bescheiden. Sie trug einen hellbraunen Rock und eine rote, eng geschnittene Jacke, die ihre Figur betonte.

«Bist du gekommen, um mit uns nach Hause zu fahren?», fragte Ásta.

Margret schüttelte den Kopf.

«Wie heißen die Kinder?»

«Marguerete und Jean», antwortete Margret. «Sie sind sechs und acht Jahre alt.»

«Hast du einen guten Mann?»

Die Madame blickte sie forschend an, während sie auf Antwort wartete.

«Der Vater der Kinder versorgt uns gut.»

«Triffst du manchmal deinen Bruder Jón?»

«Er hat mich einmal besucht.»

«Wir haben gehört, er ist mit den Seeräubern auf Beutezug gefahren.»

«Er kommt weit herum.»

«Stimmt es, dass er seinen Glauben verleugnet hat?»

«Man hat ihn dazu gezwungen.»

«Bestelle ihm meine Grüße, wenn du ihn wieder triffst. Und wenn er einmal nach Tunis kommen und dort meinem Egill über den Weg laufen sollte, dann soll er ihm ausrichten, dass seine Mutter nach Island zurückgekehrt ist, aber seinen kleinen Bruder Jón bei Ali Pegelin in Algier zurücklassen musste.»

Sie fielen sich wieder in die Arme.

«Und die kleine Una?», fragte Margret.

«Sie ist unter den Engeln», antwortete die Madame.

Die Ruderer trieben die Leute schon ungeduldig zur Eile an, aber alle Frauen wollten Margret begrüßen, um sich sogleich wieder von ihr zu verabschieden. Gudrid und Margret lagen sich lange wortlos in den Armen, ohne ein Wort zu sagen. Zum Schluss flüsterte Margret:

«Musstest du Sölmund zurücklassen?»

Gudrid nickte. Dann küssten sie sich zum Abschied. Dieser kurze Augenblick des Wiedersehens bereitete ihnen unaussprechliche Freude, unaussprechliche Trauer.

Sie segelten die befestigte Hafeneinfahrt hinaus. Die Flügel der Windmühlen an der Mauer drehten sich rascher, als das Auge folgen konnte. Brandur und Thorsteinn hatten herausgefunden, dass einige der Mühlen Maschinen in großen Schmieden antrieben. Man hatte ihnen erlaubt, einen Blick in eine Schmiede zu werfen, in der riesige Schiffsanker mit Hämmern geschmiedet wurden, die von der Decke herabkamen. Dann wurden die Anker auf Rädern in die Öfen gerollt. Sie hätten wohl schon von derartigen Maschinen gehört, hätten sich aber niemals vorstellen können, was für Wunderwerke das seien! Augustin und Helgi Jónsson hatten eine Werft gesehen, in der gerade zwei große Schiffe gebaut wurden. Sie erzählten, wie die Spanten am Grund befestigt und wie riesige Walknochen nach oben gebogen wurden, um dem Schiff die Form zu geben. Dann wurden die Spanten von innen verkleidet und zuletzt von außen die Planken aufgenagelt. Sie staunten immer noch über die Geschicklichkeit der Schiffsbauer und über all die Werkzeuge und Geräte, die diese bei der Arbeit verwendet hatten. Beide wären gern noch ein wenig geblieben.

Das Schiff, auf dem sie Marseille verließen, war nicht mehr als eine mittelgroße Brigg, und sie segelten einen Großteil des Tages an der Küste entlang, bis sie bei gutem Fahrtwind auf Kurs quer über den Golf von Lyon gingen.

Bei Sonnenuntergang gelangten sie an eine breite Flussmündung, die im Abendrot leuchtete, und warfen vor einem Riff die Anker. Sie mussten die Morgenflut abwarten, bevor sie die Mündung hochsegeln konnten. In der Ferne erhob sich ein hohes Gebirge, das Kifft Pyrenäen nannte. Land und See waren in einen roten Schein getaucht.

Der Abend war sternklar und die Dunkelheit samtig und warm. Keiner der Passagiere wollte unter Deck. Einer der Matrosen zog eine Flöte hervor, der er feine, weiche Töne entlockte, ein anderer schlug eine Trommel, und sie machten so gemeinsam eine schwungvolle, verführerische Musik. Einige Matrosen begannen zu singen und zu tanzen und versuchten, die Frauen in ihren Reigen zu ziehen. Die meisten getrauten sich nicht, sich mit den fremden Männern im Tanz zu drehen. Einige Frauen begannen jedoch, sich wie von selbst im Rhythmus mitzubewegen. Ólöf Jónsdóttir ergriff Árny unter dem Arm, und gemeinsam wiegten sie sich im Takt der Musik. Wilhelm Kifft warf ihnen Blicke zu. Er saß mit dem Kapitän an einem kleinen Tisch vor der Kajüte und rauchte Pfeife. Der Duft des Tabaks zog über das Deck. Um Mitternacht schließlich legte man sich, in Decken gehüllt, unter freiem Himmel im Schein des Halbmonds schlafen.

Im Morgengrauen segelte das Schiff die Flussmündung hoch. Auf den schlammigen Ufern wateten Hunderte von wundersamen Vögeln mit hellrosa Federkleid auf hohen Beinen. Auf einem hohen Felsen oberhalb eines kleinen Dorfes ragte ein runder Festungsturm auf, der an der Spitze schon etwas verfallen war. Wilhelm Kifft zeigte im Vorbeisegeln auf den Turm und sagte, dass ihn die Brüder Barbarossa erbaut hätten. Das seien griechische Seefahrer gewesen, die das Mittelmeer befahren hätten, bevor sie einen kleinen Handelsort an der Nordküste Afrikas eroberten und dort das berüchtigte Seeräuberreich Algier gründeten.

Die Leute starrten neugierig auf die Festung und wollten mehr über diese Brüder wissen und wann sie gelebt hätten.

«Ja, so vor etwa hundert Jahren», meinte Kifft.

Es war also noch nicht lange her. In nur einem guten Jahrhundert hatte man eine so große Stadt wie Algier aufgebaut, in der angeblich hunderttausend Menschen lebten. Ein Viertel davon Sklaven, wie sie selbst am besten wussten.

Das Schiff hatte nur ein Segel gesetzt, und der Steuermann und die Matrosen navigierten es mit langen Rudern durch eine schmale Fahrrinne vor die Mauern von Narbonne. Einmal mehr mussten die Reisenden in ein Beiboot steigen und wurden den ruhig dahinströmenden Fluss, der die Stadt in zwei Hälften teilte, hochgerudert und am Kai an Land gesetzt. Dort warteten sie, während das Boot nochmal zum Schiff zurückkehrte, um ihre Kisten und anderes Gepäck zu holen.

Einige Männer mit Karren und Maultieren boten ihre Dienste an und brachten das Gepäck in die Stadt. Die Gruppe der Isländer marschierte hinterdrein, nur die alte Ingibjörg hatte sich auf einen Karren setzen dürfen. Auf einem gepflasterten Platz, direkt vor einem großen, prunkvollen Palast aus hellen Ziegeln, blieben sie stehen. Auf der anderen Seite des Palastes war die Rückseite einer riesigen Kirche zu sehen. «Das Palais des Erzbischofs», sagte Kifft und verschwand darin, um beim Kirchenfürsten um Quartier für die Freigelassenen zu bitten. Inzwischen warteten die Reisenden und blickten sich um.

Händler öffneten ihre Läden, und ehe man sich's versah, herrschte buntes Markttreiben auf dem Platz. Essen und Stoffe wurden feilgeboten, lebendige Tiere und Hausrat, aber auch allerhand Luxusartikel. Ein Händler verkaufte gemalte Heiligenbilder und Bilder von Prinzen und Prälaten, Königinnen und Adelsfrauen. Ein anderer bot Ringe und Armbänder, Perlen und Edelsteine, Kämme und Gürtelschnallen, Silberflöten und Fläschchen mit duftendem Rosenwasser an. Besonderes Aufsehen erregten zwei Perücken, die auf ausgestopften Kugeln aus Sackleinen mit aufgemalten Gesichtern ausgestellt waren. Von hinten sahen die langhaarigen Attrappen wie echte Menschenköpfe auf Stangen aus.

Obwohl die Reisenden schüchtern und zurückhaltend waren und die wenigsten auch nur eine Münze in der Tasche hatten, trieb sie die Neugier doch von Laden zu Laden. In einem waren Kruzifixe verschiedenster Art zu sehen, Marienbildchen und Bilder der Apostel und auch kleine Heiligenfiguren. Die heilige Theresia von Avila hieß eine, die heilige Cäcilie, Katrin und Karitas. Der heilige Augustinus, Benedikt, Dominikus und Franz von Assisi und viele mehr. Ásta von Ofanleiti schüttelte missbilligend den Kopf über so viel Götzenverehrung. Und zwischen den heiligen Männern und Frauen, die zumindest alle anständig in Umhänge und Kutten gekleidet waren, standen noch andere Figuren, die den Isländern schon bei einem kurzen Blick darauf die Schamröte ins Gesicht trieben. Es waren Darstellungen der antiken römischen Götter und Göttinnen. Die Frauen wandten sich erschrocken vom Anblick der bloßen Genitalien einer an Brust und Bauch dicht behaarten männlichen Figur mit Vollbart und hässlichem Gesicht ab. Und fühlten sich nicht minder unwohl angesichts der halbnackten Göttinnen, die ihren Körper lustvoll räkelten. Sie begannen unter ihren dicken Reisekleidern zu schwitzen und beeilten sich, vom Laden wegzukommen. Wie war es eigentlich um die Moral der Menschen in dieser Gegend bestellt?

Endlich tauchte Kifft mit der Nachricht auf, dass den Männern eine Unterkunft im Augustinerkloster bereitet werde, das dem Palast des Erzbischofs angeschlossen sei, während ihm die Frauen weiter in die Stadt folgen sollten zum Kloster der Karmeliterinnen an der Kirche des heiligen Sebastian.

Als die Frauen endlich an der Mauer des Klosters standen, öffnete ihnen eine Nonne in langer brauner Kutte, weißem Kopfputz und schwarzer Kapuze. Wilhelm Kifft brachte sein Anliegen vor. Die Nonne schien ihn zu verstehen, antwortete aber nicht. Sie hörte ihm zu, ohne ihn anzublicken, und sagte zuletzt leise: «Benevenite.» Dann öffnete sie das Tor zur Hälfte und bat alle Frauen, mit ihren Habseligkeiten einzutreten. Nachdem sie das Tor wieder hinter ihnen verschlossen hatte, gab sie ihnen ein Zeichen, ihr zu folgen.

Sie gingen hinter der Nonne her durch ein prächtiges Steingewölbe, das sich zwischen Säulen in einen sonnenhellen Garten öffnete. Im Garten gurrten Tauben und zwitscherten Singvögel, aber abgesehen von den Vogelstimmen herrschte innerhalb der Klostermauern völlige Stille, und keine der isländischen Frauen brachte den Mut auf, ein Wort zu sprechen. Das Schweigen war allgegenwärtig.

Die Nonne führte sie um die Ecke des rechteckigen Klosterhofes und wies sie in einen kleinen Saal, der hinter dem Säulengang lag. Entlang der weiß getünchten Mauern lagen dicke Strohmatratzen, die sie den Frauen mit einer Handbewegung als Liegestatt anbot. Sie gab ihnen mit Gesten zu verstehen, das Gepäck abzustellen und ihr in den Speisesaal nebenan zu folgen, wo eine ihrer Ordensschwestern in einem großen Topf rührte. Man machte ihnen verständlich, dass sie sich eine Tonschale vom Stapel auf dem Regal an der Wand nehmen und zur Schwester an dem Suppentopf gehen sollten. Diese schien sich vom Auftauchen der Gäste nicht aus der Ruhe bringen zu lassen und schöpfte eine volle Kelle in jede Schale. Ihr Gesicht war freundlich, aber sie sprach, wie die andere, kein Wort. Und auch keine der isländischen Frauen wagte etwas zu sagen. Sie setzten sich an die lange Tafel in der Mitte des Saales und wollten zu essen anfangen, aber die Nonne stellte sich an das Kopfende der Tafel und gab ihnen, indem sie zwei Finger an die Lippen legte, zu verstehen, dass sie warten sollten. Sie machte das Kreuzzeichen, breitete die Arme aus und segnete das Essen.

«In nomine patris, et filii et spiritus sancti. Amen.»

Dann sprach sie das Paternoster, und die Frauen murmelten das Vaterunser auf Isländisch.

Unser täglich Brot gib uns heute …

Als das Gebet zu Ende war, forderte die Schwester sie auf zu essen. Die Frauen hoben die Schalen an den Mund und schlürften gierig die köstliche Suppe.

Nach der Mahlzeit wies sie die Nonne wieder in den Schlafsaal, wo die Frauen sich jeweils zu zweit eine Matratze teilen sollten. Gudrid und Ingibjörg ließen sich gemeinsam auf einer nieder. Obwohl es noch mitten am Tag war, bewirkten die Suppe und das Schweigen, dass die Frauen bald einzudösen begannen. Als Gudrid wieder aufwachte, hörte sie ihre Schwägerin schluchzen. Sie flüsterte leise:

«Ingibjörg. Was fehlt dir?»

Aber Ingibjörg antwortete nicht. Ihre Augen waren geschlossen, und sie schien fast zu schlafen. Sie bemerkte ein Zucken in ihrem Gesicht, als ob sie unter großen Schmerzen litte.

Gudrid überkam ein merkwürdiges Gefühl der Leere. Sie fühlte sich wie eine hohle Muschel. Ihr Leben war, so weit sie sich zurückerinnern konnte, immer von Arbeit erfüllt gewesen, sie hatte stets etwas zu tun gehabt. Als Kind hatte sie alle möglichen Botengänge für ihre Eltern gemacht, die Schafe gehütet und Fisch zum Trocknen ausgebreitet, Wolle gekämmt und Fischhaut für Schuhsohlen weich gemacht. Sie hatte in ihrer Jugend auf die Pfarrerskinder von Kirkjubaer aufgepasst, und wenn Zeit übrig geblieben war, Lesen und Schreiben gelernt oder gehandarbeitet. Als

Eyjólfs Ehefrau hatte sie sich um den Haushalt für ihren Mann und ihr Kind gekümmert. Und in der Gefangenschaft war sie natürlich vom Morgen bis zum Abend auf den Beinen gewesen und hatte schuften müssen. Und nun lag sie hier zwischen ihren Reisekameradinnen in der Ruhe des Klosters, ohne auch nur das Geringste zu tun zu haben – und fühlte sich völlig leer. Kraftlos. Sterbend. Sie sah Margret Jónsdóttir mit den beiden Kindern wieder vor sich. Dieses Bild verfolgte sie beständig und weckte in ihr die Sehnsucht nach Sölmund. Sölmund war ihr Leben gewesen. Sie hatte sich, als sie ihn zurückließ, selbst das Leben aus der Brust gerissen.

Also, was tat sie an diesem Ort? Sie war auf dem Weg nach Hause. Aber was bedeutete das? Würde sie bald wieder in ihren Hof in Stakkagerdi treten und ihre Arbeit dort wieder aufnehmen, wo sie liegen geblieben war?

Sie starrte auf die weiß getünchte Wand. Sie konnte sich nicht mehr vorstellen, was sie machen würde, wenn sie nach Hause käme. Das Bild ihres Hofes erschien ganz verschwommen. Eyjólfs Gestalt hatte das Gesicht verloren. Alles war dabei, aus ihrer Erinnerung zu schwinden. Sie hörte ein paar Frauen miteinander flüstern. Konnte die Worte nicht verstehen. Sie hörte nichts. Sah nichts. Spürte nichts.

Tief aus dem Kloster drang der Widerhall eines zauberhaften Gesanges. Die Schwestern intonierten eine Messe. Sprachen Gebete. War das alles, was sie taten? Beten? Und warum beteten sie?

Ave Maria, gratia plena. Benedicta tu in mulieribus. Benedictus fructus ventris tui. Die Schwestern wiederholten das Mariengebet wieder und wieder. Wenn sie wie die Nonnen zu Maria beten dürfte, worum würde sie bitten? Dass Gott wieder ihr Leben fülle. Dass Gott ihren Leib mit neuem Leben segne? Dass Gott dieses schreckliche Schweigen breche.

Ein unbändiger Wunsch, laut zu schreien, ergriff Besitz von ihr. Um ihn zu unterdrücken, sprang sie auf, hielt sich die Hand vor den Mund und lief hinaus in den Kreuzgang. Dort saß Ásta von Ofanleiti auf dem steinernen Geländer unter einem Bogen und blickte in den Garten hinaus. Gurrende Tauben pickten im

Gras, und zwitschernde Vögel badeten in einem kleinen Brunnen, der auf einem Sockel mitten im Garten stand. Die Pfarrersfrau saß im Schatten, während die Vögel in der prallen Sonne waren. Als sie Gudrid bemerkte, drehte sie sich zu ihr um.

«Das ist ein guter Ort, um sich auszuruhen», sagte die Madame.

Gudrid stimmte ihr zu und setzte sich neben ihre Großtante.

Sie lauschten dem fernen Gesang der Nonnen, bis alles wieder in Schweigen versank. Die Sonne verschwand aus dem ummauerten Hof, und die Schatten wurden länger. Trotzdem war die Luft noch warm. Gudrid zuckte zusammen, als Ásta wieder zu sprechen begann:

«Mir scheint es manchmal, als ob das Wiedersehen mit Margret in Marseille nur im Traum stattgefunden hätte und nicht in Wirklichkeit. Es war ein zu großes Wunder, sie und die Kinder wieder sehen zu dürfen. Und seither bin ich überzeugt, dass ich Ólaf und unsere Helga wieder finden werde. Sie ist jetzt vielleicht eine verheiratete Frau, und ich könnte noch einmal Großmutter geworden sein … Ja, wir werden wieder nach Hause auf die Westmänner-Inseln kommen.»

Gudrid nickte. Es war merkwürdig, dass sie beide zur gleichen Zeit an Margret gedacht hatten. Und im selben Augenblick, als Ásta das Wort Westmänner-Inseln aussprach, wurden sie in ihren Gedanken beinahe greifbar. Das leuchtend grüne Gras. Die feinen Gischttropfen der Brandung. Das Gezeter der Seevögel. Das Flügelschlagen des Papageitauchers. Sölmunds kleine Füße, die über die Wiese liefen. Aber ihr Hof? Konnte sie sich ihren Hof vorstellen ohne ihren Jungen?

«Es ist mir stets ein Trost, dass unsere beiden Jungen voneinander wissen, Gudrid», sagte die Madame.

Konnte Ásta ihre Gedanken lesen?

«Ali Pegelin hat mir versprochen, dass mein Jón immer genug zu essen bekommen würde und dass er seine Landsleute treffen dürfe, wenn sich eine Gelegenheit ergäbe. Ich glaube, Gudmund Söffrensson wird ihm ein guter Stiefvater sein.»

«Ich hoffe, dass sich Sölmund mit Gottes Hilfe und der guter Menschen durchschlägt», flüsterte Gudrid. «Jón Jónsson hat mir sehr geholfen, als ich im ersten Jahr krank war. Er kennt Sölmund aus dieser Zeit und hat hoffentlich ein Auge auf ihn. Halldór Gudmundsson hat sich schon oft als guter Helfer erwiesen, und auf Gudborg ist Verlass. Und vielleicht kann auch Anna Jasparsdóttir etwas für meinen Jungen tun.»

«Nenne den Namen dieses abtrünnigen Weibes nicht in meiner Anwesenheit», sagte Ásta, und ihre Miene wurde streng.

Gudrid verstummte sofort. Sie wusste ja, wie sehr die Pfarrersfrau alle Erwachsenen verachtete, die ihren Glauben verleugnet hatten. In Ástas Augen war das Hochverrat. Nur die Kinder, die keinen Einfluss auf ihr Schicksal hatten, weder in Glaubensdingen noch in anderem, fanden in den Augen der Madame Gnade.

Nach diesem Gespräch kehrte Gudrid wieder in den Saal zurück und legte sich schweigend auf die Matratze zu ihrer Schwägerin. Sie ließ den Blick durch den weiß getünchten Saal schweifen. Er blieb am Kruzifix über der Tür hängen. An der gegenüberliegenden Wand war eine Madonna angebracht. Die dritte Statue stellte Theresia von Avila dar. Sie war von derselben Art wie jene, die auf dem Markt verkauft wurde.

War von diesen dreien irgendwelche Hilfe zu erwarten? Trost? Heilung der Wunden? Sie lag lange Zeit wach und suchte nach einer Antwort. Sogar Ingibjörg, die sonst immer so gesprächig war, hatte den Großteil des Tages dagelegen und geschwiegen. Einmal flüsterte sie Gudrid zu, dass sie nicht aufhören könne, an die Seidenschuhe an den Füßen der Kaufmannstochter in Marseille zu denken.

Die Dunkelheit brach herein, und der Schlaf holte sechsundzwanzig isländische Frauen in seinen Tempel des Schweigens.

37

Die isländischen Frauen verbrachten einen Tag und eine Nacht im Kloster von Narbonne. Sie hatten gerade das Frühstück in Gesellschaft von vier Schwestern beendet, als Kifft kam und sie abholte. Die lange Reise über Land konnte beginnen.

Die Nonnen reichten den Frauen zum Abschied Proviantkörbe, wofür diese sich mit einem Knicks bedankten. Kifft war es gelungen, acht Wagen aufzutreiben, die jeweils von einem Maultier gezogen wurden, und hatte außerdem noch vier zusätzliche Tragtiere dabei. Er selbst wollte auf einem Pferd dem Zug voranreiten, während die Männer zu Fuß gehen sollten.

Es dauerte eine Weile, bis alle Frauen auf die Wagen verteilt waren und Kifft sich vergewissert hatte, dass auch niemand fehlte. Als schließlich sämtliche Gepäckstücke fest verschnürt und alle Riemen und Gespanne noch einmal überprüft waren, setzte sich der Zug mit Kifft an der Spitze in Bewegung. Doch schon nach wenigen Metern wurde deutlich, dass die Tiere zu schwer an ihren Lasten zu ziehen hatten. Die Wagen bewegten sich mit lautem Klappern nur langsam über die gepflasterten Straßen. Kaum waren sie bis zum Dom gekommen, da blieben zwei der Tiere stehen, spreizten die Beine und taten keinen Schritt vor oder zurück. Kifft hielt den Zug an.

«Ich habe nicht mehr Tiere auftreiben können, und daher bleibt uns nichts anderes übrig, als die Wagen zu erleichtern. Entweder müssen wir einen Teil des Gepäcks zurücklassen, oder die Frauen müssen sich auf den Wagen abwechseln und gelegentlich wie die Männer zu Fuß gehen. Es dürfen nicht mehr als zwei Frauen zugleich auf einem Wagen sitzen», sagte er.

Gudrid drückte Sesselja die Zügel ihres Wagens in die Hand und erklärte sich bereit, das erste Stück zu gehen. So stiegen nach und nach eine oder zwei Frauen von jedem der Wagen. Der Weg des Zuges führte am Gefangenenturm des erzbischöflichen Palastes vorbei durch enge Straßen hinab zum Fluss, auf dem sie in die Stadt gekommen waren. Ein Stück oberhalb der Anlegestelle führte eine Holzbrücke, die kaum breiter als ein Wagen war, über das Wasser. Kifft hielt an und achtete darauf, dass jeweils nur ein Tier mit seiner Last über die Planken rollte. Es war das erste Mal im Leben der Freigelassenen, dass sie so eine Brücke überquerten. Die Frauen auf den Wagen trauten sich nicht, in das strömende Wasser zu blicken, und hielten sich die Augen zu, während die Fußgänger warteten, bis sich der ganze Zug der Maultiere an das andere Ufer gewälzt hatte. Am Brückenkopf stand eine Statue auf einem hohen Sockel. Es war Maria mit dem Kind, einem lockigen Jungen mit großem Kopf, der seinen linken Arm um den Hals der Mutter gelegt hatte. Die Frauen blickten die beiden lange an, und Gudrid las vor, was auf dem Sockel stand: ST. MARIA ORA PRO NOBIS 1608. Heilige Maria, bitte für uns.

Vor ihnen lag eine lange, ungewisse Reise durch ein fremdes Land. Narbonne lag an der Kreuzung alter Handelsstraßen: Die Via Aquitania verband das Mittelmeer mit dem Atlantik, und die Via Domitia führte von Rom nach Madrid. Das hatten Pilger den Männern erzählt, die mit ihnen im Kloster übernachtet hatten. Sie waren im ersten Morgengrauen wieder aufgebrochen und gingen auf dem Weg nach Süden über die Pyrenäen, von wo die Reise weiter zu einer Stadt im Westen von Spanien führen sollte, die nach dem Apostel Jakob benannt war und Santiago de Compostella hieß. Kifft zog mit seinem Trupp entlang der Via Aquitania nach Westen. Vierunddreißig Isländer, ein graubraunes Pferd und zwölf Maultiere.

Der Gedanke, dass sie Maria in ihr Gebet mit einschließen könnte, machte Gudrid Mut.

38

37

Gudrid ging fast die ganze erste Etappe zu Fuß und wunderte sich, wie müde ihre Beine waren. Die meisten Frauen, die früher wie Lämmer über die Wiesen auf den Westmänner-Inseln gelaufen waren, jammerten und stöhnten jetzt nach ein paar Stunden Fußmarsch. Es war, als ob sie auf den gefliesten Böden in den algerischen Häusern verlernt hätten, sich auf Schotterwegen fortzubewegen.

Gudrid hatte einmal mit Sesselja den Platz auf dem Wagen getauscht, und ein anderes Mal hatte Ásta ihr angeboten, sie beim Gehen abzulösen. Die Madame bekam aber schon nach kurzer Zeit so starke Schmerzen in der Hüfte, dass weiteres Marschieren ausgeschlossen war. Die alte Ranka hockte wie ein Sack voll Knochen auf dem Wagen und jammerte bei jeder Unebenheit des Weges, und auch die alte Ingibjörg hatte zu Anfang in einem fort gegreint, war dann aber verstummt. Und so ging es den meisten. Hatten sie zu Beginn des Marsches noch getratscht, verfiel die Gruppe im Laufe des Tages immer mehr in Schweigen. Man hatte einfach nicht die Kraft, zu gehen und gleichzeitig zu sprechen. Zum Glück wuchsen fast überall entlang des Weges Bäume, die Schutz vor der sengenden Sonne boten. Durch die Bäume hindurch sahen sie gelbe Kornfelder, bewaldete Hügelketten und grüne Weiden mit Kühen und Schafen, und ab und zu erblickten sie Männer beim Mähen auf den Feldern. Die meiste Zeit konzentrierten sich die Reisenden aber auf ihre Füße. Kifft bestimmte die Marschgeschwindigkeit, und obwohl er das Pferd nur Schritt gehen ließ, war das für die meisten mehr als schnell genug.

Als der Anführer die Gruppe endlich auf einen schattigen Eichenhain zuführte, stöhnten alle vor Freude und sanken im grünen Schatten der Bäume zu Boden.

Gudrid war unbeschreiblich heiß. Sie war in Schweiß gebadet. Als Brandur ihr den Wassersack reichte, schlürfte sie die lauwarme Flüssigkeit so gierig in sich hinein wie ein Kamel, das eben aus der Wüste kommt. Sie ließ auch etwas davon in ihren Halsausschnitt laufen. Sie musste ihren Körper kühlen. Sie knöpfte ihre Kleider auf, warf die Weste fort und wollte sich am liebsten Rock, Hose und Bluse vom Leib reißen. All dieses Leinen und der Lodenstoff, der an ihr klebte! Ihre Kleider dampften, und sie versuchte mit der Hand die schwirrenden Fliegen zu verscheuchen, die von ihrem Schweiß angezogen wurden.

Dann legte sie sich auf den Rücken und schlief beinah im selben Augenblick ein. Als sie die Augen wieder öffnete, blickte sie einem kleinen Tier mit Mäuseschnauze und Haarbüscheln auf den Ohren in die Augen. Sein langer, buschiger Schweif beschrieb einen schönen Bogen. Das Tier saß auf dem untersten Zweig des Baumes und hielt eine Eichel zwischen den Vorderpfoten fest. Es schlug seine starken Vorderzähne hinein, brach die Schale auf und fraß den Inhalt. Gudrid bemerkte, wie hungrig sie war, und setzte sich auf. Sofort huschte das Tier wie ein Blitz in den Baum hoch, und Gudrid fiel die Geschichte vom Eichhörnchen Ratatosk auf der Weltesche Yggdrasill ein. Nach kurzer Zeit kam Ratatosk mit dem Kopf voran wieder herab und hielt sich mit den Krallen an der Rinde der Eiche fest. Es blickte sie mit großen runden Augen an, als ob es etwas sagen wollte. Was für ein putziges Tier, dachte sie und lächelte unwillkürlich. Das Eichhörnchen bleckte die Zähne, dann setzte es zum Sprung an, flog auf den nächsten Ast und war in der Laubkrone verschwunden.

Gudrid sah, dass einige Frauen immer noch im Schatten der Eiche dösten, während andere am Ufer des nahen Baches saßen und sich die Füße wuschen. Dort lagen auch die Maultiere mit feuchten Mäulern. Die Männer hatten sie zur Tränke geführt. Das Pferd zupfte Halme aus dem saftigen Gras.

Gudrid zog die Schuhe aus, krempelte sich die Hosenbeine

hoch und kratzte sich an den Knöcheln und Waden. Die Stiche der Bremsen hatten juckende rote Punkte hinterlassen. Sie stand auf und ging barfuß zum Bach hinab. Als sie die geschwollenen Füße in das kalte Wasser steckte, zuckte sie vor Schmerz zurück, aber schon nach kurzer Zeit tat das kalte Fußbad gut. Die plätschernde Strömung spülte die Müdigkeit fort. Als sie die Beine wieder aus dem Wasser zog, durchströmte sie ein Wonnegefühl, während die warmen Strahlen der Sonne ihre Füße trockneten.

Wilhelm Kifft hatte Ólöf, Árny, Gunnhild und Gudny gebeten, den Proviant auf einem Wagen auszubreiten. Sie riefen die anderen herbei, und alle langten kräftig zu. Aber die Ruhepause verging wie im Flug, und Kifft trieb die Leute zur Eile an. Schon bald spannten die Männer die Lasttiere wieder vor die Wagen. Man füllte die Wassersäcke im Bach. Schließlich schwang sich Kifft auf das Pferd, dann trotteten die Maultiere langsam los, und der ganze Tross lief hinter ihnen her.

Gudrid ging nun mit frischen Kräften neben Brandur und ihrer Schwägerin Ingibjörg her. Die Hitze war drückend, und sie waren froh, als der Weg in einen Wald einbog, der sie vor den Strahlen der erbarmungslosen Sonne schützte. Die Wagen wackelten und rumpelten über den holprigen Waldweg, und wer dazu imstande war, zog es vor, zu Fuß zu gehen, um nicht auf den Wagen durchgerüttelt zu werden. Man atmete auf und hoffte, möglichst lange durch den schattigen, kühlen Wald gehen zu können, aber je länger der Weg wurde, desto deutlicher machte sich bei so manchem eine unbestimmte Beklemmung bemerkbar. In welche Richtung gingen sie eigentlich? Es war beunruhigend, sich vor lauter Bäumen nicht orientieren zu können. Manchmal hörte man Geräusche aus dem Dickicht, den Flügelschlag unsichtbarer Vögel, das Piepsen von Mäusen, das Knurren und Fauchen von Tieren, die vielleicht um Beute rangen. Verbargen sich Raubtiere im Wald? Oder vielleicht Wegelagerer? Die tief sitzende Angst, Räubern in die Hände zu fallen, machte sich wieder breit, und alle atmeten erleichtert auf, als endlich Sonnenstrahlen durch das Blätterdach drangen und sich eine Lichtung vor ihnen auftat. Mitten auf der Lichtung stand eine Hirschkuh mit einem Kalb und blickte die Gruppe an. Das hellbraune, kurzhaarige Fell glänzte im warmen Sonnenlicht. Die Leute blieben stehen und betrachteten die eleganten Tiere. Sie hielten den Atem an, um sie nicht zu verscheuchen. Bald wurden sie jedoch von etwas anderem erschreckt. Irgendwo im Dickicht brachen Zweige, und die Kuh sprang mit ihrem Kalb in den Wald davon. Die Leute waren ganz ergriffen von der Anmut dieser Tiere, und als sie weiterzogen, hielten sie die Augen offen, aber es waren keine Hirsche mehr zu sehen.

Plötzlich hielt Kifft sein Pferd an. Sie standen an einer Kreuzung. Nirgendwo ein Wegweiser. Der Holländer zögerte. Er spähte in das Blätterdach hoch und versuchte den Stand der Sonne zu bestimmen. Er lauscht auf Geräusche aus dem Wald. Auch die Isländer sperrten die Ohren auf.

«Hört ihr irgendwo Wasser fließen?», fragte Kifft.

Gudrid meinte tatsächlich, irgendwo in der Ferne etwas wie das Rauschen eines Flusses zu vernehmen.

Kifft befahl ihnen zu warten. Er ritt ein Stück in eine Richtung, kehrte um und bog in den anderen Weg ein, um dort zu horchen. Als er wieder zurückkam, sagte er, er glaube, dass das Rauschen in der Richtung des zweiten Weges stärker würde. Es sei wahrscheinlich der Fluss Aude, in dessen Richtung sie ziehen sollten.

Und als sie weiterzogen, wurde das Rauschen tatsächlich langsam immer stärker, bis sie schließlich am grünen Ufer eines brausenden Wassers standen. Sie verließen den Wald und zogen flussaufwärts.

Es war erleichternd, wieder in alle Richtungen sehen zu können. Vor ihnen breiteten sich Hügel aus, kleine Täler und niedrige Kuppen, runde Berge in der Ferne. Die Nachmittagssonne brannte nicht mehr ganz so heiß, und Kifft feuerte die Menschen an, bis zum Sonnenuntergang noch einmal alle Kräfte zusammenzunehmen. Die Maultiere waren bereits sehr erschöpft, und Kifft bat alle, die irgendwie könnten, abzusteigen und den Tieren das Ziehen zu erleichtern. Nur die ältesten und gebrechlichsten Frauen blieben auf den Wagen sitzen, alle anderen versuchten weiterzuhumpeln. Sie mussten sich schon gegenseitig stützen, als Kifft sagte, er wolle versuchen, beim nächsten Bauern um ein schützendes Dach für die Nacht zu bitten, falls sie nicht das Glück hätten, vorher doch noch auf ein Kloster zu stoßen.

Irgendwann zweigte endlich eine schattige Allee von der Landstraße ab. Sie führte zu einem ansehnlichen, aus Feldsteinen und Holz errichteten, strohgedeckten Hof hinauf. Gescheckte Kühe weideten auf einer großen Wiese, und auf dem Vorplatz des Hauses spazierten Hühner herum. Als sie sich näherten, kam ihnen der Bauer mit zwei Knechten, die Sensen in der Hand hielten, aus dem Stall entgegen. Kifft bat um Quartier, aber der Bauer schüttelte den Kopf. Er habe sich angewöhnt, niemals Landstreicher in sein Haus zu lassen. Man könne nie wissen, was solchen Leuten einfalle.

Kifft versuchte dem Bauern zu erklären, dass es sich bei diesen Leuten keineswegs um Landstreicher handle, sondern um arme Freigelassene, sie kämen von weit her, hätten noch einen langen Weg vor sich und wären dabei ganz auf christliche Nächstenliebe angewiesen. Da wollte der Bauer wissen, wohin die Reise ging, konnte aber nichts mit der Antwort anfangen. Er hatte weder von Island noch von Kopenhagen je gehört. Hingegen sei ihm wohl bekannt, dass die Menschen in Nordeuropa allesamt Lutheraner und Kalvinisten wären, Ketzer eben. Die Einwohner des Languedoc hätten die Hugenotten schon vor langer Zeit zum Teufel gejagt. Er könne höchstens etwas Milch für die Leute entbehren, gegen Bezahlung, mehr könnten sie nicht von ihm erwarten.

Er ging ins Haus und ließ die Knechte mit den blitzenden Sensen bei der Gruppe zurück. Nach einer Weile kam er mit seiner Frau und drei jungen Mädchen, offensichtlich die Töchter der Bauersleute, zurück. Die Frauen trugen große Milchkannen, die sie den hungrigen und durstigen Reisenden an die Lippen hielten. Die Isländer bedankten sich demütig, und nachdem Kifft für die Bewirtung bezahlt hatte, trottete der Zug wieder zur Straße hinab. Zum Abschied zeigte der Bauer noch auf einen Hügel vor ihnen und sagte, an seinem Hang gäbe es Ruinen einer alten Festung, in denen Reisende manchmal Schutz suchten. Dort, riet er Kifft, solle er das Nachtlager für seine Leute aufschlagen.

Als die Gruppe am Fuß des Hügels ankam, machte es fast den Eindruck, als ob die stark verfallene Burg mit den Felsen verwachsen wäre. Alles war in den feuerroten Schein der Abendsonne getaucht. Das letzte Stück des Weges waren die Leute mehr gekrochen als gegangen, und alle ließen sich erschöpft ins Gras im Inneren der Ruinen fallen. An herumliegenden Knochen und anderem Abfall war deutlich zu erkennen, dass dort schon so mancher vor ihnen Station gemacht hatte.

Kifft forderte alle auf, sich so warm wie irgend möglich für die Nacht anzuziehen, man dürfe sich nach der Schwitzerei des Tages jetzt auf keinen Fall verkühlen. Alle sollten sich in ihre Decken oder Schleier wickeln, und Kifft ließ es nicht einmal den Müdesten in der Gruppe durchgehen, sich vor seinen Anweisungen zu drücken. Er sagte, er habe die Verantwortung übernommen, sie heil an ihr Ziel zu bringen, und keiner habe die Erlaubnis, aufzugeben.

Dann befahl er den Männern, Wache zu stehen, jeweils zwei und zwei zusammen. Jón Hallsson und Einar Loftsson sollten die erste Wache übernehmen, nach ihnen Brandur und Thorsteinn, dann Nikolaus und Botólf und zum Schluss Augustin und Helgi Jónsson. Er selbst wolle schlafen, aber die Wächter sollten ihn wecken, wenn sie nur die geringste Gefahr zu bemerken glaubten.

Gudrid spürte, wie etwas Kaltes, Hartes ihren Schenkel berührte. Sie öffnete die Augen und blickte entlang der grauen Vorderbeine eines Pferdes hoch, auf dem ein Mann in Brustpanzer und kniehohen Stiefeln saß. Seine Sporen glänzten über ihr. Er trug einen Helm auf dem Kopf und hatte einen langen, dünnen Degen in der Hand, mit dessen Spitze er den Saum ihres Rockes anhob. Das war es gewesen, was ihren Schenkel berührt hatte. Gudrid brachte vor Entsetzen keinen Laut hervor. Sie wartete darauf, dass er sie durchbohrte. Aber der Mann schien sich Zeit zu lassen. Sie schloss die Augen und hielt den Atem an.

Plötzlich zerriss ein lauter Schrei die Stille. Pferdegewieher, Angstschreie und Gebrüll aus allen Richtungen. Das Pferd des Soldaten stellte sich auf die Hinterbeine, und die Spitze des Degens riss Gudrid den Rock entzwei. Sie sah einen ganzen Trupp von Soldaten, die wie schwarze Schatten in die Burgruine einfielen. Hinter den Männern erglühte rot der Morgen.

Kifft war aufgesprungen und hatte sein Pferd, das wiehernd nach allen Seiten ausschlug, an den Zügeln zu fassen bekommen. Einer der Soldaten war aus dem Sattel gesprungen und hatte sich auf Árny geworfen, die sich verzweifelt mit Händen und Füßen wehrte. Der Soldat schob ihr die Röcke hoch und versuchte, ihr die langen Hosen darunter auszuziehen, als Augustin sich von hinten auf den Mann stürzte und ihn von Árny zerrte. Der warf sich herum und versetzte Augustin einen Tritt. Dann gingen sie mit Fäusten aufeinander los, bis der Mann Augustin plötzlich zu Boden stieß und ihm ein Messer an die Gurgel hielt. Die Frauen schrien vor Entsetzen, drängten sich dicht aneinander und hielten sich die Hände schützend über den Kopf, während die Männer versuchten, einen Ring um sie zu bilden. Kifft rief laut, er wolle mit dem Anführer sprechen, worauf ein Soldat mit einer Fahne an einer langen Stange auf ihn zuritt. Er brüllte seine Männer an, die Waffen wegzustecken, und befahl auch dem, der das Messer an Augustins Hals hielt, ihn loszulassen.

Nach einigem Disput mit Kifft, der den Reisepass der Freigelassenen vorwies, war der Anführer anscheinend bereit, die Leute in Ruhe zu lassen. Er ritt mit seiner Truppe noch einmal im Kreis um die zu Tode erschrockenen Menschen und blieb, als er das verstümmelte Gesicht von Einar Loftsson sah, verwundert stehen. Er musterte den Mann, während er etwas zu seiner Truppe sagte, und steckte ihm dann die Degenspitze in die offenen Nasenlöcher. Einar stand wie versteinert da. Mit einem Mal zuckte der Anführer blitzschnell mit dem Degen, und Einar strömte Blut über das Gesicht. Die Soldaten grölten vor Lachen. Dann ritten sie in einer Reihe hinter ihrem Anführer aus der Ruine hinaus.

Als die Hufschläge sich entfernt hatten, ergriff Kifft die Peitsche und ging wütend auf Augustin und Helgi zu. Er verlangte eine Erklärung, warum sie auf ihrem Wachposten eingeschlafen waren, aber sie behaupteten, man habe sie gar nicht zur Wache geweckt. Nikolaus und Botólf gestanden ihre Schuld. Die Müdigkeit hatte sie übermannt. Sie hatten sich kurz neben ihre Frauen hingelegt und waren sofort eingeschlafen. Kifft ließ die Peitsche über ihren Köpfen knallen und schrie: «Eure Unzuverlässigkeit hätte der ganzen Gruppe das Leben kosten können! Wir rechnen später ab! Jetzt packt alle schleunigst eure Sachen und spannt an! Das waren Soldaten Seiner Majestät Ludwig XIII. Sie haben den Befehl, ein wachsames Auge auf Ketzer und anderes zwielichtiges Gesindel zu haben! Der Trupp reitet nach Carcassonne, wohin auch wir unterwegs sind. Es könnte durchaus sein, dass wir diesen Soldaten noch einmal begegen.»

Kifft warf einen Blick auf Einars Wunde, die immer noch blutete, und bat Ásta und Gunnhild, den Mann zu verbinden. An Árny, die mit den Händen vor dem Gesicht zusammengekauert auf der Erde saß und am ganzen Körper zitterte, ging er wortlos vorbei. Verstört schnürten alle ihre Bündel. Augustin half Árny auf die Beine, und sie dankte ihm für ihre Rettung, aber er meinte, das sei doch selbstverständlich gewesen. Außer einem blauen Auge und einer geplatzten Lippe hatte er keine Blessuren davongetragen. Er bot Árny an, ihren Wagen das erste Wegstück zu lenken, und setzte sich neben sie auf die Kiste. Dann nahm er die Zügel in eine Hand und legte Árny den anderen Arm um die Schultern.

Es ging den ersten Teil des Tages nur sehr langsam voran. Die Leute hatten steife Glieder von der Nacht im Freien, und viele konnten nur mit Mühe gehen. Kifft gewährte daher eine längere Mittagspause als am Tag zuvor, und die Leute erholten sich ein wenig. Aber der Proviant, den ihnen die Mönche und Schwestern mitgegeben hatten, Brot, Wein und Käse, ging langsam zur Neige. Und auch das Wasser wurde knapp. Sie brauchten viel, um den quälenden Durst zu löschen, und dieser Tag schien noch heißer werden zu wollen als der vorige.

Gegen Abend tauchte auf einem breiten Hügel in der Ferne endlich die große Festung Carcassonne auf. Die Isländer waren immer dem Fluss Aude gefolgt, vorbei an violetten Lavendelfeldern. Nun sahen sie, dass der Strom in einem großen Bogen am Festungshügel vorbeiführte und sich an seinem anderen Ufer eine ansehnliche Stadt mit niedrigen Mauern ausbreitete. Die Wälle der Festung hingegen waren die gewaltigsten, die sie je gesehen hatten. Sie überragten die Umgebung mit einer Unzahl von Wachtürmen, die Ausblick in alle Richtungen boten.

Sie zogen den steilen Hang zum Haupttor der Festung hinauf. Nachdem sie eine breite Steinbrücke über einem tiefen, wenn auch trockenen Graben überquert hatten, standen sie vor einem massiven Eisengitter, hinter dem ein bewaffneter Wächter wartete. Kifft begehrte Einlass für seine müde Schar, und das Gitter wurde hochgezogen.

Als sie durch das Tor schritten, bemerkten die Leute zu ihrem Erstaunen, dass sich hinter der ersten Mauer eine zweite erhob. Die äußere war dick und mächtig, wenn auch nicht besonders hoch, und war mit vielen Erkern und Schießscharten ausgestattet. Von ihr führte dann eine breite Rampe zur eigentlichen Hauptfestung mit ihren hohen, fensterlosen Türmen. Sie mussten noch ein zweites Fallgitter passieren und traten endlich in die Festung selbst ein, wo ihnen sofort ein atemberaubender Gestank entgegenschlug. Überall lag Schmutz und Unrat. Pferdemist bedeckte die Hauptstraße, und in einer Rinne in ihrer Mitte flossen ihnen Kot, Abwasser und Abfall entgegen. Die Fußgänger versuchten sich so nah wie möglich an den Hausmauern zu halten, um nicht in diesen Schmutz zu treten, während die Tiere mitten durch den Dreck stapften. Zwei Bettler versuchten sofort, Kifft auf seinem Pferd anzuhalten, und streckten ihm ihre Hände entgegen, aber er schwang die Peitsche über ihren Köpfen, und sie wichen zurück.

Dann gelangten sie zum Hauptplatz. Dort schien jedes Haus eine Schenke zu sein. Soldaten saßen hinter weit geöffneten Türen an langen Tafeln oder draußen im Freien und zechten. Der Platz hallte von ihrem Lärmen und Gelächter wider. Man war eben dabei, Fackeln an den Außenmauern der Schenken anzuzünden, und Frauen in weit ausgeschnittenen roten Kleidern trugen Essen und Getränke auf. Die Isländerinnen waren sprachlos: Diese Frauen ließen es zu, dass die Männer ihre Brüste betatschten oder ihnen unter die Röcke fassten, nur die eine oder andere schlug den Soldaten spielerisch auf die Hände, was deren Lüsternheit aber nur noch mehr anzustacheln schien.

Gudrid dachte an die Kasbah, wo sie niemals einen betrunkenen Soldaten gesehen hatte, und zum ersten Mal seit ihrem Abschied von Sölmund war sie froh, dass er nicht hier war. Sie fand das Benehmen der Soldaten und der rot gekleideten Frauen beschämend. Dies hier war kein Ort für Kinder. Und doch hatte sie den Gedanken noch kaum zu Ende gedacht, als ihr drei kleine Mädchen auffielen, die Hand in Hand über den Platz liefen und in einer der Schenken verschwanden. Im selben Augenblick sah sie, wie eine Frau, die an Brandurs Seite aufgetaucht war, ihn mit sich in eine Seitengasse ziehen wollte. Ihr Gesicht war weiß geschminkt, Mund und Wangen feuerrot und der schwarze Strich unter ihren Augen war breiter, als sie es jemals bei Adila gesehen hatte. Zudem hatte sich die Frau über einem Mundwinkel noch einen schwarzen Punkt aufgemalt. Brandur verschlug die Aufdringlichkeit der Frau schlichtweg die Sprache, und er wimmelte sie mit Gesten ab.

Als Kifft den Platz schon beinah überquert hatte, sprang plötzlich einer der Soldaten vom Tisch auf und befahl ihm, stehen zu bleiben. Es war der Anführer des Trupps, der sie in der Ruine überfallen hatte. Auf Nachfrage erklärte Kifft ihm, dass er ein sicheres Nachtquartier für seine Leute und die Tiere brauche, worauf der Anführer einem seiner Männer befahl, ihm den richtigen Weg zu zeigen.

Nachdem sie der Soldat quer durch die ganze Stadt eine Gasse entlanggeführt hatte, die so schmal war, dass die Wagen kaum hindurchkonnten, standen sie schließlich auf dem Vorplatz eines Palastes. Dort pochte er fest an das eisenbeschlagene Tor, und nach einem umständlichen Wortwechsel mit dem Wächter wurden sie in den Palasthof eingelassen.

Entlang der Mauer rund um den Hof reihten sich Pferdeställe und Soldatenunterkünfte aneinander, und in einer Koppel in der Ecke standen Maultiere und Esel mit hängenden Köpfen beisammen. Ein sehr eitel und überheblich wirkender Mann, offenbar der Quartiermeister, kam ihnen entgegen und befahl ein paar Soldaten, die Tiere abzuzäumen und ihnen Heu und Hafer zu geben. Nach kurzer Verhandlung wurde beschlossen, dass die Männer in einer Ecke bei den Soldaten untergebracht werden könnten. Kifft verlangte aber, dass die Frauen im Palast selbst übernachten dürften und dass das Gepäck der Gruppe die Nacht über bewacht würde.

Dann forderte der Quartiermeister die Frauen auf, ihm zu folgen, aber sie zögerten. Sie hatten Angst und wussten nach dem Überfall vom Morgen nicht, ob sie diesen Festungsbewohnern trauen konnten. Kifft versicherte ihnen immer wieder, dass ihnen im Palast keiner etwas zuleide tun würde. Schließlich folgten die Frauen dem selbstgefälligen Mann in einiger Entfernung ins Haus. Er trug eine brennende Fackel in der Hand und führte sie durch eine Unzahl verwinkelter Gänge und Treppen hinauf und hinab, bis er zuletzt die Tür in einen Raum öffnete, der sie unangenehm an ihren ersten Aufenthaltsort in der Stadt Algier erinnerte. Hier roch es allerdings nicht nach Kot und Urin, sondern nach Schießpulver, und Gudrid stolperte über einen Haufen Kanonenkugeln vor einer Fensternische. Hatte man sie in einem Munitionslager untergebracht? Wie sollten sie an einem solchen Ort ein Auge zutun?

Der Quartiermeister sagte, sie sollten hier warten, aber einige waren so erschöpft, dass sie auf dem nackten Steinboden einschliefen. Als er nach einer Weile wiederkam, folgten ihm fünf Dienstmägde, die Arme voller Matratzen und Decken. Sie holten dann noch mehr Schlafunterlagen und bereiteten den todmüden Reisenden daraus ein Nachtlager, so gut es an diesem Ort eben ging. Die Frauen sanken voll Dankbarkeit auf die Decken und schliefen, im Gegensatz zu ihren Befürchtungen, auf der Stelle ein.

39

Am nächsten Morgen erwachte Gudrid von Glockenklang. Einige ihrer Reisekameradinnen waren schon wach und wünschten ihr einen guten Morgen, andere schliefen trotz des Geläutes noch. War etwa Sonntag? Durch die Ritzen von zwei geschlossenen Fenstern drang das Morgenlicht herein. Gudrid kletterte auf eine der beiden Mauernischen, schob den Riegel beiseite und öffnete die Läden. Wärme und Sonnenschein drangen herein. Alles war in Sonnenlicht getaucht, Glockenklang erfüllte die Luft, und im Süden ragte, halb von den Wachtürmen verdeckt, ein hoher Kirchturm auf. Diese Soldatenstadt hatte also einen eigenen Dom.

Als die Glocken verstummten, wurde es ringsum still. Dann hörte man Vogelgezwitscher. Das Summen von Fliegen. Aber Menschen waren da draußen noch keine auf den Beinen. Die Stille erfüllte Gudrid mit Ruhe und Wohlbehagen, aber auch mit einer unbestimmten Spannung. Sie stand am offenen Fenster und wartete. Horchte und wartete, auf nichts Bestimmtes; höchstens darauf, dass die Sonne ein Stück weiter am Himmel emporstieg. Darauf, dass jemand käme, der mit ihr die Pracht des Morgens bestaunte. Jemand wie Sölmund …

Sie setzte sich am Fenster hin und blickte weiter hinaus. Nach einer Weile begannen die Glocken wieder zu läuten, und bald darauf sah sie festlich gekleidete Menschen auf der Straße. Sie mussten auf dem Weg zur Kirche sein. Es wäre schön, zur Messe gehen zu können. Es wäre schön, den Tag des Herrn heiligen zu dürfen.

Es stellte sich heraus, dass Kifft genau das vorhatte: den Tag des Herrn als Ruhetag zu nutzen, für Mensch und Tier. Man hatte die

Maultiere überanstrengt, und für zwei von ihnen schien die Reise hier zu Ende zu sein. Kifft musste versuchen, Ersatz zu beschaffen und in Zukunft die Tagesetappen zu verkürzen. In drei bis vier Tagen müssten sie es trotzdem bis Toulouse schaffen, meinte er.

Die Leute waren ungeheuer froh, sich ausruhen zu können. Man stellte Tische für sie vor den Soldatenunterkünften im Palasthof auf und setzte ihnen Brot, Wein und Früchte vor. Die Männer kratzten und juckten sich nach der Nacht. Sie waren von Flöhen gebissen worden und beneideten die Frauen um ihre Unterkunft. Diese boten an, ihnen die Flöhe vom Leib zu klauben, und Kifft machte sich daran, neue Lasttiere und Proviant für die nächsten Tage zu besorgen.

Ganz Carcassonne schien ein Soldatenlager zu sein, auch wenn den Isländern nicht ganz klar war, was das zu sagen hatte. Augustin erinnerte an den Zwischenfall mit dem spanischen Kriegsschiff im Hafen von Palma, der bewies, dass zwischen Franzosen und Spaniern wenig Freundschaft herrschte. Aber führten sie Krieg? Die Soldaten schienen jedenfalls keineswegs in Aufruhr zu sein, sondern wirkten sehr gelassen. Sie streunten herum, machten sich am Zaumzeug ihrer Pferde zu schaffen, und zwei waren dabei, eines der Rösser zu beschlagen. Manche fochten mit dünnen Degen, aber wie es schien, mehr aus Spaß als im Ernst, und eine Gruppe Soldaten hatte sich in zwei Mannschaften geteilt und spielte Ball. Nur oben auf der Mauerbrüstung marschierten Abteilungen mit Gewehren auf den Schultern und grimmigem Blick. Die Isländer verfolgten all dieses Treiben aus den Augenwinkeln, aber keiner wagte, irgendwie Aufmerksamkeit zu erregen. Keiner wagte, die Soldaten nach dem Krieg zu befragen. Keinem war wirklich wohl in ihrer Nähe. Auch Gudrid war auf der Hut, falls ihr der Mann noch einmal über den Weg laufen sollte, der ihr den Rock zerrissen hatte.

Nach einer Weile beschloss sie, sich an eine Dienstmagd zu wenden und sie um Nadel und Zwirn zu bitten. Das Mädchen gab ihr ein Zeichen, sie solle ihm in die Burg folgen. Sie führte sie eine

Treppe hoch und von dort durch einen langen Flur in einen großen Saal. In der Mitte des Raumes brannte ein Feuer unter einem breiten Rauchfang, um den einige Frauen mit Kochen beschäftigt waren. Andere saßen am Webstuhl oder nähten, und in einer Ecke gab eine junge Frau einem Kind die Brust. Ein zweites Kind spielte zu ihren Füßen.

Das Mädchen führte Gudrid zu den Näherinnen, denen sie mit Gesten verständlich zu machen versuchte, dass sie gern Nadel und Zwirn geliehen bekäme, aber die Frauen schüttelten nur den Kopf. Dann zogen sie ihr den Rock aus, und die Älteste nähte mit flinken Fingern den Riss zu. Gudrid bedauerte, dass sie nichts hatte, womit sie der Frau ihre Dankbarkeit zeigen könnte, aber die Alte schaute sie nur mit einem breiten, zahnlosen Lächeln an.

Am Nachmittag hatte sich Ingibjörg Ásgrimsdóttir so weit ausgeruht, dass ihr die Neugier keine Ruhe mehr ließ. Sie bat Gudrid, sie durch die Festungsstadt zu begleiten, und weil sie nicht riskieren wollten, ohne männliche Begleitung den Soldaten zu begegnen, baten sie Brandur und Thorsteinn, einmal mehr die Rolle ihrer Beschützer zu übernehmen. Ólöf und Helgi schlossen sich ihnen noch an, alle anderen sagten, sie wollten ihre Beine nicht unnötig strapazieren. Die sechs durchstreiften die Gassen und behielten stets den Kirchturm als Orientierungsmarke im Auge. Als sie vor der Kirche ankamen, sahen sie, dass sich auf dem Platz davor eine große Menschenmenge versammelt hatte. Dort schien etwas Lustiges im Gange zu sein, denn Lachsalven gingen durch die Menge, und die Isländer versuchten näher heranzukommen.

Auf einem kleinen Podest vor der Kirche standen komisch gekleidete Leute mit schwarzen Masken vor dem Gesicht und führten allerhand Possen auf. Am auffälligsten benahm sich einer in eng geschnittener Hose und Jacke, die aus bunten Karos zusammengenäht waren. Er hopste auf der Bühne vor und zurück und trieb mit allen anderen seinen Spott. Als er hoch in die Luft sprang, sich nach hinten warf und in der Luft herumdrehte, bevor er wieder auf den Beinen zu stehen kam, schienen alle Zuschauer vor

Begeisterung außer Rand und Band zu geraten. Die Menschenmenge klatschte und rief: «Encore! Salto! Encore!» Und der Mann führte einen zweiten Salto aus, und noch einen. Und die Menschen riefen: «Arlekino! Arlekino! Encore! Encore!» Sie konnten offenbar gar nicht genug bekommen.

Dann ergriff ein weiß gekleideter Geselle mit einem großen Kragen und einer auf die Wange gemalten Träne eine Laute und begann sie zu schlagen. Er sang ein wehmütiges Lied für ein schönes junges Mädchen in einem aus Silber gewobenen Kleid. Sofort verstummte die Menge. Die Stimme des Sängers erklang laut und klar, und man konnte nicht anders, als von seinem Gesang ergriffen zu werden. Plötzlich trat ein großer Kerl mit einer langen, gebogenen Nase auf. Er fuchtelte wild mit den Armen herum und versuchte den Sänger zu vertreiben. Das war der böse und geizige Vater des Mädchens. Das Mädchen begann zu heulen, und die Zuschauer buhten den Geizkragen aus und begannen wieder nach Arlekino zu rufen. Arlekino kam im selben Augenblick, auf den Händen laufend, herein, stahl dem Alten den Geldbeutel und lief einige Male damit auf der Bühne im Kreis. Der Geizige verfolgte ihn mit Gezeter, und als sie die Verfolgungsjagd quer über den Platz fortsetzten, schien die Menge wieder vor Aufregung schier außer sich zu geraten. In der Zwischenzeit nutzten der Sänger und das Mädchen die Gelegenheit und ließen sich verheiraten. Sie küssten sich ganz vorn auf der Bühne direkt auf den Mund, und als im selben Augenblick der Alte auftauchte, schlug er die Hände vor Wut und Verzweiflung über dem Kopf zusammen. Da ließ ihm Arlekino den Beutel auf den Kopf fallen, der Geizkragen fand seine Freude wieder, und alles löste sich in Wohlgefallen auf. Der Sänger schlug die Laute, und alle stimmten in den Schlussgesang mit ein.

Als die sechs später am Abend versuchten, ihren Reisegefährten das Schauspiel zu beschreiben, mussten sie selbst dabei am meisten lachen. Die anderen schienen nicht zu begreifen, wie ungeheuer komisch Arlekino oder der geizige Dummkopf gewesen waren.

Ólöf meinte, dass sie, nachdem sie den wunderschönen Gesang gehört habe, keinen Freier nehmen wolle, der nicht so singen und Laute spielen könne.

Die Männer grinsten breit, während die Frauen über solch wählerische Ansprüche verächtlich den Kopf schüttelten.

«Wer weiß, ob Kifft nicht verborgene Gesangstalente hat», flüsterte Steinunn Thórey auf dem Weg zum Schlafraum zu.

«Sicher hält er irgendwo eine Laute verborgen», fügte Thórey hinzu und schielte zu Ólöf hinüber. Die Frauen kicherten und tuschelten, während sie sich für die Nacht zurechtmachten. Es herrschte gute Laune diesen Abend im Munitionslager.

40

Im Morgengrauen ging die Reise weiter. Als die Maultierkarawane das Westtor der Festungsstadt passiert hatte, öffnete sich vor ihnen eine weite Landschaft im Morgenlicht. Hauchdünne Nebelschwaden zogen über die Äcker zwischen dunkelgrünen, bewaldeten Hügelketten, und in weiter Ferne erhoben sich die Pyrenäen. Kifft hatte zwei Maultiere zurückgelassen und an ihrer Stelle drei neue bekommen, von denen eines die anderen nach Bedarf entlasten sollte.

Den ganzen Tag marschierten sie bei sengender Hitze durch die Weiten Frankreichs, bis sie am Abend vor Müdigkeit fast umfielen. Diesmal stießen sie auf einen Bauern, der sich ihrer erbarmte und sie in einem leeren Kornspeicher schlafen ließ, unter der Bedingung, dass sie vor Sonnenaufgang verschwanden. Er sagte, er habe nichts gegen Hugenotten, im Gegenteil, aber er habe Angst, ihretwegen Schwierigkeiten zu bekommen. Deswegen dürfe niemand erfahren, dass er Leuten ihres Schlages Obdach gewährt habe. Sie dankten dem Bauern für sein Werk der Nächstenliebe und waren vor Sonnenaufgang wieder auf den Beinen. Am Abend bekamen sie ein Nachtquartier bei betrunkenen Mönchen in Castelnaudary, die kein großes Aufheben davon machten, Frauen zu beherbergen. Die dritte Nacht verbrachten sie in der Burg Laurag bei Weinbauern und die vierte in einem kleinen Kloster der heiligen Agnes. An diesem Tag waren bereits viele der totalen Erschöpfung nahe. Als die Nonnen sie am Morgen des 8. Juli verabschiedeten, sprachen sie den Reisenden gut zu. Bis Toulouse sei es nicht mehr weit. Und von dort könnte die Reise per Schiff auf dem Fluss Garonne nach Bordeaux fortgesetzt werden. Dann könnten sie auf den Ruderbänken sitzen und in die Luft starren. Deshalb dürfe niemand kurz vor dem Ziel aufgeben.

Gudrid hatte so wunde Füße, dass sie meinte, auf Nägeln zu laufen. Ein Knie war dick angeschwollen, und das daraus folgende Hinken hatte verschuldet, dass sie sich auf dem anderen Fuß den Knöchel verknackste. Ihre Schwägerin Ingibjörg schleppte sich auf zwei Stöcken dahin.

«Jetzt können wir nur froh sein, dass mein Jón und dein Eyjólf uns nicht sehen können», sagte Ingibjörg und konnte sich ein Lachen nicht verbeißen.

«Ja, da müssen wir wohl froh sein», entgegnete Gudrid und versuchte mit ihrer Schwägerin mitzulachen.

Manchmal beneidete sie Ingibjörg um ihre Frohnatur und darum, dass es ihr immer gelang, die komischen Seiten des Lebens zu entdecken.

Die meisten gingen jetzt auf Pilgerstäbe gestützt, die ihnen die Mönche von Castelnaudary gegeben hatten. Alle hinkten, und einige Frauen hatten das Laufen ganz aufgegeben. Sesselja war eine von ihnen. Sie hatte ganz das Lenken ihres Wagens übernommen, und Gudrid fand, dass sie sie auf freche Weise um ihr Recht zum Ausruhen gebracht hatte. Es war zu einem bösen Wortwechsel zwischen ihnen gekommen, aber es hatte keinen Zweck gehabt, die fußlahme Frau vom Wagen herabzuzwingen. Auch Nikolaus Kodransson war dem Zusammenbruch nahe. Der Fuß, mit dem er an der Ruderbank der Galeere angekettet gewesen war, war seitdem schief und verdreht, sodass er kaum auftreten konnte. Kifft hatte ihn auf einen Maulesel gesetzt, und seine Frau Gudrun trottete neben dem Tier her. Der arme Nikolaus schämte sich sehr.

Die Luft war an diesem Morgen kühler als bisher, der Himmel bewölkt, und die Leute waren froh, von der brütenden Sonne verschont zu bleiben. Dann fielen die ersten Regentropfen. Starker Duft stieg aus der nassen Erde auf. Der Himmel verfinsterte sich rasch, man hörte Donner in der Ferne, ein Blitz zuckte am Himmel auf, und plötzlich ergoss sich ein Wolkenbruch über die Reisenden. Sie waren in Kürze bis auf die Haut nass.

Mühsam schleppten sich die Isländer in nassen, schweren Kleidern unter Donnergrollen und Blitzgewitter unter dem Regenguss dahin, und als die Regentropfen in Hagelkörner übergingen, hatten sie das Gefühl, mitten im Kugelhagel einer Schlacht zu stehen. Und in einem Krieg befanden sie sich tatsächlich. Das begriffen die Leute nach und nach, obwohl die Fronten mehr als undeutlich verliefen. Nur die Frontlinie durchs Mittelmeer zwischen den Christen und den Anhängern Mohammeds war eindeutig. Aber auch zwischen Frankreich und Spanien gab es offenbar Spannungen. Und dreimal waren sie schon an Ruinen von Kirchen vorbeigekommen, die sich Katholiken und Hugenotten jeweils gegenseitig angesteckt hatten.

Jetzt hatte der Himmel selbst sie unter Beschuss genommen. Auch wenn es nur Hagelkörner waren – die Maultiere wurden unruhig, sie zerrten an den beladenen Wagen und versuchten loszukommen. Plötzlich begann das Tier, auf dem Nikolaus saß, zu traben, stellte sich auf die Hinterbeine und schlug aus, während Nikolaus sich mit allen Leibeskräften an der Mähne festhielt und um Hilfe schrie. Seine Frau Gudrun versuchte es am Zügel zu fassen, aber das Tier ging durch und schleifte sie ein Stück weit mit. Nikolaus fiel zu Boden, und das Maultier galoppierte davon. Die Frauen auf den Wagen hatten nun alle Hände voll zu tun, ihre jeweiligen Zugtiere im Zaum zu halten.

Brandur und Thorsteinn unternahmen einen Versuch, dem ausgerissenen Tier hinterherzulaufen, aber Kifft rief ihnen nach, es bleiben zu lassen. Er war vom Pferd gestiegen und hatte sich über Gudrun gebeugt, die mit geschlossenen Augen und schmerzverzerrtem Gesicht im Schlamm lag. Der Hagel war wieder in Regen übergegangen und trommelte auf sie ein. Blutige Rinnsale flossen ihr von der Stirn über die Wangen und den Hals hinab. Die Madame von Ofanleiti hatte es geschafft, ihren Wagen anzuhalten, und kümmerte sich um Nikolaus, der stöhnte und jammerte, sich aber offenbar nichts gebrochen hatte.

Augustin half Kifft, Gudrun auf einen Wagen zu heben, wo Gunnhild sie mit ihrem Schleier zudeckte. Einar und Helgi legten

Nikolaus neben seine bewusstlose Frau, und Gunnhild versorgte die beiden, so gut es ging. Sie legte ihr Ohr an Gudruns Mund und die Hand auf ihre Brust und lauschte. Dann nickte sie mit dem Kopf, und der Zug setzte sich wieder in Bewegung.

In der Ferne waren bereits die Türme von Toulouse zu sehen. Ein Blitz spaltete eine schwarzgraue Wolke und schien direkt auf die höchste Spitze zuzufahren. Sie warteten darauf, eine Kirche in Flammen aufgehen zu sehen. Aber das Himmelslicht erlosch, ohne dass ein Feuer aufloderte. War das der Tag des Zorns? Hatte Gott seinen drohenden Zeigefinger warnend über der Stadt erhoben? War diese Stadt irgendein Sodom und Gomorrha? Wollte Gott sie vor diesem Ort warnen, wo sie doch schon dem Zusammenbruch nahe waren und nichts dringlicher ersehnten als trockene Kleider, Essen und Rast?

Als der Zug die Stadtmauer von Toulouse erreichte, hatte der Regen beinah aufgehört. Einige Bettler lungerten durchnässt an der Mauer, und die Wächter ließen sie nicht in die Stadt, die Reisenden aber durften passieren.

Prächtige Bauten säumten eine breite Straße. Die dunkelroten Ziegelbauten, geschmückt mit kunstvollen Tür- und Fensterrahmen, kündeten vom Reichtum dieser Stadt. Umso mehr schämten sich die Reisenden für ihren jämmerlichen Aufzug, als sie schmutzig, durchnässt und der Erschöpfung nahe die Straßen entlanghinkten. Es beschlich sie ein ähnliches Gefühl wie damals, als sie in Algier an Land gestiegen waren.

Der Weg führte die Reisenden an einen breiten Fluss.

«Das ist die Garonne», sagte Kifft, als er sein Pferd am Ufer anhielt. «Von hier aus werden wir zum Meer segeln.»

Dann deutete er auf ein Gebäude auf der anderen Seite des Flusses.

«Dort liegt das Hôtel-Dieu Saint-Jacques, ein Armenspital. Ich nehme an, in ihm können die beiden Eheleute die nötige Pflege bekommen. Westlich davon ist das Hôpital de la Grave, wo wir hoffentlich eine günstige Unterkunft finden.»

Kifft trat auf eine lange, schmale Holzbrücke hinaus, die an einer waldigen Insel vorbei über den Fluss führte. Die Brücke schien schon recht alt zu sein und wirkte alles andere als Vertrauen erweckend. Ängstlich folgten die Isländer ihrem Anführer.

Als endlich alle die Holzbrücke, die unter dem Gewicht der Wagen schwankte, glücklich überquert hatten, war es nur noch ein kurzer Weg zum Hôtel-Dieu. Kifft führte die Gruppe in einen großen Vorhof, wo ihnen ein Mann in einem grauen Umhang entgegenkam, gefolgt von zwei ebenfalls grau gekleideten Frauen mit gleichfarbigen Kopftüchern.

Kifft berichtete vom Unfall der beiden Eheleute, worauf man sie ohne Umschweife ins Spital trug. Er erwähnte ebenfalls die beiden alten Frauen, Ingibjörg und Ranka, und erklärte, dass sie sehr geschwächt seien, aber die Krankenpfleger verwiesen sie an das Hôpital de la Grave. Das sei der Platz für Arme und Reisende.

Im Hof des Armenhauses saß eine Gruppe junger Mädchen im Kreis um eine grau gekleidete Nonne, die ihnen aus einem Buch vorlas. Kifft ritt geradewegs zum Haupttor, sprang vom Pferd, lief die wenigen Treppenstufen hoch und verschwand im Haus. Er kam bald darauf mit dem Verwalter wieder heraus, gefolgt von einer Schar von Helferinnen, manche in der Art von Nonnen gekleidet, andere in weltlichen Gewändern. Sie halfen den Reisenden, ihre nassen Habseligkeiten in das Erdgeschoss des Hauses zu schaffen. Als Nächstes führten sie alle Frauen in einen großen Saal, in dem mehrere Wannen standen. Im Kamin brannte Feuer unter großen Kesseln, und die Helferinnen gaben den Frauen zu verstehen, dass sie alles, was sie am Leib hatten, ausziehen und in die Wannen steigen sollten, um sich darin gründlich zu waschen.

Die meisten Frauen waren froh, aus den nassen Kleidern zu kommen, obwohl es sie einige Überwindung kostete, sich voreinander auszuziehen. Die Anwesenheit der französischen Helferinnen erleichterte die Sache auch nicht gerade. Die Umstände weckten unangenehme Erinnerungen an die Behandlung, die sie in Algier erfahren hatten, als man sie nackt betatscht und an den Höchstbietenden verkauft hatte.

Dennoch, es war eine Wohltat, sich in die halb vollen Wannen mit lauwarmem Wasser zu setzen. Die Französinnen gingen mit Kannen herum, gossen den Frauen Wasser über den Kopf und massierten die Kopfhaut fest mit den Fingern. Sie lösten Zöpfe und reichten den Frauen Kämme, mit denen sie sich von den Läusen befreien sollten.

Gudrid dachte an den Hammam. Sie dachte an die Hitze und den Dampf, das Öl, das man sich dort ins Haar rieb, um es weich und duftend zu machen. Wie der ganze Körper mit duftenden Essenzen gesalbt, massiert und getrocknet wurde. Von solchem Luxus war hier keine Rede. Das war ein Reinigungsbad und nichts anderes. Aber konnte es nach den Anstrengungen und der Schwitzerei der vergangenen Wochen etwas Schöneres geben?

Gudrid fühlte sich wie neugeboren, als sie aus der Wanne stieg. Eine Helferin wickelte sie in ein Leinentuch und sagte, sie solle sich am Feuer trocknen. Dort standen schon Ásta, Gunnhild, Ingibjörg und viele andere. Halldóra war ungeheuer mager. Gudrid konnte es sich nicht verkneifen, nach ihren Reisekameradinnen zu schielen. Es überraschte sie, wie jugendlich der Körper der Madame von Ofanleiti trotz der silbergrauen Haare noch wirkte, während an Gunnhild alle Haut schlaff war. Ólöf Jónsdóttir war die Größte von ihnen und hatte einen schönen Körper. Wie würde sie selbst in den Augen der anderen erscheinen? Sie war eher klein, schlank und hatte muskulöse Arme, die Schenkel waren kräftig und prall, und ihre Brüste hätten immer noch in Eyjólfs Händen Platz.

Sie spürte, wie ihre Brustwarzen sich aufrichteten, als sie an Eyjólf dachte.

Sie wurde feucht vor plötzlichem Verlangen nach ihrem Ehemann – oder vor Verlangen nach einem Mann –, denn unvermutet hatte Ali Hakim Eyjólf aus ihren Gedanken verdrängt. Ali Hakim mit seinen braunen Samtaugen und weichen Händen. Niemals hätte sie sich vorstellen können, dass ein Mann einer Frau derartige Lust bereiten könnte wie Ali Hakim ihr damals im Zelt. Da meinte sie seine Königin zu sein und nicht seine Sklavin. Welche

Verblendung! Wohin ließ sie sich von ihrer Phantasie treiben? Gudrid schämte sich.

Die Nonnen hatten begonnen, grobe Leinenhemden an die Frauen auszuteilen, und gaben ihnen zu verstehen, dass sie ihre Kleider vor der Feuerstelle auf dem Boden zum Trocknen ausbreiten sollten. Dann wurde ihnen aus Zinnbechern Suppe gereicht.

Nach dieser Stärkung führten die Nonnen und Helferinnen sie in einen großen Schlafsaal, im nächsten Stock. Dort lagen oder saßen Frauen verschiedenen Alters, darunter auch kleine Mädchen, auf Pritschen. Die meisten dösten stumpf vor sich hin, und manche schielten die Ankömmlinge mit bösen Augen an.

Die Isländerinnen seufzten erleichtert, als sie sich auf den harten Liegestätten ausstreckten, und fielen sofort eine nach der anderen in tiefen Schlaf, sobald sie nur ihren Kopf auf das Kissen gelegt hatten.

Früh am nächsten Morgen wurden sie durch Glockengeläut geweckt und aus den Betten geholt. Alle mussten zum Morgengebet in die Kapelle, egal ob lutherisch oder katholisch. Man hatte die Kleider der isländischen Frauen in den Saal gebracht und in einem Haufen auf den Boden gelegt, in dem nun alle kramten und nach ihren Sachen suchten. Gudrid fand ihren Schleier, ihren Rock und ihre Weste wieder, konnte aber nirgendwo ihre gute lange Hose entdecken. Sie fragte die anderen Frauen, aber keine hatte sie gesehen. Aber die Hose war unverzichtbar. Sie hatte sie auf See warm gehalten und ihre Ehre vor dem Soldaten gerettet, der ihr den Rock zerrissen hatte. Die Zeit reichte nicht mehr, um noch im Badesaal nach ihr zu suchen. Sie musste die Nonnen unbedingt nach dem Morgengebet danach fragen.

Nach einer kurzen Andacht ging ein jeder an seine Arbeit. Die Wolken des vergangenen Tages hatten sich aufgelöst, und man riet den Leuten, den Inhalt ihrer Kisten und Bündel ins Freie zu tragen und in der Sonne zu trocknen. Sie schafften unter Stöhnen und mit Mühe ihre feuchten Sachen in den Hof und breiteten sie auf dem Pflaster aus. Das meiste trocknete schnell. Sogar der dicke, halb fertige Gebetsteppich, den Gudrid auf den heißen Steinen ausrollte, war im Nu trocken.

Es hielten sich eine Menge zerlumpter Gestalten im Hof auf. Manche verrichteten Gartenarbeiten, andere kümmerten sich um die Hühner und Schweine oder versorgten Maulesel und Pferde in einem großen Stall, andere dagegen wirkten eher wie Landstreicher. Vielen sah man an, dass sie krank waren. Die Freigelassenen wagten unter diesem Volk nicht, ihre Habseligkeiten unbeaufsichtigt zu lassen. Sie meinten in ihren Augen sowohl Neugier als auch Neid zu entdecken, und Gudrid überlegte, ob vielleicht einer aus der Schar der Armen ihre Hose gestohlen haben könnte. Als ein paar Frauen mit Körben voll schmutziger Wäsche aus dem Haus kamen, nahm Gudrid ihren ganzen Mut zusammen und fragte, ob sie in den Körben nach ihrer Hose suchen dürfe. Die Frauen verstanden nicht, was sie wollte, und wimmelten sie mürrisch ab. Dann stellten sie die Körbe auf zwei Wagen, spannten Maultiere an und fuhren mit der Wäsche aus dem Hof.

Es war Mittag geworden, und Kifft war immer noch nicht aufgetaucht. Die meisten Frauen hatten sich im Schlafsaal wieder hingelegt, während die Männer abwechselnd beim Gepäck Wache hielten. Die anderen Frauen, darunter auch Gudrid, zogen es vor, spazieren zu gehen, weil sie meinten, Bewegung würde ihren steifen Gliedern besser tun als Ruhe. Sie suchten in schattigen Gassen Zuflucht vor der Sonne und standen plötzlich vor dem Hôtel-Dieu Saint-Jacques. Unentschlossen gingen sie vor dem Spital auf und ab, blickten zu den Fenstern hoch und fragten sich, wie sie Nachricht über das Befinden von Nikolaus und Gudrun bekommen könnten. Aber ohne Kifft konnten sie sich nicht verständlich machen, und so gingen sie weiter.

Ólöf wollte gern über die Brücke an das andere Ufer gehen, dort gab es so viele prächtige und schöne Häuser und bestimmt viel zu sehen. Aber die anderen hatten Bedenken, sich ohne Erlaubnis und Begleitung Kiffts zu weit zu entfernen.

«Es ist außerdem eine Schande, wie wir aussehen», sagte Gudrid. «Wir können uns in diesem Aufzug nicht unter anständigen Menschen blicken lassen.»

«Warum waschen wir unsere Sachen nicht einfach?», fragte Ingibjörg und zeigte flussaufwärts.

Dort waren, ein kurzes Stück oberhalb der Brücke, die Wäscherinnen des Armenhauses bei der Arbeit. Sie legten die Wäsche auf die Steine und schlugen mit Schlaghölzern auf sie ein. Dann spülten sie die Stücke wieder im Fluss und breiteten sie zum Trocknen auf die Steine und die grasbewachsene Uferböschung aus .

«Genau das will ich mit meinen Kleidern auch tun», sagte Ingibjörg. «Mein Rocksaum ist hart wie ein Brett und die Weste ganz steif von Schweiß und Schmutz.»

Dann stapfte sie los, und die anderen folgten ihr.

«Aber was sollen wir in der Zwischenzeit anziehen?», wandte Margret Árnardóttir ein.

«Der Fluss macht dort einen Bogen. Wir werden schon eine geschützte Stelle finden», antwortete Ólöf.

Sie marschierten in einer Reihe am Ufer entlang, an den Wäscherinnen vorbei, und als die Sicht auf sie durch Bäume verdeckt war, begannen Ingibjörg und Ólöf ihre Westen aufzuknöpfen. Halla Magnusdóttir und Margret ebenso.

Gudrid spähte zu der waldigen Insel am anderen Ufer hinüber. Es war unwahrscheinlich, dass sie irgendjemand von dort beobachtete. Sie zögerte nicht länger, zog sich nackt aus und watete mit ihren Kleidern in der Hand in den Fluss. Sie rang nach Luft. Das kalte Wasser schmerzte an den wunden Füßen, aber langsam ließ das Brennen nach, und sie genoss es, sich hinabzubeugen und ihren Rock, ihr Unterhemd und ihre Weste auszuspülen. Da standen sie nun, acht splitternackte Frauen, in der heißen Sommersonne und ließen das Wasser durch ihre Reisekleider strömen. Als ihre Beine anfingen, gefühllos zu werden, gingen sie an Land und breiteten die Kleider auf Steinen aus. Dann liefen sie nochmal in den Fluss und tauchten bis zum Kopf ein.

Die heiße Sonne und der laue Wind trockneten ihre Haut, als sie im warmen Gras lagen, bis ihre Kleider trocken waren.

Als die Frauen in das Armenhaus zurückkehrten, erwartete Kifft sie mit böser Miene.

«Wo seid ihr gewesen?», fragte er in rauem Ton.

«Am Fluss, unsere Kleider waschen», antwortete Ólöf, ohne sich einschüchtern zu lassen.

«Man hat sich Sorgen um euch gemacht», sagte er.

«Uns passiert schon nichts», antwortete Ólöf.

Kifft sagte, er schere sich nicht um freche Antworten. Solange er die Verantwortung trage, dürfe sich keiner ohne seine Erlaubnis von der Gruppe entfernen.

«Du warst nicht hier», warf Ólöf ein.

«Wenn du die Anführerin gewesen bist, Ólöf, wirst du bestraft», sagte Kifft und packte sie am Arm.

«Ich hatte die Idee dazu», sagte Ingibjörg da.

«Wir alle», sagten Halla und Margret.

Kifft ließ Ólöf los. Er brummte, sie sollten ihm zu den anderen in den Speisesaal des Armenhauses folgen. Er wolle mit ihnen allen auf einmal sprechen, damit er das, was er zu sagen habe, nicht wiederholen müsse.

Als die Frauen sich mit ihren Suppenschalen zu ihren Landsleuten gesetzt hatten, ergriff Kifft das Wort. Er erklärte, dass jeder noch den morgigen Sonntag dazu verwenden könne, sich auszuruhen. Nur ihre Sachen müssten sie packen, denn früh am Montagmorgen ginge die Reise weiter. Sie würden dann um eine weniger sein.

«Gudrun Eysteinsdóttir ist letzte Nacht verstorben», sagte Kifft, «und wurde heute auf dem Armenfriedhof an der Nikolauskirche in der Nähe vom Hôtel-Dieu Saint-Jacques begraben. Es ist eine Regel des Spitals, im Sommer keine Leichen aufzubahren.»

Er sagte, ein katholischer Priester habe das Requiem gesungen, aber es sei ihm gelungen durchzusetzen, dass ein Hugenottenpriester, den er noch von früher kenne, sie beerdigen durfte. Ihr Mann Nikolaus sei mit dieser Regelung einverstanden gewesen.

Mit einem Schlag waren alle verstummt. Bleiernes Schweigen und eine lähmende Bedrücktheit legten sich über die Gruppe im

Saal. Dann erhob sich Botólf Oddsson. «Warum hast du uns nicht früher Bescheid gesagt, damit wir unsere Gefährtin ans Grab hätten begleiten können?», fragte er Kifft.

«Dazu war keine Zeit», antwortete dieser. «Ich habe den ganzen Morgen gebraucht, den Hugenottenpriester aufzutreiben, während man den Sarg für die Verstorbene zimmerte. Außerdem ist es nicht üblich, dass bei Menschen, die im Armenspital sterben, eine Menge Leute zum Begräbnis kommen. Wenn ihr aber wollt, können wir morgen früh an ihr Grab gehen und ihr die letzte Ehe erweisen.»

Die Leute schlürften schweigend und mit gesenkten Köpfen ihre Suppe. Einige Frauen schluchzten, und Ólöf legte ihren Kopf auf den Tisch und weinte.

Kifft ging zu ihr und fragte sie, ob Gudrun eine Verwandte von ihr oder ihr aus einem anderen Grund besonders teuer gewesen sei.

«Nein», stammelte Ólöf. «Ich habe sie kaum gekannt. Aber du bist so ein gefühlloser Rohling!»

41

Am nächsten Morgen standen die Freigelassenen mit Kifft am frischen Grab von Gudrun Eysteinsdóttir auf dem Armenfriedhof der Nikolauskirche. Ihr Mann Nikolaus stützte sich auf eine Krücke, die man im Spital für ihn angefertigt hatte. Seine Augen waren trocken, aber müde und traurig. Augustin Söffrensson hatte Holz beschafft und ein Kreuz gezimmert, in das er den Namen der Verstorbenen gebrannt hatte. Er trieb das Kreuz mit einem Tischlerhammer in die Erde. Halla Magnusdóttir legte Kamillen auf das Grab, und Kifft nahm seinen Hut ab, während die Madame von Ofanleiti ein Gebet sprach. Gemeinsam beteten sie das Vaterunser.

Sie hatten die letzten Zeilen kaum beendet, als sie in der Ferne Männer singen hörten: Gloria, Gloria, Lob und Preis und Herrlichkeit! Die Leute auf dem Friedhof drehten sich um und sahen, wie eine Gruppe singender Pilger über die Brücke kam. Sie hielten mit verklärten Gesichtern direkt auf die Kirche zu, und die Freigelassenen starrten der Prozession mit großen Augen hinterher, die unter Lobgesang in der Kirche verschwand.

Glockenklang drang von der anderen Seite des Flusses herüber, und die Nikolauskirche antwortete mit ihrem hellen Geläute. Aus allen Richtungen tönte der Klang von Kirchenglocken durch die Luft.

Nikolaus stand, auf seine Krücken gestützt, am Grab seiner Frau und weinte. Der Gesang der Pilger und der Glockenklang hatten schließlich doch Tränen in die Augen des Witwers getrieben. Die Schwestern Halla und Gudrun boten an, ihn zum Hôpital de la Grave zurückzubegleiten, und der Großteil der Frauen folgte ihnen. Augustin wollte noch mit ein paar Männern ans Nordufer des Flusses gehen und die Steinbrücke besichtigen, die dort gebaut wurde. Er sagte, ein Handwerker dürfe sich eine solche Gelegenheit nicht entgehen lassen.

Kifft hatte noch Erledigungen in der Stadt zu machen und meinte, wer wolle, könne ihn zum Rathausplatz begleiten. Sie müssten allerdings allein zurechtkommen, während er seinen Angelegenheiten nachgehe. Ólöf, Gudrid, Árny und Ingibjörg nahmen das Angebot an. In der Nähe der neuen Steinbrücke kamen sie an einer großen Kirche vorbei, in die Menschen aus allen Richtungen strömten.

«Warum bleibt ihr nicht hier?», fragte Kifft. «Ihr könntet in der Daurade die Messe besuchen. Dort drinnen ist eine Marienstatue, die von vielen angebetet wird. Alle, die nach Toulouse kommen, wollen sie sehen. Sie ist schwarz und wird La Negra genannt.»

«Wir sind nicht katholisch», sagte Ólöf.

«Das weiß ich wohl», entgegnete Kifft. «Aber man soll Reisen nutzen, um die Gewohnheiten anderer Völker kennen zu lernen. Ihr braucht ja nicht zu sagen, zu welchem Glauben ihr euch bekennt. Mischt euch einfach unters Volk.»

Die Kirche war voller Menschen. In den vorderen Bankreihen saßen schwarz gekleidete Männer, manche mit langen Perücken auf dem Kopf, und Frauen in tief ausgeschnittenen Festtagskleidern. Das einfache Volk stand. Die isländischen Frauen fanden im Schutz von mächtigen Säulen ein Plätzchen im Seitenschiff und blickten nach vorn zum Hochaltar. Die Messe hatte bereits begonnen, und Priester und Ministranten schritten um den Altar und schwenkten Weihrauchfässer. Der süßliche Duft durchzog die ganze Kirche. Und wenn die Frauen auch kein Wort des Wechselgesangs verstanden, wurden sie doch nach und nach von der Andächtigkeit um sie herum ergriffen.

Die Marienstatue konnten sie allerdings nirgendwo entdecken. Sie sahen eine Reihe von Statuen entlang der Wände und zwischen den Säulen und hatten es auch schon gewagt, sich vorsichtig umzudrehen, um die Orgel zu bewundern.

Als die Menschen anfingen, zur Kommunion zu gehen, kam Bewegung in die Menge, und sie wurden weiter nach vorn geschoben, bis an die Stelle, wo sich Längs- und Querschiff überschnitten. Sie blickten zum Seitenaltar, und dort stand sie: die schwarze Madonna mit ihrem schwarzen Sohn im Arm. Beide trugen eine goldene Krone auf dem Haupt und waren in ein weißes, goldgesäumtes Gewand gekleidet, aus dem ihre schwarzen Arme hervorschauten. Sie hielten jeweils ein goldenes Zepter in der Hand. Hinter ihnen war eine Nische in der Wand, mit einem Mosaik aus schwarzem Obsidian und Gold in mannigfaltigen Schneckenmustern, und die Kuppel darüber war himmelblau mit goldenen, eingearbeiteten Sternen darin. Gudrid meinte, noch nie etwas so Schönes gesehen zu haben.

Nachdem die Gläubigen das Altarsakrament empfangen hatten, traten viele vor den Marienaltar und knieten vor der Madonna nieder. Manche legten Kieselsteine auf ihren Sockel. Andere hinterließen kleine Zettel. Gudrid verspürte ein starkes Bedürfnis, es den Leuten gleichzutun und vor Maria zu knien. Trotz all des Prunkes und Goldes, das die Himmelskönigin umgab, hatte sie etwas so unaussprechlich Irdisches und Vertrautes an sich. Das pechschwarze, schöne Gesicht erinnerte sie an Nabila. Wenn Nabila einen Sohn bekäme, würde er diesem Jesuskind ähnlich sehen.

«Oh, meine liebe Nabila. Heilige Maria, bitte für Nabila. Bitte für mich. Bitte für meinen Sohn.» Ihre Lippen bewegten sich im Gebet, und sie zupfte ihre Kameradinnen am Ärmel, damit sie sich ebenfalls hinknieten. Und das nicht nur, um nicht in der Menge aufzufallen.

Sie waren wieder aufgestanden und wollten schon aus der Kirche gehen, als die Priester an den Seitenaltar kamen. Sie machten sich am Kleidersaum Marias zu schaffen, hoben dann die Statue aus der Nische und trugen sie in die Kirche hinein. Dort befestigten sie sie auf einem Tragegestell, das die Ministranten dann auf ihre Schultern hoben. Und so trugen sie La Negra aus der Kirche hinaus. Die Gemeinde folgte ihnen mit Gesang und Glockenschellen hinterher.

Die vier isländischen Frauen waren sprachlos vor Staunen. Wohin trugen sie die Madonna? Sie konnten der Neugier nicht widerstehen und gingen der Gemeinde in einiger Entfernung hinterher. Draußen vor der Kirche stießen noch mehr Leute zu dem Zug, der die Straße zum Rathausplatz hochging. Als sie dort ankamen, hatte sich die Menge der Gläubigen vervielfacht, denn ähnliche Prozessionen, an deren Spitze Priester mit anderen Statuen schritten, kamen aus vier Richtungen. Die isländischen Frauen ließen sich mit dem Strom rund um den Platz treiben. Alle Gruppen hatten sich nun zu einer zusammenhängenden Prozession vereinigt, die Menschen sangen und beteten, läuteten Glocken und schlugen Trommeln. Unter ständiger Wiederholung des Ave Maria bewegten sich die Massen mit steigender Erregung im Kreis um den Platz, einmal, ein zweites Mal, dann ein drittes Mal. Manche Frauen streckten die Arme zum Himmel und riefen ihre Gebete mit lauter Stimme, andere weinten lauthals. Tränen strömten ihnen über das Gesicht.

Den vier Isländerinnen wurde die Sache langsam unheimlich. Sie versuchten aus der Prozession auszuscheren, wurden aber von den ständig neu Hinzuströmenden immer wieder in die Menge zurückgedrängt. Die Menschen wurden gegeneinander gepresst, es kam zu Rempeleien, und sie konnten sich mit ihren wunden Füßen kaum gegen das Drängen stemmen. Plötzlich ertönte ein schriller Hilfeschrei. Eine Frau war mitten in der Menschenmenge zusammengebrochen, und die, die ihr am nächsten standen, versuchten sie gegen die Nachströmenden zu schützen, die in himmlischer Verzückung weitermarschierten. Sie schienen die Warnschreie gar nicht wahrzunehmen. Singend und entrückt in ihrem Glaubenseifer, trampelten sie die Frau zu Tode.

Erst als sich zwei bärenstarke Männer schreiend dem Menschenstrom entgegenstemmten, bildete sich ein Loch in der Prozession, und man konnte die Frau aus dem Gedränge ziehen. Sie wurde zu einer kleinen Schenke am Platz getragen, und Dienstmägde eilten zu Hilfe. Sie beugten sich bekümmert über die Frau, die blutüberströmt und leblos auf der Erde lag. Ein Mädchen warf sich weinend über sie. Rundherum bildete sich ein Kreis schweigender Menschen.

Dann trennten sich die Prozessionen wieder voneinander und kehrten jeweils in ihre Kirche zurück. Der Klang der sich entfernenden Gebete drang noch wie ein Echo aus den Straßen auf den Platz hoch. Die isländischen Frauen trotteten in einigem Abstand hinter der Marienprozession her und sprachen kein Wort. Das Entsetzen stand ihnen noch ins Gesicht geschrieben. Auf der Uferböschung zwischen der Kirche und dem Brückenbau saßen ihre Landsmänner in der Sonne. Sie setzten sich schweigend zu ihnen. Keine brachte den Mut auf, zu berichten, wovon sie Zeuge geworden waren. Und die Männer drangen auch gar nicht auf sie ein, sie hatten selbst genug zu erzählen.

Augustin erklärte, er habe sich niemals von dem Gedanken verleiten lassen, sich in Algier eine Existenz aufbauen zu wollen und seinen Glauben zu wechseln, aber jetzt müsse er gestehen, dass es für einen Handwerker schon verlockend sei, sich in so einer Stadt anzusiedeln, in der ein so großartiges Bauvorhaben wie diese neue Brücke im Gange sei – selbst wenn die Menschen hier katholisch seien.

«Hier gibt es Leute mit Ideen und der Kraft, sie auch in die Tat umzusetzen. Schaut euch diesen Damm hier an», sagte er und zeigte auf eine Wehranlage, die vom Hôtel-Dieu schräg über den Fluss zu den großen Mühlen weiter flussabwärts führte. Oberhalb des Dammes war der Fluss wie ein ruhiger See.

«Auf diese Weise regulieren sie die Wassermenge, um die Mühlen besser antreiben zu können.»

«Es hört sich ganz so an, als ob du überlegtest, dich hier niederzulassen», sagte Brandur.

«Das will ich nicht unbedingt sagen», meinte Augustin. «Aber wenn ich eine Frau hätte …»

Er schielte zu Árny hinüber, die bei seinem Blick errötete und sich abwandte. Árny war auf dem Weg nach Hause zu ihrem Mann Ásmund, so wie Gudrid und Ingibjörg auf dem Weg zu ihren Männern waren.

«Träumen wird man ja wohl noch dürfen», sagte Brandur und stand auf.

Jón Hallsson blieb sitzen und blickte auf den Fluss. Er sagte, er wolle noch ein wenig hier bleiben. Er wolle die Holzpfeiler im Damm zählen. Sie sollten nicht auf ihn warten.

Sie ließen ihn in der untergehenden Sonne auf dem grünen Hang zurück.

42

Am frühen Vormittag standen alle mit ihren Habseligkeiten unterhalb des Dammes und sahen zu, wie Kornfässer und Mehl auf ein riesiges Floß geschafft wurden. Zwei andere, ähnliche Flöße, das eine mit Marmorblöcken, das andere mit Holzstämmen beladen, legten eben vom steinernen Kai ab, und ein viertes Floß war leer und lag halb an Land gezogen. Man hatte ihnen gesagt, sie sollten darauf mit Hilfe der Ruderer und Gehilfen ihre Sachen festbinden.

Am Kai waren zwei flachkielige Boote vertäut, die die Isländer nach Bordeaux bringen sollten. Ihre Zahl hatte sich nochmal um einen verringert: Jón Hallsson war am Vorabend nicht ins Armenhaus zurückgekehrt. Kifft hatte noch am Abend nach ihm suchen lassen und im Morgengrauen ein zweites Mal, aber ohne Erfolg.

Thorsteinn und Brandur wollten Kifft überreden, die Abfahrt um eine Stunde zu verschieben, in der Hoffnung, Jón würde vielleicht doch noch auftauchen, aber Kifft meinte, das ginge ihm sehr gegen den Strich. Schließlich stünde ihnen eine lange Reise bevor.

«Wie weit ist es bis Bordeaux?», fragte Brandur.

«Fünf bis acht Tagesreisen, je nachdem», antwortete Kifft.

Die Leute stöhnten.

«Macht euch keine Sorgen», meinte Kifft. «Das wird nach den Mühen der vergangenen Woche die reinste Vergnügungsfahrt.»

Die Leute zögerten es hinaus, sich in die Boote zu setzen, und warteten ab. Vielleicht tauchte Jón im letzten Moment doch noch auf. Sie gingen am Flussufer auf und ab und überlegten, was aus ihm geworden sein mochte.

Hatte er sich von der Pracht und Schönheit der Stadt so faszinieren lassen, dass er sich bei irgendeinem ihrer Herren verdingt hatte? Hatte er sich in den Straßen der Stadt verirrt wie ein Bauernsohn im Elfenreich und nicht mehr zum Fluss zurückgefunden? Einar Loftsson erinnerte daran, dass er die Holzpfeiler im Damm zählen wollte. Ob ihm vielleicht etwas zugestoßen war?

«Das sähe ihm nicht ähnlich», meinte Thorsteinn. «Jón Hallsson ist ein vorsichtiger Mensch.»

«Und doch, irgendetwas ist ihm zugestoßen», behauptete Einar fest. Aber wirklich wissen konnte man es nicht.

Kifft war in ein Gespräch mit einem elegant gekleideten Bewohner der Stadt vertieft, der einen hohen Hut und einen noch breiteren weißen Kragen als der Holländer trug. Sie schienen sich zu kennen, und Kifft amüsierte sich über etwas, das sein Gegenüber sagte.

Gudrid nutzte die Gelegenheit, ihren schwarz gekleideten Führer genauer in Augenschein zu nehmen. Sie hatte ihn noch nie so gut gelaunt gesehen wie im Gespräch mit diesem Einheimischen. Vielleicht war dieser strenge Mann bei genauerer Bekanntschaft ein durchaus verträglicher Mensch.

Kifft lachte wieder über etwas, das ihm der Einheimische mit großen Gesten beschrieb. Dann beendeten sie das Gespräch und verabschiedeten sich, indem sie den Hut mit einer großen Geste voreinander zogen. Als Kifft zu den Isländern zurückkam, hatte er wieder dasselbe strenge Gesicht aufgesetzt wie immer und verkündete, dass er die Abfahrt nicht länger hinauszögern könne. Er befahl allen, in die Boote zu steigen.

Brandur und Thorsteinn versuchten noch einmal Einwände zu erheben, aber vergebens. Sie gingen widerstrebend an Bord und setzten sich auf eine Ruderbank vor Ingibjörg und Gudrid. Als Árny hinter Ólöf ins Boot steigen wollte, trat Augustin auf sie zu und bot ihr an, mit ihm ins Boot zu kommen. Er fasste sie um die Hüften und hob sie an Bord des anderen Bootes. Árny ließ sich das gern gefallen.

Die Passagiere hatten reichlich Platz, saßen jeweils zu zweit auf einer Ruderbank, und einige hatten sogar eine ganze Bank für sich allein. Kifft nahm auf der hintersten vor dem Ruderer Platz, der das Boot sogleich vom Land abstieß. Von nun an brauchte er es nur noch zu steuern und konnte es der Strömung überlassen, das Boot flussabwärts zu tragen. Am Boden lagen kurze Ruder bereit, für den Fall, dass man sich irgendwo mit Menschenkraft vorwärts bewegen musste.

Als sie so sanft durchs Wasser glitten, spürte Gudrid, wie sie ein freudiges Gefühl durchströmte, eine Wonne, die ihr etwas wie eine Verheißung gab, dass das Leben trotz allem gut und schön sein könnte. Sie hätte sich am liebsten vorgebeugt und Brandur, der vor ihr saß, gutmütig auf den Rücken geklopft. Sie hatte Brandur gern. Sie hätte plötzlich all ihre Gefährten, sogar den unbekannten Ruderer und seinen Gehilfen vorn am Bug, am liebsten umarmt.

Ólöf hielt die Hand über den Bootsrand und ließ die Finger durch das Wasser gleiten. Schließlich konnte sie ihre Neugier nicht länger unterdrücken und fing an, Kifft auszufragen.

«Wie viele Sprachen sprichst du? Du scheinst dich mit allen unterhalten zu können», fragte sie bewundernd.

«Es sind nicht so viele», meinte Kifft. «Jeder, der Handel treibt, muss Französisch können, und meine Lateinkenntnisse erlauben es mir, dass ich mich auf Franko und Italienisch verständigen kann. In meiner Heimatstadt Amsterdam sprechen wir Holländisch, das dem Deutschen ähnlich ist. Daher bereiten mir auch die deutschen Sprachen nicht allzu große Schwierigkeiten.»

Gudrid hörte ihrer Unterhaltung mit halbem Ohr zu. Sie lauschte dem leisen Schwappen des langsam dahinfließenden Wassers, dem Schnattern der Enten um sie herum, dem Vogelgezwitscher in den Bäumen entlang der Ufer, dem Platschen springender Lachse, dem Summen einer Biene über dem Wasser. Dass es eine so wundersame Art des Reisens gab! Sie spürte, wie die Müdigkeit aus ihren Gliedern schwand. Sie fühlte sich schwerelos. Sie glaubte eine Drossel zu hören. Aber sie wusste nicht, ob Drosseln in so südlichen Wäldern eigentlich auch zu Hause waren. Wenn sie den Namen des Vogels auf Franko gewusst hätte, hätte sie Kifft fragen können. Er schien auf fast alles eine Antwort zu haben. Sie wollte sich eben an ihn wenden, als sie hörte, wie er von seinem Platz aufstand und sich zu Ólöf auf die Bank setzte.

«Woher aus Island kommst du?», fragte Kifft.

«Aus Djúpivogur», antwortete Ólöf. «Ich habe aber auch lange Zeit bei meinen Großeltern am Hamarsfjord gelebt», fügte sie dann hinzu.

«Und wie ist Djúpivogur?», fragte er.

«Dort gibt es große Felsen, endloses Meer in eine Richtung und hohe Berge in die andere», sagte Ólöf.

«In Holland gibt es keine Berge.»

«Davon habe ich gehört», sagte sie. «Ich habe schon vor dir Holländer getroffen. Mein Vater hat zu Hause in Djúpivogur mit ihnen Handel getrieben, auch wenn das von den Dänen nicht gern gesehen wurde.»

«Das glaube ich gern», sagte er. «Holländer reisen überall auf der Welt herum.»

«Und unter den Matrosen des Schiffes, das uns verschleppt hat, gab es auch Holländer.»

«Ja, wenn es Holländer waren, die euch entführten, ist es nur recht, dass euch ein Holländer wieder zurückbringt.»

«Fährst du mit uns bis nach Island?», fragte Ólöf.

«Nein, das ist nicht vorgesehen. Obwohl es mir Spaß machen würde, eine so schöne Frau bis an ihr Ziel zu begleiten.»

War Wilhelm Kifft dabei, Ólöf schöne Augen zu machen? Gudrid hatte plötzlich das Gefühl, hier Zeugin einer intimeren Unterhaltung geworden zu sein, als sie eigentlich wollte. Und doch konnte sie nicht anders, als die Ohren zu spitzen, um zu hören, wie das Gespräch weiterging.

«Wie kam es, dass du in Toulouse studiert hast?», fragte Ólöf nach einer Weile.

«Die Universität von Toulouse ist in ganz Europa berühmt, und in Amsterdam ist es üblich, dass junge Männer französische Universitäten besuchen. Einer der bekanntesten Professoren dort war ein italienischer Philosoph namens Vanini. Er hatte zuvor in

Deutschland und in England gelehrt und galt in Theologie, Medizin und Jura gleich beschlagen. Zu Anfang genoss Vanini auch großes Ansehen unter den Gelehrten und den Bürgern der Stadt, aber dann hat er doch das schrecklichste Schicksal erlitten, das ich je gesehen habe.»

«Welches war das?», fragte Ólöf.

«Er wurde wegen Gotteslästerung zum Tode verurteilt.»

«War er ein Gotteslästerer?»

«Wer weiß das schon. Er hat ein Buch geschrieben, in dem er die Existenz Gottes mit wissenschaftlichen Argumenten beweisen wollte. Aber die Kirchenoberhäupter in Toulouse fanden, dass er ein Ketzer sei, und er wurde bei lebendigem Leib verbrannt.»

«Wie entsetzlich!»

«Ja», sagte Kifft. «Aber zuerst wurde ihm noch die Zunge abgeschnitten, wie man es mit Gotteslästerern hierzulande macht.»

«Großer Gott!», rief Ólöf.

«Ja, es war entsetzlich», stimmte Kifft zu. «Ich habe noch nie eine so tragische Hinrichtung eines so ausgezeichneten Menschen erlebt. Er schrie wie ein wild gewordener Stier.»

«Ich habe einmal gesehen, wie ein Mann in Algier seine ungehorsame Ehefrau zu Tode prügelte», sagte Ólöf. «Aber das gilt wohl nicht als Hinrichtung im Sinne des Gesetzes. Seine Ehefrau zu töten ist dort Privatsache.»

«Ja, die Muselmanen haben ihre eigenen Sitten», sagte Kifft.

Dann erzählte ihm Ólöf, wie sie und ihre Kameradinnen zufällig in die Marienprozession nach der Messe in der Dauradekirche hineingeraten waren und mit ansehen mussten, wie eine Frau zu Tode getrampelt wurde.

«Es wird immer jemand zu Tode getrampelt. Wenn die Erregung der Menge einen gewissen Grad erreicht, wird jemand zu Tode getrampelt. Das gehört dazu», sagte Kifft.

«Ich kann nicht aufhören, an die Frau zu denken», sagte Ólöf.

«Du bist also nicht nur ein hübsches Mädchen, sondern hast auch noch ein gutes Herz», sagte da Kifft mit schelmischem Ton.

Ólöf verstummte. Gudrid hatte schon vorher bemerkt, dass

Kifft ein Auge auf Ólöf geworfen hatte, aber jetzt waren seine werbenden Schmeicheleien unmöglich zu übersehen oder zu überhören. Seine nüchterne Stimme hatte einen neuen Klang bekommen. Und wieder merkte Gudrid, wie sie gespannt auf den Fortgang des Gesprächs wartete, obwohl sie die beiden nicht belauschen wollte. Aber es blieb still. Sie fuhren dahin, und es war nichts zu hören als das Plätschern des Wassers und das Zwitschern der Vögel in der Luft.

Am nächsten Morgen saßen sie vor Sonnenaufgang wieder in den Booten. Der Himmel war rosafarben, und weiße Nebelschwaden stiegen vom bläulich violetten Fluss auf. Die Häuser des Dorfes, in dem sie übernachtet hatten, spiegelten sich im stillen Wasser, und eine angenehme Kühle lag in der Luft. Der Wald hallte bereits von Vogelgesang wider. Und erneut überkam Gudrid jenes wunderbare Gefühl, dass das Leben schön und dankenswert sei. Sie spürte eine unerklärliche Spannung, als ob sie irgendetwas erwartete, von dem sie nicht wusste, was es war. Sie wollte Ingibjörg oder Brandur davon erzählen, aber es war unmöglich, anderen diese erwachende Ungeduld in der Brust zu beschreiben. Nicht einmal seinen engsten Freunden. Es war mehr als nur die Vorstellung, dass sie auf dem Weg in ihre lang ersehnte Heimat und zu ihrem Mann Eyjólf war, es war, als ob der Fluss in ihr einen bislang unbekannten Hunger geweckt hätte. Hunger auf ein neues Leben. Hunger auf Entschädigung für alles, was sie versäumt und verloren hatte. Anspruch auf eine neue Morgendämmerung.

Vielleicht ging es Ingibjörg genauso? Ihre grauen Augen waren vor Erwartung weit geöffnet, und ein Lächeln lag auf ihren Lippen.

Hinter ihnen unterhielten Ólöf und Kifft sich wieder leise. Als Gudrid sich einmal umblickte, bemerkte sie, dass Kifft seine Hand auf Ólöfs Knie gelegt hatte.

Als sie in Valence, einem kleinen Dorf am rechten Flussufer, ankamen, teilte der Ruderer Kifft mit, dass er an diesem Tag nicht weiterfahren würde. Er sagte, er sei von der Hitze vollkommen erschöpft, außerdem bräuchte es immer mehr Kraft, das Boot zu steuern, je wasserreicher der Strom werde. Ermattet von der Sonne und den Mückenstichen, gingen alle an Land und fanden Unterkunft in einer Herberge. Gudrid bemerkte, dass Ólöf sich, kurz nachdem die Reisegefährtinnen eingeschlafen zu sein schienen, aus dem Bett erhob. Sie verschwand in die Nacht und kam erst gegen Morgen wieder.

Die nächste Nacht verbrachten sie in Aigullion, wo der große Fluss Lot in die Garonne mündete, und die vierte Nacht in La Réole. Der Fluss wurde jetzt immer trüber und breiter, und die Boote und Flöße darauf wirkten im selben Maße zusehends kleiner. Vor den Dörfern lagen Fischerboote und hatten ihre Netze ausgelegt.

Am fünften Tag bemerkten sie, dass sich bereits Ebbe und Flut bemerkbar machten, und die Ruderer drängten nach der letzten Rast in Cadillac zur Weiterfahrt, denn der schwierigste Abschnitt der Strecke lag noch vor ihnen. Als sie die Boote losmachten, wurde den Männern gesagt, sie sollten die Ruder bereithalten. Es könnte sein, dass man bei der Nachmittagsflut mit der Flutwelle zu kämpfen hätte. Außerdem war die Strömung jetzt so stark, dass es mehrere Männer brauchte, um die Boote auf Kurs zu halten.

Am späten Nachmittag sahen sie dann auch die Flutwelle anrollen. Ihr eilte ein schäumender weißer Rand voran, der wie eine gierige Zunge die Uferböschung leckte und die breiten Schlammflächen davor überflutete. Eine Weile schien es, als ob der Fluss stromaufwärts fließen würde, und die Boote schaukelten bedrohlich in den Wellen.

Die Männer kämpften mit den Rudern in den Händen, um die Boote in der Strömung zu manövrieren, und keine der Frauen wagte es, sich zu rühren, aus Angst, sie könnten kentern. Der Fluss wurde noch breiter und tiefer, und seine Mündung glich bereits einem schmalen Fjord. So fuhren sie der untergehenden Sonne entgegen, als Bordeaux wie ein Schattenbild vor ihnen auftauchte: schwarze Umrisse von Häusern, Palästen und Kirchtürmen, die sich vom roten Abendhimmel abhoben. Ein Wald von Schiffsmasten spiegelte sich im goldenen Wasser.

Schließlich setzten sie die Boote auf einem lehmigen Ufer unterhalb des prächtigen Stadttores sicher auf Land. Nicht nur Gudrid stieß einen erleichterten Seufzer aus und lobte Gott zum Dank für die glückliche Landung.

43

Die Frauen gingen in Begleitung eines Ruderers über die Steintreppe von der Anlegestelle zum Stadttor, während die Männer mit ein paar Trägern das Gepäck für die Nacht in einen Lagerschuppen schafften und das Floß und die Boote an Land zogen. Der Mann führte die Gruppe über den Platz vor der Kirche, vorbei an einem Glockentor, in eine enge Seitengasse. Dort trat er in eine Schenke, in der Seeleute und Bürger beim Wein saßen. Der Wirt musterte die große Schar der Reisenden mit düsterem Blick und verkündete, es sei ausgeschlossen, dass er so vielen Leuten unangemeldet Nachtquartier geben könnte. Ausgeschlossen! Man könne versuchen, die Gruppe auf mehrere Schenken in der Nähe aufzuteilen, oder sie müssten an die Gastfreundschaft der Klöster von Saint-Croix oder Sainte-Eulalie appellieren. Dorthin sei es aber ein gutes Stück Weges und die Nacht breche bald herein. Schließlich fragte er, woher die Leute eigentlich kämen und wohin Kifft mit so vielen Frauen so spät am Abend noch unterwegs sei.

Kifft gab ihm bereitwillig Auskunft.

Als der Wirt aber den Namen Island hörte, zog er plötzlich die Augenbrauen hoch und rief: «Island! Island, ganz oben im Norden?»

«Ja, Island.»

Da wurde der Mann plötzlich gesprächig: «In meiner Jugend bin ich ein wenig herumgekommen und habe einen Sommer auf einem Schiff aus Dünkirchen beim Fischfang vor Island verbracht. Was für ein eindrucksvolles Land mit unendlich reichen Fischgründen. Aber die Leute waren recht ungebildet und ärmlich. Und doch, als unser Schiff vor einem Unwetter plötzlich in einer

Bucht Schutz suchen musste, waren sie sehr hilfsbereit und tatkräftig. Meine Kameraden und ich haben es mit knapper Not an Land geschafft und wurden dort, bis auf die Haut nass und dem Erfrieren nahe, von den Einheimischen geborgen. Sie schleppten uns in ihre Erdhäuser, von denen man sich kaum vorstellen konnte, dass das menschliche Behausungen sein sollten, aber wir bekamen zu essen, und sie steckten uns zu den Frauen und Kindern in die warmen Betten. Das werde ich nie vergessen! Ich glaube, der Ort hat Djupa-irgendwie geheißen.»

«Djúpivogur!», rief Kifft und zog Ólöf vor. «Diese schöne Frau hier ist von Djúpivogur. Vielleicht war es ihre Familie, die dir und deinen Kameraden Obdach gab.»

«Das wäre ja wirklich ein merkwürdiger Zufall», sagte der Wirt.

Kifft fragte Ólöf, ob sie sich an eine solche Begebenheit erinnern könne, aber sie meinte, dass sie damals erst fünf oder sechs Jahre alt gewesen sei. Und so etwas sei häufiger vorgekommen. Sie sei nicht sicher, diese Rettung wirklich von anderen, ähnlichen in ihrer Kindheit unterscheiden zu können.

Als die Gruppe dann schon halb zur Tür hinaus war, rief ihnen der Wirt plötzlich nach, sie sollten warten.

«Ich bin ein abergläubischer Mensch», sagte er, «und man muss Gutes stets mit Gutem vergelten. Sonst bringt es Unglück.»

Er sagte, der Zufall wolle es, dass er vor kurzem ein Haus in der nächsten Straße gekauft habe, aber noch nicht dort eingezogen sei. Das Haus habe viele Zimmer, und wenn die Leute damit zufrieden wären, sich dort einzuquartieren, wären sie von seiner Seite aus gegen ein geringes Entgelt herzlich willkommen.

Kurz darauf stand der Wirt mit der Gruppe vor der Tür eines dreistöckigen Ziegelhauses mit massivem Fachwerk. Er öffnete und zündete eine Lampe an der Wand an, dann zeigte er auf eine Tür in den Hinterhof und sagte, dort sei ein Häuschen, in dem man seine Notdurft verrichten könne. Trotz der Hitze draußen war es im Haus kühl. Der Wirt bat sie, ihm in den nächsten Stock zu folgen und sich einen Schlafplatz zu suchen. Die Bedürftigsten könnten die vorhandenen Betten und Matratzen verwenden, die anderen müssten heute auf dem Boden schlafen, für die nächste Nacht werde er sie besser mit Unterlagen und Decken ausstatten. Der Mann erwähnte noch, dass ganz in der Nähe der Markt sei, wo sie sich am Morgen Verpflegung für die nächsten Tage besorgen könnten. Dann verabschiedete er sich.

Am nächsten Morgen ging Kifft mit dem Großteil der Isländer auf den Markt. Auf den Ständen türmten sich Obst und Gemüse. Der Duft von frisch gebackenem Brot zog aus den Bäckereien über den Platz. Ähnlich wie in Algier brachten die Menschen ihren Teig von zu Hause mit und ließen ihn in den Öfen der Bäcker backen. All die Gerüche verstärkten noch den Hunger der Reisenden, die seit fast vierundzwanzig Stunden weder zu essen noch zu trinken bekommen hatten. Brot war das Erste, was Kifft kaufte. Rotwein und Weißwein gab es in Tonkrügen und Flaschen in großer Auswahl, schließlich war die Stadt von Weingärten umgeben und für ihre Weinerzeugung berühmt. Er kaufte beides. Auch Branntwein aus den Provinzen Cogniak und Armaniak wurde angeboten. Er hatte eine goldbraune Farbe und einen starken Geruch, und die Männer verspürten große Lust, ihn zu probieren. Kifft spendierte großzügig etwas von diesem Lebenswasser, wie er es nannte, und belehrte die Leute bei der Gelegenheit, dass es die Holländer gewesen waren, die den Franzosen das Branntweinbrennen beigebracht hatten. Einar Loftsson warf ein, dass er dasselbe einigen Algeriern gezeigt habe!

«Eine goldene Farbe hatte dein Fusel aber nie!» Diese Bemerkung konnte sich Botólf nicht verkneifen.

«Trotzdem war mein Branntwein gut und stärkend», entgegnete Einar.

Sie gingen an einem Laden vorbei, auf dem Stapel von getrocknetem Fisch und Bündel geräucherter Aale ausgelegt waren. Kifft feilschte lange, bevor er von beidem kaufte. Am Ende des Marktes wurden laut quiekende Ferkel geschlachtet, deren Blut in einem dampfenden Rinnsal die Straße entlangfloss. Kifft erstand zwei

Keulen und meinte schwelgerisch, es sei lange her, seit er zuletzt einen Schweinebraten probiert habe.

Allerdings würden sich die Frauen um die Zubereitung des Bratens kümmern müssen, obwohl keine von ihnen damit Erfahrung hatte. In Island hielten die Menschen keine Schweine, und in Algier war der Verzehr dieser Tiere aus Glaubensgründen verboten. Aber man war sich einig, dass man dieses kleine Hindernis spielend überwinden werde – so viel anders, als einen Hammel zu braten, konnte es auch nicht sein.

Als sie vom Markt nach Hause kamen, begannen die Vorbereitungen für das Festessen. Der Wirt hatte mit seiner Frau und zwei Dienstmädchen Töpfe, Pfannen und allerlei Hausrat gebracht, und bald verbreitete sich der Geruch der fetten Schweinekeulen im ganzen Haus. Die Frauen wechselten sich ab, den Braten auf dem Spieß über dem Feuer zu drehen. Die Männer waren ganz verrückt vor Hunger und kamen immer wieder herein, um nachzusehen, wie es mit der Kocherei voranging, aber Gudrid schlug ihnen auf die Finger und sagte, Fleisch brauche seine Zeit, bis es ganz durchgebraten sei. Sie mussten sich mit Brot und Oliven zufrieden geben, um den schlimmsten Hunger zu stillen. Als es endlich so weit war, den Braten zu zerteilen, war alles Brot schon aufgegessen und die Hälfte der Weinvorräte geleert. Kifft hantierte mit einer großen zweizackigen Gabel und einem scharf geschliffenen Messer und schnitt das Fleisch in Stücke. Die Leute nahmen die dicken, fettigen Scheiben in die Hand und verschlangen sie. Die meisten fanden sie gut, auch wenn ihnen der Geschmack nicht vertraut war. Als Einzige hatte die alte Ingibjörg kein Interesse am Essen. Sie sagte, sie wolle nichts anderes als Lebenswasser, und Kifft reichte ihr ein Gläschen Cognac.

Kifft war vom Wein schon etwas angeheitert. Er hatte seinen schwarzen Rock ausgezogen und ging in einem weißen, weitärmeligen Hemd umher, das er auf dem Markt gekauft hatte. Und auch die Gefährten wurden, je mehr ihnen die Hitze und der Wein zu Kopf stiegen, immer redseliger und vergnügter.

«Kennt ihr keine Lieder?», fragte Kifft. «Ich will euch singen hören!» Die Leute murmelten schüchtern, sie könnten höchstens ein paar Kirchenlieder.

Aber Kifft wollte keinen Psalmengesang.

«Und was ist mit euren Amorversen?», fragte er. «Alle auf der Welt können irgendwelche schlüpfrigen Lieder.»

Da trat Ólöf vor und begann zu singen:

Ich liebte einen jungen Mann
– so lang' es war
geheim in meines Vaters Haus
– dann war's vorbei
da musst' ich meinen Schmerz verborgen tragen.

Sie rief die Frauen zu sich, und diesmal machte nicht einmal Ásta von Ofanleiti strenge Bemerkungen, sondern reihte sich selbst in den Reigen ein. Gudrid glaubte sogar zu entdecken, dass die altbekannte federnde Leichtigkeit in die Bewegungen ihrer Großtante zurückgekehrt sei, und je länger das Lied dauerte, desto fröhlicher wurde sie. Die Madame hatte eine schöne Stimme, und es bereitete Gudrid Freude zu hören, wie gut ihre beiden Stimmen harmonierten. Als der Tanz zu Ende war, wollte Kifft wissen, wovon das Gedicht handelte.

Ólöf versuchte ihm den Inhalt zu erzählen, worauf er fragte:

«Und wer ist der eine, den die Jungfrau liebt? Lebt der Ritter, der sie nach Hause führt, in Djúpivogur?»

Ólöf antwortetete nicht darauf, sondern holte eine Laute herbei. Sie reichte Kifft das Instrument und sagte:

«Wir haben für dich gesungen. Jetzt bist du an der Reihe, für uns zu singen.»

Kifft nahm die Laute mit etwas verlegener Miene an sich. Er drehte und wendete sie in der Hand. Eine Saite war gerissen. Dann legte er das Instrument an die Brust und schlug einige Akkorde. Er drehte an den Wirbeln am Hals der Laute, setzte drei Finger der linken Hand auf die Saiten, schlug sie mit der rechten und begann leise zu singen:

Un beau prince de Dandemont
Rempli d'ardeur et de courage
Ravait ma fleur et pucellage
Et m'emmena dans le Piemont.

Seine Stimme klang ein wenig rau, aber die Leute lauschten gebannt dem fesselnden Gesang.

«Und wovon handelt das Gedicht?», fragte Ólöf, als er die Strophe wiederholt hatte.

«Von einem jungen Mädchen und dem schönen, mutigen Prinzen von Dandemont, der sie voll Leidenschaft der Blüte ihrer Jungfernschaft beraubt und sie dann entführt.»

Ólöf errötete bis unter die Haarwurzeln. Sie brachte das Instrument wieder an seinen Platz zurück, stampfte fest auf den Boden und wollte einen neuen Reigentanz beginnen, während die Frauen schmunzelten und sich an das erinnerten, was Ólöf nach der Theateraufführung in Carcassonne über den singenden Freier gesagt hatte. Sie legten sich gegenseitig die Arme auf die Schultern und sangen das Lied von Ólaf Liljurós, dem Ritter, den eine Elfe zu sich in ihren Felsen lockt und seinen Geist und Verstand mit ihrem Zauber blendet.

Ólöf erklärte Kifft, dass die Elfe dem Ritter, als er wieder in die Menschenwelt zurückkehren wollte, ein Schwert in die Seite stieß. Sie zeigte Kifft mit einer großen Bewegung, wie sie dem Mann das kalte Eisen mitten ins Herz bohrte.

Er reagierte schnell, ergriff ihre Hand und drückte sie sich mit aller Kraft an die Brust – und ließ sich dann mit seinem ganzen Gewicht auf sie fallen.

Da lag Kifft nun schwer atmend auf der reglosen Ólöf. Die Leute wussten nicht, was sie davon halten sollten. Rauften sie zum Spaß oder im Ernst? Brandur und Thorsteinn halfen Kifft auf die Beine, und die Frauen richteten Ólöf auf. Brandur, der dem Holländer gerade bis an die Schulter reichte, legte ihm einen Arm um die Taille und sagte, er wolle ihm ein Gedicht von einem richtigen isländischen Mann beibringen, einem vogelfreien Helden, der viele Schläge des Schicksals hatte ertragen müssen und mit Gespenstern gerungen hatte. Dann trug er mit lauter Stimme das Gedicht von Grettir dem Starken vor und forderte alle auf mitzutanzen.

Kifft hatte die Schritte rasch gelernt, versuchte sogar den Refrain nachzusprechen und schien sich bestens zu amüsieren. Aber Ólöf wollte nicht mehr tanzen, und nach und nach begannen sich die Frauen aus der ausgelassenen Unterhaltung zurückzuziehen. Ásta von Ofanleiti ging zu Ólöf und sagte, sie fände, Herr Kifft müsse sich für sein grobes Benehmen bei ihr entschuldigen. Sie hatte die Worte noch kaum ausgesprochen, als Kifft hinter ihr auftauchte und Ólöf die Hand reichte. Er bitte sie vor den Augen aller um Verzeihung. Er habe sich nur einen Spaß erlauben wollen, aber das Gleichgewicht verloren, weil er schon so betrunken sei. Dann küsste er ihren Handrücken und ihre Fingerspitzen.

«Wollen wir tanzen, schöne Frau?», fragte er, aber Ólöf schüttelte den Kopf.

Da ließ er ihre Hand los und reihte sich wieder in den Reigen ein. Brandur hatte wieder begonnen, mit großer Inbrunst zu singen. Die meisten Männer waren schon sehr betrunken. Nur noch drei Frauen drehten sich mit ihnen im Kreis, als Gudrid sich in den Raum nebenan zurückzog. Sie spürte, wie ihr der Wein zu Kopf gestiegen war. Es schwindelte ihr, als sie sich auf die dünne Matratze legte. Es war, als ob ihr der Boden entgegenkäme. Sie wollte Brandur rufen und ihn bitten, das Schaukeln unter ihr zu stoppen, sich auf sie zu legen, wie Kifft sich auf Ólöf gelegt hatte. Sie beneidete Ólöf darum, diesen großen, schweren Mann auf sich gespürt zu haben. Wie sehnte sie sich nach dem Gewicht eines Mannes auf ihrem Körper! Wie sehnte sie sich nach einem Mann, der den Hunger ihres Leibes stillte! Brandur hatte schon mit dem nächsten Lied begonnen. Seine Stimme klang rein und klar wie je. Sie genoss es, ihm zuzuhören. Und doch wünschte sie sich sehr, er würde zu singen aufhören und zu ihr kommen. Zu ihr kommen. Kommen.

44

Als die Leute am Morgen nach dem Festessen aufwachten, war Kifft verschwunden. Niemand wusste, wohin er gegangen war. Und als die Kirchenglocken zu läuten begannen, hielt sich so manch einer den Kopf. Es war Sonntag und eigentlich die Pflicht eines jeden guten Christen, in die Kirche zu gehen. Gudrid kroch von ihrem Lager hoch und fand den Anblick, den das Haus nach der Feier bot, ziemlich unerquicklich. Ein paar Frauen hatten bereits begonnen, aufzuräumen, Trinkbecher und Messer wegzutragen und die Speisereste in einem Trog zu sammeln. Gudrid begegnete Brandur in der Küche, der einen vollen Wassereimer aus dem Brunnen im Hinterhof geholt hatte.

«Ich will zur Kirche», sagte er, und seine Stimme klang heiser. «Willst du mich begleiten?»

Ein neuerliches Glockengeläut hob an, und sie ließ sich mit der Antwort Zeit. Sie fühlte sich zu unrein, um in die Kirche zu gehen. Sie war mit sündigen Gedanken eingeschlafen. Sie wagte es nicht, so vor das Angesicht Gottes zu treten.

«Ich glaube nicht», antwortete sie.

«Ach, lass mich nicht allein gehen.»

«Wo ist Thorsteinn?»

«Thorsteinn ist mit Helgi frühmorgens zum Fluss hinab. Sie wollen die Ruderer treffen und sich die Schiffe im Hafen ansehen.»

Brandur sagte, er wolle so gern nochmal eine Orgel hören und versuchte sie damit zu locken, dass ihr das Spiel eines solchen Wunderinstruments gewiss Spaß machen würde. Sie erwiderte, sie habe bereits eine Orgel in der Dauradekirche in Toulouse gehört.

Als er schließlich aufgab und schon auf dem Weg hinaus war, dachte sie plötzlich, dass sie ihm eine so kleine Bitte nicht abschlagen könne, ihm, der immer alles für sie tat.

«Warte, Brandur, ich komme mit dir», sagte sie und holte ihr Kopftuch.

Es war nicht weit bis zur St.-Michaels-Kirche. Als Gudrid mit Brandur eintrat, wurde sie von der ungeheuren Größe der Kirche überwältigt. Sie fühlte sich so winzig unter der hohen Kuppel und noch hunderttausend Mal kleiner vor der Herrlichkeit und der Macht Gottes. Gudrid wollte sich am liebsten auf den Boden werfen. Sie glaubte, unter der Last ihrer Sünden zusammenbrechen zu müssen. Sie spürte, wie ihre Beine nachgaben, und tastete nach Brandurs Arm.

Die beiden suchten sich einen Platz an einer Säule in der Mitte der Kirche, die sich schon bald zur Hälfte mit Menschen gefüllt hatte. Als die Priester in den Altarraum traten, brach das Orgelspiel wie ein Donnergrollen vom Himmel los. Mönche schwenkten Weihrauchgefäße. Die Luft war von dem wunderbaren Duft erfüllt, und die Sinne konnten kaum all das erfassen, was in der Kirche vor sich ging. Gudrid zitterte, so sehr war sie an Seele und Körper aufgewühlt.

Aber sosehr sie es auch versuchte, es gelang ihr nicht, ihre Gedanken bei der Messe zu halten. Sie verlor den Faden und verstand nicht mehr als ab und zu ein einzelnes Gebet. Ihr Blick wanderte durch die Kirche, die majestätischen Säulen hoch, über die Spitzbögen, Seitenkapellen und Altäre, und blieb an den ernsten Gesichtern der Gläubigen hängen. Ab und zu gähnte jemand, ein Mann war eingenickt. Aber am häufigsten ruhte ihr Blick auf Brandur. Er stand so dicht neben ihr, dass sie meinte, seinen Atem zu spüren. Sie atmeten im selben Takt. Als wären sie eins. Sie hatte das Gefühl, mit ihm zu verschmelzen. Und sie wusste, dass das eine Sünde war, eine schwere, schwere Sünde.

Sie versuchte sich auf Gott zu konzentrieren und bat ihn, alle sündigen Gedanken aus ihrem Kopf zu verbannen. Die Wärme auszurotten, die ihr Herz erfüllte, wenn sie Brandurs ehrliche Miene auf dem sommersprossigen, sonnengebräunten Gesicht sah. Jedes Mal, wenn die Orgel in den Ablauf der Liturgie eingriff, blickte er mit leuchtendem Gesicht zu dem Instrument hoch.

Sie rückte ein Stückchen von ihm ab und versuchte ihre Aufmerksamkeit auf etwas anderes zu lenken. Sie wandte den Kopf zur Seite, und der Anblick, der sich ihr bot, traf sie wie ein Peitschenhieb: Christus lag auf der Totenbahre, und Blut strömte aus seiner Seitenwunde. Auf seinem rechten Handrücken und an den Risten klafften große Nagelwunden. Hinter ihm standen Johannes, der Jünger, den Jesus liebte, seine Mutter Maria und Maria von Magdala. Sie waren alle in Marmor gehauen, aber das Leiden in ihren Gesichtern und Gesten war so lebendig nachgezeichnet, als ob sie aus Fleisch und Blut wären. Johannes hatte den Mund klagend geöffnet, und seine Hand suchte nach einer Berührung mit der Gottesmutter Maria. Die Mutter des verstorbenen Gottessohnes stand mit geschlossenen Augen da, ihr Gesichtsausdruck war furchtlos und ruhig. Sie hatte die Arme über der Brust verschränkt und beugte sich ein klein wenig in Richtung von Johannes. Maria von Magdala war von Trauer entstellt, und doch berührte sie den Arm der Gottesmutter mit tröstender Hand.

Gudrid konnte ihre Augen nicht von diesen drei trauernden Gestalten abwenden. Sie schienen sich so unendlich nahe zu sein und doch jede für sich in ihre Trauer versunken. Sie brachte es nicht über sich, über die Botschaft dieser Abbildung nachzudenken. Sie ertrug den Anblick dieser traurigen Menschen und des strömenden Blutes nicht länger. Sie musste weg von hier. Aber es war, als ob ihre Beine aus Teig wären. Sie griff nach Brandur und bat ihn, sie hinauszuführen.

Einen Augenblick später saßen sie nebeneinander in der Sonne auf einem Steinblock vor dem Glockenturm.

«Ist dir in der Kirche so schlecht geworden?», fragte Brandur.

«Ja», antwortete Gudrid. «Aber es geht schon wieder.»

«Ich fühlte mich großartig», sagte er. «Was für ein Instrument, eine Orgel. Ich kann mir nichts Großartigeres vorstellen, als der Meister zu sein, der auf einer Orgel spielt.»

«Ja», sagte sie. «Das Orgelspiel war schön. Wahrscheinlich ist mir wegen des vielen Essens und Weins gestern schlecht geworden.»

Sie schwiegen eine Weile. Dann begann Brandur wieder zu sprechen. «Schade, dass es dir schlecht ging, während ich mich so wohl fühlte. Ich fühlte mich gerade deshalb so besonders wohl, weil du bei mir warst und dasselbe wie ich hörtest.»

«Das hat mir auch gefallen. Das musst du mir glauben. Ich habe mich immer wohl gefühlt in deiner Nähe, von Anfang an, als wir uns auf dem Seeräuberschiff zum ersten Mal begegneten.»

«Das ist neun Jahre her. Damals war dir auch schlecht. Du sahst ziemlich erbärmlich aus vor Seekrankheit. Konntest dich kaum um deinen kleinen Jungen kümmern.»

«Brandur, tu mir den Gefallen. Erwähne meinen Jungen nicht!»

Er verstummte.

«Neun Jahre sind eine lange Zeit. Eine lange Zeit für eine Verlobung», sagte er dann.

«Ja, das ist lang.»

«Ist dir je der Gedanke gekommen, Gudrid, wenn wir uns unter anderen Umständen getroffen hätten, könnten wir heute Mann und Frau sein?»

«Ich habe versucht, Eyjólf in meiner Seele und meinen Gedanken treu zu bleiben und die Hoffnung nicht aufzugeben, ihn wieder zu treffen», antwortete sie.

«Glaubst du, dass er dir treu gewesen ist?»

«In meinen Träumen ist Eyjólf so, wie er war, als sich unsere Wege trennten. Was sich dann in seinem Leben ereignet haben mag, existiert für mich nicht.»

«Aber du bist nicht mehr, wie du warst. Du bist eine andere.»

«Und doch dieselbe.»

«Und doch dieselbe, die sich einmal in der Dunkelheit an Bord des Sklavenschiffes draußen auf dem Meer an mich gelehnt hat.

Weißt du noch? Als ich dich vorhin in die Kirche führte, meinte ich, du wärst meine Braut. Ich hatte das Gefühl, die anderen Kirchengäste wären Zeugen unserer Hochzeit. Ich hätte dich am liebsten an der Säule umarmt.»

«Ich dachte, du hattest nichts anderes im Sinn als die Orgel?»

Die Messe war zu Ende und die Gläubigen strömten auf den Platz hinaus. Die Menschen begrüßten sich, wechselten ein paar Worte, die meisten machten freundliche Gesichter, man lachte und scherzte, bevor man sich wieder verabschiedete. Man sah zumeist Ehepaare, einige hatten Kinder bei sich.

«Wir könnten Kinder zusammen bekommen», sagte Brandur. «Du bist noch im fruchtbaren Alter, schön wie je und in guter körperlicher Verfassung.»

«Brandur, hör auf», bat Gudrid.

«Nein, ich höre nicht auf. Ich frage dich, ob du meine Frau werden willst, falls sich deine Verhältnisse geändert haben, wenn wir nach Hause kommen.»

«Und was ist mit deinen Verhältnissen? Was ist mit Gudrun Jónsdóttir?»

«Ich hoffe, sie hat schon lange einen anderen Mann gefunden. Sollte sie immer noch auf mich warten, würde ich wegen dir meine Verlobung mit ihr brechen, Gudrid.»

«Brandur, so darfst du nicht sprechen. Du musst warten. Ich werde warten. Wir müssen beide warten.»

«Ich will nicht warten. Ich will dich jetzt. Ich will dich so anfassen, wie Kifft Ólöf anfasst. Ich beneide Botólf und Margret. Es ist Hochsommer. Ich brenne vor Hitze! Du bist in meiner Nähe, Tag für Tag. Ich kann nicht länger warten.» Er drehte sich zu ihr, und sein Gesicht war rot und angespannt vor Erregung, die grauen Augen glühten.

Sie stand auf und wich vor ihm zurück, aber er ergriff ihre Hand und hielt sie fest.

«Brandur, lass mich. Sonst zerstörst du unsere Freundschaft. Und das darf nicht sein, denn ich hatte keinen treueren Freund in der Not als dich.»

Er ließ sie los und verbarg sein Gesicht in seinen Händen.
«Geh», sagte er. «Ich komme später nach.»
Sie ging.

45

Die nächsten Tage waren die Leute sich selbst überlassen und streunten kreuz und quer durch die Stadt. Kifft ging morgens aus dem Haus und kam abends wieder. Er hielt sich die meiste Zeit in der Vorstadt nördlich der Stadtmauern in der Nähe des Hafens auf, wo Kutter und Barken vor Anker lagen. Das Viertel hieß Chartron, und dorthin hatten sich die Hugenotten vor den Katholiken zurückgezogen. Der Großteil der Bewohner waren Einwanderer, aus Portugal geflohene Juden und katholische Iren, die vor den Anhängern des Prinzen von Oranien geflohen waren, und dann noch eine Vielzahl holländischer Händler und Seefahrer. Kifft ging von einem seiner Landsleute zum anderen, auf der Suche nach einem Kapitän, der die Freigelassenen nach Holland bringen könnte.

Obwohl der Wirt gesagt hatte, er würde einen fairen Preis für das Quartier verlangen, fürchtete Kifft dennoch, dass die Kosten beträchtlich werden könnten, wenn sich ihr Aufenthalt in die Länge zog. Er hatte deshalb mit ihm ausgehandelt, dass alle arbeitsfähigen Leute als Bezahlung ein paar Tage auf seinen Weinbergen in Saint-Croix südlich der Stadt arbeiten sollten.

Alle Männer, außer Nikolaus, der immer noch an seinen Fußwunden litt, wurden losgeschickt, und alle Frauen, die sich zutrauten, den ganzen Tag lang in der Sonne zu arbeiten. In den Weinbergen wurden den Männern Spaten und Schaufeln in die Hand gedrückt, mit denen sie die Erde rund um die Weinstöcke umgraben sollten. Den Frauen wurde gezeigt, wie sie herabhängende Zweige hochbinden, die Blätter wegbiegen und die Zweige drehen sollten, damit die Sonne besser an die Trauben herankam.

«Was glaubst du, welches Gesicht Jón und Eyjólf machen werden, wenn wir den Weg zum Haus hochgegangen kommen, Gudda?», fragte Ingibjörg und verscheuchte eine Fliege mit der Hand. Sie gingen je auf einer Seite einer Weinstockreihe entlang und banden Zweige hoch.

«Wir können nur hoffen, dass sie sich freuen», antwortete Gudrid.

«Wenn Jón sich ein anderes Weib gesucht hat, dann kratze ich ihm die Augen aus», sagte Ingibjörg.

«Jón hat sich kein anderes Weib gesucht. Er hat nie eine andere auch nur angesehen», antwortete Gudrid.

«Was machst du, wenn Eyjólf eine andere hat?»

«Ich kratze ihm die Augen aus.»

«Nein, das machst du nicht», sagte Ingibjörg. «Das machen wir nicht. Aber was machen wir?»

Sie arbeiteten lange schweigend weiter, bis Ingibjörg stehen blieb, sich den Schweiß von der Stirn wischte und sagte: «Obwohl ich weiß, dass es eine Sünde ist, so zu denken, ist mir in letzter Zeit mehr als einmal der Gedanke durch den Kopf gegangen, dass es viel einfacher wäre, nach Hause zu kommen, wenn wir keine Ehemänner hätten.»

«Wenn wir keine Ehemänner hätten, wäre es nicht sicher, dass wir überhaupt nach Hause hätten fahren wollen. Ich will Eyjólf wieder treffen. Ich muss erfahren, wie es ihm ergangen ist. Ich sehne mich danach, meine Inseln wieder zu sehen und unseren Hof in Stakkagerdi.»

«Ich kann nicht behaupten, dass ich mich darauf freue, wieder am Herd in meinem Grassodenhaus zu stehen und mich damit abzuplagen, den feuchten Torf zum Brennen zu kriegen», sagte Ingibjörg. «Stell dir vor, wenn es auf den Westmänner-Inseln ähnliche Häuser gäbe wie hier in Bordeaux. Und wenn sie nur so wären wie das Haus unseres Wirtes.»

«Ingibjörg, wenn du weiter so sprichst, verlierst du am Schluss noch den Willen, nach Hause zurückzukehren», sagte Gudrid barsch.

Sie brachen das Gespräch ab. Später auf dem Heimweg fragte Ingibjörg:

«Hast du dich mit Brandur gestritten? Ihr habt den ganzen Tag kein Wort miteinander gesprochen, obwohl ihr sonst wie Eheleute zueinander seid.»

«Wie kannst du so etwas sagen, Ingibjörg?! Wir haben uns nichts Unrechtes zuschulden kommen lassen! Er hat mir die ganze Zeit in der Sklaverei geholfen, vor allem mit Sölmund, und Sölmund hatte Brandur sehr gern.»

«Hast du Brandur gern?»

«Doch. Aber nicht auf dieselbe Weise, auf die ich Eyjólf gern habe. Brandur ist ein guter Freund, aber Eyjólf ist der, den ich von Kindheit an geliebt habe. Der, nach dem ich mich sehne. Ich denke an keinen Mann so, wie ich an Eyjólf denke. Keiner kann seinen Platz einnehmen.»

«Wenn ich nicht Jón zu Hause hätte, könnte ich mir wohl einen Mann wie Thorsteinn Bjarnason vorstellen», gab Ingibjörg zu.

«Vergiss nicht, dass Thorsteinn auf dem Weg nach Hause zu seiner Frau und seinen Kindern ist.»

«Es wäre manchmal gut, vergessen zu können», seufzte Ingibjörg.

Sie arbeiteten drei Tage lang im Weinberg, und die Mittagsrast wurde dazu verwendet, Geschichten aus der Sklaverei zu erzählen und die Gedanken nach Hause schweifen zu lassen. Als sie am Abend des letzten Arbeitstages ins Haus zurückkamen, saßen Ásta und Gunnhild bei der alten Ingibjörg. Sie schien nicht mehr lange zu leben zu haben. Schon seit Tagen lag sie im Fieber, murmelte irgendwelche Gebete oder sprach mit unsichtbaren Gestalten aus ihrer Vergangenheit. Kifft ging im Zimmer auf und ab und sagte, er hoffe nur, dass die Alte bald zu sterben gedenke, denn er habe einen Landsmann von sich gefunden, der bereit sei, die Gruppe nach Holland zu bringen. Es wäre das Beste, die alte Frau noch vor der Abfahrt unter geweihte Erde zu bringen, sonst müssten sie sie einfach im Armenspital der Jesuiten zurücklassen.

Ásta stand auf und sagte entschlossen, das käme nicht in Frage. Man könnte die alte Frau nicht bei Fremden zurücklassen.

«Dann sag ihr, sie soll sich beeilen zu sterben.»

«Der Tod kommt, wenn es ihm passt», sagte die Madame und fuhr leise fort, Lieder am Bett der alten Ingibjörg zu singen.

Später in der Nacht schien ihr aber dann doch der Zeitpunkt gekommen, einen Priester holen zu lassen. Sie weckte Kifft.

«Es sieht so aus, als ob die alte Frau deine Anordnung befolgen will und sich beeilt zu sterben», sagte Ásta. «Ich will, dass Ingibjörg das letzte Sakrament empfängt.»

Kifft erhob sich mürrisch von seinem Lager und sagte, die Alte müsse sich aber mit einem katholischen Priester zufrieden geben. Es käme nicht in Frage, dass er den ganzen Weg bis nach Chartron laufe, um einen Hugenottenpriester oder holländischen Kalvinisten zu holen. Einen lutherischen Priester gebe es in der ganzen Stadt nicht.

Die Madame war mit einem katholischen Priester einverstanden.

Gegen Morgen kam Kifft mit einem alten Priester der St.-Michaels-Kirche zurück, der Ingibjörg die Letzte Ölung spendete. Die alte Frau wurde beim Besuch des Priesters wieder etwas klarer und erzählte ihm, dass sie ihr Kistchen nach Djúpivogur bringen wolle und es vor ihrem Vater und ihrer Mutter öffnen und ihnen all ihre Kostbarkeiten und Schätze zeigen würde. Sie rief laut nach Steinunn und weckte alle Schlafenden mit ihrem Rufen. Steinunn setzte sich zu ihr und hielt ihr die Hand und versprach, das Kistchen von Ingibjörg nach Hause zu bringen, wenn sie es nicht selbst tun könnte.

«Sind wir noch nicht in der Bucht von Djúpivogur?»

«Wir sind an einer großen Bucht», sagte Steinunn.

«Das ist gut», sagte Ingibjörg. «Dann sind wir am Ziel.»

«Ja», sagte Steinunn.

«Ich will dir zeigen, was ich in meinem Kistchen habe, Mama», sagte Ingibjörg.

«Das ist schön», antwortete Steinunn.

«Wir lassen es sonst niemand sehen», sagte Ingibjörg.

«Nein, niemand sonst.»

«Aber dort kommt mein Papa, er will auch einen Blick in das Kistchen werfen.»

«Dann lassen wir Papa auch hineinsehen.»

«Papa», sagte Ingibjörg.

Und dann verstummte sie für immer.

Am nächsten Tag standen die Freigelassenen einmal mehr über den sterblichen Überresten einer ihrer Reisekameradinnen, die in französische Erde sanken.

«So ruhe sie hier in Frieden.»

Sie hatten die Leiche der alten Ingibjörg Valadóttir auf einem Floß nach Chartron gebracht, wo es Kifft gelungen war, einen Priester zu finden, der Ingibjörg rasch an der Kirche der Protestanten beisetzen könnte. Als die Gruppe mit dem Sarg an der Kirche eintraf, stellte sich jedoch heraus, dass darin gerade eine Hochzeit im Gange war, und so blieb der Trauergemeinde nichts anderes übrig, als den halben Tag zu warten, bis der Priester nach der Trauung endlich auch das Hochzeitsmahl in einem nahen Park beendet hatte. Dann erst erinnerte er sich daran, dass er noch vor Sonnenuntergang eine arme Schwester aus dem hohen Norden zu beerdigen hatte.

Die Abendsonne blinzelte zwischen den Bäumen des Friedhofs hindurch und vergoldete die Blätter mit ihren Strahlen. Die Zeremonie in der Kirche war schlicht und kurz, denn eine Leichenrede hatte es nicht gegeben. Der Priester roch nach Essen und Wein und rülpste mitten im Vaterunser, aber er hatte eine gute Stimme und intonierte besonders feierlich in der einfachen, dunklen Kirche. Sie war ohne jeden Prunk und Glanz, und es gab keinerlei Statuen oder Heiligenbilder. Einziger Schmuck war ein einfaches Kreuz, ein Kelch und eine Patene auf dem Altar zwischen zwei hohen Silberleuchtern. In mancher Hinsicht erinnerte dieses schlichte Gotteshaus Gudrid an die *Landakirkja* auf den Westmänner-Inseln, und ihr Heimweh brannte so schmerzlich wie selten zuvor.

Nach dem Begräbnis hatten sie alle großen Hunger und fragten Kifft, ob sie nicht in einer Schenke einkehren könnten, bevor sie in das Haus des Wirtes in Saint-Michel zurückkehrten. Die Leute von den Ostfjorden würden gern einen Leichenschmaus für die alte Ingibjörg abhalten. Kifft war nur zu gern bereit, diese Bitte zu erfüllen, und führte die Gruppe in eine große, von Holländern betriebene Bierschenke am Hafen. Er war nach diesem langen Tag selbst sehr durstig – und hielt seine Landsleute für die besten Bierbrauer auf der ganzen Welt.

Im Gasthaus saßen Seefahrer, Soldaten und freizügig gekleidete Frauen beim Würfelspiel und zechten Bier aus schäumenden Krügen. Kifft bestellte das gleiche Getränk für seine Schutzbefohlenen und verlangte, dass der Koch gekochte Schweinsohren auftrage. Die Isländer meinten erst, ihr Führer würde einen Spaß machen, und staunten nicht wenig, als man ihnen tatsächlich einen Berg fettig triefender Schweinsohren vorsetzte. Keiner von ihnen hatte jemals Schweinsohren probiert, aber gesulzte Schafsohren kannten sie von zu Hause. Und ehe man sich's versah, kauten sie genüsslich an den Knorpeln.

Kifft hatte in Chartron offensichtlich viele neue Bekanntschaften geschlossen. Die Gäste in der Schenke warfen ihm Grußworte zu oder setzten sich an die lange Tafel zu den Isländern, und es war bereits später Abend, als Kifft sich endlich völlig betrunken erhob. Man hatte sich über Gott und die Welt unterhalten in der Schenke, am meisten aber über den Krieg mit den Spaniern, und so mancher meinte, er mache sich Sorgen um die Verteidigung der Stadt, wenn die Armeen Philipps IV. nach Norden vorrücken sollten. Außerdem schienen auch die Unruhen im eigenen Land wieder zuzunehmen, und es waren Gerüchte aufgetaucht, dass man auf den Kardinal Richelieu einen Mordanschlag verübt hätte.

Als die Freigelassenen aus der Schenke an die Anlegestelle hinunterkamen, um sich nach Saint-Michel zurückrudern zu lassen, waren alle Boote festgemacht und keine Ruderer zu sehen. Kifft hatte keine andere Wahl, als in die Schenke zurückzukehren und um Quartier für Nikolaus und die schwächeren Frauen zu bitten.

Die anderen sollten mit ihm zu Fuß quer durch die Stadt bis zum Haus ihres Wirtes zurücklaufen.

Es war ein langer Fußmarsch, und so manch einer war zunächst nach all dem Bier recht unsicher auf den Beinen. Der Weg führte in einem großen Bogen westlich der Festung entlang und von dort innerhalb der Stadtmauern durch dunkle, enge Gassen. Die Angst vor der Dunkelheit beschlich Gudrid, und sie kämpfte gegen das Verlangen an, ihre Hand in die Brandurs legen zu wollen. Brandur seinerseits hielt sich am Rand der Gruppe und schien es bewusst zu vermeiden, in ihrer Nähe zu gehen. In einer der Gassen brannten rote Laternen. Dort lungerten Frauen herum, die ihre Gunst feilboten. Sie reckten ihnen die Brüste entgegen und hoben ihre Röcke. Eine schlug sich gar den Rock über den Kopf und zeigte ihnen ihre weißen Hinterbacken.

Gudrid wandte sich ab. Sie empfand Zorn und Verachtung für das unzüchtige Benehmen dieser Frauen, hatte zugleich aber auch Mitleid mit diesen armen Sünderinnen. Sie war den Rest des Weges ganz aufgebracht und konnte trotz der Müdigkeit lange Zeit nicht einschlafen. Es war ihr bisher nicht aufgefallen, wie hellhörig die Räume in dem leeren Haus waren. Jetzt vernahm sie deutlich Stöhnen und Geknarre aus dem Zimmer über ihr. Dort hatte sich Kifft mit Ólöf eingerichtet. Jeder wusste mittlerweile, dass sie seine Konkubine geworden war.

46

Am Morgen des elften Tages in Bordeaux wurden die Freigelassenen zu einem kleinen Segelschiff gerudert, das vor dem Viertel Saint-Michel im Fluss vor Anker lag. Mit ihm segelten sie Richtung Norden bis nach Blaye, wo an der breiten Flussmündung eine große Zahl von Hochseeschiffen ankerte. Das Handelsschiff, das Kifft für ihre Weiterreise aufgetrieben hatte, gehörte Gabriel Jakobsson, einem Landsmann von ihm, und war ein stolzes Gefährt mit fünfzehn Kanonen. Die dreifarbige holländische Flagge, Blau, Weiß und Rot, flatterte an der Spitze des Großmastes.

Als Gudrid an Deck des Schiffes stand und die Befestigungsmauern von Blaye betrachtete, wurde sie wieder von jener unbestimmten Freude ergriffen, die sie schon zu Beginn der Bootsfahrt auf der Garonne verspürt hatte. Es wehte eine so sanfte Brise, dass sie meinte, so müsse das Wetter im Himmelreich sein. Es war weder zu heiß noch zu kalt. Der leichte Wind fühlte sich wie ein Seidentuch auf der Haut an, die Luft wie ein sanfter Kuss auf die Wange. Irgendwo in der Ferne war etwas, das sie erwartete.

«Worüber lächelst du?», fragte Ingibjörg.

«Über das Wetter», antwortete Gudrid. «Ich habe eben gedacht, so müsse das Wetter im Himmel sein. Ich will mich an diesen Augenblick erinnern, wenn ich dorthin komme!»

«Ich hoffe, wir sind noch nicht sofort auf dem Weg in den Himmel», meinte Ingibjörg. «Sollten wir uns nicht erst mal mit Kopenhagen und den Westmänner-Inseln als den nächsten Stationen unserer Reise begnügen?»

Und dann deutete sie auf das graue, lehmige Wasser in der

Flussmündung und meinte, so viel sei zumindest sicher, dass das Wasser im Paradies wohl klarer sein müsse.

Das Schiff glitt bei schwachem Wind langsam Richtung Nordwesten an grün bewachsenen Inseln und Sandbänken vorbei.

Sie hatten gerade die Spitze einer langen Insel passiert, als ihnen ein kleines Segelboot unter französischer Flagge vor den Bug segelte. Die Matrosen des kleinen Bootes feuerten drei Schüsse in die Luft und schwenkten die Friedensfahne, worauf Gabriel seinen Männern den Befehl gab, die Segel zu reffen. Dann kam das Boot näher und legte zuletzt an Gabriels Schiff an. Nach einigen Verhandlungen zwischen dem Kapitän und dem Steuermann des Bootes wurde eine Strickleiter hinabgeworfen, und vier Familien kamen mit Sack und Pack an Bord. Es waren Hugenotten von La Rochelle auf der Flucht vor der Verfolgung durch die Katholiken. La Rochelle war die letzte Bastion der Protestanten in Frankreich gewesen und vor wenigen Jahren den Katholiken in die Hände gefallen. Die vier Familien hatten deswegen beschlossen, in das große Land jenseits des Atlantiks, Kanada, auszuwandern. Zwei andere Hugenottenfamilien aus Chartron waren aus denselben Gründen schon jetzt an Bord.

Die Nachricht, dass Gabriel Jakobsson mit seinem Schiff auf dem Weg nach Kanada sei, verursachte Unruhe unter den Freigelassenen. Und als er dann unter vollen Segeln nach Westen auf das offene Meer steuerte, erwachte in den Isländern ein unbehagliches Gefühl. Misstrauen gegenüber dem Kapitän beschlich sie. Wer wusste, ob er nicht trotz des freundlichen Gesichts und seiner sympathischen Art Böses im Schilde führte? Man musste nicht Mórat Flemming Re'īs heißen, um ein Menschenräuber zu sein. Waren sie etwa zum zweiten Mal zu Gefangenen auf einer Seereise in ein unbekanntes Land geworden?

Einar Loftsson äußerte Kifft gegenüber ihre Befürchtungen, aber der Holländer lachte nur. Natürlich habe er nicht mit einem Schurken von Kapitän verhandelt. Gabriel Jakobsson sei ein bekannter Ehrenmann und er selbst habe bei seiner Ehre geschworen, dass er die Leute heil und wohlbehalten an ihr Ziel bringe. Er müsse schließlich ja die Rechnungen für ihre Freilassung und die Heimreise noch dem dänischen König vorlegen, und er fragte Einar, ob er sich überhaupt eine Vorstellung davon mache, welch ungeheure Kosten schon angefallen seien. Die Expedition habe im Ganzen schon über ein Jahr in Anspruch genommen, und Kifft versicherte, dass er selbst das Fortsein von zu Hause tüchtig satt habe. Er freue sich darauf, zu seiner Frau und den Kindern nach Amsterdam zurückzukehren – und das, ohne noch einen Umweg über Amerika zu machen!

Die letzte Bemerkung Kiffts veranlasste Einar dazu, dass er Gudrid bei der nächsten Gelegenheit heimlich beiseite zog.

«Du bist doch eine Freundin von Ólöf Jónsdóttir, oder?», begann er.

Gudrid bejahte es.

«Dann sag mir, ob etwas dran ist an dem Gerücht, dass Ólöf und Wilhelm Kifft sich schon näher gekommen sind, als gut und recht ist?»

Gudrid täuschte Ahnungslosigkeit vor.

«Aber es wäre vielleicht nicht falsch, wenn man Ólöf wissen ließe, was mir Wilhelm gerade selbst erzählt hat: Er hat Frau und Kinder zu Hause in Amsterdam», sagte Einar mit seiner hohlen Stimme.

«Ich kann diese Nachricht schon überbringen, aber ich bezweifle, dass sie für Ólöf oder sonst jemanden Bedeutung hätte», antwortete Gudrid so gelassen wie möglich.

Selbst wenn es Gudrid gelungen war, Einar in aller Ruhe zu antworten, war sie erschrocken. Aus irgendeinem Grund war es ihr nie eingefallen, dass dieser schwarz gekleidete Mann, auf den alle ihr ganzes Vertrauen gesetzt hatten, noch einen anderen Lebenszweck als den ihrer gemeinsamen Reise hatte. Er war ihnen als Erlöser erschienen, gesandt vom Allerhöchsten, ausgestattet mit Macht über alle Dinge und imstande, jede Schwierigkeit zu meistern. Ein Mann ohne Vergangenheit und nur mit der einen Aufgabe: sie zurück nach Island zu bringen. Jetzt stellte sich heraus, dass auch er auf dem Weg nach Hause zu seinen Liebsten war, von denen er sich vor langer Zeit verabschiedet hatte. Zugegebenermaßen nicht auf dieselbe Weise, auf die sie von ihren Angehörigen getrennt worden waren, aber dennoch, er war auf dem Heimweg, genau wie sie. Und er wurde sehnsuchtsvoll erwartet.

Gudrid schämte sich dafür, dass sie sich nicht schon früher klar gemacht hatte, dass Wilhelm Kifft eine Vergangenheit und Familie besaß, so wie jeder von ihnen. Warum hatte sie diese Möglichkeit nie mit ihrer Schwägerin Ingibjörg erwogen? Sie hätten Ólöf warnen können, bevor sie sich mit ihm einließ und dem Verlangen des Fleisches nachgab. Vielleicht hätten sie Ólöf davor bewahren können, sich in eine verzweifelte Lage zu bringen. Aber als sie sah, wie die Augen ihrer Reisekameradin zu leuchten begannen, sobald sie Kifft anblickte, zweifelte sie daran, dass ihre Warnungen etwas geändert hätten. Dagegen war in Kiffts Gesicht eine zunehmende Spannung zu bemerken, wenn er in Ólöfs Nähe war. Es waren Entschlossenheit, Zorn und Herausforderung darin zu lesen, aber auch Zuneigung, Schmerz und Schuld. Der sonst so unbeirrbare Mann schien in Zweifel geraten zu sein. Vielleicht ging Wilhelm Kifft die Amerikareise durch den Kopf. Gudrid verschob es, mit Ólöf zu sprechen.

Nach eineinhalb Tagen auf See wurde klar, dass man Gabriel Jakobsson vertrauen konnte. Das Schiff nahm Kurs auf Nord und drehte dann vor England auf Nordost. Am 30. Juli steuerte Gabriel den Hafen eines Ortes an der englischen Küste an, den er Sophire nannte. Dort wollte er Proviant für die Fahrt nach Kanada und noch zusätzliche Passagiere an Bord nehmen. Die Isländer wurden mit ihrem Hab und Gut an Land gerudert und in einer Hafenschenke untergebracht.

Schon am nächsten Tag ging die Reise weiter, diesmal an Bord eines Ostindienhändlers mit dem Namen *Holland*. Es war ein außergewöhnlich prächtiges Gefährt mit achtundzwanzig Kanonen und erinnerte in vielem an das Seeräuberschiff der Türken. Gudrid war von seiner Größe überwältigt, und es weckte in ihr ein

Gefühl der Angst und Sicherheit zugleich. Wie winzig sie sich neben den Masten vorkam, die drei bis vier Faden Umfang hatten und sich wie Kirchtürme in den Himmel erhoben. Und das Deck war gewiss nicht kleiner als der größte Saal im Palast des Ali Dey.

Aber trotz der Größe des Schiffes ging die Fahrt nur langsam voran. Sie hatten Gegenwind, der ihre Passage durch den Ärmelkanal verzögerte. Der Kapitän musste bei Dover einen Tag lang besseres Wetter abwarten, und sie froren erbärmlich und hielten sich meist unter Deck auf. Beim zweiten Versuch klappte die Durchfahrt durch den Kanal, und sie segelten auf die Nordsee hinaus. Das Meer war schäumend weiß und wirkte grau und kalt unter dem gewaltig rollenden Schiff. Gudrid lief an die Reling und kotzte sich die Seele aus dem Leib, aber diesmal kam kein Brandur, der sich um sie gekümmert hätte. Als sie sich Holland näherten, hielt sich das Schiff in respektvollem Abstand von der Küste, an der Dutzende gestrandete Schiffswracks zu sehen waren. Die Brecher gingen tosend über die zerborstenen Rümpfe hinweg. Den Isländern war bei ihrem Anblick nicht ganz geheuer, aber Kifft erklärte ihnen, dass die Untiefen vor den Küsten Hollands die beste Schutzwehr seien.

«Ein Land mit einem solchen Verteidigungswall ist von See aus kaum anzugreifen», sagte er. «Es bedarf Entschlossenheit, Geschick und Ortskenntnis, um ein großes Schiff sicher in den Hafen zu steuern.»

Über all das verfügte der Kapitän der *Holland*. Er kreuzte zwei Tage lang vor der Brandung im Meer, bevor er am 6. August an der Insel Texel anlegte. Kifft brachte die seekranken Frauen mit ihrem Gepäck in einer Herberge oberhalb des Hafens unter und verhandelte mit einem der vielen Segler, die im Hafen lagen, über den Weitertransport der Freigelassenen nach Amsterdam. Selbst wollte er sich nicht in Texel aufhalten, sondern ging gleich an Bord eines Heringsfischers, der mit seinem Fang auf dem Weg nach Amsterdam war. Dort wolle er die Gruppe am Kai beim Turm von Montelban in Empfang nehmen.

Bevor er sich verabschiedete, bat er Ólöf noch, ihm in die Sanddünen hinaus zu folgen.

Als der Holländer mit Ólöf wieder zurückkam, hatte sie gelben Sand auf dem Rücken, und Gudrid verfolgte aus der Ferne, wie sie sich an einem der Landungsboote verabschiedeten. Kifft reichte ihr die Hand, und sie fiel ihm um den Hals. Er umarmte sie einen Augenblick, löste sich dann und stieg an Bord. Ólöf griff nach dem Heck des Bootes, als wollte sie es festhalten. Kifft befahl ihr offenbar loszulassen, aber sie hörte nicht auf ihn, bis ein Matrose mit einem drohend erhobenen Ruder ans Heck kam. Erst als er das Ruder niedersausen ließ, löste Ólöf den Griff und fiel vornüber ins Wasser. Sie rang nach Luft, kam aber wieder auf die Beine und watete zum Land zurück. Gudrid lief ihr entgegen. Sie schloss Ólöf in ihre Arme und ließ sie sich ausweinen.

«Er hat Frau und Kinder in Amsterdam», schluchzte Ólöf.

«Hattest du nie einen Verdacht?», fragte Gudrid.

«Er hat nie etwas gesagt. Und ich habe nie gefragt», sagte Ólöf.

Sie setzten sich Seite an Seite in den Sand. Ólöf zitterte am ganzen Körper. Der Wind pfiff durch den Strandroggen hinter ihnen, und es klang nach Herbst.

«Was soll nur aus mir werden?», stöhnte Ólöf.

«Du fährst nach Hause nach Djúpivogur», antwortete Gudrid. «Du fährst nach Hause nach Djúpivogur und ich auf die Westmänner-Inseln.»

47

Die Fahrt nach Amsterdam dauerte mit Aufenthalt in drei kleinen Dörfern, in denen Fisch an Land gebracht und Käse und gemahlenes Korn in Tonnen an Bord genommen wurden, eineinhalb Tage. Das Land vor ihnen war vollkommen eben. Entlang der Küste waren viele Schutzdeiche und Hunderte von Windmühlen zu sehen. Ab und zu blieben die Augen an einem grünen Wäldchen hängen, und am 8. August erblickten sie schließlich die herrliche Stadt Amsterdam. Es zog sich bereits ein Streifen von Abendrot über den Himmel, als die Stadt wie eine lange, dick gezogene Linie, aus der sich zahlreiche Kirchtürme erhoben, am Horizont auftauchte. Der Schiffsverkehr war rege, vor allem an kleineren Booten, aber auch an Barken unter Segeln, und mehrere stolze Handelsschiffe lagen vor Anker. Je näher sie der Stadt kamen, desto dichter wurde der Wald aus Segelmasten.

Das Schiff mit den Isländern an Bord passierte einen mächtigen Zaun aus dicken Stämmen, die aus dem Wasser ragten und großen Schiffen die Einfahrt in die Stadt verwehrten, und legte an einem Kai unterhalb eines runden Wachturms an. Dort stand Kifft und erwartete sie wie vereinbart. Er hielt einen blonden, schätzungsweise zwölfjährigen Jungen an der Hand. Gudrid starrte den Knaben an. Sie glaubte Sölmund im Sonntagsgewand dort stehen zu sehen, so ähnlich sah er ihrem Jungen. Der Anblick versetzte ihr einen Stich in die Brust.

Der Junge bemerkte, dass die Frau ihn anstarrte, und wurde ein wenig verlegen, aber dann ging er auf sie zu und bot an, ihr beim Tragen ihrer Kiste zu helfen. Sie nickte, und so trugen sie die Kiste gemeinsam ein paar Häuser weit, wo zwei Pferdewagen warteten. Nachdem sie ihre Sachen auf den Wagen verstaut hatten, marschierten sie, dem Sonnenuntergang entgegen, in die Stadt hinein. Ihr Weg führte an einem langen Kanal – von Kifft Gracht genannt – entlang, an dem die Häuser dicht aneinander gebaut waren. Ihre stolzen Fassaden spiegelten sich im abendlich rot gefärbten Wasser. Man brauchte die Häuser nicht lange anzusehen, um sich darüber klar zu werden, dass hier wohlhabende Menschen wohnten. Sie waren drei oder vier Stockwerke hoch und hatten verzierte Giebel, aus denen oben Balken mit großen Eisenhaken daran hervorragten. Kifft erklärte, dass man an den Haken Seile befestigte und sie dazu verwendete, Waren aus Booten, die vor den Häusern anlegten, direkt in die Dachspeicher zu hieven. Und genauso etwas spielte sich eben vor ihren Augen ab. Ein riesiger Sack war entlang eines Hausgiebels auf dem Weg nach oben, und als er fast am First angekommen war, kamen zwei kräftige Arme aus der Giebelöffnung heraus und zogen ihn hinein. Kurz darauf wurde der Haken an dem Seil wieder hinuntergelassen.

«Da fällt mir ja die letzte tote Laus vom Schädel», sagte Augustin. «Immer wieder sieht man etwas Neues!»

Sie kamen an der Hinterfront einer großen Kirche an, von der Kifft sagte, dass sie die älteste von Amsterdam sei und daher *Die Alte Kirche* genannt werde. Jenseits des Kirchenplatzes stand ein altes, aufgegebenes Kloster, das man in eine Herberge umgewandelt hatte. Dort hatte Kifft die Gruppe untergebracht. Er selbst wohnte am Neuen Marktplatz, ganz in der Nähe des Waagehauses, Waag. Er sagte, er würde seine Schützlinge gleich am nächsten Morgen abholen und zu einer Schneiderwerkstatt bringen, wo er ihnen Überkleider für die letzte Etappe der Reise machen lassen wolle. Damit verabschiedete er sich, und sein Junge wünschte den Isländern höflich eine gute Nacht.

Kifft war am frühen Morgen wieder zurück, und kurz darauf saß die Gruppe in zwei Booten und wurde auf der Gracht weit in die Stadt hineingerudert. Man sah überall die gleichen Häuser mit den schönen Giebeln. Da und dort wuchsen Bäume mit großen Laubkronen auf kleinen Plätzen oder an den Zusammenflüssen zweier Kanäle. Es waren schon viele Menschen auf den Beinen, Männer und Frauen, die meisten wirkten sehr beschäftigt. Die Sonne schien aus einem heiteren Himmel, kein Lüftchen regte sich, und die ganze Stadt war erfüllt von einer ungemein angenehmen Atmosphäre.

Nachdem die Boote an einem steinernen Kai angelegt hatten, gingen die Leute eine Treppe hoch und kamen auf eine mit Steinen gepflasterte Straße. Ein paar verwinkelte Gassen weiter standen sie vor einem länglichen Gebäude, das Kifft *Spinhuis* nannte. Das Spinnhaus war eine Besserungsanstalt für Frauen, die gegen Regeln und Gesetze verstoßen hatten. Ihre Buße bestand darin, dass sie im Dienst der Bürger nähen und spinnen mussten. Gleich neben dem Spinnhaus befand sich dann die Schneiderwerkstatt, zu der sie unterwegs waren. Der Schneider empfing Kifft mit vielen Verbeugungen und Bücklingen und führte seinen Trupp in einen großen Saal, in dem einige Männer an langen Tischen Stoffe zuschnitten. Am Ende des Saales sah man durch schwarze Eisengitter hinüber in einen anderen Saal. Dort saßen sauber gekleidete Frauen in Reihen auf Stühlen und beugten ihre Köpfe über Näharbeiten. Das Haar der Frauen war fast zur Gänze unter grauen Kappen verborgen.

Entlang der einen Seite des Saales lagen Baumwoll-, Seide- und Leinenballen auf Regalen aufgestapelt, während an der anderen Wand fertige Kleider an langen Stangen hingen. Davor standen einige in Hosen und Jacken gekleidet kopflose Holzpuppen. Schwarz war die häufigste Farbe, und doch gab es das eine oder andere Stück in grüner, gelber oder roter Farbe. Besonderes Interesse weckte ein wunderschönes rotes Samtkleid mit gelbem Brustteil und einem gestickten goldenen Kragen. Die weiten Ärmel waren an den Handgelenken ebenfalls mit goldenen Borten zusammengezogen. Die Frauen konnten kaum der Versuchung widerstehen, den Stoff zu berühren, und Kifft schlug Ólöf vor, das Kleid anzuprobieren, aber sie lehnte dankend ab.

Die Schneider gingen mit Maßbändern von einem zum anderen, nahmen Maß und notierten sich die Zahlen. Kifft erklärte, dass alle Kleidungsstücke aus demselben schwarzen Stoff und nach einfachem Schnitt gemacht werden würden. Für mehr reiche weder die Zeit noch das Geld. Aber er verfolgte genau, wie der Schneider an Ólöf Maß nahm, und besprach mit ihm scheinbar einzelne Details, die Kleidung betreffend. Zum Schluss wurde abgemacht, dass die Gruppe nach zwei Tagen zum Anprobieren wiederkommen sollte.

Als die Isländer zur vereinbarten Zeit wieder im Saal des Schneiders standen und die halb fertigen Stücke anprobierten, stellte sich heraus, dass sich Ólöfs Gewand von den Umhängen der anderen Frauen unterschied. Es bestand aus zwei Teilen, das Oberteil war enger und der Rock bauschiger als die anderen, und an den Ärmeln waren Aufschläge aus weißem Leinen. Das Stück kleidete Ólöf ausgesprochen gut, und der Schneider führte sie unter unaufhörlichem Geplapper vor einen großen Spiegel. Er zupfte am Rock und strich ihr über die Schultern zur Taille hinab, blickte dann zu Kifft und fragte ihn nach seiner Meinung. Kifft nickte zufrieden mit dem Kopf und stellte sich hinter Ólöf, betrachtete sie beide im Spiegel und fragte, wie es ihr gefalle. Ólöf begegnete seinen Augen und errötete.

Der Schneider schwirrte wie eine Fliege um Ólöf herum und hörte nicht auf, sie mit Fragen zu überhäufen, aber sie zog das Gewand schweigend aus, reichte es ihm und ging davon. Es blieb Kifft überlassen zu sagen, es würde passen.

Die Frauen freuten sich über die neuen Kleider, und manche konnten gar nicht genug davon bekommen, sich selbst im Spiegel zu begaffen. Keine von ihnen hatte sich je in einem so großen Spiegel gesehen – außer Gudrid. Im Palast des Dey hatte es viele kostbare Spiegel gegeben, und es war ihre Aufgabe gewesen, sie zu putzen und zu polieren. So hatte sie sich an ihr Spiegelbild gewöhnt, und dieser Mantel stand ihr gut. Aber je länger sie sich betrachtete, desto mehr fand sie, dass sie sich verändert hatte. Ihr Gesicht war nach diesem Sommer im Freien braun und frisch, die

Wangen waren roter und voller als sonst, und aus ihren Augen funkelte eine neue Lebenslust. Sie blickte sich erstaunt an und lächelte.

«Du bist schön, Gudrid», sagte Brandur, der sich in seiner gut sitzenden Jacke neben sie gestellt hatte und sich in die Brust warf. «Und findest du nicht, dass wir wie ein Ehepaar aussehen?»

Gudrid konnte nicht anders, als noch breiter zu schmunzeln. Er lachte sie an. Sie hatten seit dem unglücklichen Sonntag in Bordeaux kaum ein Wort miteinander gesprochen, aber jetzt schien Brandur wieder der Alte zu sein. Gudrid fiel ein Stein vom Herzen. Und er sah wirklich ausnehmend gut aus.

«Die Jacke steht dir», sagte sie.

«Man getraut sich kaum, sie zu tragen. Ich glaube, ich werde sie für meine Hochzeit aufsparen», sagte er schelmisch.

Sie lächelte noch einmal und machte Platz für das nächste Paar, das sich gemeinsam im Spiegel betrachten wollte.

«Nu ja, Thorsteinn», sagte Ingibjörg. «Wollen wir nachsehen, wie wir zueinander passen?»

Dann nahm sie ihn am Arm, führte ihn vor den Spiegel und blickte ihn laut lachend an. «Du siehst ja geradezu aus wie mein Jón, nur dass du dunkelhaarig bist und er blond. Du hast eine Adlernase und er eine platte, aber sonst seid ihr ja fast ganz gleich.»

Thorsteinn lachte ebenfalls, und nach ihnen stellten sich die drei Schwestern, Hallny, Sesselja und Halldóra, vor dem Spiegel auf. Jetzt, wo sie alle in die schwarzen Umhänge gekleidet waren, sah man deutlich, wie ähnlich sie sich sahen.

Nur Ásta von Ofanleiti warf einen ganz kurzen Blick in den Spiegel, bevor sie sich verächtlich abwandte.

«Entsetzlich, dieses weißhaarige, krumme Weib», sagte sie. «Wer weiß, ob Ólaf mich überhaupt noch erkennt?»

Sie waren auf dem Weg vom Schneider nach Hause, als eine junge Frau aus ihrem Haus trat und Gudrid beinah anrempelte. Die Frau schreckte mit einer Entschuldigung auf den Lippen zurück, dann blieb sie stehen und starrte Gudrid ins Gesicht.

«Gurid», sagte sie zögernd. «Ist das Gurid?»

«Helga?», rief Gudrid. «Helga van Wijk?!»

Sie traute ihren Augen kaum. Hier stand plötzlich das Mädchen vor ihr, das ihre Kelle im Färberhof in der Kasbah übernommen hatte, nachdem sie die Arbeit dort nicht mehr geschafft hatte. Helga war nach nur zwei Jahren Gefangenschaft freigekauft worden.

«Was machst du hier?», fragte Helga verwundert.

«Ich bin auf dem Weg nach Hause. Dein Landsmann, Herr Wilhelm Kifft, war in Algier und hat uns freigekauft.»

«Gurid», sagte Helga noch einmal, und sie fielen sich in die Arme.

Dann sagte sie ganz aufgeregt, Gudrid müsse mit ihr kommen. Sie müssten diese einmalige Gelegenheit nutzen und sich gegenseitig erzählen, was sie erlebt hätten, nachdem sich ihre Wege getrennt hatten. Auch wenn Algier in ihren Augen die Hölle auf Erden sei, sei sie trotzdem auf Neuigkeiten erpicht und wolle hören, wie es Gudrid ergangen sei.

Gudrid meinte, sie wage nicht, sich von der Gruppe zu entfernen, denn die Stadt sei so riesig und sie finde sich in ihr nicht zurecht, aber Helga lief an die Spitze der Gruppe, stellte sich Kifft vor und bat ihn, Gudrid mitnehmen zu dürfen. Sie würde dafür Sorge tragen, dass sie wieder in die Herberge zurückkäme. Kifft war einverstanden, und bevor Gudrid recht wusste, wie ihr geschah, marschierte sie mit Helga davon.

«Wo bringst du mich hin?», fragte Gudrid, als sie über die nächste Brücke gingen.

«Zu meiner Cousine, die nicht weit von hier unten am Fluss Amstel wohnt», sagte Helga.

Dann erzählte sie Gudrid, dass sie jetzt eine verheiratete Frau sei und Van Hoogenstrat heiße, aber ihr und ihrem Mann sei noch kein Kind geschenkt worden. «Mein Mann ist Seefahrer und oft zwischen Holland und der Neuen Welt unterwegs. Dort haben Holländer eine Insel gekauft, die Manhattan heißt, und darauf die Kolonie Neu-Amsterdam gegründet. Mein Mann spricht manchmal davon, sich dort niederlassen zu wollen, aber ich zögere, meine Eltern und Verwandten zu verlassen. Ich kann mir gar nicht vorstellen, eine so wunderbare Stadt wie Amsterdam gegen Neu-Amsterdam einzutauschen, das nur ein kleines Dorf sein soll.»

Gudrid stimmte zu, dass Amsterdam wirklich eine faszinierende Stadt sei, das könne sie an ihrem dritten Tag hier schon sagen.

«Aber macht euch das viele Wasser keine Schwierigkeiten? Wie können denn die Leute die Keller ihrer Häuser trocken halten, von denen viele direkt im Wasser stehen?»

Helga versuchte Gudrid zu erklären, dass die Holländer einen ständigen Kampf gegen das Meer ausfochten – und das meist mit Erfolg. Sie würden mit dem Bau von riesigen Schutzdämmen dem Meer ständig Land abgewinnen und es in fruchtbare Äcker verwandeln.

«Die Kanäle nehmen das viele Wasser auf, und die Windmühlen dienen dazu, es in stetem Fluss zu halten. Außerdem können wir die Kanäle für den Bootsverkehr verwenden, wie Straßen für Fußgänger und Wagen. Natürlich haben wir immer Angst vor Sturmfluten, die Deiche und Brücken zerstören und Häuser überschwemmen, aber die Menschen vertrauen dort, wo sie an die Grenzen ihrer Macht stoßen, auf Gott.»

Sie waren am Fluss Amstel angekommen und überquerten ihn auf einer schmalen Brücke. Helga sagte, ihre Cousine heiße Saskia und sei mit einem jungen Maler verheiratet, der in Amsterdam schon sehr bekannt und gefragt sei.

«Er heißt Rembrandt van Rijn und malt Bilder von gewöhnlichen Menschen wie wir selbst. Am häufigsten malt er aber Saskia. Er ist ganz vernarrt in seine Frau und lässt sie in allen möglichen Rollen Modell stehen, egal ob als Jungfrau Maria, als antike Göttin oder adlige Frau. Aber jetzt ist Saskia hochschwanger mit ihrem zweiten Kind und oft müde und krank. Ich besuche sie einmal die Woche und helfe ihr beim Putzen und der Wäsche.»

Gudrid fragte, ob es ihrer Cousine überhaupt recht sei, dass sie fremden Besuch mitbrächte, aber Helga versicherte ihr, das sei bestimmt der Fall. Rembrandt und Saskia seien lebenslustige Menschen und hätten ständig Gäste im Haus. Meistens Schüler oder

Bewunderer Rembrandts, aber dorthin kämen auch die Käufer seiner Werke und die Modelle, denn natürlich könne Saskia nicht immer posieren. Sie müsse sich schließlich um den kleinen Rubart kümmern.

Gudrid folgte Helga in das Haus der Rijns. Sie gingen eine schmale Treppe hoch und in ein großes Zimmer, wo eine junge Frau mit einem ein Jahr alten Knaben im Arm saß. Die Frau war hübsch, hatte dunkles, gelocktes Haar, das locker am Nacken hochgesteckt war. Sie blickte auf, als Gudrid und Helga eintraten und ihre Augen waren groß und braun und ungewöhnlich rund. Sie hatte eine gerade Nase und einen roten Mund, und an ihren Ohren hingen große weiße Perlen. Ihr Gesicht wirkte müde und mütterlich besorgt. Sie begrüßte Helga herzlich und sagte etwas über das Kind.

«Rubart ist krank», übersetzte Helga. «Er ist oft krank, der Arme», fügte sie dann hinzu.

Saskia stand mit dem Jungen im Arm auf und reichte Gudrid die Hand. Helga erklärte, woher ihre Bekanntschaft mit Gudrid rührte und welch unglaublicher Zufall sie wieder zusammengeführt hatte. Saskia schlug sich auf die Schenkel und sagte, das müsse sie ihrem Mann erzählen, wenn er nach Hause käme. Solch abenteuerliche Geschichten seien ganz nach seinem Geschmack. Er sei auf einen Spaziergang aus dem Haus gegangen, um dem Gejammer des Jungen zu entfliehen, und habe sein Skizzenbuch mitgenommen. Er komme aber hoffentlich bald zurück.

Helga bat Saskia um Erlaubnis, Gudrid Rembrandts Atelier zeigen zu dürfen, was sie bereitwillig gestattete. Dann rief sie noch etwas hinter ihnen her, worüber Helga nur mit den Achseln zuckte.

«Sie erinnert mich ständig daran, dass ich im Atelier nichts anfassen darf. Alles muss an seinem Platz bleiben. Rembrandt will immer alles so vorfinden, wie er es verlassen hat. Aber das weiß ich doch.»

Gudrid blieb zögernd an der Schwelle des Ateliers stehen. In solch einem Raum war sie noch nie gewesen. An allen Wänden hingen Gemälde, dazwischen unzählige Zeichnungen mit schwarzer oder brauner Kreide, manche mit unglaublicher Kunstfertigkeit gemacht, andere schienen undeutliche Kritzeleien zu sein. An den Wänden lehnten Bilder in Stapeln aneinander, und die Mitte des Zimmers nahm ein großer Tisch ein, der mit aller Art Farbtupfer bekleckst war. In drei Ecken standen Staffeleien mit halb fertigen Bildern, und an einer Wand stand ein Sofa, halb hinter einem Vorhang versteckt. An einem großen Fenster waren Stühle aufgestellt.

«Nun, wie gefällt es dir?», fragte Helga.

«Ich weiß nicht», sagte Gudrid. «Ich habe noch nie zuvor gemalte Bilder gesehen, abgesehen von ein paar Altarbildern.»

«Er malt auch Altarbilder», sagte Helga. «Das heißt, es gibt nur wenige, die seine Altarbilder in Kirchen hängen wollen, aber er malt ständig Jesusbilder. Sieh dir zum Beispiel dieses an.»

Sie zeigte auf eine Kreidezeichnung, auf der Jesus mit dem Kreuz auf seinen Schultern halb zusammenbrach.

«Das bin ich», sagte Helga und zeigte auf eine Frau, die angesichts der Leiden des Erlösers in Ohnmacht gefallen war. «Und dort ist Saskia. Diesmal als Maria Magdalena. Aber gewöhnlich ist sie die Gottesmutter Maria, wie auf diesem Bild. Das ist die heilige Familie, an diesem Fenster dort gemalt.»

Gudrid hielt den Atem an. Saskia – Maria – saß mit dem kleinen Rubart – dem Jesuskind – auf dem Schoß am Fenster und gab ihm die Brust. Die Sonnenstrahlen fielen schräg zum Fenster herein. Hinter dem Lichtstreifen auf dem Boden stand Josef im Schatten am Fensterrahmen und betrachtete Mutter und Kind.

«Was glaubst du, wer das ist?», fragte Helga.

«Josef», flüsterte Gudrid.

«Oder ist es vielleicht der Maler selbst?», fragte eine laute Stimme hinter ihnen.

Die beiden Frauen fuhren herum und sahen einen Mann in der Tür des Ateliers stehen, der sie durchdringend musterte. Dann begann Helga zu lachen.

«Du hast uns erschreckt», sagte sie und stellte ihm Gudrid vor.

Da änderte sich der Ausdruck im Gesicht des Mannes, und er lächelte ihnen zu. Er war klein, hatte flinke Bewegungen und brünettes, lockiges Haar, einen kleinen, dünnen Schnauzbart und ein paar dünne Härchen auf dem Kinn. Die Nase war breit, und die Augen waren dunkelbraun, forschend und durchdringend.

Er bat sie dann hinaus, denn er wollte arbeiten.

«Bitte Saskia, zu mir zu kommen, wenn Rubart eingeschlafen ist», sagte er noch.

«Saskia ist müde, sie hat kaum geschlafen und ist hochschwanger, wie du selbst am besten weißt», entgegnete Helga.

«Sie kann hier bei mir schlafen. Ich zeichne sie eben schlafend», sagte der Maler.

Gudrid und Helga gingen hinaus und schlossen die Tür zum Atelier hinter sich. Saskia war mit ihrem Sohn im Schlafzimmer verschwunden und hatte sich hingelegt. Gudrid setzte sich an den Tisch und hatte das Gefühl, im Weg zu sein. Nach kurzer Zeit kam der Maler, in einen weiten rotbraunen Umhang gekleidet, herein und fragte, ob Saskia nicht bald käme. Helga zischte, er solle doch keinen solchen Lärm machen, die Mutter versuche das Kind in den Schlaf zu wiegen. Er verdrückte sich ins Atelier, aber kurz darauf erschien er schon wieder.

«Kann diese Frau vielleicht kommen und für mich aus dem Fenster blicken?», fragte er Helga.

Helga übersetzte Rembrandts Frage, und Gudrid wehrte zunächst verwirrt ab. Aber Helga versicherte ihr, dass es eigentlich Spaß mache, einem Maler Modell zu stehen. «Das Schwierigste ist, wenn man lange Zeit in einer Stellung still sitzen muss», erklärte sie, «aber oft hat er seine Skizzen schnell hingeworfen.»

Gudrid wollte eine Ausrede finden, aber Helga redete ihr gut zu. So könne Saskia sich noch etwas ausruhen. Sie könne ihn auch bitten, die Tür offen zu lassen, wenn sie sich nicht mit einem fremden Mann einschließen lassen wolle, sagte sie und lachte herzlich.

Als der Maler Gudrid bat, sich auf den Stuhl am Fenster zu setzen und hinauszublicken, wusste sie nicht, wie sie sich anstellen sollte. Sie spürte, dass sie steif war wie ein Brett. Er sah sie an, ließ sie wieder aufstehen und machte ihr vor, welche Haltung sie einnehmen sollte. Er öffnete das Fenster, blickte auf den Fluss hinab, schloss das Fenster wieder und bat sie, seine Bewegungen zu wiederholen.

Sie sollte sich so setzen, dass ihr Körper dem Künstler zugewandt, ihr Kopf aber halb abgewandt war, damit er sie im Profil sah. Dann bedeutete er ihr, den Ellenbogen auf das Fensterbrett zu legen und das Kinn auf der Hand aufzustützen. So war ihr Gesicht noch etwas weiter von ihm abgewandt.

Er redete ohne Unterlass, wovon sie kein Wort verstand, und sie hatte keine Ahnung, wann er schließlich zu zeichnen begann. Sie fühlte sich in dieser Stellung etwas wohler, weil sie ihn nicht mehr direkt sah, und merkte kaum, dass er zu sprechen aufhörte. Sie beobachtete nur, was sie vor dem Fenster sah. Unten am Flussufer und auf den Brücken war eine Menge Volk zu sehen. Boote und Lastenkähne fuhren die Gracht nächst des Hauses entlang, in manche Häuser wurden Waren gehievt, und plötzlich tauchte ein Segelschiff mit hohen Masten auf. Wie sollte es nur unter der Brücke durchkommen? Gudrid staunte, als die Brücke sich in der Mitte öffnete und beide Hälften sich langsam und bedächtig hoben. Dann segelte das Schiff hindurch. Schließlich senkten die Brückenteile sich wieder langsam herab, und sie war wieder heil. «Immer wieder sieht man etwas Neues, hätte Augustin gesagt», dachte Gudrid und konnte nicht anders, als zu lächeln.

«Gut, gut», sagte Rembrandt.

Sie blickte weiter für ihn aus dem Fenster.

Sie hatte keine Ahnung, wie viel Zeit vergangen war, und war froh, als Rembrandt sie bat, sich wieder in den Raum hineinzudrehen. Er reichte ihr ein Buch und fragte, ob sie lesen könne. Sie bejahte das, aber als sie das Buch öffnete, war es auf Holländisch. Sie blickte ihn entschuldigend an und schloss das Buch. Er gab ihr zu verstehen, sie solle das Buch geschlossen in ihrem Schoß liegen lassen und auf das Bild an der gegenüberliegenden Wand blicken. Das Gemälde war unheimlich. Auf ihm saß ein alter

Fürst in dunklem Umhang und mit einem weißen Turban auf dem Kopf. Der Umhang wurde durch eine prächtige Schnalle aus Gold zusammengehalten. Die Hände des Mannes waren alt und knochig, aber was den meisten Abscheu weckte, war sein Gesicht, das mit Furunkeln übersät zu sein schien. Hatte der Mann Lepra? Sie musste den Blick senken und atmete erleichtert auf, als zwei junge Männer in das Atelier traten und sich mit dem Maler zu unterhalten begannen.

Sie glaubte, damit wäre ihre Rolle zu Ende, und wollte sich erheben, aber da forderte Rembrandt die Männer auf, sich Kreide und Papier zu nehmen und sie zu zeichnen. Gudrid wurde unruhig. Wo war sie da eigentlich hineingeraten? Was für fremde Männer waren das, die sie, der eine sitzend, der andere stehend, unverschämt angafften und ein Bild von ihr zeichneten? Ihre prüfenden Blicke weckten unangenehme Erinnerungen an Algier. Wo war Helga? Warum kam sie nicht und befreite sie aus diesem Gefängnis? Wie konnte sie den Männern verständlich machen, dass sie sich nicht auf diese Weise anstarren lassen wollte? Sich nicht mehr zeichnen lassen wollte? Sie stand rasch auf.

«Ei, ei, o nein», riefen die Männer aus einem Munde, und Rembrandt ging auf sie zu und bat sie unter vielem Geschwatze und Händeringen, sich wieder zu setzen. Sein Arbeitskittel flatterte ihr nur so vor den Augen herum.

Sie setzte sich wieder und versuchte ihren Unmut zu unterdrücken. Sie fühlte sich unwohl in ihrer Haut, schämte sich, ja, hatte sogar Angst. Essensduft hatte begonnen, ins Atelier zu ziehen, und Rembrandt hob den Kopf und blickte in Richtung Küche hinüber. Dann erschienen Helga und Saskia mit fröhlichen Gesichtern und sagten, das Essen sei aufgetragen. Endlich legte der Maler die Kreide weg, ging zu seiner Frau, küsste sie auf beide Wangen und strich ihr zärtlich über ihren großen Bauch.

Kurz darauf saßen Saskia und Rembrandt mit Helga und Gudrid und den beiden Lehrlingen am Tisch und ließen sich Fleischsuppe mit Brot und Butter schmecken. Helga übersetzte das Gespräch in beide Richtungen, bis sie stöhnte, dass ihr schon die

Kiefer schmerzten. Der Maler und seine Lehrlinge wollten alles über das Sklavenreich Algier und die schlimme Gefangenschaft erfahren, und Gudrid war selbst überrascht, wie sie versuchte, ihre Leiden dort eher herunterzuspielen. Es war ihr unangenehm, vor Unbekannten schlecht über den verstorbenen Dey zu sprechen, und im Nachhinein fand sie, dass Adila gar keine so schlechte Herrin gewesen war. Helga ließ dagegen kein gutes Haar an ihr.

Als der kleine Rubart aufwachte und zu plärren begann, verabschiedeten die Lehrlinge sich eilig. Helga und Gudrid folgten ihrem Beispiel, aber zuvor verschwand Rembrandt noch kurz in seinem Atelier und kam mit einer der Skizzen zurück, die er von Gudrid gemacht hatte. Er bat sie um Verzeihung dafür, wie lange er sie hatte Modell sitzen lassen, und sagte, er wolle ihr als Lohn das Blättchen schenken. Sie sei ein ausgezeichnetes Modell. Er würde sie gern wieder sehen.

Gudrid wurde verlegen und wagte kaum, das Bild anzusehen. Auf den ersten Blick konnte sie an den Strichen auf dem Papier nichts erkennen, was an ihr Gesicht hätte erinnern sollen. Sie bedankte sich bei dem Maler und bei Saskia für das Essen, und mit diesen Worten ließen die beiden Kameradinnen die jungen Eheleute allein. Als sie wieder vor dem Haus standen, warf Gudrid noch einmal einen Blick auf das Bild. Sah sie im Profil wirklich so aus? Dann faltete sie die Skizze zusammen und steckte sie sich in einen Blusenärmel.

Es war bereits dunkel geworden, als Helga einen Bootsführer anrief, der die beiden Frauen auf den Kanälen zu der Herberge an der Alten Kirche ruderte. Beim Abschied fragte Helga Gudrid dann unvermutet, was aus ihrem Sohn Sölmund geworden sei.

«Er ist gestorben», antwortete Gudrid.

Helga erschrak bei ihrer Antwort und legte ihr die Hand tröstend auf den Arm.

«Das tut mir Leid», sagte sie.

Gudrid spürte, wie ihr bei den Beileidsworten Helgas die Tränen in die Augen traten. Wie hatte sie nur so etwas sagen können?! Wie konnte sie ihrer früheren Leidenskameradin so ins Gesicht lügen, ohne mit der Wimper zu zucken? Wie konnte sie ihren eigenen Sohn mit Worten hinrichten? Sie bat Gott, ihr zu vergeben. Was für eine Mutter war sie? Was für ein Mensch? Sie war dankbar für die Dunkelheit, die ihre Schmach verbarg.

Die ehemaligen Sklavinnen umarmten sich zum Abschied mit dem Versprechen, sich vor Gudrids Abreise noch einmal zu treffen. Gudrid tat die ganze Nacht kein Auge zu. Sie dachte an Saskia und Rembrandt. Sie waren im selben Alter, wie sie und Eyjólf damals gewesen waren. Sie dachte daran, wie liebevoll Saskia den kleinen Rubart angeblickt hatte, wie zärtlich Rembrandt seiner Frau über den Bauch gestreichelt hatte. Sie waren eine kleine heilige Familie. Und sie selbst war es mit Mann und Sohn auch einmal gewesen. Und jetzt war sie ein Wrack. Sie hatte ihren Sohn verraten. Sie weinte vor Angst, Schmerz, Schuld und Trauer. Auf der ganzen Welt konnte es keine schlechtere Mutter als sie geben.

48

Nach einer Woche hieß es Abschied von Amsterdam nehmen. Es war die größte und zugleich die lieblichste Stadt gewesen, in der die Leute bisher gewesen waren. Sie hatten auf ihrer Reise vielleicht anderswo prächtigere Paläste und gewaltigere Kirchen gesehen, aber nirgends einen so allgemeinen Wohlstand, so schmucke Wohnhäuser und so sauber gekleidete Menschen. Und selbst wenn Helga von der Armut und dem Elend vieler Prostituierter gesprochen hatte, die sich rund um den Hafen herumtrieben und oft im Spinnhaus endeten, gab es nur wenige Bettler in den Straßen, und die Kinder wirkten gesund und besser genährt, als sie es anderswo gesehen hatte. Amsterdam war eine reiche Stadt.

Nun standen die dreiunddreißig isländischen Freigelassenen an Deck des Schiffes, das sie nach Glückstadt bringen sollte. Ihre neuen schwarzen Überkleider dufteten nach frischem Stoff, und auch wenn ihre Schuhe mittlerweile durchgelaufen und löchrig waren, fühlte sich Gudrid so gut gekleidet wie seit ihrer Hochzeit mit Eyjólf nicht mehr. Freilich hätte sie Ólöf und Árny ein wenig um die hübschen weißen Ärmelaufschläge und die schulterbreiten weißen Rüschenkragen beneiden können, aber man hätte in diesem Augenblick dennoch kaum eine Frau finden können, die zufriedener mit ihrer Kleidung war als sie mit ihrem maßgeschneiderten, sauber verarbeiteten schwarzen Mantel. Ja, Árny hatte auch weiße Ärmelaufschläge und Rüschenkragen wie Ólöf bekommen – Augustin hatte sie aus eigener Tasche bezahlt. Alle anderen waren einheitlich schwarz. Der Stoff war wollig, weich und warm und würde ihnen auf ihrer Fahrt nach Norden schon bald gute Dienste tun. Die Kühle des Herbstes lag bereits in der Luft.

Sie nahmen Kurs auf Nordost, und die Sonne versank feuerrot zwischen zwei Inseln im Meer. Kifft erzählte, dass das Land zu ihrer Rechten Friesland sei und die Inseln Friesische Inseln hießen. Die waren meist von Fischern bewohnt, und sie sahen kleine Boote auf dem Wasser, die sie an die Fischerboote ihrer Heimat erinnerten. Sie kreuzten in leichter Brise zwischen den Inseln Richtung Norden, und plötzlich lief das Schiff im Zwielicht des Abends im seichten Gewässer auf Grund. Die Isländer erschraken bei dem unvermuteten Ruck, aber nachdem Kifft mit dem Kapitän gesprochen hatte, versicherte er ihnen, dass keine Gefahr bestand. Das Schiff würde bei der Morgenflut wieder flott werden. Ólöf war als Einzige von allen seekrank. Sie kauerte an der Reling und starrte zu Boden.

Die Männer wunderten sich, dass man den Weg zwischen dem Festland und den Inseln wählte, anstatt weiter draußen in größerer Tiefe und bei besserem Wind zu segeln, aber es fiel ihnen schwer, den Holländern zu unterstellen, dass sie nichts von der Seefahrt verstanden. Kein Volk der Erde hatte derzeit mehr Schiffe auf den Meeren als sie. Inzwischen wussten sie, dass Mórat Flemming Re'īs, der Kapitän, der Grindavik überfallen hatte, der Mann hinter dem Raubzug nach Island gewesen war. Er hatte seine erste Lektion in der Segelkunst in den seichten Gewässern vor Hollands Küsten erhalten.

Es stellte sich heraus, dass Mórat Flemming in Amsterdam ein bekannter Mann war und mit richtigem Namen Jan Janszon hieß. Er hatte in der Flotte Friedrich Henrys gedient und mit einem Freibeuterbrief in der Tasche die längste Zeit seine gesetzlich gedeckte Seeräuberei von Haarlem, einer kleinen Stadt westlich von Amsterdam, aus betrieben. Dort lebten angeblich noch seine Frau und ein paar halb erwachsene Kinder, während er mittlerweile eine zweite Familie in Sale in Marokko besaß.

Jan Janszon alias Mórat Flemming Re'īs war einer der zahlreichen holländischen Abenteurer, die sich Geld und Ruhm in den Auseinandersetzungen verfeindeter Flotten erwarben. Er stand mit einem Fuß im Christentum, mit dem anderen in der Welt des Islam und betrieb zwischen beiden einen einträglichen Handel. Die Meere waren ihm Spielplatz und Schlachtfeld zugleich. Er hatte mit seinem Raubzug nach Island den heiligen Krieg zwischen Islam und Christentum bis in den hohen Norden getragen.

Keiner wagte diese Nacht, in der sie bei Ameland auf Grund festsaßen, zu schlafen. Aber bei der Morgenflut kam die Brigg, wie prophezeit, wieder frei, und sie segelten weiter Richtung Nordosten. Nachmittags lief sie jedoch abermals auf Grund und diesmal bekamen die Frauen wirklich Angst. Es knarrte bedrohlich in den Planken, als der Kiel über den Sand dahinscheuerte. Halldóra verspürte plötzlich solche Schmerzen in der Brust, dass sie weder stehen noch liegen konnte. Ihre Schwestern wussten nicht, wie sie ihr helfen sollten. Sie saßen an der Reling und hielten sie abwechselnd in ihren Armen. Das Schiff saß fest, und langsam war den Leuten die Sache nicht mehr geheuer. Ein kühler Nebel schlich sich aus Norden heran, die See wurde spiegelglatt, und rundherum versank alles in Grau. Die Nacht war lang, und die Frauen schmiegten sich fröstelnd aneinander.

Als der Nebel sich lichtete, war ein weißer Sandstrand mit ein paar windzersausten Föhren zu sehen – und wieder bekam der Kapitän das Schiff bei der Morgenflut flott. Am 17. August erreichten sie die deutsche Küste und segelten die breite Mündung des Flusses Elbe hoch. Am 18. erblickten sie linker Hand die ansehnliche Stadt Glückstadt. Die Brigg warf vor der befestigten Hafeneinfahrt zwischen anderen Schiffen die Anker, und die Leute gingen schweigend über das Deck. Halldóra Jónsdóttir lag im Sterben. Sie war die ganze lange Reise eine Bürde für ihre Schwestern gewesen, die jetzt den Tod der viel geprüften Frau beweinen mussten.

49

Am Morgen des 19. August lief das Schiff mit den isländischen Freigelassenen an Bord durch eine schmale Fahrrinne zwischen den beiden Wachtürmen in den Hafen von Glückstadt ein. Es glitt an einem großen Kriegsschiff vorbei, das am Kai direkt unterhalb des Sommerschlosses von Christian IV. vertäut war. Das Schloss war ein prächtiges Gebäude aus hellrotem Ziegelstein, zwei Geschosse hoch, mit zwei großen Giebeln an der Vorderfront und vielen kleinen Gauben im hohen Dach. An der Rückseite des Palastes ragten drei Türme auf, von denen der mittlere noch im Bau war und offenbar höher und mächtiger als die beiden anderen werden sollte. Über dem Portal an der Vorderfront des Schlosses prangte das Emblem des Königs: eine Krone über einem riesigen C mit der Zahl 4 darin. Dasselbe Wappen war auch auf dem Heck des Kriegsschiffes zu sehen, und der weißrote Danebrog wehte an der Spitze des Großmastes. Der König schien offenbar selbst in seinem Schloss zu weilen.

Der holländische Segler legte am Kai hinter dem stolzen Kriegsschiff an, an dessen Seite dicht hinter der Bugspitze der Name *Spes* gemalt stand. «Das bedeutet Hoffnung», sagte Kifft. Dieser Name weckte Erinnerungen bei Gudrid. Die Brüder Eyjólf und Jón waren auf der *Vonin,* der *Hoffnung,* zum Fischfang gerudert.

Kifft ging schnurstracks zum Schloss, um den König von der Ankunft der freigekauften Sklaven in der Stadt zu unterrichten. Sobald der Monarch sein Frühstück beendet hatte, wurde der Gesandte vorgelassen, und Christian lobte ihn mit großen Worten für die glückliche und erfolgreiche Beendigung seiner Mission. Er befahl, alle Leute aus dem Schiff sofort ins Schloss zu bringen und ihnen zu essen zu geben. Kifft berichtete, dass letzte Nacht eine der Frauen an Bord verstorben war. Der König ordnete an, man solle sie auf Staatskosten bestatten, es gebe eine neu gebaute Kirche in der Stadt mit einem jungen lutherischen Pfarrer, der sich bestimmt geehrt fühlen würde, für die Verschiedene ein Requiem zu singen.

Kurz darauf blickten die Isländer ihren König mit großen Augen an. Er mochte etwa sechzig Jahre alt sein und war eine äußerst stattliche Erscheinung. Er hatte ein sehr markantes Gesicht, ein wenig rot und aufgedunsen, mit einer langen, großen Nase, wie es sich für einen König gehörte, einem dichten, sauber gestutzten Schnauzbart und einem langen Spitzbart am ausgeprägten Kinn. Die Augen unter den schmalen Augenbrauen waren dunkel, das Haar an der Stirn war gerade geschnitten. Es war wolfsgrau und reichte seitlich bis auf die Ohrläppchen herab. Ihre besondere Aufmerksamkeit erregte der lange, schmale, geflochtene Zopf, der ihm vom linken Ohr auf die Brust herabfiel. Und was der König für einen ungeheuer dicken Bauch hatte! Es war ein Wunder, dass es ihm überhaupt gelang, seine schwarze Brokatjacke zuzuknöpfen. Seine Kleidung schien den Gefährten wahrhaft königlich. Christian trug einen weißen Spitzenkragen, der ihm bis an die Achseln reichte, die Hosenbeine waren mit breiten Ziernähten geschmückt, und die Stiefel mit ihren großen, weichen Krempen reichten ihm bis über die Knie.

Sie traten in einer Reihe vor ihren Herrscher und verneigten sich nacheinander tief vor ihm. Gudrid überkam Ehrfurcht und überwältigende Dankbarkeit diesem mächtigen Mann gegenüber, der so eine ungeheure Summe Geld ausgegeben hatte, um seine gequälten Untertanen aus der Sklaverei freizukaufen und sie den langen Weg durch Europa bis nach Norden und letztendlich vor Seine Majestät selbst zu führen. Alle waren bewegt, wie herzlich sie der König empfing und wie interessiert und freimütig er zu sein schien. Er unterhielt sich auf Deutsch mit Wilhelm Kifft und verlangte, einen Bericht über den Verlauf der Reise zu hören.

Kifft schilderte ihm in groben Zügen, wie sie erst mit dem Schiff von Algier nach Marseille und dann weiter nach Narbonne gesegelt waren, um von dort den langen und mühevollen Weg quer durch Frankreich anzutreten, und von ihrer Fahrt von dort nach Holland, von wo sie zu guter Letzt mit einem Handelsschiff hierher nach Glückstadt gekommen waren.

Der König äußerte sich überaus zufrieden über Kifft, der die Gruppe der Freigelassenen mit Umsicht und klugem Verstand diesen langen und gefährlichen Weg wohlbehalten bis zu ihrem König geführt hatte. Er erklärte den staunenden Isländern, dass der Krieg zwischen Katholiken und Protestanten in Europa schon zwei Jahrzehnte andauere. Er selbst habe sich vor einigen Jahren aus dem Kriegsgeschehen herausgezogen und mit dem deutschen Kaiser einen Frieden ausgehandelt. Jetzt herrsche in seinem Reich zum größten Teil Ruhe. Diese Stadt habe er schon vor Ausbruch des Krieges gegründet und wolle sie zu einem mächtigen Handelsplatz ausbauen und mit ihm die Vorherrschaft der Hamburger Kaufleute brechen. Er sagte, unter den zahlreichen von ihm gegründeten Städten sei ihm Glückstadt die liebste. Immerhin habe er die Glücksgöttin Fortuna selbst zu ihrer Schutzpatronin erhoben. In seinem ganzen weiten Reich fühle er sich nirgendwo so wohl wie in diesem kleinen Schloss, das er seine *Glücksburg* nannte.

Es dauerte nicht lange, bis ein Sarg neben dem Schiff am Kai stand. Hallny und Sesselja betteten die Leiche ihrer Schwester hinein und falteten ihr die Hände auf der Brust. Die Madame von Ofanleiti sprach ein Gebet. Bevor der Sarg zugenagelt wurde, gingen alle noch einmal am Kopfende vorbei und machten das Kreuzzeichen über der Verstorbenen. Dann setzte sich der Leichenzug in Bewegung. Die Räder des Wagens klapperten laut über das Kopfsteinpflaster auf dem Weg zum Hauptplatz vor der Kirche.

Der Pastor, ein ernster junger Mann, empfing die Leute in seinem langen schwarzen Talar und einem weißen Kragen um den Hals. Er forderte sie auf, den Sarg in die Kirche zu tragen, und fragte, ob es irgendeinen bestimmten Psalm gäbe, den sie über der Leiche der abberufenen Schwester singen wollten. Sie summten ihm die Melodie von *Ruhe jetzt in Frieden hier* vor, und er wollte wissen, ob sie denn nicht einen Psalm von Luther kennten. Sie schüttelten ratlos den Kopf.

«Seid ihr nicht alle lutherisch, wie der König?», fragte der Pastor und ließ Kifft die Frage übersetzen.

«Doch, doch», sagten alle, sie seien lutherisch.

«Dann werdet ihr wohl *Ein feste Burg ist unser Gott* kennen», meinte der Pastor und sang die ersten Verse leise vor sich hin.

Aber die Leute erkannten das Lied nicht und schüttelten wieder den Kopf.

«Dann will ich es euch beibringen», sagte der junge Pfarrer und begann zu singen:

Ein feste Burg ist unser Gott,
ein gute Wehr und Waffen.
Er hilft uns frei aus jeder Not,
die uns jetzt hat betroffen.
Der alt böse Feind
mit Ernst er's jetzt meint;
groß Macht und viel List
sein grausam Rüstung ist.
Auf Erd ist nicht seins gleichen.

Nach der ersten Strophe hatte Ásta von Ofanleiti doch erkannt, um welches Lied es sich dabei handelte, und begann auf Isländisch mitzusingen. Bald darauf stimmten auch Brandur und Gudrid mit ein, und allmählich konnte sich einer nach dem anderen wieder an die Verse und die Melodie erinnern.

Nachdem ihnen das Lied, von dem die wenigsten gewusst hatten, dass es von Luther selbst stammte, wieder eingefallen war, konnte die Zeremonie beginnen. Im selben Augenblick trat eine elegant gekleidete Frau in die Kirche und setzte sich auf die Ehrenbank. Der Pastor verneigte sich leicht in ihre Richtung, dann begann er das Requiem zu singen. Er hatte eine kräftige Gesangsstimme, und Hallny und Sesselja traten die Tränen in die Augen, weil ihre Schwester ein so feierliches Begräbnis bekam. Nach dem Ende der Zeremonie wurden die Kirchenglocken geläutet, und der Sarg wurde in den hellen Sonnenschein hinausgetragen. Die unbekannte Frau bestieg eine prunkvolle Sänfte, die vor der Kirche stand, und wurde von zwei Dienern fortgetragen.

In der Mitte des Friedhofs befand sich ein frisch ausgehobenes Grab, und man ließ den Sarg von Halldóra Jónsdóttir in deutsche Erde sinken. Frischer Wind wehte vom Meer herein und zerzauste den Trauernden das Haar. Auf dem Weg aus dem Friedhof hinaus summte Gudrid wieder das Lied vor sich hin. Sie hatte sich den ersten Vers auf Deutsch gemerkt: *Ein feste Burg ist unser Gott. Ein feste Burg.*

Als die Isländer zu ihrem Schiff zurückkehrten, warteten Diener des Königs mit der Botschaft auf sie, dass seinen weit gereisten Untertanen ein Quartier im Hause des Gouverneurs, Graf Pentz, eines Schwiegersohnes von Christian IV., bereitet worden war. Der Sitz des Grafen war ein stilvolles Gebäude, ein kleines Stück vom Hafenkai entfernt, mit zwei Geschossen und einer schlichten Fassade ohne Giebel oder Türme. Was dem Haus aber ein stolzes Aussehen verlieh, waren die vielen großen Fenster mit jeweils acht Scheiben und die breite, mit kunstvollen Schnitzereien verzierte Nussholztür. Über dem Eingang prangte das Emblem des Königs.

Im oberen Stock hatte man in vier Zimmern bereits Betten aufgestellt, drei Räume für die Frauen, einer für die Männer. Unter grauen Decken aus dicht gewobenem Lodenstoff waren die Matratzen mit schneeweißem Leinen überzogen. Beim Anblick der Decken freuten die Frauen sich: Fast genau die gleichen stellten sie auch zu Hause in Island her.

Dann ging es zum Essen in einen der großen Säle des Erdgeschosses. Dort empfingen die festlich gekleidete Gräfin und der Graf ihre Gäste mit vollendeter Höflichkeit, aber vom Ehrenplatz am Ende des Saales erhob sich der König selbst und ging seinen Untertanen mit ausgestreckten Armen entgegen. Er fragte, wie den Isländern seine Glücksstadt gefalle. Er wartete die Antwort nicht ab, sondern bat zu Tisch. Sie nahmen an der langen gedeckten Tafel Platz. Dann wurde aufgetragen, und alle langten bei Hühnersuppe, duftendem Brot, gutem Trinkwasser und starkem Bier kräftig zu. Der König hielt den Vorsitz beim Mahl und das Gespräch bei Tisch in Gang. Er fragte nach den Sitten und Gebräuchen in Algier, erkundigte sich nach der Anzahl der Schiffe und den Befestigungsanlagen der Stadt. Gegen Ende der Mahlzeit wurde er sehr betrunken, rief seine Diener herbei und verlangte, dass man seine Konkubine in das Haus des Grafen bringe. Sie solle sich mit ihm über sein gelungenes gutes Werk an seinen ärmsten Untertanen freuen. Er entließ Kifft offiziell aus seinen Diensten und erteilte ihm die großzügige Erlaubnis, nach Hause zurückzukehren. Der König selbst würde für die letzte Etappe der Reise nach Kopenhagen die Verantwortung für seine freigelassenen Untertanen übernehmen. Sie sollten auf dem königlichen Schiff der Marine, der *Spes*, dorthin segeln.

Zu später Stunde erschien des Königs Geliebte; es war die unbekannte Dame, die am Begräbnis von Halldóra Jónsdóttir teilgenommen hatte. Christian stellte sie als Wibeke Kruse vor. Sie war eine hübsche, vornehm gekleidete Frau, schätzungsweise zwei bis drei Jahrzehnte jünger als der König, und in ihrem Gefolge kamen noch zwei Musikanten, die die Gesellschaft mit Flöten- und Lautenspiel unterhielten. Als man den König dann zuletzt, auf seine Lakaien gestützt, hinausgeleitete, ließen die Isländer sich mit einem erschöpften Seufzer in ihre weißen Laken sinken.

Am nächsten Tag mussten sie ihre Habseligkeiten von der holländischen Brigg an Bord des königlichen Schiffes schaffen. Kifft trug höchstpersönlich das Kistchen Ólöfs. Beide hatte die plötzliche Entlassung des Holländers überrascht und offensichtlich aus der Fassung gebracht. Ólöf konnte kaum die Tränen zurückhalten, und Kifft machte ein noch strengeres Gesicht als sonst. Am Nachmittag verschwanden sie gemeinsam in der Stadt. Auch Augustin und Árny waren plötzlich verschwunden, während die anderen gemeinsam die Straßen von Glückstadt durchstreiften. Überall waren Zimmerleute und Maurer an der Arbeit. Die Stadt hallte vom Echo der Hammerschläge und von schwerem Wagengepolter wider. An den Ausmaßen des Provianthauses war zu ermessen, welch große Pläne der König für Glückstadt hatte.

Aber etwas anderes erregte nicht minder das Interesse der Reisenden: An der Wand eines neu gebauten Hauses in der Nähe des Schlosses war ein Schild mit der Aufschrift *Buchdrucker/Bogtröcher* angebracht. Im Fenster, das zur Straße wies, lagen Bücher ausgestellt: neu gedruckte und frisch eingebundene Bücher. Eine große Bibel in der Übersetzung des Doktor Martin Luther nahm die Mitte des Fensterbretts ein, und ein schwarzweißes Konterfei des Reformators hing darüber. Zu beiden Seiten der Bibel lagen weltliche Schriften, und auch einige eingerahmte Freibriefe und Privilegien waren dort ausgestellt, sowie eine bunte Landkarte.

Thorsteinn Bjarnason meinte, es gäbe wenig, das er sich mehr zu sehen wünschte, als dass Bücher gedruckt würden. Er und Brandur überlegten eine Weile, ob man an die Tür klopfen und um Erlaubnis bitten sollte, die Druckerei besichtigen zu dürfen, aber letztendlich brachten sie den Mut dazu nicht auf. Jetzt fehlte Kifft.

Als sie sich schon zum Gehen gewandt hatten, wurde plötzlich die Tür zur Druckerei geöffnet und ein Mann mit einer großen Lederschürze vor dem Bauch trat auf die Straße. Thorsteinn und Brandur versuchten dem Mann mit Gesten und ein paar Brocken Dänisch verständlich zu machen, dass sie gern einen Blick in die Druckerei geworfen hätten, worauf der Drucker eilig wieder im Haus verschwand, ohne aber die Tür hinter sich zu schließen. Die beiden Männer verstanden das als Erlaubnis einzutreten.

Es dauerte eine Weile, bis sie mit selbstzufriedenen Gesichtern wieder zu ihren wartenden Landsleuten herauskamen. Sie waren in einem großen Saal gewesen, in dem viele Männer saßen und Bleibuchstaben in Spiegelschrift in dafür vorgesehene Halterungen reihten. Mitten im Raum stand eine riesige Presse mit einer großen Schraube, die der Drucker fest anzog. Als er die Zwinge wieder öffnete, war der Text auf einen großen Bogen Papier gedruckt worden. Ein anderer Drucker saß an einem Tisch und ordnete die bedruckten Bögen in Stapel. Es hatte nicht allzu lange gedauert, bis man die Anwesenheit der beiden ungebetenen Gäste in der Druckerei bemerkte und sie schroff zur Tür hinauswies, aber sie hatten gesehen, was sie wollten!

An diesem Tag bat Augustin Söffrensson beim Abendessen im Haus des Grafen und der Gräfin um das Wort. Er wollte seinen Landsleuten berichten, dass für ihn die Reise hier fürs Erste zu Ende sei.

«Ich habe heute Nachmittag bei Christian IV. vorgesprochen und um ein königliches Privileg ersucht, in Glückstadt als Schreiner arbeiten zu dürfen», sagte er. Er war von dieser Stadt und all dem Aufbau, der hier im Gange war, fasziniert, und der König hatte sein Anliegen bereitwillig aufgenommen. Denn es fehle hier sowohl an Maurern als auch Zimmerleuten. Eine dringende Aufgabe sei zum Beispiel, den Schlossturm fertig zu stellen, der die künftige Wohnung der Wibeke Kruse werden solle. «Der König hat mir die Erlaubnis erteilt, mich in Glückstadt niederzulassen, und mich, während ich versuche, hier Fuß zu fassen, vorerst beim Turmbau angestellt. Und, was nicht von geringerer Bedeutung ist», fuhr er fort, «er hat auch versprochen, meine und Árnys private Angelegenheiten in seine gnädigen Hände zu nehmen.»

Gudrid horchte auf, und nicht nur sie, als Augustin erklärte, dass der König sich dafür einsetzen wolle, Árnys Scheidung von ihrem Ehemann, Ásmund Björnsson, zu erwirken, sofern dieser noch am Leben sei. Und das, ohne dass sie ihm *adultérium*, *desertio* oder *impotentia* nachweisen müsse, wie sonst vorgeschrieben – obwohl ihre fünfjährige kinderlose Ehe einen gewissen Verdacht auf Letzteres wecke. Árny müsse aber einen Eid ablegen, dass sie von Augustin unberührt sei, und sie dürften nicht unter einem Dach wohnen, bevor sie nicht gesetzlich verheiratet seien. Sonst erwarte sie schwere Geldbußen oder Gefängnis.

Diese Nachricht verschlug so manchem die Sprache. Árny saß neben Augustin und blickte die meiste Zeit verlegen zu Boden, bestätigte aber, was er gesagt hatte. Sie hatte beschlossen, hier zu bleiben und Augustin zu heiraten, sobald sie die Erlaubnis dafür bekamen.

Tatsache war, dass sich bei Augustins Audienz bei Christian IV. herausgestellt hatte, dass der König gut mit den vielfältigen Schwierigkeiten, die auf den Westmänner-Inseln und an den Ostfjorden nach dem Überfall aufgetreten waren, vertraut war. Und er wollte in diesen besonderen Fällen väterliche Güte walten lassen. Er hatte schon in einer Vielzahl Ehebruchsklagen und Vaterschaftsprozessen wegen unehelicher Kinder ein Machtwort gesprochen und in einem Brief 1634 angeordnet, dass das Alte Sittengesetz bei denen, deren Ehemänner oder Ehefrauen von den Türken entführt worden waren, milder ausgelegt werden sollte als sonst üblich. Die Missetäter sollten lediglich für Konkubinat und nicht für Ehebruch verurteilt werden, und keiner sollte dafür hingerichtet werden.

Alle am Tisch waren wie vom Blitz getroffen. Das, was viele vielleicht im Innersten befürchtet, aber die wenigsten auszusprechen gewagt hatten, hatte in Island schon zu öffentlichen und aktenkundigen Gerichtsfällen geführt. Keiner in der Gruppe konnte sich nunmehr der Treue seines Ehegespons sicher sein. Alle mussten damit rechnen, dass ihr angetrauter Gatte mit jemand anderem unter einem Dach lebte. Uneheliche Kinder wuchsen in den Häusern vieler auf.

Auf diese Nachricht hin löste sich die Tischgesellschaft rasch auf, und die Leute gingen zu Bett. Vielen Frauen fiel es schwer, Schlaf zu finden. Einige hörte man weinen. Árny schlich zu Gudrid und fragte sie flüsternd, ob sie ihr Verhalten sehr verwerflich finde.

«Augustin ist gewiss nicht der Einzige, der das zehnte Gebot bricht», sagte Gudrid. «Es ist leicht, sich in unseren Umständen in diese Sünde zu verstricken. Aber dass du dich von deinem Mann scheiden lassen und mit Augustin hier in Glückstadt bleiben willst, hat mich doch überrascht.»

«Ásmund ist ein guter Mann», sagte Árny. «Aber ich habe ihn mehr auf den Rat meiner Eltern hin geheiratet als aus dem

Wunsch meines Herzens. Und das gehört nun Augustin. Diesmal möchte ich auf mein Herz hören. Ich hoffe nur, Ásmund hat eine andere Frau gefunden.»

Am nächsten Morgen hieß es Abschied nehmen. Man wünschte Árny und Augustin das Allerbeste für die Zukunft, und viele hatten Tränen in den Augen, als sie sich von Wilhelm Kifft verabschiedeten. Der Holländer war ihnen mehr ans Herz gewachsen, als ihnen bewusst geworden war. Gudrid erinnerte sich, wie er mit Unnachgiebigkeit und Geschick um ihre Freilassung verhandelt hatte, wie sie sich in ihrer Verzweiflung ihm zu Füßen geworfen und ihr erspartes Geld angeboten hatte, damit die Summe reichte. Jetzt, wo das Gefühl der Freiheit in ihr immer stärker wurde, wollte sie sich vor ihm verneigen und ihm die Hand küssen. Aus tiefster Dankbarkeit. Sie konnte Ólöfs Liebe zu diesem Mann inzwischen nur zu gut verstehen und hatte Mitleid mit der Freundin, die sich nun für immer von ihrem Geliebten verabschieden musste. Aber Ólöf hielt sich erstaunlich tapfer, und auch Kifft war kaum etwas anzumerken, wie schwer ihm der Abschied wurde. Sein Verhalten war bis ins Letzte würdevoll. Als das Schiff unter Rudern langsam aus dem Hafen glitt, sahen die Isländer noch, wie er den Hut lüftete und ihn zum Abschied hoch über dem Kopf schwenkte.

50

Die Fahrt entlang der Küste Schleswigs ging bei günstigem Wind rasch voran. Die Leute hüllten sich in ihre Mäntel, und als sie weiter nach Norden kamen, kramten die Frauen ihre Schleier hervor. Gudrid trauerte der Leinenhose, die ihr in Toulouse abhanden gekommen war, nach; sie hätte sie jetzt gut gebrauchen können. Sogar Brandur fröstelte und meinte, er habe vergessen, wie kalt es im Norden sei. Er stand neben Gudrid an der Reling. Sie sogen die salzige Meeresluft ein.

Brandur hatte das Gespräch wieder auf die Situation zu Hause gebracht. Er sagte, falls sie nach ihrer Heimkehr andere Verhältnisse vorfänden als vor ihrer Verschleppung, hätte er nach wie vor den Wunsch, mit ihr gemeinsam ein neues Leben zu beginnen. So wie Augustin und Árny.

Sie bat ihn, alle Spekulationen solcher Art fürs Erste bleiben zu lassen. Sie hatte ihrem Mann doch einen Brief geschrieben. Eyjólf musste demnach wissen, dass sie noch am Leben war. Sie glaube fest daran, dass er immer noch auf ihre Rückkehr wartete.

Brandur schwieg daraufhin, diesmal aber, ohne zornig zu werden. Sie spürte, wie tief ihre Freundschaft war. Und Brandur war nicht der Einzige, dem das, was Augustin erzählt hatte, durch den Kopf ging.

«Augustin hat mir die Zuversicht genommen», sagte Ingibjörg. «Ich bin jetzt fast überzeugt, dass Jón mich betrogen hat. Wie sollte es auch anders sein? Wie sollte ein Mann im besten Alter neun Jahre ohne Frau auskommen?»

«So, wie eine Frau ohne Mann auskommen kann», antwortete Gudrid.

«Ich musste nicht ohne Mann auskommen», sagte Ingibjörg. «Bist du die ganze Zeit nie mit einem Mann zusammen gewesen, Gudrid?»

«Eine Frau, die man zwingt, wird geschändet und nicht mehr», antwortete Gudrid und wusste, dass sie damit nur die halbe Wahrheit sagte.

Ingibjörg war offenbar mutiger. «So fühlte ich mich auch zuerst», sagte sie. «Aber dann fing ich an, Haki Mustafa zu mögen. Zum Schluss war ich beleidigt, wenn er mich seltener besuchte als andere Sklavinnen. Nach dem zweiten Jahr in seinem Dienst habe ich ihm einen Sohn geboren.»

«Was sagst du da, Ingibjörg?», rief Gudrid. «Du hast ein Kind bekommen, ohne jemandem davon zu erzählen?»

«Ich habe es nicht übers Herz gebracht, den kleinen Kemal zu erwähnen, als wir uns das erste Mal bei der Weihnachtsmette trafen. Er gehörte nicht mir. Er war das Kind des Hausherrn. Ich durfte nicht mit ihm sprechen, auch wenn man mir die erste Zeit erlaubte, ihn zu stillen und seine Wäsche zu waschen. Ich habe versucht zu vergessen, dass ich seine Mutter bin, indem ich nie jemandem von ihm erzählte. Aber bevor ich mich von meiner Sólrun und meinem Ásgrim verabschiedete, habe ich ihnen gesagt, dass sie im Haus Mustafas einen Halbbruder haben.»

Ingibjörg wischte sich Tränen aus den Augen, und Gudrid legte ihrer Schwägerin tröstend die Hand auf den Arm. «Was soll ich tun, wenn mein Jón jetzt mit einer anderen Frau zusammenlebt? Welche Idiotie, für eine solche Ungewissheit drei Kinder in Algier zurückzulassen. Wie konnte ich das nur tun? Spürst du nicht, wie eisig kalt es geworden ist?»

«Es ist nicht deine Art, mit dem Schicksal zu hadern, Ingibjörg», entgegnete Gudrid. «Du darfst nicht den Mut verlieren. Darfst die Hoffnung auf ein glückliches Wiedersehen mit Jón nicht aufgeben. Man kann nicht auf halbem Weg kehrtmachen.»

Ingibjörg sagte, sie beneide Árny um ihre Entscheidung. Aber Gudrid meinte: «Árny hat ihren Mann nicht geliebt. Nicht, wie du Jón geliebt hast und ich Eyjólf.»

«Ach, ich weiß nicht, ob es noch Liebe ist, die mich nach Hause zieht», sagte Ingibjörg und hatte jetzt aufgehört zu jammern. «Es ist wohl einfach nur Trotz oder Dummheit. Und Vergesslichkeit. Ich hatte vergessen, wie kalt mir immer war.»

Es lag etwas wie eine Bedrücktheit über der Gruppe, während sie entlang der Westküste Jütlands nach Norden segelten. Der Wind hatte aufgefrischt, und die Mannschaft der *Spes* zeigte sich von ihrer freundlichsten Seite. Kapitän Henrik Bock ließ es den Isländern auf Kosten des Königs nicht an Essen und Trinken fehlen und gönnte ihnen die gleiche Rumration wie der Mannschaft. Aber die Reisemüdigkeit machte sich bemerkbar. Sorge und Angst hielten sich mit erwartungsvoller Spannung die Waage. Die Zahl der Freigelassenen hatte sich seit ihrem Aufbruch Anfang des Sommers um sechs verringert – sieben, wenn man Kifft mit einrechnete. Nikolaus trauerte um seine Frau Gudrun. Ihr Wiedersehen war zu kurz ausgefallen. Der Witwer schien jetzt um viele Jahre gealtert.

Alle hatten die alte Ingibjörg Valadóttir gemocht, und die Leute von den Ostfjorden schmerzte es, dass sie es nicht erleben durfte, ihrer Enkelin das Kistchen mitzubringen. Diese Aufgabe lag nun in den Händen von Steinunn von Háls.

Und auch wenn kaum einer über das mysteriöse Verschwinden Jón Hallssons sprach, bereitete es doch manchem Kopfzerbrechen. Brandur und Thorsteinn warfen es sich vor, dass sie es seinerzeit nicht zuwege gebracht hatten, die Abreise von Toulouse zu stoppen. Man hatte nichts unternommen, um nach dem Mann zu suchen oder eine Erklärung für sein Verschwinden zu finden.

Halldóra Jónsdóttir hatte Gott von langer Krankheit und schweren Leiden erlöst. Trotzdem trauerten ihre Schwestern um sie und standen schweigend an Deck.

Alle vermissten Augustin, den unternehmungslustigen und großzügigen Mann. Er hatte vielen seiner Landsleute in der Gefangenschaft geholfen. Man war davon überzeugt, dass er in Glückstadt sein Glück machen werde, und alle wussten auch, dass Árny eine tüchtige Frau war. Sie hatte sich als Masseurin im Hammam eigenes Geld verdient und umgerechnet 20 Taler zu ihrem Lösegeld beisteuern können. Genauso viel wie Gudrid. Und trotz einer Spur von Missbilligung hoffte Gudrid, so wie die anderen auch, dass es dem verliebten Paar in ihrer neuen Heimat gut erginge.

Was die Leute aber am meisten wunderte, war, wie sehr sie Wilhelm Kifft vermissten – so wortkarg und steif der Geselle auch gewesen war, außer, wenn er etwas getrunken hatte. Es hatte ihn zwar, mit Ausnahme von Ólöf, keiner näher kennen gelernt, aber er hatte sich ihre Achtung und ihr Vertrauen erworben. Ohne ihn und ohne Augustin fühlten sie sich wie ein führerloses Heer. Die arme Ólöf war wie von Sinnen. Sie lief von einer Seite des Schiffes zur anderen und übergab sich immer wieder. Viele Frauen hatten gehört, wie sie gegen den Wind angeschrien und geklagt hatte. Sie war einfach untröstlich.

An der Nordspitze von Jütland gerieten sie eine Nacht lang in eine totale Flaute. Die Segel hingen schlaff von den Masten, und das Schiff trieb langsam dahin. Im Morgengrauen waren sie der Küste so nahe gekommen, dass sie die flachen weißen Sandstrände mit ihren dunkelgrünen Föhrenwäldern dahinter sehen konnten. Dann frischte der Wind wieder auf, die Segel blähten sich, und das Schiff nahm Kurs auf Süd. Zehn Tage nachdem sie in Glückstadt ausgelaufen waren, erblickten sie am 31. August die Hauptstadt des dänischen Reiches, Kopenhagen. Auch wenn der Schiffsverkehr hier nicht mit dem im Ärmelkanal oder vor der holländischen Küste zu vergleichen war, kreuzte doch eine beachtliche Flotte auf dem Meer, und die Hauptstadt erglänzte stolz mit ihren Festungen und Kirchtürmen wie andere Städte, die sie gesehen hatten. Aber inzwischen hatten sie aufgehört, die Augen weit vor Staunen aufzureißen.

Kurz vor den Stadtmauern segelten sie an einem Gelände an der Küste vorbei, auf dem an großen Schiffen gebaut wurde, und andere standen zur Reparatur aufgebockt. Im Norden wurde diese Werft von einem langen Gebäude begrenzt, während sie an den anderen Seiten ein hoher Zaun aus dicken Stämmen umschloss.

Die Matrosen bestätigten, was die isländischen Männer schon vermutet hatten, dass dies das berüchtigte Straflager Brimarholm war. Dorthin war so mancher isländische Verbrecher gebracht worden, um in Ketten schwere Strafarbeit zu leisten, und wenige, wenn überhaupt einer, waren zurückgekehrt. Den Freigelassenen von Algier brauchte keiner zu erzählen, wie man sich die Sklavenarbeit in den Werften des guten Königs Christian IV. vorzustellen hatte. Und auch wenn die halb fertigen Schiffe einen schönen Anblick boten, erfüllte er die Leute mit gewissem Unbehagen.

Die Insel Brimarholm war mit einer Zugbrücke mit dem Land verbunden, und von ihr führte ein kurzer Weg durch die Festungsmauer in die Stadt hinein. Über sie erhoben sich viele Kirchtürme, und auch am Schloss ragte von einem mächtigen Festungsturm ein hohes, spitzes Dach auf, auf dem übereinander zwei Kronen prangten. Das musste wohl das gefürchtete Gefängnis «Blauturm» sein.

Die *Spes* ging im Kriegshafen vor Anker, der von zwei langen Gebäuden, dem Zeughaus auf der einen Seite und dem Proviantlager auf der anderen, flankiert wurde. Diese beiden Gebäude waren durch eine lange Reihe alter Häuser verbunden, die den Hafen zum Schlossplatz hin abgrenzten. An der Südseite der Stadt zog sich eine breite Schanze entlang, und auf den niedrigen Hügeln hinter der Stadtmauer standen in einer langen Reihe Windmühlen.

Der Kapitän verkündete den Leuten, dass sie an Bord des Schiffes bleiben müssten, während er in die Kanzlei ging und Bericht erstattete. Sie müssten sich gedulden, bis man eine Unterkunft für sie gefunden habe, schließlich hätten sie ja reichlich Zeit. Den ganzen kommenden Winter. Vor dem nächsten Frühling ginge kein Schiff nach Island.

51

Als am nächsten Tag der Kanzleirat die Freigelassenen aufsuchte, hatten sie Schwierigkeiten, seine Fragen und Anordnungen richtig zu verstehen. Jetzt fehlte ihnen der gute Übersetzer und Führer Kifft. In der Gruppe war keiner, der mehr Dänisch konnte als das, was notwendig gewesen war, um sich bei Geschäften mit den Kaufleuten auf den Westmänner-Inseln, in Djúpivogur oder Grindavik verständlich zu machen. Ásta, Brandur und Gudrid konnten ihm noch am ehesten folgen, und sie verstanden das, was sie sowieso schon wussten: dass der König nicht in der Stadt war und es schwierig sei, so ganz unvorbereitet Platz für eine so große Gruppe zu finden. Das Gepäck, sagte der Mann, könnten sie fürs Erste im Proviantlager abstellen. Dann bat er sie, ihm in ein Gasthaus zu folgen.

Während des Essens in der Schenke machte man ihnen verständlich, dass man sie in Gruppen aufteilen würde. Die sechs Männer sollten in der Unterkunft der Studenten der Universität wohnen, im Collegium Regium oder der Regenz, wie sie im Volksmund genannt wurde. Dort müsse es so früh im Herbst noch leere Zimmer geben. Die Frage sei aber, was man mit den sechsundzwanzig Frauen machen solle. Es wäre teuer und schwierig, sie den ganzen Winter im Gasthaus zu behalten, weshalb man sie wahrscheinlich bei den besseren Bürgern der Stadt unterbringen müsse, unter der Bedingung, dass sie dort als Dienstboten arbeiteten.

Bis es aber so weit war, wurden die Frauen für die ersten Nächte in der Hauptstadt im Gasthaus einquartiert. Sie verbrachten die

Tage damit, die Nachbarschaft zu erkunden und zu lernen, sich in den Straßen der Stadt zurechtzufinden. Etwas anderes hatten sie nicht zu tun. Sie waren wie eine Herde verirrter Schafe ohne ihren guten Hirten.

Eines Abends, als sie alle im Gasthaus beim Essen saßen, kam ein junger Mann zu ihnen und redete sie auf Isländisch an. Die Leute waren sprachlos, dass ein Unbekannter sie in der Muttersprache grüßte.

Er stellte sich als Brynjólf Sveinsson vor und sagte, er käme aus Holt am Önundarfjord in Westisland und sei der neu bestellte Konrektor in der Schule von Roskilde. Man habe ihn gebeten, dabei behilflich zu sein, den Aufenthalt seiner Landsleute in der Hauptstadt aufs Beste zu regeln, bis sie ihre Reise in die Heimat fortsetzen könnten. Der Mann hatte ein unbefangenes Auftreten und befragte die Leute ausführlich über ihre Gefangenschaft in Barbarien und die Pflege des rechten Glaubens dortzulande. Am meisten staunte er darüber, dass man ihnen in der Stadt der Muselmanen erlaubt hatte, eine christliche Kirche zu besuchen, wenn er auch bedauerte, dass es eine katholische gewesen war. Alles in allem schien es ihm, dass den Leuten eine Auffrischung von Luthers Lehren nicht schaden könnte. Außerdem bemerkte er, dass ihre Sprechweise recht holprig geworden und ihre Wortwahl merkwürdig war. Er bestellte sie für den nächsten Tag, eine Stunde vor der Vesper, zu sich in die *Kirche Unserer Lieben Frau* und wollte bis dahin einen Lehrer aufgetrieben haben, der mit ihnen den Katechismus wiederholen sollte.

Die Freigelassenen waren lange vor der abgemachten Zeit zur Stelle und warteten vor der *Kirche Unserer Lieben Frau.* Die Sonne stand noch hoch am Himmel, und sie genossen die milde Herbstluft und betrachteten das Treiben rundum. Frauen mit Essenskörben in der Hand eilten über den Platz, Männer marschierten mit Keschern auf den Schultern vorbei, Hunde liefen hinter ihren Herren her, Kinder spielten, Katzen räkelten sich in der Sonne. Brynjólf erschien zur festgesetzten Zeit und führte die Gruppe in das gewaltige Gotteshaus. Er wies die Leute an den Seitenaltar, vor dem er ein kurzes Gebet sprach. Dann wandte er sich wieder an die Gruppe und informierte sie über ihren künftigen Lehrer, einen jungen, viel versprechenden Studenten aus der *Schule Unserer Lieben Frau*, der gleich nach dem Ende des Unterrichts kommen würde. Der junge Mann heiße Hallgrim Petursson, er sei der Sohn von Petur Gudmundsson, dem Glöckner des Doms zu Hólar in Nordisland, ein Verwandter des seligen Bischofs Gudbrand. Er sagte, Hallgrim habe seit seiner Jugend in Dänemark gelebt und sei mit allen Dingen in Kopenhagen vertraut. Er wäre ihnen somit nicht nur ein Führer in geistlichen Fragen, sondern stünde ihnen auch, wenn nötig, in allen anderen Dingen mit Rat und Tat zur Seite.

Allein, der Kerl ließ auf sich warten. Schließlich hörte man aber, wie jemand mit raschen Schritten durch den Mittelgang hereinkam, ihr Echo hallte aus dem hohen Gewölbe wider. Dann erschien er vor der Gruppe: schwarz gekleidet, groß, mit dunklen Augenbrauen und Büchern unter dem Arm. Sein Talar war nur halb zugeknöpft und verrutschte, als er sich ihnen zuwandte und um Verzeihung bat, dass er zu spät käme. Das Papier sei ihm ausgegangen und er habe in die Kanzlei der Schule hochlaufen und einen Bogen holen müssen. Er sagte, er wolle auf Anordnung Brynjólfs zuerst die Namen der Freigelassenen notieren. Sodann verschwand er kurz weiter hinein in die Kirche, kehrte mit einem Schreibpult zurück und stellte es vor den Leuten auf. Er legte Bücher und Papierbogen auf das Pult und zog ein Tintenfässchen aus seiner Tasche und eine Gänsefeder unter seinem Hemd hervor. Dann ließ er einen freundlichen Blick über die Gruppe schweifen.

«Willkommen von eurer langen Reise, wollte ich eigentlich gesagt haben», begann er. «Es hat den hochverehrten Herrn König gewiss einen hübschen Batzen Geld gekostet, euch freizukaufen, Gott sei ihm gnädig. Aber was gibt es vom türkischen Sultan zu berichten? Hat er euch unter Tränen ziehen lassen?»

Die Leute waren von der Art der Frage überrascht. Sie murmelten etwas, wussten aber nicht recht, wer der Sprecher der Gruppe sein sollte. Brynjólf meinte, sie hätten später noch genug Muße, um über die Zeit in Barbarien zu sprechen, jetzt wäre es angebracht, damit zu beginnen, dass jeder vortrete und seinen Namen sage.

Brandur trat als Erster vor: Brandur Arngrimsson.

Dann kam Thorsteinn Bjarnason und so ein Mann nach dem anderen. Als Einar Loftsson seinen Namen nannte, fragte der junge Student mit einer Mischung aus Neugier und Mitleid in der Stimme:

«Was ist dir zugestoßen?»

«Ich habe Wasser aus einem falschen Brunnen geholt», antwortete Einar wie unzählige Male zuvor.

«Das nenne ich eine harte Strafe für ein kleines Vergehen», sagte der Schreiber.

«Ja, ich weiß, ich sehe nicht schön aus», antwortete Einar, «aber schlimmer fand ich noch, dass ich meine rechte Stimme verlor.»

«Aber das Leben hast du behalten, Freund, und dafür musst du dankbar sein», sagte Hallgrim.

Als die Reihe an die Frauen kam, nannte Madame Ásta als Erste ihren Namen: Ástrid Thorsteinsdóttir von Ofanleiti auf den Westmänner-Inseln.

Brynjólf blickte auf, als er den Namen Ofanleiti hörte. Er fragte, ob sie möglicherweise die Ehefrau des weithin berühmten Pfarrers Hochwürden Ólaf Egilsson sei?

«So ist es der Fall», sagte Ásta, «aber ich wusste nicht, dass Ólaf weithin berühmt ist.»

Brynjólf erzählte ihr, dass Ólaf ein kleines Buch über seine Reise, vom Tag des Überfalls bis zu seiner Rückkehr auf die Westmänner-Inseln, verfasst habe.

«Das Büchlein geht in Island in Abschriften von Hand zu Hand. Ich habe selbst ein Exemplar in die Finger bekommen und es mit großem Interesse gelesen. So viel ist sicher, dass die Schrift dem Ruf, der ihr vorauseilt, mehr als gerecht wird.»

Ásta fand das eine gute Nachricht. Sie fragte Brynjólf, ob er noch Genaueres von ihrem Mann wisse. «Er hat jetzt immerhin die siebzig schon um zwei Jahre überschritten», fügte sie nicht ohne Sorge in der Stimme hinzu.

Aber Brynjólf hatte keine neuen Nachrichten über Hochwürden Ólaf.

«Erinnere ich mich recht, dass eure Kinder mit euch entführt wurden?», fragte er dann.

«Das ist richtig», antwortete Ásta. «Unsere älteste Tochter Helga war zum Zeitpunkt des Überfalls auf dem Festland. Ich hoffe, sie zu Hause lebend anzutreffen. Aber drei Kinder sind den Seeräubern in die Hände gefallen. Das Mädchen ist gestorben, und die beiden Jungen haben sie mir weggenommen.»

Als die Madame über ihre Kinder sprach, versagte ihr die Stimme. Brynjólf blickte sich verlegen um, aber Hallgrim zog ein viel benutztes Taschentuch hervor und reichte es ihr. Er wartete, bis sie sich die Tränen getrocknet hatte, nahm das Tuch wieder an sich und legte es auf das Pult, bevor er die nächste Frau bat, ihren Namen zu nennen. Gudrid trat als Letzte vor ihn.

«Gudrid Simonardóttir», sagte sie so leise, dass Hallgrim sie bat, den Namen zu wiederholen.

«Gudrid Simonardóttir», sagte sie nochmal etwas lauter. Es war schon so lange her, seit sie sich zuletzt mit vollem Namen vorgestellt hatte.

Er schien ihren Namen mit Sorgfalt zu notieren. Dann wiederholte er ihn fragend und sah ihr gerade ins Gesicht. Seine Augen blickten dunkelbraun unter den dichten schwarzen Brauen hervor. Sie musste an Rembrandt denken: Hallgrim hatte denselben forschenden Blick. Sie konnte sich nicht abwenden. Es war, als ob er sie mit seinen Blick gefangen hielte. Wollte er sie vielleicht auch nach Sölmund fragen? Würde ihr bei der Antwort die Stimme ebenso versagen wie Ásta? Sie blickte zu Boden, um ihre Erregung zu verbergen.

Er stellte keine weiteren Fragen, sondern blies auf den Bogen mit den Namen, bevor er ihn zusammenrollte. Die Glocken läuteten zum Gottesdienst. Es hatten sich zahlreiche Menschen in der Kirche eingefunden, und zwei Priester stellten sich vor dem Seitenaltar auf der anderen Seite des Querschiffs auf und begannen ihren Messgesang. Brynjólf bat die Leute, an der Abendandacht teilzunehmen. Er und Hallgrim stimmten beide mit kräftiger Stimme in den Gesang ein.

Gudrid musterte die beiden Männer, wie sie Seite an Seite vor dem Altar standen. Hallgrim war fast einen Kopf größer als Meister Brynjólf. Ihre Haltung war sehr unterschiedlich. Brynjólfs Gestalt wirkte Ehrfurcht gebietend und würdig, während Hallgrim einen fast nachlässigen, wenn auch zupackenden Eindruck machte. Brynjólf hatte einen rötlichen Teint und ebenmäßige Züge, Hallgrim dagegen ein eher unschönes Gesicht mit einer runden Nase, dicken Lippen, einer breiten Stirn und buschigen Brauen. Er hatte eine dunkle Hautfarbe, die fast an einen Mauren erinnerte, das Haar war fast schwarz und struppig und mit hohem Schläfenansatz. Aber seine Augen waren wie zwei Magneten. Gudrid musste immer wieder zu ihnen hinsehen, auch wenn sie den Blick sofort wieder abwandte.

Nach der Abendandacht erklärte Brynjólf den Leuten, dass der Unterricht in Zukunft im Lesesaal oben im Kirchturm stattfinden werde. Es sei ihre Pflicht, jeden Tag vor dem Ende von Hallgrims Schultag vor der Kirche zu erscheinen. Er würde sie dann die noch verbleibende Stunde bis zur Abendandacht unterrichten. Nach der Andacht, an der alle teilnehmen mussten, sollten sie gleich zu sich nach Hause gehen. Es sei nicht ratsam, nach Einbruch der Dunkelheit noch unterwegs zu sein, da bei Nacht viele Gefahren in der Hauptstadt lauerten. Er sagte, man müsse damit beginnen, den Katechismus Luthers aufzufrischen, und danach sollten sie dänische und isländische Lieder lernen. Wenn die Leute Hallgrims Hilfe zum Lösen weltlicher Angelegenheiten bedürften, müssten sie dazu die Mittagspause der Schüler zwischen zehn und zwölf Uhr verwenden. Zum Schluss schärfte er Hallgrim noch ein, seine Erzieherrolle mit Gewissenhaftigkeit und Verantwortung auszuüben.

Brynjólf begleitete die Frauen wieder zum Gasthaus zurück. Bevor er sich von ihnen verabschiedete, sagte er noch, er habe erfahren, dass man einigen von ihnen Arbeit in der Schenke anbieten werde, und auch Bürger der Stadt hätten Interesse bekundet, isländische Frauen als Dienstmägde zu sich ins Haus zu nehmen. Er sagte, er hoffe, dass ihnen allen der Aufenthalt in Kopenhagen zur Erbauung und zum persönlichen Nutzen gereiche. Sie sollten nie vergessen, dass Gott sich ihrer erbarmt habe und ihm Lob, Ehre und Preis gebühre, dass sie jetzt ihrem Ziel, wieder in die Heimat zurückzukehren, so nahe seien. Mit diesen Worten kehrte er zu seinen Pflichten nach Roskilde zurück.

52

Am nächsten Tag erschien eine Frau im Gasthaus und sagte, sie suche zwei Gehilfinnen für die Arbeit in der Schenke der Christine an der Højbro. Die Wahl fiel auf Thórey Halldórsdóttir und Gudrid. Zu dieser Anstellung gehörte eine kleine Kammer unter dem Dach des Hauses, die sie miteinander teilen sollten. Gudrid schleppte ihre Kiste über eine enge Treppe hinauf und stellte sie ans Fußende eines schmalen Bettes unter der Dachschräge. Thórey breitete den Inhalt ihres Bündels auf dem Bett gegenüber aus: viel strapazierte Kleider, allerlei Kleinkram aus Algier und dazu noch ein paar Gegenstände, die sie auf dem Weg durch Europa angesammelt hatte. Und mitten unter Thóreys ärmlichen Habseligkeiten entdeckte Gudrid ihre feine Hose, die sie seit dem Aufenthalt in Toulouse vermisste.

«Da ist ja meine Hose!», entfuhr es ihr.

«Deine Hose?», fragte Thórey und schien nicht weniger verwundert. «Das ist meine Hose.»

«Wie kann das sein?», entgegnete Gudrid. «Wo ich doch diese Hose mit meinen eigenen Händen genäht habe.»

«Man hat mir diese Hose geschenkt», behauptete Thórey.

«Und wer soll sie dir geschenkt haben?», wollte Gudrid wissen.

«Das darf ich dir nicht verraten», sagte Thórey.

Gudrid nahm die Hose, drehte und wendete sie und musterte sie von allen Seiten. Sie befühlte das dünne Leinen, ließ ihre Hand über die Rüschen an den Beinen gleiten, untersuchte die Nähte und hatte nicht den geringsten Zweifel, dass dies die Hose war, die sie sich vor dem Besuch bei Anna Jasparsdóttir genäht hatte. Ihre Herrin Adila hatte ihr den Stoff dazu gegeben. Sie wiederholte:

«Das ist meine Hose!»

Aber Thórey war nicht bereit nachzugeben.

«Eine von uns hat mir die Hose geschenkt», behauptete sie weiter steif, «damit ich etwas Schönes zum Anziehen habe, wenn ich nach Kopenhagen komme und Oli Anderson treffe. Ich habe ihm in Marseille versprochen, nach ihm zu suchen.»

«Und wann soll dir die, die du nicht nennen willst, meine Hose geschenkt haben?», fragte Gudrid und wurde allmählich ärgerlich.

«Ich weiß nicht mehr, ob es in Bordeaux oder auf dem Schiff nach England war», antwortete Thórey, ohne mit der Wimper zu zucken.

Gudrid zögerte. Es stand außer Frage, dass es ihre Hose war, aber sie war in Toulouse verschwunden, und es könnte somit tatsächlich sein, dass sie eine andere Frau entwendet und dann Thórey untergeschoben hatte. Sie fragte, ob sie Oli Anderson denn schon ausgeforscht und die Hose bereits verwendet habe, aber Thórey schüttelte den Kopf.

«Ich habe eine Zeugin, dass das meine Hose ist», sagte Gudrid fest entschlossen. «Ich will sie wiederhaben.»

Da griff Thórey nach der Hose und schleuderte sie ihr hin.

«Dann behalte doch diese Hose, du Hure», rief sie, schnaubend vor Zorn. «Du willst dich doch nur für Brandur fein machen, so wie du ihm den ganzen Weg über hierher schöne Augen gemacht hast. Du als verheiratete Frau!»

«Ja, ich bin eine verheiratete Frau», zischte Gudrid. «Und wenn ich mich für jemanden fein mache, dann für meinen Ehemann und keinen anderen. Versuch du nicht, mich des Ehebruchs zu bezichtigen!»

Sie standen sich voll Zorn mit hochroten Köpfen gegenüber, als die Wirtin sie von unten zur Arbeit rufen ließ.

Die Schenke war im Keller des Hauses eingerichtet, und die Besitzerin zeigte ihnen, worin ihre Arbeit bestand: Sie sollten den

Gästen Bier verkaufen. Aber um das Geschäft zu steigern, und da die Gäste hauptsächlich männlich waren, mussten sie ein fröhliches Gesicht machen und entsprechend gekleidet sein. Es ging nicht an, die Jacke bis zum Hals zugeknöpft zu tragen. Die Wirtin zog sie beiseite, gab ihnen weite Röcke und ließ sie in eng geschnittene, ärmellose Leibchen schlüpfen, die sie über einem dünnen Hemd mit weiten Ärmeln und einem tiefen Halsausschnitt tragen sollten. Die Frauen kannten diese Art von Kleidung schon aus den Schenken Frankreichs und Amsterdams.

Als Thórey im Spiegel sah, wie sehr ihr diese Kleider standen, fand sie ihre gute Laune wieder. Sie war eine hübsche Frau und schlank gewachsen und genoss die Blicke der Männer. Aber Gudrid wurde verlegen, als sie merkte, wie ihr die Brüste von dem engen Leibchen förmlich aus dem Hemd gedrückt wurden.

Sie versuchte der Wirtin klar zu machen, dass sie sich als verheiratete Frau nicht so unter fremden Männern zeigen könne, aber die Frau schüttelte nur den Kopf und behauptete, sie nicht zu verstehen. Dann schob sie die Isländerinnen wieder in die Schenke und stellte sich neben ihre junge Tochter hinter den Tresen. Sie rief Thórey und Gudrid zu, sie sollten Acht geben und lernen! Dann lehnten sich Wirtin und Tochter weit vor, damit ihre runden Brüste gut zum Vorschein kamen, und lächelten über das ganze Gesicht.

Als es an der Zeit war, in die *Kirche Unserer Lieben Frau* zum Unterricht zu gehen, zogen Gudrid und Thórey wieder ihre Reisekleider und die schwarzen Mäntel an und stießen vor dem Gotteshaus auf ihre Landsleute.

Wie am Tag zuvor ließ Hallgrim etwas auf sich warten. Er führte die Gruppe eine steile, enge Wendeltreppe hoch und durch einen dunklen Flur zur Tür des Lesesaals. Dort schloss er mit einem Schlüssel auf und ließ die Leute in den Raum. Die Luft darin war schwer. Er öffnete ein kleines Fensterchen, zündete Kerzen an und forderte seine Schüler auf, sich auf die Bänke gegenüber einem hohen Pult zu setzen. An der Wand dahinter hing ein einfaches

Holzkreuz. Er ließ seinen Blick vom Pult herab einen Augenblick über die Gruppe schweifen, kratzte sich am Kopf, lächelte entschuldigend und sagte, er könne sich nur an ganz wenige der Namen erinnern. Er müsse damit anfangen, sie aufzufrischen. Dann bat er jeden aufzustehen, sobald er seinen oder ihren Namen nenne, rollte den Bogen Papier aus und begann zu lesen.

Seine Stimme hatte einen etwas heiseren, aber merkwürdig schönen Klang, und er las jeden einzelnen Namen so langsam und deutlich vom Blatt, als ob er damit ein Bild des Namensträgers zeichnen wollte.

Gudrid musste daran denken, wie achtlos man all die Jahre in Barbarien mit ihren Namen verfahren war. Wie falsch man sie ausgesprochen und auf jede Art verballhornt hatte. Man hatte sie Guri, Gurid und Gadda genannt oder – was noch schlimmer war – mit Schimpfworten gerufen: Hure, Christenhündin!

Hallgrim sprach ihren Namen aus, als ob er eine feine Dame begrüßte, die eben von einer Vergnügungsreise heimgekehrt war: «Gudrid Simonardóttir.»

Sie stand auf und blickte ihm in die Augen. Ihr Herz begann unvermittelt schneller zu pochen und sie setzte sich rasch wieder auf die Bank. Was war mit ihr los? Konnte sie diesem jungen Mann nicht in die Augen sehen, ohne aus dem Gleichgewicht zu geraten? Konnte sie ihren Namen nicht schön ausgesprochen hören, ohne das gleich als Liebkosung zu empfinden?

Dann begann der Unterricht. Hallgrim hob den Katechismus Luthers hoch und sagte, er würde ganz am Anfang beginnen. Als Erstes sollten sie die Zehn Gebote wiederholen, die Gott den Menschen gegeben hatte. Das erste lautete natürlich: *Ich bin der Herr, dein Gott, du sollst keine anderen Götter neben mir haben.*

Er blickte wieder über die Gruppe. «Und was sagt Luther dazu? Er sagt: Wir sollen vor allen Dingen Gott fürchten, ihn lieben und an ihn allein glauben. Das sagt Luther. Und was wollt ihr dazu sagen? Ihr, die ihr aus dem Land des fremden Gottes kommt, den sie Allah nennen?»

Die Frage überraschte die Freigelassenen. Sie hatten keine Antwort parat. Wollte er wirklich, dass sie ihm vom Gott der Türken in Algier erzählten? Als keine Antwort kam und Hallgrim die Auslegung Luthers nochmals wiederholte, hatte Gudrid das Gefühl, dass man jedes seiner Worte genauso gut auf Allah übertragen konnte. Sie trafen auf ihn nicht weniger zu als auf ihren Gott. Ihre Herrin Adila fürchtete ihren Gott, daran war kein Zweifel, und auch nicht daran, dass sie ihn liebte und aus ganzem Herzen nur an ihn glaubte. War das ein fremder Gott? War das nicht derselbe?

Aber dürfte sie etwas dergleichen laut sagen? Würde sie der junge Mann nicht missverstehen und für eine Ketzerin halten? Sie beherrschte sich und schwieg. Und weil auch sonst keiner den Mund auftat, blieb Hallgrim nichts anderes übrig, als selbst weiterzusprechen. Er sprach lange und ausführlich über dieses erste Gebot, und sie hörten zu. Erst mit gesenkten Köpfen, aber dann hoben sie die Augen und blickten in dieses sprechende Gesicht. Hallgrim redete nicht schnell, sondern wählte seine Worte mit Sorgfalt, und er sprach sie mit Bedacht aus. Die Leute schreckten ganz erstaunt hoch, als mitten in seinem Vortrag plötzlich die Glocken zur Andacht geläutet wurden. Hallgrim schloss den Katechismus, bedankte sich mit einem verschmitzten Lächeln für ihre Geduld und sagte, alle sollten sich zum Abendgebet hinabbegeben.

Gudrid ging als Letzte aus dem Raum. Hallgrim wartete an der Tür, um sie abzuschließen, und folgte ihr dann die Wendeltreppe hinab. Es bereitete Gudrid Unbehagen, ihn so dicht hinter sich zu spüren. Ihr Herz begann wieder rasend zu klopfen. Brütete sie irgendeine Krankheit aus? Der Gesang während der Andacht war nicht mehr als ein ständiges Sausen in ihren Ohren. Als sie am Abend den Kopf auf das Kissen des schmalen Bettes in ihrer Kammer legte und die Augen schloss, sah sie sein Gesicht vor sich und hörte ihn wieder und wieder ihren Namen aussprechen: «Gudrid Simonardóttir. Gudrid Simonardóttir. Gudrid Simonardóttir.»

53

Er hatte über das sechste Gebot gesprochen: *Du sollst nicht ehebrechen.* Oder wie Luther sagt: Wir sollen Gott fürchten und lieben. Damit wir keusch in Worten und in Werken leben und ein jeder seinen angetrauten Ehegatten liebe und ehre. Und weiter: Was ist uns durch dieses Gebot verboten? Dass wir weder denken, sprechen noch tun sollen, was ungeziemend oder ungebührlich ist. Und was ist uns befohlen? Dass wir ein enthaltsames und keusches Leben führen, sowohl in der Ehe als auch außerhalb der Ehegemeinschaft.

Da stand er, dieser junge Mann, und wollte ihnen das sechste Gebot erklären, ihnen, die neun Jahre lang unter Verhältnissen gelebt hatten, die es ihnen so schwer wie nur erdenklich gemacht hatten, dieses Gebot einzuhalten. Viele der Frauen waren in der Sklaverei von ihren Herren oder deren Brüdern und Söhnen geschändet worden. Die Männer hatte man ihren Ehefrauen oder Verlobten entrissen oder ihnen den Umgang mit ihnen fast ein Jahrzehnt lang untersagt. Sie ließen diese Predigt mit verbissenen Gesichtern zornig über sich ergehen und sagten nachher zueinander, dass dieses lange, schlaksige Bürschchen seine Lektion im Leben erst lernen müsse. Der Blick der Frauen wurde einfach nur verschlossen und unnahbar.

Später am Abend tauchte Hallgrim in Christines Keller auf. Und wieder spürte Gudrid dieses Herzklopfen, als sie ihn sah. Sie wagte nicht, sich ihm zu nähern, und die Wirtin selbst schenkte ihm das Bier ein. Thórey zupfte Gudrid am Ärmel und machte sie darauf aufmerksam, dass sie der Studiosus mit den Augen verfolgte.

«Es ist, als ob ihm etwas auf dem Herzen läge», flüsterte sie. «Müssen wir ihm nicht Gelegenheit geben, uns anzusprechen?», fügte sie hinzu und drückte sich das nächste Mal nahe an Hallgrim vorbei. Er nickte ihr zu und lächelte. Seine Zähne leuchteten sehr weiß in dem dunklen Gesicht.

Je länger der Abend dauerte, desto mehr füllte sich die Schenke, und einige Gäste begannen mit den neuen Mädchen zu scherzen und sich darüber zu amüsieren, wie schlecht sie Dänisch konnten. Sie wollten wissen, woher sie kämen, aber sie wussten nicht, was sie antworten sollten. Woher kamen sie? Wer waren sie? Sollten sie sagen, sie kämen aus Algier oder aus Island?

Gudrid war froh, sich um die Antwort drücken zu können, als die Wirtin sie mit einem zweiten Krug Bier zu Hallgrim schickte. Er nahm einen Schluck.

«Warum ist es so schwer, euch zum Reden zu bringen?», fragte er dann. «Ihr sagt nie etwas. Ihr habt heute kein einziges Wort gesagt.»

Sie blieb vor ihm stehen. Merkwürdig, wie schwer es ihr fiel, vor ihm zu sprechen. «Wir haben unsere Sprache schon fast verlernt. Wir reden doch alle halbes Kauderwelsch.»

«Welch ein Unsinn», sagte er. «Und außerdem lernt ihr die Sprache nur durch Sprechen wieder ganz.»

«Wir haben vielleicht Angst, dass du nicht verstehst, was wir zu sagen haben könnten. Wie sollte sich ein junger Student in unsere Lage versetzen können?»

«Ich bin kein Kind mehr», sagte er.

«Vielleicht sagen wir morgen etwas», meinte sie.

«Das wäre schön», sagte er und lächelte.

Sie lächelte zurück.

Und die Behandlung des siebten Gebots erwies sich als viel einfacher als die des sechsten. *Du sollst nicht stehlen.* Es gab wenige Diebe in dieser Gruppe.

Die Auslegung begann mit dem üblichen: Wir sollen Gott fürchten und lieben. Dann fuhr er mit den Erklärungen Luthers fort, dass wir nicht unserem Nächsten Geld oder Gut entwenden oder es uns mit gefälschtem Geld oder Hinterlistigkeit aneignen, sondern ihm helfen sollten, damit er sein Hab und Gut behalte.

«O ja», sagte Einar Loftsson.

Und alle, die sich dazu äußerten, waren einer Meinung, dass man den Besitz des Nächsten respektieren sollte. Selbst in der größten Not hatte keiner das Recht, unerlaubt etwas von anderen zu nehmen.

Gudrid warf Thórey einen raschen Blick zu, konnte aber nichts in ihrem Gesicht entdecken, was auf ein schlechtes Gewissen hindeutete. Im Gegenteil.

«Wann kommt denn das Gebot an die Reihe, dass der, der zwei Mäntel besitzt, dem einen geben soll, der keinen hat?», fragte Thórey.

Hallgrim zögerte einen Augenblick. «Unter den Zehn Geboten gibt es kein solches», sagte er dann. «Diese Forderung hat Jesus Christus aufgestellt. Sie kommt später zur Sprache.»

Am Abend saß Hallgrim wieder in der Schenke. Thórey brachte ihm einen Krug Bier und erzählte Gudrid hinterher, dass er ihr für die gute Frage gedankt habe. Als ihm Gudrid später dann den zweiten Krug hinstellte, meinte er, es freue ihn, dass die Leute endlich begonnen hätten, den Mund zu öffnen. «Nur du hast nichts gesagt», fügte er hinzu und blickte sie ein wenig schelmisch an.

Sie brachte kein Wort heraus.

«Sag etwas», forderte er sie auf.

«Über das siebte Gebot?», fragte sie.

«Egal worüber», meinte er und blickte ihr in die Augen.

«Ich darf nicht zu lange bei einem Bekannten stehen und tratschen», sagte sie. «Die Wirtin sieht das nicht gern. Ich muss mich auch um andere kümmern.»

Den Rest des Abends widmete sie sich den anderen Gästen.

Eines Tages im Oktober tauchte Hallgrim schon früh am Morgen mit anderen Studenten in Christines Schenke auf. Die meisten seiner Kameraden schienen jünger zu sein als er. Sie hatten einen Tag freibekommen, denn an diesem Tag, dem neunten Oktober, sollten alle Bürger der Stadt die junge Königstochter Leonora Christina an ihrem Hochzeitstag mit dem Grafen Korfitz Ulfeldt hochleben lassen. Mit etwas Glück könnte man sogar einen Blick auf die Braut erhaschen, wenn man sie über den Platz ins Schloss führte, wo das Fest stattfand. Schon im Morgengrauen hatten Gudrid und Thórey durch das Dachfenster Trommeln und Blasmusik vernommen, die von der Schlossinsel herüberdrangen. Christine hatte ihnen verraten, dass die Prinzessin erst fünfzehn Jahre sei, während der Graf, ein eleganter Mann und Ritter des Ordens des Elefanten, auf die dreißig zugehe. Man prophezeite ihm eine große Karriere bei Hof. Leonora Christine war angeblich der Augenstern des Königs unter seinen zwanzig Kindern. Sechs hatte ihm die selige Königin Anna Katrine geschenkt, zehn Christine Munk, die Mutter Leonoras, die ihn später verlassen hatte, ein Kind hatte er von je einer Konkubine aus der Zeit vor Christine und zwei Kinder jetzt mit Wibeke Kruse.

«Ja, dem König ist das eine oder andere gestattet, das dem gemeinen Volk verboten ist!», sagte die Wirtin und grinste. «Das Alte Sittengesetz gilt wohl nur für unsereins.»

Hallgrim bat die Wirtin, den beiden Frauen zur Feier des Tages freizugeben, aber die schüttelte den Kopf. Sie könnten ihretwegen den Höhepunkt der Feierlichkeiten, wenn die Prinzessin der Menschenmenge zuwinke, aus dem Dachfenster mitverfolgen, aber dann müssten sie rasch wieder herunterkommen, denn danach würde in der ganzen Stadt gefeiert und getanzt, die Leute würden sich betrinken – und das bedeute guten Gewinn.

Und die Wirtin wusste, wovon sie sprach. Gudrid und Thórey blickten vom Fenster aus über das Menschenmeer vor dem Schloss und auf den Brücken, die auf die Insel zu ihm hinausführten. Trompeten wurden geschmettert, es wurde geklatscht und Hurra gerufen. Dann kam plötzlich Bewegung in die Massen, und sie sahen, wie die Leute auf die Schenken zuströmten.

Sie liefen rasch nach unten, wo der Gastraum sich im Handumdrehen füllte: Studenten der Universität oder der *Schule Unserer Lieben Frau*, Schuster, Gerber, Schlachter, Bäcker, Zimmerleute, Fährruderer – und viele hatten diesmal ihre Frauen mitgebracht. Sie kamen gar nicht nach, allen Bier einzuschenken. Und mitten in all dem Gedränge fasste plötzlich ein Mann Thórey von hinten um die Taille, drehte sie zu sich um und griff nach der Kapsel, die sie um den Hals trug.

«Wer hat dir diesen Anhänger geschenkt?», fragte der Mann.

«Oli Anderson!», sagte sie, und ein Lächeln breitete sich über ihr ganzes Gesicht aus.

«Wie lange bist du schon in der Stadt?»

«Seit einem Monat», antwortete sie.

Er beschwerte sich, warum sie nicht nach ihm gesucht habe.

«Das habe ich getan», beteuerte sie, «aber dich nirgendwo gefunden.»

«Aber jetzt habe ich dich gefunden», sagte er und schloss sie in seine Arme.

Gudrid spürte, wie sich der Neid wie ein Stachel in ihre Brust bohrte, als sie Thórey in Oli Andersons Armen sah. Nagende Ungeduld. Sie könnte nicht noch einen ganzen Winter auf das Wiedersehen mit Eyjólf warten. Sie wollte ihn umarmen, jetzt! Sie hielt das unerträgliche Kribbeln in ihren Körper nicht länger aus. Ihr wurde schwindlig unter all diesen Menschen. Sie musste an die frische Luft!

Sie zwängte sich ins Freie, lehnte sich an die Hausmauer und versuchte tief durchzuatmen. Auf dem Marktplatz an der Højbro führten Gaukler ihre Kunststücke vor. Vom Turm der Börse wurden Feuerwerksraketen hochgeschossen, und es sah so aus, als ob die ineinander geschlungenen Drachen auf seinem Dach Feuer spien. Nicht weit davon entfernt hatten die Leute angefangen zu tanzen. Unter lauter Studenten sah sie Hallgrim herumspringen. Er entdeckte sie und wollte sie mit in den Reigen ziehen.

«Nein, das geht nicht», sagte sie. «Ich bin nur schnell vor die Tür gegangen, um frische Luft zu schnappen.»

«Komm doch, du darfst nicht immer ein so ernstes Gesicht machen. Du solltest dich ruhig ein wenig vergnügen», sagte er und schien betrunken. «Es heiratet nicht jeden Tag eine Prinzessin.»

Sie ließ sich von ihm in das tanzende Gedränge ziehen. Er hüpfte und sprang vor ihr herum und führte aller Art Possen auf. Sie musste lachen.

«Wie schön, dich lachen zu sehen!», rief er.

Sie hielt sich die Hände vors Gesicht.

«Nein, mach das nicht», sagte er. «Ich will dein Gesicht sehen. Wer bist du?»

Sie hörte auf zu tanzen und blickte ihn an.

«Eine Frau», sagte sie.

«Wie?», fragte er.

«Ich bin eine Frau.»

Es war, als ob er mit einem Schlag nüchtern würde. Er bemerkte, dass sie zitterte.

«Du frierst», sagte er. «Du bist zu leicht gekleidet, Frau. Ich will dir meinen Mantel leihen.»

Er zog seinen Mantel aus und legte ihn ihr um die Schultern. Er war heiß und feucht von Schweiß, und Hallgrim hüllte sie fest darin ein. Sie standen so dicht beieinander, dass ihr Haar seine Lippen berührte. Er ließ sie über ihr Haar streichen, und sie stand still und ließ es zu. Sie war wie gebannt. Um sie herum war ein Getümmel von Menschen, und doch hatte sie das Gefühl, mit ihm allein auf dem Platz zu stehen. Endlich wachte sie auf, rückte von ihm ab und beeilte sich in die Schenke zurück.

Er folgte ihr ins Haus.

Als sie in den Keller kam, stürmte ihr die Wirtin entgegen und fauchte sie an, wo sie denn gewesen sei! Konnte sie nicht sehen, dass hier alles Kopf stand?! Sie war so sehr in Rage, dass sie die Antwort nicht abwartete, und Gudrid begann sofort Bier zu zapfen. Hallgrim setzte sich an einen Tisch, ohne diesen Abend noch ein Glas anzurühren. Er saß dort, bis der letzte Gast gegangen war. Dann stand er ebenfalls auf und verabschiedete sich.

Sie erinnerte ihn an seinen Mantel.

Als Thórey und Gudrid das nächste Mal ihre Landsleute beim Unterricht im Lesesaal der Kirche trafen, ging Thórey förmlich der Mund über. Sie wiederholte ein ums andere Mal ihr Gespräch mit Oli Anderson und erzählte jedem, welch unglaublicher Zufall sie wieder zusammengeführt hatte. Die Männer interessierte das wenig. Sie bestätigten sich gegenseitig, dass um diese Jahreszeit die Schiffe der meisten Kaufleute aus Island in Kopenhagen eingetroffen sein müssten. Sie wollten versuchen, die Händler ausfindig zu machen, um sie nach Neuigkeiten zu fragen. Einar, Thorsteinn und Helgi hatten begonnen, in der Seilerei auf Bremarholm zu arbeiten, und sagten, es sei eine elende Schinderei, die dicken Taue für die Kriegsflotte des Königs zu flechten. Trotzdem sei die Werft für jene, die dort als freie Männer und nicht in Ketten arbeiteten, ein recht guter Arbeitsplatz.

Gudrid hörte kaum, was sie sagten. Nur als ihr Brandur erzählte, dass er eine Stelle als Kirchendiener in der Nikolauskirche bekommen hatte, gelang es ihr doch, etwas Interesse zu zeigen. Dort befand sich eine hervorragende Orgel, und der Organist hatte versprochen, ihm die Grundbegriffe des Orgelspiels beizubringen. Bisher hatte er das Instrument allerdings noch nicht berühren dürfen. Es war der Studiosus Hallgrim gewesen, der ihm die Stelle und die Aussicht auf den Unterricht verschafft hatte.

Als Hallgrim an diesem Nachmittag den Lesesaal abschloss, bat er Gudrid, einen Augenblick zu warten. Er erzählte ihr, dass er am nächsten Tag bei einem Begräbnis singen müsse, das gehöre zu den Pflichten der Studenten in der *Schule Unserer Lieben Frau.*

«Ich muss aber nach dem Requiem nicht mehr in die Schule zurück. Wenn du Lust hast, könnte ich auf den Leichenschmaus verzichten und mit dir vor die Stadt gehen. Ich möchte dir das Schloss Rosenborg zeigen und den Park mit dem Kräutergarten des Königs, bevor die Bäume alles Laub verlieren.»

Sie nahm sein Angebot an.

«Zieh dich heute wärmer an», sagte er und lächelte.

Die Abendandacht ging vorüber, ohne dass Gudrid viel von ihr mitbekam. In der Nacht konnte sie vor Unruhe kaum schlafen.

Am nächsten Morgen fiel ihr ein Bierkrug aus der Hand. Der Krug zerbrach, und das Bier floss über den Boden. Als sie die Scherben auflas, schnitt sie sich in den Finger, und die Wirtin fragte, ob sie krank sei. Sie sagte, sie fühle sich matt und müde, und bat um Erlaubnis, sich ausruhen zu dürfen. Sie ging in ihre Kammer hoch, zog sich die Leinenhosen unter dem Rock an und schlüpfte in ihren Mantel. Dann legte sie sich noch ihren Schleier um und wartete vor der Schenke, bis Hallgrim kam und sie abholte. Seite an Seite gingen sie durch die Stadt und beim Nordtor hinaus. Als sie an den Rand des Parks kamen, leuchtete der weite Garten wie Feuer in der Herbstsonne vor ihnen. Noch hielten die Bäume etwas von ihrer grünen, roten, gelben und braunen Blätterpracht an den Zweigen. Sie wateten unter ihnen entlang durch das raschelnde Laub, das in dicken Haufen auf der Erde lag.

«Willst du mir nicht etwas von der Zeit in Algier erzählen?», fragte er.

«Was willst du wissen?», fragte sie. «Wir waren neun Jahre in der Sklaverei.»

«Genauso lange, wie ich von zu Hause weg bin», sagte er.

«Bist du so jung von Hólar weggegangen?»

«Mit dreizehn Jahren», antwortete er.

Sie zuckte zusammen. Er war, als er in die Welt hinauszog, genauso alt gewesen wie Sölmund heute. Inzwischen war er zum Mann geworden. Sie hatte Sölmunds Namen schon auf den Lippen, beschloss aber, ihm nicht von ihrem Sohn zu erzählen.

«Du warst sehr jung. Mit wem hast du Island verlassen?»

«Ich ging allein. Ich hatte Streit mit meinen Verwandten in Hólar und bin mit einem Schiff ausgerissen, das nach Glückstadt segelte.»

Sie erzählte ihm, dass sie in Glückstadt Station gemacht und den König getroffen hätten, der sie freundlich und mit allen Ehren empfangen habe.

«Ein Mann und eine Frau von uns haben beschlossen, dort zurückzubleiben. Sie sind ein Liebespaar.»

Er verstummte für eine Weile.

«Hattest du einen Geliebten in Algier?», fragte er dann.

«Nein», antwortete sie.

«Und in Island?»

«Ich bin eine verheiratete Frau.»

Er verstummte wieder.

«Das habe ich vermutet.»

Sie gingen schweigend den Weg entlang und betrachteten die herbstliche Vegetation. Starker Duft stieg von der Erde hoch. Eine Rosenhecke trug noch ein paar weiße Blüten, die darauf warteten abzufallen, und an den Bäumen hingen da und dort noch überreife Äpfel. Sie meinte, Rosenborg würde sie an das Schloss in Glückstadt erinnern, das der König *Glücksburg* genannt habe, wenn auch dieses größer und prächtiger sei.

«Man hatte gerade begonnen, Glückstadt zu bauen, als ich dorthin kam», sagte Hallgrim. «Man ließ mich Eisengitter für die Fenster schmieden.»

Sie blieben unter einem großen Ahornbaum in einem Hain gegenüber dem Schloss stehen. Die Krone des Baumes war feuerrot. Wo die Strahlen der sinkenden Sonne durch das Blätterdickicht brachen, umrahmten sie das Laub mit einem goldenen Saum. Er fragte, ob sie Nutzen aus den Unterrichtsstunden bei ihm ziehe.

«Ja», sagte sie. «Ich genieße jede Stunde. Du sprichst so schön. Du weißt so viel.»

«Eines weiß ich nicht», sagte er. «Ich weiß nicht, wie man eine Frau küsst. Willst du es mir zeigen?»

Sie erschrak und wollte sich von ihm abwenden. Er hielt sie fest.

«Geh nicht», sagte er. «Zeig mir, wie man küsst.»

Seine dunkelbraunen Augen blickten sie voll jungenhafter Erregung und Wollust an.

«Zeig es mir», sagte er.

Sie näherte ihr Gesicht dem seinen und berührte seinen Mund mit ihren Lippen. Sie ließ ihre Zunge durch seine geöffneten Lippen gleiten und seine Zungenspitze berühren. Er umarmte sie und drückte sie so fest an sich, dass es schmerzte.

«Zeig es mir», sagte er. «Zeig mir alles!»

Sie ließen sich, eng umschlungen, in das rötlich gelbe Laub unter dem Ahornbaum sinken.

«Ist es wahr, dass die Frauen in Algier lange Hosen unter den Röcken tragen?», flüsterte er.

«Willst du nicht nachsehen?», antwortete sie.

Er schob ihren Rock hoch und betrachtete die langen Leinenhosen mit den Borten an den Knöcheln. Dann legte er ihr seine heißen Hände auf die Hüften und strich ihr die Hose über die Schenkel hinab.

Er legte sich auf sie, und sie führte ihn an sein Ziel.

54

Sie hatte gegen das Gesetz verstoßen. Furcht und Angst überkam sie. Es war, als ob die Erde unter ihr bebte, etwas Entsetzliches schwebte drohend über ihr. Aber zugleich wusste sie, dass sie ihr Verbrechen wiederholen würde, wenn sie Gelegenheit dazu bekäme. Sie würde diesem jungen Mann folgen, wohin er wollte. Sie hatte in Gedanken bereits begonnen, nach einem Weg zu suchen, wie sie ihn in ihre Kammer schleusen könnte, ohne dass Thórey etwas bemerkte. Sie war einer überstarken Macht ausgeliefert, die alles verlangte, die alle Gesetze außer Kraft setzte, jedes Recht missachtete, außer dem Recht der Liebe. Dieses unbändige Verlangen, einen Mann zu besitzen – und nur ihn. War sie verhext? Wie sollte sie sich sonst erklären, was geschehen war. Jetzt, wo sie so kurz vor dem Ziel ihrer Reise stand, ihrem Mann und ihrer Heimat so nahe war. Ihrem kleinen Hof mit dem grünsten Gras der Welt auf seinem Dach!

Sie war wie von Sinnen. Und doch erfüllte sie eine Art berechnende Ruhe. Jedes Mal, wenn sie Hallgrim sah, durchströmte sie ein Gefühl der Freude. Es bereitete ihr schon Glück, nur an ihn zu denken, zu wissen, dass er auf dieselbe Weise an sie dachte, dass in seinem Inneren ein Feuer brannte, das sie entfacht hatte. Ihr wurden die Tage bis zu seinem Unterricht zu lang. Ihr wurden die Stunden bei ihm zu kurz. Am schwierigsten war es, dort zu sitzen und so zu tun, als ob nichts wäre. Sie fürchtete, dass ihr Blick sie verraten könnte. Sie fürchtete, dass sein Blick ihn verriet.

Er kam jeden Abend in die Schenke und wartete, bis ihr Arbeitstag zu Ende ging, damit er sie in irgendeinem dunklen Winkel einen kurzen Augenblick umarmen konnte, bevor sie in ihre Kammer hochging. Oli Anderson wartete ebenfalls fast jeden Abend auf Thórey. Sie lachten und scherzten. Eines Abends flüsterte Thórey Gudrid zu, dass sie sie diese Nacht nicht in der Kammer zu erwarten brauche, denn Oli habe sie zu sich nach Hause eingeladen. Diesen Abend ließ sie Hallgrim hinter sich die knarrende Treppe hochsteigen. Ihr Bett war viel zu kurz für diesen großen Mann, und sie liebten sich auf dem Boden. Dann hieß sie ihn sich auf den Bettrand setzen und setzte sich auf ihn, wie sie sich früher auf Eyjólf gesetzt hatte. Er liebkoste ihre Brüste und küsste sie. Er saugte wie ein Kind, war unersättlich und weigerte sich zu gehen, als sie ihn darum bat, aus Angst, dass ihn jemand im Haus bemerkte. Erst kurz vor Tagesanbruch schleppte er sich in die Schule.

Als sie am Nachmittag zur üblichen Zeit zum Unterricht erschien, wartete Einar Loftsson vor dem Lesesaal auf den Lehrer. Er bat Hallgrim, ihn unter vier Augen sprechen zu dürfen, während die anderen im Lesesaal Platz nahmen. Nach geraumer Weile kamen die beiden Männer mit ernsten Gesichtern zurück, und Hallgrim räusperte sich, bevor er zu sprechen begann. Er sagte, Einar habe allen eine schreckliche Nachricht zu überbringen, am schlimmsten sei sie aber für die Frauen von den Westmänner-Inseln. Dort hätten sich einmal mehr entsetzliche Dinge ereignet.

Die Leute blickten beide Männer voll Entsetzen an und warteten auf das, was folgte. Einar stellte sich neben Hallgrim. «Es scheint, die Schrecken, die über die Inseln und uns hereinbrechen, wollen kein Ende nehmen. Helgi und ich haben auf Bremarholm davon erfahren, dass sich letzten Winter ein großes Unglück vor den Westmänner-Inseln ereignet hat. Man hat davon gesprochen, dass die Besatzungen mehrerer Boote ertrunken sind, vielleicht sogar vierzig oder fünfzig Mann.»

Ein paar der Frauen sprangen mit einem Schrei von ihren Bänken hoch. Hallgrim bat sie, sich wieder zu setzen, und Einar fuhr mit seiner Rede fort.

«Ich habe versucht, Näheres in Erfahrung zu bringen, und es ist mir gelungen, den Kaufmann Jens Hesselberg aufzutreiben. Er ist erst vor kurzem von den Westmänner-Inseln zurückgekommen. Er sagte, das Unglück habe sich bei einem schrecklichen Sturm während der letzten Winterfangsaison ereignet, einige Monate bevor er im Frühjahr zu den Inseln kam. Seines Wissens seien fünfundvierzig Männer dabei umgekommen. Er kennt nicht die Namen aller, aber er meint, er könne versuchen, sich an einige von ihnen zu erinnern. Vor allem, weil die meisten Fischer ihren Fang immer bei ihm eintauschen. Sie hatten außerdem ein paar Sommer lang den Wert von ein paar Fischen für den Wiederaufbau der *Landakirkja* gespendet. Die letzten Jahre hat Hesselberg diese Spenden entgegengenommen und in einem dafür vorgesehenen Buch vermerkt. Das Unglück hat in diesem Sommer ein großes Loch in die Schar der Spender gerissen.»

Die Frauen hatten zu schluchzen begonnen. Hallgrim bat Einar, sich zu setzen. Er stand lange vor dem Holzkreuz an der Wand und schwieg. Dann nahm er die Bibel in die Hand und blätterte in ihr, fand die Stelle, die er suchte, und begann zu lesen:

Und ich sah: als es das sechste Siegel
auftat, da ward ein großes Erbeben,
und die Sonne ward finster
wie ein schwarzer Sack,
und der Mond ward wie Blut.
Und die Sterne des Himmels
fielen auf die Erde, gleich wie
ein Feigenbaum seine Feigen
abwirft, wenn er von großem Wind
bewegt wird. Und der Himmel entwich,
wie ein Buch zusammengerollt
wird, und alle Berge und Inseln
wurden bewegt von ihrer Stätte.

Hallgrim blickte voll Mitleid über die Gruppe und musste all seine Kraft zusammennehmen, um nicht die Gewalt über seine Stimme zu verlieren.

«Gott straft uns fürchterlich in seinem Zorn. Angesichts dieser Nachrichten müssen alle Frauen hier, deren Ehemänner Fischer waren, befürchten, dass diese nicht mehr unter den Lebenden sind.»

Die Frauen rangen nach Luft, und das Weinen wurde immer lauter.

«Für die, die es wünschen, kann ich Jens Hesselberg zu uns rufen, und jede Frau kann ihn nach dem Schicksal ihres Ehemanns befragen. Sollte er aber kein verlässliches Dokument mit den Namen der Verstorbenen haben, dann kann keine von euch vollkommene Gewissheit über das Schicksal ihres Mannes bekommen, bevor ihr nächstes Frühjahr auf die Westmänner-Inseln zurückkehrt. Bis dahin müsst ihr die Ungewissheit ertragen.»

Ingibjörg sprang auf, stürzte auf Hallgrim zu, riss ihm die Bibel aus der Hand und schleuderte sie in die Ecke. «Ich will mit Jens Hesselberg sprechen, jetzt sofort! Aber ich kann dir eines sagen, junger Mann, dass mein Jón nicht tot ist, bevor ich nicht die Todesurkunde, offiziell beglaubigt und vom König selbst unterschrieben, in der Hand halte. Vorher werde ich nicht um ihn trauern! Und hört auf mit dem Geheule!», schrie sie die Frauen an.

Dann ging sie zu dem armen Einar Loftsson und versetzte ihm eine Ohrfeige. «Und du überbring mir nicht die Nachricht vom Tod meines Mannes wie irgendein Weibergetratsche!»

Gudrid saß wie gelähmt auf der Bank. Es wäre sinnlos gewesen, Ingibjörgs Zorn im Augenblick besänftigen zu wollen. Sie hatte gewusst, dass etwas Schreckliches bevorstand. Sie hatte gesündigt und den Zorn Gottes heraufbeschworen, und jetzt hatte seine Geißel zugeschlagen mit ungeheuerlicher Kraft. Sie musste mit dem Kaufmann Hesselberg sprechen und von ihm bestätigt bekommen, ob Eyjólf unter den ertrunkenen Seemännern war oder nicht. Sie konnte nicht bis zum nächsten Frühling in Ungewissheit darüber leben.

Alle Frauen wollten so schnell wie möglich wissen, ob ihre Männer lebendig oder tot waren. Hallgrim versprach, ihnen dabei zu helfen, und drückte allen sein tiefes Mitgefühl aus. Dann führte er die Gruppe zur Abendandacht in die Kirche hinab.

Die Frauen von den Westmänner-Inseln taten diese Nacht kein Auge zu. Die von den Ostfjorden priesen sich insgeheim glücklich, dass nicht sie das Unglück getroffen hatte, und waren deshalb umso mitleidiger.

Am nächsten Abend erschien Einar Loftsson mit Jens Hesselberg. Er sprach ein kaum verständliches Isländisch, sodass Hallgrim für ihn aus dem Dänischen übersetzen musste. Er sagte, er habe über alle Spenden an die *Landakirkja* Buch geführt, nur sei das Spendenbuch im neuen Warenhaus eingeschlossen, das man nach dem Überfall auf Heimaey gebaut habe. Hesselberg behauptete, dass er viele der Spender recht gut kenne, wie Hochwürden Ólaf Egilsson von Ofanleiti oder Hochwürden Jón Thorsteinsson von Kirkjubaer, aber auch Jón Oddsson von Stakkagerdi oder den alten Jaspar Christiansen und andere mehr. Er sagte, er habe versucht, aus dem Gedächtnis eine Liste derer anzufertigen, die letzten Sommer für die Kirche gespendet hätten. Leider könne er nicht garantieren, dass sie vollständig sei. Möge sein, dass ihn sein Gedächtnis manchmal im Stich gelassen habe, aber im Großen und Ganzen würde die Liste stimmen. Er reichte Hallgrim das Blatt. Jede Frau, die darauf den Namen ihres Ehemanns verzeichnet fände, könne das als Bestätigung ansehen, dass er noch am Leben sei. Diejenigen, deren Namen nicht auf der Liste erschienen, seien aller Wahrscheinlichkeit nach tot.

Ganz oben stand der Name von Hochwürden Ólaf Egilsson. Es freute Ásta zu hören, dass er jedes Jahr eine beträchtliche Summe zur neuen Kirche beigesteuert hatte. Auch Jón Oddsson, der Mann von Anna Jasparsdóttir, hatte nach den Angaben von Hesselberg stets freizügig Geld für die Kirche gespendet. Ebenso der alte Jaspar Christiansen, Annas Vater. Als Ranka Thorarinsdóttir den Namen ihres Mannes, Thórólf Eyjólfsson, und danach auch den ihres

Vaters vorgelesen hörte, fiel sie dem Kaufmann vor Dankbarkeit weinend um den Hals. Helga Snorradóttir wurde die Gnade zuteil, den Namen ihres Vaters und den ihres Bruders zu hören, aber ihr Mann war nicht unter den Spendern. Sie sank wie ein Häufchen Elend auf der Bank zusammen. Ásmund Björnsson stand auf der Liste, aber ihn erwartete nur die Nachricht, dass der König seiner Frau Árny die Scheidung bewilligt hatte. Als Hallgrim den Namen Eyjólf aussprach, schlug Gudrid das Herz bis zum Hals – aber der Vatername war ein anderer. Es war Eyjólf Nikolausson – und ihr Herz setzte einen Schlag lang aus. Sesselja Jónsdóttir bekam als Letzte den Namen ihres Mannes zu hören. Die meisten der Frauen von den Westmänner-Inseln waren mit größter Wahrscheinlichkeit Witwen geworden. Als Ingibjörg noch einmal nach Eyjólf und Jón fragte, glaubte Hesselberg sicher sagen zu können, dass diese unter den Ertrunkenen waren. Er hatte sie gekannt, aber gemeint, dass sie beide ihre Frauen auf der Insel hätten.

Ingibjörg heulte vor Schmerz. Sie stand an der Mauer und schlug den Kopf gegen die Wand. Gudrid ging zu ihr hin, und sie weinten beide in den Armen der anderen. Die Verzweiflung der Frauen war unermesslich. *Denn es ist gekommen der große Tag seines Zorns, und wer kann bestehen?*

Es legte sich eine schwere, dunkle Last auf Gudrids Seele, und sie war zwei Wochen lang kaum imstande, den Kopf vom Kissen zu heben. Eyjólfs Bild verfolgte sie ständig. Das Bild des Mannes, nach dem sie sich so gesehnt, auf den sie ihr ganzes Leben ausgerichtet hatte – diesen Mann hatte sie betrogen. Sie hatte eine schwere Sünde begangen. Daran änderte auch die Tatsache nichts, dass er schon viele Monate lang, bevor sie Hallgrim das erste Mal gesehen hatte, in seinem nassen Grab geruht hatte. Ihr fiel der seltsame Traum ein, den sie im letzten Winter in Algier geträumt hatte. Eyjólf hatte ihr darin einen Schwall Meerwasser ins Gesicht gespuckt. War ihr damals ihr toter Mann im Traum erschienen? Aber Traum hin, Traum her: Sie hatte nicht wissen können, dass er tot war. Hatte fest darauf vertraut, dass er lebte.

Wie hatte sie nur so völlig die Gewalt über sich verlieren können? Wie hatte sie diesem fremden, linkischen, zu groß gewachsenen Jungen mit den dunkelbraunen Augen und der weichen Stimme so verfallen können? Thórey hatte ihr schon viermal Grüße von ihm ans Krankenbett überbracht.

Eines Abends kam er in ihre Kammer. Er sagte, er könne es nicht länger ertragen, sie nicht zu sehen und nicht zu wissen, wie es ihr gehe. Er vermisse sie und wolle wissen, warum sie nicht zu den Bibelstunden käme.

«Alle anderen Frauen kommen, außer Ingibjörg», sagte er. «Sie weigert sich als Einzige zu glauben, dass ihr Mann tot ist. Will weder Gottes Wort hören noch für die Seele des Verstorbenen beten. Sie sagt, sie traue diesem Jens Hesselberg und seinem Gedächtnis nicht. Er soll angeblich oft etwas zu tief ins Glas blicken.»

«Stimmt das? Ist vielleicht seinen Worten nicht zu glauben?»

«Ich hatte den Eindruck, er war sich im Fall eurer Männer recht sicher. Aber natürlich nagt in mir der Zweifel genau wie in dir.»

«Der Tod ist der Lohn unserer Sünde», sagte sie.

«Gudrid. Wenn dein Mann unter den Toten ist, warst du schon Witwe, lange bevor wir uns das erste Mal begegneten, bevor wir irgendeine Sünde begingen – die dann keine Sünde war. Dein gemeinsames Leben mit Eyjólf ging vor mehr als neun Jahren zu Ende. Er starb vor neun Monaten. Das Leben geht weiter.»

«Wozu? Wohin soll ich gehen, wenn der Aufenthalt hier zu Ende ist?»

«Vielleicht sollst du nirgendwo mehr hingehen. Vielleicht bist du am Ziel angelangt. Vielleicht bleibst du hier bei mir.»

«Lass die Kindereien!»

«Nenne das nicht Kinderei, Gudrid. Sag nicht, dass mein Herz nicht weiß, was es will.»

Sie hatte sich im Bett aufgesetzt und sich die Decke über die Schultern gelegt.

«Sprich nicht leichtfertig zu mir, auch wenn ich nur eine einfältige Frau bin. Du bist ein junger Gelehrter auf dem Weg zu Ehre und Erfolg. Du kannst zu Hause unter vielen reichen Bräuten wählen, wenn du dein Studium beendet hast. Warum solltest du mich wollen, eine geschundene Sklavin?! Ich bin alt genug, deine Mutter zu sein.»

«Dann sei meine Mutter, wenn du nicht meine Braut sein willst», sagte er.

Sie sprang auf.

«Unverschämter Junge!», sagte sie, glühend vor Zorn. «Ich habe schon einen Sohn. Ich habe einen dreizehnjährigen Sohn. Ich bin Mutter, aber nicht deine Mutter. Schäme dich und verschwinde! Verschwinde!»

Sie weinte haltlos.

«Gudrid», sagte er traurig. «Gudrid, verzeih mir. Ich wollte dich nicht verletzen. Warum hast du mir nicht gesagt, dass du einen Sohn hast? Ich bin gekommen, weil ich dich sehen musste. Ich wollte dich trösten. Ich habe ein paar Trostworte in einen kleinen Vers gefasst. Willst du sie hören?»

Sie setzte sich zitternd wieder auf das Bett und ließ sich von ihm in die Decke hüllen. Dann setzte er sich zu ihr auf den Bettrand und trug mit noch klarerer Stimme als gewöhnlich seinen Vers vor.

Die Tränen all wird trocknen
dir seine liebend Hand.
Aus Herz und Mund frohlocken,
bist du da einst im Himmelsland.

Sie lauschte halb benommen seinen Worten und konnte nicht aufhören zu weinen. Bat ihn dann, den Vers zu wiederholen. Und noch einmal, bis sie ihn auswendig konnte. Sie schmiegte sich an seine Brust, lange. Dann ließ sie sich auf das Bett zurücksinken und dankte ihm für den Besuch. Er küsste sie zum Abschied auf die Stirn und auf die Wangen.

Am nächsten Tag stand sie auf. Sie wusch sich am ganzen Körper und zog sich warm an. Es war bereits dämmrig und kalt, als sie ins

Freie trat. Der Winter nahte. Aber in ihrer Brust war wieder ein wärmender Funke erwacht, und sie eilte in Richtung der *Kirche Unserer Lieben Frau* davon.

55

Sie nahmen ihre Heimlichkeiten wieder auf und wandten jede erdenkliche List an, um beisammen sein zu können. Und dabei wurden sie allmählich unvorsichtig. Gudrid schloss sogar mit Thórey den Pakt, dass sie sich an ihren freien Abenden jeweils gegenseitig die Kammer überließen. Oli Anderson hatte bereits um Thóreys Hand angehalten, und sie hatte ja gesagt. Sie wollten zu Beginn des neuen Jahres heiraten, und dann würde Thórey zu ihrem Mann in die kleine Stube über seiner Schreinerwerkstatt ziehen. Gudrid konnte es kaum erwarten, die Kammer für sich allein zu haben.

Es war um die Zeit vor Weihnachten, als sie erste Anzeichen zu bemerken glaubte, dass sie schwanger war. Ihre Brüste schmerzten bei Berührung, und sie verzog das Gesicht, wenn Hallgrim sie zu sehr drückte. Sie bat ihn, sich zu beherrschen, aber er sagte, das könne er nicht. Er hungerte nach ihrem Körper. Er wollte alles über ihn lernen. Er küsste ihren Hals, die Arme, die Brüste. Von ihren Brüsten konnte er nicht genug bekommen. Er strich ihr gierig über den Bauch, die Schenkel und den Hintern und sagte, er habe nicht geahnt, dass der Körper einer Frau so wunderbar sein könne. Er fuhr mit den Fingern vorsichtig die Narben auf ihrem Rücken entlang und sagte:

«Luther hat sich lange gegeißelt, ist aber dann zu der Überzeugung gekommen, dass dies gegen den Willen Gottes ist. Der menschliche Körper ist eine wunderbare Schöpfung Gottes, und Gott will, dass sich Mann und Frau gegenseitig daran erfreuen. Luther hat es am eigenen Leib erfahren, dass die Liebe alle Krankheit heilt.»

Gudrid wunderte sich. Es wäre ihr nie in den Sinn gekommen, dass ein heiliger Mann wie Luther den Trieben des Fleisches nachgegeben haben könnte. Aber Hallgrim behauptete, Luther sei mit einer Nonne geflohen und habe sie geheiratet und mit ihr eine Unzahl Kinder gezeugt.

«Seine Frau hieß Katarina, und Luther liebte sie über alles. Und die ganze Kinderschar», sagte Hallgrim. «Ich will eine Unzahl von Kindern bekommen, wie Luther.»

War das nicht die beste Gelegenheit, ihm von ihrem Verdacht zu erzählen? Aber sie brachte es nicht über sich. Seine Freude über die Liebe und das Liebesspiel war so aufrichtig, dass sie sie nicht sofort mit dem, was Sorge bereitete, verderben mochte. Sie liebkoste und küsste ihn lieber. Dann presste sie ihre Schenkel zusammen, bis sein Stöhnen in einem erstickten Schrei der Lusterfüllung endete. Danach lagen sie ermattet da, im Schweiß des anderen gebadet und lösten sich dann ganz langsam voneinander. Umarmten sich aufs Neue. Gaben sich aufs Neue einander hin.

Es wurde das schönste Weihnachten, das Gudrid je erlebt hatte. Die Christmette in der *Kirche Unserer Lieben Frau* brachte sie Gott näher als je zuvor. *Und sie gebar ihren ersten Sohn und wickelte ihn in Windeln und legte ihn in eine Krippe, denn es war kein Raum in der Herberge.* Nie hatte sie die Heiligkeit des Jesuskindes in der Krippe deutlicher empfunden als in dieser kalten Weihnachtsnacht in dem im Lichtschein erglänzenden Gotteshaus. Sie war ganz erfüllt von Freude und von Dankbarkeit für das Geschenk, das Gott ihr gegeben hatte. Hallgrim und das Kind waren eine wunderbare Entschädigung für alles, was sie verloren hatte. Und doch war Hallgrim kein zweiter Eyjólf, und niemand würde Sölmunds Stelle einnehmen. Sie hatte etwas ganz Neues bekommen. Sie meinte fast ein heiliges Kind im Schoß zu tragen wie einst Maria. Hallgrim stand neben ihr und ahnte noch nicht, dass er bald die Rolle Josefs übernehmen müsste.

Aber es waren auch noch andere gesegneten Leibes, selbst wenn darüber nur unter vorgehaltener Hand gesprochen wurde.

Man munkelte, dass Ólöf Jónsdóttir schwanger sei und Wilhelm Kifft der Vater.

Am Weihnachtstag waren die Freigelassenen auf Einladung des Königs zu einem Festmahl ins Gasthaus geladen. Brynjólf Sveinsson kam von Roskilde angereist und ließ sich von Hallgrim Bericht erstatten, wie es mit der Rechristianisierung der Leute voranginge. Brynjólf bedauerte die Nachricht vom Schiffsunglück vor den Westmänner-Inseln, schärfte aber den Frauen ein, keinen ihrer Angehörigen als verstorben zu betrachten, bevor sie nicht seinen Tod bei ihrer Ankunft bestätigt bekämen. Es ließen sich hier in Dänemark leider keine verlässlichen Berichte darüber beschaffen, wer oder wie viele beim Unglück ums Leben gekommen wären. Bis es so weit sei, bliebe der Familienstand aller unverändert.

Gudrid bemerkte, dass Hallgrims Miene sich bei dieser Rede verfinsterte, aber er sagte nichts. Sie fragte sich, ob Brynjólf irgendein Gerücht über sie und Hallgrim zu Ohren gekommen sein könnte. Wenn dem so war, ließ er sich nichts anmerken, sondern bat Hallgrim, mit ihm zu kommen und nach einem isländischen Gefangenen zu sehen, der vor kurzem in den Kerker der Stadt geworfen worden war. Es war Jón Gudmundsson, der von manchen «der Gelehrte» genannt wurde. Er war wegen irgendwelcher Schriften angeklagt worden, wenn nicht sogar wegen Hexerei, und man hatte Brynjólf gebeten, sich seiner Angelegenheiten anzunehmen.

Nachdem Brynjólf und Hallgrim das Festmahl verlassen hatten, kam Brandur auf Gudrid zu. Er sagte, er habe etwas mit ihr zu bereden.

«Ich wollte dir gleich, als klar wurde, dass dein Ehemann unter den ertrunkenen Seemännern ist, mein Beileid ausdrücken», begann er. «Und als du krank warst, habe ich Thórey gebeten, dir Grüße von mir zu überbringen. Aber es gab nie eine Antwort. Und als du wieder zu den Bibelstunden kamst, wurde mir klar, dass du meinen Trost nicht brauchst. Diese Aufgabe hat offensichtlich schon ein anderer übernommen. Dann habe endlich auch ich gemerkt, was die anderen über dein Verhältnis zu Hallgrim sagen.

Sie wollten mich nur mit dem Gerede verschonen. Ich will dich daher jetzt einfach und offen fragen: Stimmt es, dass du mit unserem Lehrmeister in christlicher Tugend und Lebensweise, dem Studiosus Hallgrim, in Sünde lebst?»

«Ich werde es selbst vor meinem Gott zu verantworten haben, was Sünde ist», sagte sie. «Außerdem habe ich dir nie etwas versprochen. Und wer weiß, vielleicht wartet Gudrun Jónsdóttir immer noch auf dich, Brandur.»

«Sprich du nicht von Gudrun Jónsdóttir zu mir!», sagte er. «Bist du dir überhaupt im Klaren, was man über dich und Hallgrim sagen wird, wenn das Gerücht wahr ist? Hast du daran gedacht, wie groß euer Altersunterschied ist und dass du fast seine Mutter sein könntest? Bildest du dir etwa ein, dass dieser Sohn aus angesehener Familie eine ehemalige Sklavin heiraten darf, die er befleckte, während sie noch als verheiratete Frau galt? Verstehst du nicht, wovon Brynjólf gesprochen hat?»

«Soll das eine Drohung sein, Brandur?»

«Nein, ich will dich warnen. Ich will nicht zusehen, wie sich die Frau, die ich neun Jahre lang geliebt habe, ins Verderben stürzt.»

«Brandur», sagte sie traurig. «Du warst für mich wie der beste Bruder. Ich danke dir für all deine Fürsorge, für alles, was du für mich und Sölmund getan hast. Es ist mir schrecklich, dass es dich verletzen muss, wenn ich dir als Erstem von allen gestehen muss, dass ich Hallgrim Petursson liebe. Koste es, was es wolle.»

Im Februar beschloss sie, dass sie es nicht länger hinauszögern könnte, Hallgrim die Neuigkeiten zu eröffnen. Und als er eines Abends in ihre Kammer kam, legte sie seine Hände auf ihren Bauch. «Ich erwarte ein Kind, Hallgrim.»

Sie sah in seinen Augen, dass er erschrak. Sein Gesicht erinnerte an einen kleinen Jungen, dem sein Spielzeug zerbrochen ist. Er versank in Gedanken. Was würde er sagen? Was würde er tun?

Er knöpfte ihr die Jacke auf und zog ihr den Rock aus. Und die Hose. Er wollte sie nackt sehen. Ihre Brüste waren größer geworden, praller. Blaue Adern schienen durch die Haut. Der Bauch war gespannt und ein wenig aufgewölbt. Er kniete vor ihr hin, legte ihr seine Arme um den Körper und drückte seine Wange an ihren Bauch.

«Ich liebe dich», sagte er.

Es war eiskalt in der Kammer, und Gudrid bat ihn, sich wieder anziehen zu dürfen. Er legte sie auf das Bett und blieb die ganze Nacht bei ihr liegen.

Als er am Morgen aus der Kammer ging, sagte er: «Jetzt werde ich Vater, wie Luther.»

Vor Ostern kam Brynjólf wieder von Roskilde nach Kopenhagen und erfuhr, dass eine Frau aus der Gruppe der Freigelassenen in absehbarer Zeit ein Kind gebären würde. Es war Ólöf Jónsdóttir. Sie hatte lange Zeit versucht, ihre Schwangerschaft zu verbergen, aber als es nur noch ein Monat bis zur Geburt des Kindes war, hatte sie ihrer Hausherrin gestanden, wie es um sie stand und dass der Vater des Kindes ein Holländer sei. Brynjólf wurde aufgetragen, der werdenden Mutter und dem Kind ein Dach über dem Kopf zu besorgen, denn ihre Hausherrin wollte kein unehelich gezeugtes Kind im Haus haben. Ólöf weigerte sich standhaft, mit dem Neugeborenen nach Island zu fahren. Sie sagte, sie wolle auf ihren Liebhaber warten, der im Sommer in Kopenhagen erwartet werde, wo er die Rechnungen für das Lösegeld und alle Kosten der Heimreise vorzulegen habe. Da wolle sie ihn treffen und ihm das Kind zeigen, damit er für ihren Unterhalt sorge. Er müsse auch vor Gericht erscheinen, falls man sie wegen Ehebruchs anklage, und die Strafe für ihr Vergehen bezahlen.

Und dann erfuhr Brynjólf von noch einer anderen Frau, die einen dicken Bauch bekommen hatte. Gudrid Simonardóttir. In ihrem Fall müsse man nicht bis nach Holland gehen, um nach dem Vater zu suchen. Der Studiosus Hallgrim Petursson habe sie geschwängert. Schließlich hätten sie den halben Winter vor aller Augen in Sünde gelebt.

Brynjólf geriet außer sich vor Zorn. Er ließ Hallgrim rufen und las ihm die Leviten. Er fragte ihn, wie er sein Vertrauen nur so missbrauchen konnte? Ob er sich nicht im Klaren sei, dass Gudrid eine verheiratete Frau sei und sein Verbrechen Suspension von der Schule und hohe Strafen bedeute?!

«Gudrid ist Witwe», sagte Hallgrim. «Ich habe beschlossen, sie zu heiraten. Ich würde gern mein Studium an der *Schule Unserer Lieben Frau* abschließen, damit ich uns besser ernähren kann.»

«Willst du dich meinen Anweisungen widersetzen?», zischte Brynjólf. «Ich habe gesagt, dass die Leute als verheiratet gelten, bis sie nach Island kommen. Wir haben hier in Dänemark nicht den Tod eines einzigen Mannes bestätigt bekommen. Du hast dich des Ehebruchs schuldig gemacht!»

«Willst du behaupten, Jens Hesselberg sei ein unglaubwürdiger Mann? Ich werde kein schwereres Vergehen bekennen als Konkubinat – was ein widerliches Wort ist für die Liebe, die ich für Gudrid empfinde.»

Brynjólf sagte, er habe keine Lust, sich irgendein Liebesgeschwätz anzuhören. Es handle sich hier um einen so schweren Vertrauensbruch, dass er den Rektor der Schule davon unterrichten müsse. Hallgrim habe mit seinem sittenlosen Verhalten das Ansehen der ehrwürdigen Schule befleckt.

«Dem werde ich zuvorkommen und selbst aus der Schule austreten!», rief Hallgrim. «Ich lasse mich nicht dafür suspendieren, dass ich meinem Herzen folge.»

Hallgrims Entschluss bereitete Gudrid sowohl Sorge als auch Freude. Er wollte sein Studium an der *Schule Unserer Lieben Frau* aufgeben und mit ihr nach Hause nach Island fahren!

Sie wandelten einige Wochen durch die Straßen von Kopenhagen und beobachteten, wie es Frühling wurde. Die Wäldchen vor der Stadtmauer bekamen einen grünen Schimmer. Birke, Buche, Eiche und Ahorn schlugen nacheinander aus und setzten Blätter an. Die Obstbäume blühten, und die Luft duftete von frischem Gras und Blumen. Alles zeugte von Wiedergeburt, von Leben, das nach dem Winterschlaf erwachte. Die Zugvögel kehrten aus dem Süden zurück, und als Gudrid ein paar Störche unter ihnen entdeckte, schnürten ihr Tränen den Hals zu. Sie wusste, woher sie kamen. Von der Küste Nordafrikas, vielleicht direkt aus dem Obstgarten der Kasbah. Wenn sie ihr doch mit ihren langen roten Schnäbeln Grüße von Sölmund überbringen könnten!

Sie sprachen über ihre ungewisse Zukunft, überlegten, wohin sie gehen sollten. Auf die Westmänner-Inseln konnten sie nicht zurück und dort Eyjólfs Konkubine vom Hof in Stakkagerdi jagen. Hallgrim meinte, er könne sich nicht überwinden, seine Familie und Verwandten am Skagafjord in Nordisland um Unterstützung zu bitten. Er sagte, er habe keine Lust, sich deren Vorwürfe anzuhören, dass er wegen einer Frau, die nicht standesgemäß sei, von der Schule weggelaufen sei. Wohin sollten sie also ziehen? Irgendwohin, wo sie keiner kannte und keiner nach ihrer Herkunft oder den Grund für ihr Kommen fragte? Nein, auch das war unmöglich. Gudrid würde Mitte des Sommers ihr Kind gebären, und dann brauchten sie eine Zuflucht.

«Keflavik», sagte Gudrid. «Ich habe Verwandte in Keflavik. Vielleicht geben sie uns Obdach, falls sie noch dort wohnen. Meine Tante Rosa Ásgeirsdóttir und ihr Mann. Sie hat ihre Jugend bei meinen Eltern auf den Westmänner-Inseln verbracht.»

Sie beschlossen, den Kaufmann ausfindig zu machen, der mit den Einwohnern von Keflavik Handel trieb, und ihn um einen Platz auf seinem Schiff zu bitten. Sie küssten sich, glücklich und froh über diesen Beschluss. Dann gingen sie wieder in die Stadt zurück und versuchten, Hausrat für ihren künftigen Haushalt zu beschaffen. Hallgrim kaufte Stoff für Hemden für Gudrid und das Kind. Er deckte sich mit Büchern ein. Er zeigte ihr ein frommes Lied, das er für die Reise gedichtet hatte:

Meine Reise beginne ich,
Jesus, in deinem Namen.
Deine heil'ge Hand geleite mich
an Gefahr vorüber väterlich.
Jesus folge in Frieden mir
mit der Schar der Engel. Amen.

Mitte Mai stachen sie in See mit Kurs auf Keflavik. Sie vertraute ihm an, dass sie in diesem Monat neununddreißig Jahre werden würde. «Herzlichen Glückwunsch», sagte er. An ihrem Geburtstag gerieten sie in einen Sturm, und Gudrid war wieder einmal seekrank. Sie hoffte, zum letzten Mal in ihrem Leben. Als sie südlich an den Westmänner-Inseln vorbeisegelten, waren diese von einer weißen Nebelbank verhüllt. Sie sah nur die Kuppen der Klippen über den Dunst herausragen; sie waren strohgelb, nicht grün wie in ihren Träumen. Die Felsen waren schwarz, das Meer leuchtend grün und kalt. Kalt, kalt. Ihr war so kalt.

Und sie fürchtete, vor Weinen ersticken zu müssen. Irgendwo hier ruhte Eyjólf in seinem nassen Grab. Zusammen mit ihrem Schwager Jón und ihren Verwandten und früheren Nachbarn. Hallgrim hielt sie in seinen Armen und versuchte sie zu trösten. Als sie ihm das Gesicht zuwandte, sah sie, dass auch er weinte. Tränen strömten über die Wangen dieses merkwürdig dunklen Gesichts. Sie spürte, wie ungemein jung er war. Vielleicht hatte er Angst. Mehr Angst als sie. Sie beschloss, sich zusammenzureißen.

Sie segelten um die Spitze der Halbinsel Reykjanes herum, und vor ihnen erblaute das Meer im hellen Licht der Sonne. Am ersten Juni warf das Schiff in der Bucht vor Keflavik Anker. Am Horizont erstreckte sich eine felsige Ebene, so weit das Auge reichte; nur in der Ferne sah man ein paar blaue Bergspitzen. Aus ein paar Hütten zwischen graugelben Felshügeln stiegen dünne Rauchsäulen empor, und am Strand entdeckten sie die geteerten Lagerhäuser des Kaufmanns. Dort wartete eine Menschenmenge auf die Ankunft des Schiffes.

Gudrid und Hallgrim hatten je eine Kiste, die Kleider an ihrem Leib und sich gegenseitig. Das war alles.

Man half ihnen in das Beiboot hinab und ruderte sie an Land.

Müßiger Leser,

der du Zeit findest, ein Buch aufzuschlagen … So wendet sich Cervantes in der Vorrede des «Don Quixote» an dich, und so will ich mich in diesem Nachwort an dich wenden, um dir zu sagen, dass dieser Roman auf historischen Ereignissen beruht und dass die meisten Menschen darin tatsächlich gelebt haben. Ihr Aussehen, die Art, wie sie denken und fühlen, sind meine Dichtung, aber ihre Namen sind überlieferte Geschichte, genauso wie die Ereignisse, die für sie zum Anfang einer langen Reise wurden.

Alles begann im Sommer 1627, als «die Türken», eigentlich Seeräuber aus Algerien und Marokko, an der Küste Islands einfielen, Dutzende von wehrlosen Isländern niedermetzelten und an die vierhundert Menschen nach Afrika verschleppten und sie in die Sklaverei verkauften. Der Sklavenhandel war in den Stadtstaaten Nordafrikas von der Mitte des 16. bis ins 19. Jahrhundert ein florierendes Geschäft und Teil der jahrhundertelangen Kämpfe zwischen Christen und Moslems, vor allem in den Ländern an der Mittelmeerküste. Der Überfall auf Island war der nördlichste Ausläufer dieses Konflikts. Meist fanden die Geiselnahmen auf hoher See statt. Seefahrernationen wie Norwegen, Dänemark, Deutschland, Holland, Belgien, England, Frankreich, Portugal und Spanien mussten hilflos zusehen, wie Hunderte, ja Tausende von Menschen nach «Barbarien», wie man die Seeräuberstädte allgemein nannte, entführt wurden. Der berühmteste Gefangene unter ihnen ist wohl der oben genannte Miguel de Cervantes gewesen, der fünf Jahre lang, von 1775 bis 1580, in der Sklaverei in Algier lebte.

Die Heldin meiner Geschichte wurde ein halbes Jahrhundert später gefesselt auf den Sklavenmarkt dieser Stadt gezerrt und erst neun Jahre später zusammen mit einigen ihrer Landsleute, ein paar Norwegern und Dänen für Lösegeld wieder freigelassen. Viele Isländer begannen ihren Aufenthalt in Barbarien aber damit zu sterben. Den Klimaschock der brütenden Augusthitze Algiers konnten viele nicht verkraften, und in der erschütterndsten Quelle über den «Türkenüberfall», den Aufzeichnungen des Pfarrers Ólaf Egilsson, ist über den Zustand der Gefangenen einen Monat nach ihrer Ankunft zu lesen, »dass die Isländer in der ganzen Stadt krank lägen und dahingerafft würden … und dass schon 31 im Friedhof der Christen lägen, denn diese Leute könnten nicht die entsetzliche Hitze ertragen, die hier herrscht.»

Die isländischen Quellen geben erstaunlich gute Auskunft über das tägliche Leben der Sklaven, allerdings ist wenig über die verschleppten Frauen zu finden. Eine Reise nach Algier, bei der ich vor allem durch die freundliche Hilfe und Unterstützung von Professor Dr. Moulay Belhamissi Zugang zu den Resten der alten Casbah d'Alger erlangte, dem Hauptschauplatz des «Sechsten Siegels», half mir sehr, mich in die Welt meiner Heldin einzufühlen. Von hier schrieb sie ihren von Trauer und Schmerz gezeichneten Liebesbrief an ihren Ehemann, das einzige erhalten gebliebene Dokument von der Hand einer verschleppten Frau. Hier musste sie die schwersten Prüfungen und Erniedrigungen ihres Lebens erleiden. Hier musste sie ihren ältesten Sohn zurücklassen. Aber sie überlebte, und manches deutet darauf hin, dass es ihr gelang, die schrecklichen Erlebnisse später in wertvolle Erfahrungen zu verwandeln.

Am 12. Juni 1636 wurde Gudrid endlich von einem holländischen Gesandten des dänischen Königs Christian IV. als letzte von siebenundzwanzig Isländern freigekauft. Sie steuerte dabei einen kleinen Teil ihres Lösegeldes selbst bei, wie aus den Rechnungen des Gesandten an den König hervorgeht:

Ad. [1636] 12 (Junij) dito gekaufft vann die weduve van allj Dey gudridur Simonsdochter vor 200 Rd. dar zu sie Sellftt 20 Rd. fourniert vnnde Jhe	Rd. 180.–
Portgellt	Rd. 62.–
	Rd. 242.–

Das Lösegeld, das etwa dem Wert von fünfzig Kühen entsprach, war ausgesprochen hoch bemessen. Es war zudem eine Ausnahme, dass Frauen selbst etwas zu ihrem Freikauf beitragen konnten; allein das lässt erahnen, was für eine außergewöhnliche Frau Gudrid gewesen sein muss. Am 22. Juni stach das Schiff mit den Freigelassenen in See. Gudrid hatte zehn Tage als freie Frau durch die Straßen von Algier gehen können.

Was Gudrid zu diesem Zeitpunkt noch nicht wissen konnte: Einige Monate zuvor war ihr Mann Eyjólf während eines heftigen Sturmes vor den Westmänner-Inseln ertrunken. Später erfuhr sie, dass er sich, wie die meisten anderen, deren Frauen verschleppt worden waren, eine Haushälterin genommen und mit dieser Frau vier Kinder gezeugt hatte. Nach den strengen Gesetzen, die nach der Reformation in Island eingeführt und die das «Alte Sittengesetz» genannt wurden, war das ein schweres Verbrechen. Eyjólf hätte für seinen wiederholten Ehebruch die Todesstrafe gedroht, und er wäre, aller Wahrscheinlichkeit nach, nach Gudrids Heimkehr geköpft worden, wäre er nicht zuvor ertrunken.

Auch Hallgrim und Gudrid waren nach dem «Alten Sittengesetz» eines »Verbrechens» schuldig und mussten nach ihrer Heimkehr einen langen und umständlichen Gerichtsprozess über sich ergehen lassen, bevor sie die Erlaubnis erhielten zu heiraten. Sie lebten die erste Zeit in dürftigsten Verhältnissen – glücklicherweise hielten einflussreiche Freunde eine schützende Hand über sie. Nach langen, ärmlichen Jahren wurde Hallgrim 1651 endlich zum Pfarrer der wohlhabenden Kirche von Saurbaer im Walfjord gewählt. Gudrid und er hatten mehrere Kinder, aber nur eines von ihnen erreichte das Erwachsenenalter. Es war die Frucht ihrer verbotenen Liebe in Kopenhagen, ein Junge, den sie nach ihrem ersten Mann Eyjólf taufte.

Hallgrim hatte schon früh eine Vielzahl epischer Gedichte verfasst, bevor er nach dem Tod einer kleinen Tochter zum Psalmendichter wurde. Der Höhepunkt seines Schaffens sind seine Passionspsalmen, in denen er in fünfzig langen Strophen über das Leiden Jesu Christi meditiert. Sie lassen ihn bis zum heutigen Tag zu den bedeutendsten Dichtern unserer Insel zählen. Kein anderes Buch wurde in Island so oft aufgelegt wie die Passionspsalmen des Hallgrim Petursson. Er starb 1674 im Alter von sechzig Jahren an Lepra.

Gudrid überlebte ihre beiden Männer, alle ihre Kinder und einige ihrer Enkel in Island. Über das Schicksal Sölmunds, ihres ältesten Sohnes in Algier, hat sie nie mehr etwas erfahren. Sie starb 1682 im Alter von vierundachtzig Jahren.

Im Laufe der Jahrhunderte wurde der leprakranke Psalmendichter in den Erzählungen der Isländer langsam zu einem Märtyrer und Heiligen. Im 20. Jahrhundert wurde ihm mit der größten Kirche des Landes ein prächtiges Denkmal gesetzt. Die ungewöhnliche Frau des Dichters verwandelte sich hingegen immer mehr in eine dunkle Gestalt und wurde zu einer Figur, um die sich schon früh Volkssagen rankten. Sie wurde bald der Ketzerei und des ungeziemenden Verkehrs mit den Feinden des Christentums, den Moslems, verdächtigt. Zuletzt bekam sie mit einem Beinamen den Stempel derer aufgedrückt, die sie einst verschleppt und missbraucht hatten: Türken-Gudda.

Vale

Steinunn Jóhannesdóttir

Der Überfall

Aus dem Reisebuch
des Pfarrers Ólaf Egilsson

3. Kapitel
Über die Vorkehrungen.
In dem berichtet wird, wie man von den Seeräubern erfuhr.

Als wir auf den Westmänner-Inseln zum ersten Mal von den Seeräubern in Grindavik und an der Südküste hörten, da gab es bei uns genug an prahlerischen Worten und an Furchtlosigkeit, nicht zuletzt unter der Obrigkeit, mit Vorkehrungen sowohl an Land als auch auf See und Schanzenbau an den Dänischen Häusern. All das sollte mit großer Vorraussicht und Bedacht ausgeführt werden. Auch war es die Meinung der meisten ausländischen Herren, dass die Isländer nicht lange Widerstand leisten würden, wenn etwas geschähe. Diese Vorbereitungen hielten an, bis man erfuhr, dass die Räuber fortgesegelt seien und die schlimmste Bedrohung von den Inseln abgewandt. Da verfielen die Menschen wieder in Sorglosigkeit, obgleich man sie zur Wachsamkeit ermahnte, bis zum 16. Juli, der ein Montag war.

*Der Brief**

Der Segen Gottes des Vaters, die Vergebung der Sünden und die Erlösung durch unseren Herrn Jesus Christus, der Trost und die Erleuchtung des Heiligen Geistes seien in, mit und über Euch alle Zeit, mein tugendreicher Herr und Ehemann Eyjólf Sölmundarson!

Die Liebe unseres Gottes bewahre Euch an Leib und Seele! Gesundheit in Gott sei mit Euch alle Zeit! Ich küsse Eure Hände in Liebe und immer währender Ergebenheit, seid gegrüßet im Herrn und alle Zeit gesegnet mit weltlichem Wohlergehen in Demut. Gottes Wohlwollen und das guter Menschen und ein sicheres Fortkommen in dieser Welt, Trost im Kreuze der alltäglichen Mühen durch Gott und am Ende Seelenruhe und Beistand im Tode. Jede Art von Glück zum Abschluss und ewige Freude im Himmel durch das Verdienst Jesu Christi. Amen.

Mein geliebter Ehemann! Obwohl ich arme Kreatur von Herzen wünschte, Euer Wohlergehen (das Gott in lang währendem Glück erhalten möge) zu sehen und zu begreifen, scheint es uns doch, dass dies unmöglich sei, weshalb man meinen könnte, dass wir von allen Völkern verachtete und von niemandem geliebte Kreaturen sind. Aber unser Gott liebt und erhält uns in seiner heiligen Liebe. Gott schenke Euch langes und reiches Glück, langes und gutes Wohlergehen, lange und gute Gesundheit und Frieden und ein gutes und lange währendes Leben.

Ich danke Euch in Liebe und in Freundschaft für all Eure guten Taten, Treue und Tugendhaftigkeit, die Ihr mir als treuer Ehemann erwiesen habt. Wofür ich Euch nun danke mit meinem lieben Gruß und liebevoller Dankbarkeit und Gott bitte, Euch mit weltlichem und geistigem Wohl zu lohnen. Und Euer Name soll immerdar auf meinen Lippen sein, als Eure Ehefrau in Liebe, damit Gott Euch wohl behüte unter seinem heiligen Schutz und Schirm, Euer ganzes Leben lang, denn wir wissen, dass wir jetzt in großer Gefahr schweben. Gott verleihe uns Standhaftigkeit bis ans Ende. Wir wissen, wovon wir schreiben.

Was aber von meinem elenden Leben zu berichten ist, ist zuerst, dass ich hier in Barbarien ausharre, vor allem dank Gottes Gnade und besonderer

Fürsorge, in einer türkischen Stadt mit Namen Areiel, bei einem Türken, der mich zu Anfang kaufte, zusammen mit meinem Kind, was mich zugleich traurig und glücklich machte in meiner Not. Und unter dieser von Gott verhängten und verdienten Strafe und des Kreuzes Last klage und leide ich täglich, ihn in solcher Not und Gefahr zu wissen, die uns auferlegt ist wegen unserer Sünden, aber ich freue mich in Gott zum Teil daran. […]

[Ende des Fragments]

* Aus der Briefsammlung des Bischofs Gísli Odsson (AM 247 4to, S. 143r–v), Brief von Gudrid Simonardóttir aus dem Türkenreich an ihren Mann. In meine Hände gelangt Anno 1635.

Die Heimreise

21. August 1635
Algier

Brief der Gefangenen aus Algier über ihr Befinden, ihre Befreiung, über den Verrat der zur Befreiung gesandten Männer und das Nichteintreffen ihrer Briefe in Island.

Brief und Supplicatia der isländischen Gefangenen in der Türkei an die Obrigkeit in Kopenhagen Anno 1635

[Fragment]

– – Wir Gefangenen in Jesus Christus und Märtyrer seiner Wunden, entführt in die Knechtschaft und geknechtet im Land der Entführer, gezeichnet auf unserer Stirn mit dem Siegel des großen Gottes – – in dessen Namen wir mit den Seelen der Getöteten rufen – – Strafe über die herabrufen, die uns in Bande geschlagen und entführt haben in die Gefangenschaft, sowie über jene, vor denen unsere Herzen alle Tage in Furcht erzittern, die unsere Leiber schinden, quälen und peinigen und unsere Seele zutiefst erschrecken – – sowie über jene, die ihnen dabei behilflch sind.

– – Gibt es denn kein Erbarmen, keine Nächstenliebe, kein Gewissen, das erwacht? Gibt es denn keine gottesfürchtigen Menschen, oder haben wir keinen gnädigen König? Haben wir keine gerechten Herren und Obrigkeiten oder keine gottesfürchtigen Priester, keine Eltern, Freunde und Brüder, dass sie sich unsere tödliche Not und Angst und unser Wehklagen nicht zu Herzen gehen lassen? Ja, die blutige Geißel auf unseren Rücken und das über

uns schwebende Schwert der Strafe? Und dass wir in finsterer Verzweiflung leiden unter der Gewalt des Türken, des Feindes des Christentums, in des Ketzers Todesverliesen, gefesselt und gebunden mit schweren Folterketten, den Eisenringen des Pharaos, unter dem Zeichen und den Fahnen des großen siebenköpfigen Drachens Mohammed, die wir über unseren Köpfen flattern sehen und wehen? Gott allein weiß, es ist schlimmer als ein zweischneidiges Schwert und bitterer als der Tod, ja schmerzvoller noch als blutende Wunden, zu wissen, dass zwei Männer hierher nach Algier kamen mit dem Lösegeld für uns, um hier damit Handel zu treiben, Geschäfte zu machen und Gewinn, und uns so um unsere Freiheit betrogen. Denn sie wollten hier niemals eingestehen, dass sie irgendjemanden hätten freikaufen sollen oder in solcher Absicht gekommen waren, sagten aber, dass sie in Gottes Namen und unserem gnädigen Herrn König zuliebe über die Freilassung der Menschen verhandeln wollten, und machten uns einfältigen, armen Kreaturen mit schönen Worten Hoffnung und setzten dann ihre Segel, der eine mit Fellen beladen, der andere mit Kisten voll von Zucker, und ließen nichts zurück als Schall und Rauch ihrer großen Versprechungen – –

– – So ist es augenscheinlich, dass die Menschen hier von zweien genarrt wurden. Jetzt ist noch ein Dritter hier. Niemand weiß, was er vorhat.

– – Darüber hinaus vermerken wir, dass alle Briefe, welche diese verachteten Gefangenen jährlich und mehrmals im Jahr von hier geschrieben und gesandt haben, nie angekommen sein mögen, mit Ausnahme der vielen Briefe, welche die gottesfürchtigen Herren Peter Christiansson, K. und M. Antnio und Possedore des Laskines mitnahmen, denn das waren glaubensfeste Männer. Wir aber haben hier achteinhalb Jahre im rechten Glauben ausgeharrt und geschmachtet, ohne den Trost eines einzigen Schreibens aus unserem geliebten Vaterland, ohne Gewissheit oder Nachricht über unsere Freunde, lieben Brüder und Bekannten, zuallerletzt über unsere Befreiung, außer dem, was uns Neuangekommene täglich berichten, dass in allen von unserem gnädigen Herrn Königlicher Majestät regierten Ländern alljährlich Steuern und Zölle zum Lohne Gottes gegeben worden waren für die armen Gefangenen hier in Algier und anderswo in Afrika.

– – Aber wir elenden Gefangenen und eure verschleppten Brüder in Jesus Christus bitten in Gottes und der tiefsten Nächstenliebe Namen, dass Ihr nicht die Ohren verschließt vor unseren Klagen, sondern sie Euch zu Herzen gehen lasst und Mitleid habt mit uns in unserer Angst und unserem Kampf mit dem Tod, bei dem wir unser bitteres Brot unter Tränen essen, und zuseht und in Gottes Namen danach strebt, dass wir gerettet werden aus den Händen der Peiniger, bevor der Tod uns endgültig vernichtet. Und wir flehen darum, dass für uns gebetet werde auf allen Zusammenkünften, vor allen heiligen Altären Gottes und von allen Kanzeln in allen, von unserem gnädigsten Herrn Königlicher Majestät regierten Ländern, dass uns der gnädige Wille Gottes Kraft verleihe, alles zu überwinden und den Sieg davonzutragen, uns die Freiheit schenke und uns in ein christliches Land geleite – –

– – Eurer hochverehrten Hoheit, gütiger Herr, zu Füßen fallende, arme entführte isländische Untertanen, Gefangene eines algerischen Räubers in Barbarien, den 21. August. Anno 1635.

Register derer, die noch am Leben sind. Anno 1635

Anzahl der armen, übrig gebliebenen gefangenen Isländer, die in Algier noch am Leben ausharren.

Zuerst Meister Benedikt Pálsson, Barbier, gefangen genommen bei einem schrecklichen Überfall auf ein deutsches Schiff einige Jahre nach unserer Entführung, ein Enkel des seligen Herrn Bischofs Gudbrand, gepriesen sei sein Angedenken, eine ehrenwerte Person.

Item zwei Brüder aus Grindavik, gefangen genommen einige Zeit vor uns: Jón Jónsson und Helgi Jónsson.

Item von den Westmänner-Inseln:

Halldór Gudmundsson
Einar Loftsson
Botólf Oddsson

Petur Hafldason
Ormur Jónsson
Brandur Einarsson
Thorlák Thorsteinsson
Jón Björnsson
Jón Stullason
Sigurd Gislason
Ólaf Gunnarsson
Nikolaus Kodransson
Thorsteinn Sveinsson. Euer untertänigster Diener.

Item in einer anderen türkischen Stadt, die Tunis heißt, unsere Brüder
Stulli Jónsson
Hall Thorsteinsson
Jón Árnason

Frauen von den Westmänner-Inseln, die Gott noch immer im rechten Glauben und reinem Gewissen und am Leben erhält:
Zuerst Ástrid Thorsteinsdóttir
Björg Einarsdóttir
Gudrun Magnusdóttir
Oddny Sveinsdóttir
Gudrun Magnusdóttir
Halla Magnusdóttir
Gudrun Eysteinsdóttir
Thóra Jónsdóttir
Sesselja Valgardsdóttir
Ástrid Fúsadóttir
Margret Árnadóttir
Geirlaug Brynjólfsdóttir
Hallny Jónsdóttir
Halldóra Jónsdóttir
Sesselja Jónsdóttir
Gudrun Thórdardóttir
Ingibjörg Ásgrimsdóttir

Thóra Jónsdóttir
Gudrun Andresdóttir
Ranka Thórarinsdóttir
Helga Sigurdardóttir
Hallfrid Eyjólfsdóttir
Gudrid Simonardóttir
Gudny Jónsdóttir
Arnbjörg Jónsdóttir
Halldóra Björnsdóttir
Ásta Einarsdóttir
Summe der Frauen 27.

Leute von den Ostfjorden, die mit uns gefangen genommen wurden und noch am Leben sind:
Brandur Arngrimsson
Gudmund Jónsson
Tomas Jónsson
Árni Hallsson
Jón Hallsson
Gudmund Snorrason
Stari Brandsson
Jón Jónsson
Kolbeinn Valtysson
Thorsteinn Bjarnason
Stefan Jónsson
Magnus Jónsson
Bis hierher 31 Männer.

Frauen von den Ostfjorden
Zuerst Ólöf Jónsdóttir
Thórey Halldórsdóttir
Gudrun Fúsadóttir
Gunnhild Hermannsdóttir
Helga Árnadóttir
Ranka Jónsdóttir

Gudrun Hallsdóttir
Gudrun Árnadóttir
Steinunn Thórdardóttir
Ingibjörg Jónsdóttir
Ingibjörg Egilsdóttir
Ingibjörg Valdadóttir
Nochmal 12 Frauen.

Das ist die Zahl derer, die noch mit uns am Leben sind, ungeachtet ob Männer oder Frauen, und Euch Wohlergehen und Glück in Jesus Christus wünschen und Euch bitten, allesamt Kinder Gottes, für sie inniglich und von ganzem Herzen zu Gott zu beten, dass er ihnen starke, unermüdliche Geduld beschere, diese Strafe unseres Gottes zu ertragen und zu erdulden bis ans Ende und so die Krone der Herrlichkeit zu erlangen, die Gott jenen verheißen hat, die alles überwinden und den Sieg erringen. So empfehlen wir denn, hier oben verzeichnete Kinder Gottes und Eure Brüder und Schwestern, Euch für immerdar Gott und seiner väterlichen Gnade. Seid gesegnet in Gott alle Zeit. Amen.

[Quelle: Der Türkenüberfall in Island 1627. Ritröð Sögurit IV. Sögufélag, Reykjavik 1906–1909]